Michael Peinkofer
Tote Helden

PIPER

Zu diesem Buch

Nach einer gewaltigen Schlacht ist das Reich Astray zerrissen. Getrennt durch einen schier unüberwindlichen Abgrund, haben sich die Völker des Kontinents entzweit. Auf beiden Seiten setzen zwielichtige Herrscher und religiöse Fanatiker alles daran, ihre Macht zu festigen. Der Sänger Rayan gerät auf seinen Reisen durch das unsichere Reich zwischen die Fronten: denn seine Lieder künden von Visionen über das künftige Schicksal Astrays, und allzu oft werden die dunklen Vorhersagen von Leid und Tod furchtbare Wirklichkeit. Als der finstere Ordensmann Thorgon-Syn, Großexekutor von Morwa, auf seinen Missionen eine Spur des Schreckens hinterlässt, ahnt Rayan, dass ganz Astray dem Untergang geweiht ist. Nur eines könnte noch helfen: die Macht der Legenden, der sieben mythischen Helden von einst, die nach Meinung vieler nie existierten und nach Ansicht anderer zumindest längst tot sind. Aber was ist Wahrheit und was Erfindung? Besteht noch Hoffnung für Astray?

Michael Peinkofer, 1969 geboren, studierte Germanistik, Geschichte und Kommunikationswissenschaften und arbeitete als Redakteur bei der Filmzeitschrift *Moviestar*. Mit seiner Serie um die »Orks« avancierte er zu einem der erfolgreichsten Fantasyautoren Deutschlands. Seine Romane um »Die Zauberer« wurden ebenso zu Bestsellern wie seine Trilogie um »Die Könige«. Mit »Die Legenden von Astray« führt er in eine neue Welt.

Michael Peinkofer

TOTE HELDEN

Die Legenden von Astray 1

PIPER

Von Michael Peinkofer liegen im Piper Verlag vor:
Tote Helden. Die Legenden von Astray 1
Tiefer Zorn. Die Legenden von Astray 2
Rote Flammen. Die Legenden von Astray 3
Verlorener Thron. Die Legenden von Astray 4
Phönix (Serie)
Splitterwelten (Serie)
Invisibilis (Serie)
Land der Mythen (Serie)
Die Könige (Serie)
Die Orks (Serie)
Das Zauberer-Handbuch

FSC
www.fsc.org
MIX
Papier aus verantwortungsvollen Quellen
FSC® C083411

Ungekürzte Taschenbuchausgabe
ISBN 978-3-492-28231-4
Juni 2020

Umschlaggestaltung: Guter Punkt, München
Umschlagabbildung: Loïc Denoual
Karten: Helmut Pesch
Kapitelvignette: Sven Binner
Satz: Satz für Satz, Wangen im Allgäu
Gesetzt aus der Janson
Druck und Bindung: CPI books GmbH, Leck
Printed in the EU

Dramatis Personae

(in alphabetischer Reihenfolge)

Astyragis pan Tyras	König von Altashar
Anara	ein Mädchen aus Skaradag
Barnak Habib	Schiffskapitän aus Phrygos
Birk	ein Krähenjunge
Bray	eine junge Diebin
Bror	Schenkwirt aus dem Bordland
Dana Jennara	Bordellbetreiberin aus Skaradag
Darak	Hofschreiber aus Altashar
Elayan von Archos	König des Inselreichs
Faginor	Vater der Krähen
Gadates	Wesir von Altashar
Gunryk	Hauptmann aus Achaya
Gyol	ein alter noryscher Grenzer
Hilalayan	Eunuch und Hofmarschall von Altashar
Ildarim	Heiler aus Medras
Kai	ein junger Dieb
Kalid und Hakan Sayf	Gardisten des Hauses Tyras
Keral Gulfullur	Magistrat von Skaradag
Kira	eine Dienerin
Kubwa	Pferdeknecht aus Ophira
Lahad	ein Schmuggler und Pirat
Lorymar Thinkling	ein Halbling
Lianus Conor	Kaufmann aus Skaradag
Lida	eine Köchin

Nawyd pan Tyras	Prinz von Altashar
Nyasha pan Tyras	seine Schwester, Prinzessin von Altashar
Markós	Vorsteher des Dorfes Corras
Mikol	ein junger Grenzer aus Norya
Osric Jarnhant	Stadtmarschall von Skaradag
Rayan	ein fahrender Sänger
Salacar	Exekutor von Morwa
Seana	ein Freudenmädchen aus Skaradag
Skady	eine junge Diebin
Skedder Roth	Anführer der Spinnenzunft
Thorgon-Syn	Großexekutor von Morwa
Torgny	Dieb aus Skaradag
Tymon	Sergeant des noryschen Grenzkorps
Vegar	Dorfvorsteher aus Bordland
Xusra	Hohepriester des Feuerkults
Yaron	Fürst von Archos, Vetter von König Elayan
Yris	ein Freudenmädchen aus Skaradag

So wisset, dass in den Jahrzehnten nach der Großen Divergenz die Furcht regierte in Astray.

Das Alte Reich war zerbrochen und seine Erben hatten sich entzweit. Unsicherheit herrschte allenthalben, die Grenzen waren bedroht, und mit dem Feuerkult erhob sich eine neue Religion aus der Asche der alten Welt.

Die Menschen waren ruhelos. Von ihrer Furcht getrieben suchten sie sich festzuhalten an materiellem Gut und sahen nichts als sich selbst. Prediger zogen durch die Lande, Weissager und Propheten, die die Zukunft zu kennen glaubten. Einer jedoch war unter ihnen, der die Zukunft in den Legenden der Vergangenheit sah …

Aus der Chronik der Sieben,
Vierter Band

Für die einen waren sie Legenden.

Für die anderen ein Albtraum.

Für wieder andere nur dämliche Arschlöcher.

Doch weder die einen noch die anderen ahnten, dass sie noch immer unter uns weilten …

Fragment,
Autor unbekannt

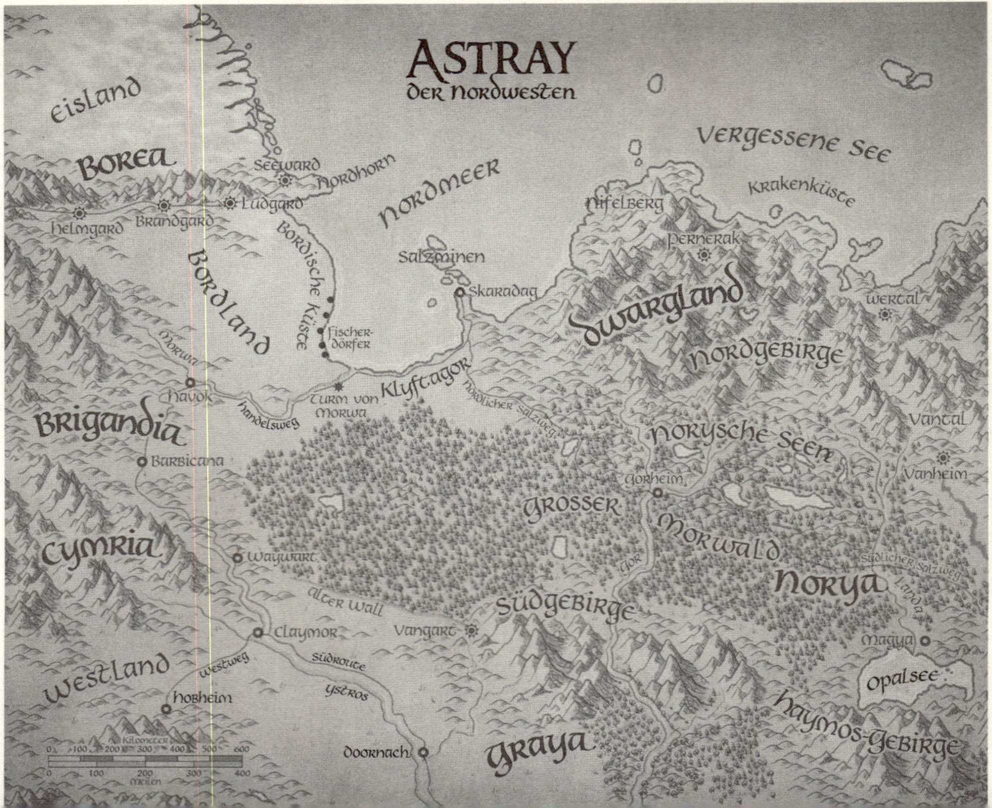

ASTRAY
der Nordwesten
Eisland
Borea
Seeward
Nordhorn
Ludgard
Brandgard
Helmgard
Nordmeer
Vergessene See
Krakenküste
Nifelberg
Pernerak
Salzminen
Skaradag
Bordland
Bordische Küste
Fischer-
dörfer
Dwargland
Wertal
Nordgebirge
Morwa
Havok
Klyftagor
Turm von
Morwa
Handelsweg
Nördlicher Salzweg
Brigandia
Barbicana
Norysche Seen
Vantal
Vanheim
Gorheim
Grosser
Morwald
Cymria
Waywart
Gor
Norya
Südlicher Salzweg
Landa
Alter Wall
Südgebirge
Claymor
Vangart
Magya
Westland
Westweg
Südroute
Opalsee
Hobheim
Ystros
Haymos-Gebirge
Doornach
Graya
Kilometer
Meilen

ASTRAY
der Südosten
Urok-See
Medrak
Medras
Assir
Dushara
Seidenweg
Makashar
See von Makashar
Abyssia
Anur
Altashar
Gebirge von Altashar
Kawara
Wadi Kawara
Amara
Bawaba
Turanien
Salzsee
Bucht von Drakis
Phrygos
Ruinen von Isos
Isos
Abyss / Weltenbruch
Bessos
Zagora
Weltenschlund
Abydon
Bacra
Rajuli
Südroute
Feuerwüste
(Barra harik)
Berge von Bukur
Wasserweg
Wadi Thar
Oase Ayshak
Ruinen von Gondar
Djalfa
Satrapos
Westroute
Hyraka
Drakistan
Meer von Tharys
Kilometer
Meilen

Prolog

Dorf Corras, Burgos
Im 20. Jahr nach der Großen Divergenz

Fackeln erhellten den Dorfplatz, und das Auge des vollen Mondes blickte vom Himmel, so als wollte er selbst Zeuge der Verhandlung sein.

Der junge Mann, der in der Mitte des Platzes stand, hielt das Haupt gesenkt. Die strengen Blicke der Versammelten hatten ihn eingeschüchtert, die Last der Vorwürfe seine schlanke Gestalt gebeugt.

»Was also«, fragte der Mann, der ihm auf der Stirnseite des Platzes gegenübersaß, »hast du zu deiner Verteidigung zu sagen, Ikerón, Sohn des Markós?«

Der Beschuldigte sah auf.

Man hatte darauf verzichtet, ihm Fesseln anzulegen – er hätte ohnehin nicht entkommen können bei all den Schaulustigen, die dem Prozess beiwohnten. Wie ein Gefangener fühlte er sich trotzdem, verhaftet und angeklagt von seinen eigenen Leuten …

»Nicht viel«, erklärte er mit leiser Stimme. »Nur dass ich unserer Gemeinschaft niemals schaden wollte.«

»Das wissen wir«, gab der Mann auf dem hölzernen Thron zurück, dessen Augen wie Kohlen zu glühen schienen. »Und doch können wir nicht dulden, was du getan hast.«

»Was ich getan habe?« Der Junge straffte sich, und sah in die Runde. Der Fackelschein beleuchtete seine ebenmäßigen Züge, die pechschwarzes schulterlanges Haar umrahmte. »Ich will euch sagen, was ich getan habe«, rief er den anklagenden

Gesichtern der Dorfbewohner entgegen. »Warum, glaubt ihr, war unser Dorf das einzige, das nicht Hunger litt, als vor drei Sommern die große Dürre wütete? Warum wussten unsere Ältesten im vergangenen Jahr, dass Sontras Steuereintreiber kommen würden? Und wieso überraschten uns die Plünderer, die unser Dorf überfallen und uns alle töten wollten, nicht im Schlaf, wie sie es geplant hatten?«

»Weil du uns gewarnt hast«, erkannte der Mann mit den Glutaugen ungerührt an und trat auf den Jungen zu. »Und dafür danken wir dir. Doch was du tust … was du bist, können wir nicht länger unter uns dulden.«

»So ist es«, rief eine Frau.

»Er ist eine Gefahr für uns alle«, pflichtete eine Stimme bei, die Ikerón als jene des Dorfschmieds zu erkennen glaubte, dem er vor zwei Wintern das Leben gerettet hatte, als er ihn vor einem Steinschlag warnte.

Die Erinnerung der Menschen reicht nicht sehr lange zurück, das wurde Ikerón in diesem Moment klar …

»Da hörst du es«, sagte der Mann mit den Glutaugen, der die eiserne Kette des Dorfvorstehers trug, Zeichen seiner Amtswürde und Symbol dafür, dass er dem Gesetz verpflichtet war. »Ich wünschte, die Dinge lägen anders, doch als Vorsteher von Corras bin ich für das Wohl aller und nicht nur eines Einzelnen verantwortlich. Und du, Ikerón, bist eine Gefahr für uns alle.«

»Aber ich wollte nicht …«

»Wie lange wird es dauern, bis die Exekutoren hiervon erfahren? Wie lange, bis sie uns ihre Schwarzen Reiter schicken, um die Dinge zu regeln? Und wir alle wissen, wie Schwarze Reiter die Dinge regeln.«

Der Angeklagte blickte sich um und konnte die Furcht sehen, die sich in den Mienen der Dorfbewohner spiegelte. Die Angst vor brennenden Häusern, grausam hingerichteten Männern und verschleppten Kindern.

»Dieses Risiko«, fuhr der Vorsteher fort, »kann ich nicht länger eingehen.«

»Dann will ich dir versprechen, es nicht mehr zu tun«, versprach der Jüngling. »Ich werde nicht mehr …«

»Wir wissen beide, dass du das nicht kannst«, beschied ihm der Ältere. Ein Hauch von Milde huschte über seine graubärtigen Züge. »So wenig, wie deine Mutter es konnte.«

»I-ist es das? Gibst du mir die Schuld an ihrem Tod?«

»Nein, Junge.« Der Dorfvorsteher schüttelte den Kopf. Jede Güte wich aus seinen Zügen. »Aber da ist etwas in dir, das du nicht beherrschen kannst. Etwas Dunkles, Verbotenes, das uns alle bedroht – und das muss enden.«

Zustimmendes Gemurmel von allen Seiten.

Erneut sah sich der Beklagte um. Obwohl er die meisten dieser Leute seit seiner Geburt kannte, kamen sie ihm in diesem Moment wie Fremde vor – wohl weil ihre Blicke die von Fremden waren. Längst hatten sie sich von ihm abgewandt, trotz allem, was er für sie getan hatte.

Das Urteil war bereits gefällt.

Verzweiflung packte ihn. »Vater«, wandte er sich an den Einzigen, der ihm noch helfen konnte. »Bitte tu das nicht!«

»Ich kann nicht anders, Sohn«, entgegnete Markós, Vorsteher des Dorfes Corras, dessen Gesicht nun wirkte, als wäre es aus Stein gemeißelt. »Du bist eine Gefahr für unser Dorf und unsere Gemeinschaft – und deshalb verbanne ich dich.«

»Nein«, ächzte der Junge.

»Auf Lebenszeit ist es dir untersagt zurückzukehren«, fuhr sein Vater mit tonloser Stimme fort. »Feuer und Wasser sind dir für alle Zeit hier versagt.«

Der Junge stand unbewegt.

Die undenkbaren Worte waren ausgesprochen. Und auch wenn er im Augenblick noch nicht ermessen konnte, was sie bedeuteten, so war ihm doch klar, dass von diesem Augenblick an nichts so sein würde, wie es gewesen war …

»Vater, was hast du nur getan?«, flüsterte er.

»Was ich tun musste«, entgegnete Markós – und indem er seinem Sohn ein letztes Mal zunickte, wandte er sich von ihm ab und kehrte ihm den breiten Rücken zu.

Die anderen Dorfbewohner taten es ihm gleich.

Einer nach dem anderen verschränkte die Arme vor der Brust und wandte sich um, Männer, Frauen und sogar die Kinder. All jene, die seine Gabe gerettet hatte – und die nun nichts mehr von ihm wissen wollten.

»Das … das könnt ihr nicht tun«, rief Ikerón, wissend, dass es kein Zurück mehr gab, dass weder der Dorfvorsteher noch die Ältesten ihren Entschluss jemals wieder zurücknehmen würden. Dennoch versuchte er es, flehte und schrie – auch dann noch, als grobe Hände ihn packten und davonschleppten.

»Vater! Vater!«, hörte er sich brüllen, bis ihm die Stimme versagte. Er erheischte einen letzten Blick auf die gedrungene, grauhaarige Gestalt, die von ihm abgewandt inmitten des Platzes stand, dann zerrten sie ihn durch das Dunkel der Gasse, die sich zwischen der Schmiede und dem Gemeinschaftshaus erstreckte, und hinaus auf den Acker.

»Lauf!«, schärften sie ihm ein. »Und komm niemals wieder!«

Dann stießen sie ihn von sich. Er strauchelte und stürzte, fiel auf die Stoppeln, die die Ernte auf den Feldern hinterlassen hatte. Er konnte nicht verhindern, dass ihm Tränen in die Augen schossen. Er raffte sich auf, kam wankend wieder auf die Beine und wollte davonhumpeln – als ihn der erste Stein traf.

»Hast du nicht gehört? Du sollst verschwinden?«

Ikerón wusste nicht, ob es die Stimme von Xon war, die er hörte, von Ertós oder einem anderen der jungen Männer, mit denen zusammen er aufgewachsen war und die er bislang stets für seine Freunde gehalten hatte …

Ein zweiter Stein traf ihn zwischen den Schulterblättern,

knapp unterhalb des Nackens. Den Hinterkopf mit den Händen schirmend, begann er zu laufen, sprang über Stoppeln und Ackerfurchen hinweg, fort von seinen einstigen Freunden, von seinem Vater und von allem, was er stets für seine Heimat gehalten hatte.

Sein Ziel war der Fluss, der sich glitzernd im Mondlicht abzeichnete. Das Gebiet von Corras endete dort, auf der anderen Seite würden sie ihn nicht mehr behelligen.

»Verschwinde! Los, lauf, du Missgeburt!«

Das war Xon.

Zwei weitere Steine schlugen neben ihm ein, und dann noch ein Dritter, der ihn in die Kniekehle traf. Er hörte ein hässliches Geräusch und spürte stechenden Schmerz, doch er rannte weiter, dem Fluss entgegen – und zu Trauer und Verzweiflung gesellte sich Todesangst.

Dieser namenlose Hass, der aus ihnen sprach – das war nicht nur die Furcht vor den Schwarzen Reitern. Die Bewohner von Corras und allen voran ihr Vorsteher, schickten ihn nicht nur ins Exil, weil sie die Rache der Exekutoren fürchteten – sondern weil sie selbst ihn für ein Monstrum hielten, für etwas, das es nicht geben durfte, ganz gleich, wie viel sie ihm auch verdanken mochten.

Die Erkenntnis traf ihn, als er den Fluss erreichte. Sie schickten ihn nicht fort, weil er eine Gefahr darstellte. Sondern weil ihnen vor ihm graute ...

Er watete in die Fluten, wollte sich ein letztes Mal umwenden – als ihn der Stein am Kopf traf. Er war faustgroß und kantig und mit aller Kraft geworfen, und er erwischte ihn an der rechten Schläfe.

Ikerón kam es vor, als wollte sein Schädel zerspringen. Sein Bewusstsein flackerte wie eine Kerze im Wind, während er niederging und bäuchlings ins Wasser klatschte.

Und während die Strömung ihn erfasste und davontrug, verlosch es ganz, und es wurde dunkel.

ERSTES BUCH

Spuren der Vergangenheit

1

Ein Dorf im nördlichen Bordland
siebzehn Winter später

Das Wirtshaus trug den Namen *Zum Hungrigen Wolf*.

Das hölzerne Schild, das über der Eingangstür angebracht war und ein Graufell mit aufgerissenem Rachen zeigte, wog sich knarrend im Wind, der an den steilen Klippen entlangblies und den Regen landeinwärts trieb. In endlosen Fäden stürzte die Flut aus dem dunklen Himmel, prasselte auf das schäbige Schindeldach und von dort in die Pfützen. Aus den Butzenfenstern des aus Stein gemauerten Hauses jedoch drang warmer Lichtschein, der einen Herd und Gastlichkeit versprach – und eine warme Mahlzeit.

Die Kapuze seines Umhangs tief ins Gesicht gezogen, trat der Mann aus den grauen Schleiern, drückte die schmiedeeiserne Klinke und trat ein.

Der Regen und die Kälte blieben draußen zurück, vor ihm lag ein Schenkraum, dessen in der Mitte gelegene Feuerstelle für wohlige Wärme sorgte. Männer in abgetragener Arbeitskleidung duckten sich an den Tischen und Bänken, die den Herd säumten, und tranken Bier aus hölzernen Krügen. Von dem Neuankömmling nahm kaum jemand Notiz – bis auf den beleibten Mann mit der schmutigen Schürze und den glänzenden Backen, der beflissen grinsend näher trat.

»Tretet ein, ehrenwerter Herr«, verlangte er, wobei er mit den ebenso kurzen wie starken Armen gestikulierte. »Mein Gasthaus ist das beste im Ort. Womit kann ich Euch dienen? Mit einem Krug Bier? Oder seid Ihr hungrig?«

Der Wanderer nickte.

Er hatte den würzigen Geruch der Fischsuppe noch vor den Schwaden süßlichen Ophirs gerochen, die die warme Luft durchsetzten, und sein leerer Magen lechzte danach, endlich einmal wieder gefüllt zu werden.

Er schlug die Kapuze zurück und ignorierte den befremdeten Ausdruck im Gesicht des Wirts. Er war daran gewöhnt, es machte ihm längst nichts mehr aus.

»Ihr wollt von der Suppe, Meister?«, fragte der Wirt. Offenbar war er sich nicht mehr ganz sicher, einen ehrenwerten Herrn vor sich zu haben.

»Bitte.« Der Mann nickte. »Aber ich habe kein Geld bei mir.«

»Kein Geld?« Entsetzen trat auf die Züge des Wirts. »Wie wollt Ihr dann bezahlen?«

»Hiermit«, erklärte der Besucher und schlug den durchnässten Umhang zurück. Darunter kam ein lederner Beutel zum Vorschein, den er wie einen Schatz an sich presste. Er öffnete den Knebel und zog eine Leier hervor.

»Was soll ich damit?« Der Wirt schüttelte das bullige Haupt, seine Backen hatten längst zu glänzen aufgehört. »Das alte Ding ist keinen Schluck Bier wert!«

»Da irrt Ihr Euch«, versicherte der Fremde, »aber ich hatte auch nicht vor, es einzutauschen. Mein Name ist Rayan, und ich bin Sänger. Als Gegenleistung für eine warme Mahlzeit werde ich Euch und Euren Gästen etwas vorsingen und Euch unterhalten.«

Die Backen des Wirts plusterten sich, seine Augen verengten sich zu Schlitzen. Es war ihm anzusehen, dass er den Vorschlag wenig praktikabel fand und im Begriff war, den ungebetenen Gast vor die Tür zu setzen – als einer der Männer an den Tischen rief: »He, Bror! Das ist eine gute Idee! Setz uns zur Ausnahme mal was anderes vor als nur dein abgestandenes Bier!«

Einige der anderen Gäste stimmten gröhlend zu, und obwohl der Gedanke dem Wirt noch immer nicht recht zu behagen schien, gab er den Weg frei und winkte Rayan vollends in den Schenkraum. »Von mir aus«, knurrte er, »setz dich und spiel!«

»Aber was Ordentliches, hörst du?«, fügte der Schreihals von eben hinzu.

»Ja, was Schmissiges«, meinte ein anderer.

»Oder was von schönen Weibern«, schlug wieder ein anderer vor, was lautstarke Zustimmung nach sich zog.

»Ihr wollt was von Frauen hören?«, fragte Rayan. Er legte den Umhang ab und setzte sich kurzerhand ans Ende eines Tisches. Dabei ließ er seine von der Kälte noch klammen Finger über die Saiten der Leier gleiten, sodass einige Töne erklangen. »Nichts leichter als das. Ich bin weit herumgekommen, meine Freunde, das könnt Ihr mir glauben. Und ich habe Frauen gesehen von solcher Schönheit, wie Ihr es Euch in Euren kühnsten Träumen nicht ausmalen könnt!«

Die Blicke sämtlicher Gäste – es waren ausschließlich Kerle – hatten sich auf ihn gerichtet. Ihre von flachsblondem Haar umrahmten Mienen waren vom Bier gerötet, die Augen glasig. Die meisten waren vermutlich Fischer und verdienten ihren Lebensunterhalt damit, in den stürmischen Gewässern zwischen Nordhorn und Kap auf Fang auszufahren; aber auch einige Bauern waren wohl dabei, die mit ihrer Hände Arbeit dem kargen, sturmgepeitschten Land etwas abzuringen suchten. Es war ein hartes Leben, voller Mühsal und Entbehrungen – kein Wunder, dass sich diese Männer ein wenig Zerstreuung wünschten.

»Sing endlich!«, rief einer ungeduldig.

Noch einmal schlug Rayan die Leier an und spielte die ersten Töne einer noryschen Volksweise. Dann begann er zu singen:

Zu alter Zeit im Bordenland,
an rauen Meeres Klippen,
da lebte eine Maid gar fein
mit roten Rosenlippen.

»Aaah«, ging es erfreut durch die Reihen. Rayan hatte es sich zur Angewohnheit gemacht, seine Lieder auf das jeweilige Publikum zuzuschneidern. Das Dichten fiel ihm leicht, er brauchte sich nur vorzustellen, wovon er singen wollte, dann kamen ihm die Reime spontan in den Sinn. Zur Freude seiner Zuhörer, die ihm gebannt an den Lippen hingen …

Wer diese Lippen küssen wollt,
der musste nicht lang bitten,
tat er es doch, so zeigte sie
ihm auch noch ihre …

Zu dieser schönen Maid dort kam
ein Ritter namens Keyl,
der hatte lang kein Weib gehabt,
drum war er auch so …

Er sah das schöne Mägdelein
und ließ gleich danach schicken
und sprach: »Die solche Lippen hat,
die möcht ich gerne …«

Er überließ es den Gästen des Lokals, jeweils das letzte Wort der Strophe hinzuzufügen, was diese auch lautstark und mit großem Vergnügen taten, wobei sie mit den Bierkrügen den Takt des Liedes auf den Tischen trommelten. Das Feuer schien plötzlich noch ein wenig wärmer, sein Schein noch heller und sein Flackern noch ein wenig lustiger zu sein, und selbst Bror, der Schenkwirt, blickte nicht mehr ganz so sauertöpfisch drein wie zuvor, zumal einige der Gäste nun nochmals Bier bestellten. Er kam mit einem dampfenden Teller Fischsuppe, den er vor Rayan auf den Tisch setzte, dazu ein Stück Brot.

»Iss«, forderte er ihn auf. »Und dann spiel weiter. Ich habe keine Ahnung, wieso, aber dein Geplärr scheint den Leuten zu gefallen.«

Rayan nickte bereitwillig, griff nach dem hölzernen Löffel und aß. Die Fischsuppe schmeckte tranig und war versalzen, aber sie war heiß und füllte seinen Magen. Gierig löffelte er sie in sich hinein und genoss das wärmende Gefühl, das von seinem Bauch ausging. Dann griff er wieder zur Leier.

»Was wollt Ihr hören?«, fragte er in die Runde. »Noch mehr von schönen Frauen?«

»Seejungfrauen«, rief einer der Männer. »Sing etwas von Meerweibern, die einen arglosen Seemann verführen!« Die anderen bekundeten gröhlend ihre Zustimmung.

»Na schön«, meinte Rayan und schlug erneut die Saiten an. »Wie Ihr wollt. Dann hört gut zu …« Und erneut bemühte er eine alte Weise und begann dazu zu singen:

Durch sturmgepeitschte Meereswellen
fährt ein Schiff gen Skaradag.
Der Ausguck auf dem höchsten Mast
hält stets Wacht bei Nacht und Tag.

Bald stürzt das Schiff ganz tief hinab,
verschluckt vom Wellenschlund
und droht zu sinken, Maus und Mann,
zum dunklen Meeresgrund.

Doch der Posten auf dem Mast
hält aus, behält das Land im Blick
und schaut inmittst von Sturm und Wellen
plötzlich unfassbares Glück.

Denn dort in trüber grauer See,
wo Wellen sich auftürmen,
sieht eine Maid er einsam schwimmen,
als gäbe es kein Stürmen.

»Heda!«, ruft er und winkt ihr zu,
die Maid hebt ihr Gesicht.
Sie sieht ihn an, und unser Held
traut seinen Augen nicht.

Denn niemals haben seine Augen
solche Lieblichkeit gesehn
und ihm dabei vor Lust und Wonne
seine Sinne schon vergehn.

Er verlässt seine Wacht,
vergisst Pflicht, Sturm und Leid,
denn die Schöne aus der See
trägt weder Stoff noch Kleid.

Anmutig schimmert astargleich
ihr Körper wohlgestalt,
der Held, er sieht im Meeresrausch …

»Was?«, rief der Wirt herüber, auf dessen fliehender Stirn sich Schweißperlen gebildet hatten. Ob sie von der Hitze des Feuers rührten oder von den Bildern, die das Lied des Sängers in seinem Kopf heraufbeschworen hatte, war nicht festzustellen. »Was hat er gesehen?«

Erst jetzt bemerkte Rayan, dass er verstummt war.

Sein Leierspiel hatte ausgesetzt, die Worte waren ihm nicht über die Lippen gekommen – denn das Bild, das er vor Augen gehabt hatte, jener Eindruck flüchtiger Schönheit inmitten von Sturm und Gefahr, war plötzlich einer anderen Erscheinung gewichen, die sich mit Macht in den Vordergrund drängte.

Und die sehr viel dunkler war …

»Wei-ter! Wei-ter! Wei-ter!«, skandierten die Zuhörer und starrten ihn aus großen, glänzenden Augen an – und Rayan fuhr fort, dem inneren Drang gehorchend, den er verspürte:

der Held, er sieht im Meeresrausch
… nur Blut, Tod und Gewalt.

Durch graue Regenschleier schleicht
das Grauen in der Nacht.
Schon ist es da, so seht euch vor
und nehmt euch ja in Acht!

Von blutgen Äxten sinkt getroffen
der brave Seemann nieder.
Die Seinen warten brav zu Haus,
doch er kehrt nicht wieder.

Die Mörder jedoch haben schon
ein neues Opfer ausgemacht,
sehen helle Feuer leuchten
in dunkler, rauer Klippennacht.

Nichts ist vor ihrem Zorne sicher,
nicht Mann, nicht Frau, nicht Kind.
Sie bringen Tod und wollen Blut,
auf Beute aus sie sind.

Axt und Schwert und blanke Klinge
und der Sehn' gefiedert Tod
bringen hundertfach Verderben,
Boden färbt sich blutig rot.

Und wenn der neue Tag anbricht,
die Nacht den Mantel hebt,
dort, wo Dorf und Häuser waren
nur ein einzger Mensch noch lebt.

Rayan verstummte, und als der letzte Saitenschlag verklang, war es im Schenkraum totenstill geworden. Nur noch das Knacken des Feuers war zu hören und das Prasseln des Regens auf dem alten Schindeldach.

Die Gäste starrten den Sänger erschrocken an.

Nach Bier war keinem mehr zumute, einige standen auf und wandten sich zum Gehen.

»Was soll das?«, fragte Bror der Schenkwirt, jetzt wieder so verdrießlich wie zuvor. »Du vergraulst mir die Gäste, du elender Krähensänger! Wenn du hier schon herumgröhlen musst, dann sing wenigstens etwas Fröhliches, hörst du?«

Die anderen Gäste stimmten zu, jedoch verhalten. Es war, als hätte sich ein dunkler Schatten über den Schenkraum gebreitet, selbst das Feuer schien nicht mehr ganz so hell zu brennen wie noch vorhin.

Rayan brauchte einen Moment, um zu sich zu kommen und sich von den Bildern zu lösen.

»Verzeiht«, sagte er dann, »das war nicht meine Absicht.«

»Dann sing etwas anderes!«, ereiferte sich der Wirt.

»Das … das kann ich nicht«, entgegnete der Sänger, auf das Instrument in seinen Händen starrend. »Ich muss gehen.«

»Nachdem du gerade mal zwei Lieder gesungen hast? Ist das der Dank dafür, dass ich dich durchgefuttert habe?«

»Es tut mir leid«, versicherte Rayan – und noch ehe der Schenkwirt oder einer seiner Gäste etwas entgegnen konnte, hatte er sich bereits seinen durchnässten Umhang wieder übergeworfen und war an der Tür. »Alles tut mir leid«, versicherte er – dann zog er sich die Kapuze über und trat wieder hinaus in die dunkle Nacht und in den strömenden Regen.

2

Palast von Altashar
Zur selben Zeit

Ein gellender Schrei weckte Lorymar Thinkling aus dem Schlaf. Sein Herz hämmerte laut in seiner Brust. Sein Nachtgewand klebte schweißdurchtränkt an seiner kleinwüchsigenen Gestalt, und er zitterte am ganzen Körper.

Derselbe Traum.

Schon wieder.

Lorymar hasste es, diesen Traum zu haben, doch noch mehr hasste er das Erwachen danach. Wenn ihm die Bilder des Albdrucks noch gegenwärtig waren und die Erinnerung an Dinge, die er längst vergessen wähnte, wie eine verdorbene Speise in ihm hochkrochen und ihm Übelkeit verursachten.

Stöhnend warf er sich auf seiner Schlafstatt herum, in der er fast zur Gänze versank, auf seidene Kissen gebettet und von einem Himmel aus Brokat beschirmt, auf dessen dunkelblauem Firmament im einfallenden Mondlicht winzige Sterne funkelten. Die laue Brise, die zum offenen Fenster hereinwehte und den süßen Duft von Weihrauch und Jasminblüten auf ihren Schwingen trug, machte Lorymar klar, wo er sich befand.

Nicht in der Heimat, und auch nicht dort, wo der düstere Traum ihn wähnte. Sondern an jenem Ort, von dem es hieß, er wäre der Nabel der neuen Welt. Jedenfalls, wenn man den Hofchronisten Glauben schenkte, die das niederschrieben, was König Astyragis zu lesen wünschte.

Gequält schlug Lorymar ein Auge auf.

Der neue Tag hatte noch nicht begonnen. Eine dunkle Nacht voller echter Sterne breitete sich noch über der Stadt aus, deren Türme und Kuppeln, Gassen und Gärten sich nach allen Richtungen erstreckten, bis sie im Osten an die Dünen der Wüste stießen und im Westen an die Gestade der See. Altashar die Alte wurde sie genannt, die Ehrwürdige, Erhabene …

»Scheiße«, knurrte Lorymar halblaut.

Nun, da er vollends erwacht war, würde es eine kleine Ewigkeit dauern, bis er wieder einschlief. Mit einem resignierenden Seufzen setzte er sich in seiner Schlafstatt auf, was aufgrund der Kissenberge, die ihn umgaben, mit einigem Aufwand verbunden war, und ließ die kurzen Beine herabbaumeln. Im Halbdunkel, das in der Schlafkammer herrschte, tastete er nach dem kleinen Beistelltisch, auf dem die noch halb gefüllte Karaffe stand. Mit geübtem Griff langte er nach dem Becher und goss sich ein.

Wein als Schlaftrunk.

Zum Trost in der Nacht.

Zum Erwachen am Morgen.

Zur Löschung des Dursts am Tage sowie zu einem satten Dutzend weiterer Gelegenheiten, die Lorymar unmöglich alle aufzählen konnte. Vielleicht würde er sich irgendwann hinsetzen und eine genaue Liste verfassen, der peinlichen Akribie entsprechend, mit der die Dinge am Hof von Altashar festgehalten wurden. Doch sehr viel wichtiger, als alle Gelegenheiten auswendig zu kennen, war es, im rechten Augenblick eine gut gefüllte Karaffe zur Hand zu haben. Und was das betraf, hatte Lorymar Thinkling es im Lauf seines Lebens zu erstaunlichem Geschick gebracht.

Er trank in großen, routinierten Schlucken.

Der Wein war zu warm und weder mit dem zu vergleichen, was auf den sonnigen Hängen Sarassas gedieh, noch mit jenem edlen Trunk, den man im fernen Hobheim kultivierte.

Aber das Zeug erfüllte seinen Zweck, zumindest so lange, bis man wieder nüchtern wurde.

Um sicherzugehen, dass dies nicht geschah, füllte Lorymar den Becher gleich noch einmal und trank erneut bis auf den Grund. Dann wollte er sich wieder auf sein Lager sinken lassen, um sich dem Schlaf tapfer ein zweites Mal zu stellen – als jemand an die Tür seines Gemachs klopfte.

»Ja?«, fragte er. »Wer ist da?«

Gedämpftes Gelächter drang von der anderen Seite. Er hatte sich mal wieder seiner Muttersprache bedient – ein Versehen, das ihm selbst nach all den Jahren noch manchmal unterlief, vor allem, wenn er in Gedanken war oder in großer Aufregung. Für die Ostragi war das jedes Mal ein Grund zur Heiterkeit, denn in ihren Ohren klang die Sprache seiner alten Heimat dumpf und bäuerisch.

»Ist alles in Ordnung?«, drang es dumpf durch die verschlossene Tür.

»Natürlich«, knurrte Lorymar laut, nun im ostragischen Dialekt von Altashar, den er fließend beherrschte – in siebenunddreißig Jahren hatte er schließlich genug Zeit zum Üben gehabt. »Was sollte auch nicht in Ordnung sein?«

»Ihr habt geschrien, Herr«, kam es zurück.

»Ich habe …?«

Lorymar stutzte. Jetzt erst entsann er sich an den Schrei, der ihn aus dem Schlaf gerissen hatte. Offenbar hatte dieser Schrei nicht zu seinem Traum gehört, sondern war ganz und gar echt gewesen – und sein eigener.

»Es ist nichts«, versicherte er schnell.

»Seid … Ihr sicher, Herr?«

»Natürlich bin ich sicher!«

»Aber der Schrei …«

»Ist dies mein Gemach oder nicht?«, begehrte Lorymar auf. »Und ist es mir gestattet, in meinem Gemach zu lassen und zu tun, was mir beliebt, oder nicht?«

»Natürlich, Herr.«

»Also schert euch gefälligst fort, habt ihr verstanden?«

Um seinen Worten Nachdruck zu verleihen, griff er nach der Karaffe aus Messing und warf sie, sodass sie gegen die verschlossene Tür krachte und auf den Boden schepperte. Daraufhin waren von jenseits des dicken Zedernholzes leiser werdende Schritte zu hören und das Klirren von Kettenhemden. Die Wachen entfernten sich.

Mit einem Stoßseufzer ließ sich Lorymar wieder auf sein Lager nieder. Sein Herz schlug jetzt noch schneller als zuvor, so sehr hatte er sich aufgeregt – nicht der aufdringlichen Wachen wegen, die im Grunde ja nur ihre Pflicht taten, sondern weil er im Schlaf geschrien hatte. Denn inzwischen glaubte er sich zu erinnern, was er gerufen hatte. Es war nicht nur einfach ein Schrei gewesen oder ein unartikulierter Laut, sondern ein Name, den er laut gerufen hatte – und er war froh, dass die Palastwachen ihn wohl nicht verstanden hatten.

Lorymar schluckte hart.

Er würde sich vorsehen müssen für den Fall, dass die Träume sich noch verstärkten. Bislang hatte es ausgereicht, sich mit Wein zu betäuben, aber was, wenn Freund Rebstock ihm diese Gunst nicht länger erwies? Würde er dann zu noch einschneidenderen Maßnahmen greifen müssen? Womöglich die Macht des Ophirs bemühen? Und wenn auch das nicht mehr genügte? Was dann?

Während er wieder in den Kissen versank, bedauerte er mit der Karaffe auch den letzten Rest Wein an die Tür seines Gemachs geschleudert zu haben, von wo er nun herabrann und leise zu Boden tröpfelte. Lorymar zählte jeden einzelnen Tropfen mit, bis endlich fern im Osten der Morgen heraufdämmerte und ein neuer Tag begann.

Ein neuer Tag im Leben von Lorymar Ghurab Thinkling – dem Zwerg des Königs von Altashar.

3

Nördliches Bordland
Nur wenig später

Von einer hohen Klippe aus beobachtete Rayan das Geschehen – aus sicherer Entfernung und doch nah genug, um alles zu erkennen, zumal der Regen nachgelassen hatte und die Schleier weniger dicht waren.

Es war nicht zu verhindern gewesen, sagte er sich. Und doch schmerzte es ihn wie eine Messerklinge, die sich tief in sein Fleisch gebohrt hatte – das Wissen, Hilfe verweigert und geschwiegen zu haben, als er hätte reden sollen.

Doch was hätte es genützt?

Nichts.

Lodernde Flammenschweife nach sich ziehend, stiegen die Pfeile in den dunklen Himmel, erreichten den höchsten Punkt ihrer Flugbahn und senkten sich dann wieder, fielen dem Boden entgegen und bohrten sich in die Dächer der Häuser. Ihre Schäfte waren mit pechgetränkten Lappen umwickelt, sodass die Schindeln trotz des Regens sofort Feuer fingen. Hell brannten die Flammen in der Nacht, und als wäre dies das Signal, wälzten sich aus den umgebenden Hügeln dunkle Gestalten auf das Dorf zu, in deren Händen blanke Äxte und Schwerter schimmerten und von deren Helmen Hörner und Geweihe ragten.

Das Gebrüll, das die Nordmänner anstimmten, als sie über das Dorf herfielen, die Türen einschlugen und in die Häuser eindrangen, war so laut, dass es bis zu Rayan herüberdrang, und es hatte kaum etwas Menschliches an sich. So weit war es mit den Menschen gekommen in dieser bis ins Mark gespaltenen, zerrissenen Welt.

Erschüttert beobachtete er, wie die Dorfbewohner aus ihren Häusern getrieben wurden, wie die grausamen Barbaren die Männer erschlugen und über die Frauen herfielen, den hungrigen Wölfen gleich, die das Schild über dem Wirtshaus beschwor. Er konnte sehen, wie die Männer, mit denen er eben noch am Feuer gesessen hatte, die über seine Lieder und Zoten gelacht hatten, ins Freie gezerrt und abgeschlachtet wurden, wie man ihre Köpfe auf Spieße steckte, die man in den morastigen Boden rammte. Grauen packte ihn, und er wandte sich ab im Wissen, dass er all dies bereits einmal gesehen hatte.

Vor wenigen Augenblicken.

Er war nicht mehr in der Lage, Trauer oder Mitgefühl zu empfinden, denn wenn er etwas gelernt hatte, dann dass sich manche Dinge nicht verhindern ließen, ganz gleich, wie sehr man es versuchte. Und so war dort, wo Bestürzung und Mitleid, Reue und Skrupel hätten sein sollen, nur entsetzliche Leere. Eine Leere in seinem Herzen und seinen Gedanken, in allem, was er war – und die ihn langsam aufzufressen drohte.

»Sänger!«, sagte in diesem Moment eine Stimme hinter ihm.

Er fuhr herum – nur um sich einer Gruppe von Männern gegenüberzusehen, die lederne Röcke trugen und Tüchern vor den Gesichtern, die nur zwei schmale Sehschlitze frei ließen.

Der Griff zu dem Dolch an seinem Gürtel war ein sinnloser Reflex – er konnte es unmöglich mit allen gleichzeitig aufnehmen. Und noch während ihm diese Erkenntnis dämmerte, traf ihn etwas hart und schwer am Kopf, und er brach zusammen.

4

Hospital von Altashar
Am nächsten Morgen

»Und diese Träume kehren immer wieder?«

»Nein.« Lorymar schüttelte den Kopf, der ihm wie an jedem Morgen heftig brummte – zu viel Wein und zu wenig Schlaf … »Das heißt, eigentlich ja.«

»Was nun?«

Ildarim stemmte die ebenso langen wie dürren Arme in die Hüften und sah ihn aus seinen faltigen Zügen an. Lorymar hielt dem Blick des Alten stand, musste dazu allerdings den Kopf in den Nacken legen, was nur noch mehr wehtat.

»Manchmal kehren die Träume wieder«, gestand er widerstrebend ein, »und manchmal auch nicht. Was gilt es Euch, Heiler? Ich habe Euch nicht aufgesucht, damit Ihr mich mit Fragen löchert, sondern damit Ihr mich von diesem elenden Kopfschmerz und dieser Schlaflosigkeit befreit.«

»Das Erste ist leicht«, meinte der Gelehrte in unverhohlener Belustigung. »Sprecht dem Wein weniger zu, und Ihr werdet sehen, wie sich der Schmerz von ganz allein legt.«

»Ein billiger Rat«, knurrte Lorymar – wobei natürlich nicht von der Hand zu weisen war, dass der Heiler recht hatte. Aber eigentlich war das Schädelweh ja auch nicht der Grund dafür, warum Lorymar seine Abneigung gegen alle Ärzte und Quacksalber überwunden und sich zu einem Besuch im Hospital der Stadt überwunden hatte. Er hatte es wohl nur gesagt, um eine falsche Fährte zu legen und von seinem eigentlichen

Problem abzulenken. Doch der alte Ildarim hatte nicht von ungefähr seinen Namen, der übersetzt »der Allwissende« bedeutete.

»Es wundert mich«, meinte er kopfschüttelnd, wobei er sich den langen grauen Kinnbart zupfte. »Etwas passt hier nicht zusammen. Wein ist gewöhnlich nicht das Getränk, auf das sich böse Träume einstellen. Ich habe hin und wieder sogar schon geringe Dosen als Schlaftrunk empfohlen.«

»Dann bin ich wohl eine Ausnahme«, grunzte Lorymar missmutig. Es war erniedrigend, um Hilfe zu betteln. Im Nachhinein hätte er sich für seine Entscheidung, das Hospital aufzusuchen, am liebsten geohrfeigt. »Am besten, ich werde wieder gehen«, meinte er deshalb, »und …«

»Nicht so eilig«, hielt der Heiler ihn zurück. »Ihr habt diese Hallen aufgesucht, weil Euch ein Leid bedrückt, und in den Schriften Herkabs heißt es, dass niemand abgewiesen werden soll, der unserer Hilfe bedarf.«

»Ihr habt mich nicht abgewiesen«, brachte Lorymar in Erinnerung, während er bereits Richtung Ausgang watschelte. »Ich bin freiwillig gegangen.«

»Ich habe Euch aber noch nicht entlassen«, beharrte der Allwissende, und die Art und Weise, wie er seine Worte betonte und Autorität in seine Stimme legte, behagte Lorymar gar nicht. Man konnte sich nicht dagegen wehren.

»Diese Träume«, kam Ildarim wieder auf den Kern der Sache, energischer diesmal, »kehren also wieder.«

»Nun … ja.«

»Warum geht es dabei?«

Lorymar wich dem forschenden Blick des Heilers aus. Verdammt, was sollte die Fragerei? Was wurde der alte Schwachkopf plötzlich so neugierig? »Warum ist das wichtig?«, wollte er wissen.

»Weil es mir der Schlüssel zu Eurem Problem zu sein scheint. Herkab schreibt, dass die Ursachen einer Krankheit oftmals nicht im Körper einer Kreatur zu suchen sind, sondern in ihrer Seele.«

»Ist mir egal, was Herkab schreibt«, schnaubte Lorymar verdrossen. »Ich bin nicht krank, ich schlafe nur nicht besonders gut, das ist alles.«

»Seit fünf Monden«, brachte Ildarim in Erinnerung, was Lorymar ihm zu Beginn leichtsinnigerweise erzählt hatte. Das Gedächtnis des Greises schien noch bestens zu funktionieren.

»Seit einer Weile«, drückte Lorymar es freundlicher aus. »Also gebt mir irgendetwas aus Eurer Kräutertruhe, damit ich wieder zu meinem verdienten Schlaf komme, und lasst es dabei bewenden.«

»Das würde ich gerne, aber so einfach ist das nicht. Die Lehre Herkabs kennt Hunderte unterschiedlicher Arzneien. Dabei ist wohl zu erwägen, welche in welchem Fall zur Anwendung gelangt – und für diese Entscheidung stellt die Untersuchung des Patienten die wichtigste Grundlage dar. Herkab betont überdies, dass sich diese Untersuchung nicht nur auf die körperliche, sondern auch auf die Gemütsverfassung des Hilfesuchenden beziehen muss.«

»Da seid ganz unbesorgt, um die ist es tadellos bestellt«, beteuerte Lorymar schnell.

»Und da seid Ihr Euch sicher?« Der Blick des Heilers fokussierte sich erneut, wurde ernst und prüfend. »Bisweilen sind es Begebenheiten aus unserer Vergangenheit, die uns nicht zur Ruhe kommen lassen und deren Geister uns bis in die Gegenwart verfolgen.«

»Ich glaube nicht an Geister«, stellte Lorymar klar. »Und da ist auch sonst nichts, das mich verfolgen würde, ich bin mit meiner Vergangenheit im Reinen. Also gebt mir jetzt entweder etwas aus Eurer Giftküche oder lasst es bleiben, aber hört auf, mir Ratschläge zu erteilen, derer ich nicht bedarf!«

»Verzeiht«, gab Ildarim mit mildem Lächeln zurück. »Mir war nicht bewusst, dass Euch die Sache so nahegeht. Aber ich habe nicht an der Universität von Medras unter den größten Heilern des Reiches studiert, um mich von einem Zwerg verunglimpfen zu lassen«, konterte der Alte. »Ihr seid gekommen, weil Ihr meine Hilfe wolltet. Nicht umgekehrt.«

»Das ist wahr«, kam Lorymar nicht umhin zuzugeben. Er war jetzt vollends davon überzeugt, dass es töricht gewesen war, den Heiler aufzusuchen. Was konnten diese Quacksalber anderes als gescheit daherreden? Nichts, rein gar nichts ... »Ein Fehler, der nicht wieder vorkommen wird«, fügte er schmollend hinzu, machte auf dem Absatz kehrt und verließ nun endgültig das Behandlungszimmer.

»Nehmt das nicht auf die leichte Schulter!«, rief Ildarim ihm hinterher. »Der Mensch braucht Schlaf, um zu innerer Ruhe zu finden. Möglicherweise könnten Euch auch Bäder wohl bekommen! Ein Dampfbad mit Kräutern vielleicht ...«

Lorymar drehte sich nicht mehr um. Schnaubend trat er in die Empfangshalle des Hospitals, deren hohe, fassartig gewölbte Decke von Säulen getragen wurde und in deren Mitte ein Brunnen sprudelte. Auf den steinernen Bänken zwischen den Säulen saßen Leute mit allerhand Gebrechen und warteten darauf, zum großen Ildarim vorgelassen zu werden. Lorymar sah sie mit Verachtung. Sollten diese armen Kreaturen doch den Scharlatan aufsuchen – er würde ganz sicher nicht mehr an diesen Ort zurückkehren, niemals wieder.

Die Blicke, die man ihm zuwarf, versuchte er zu ignorieren. So lange weilte er nun schon in Altashar, und doch schienen die Ostragi sich nicht an seinen Anblick gewöhnen zu können. Oder vielleicht, dachte er wutschnaubend, gab es auch immer noch ein paar zurückgebliebene Idioten, die Lorymar Ghurab Thinkling, den Zwerg des Königs, nicht kannten.

Dabei waren dieser Name und diese Bezeichnung gleich in doppelter Hinsicht irreführend. Denn zum einen war Lorymar nach den mehr als drei Jahrzehnten, die sein Aufenthalt in Altashar nun bereits währte, ganz sicher kein *ghurab*, kein

Fremder mehr. Und zum anderen war er eigentlich gar kein Zwerg – aber was hätte es genutzt, den Ostragi den Unterschied zwischen einem stolzen Sohn von Hobheim und einem bärtigen Spross von Nifelberg zu erklären?

Schon die Bewohner von Westray waren äußerst oberflächlich, wenn es um derlei Unterscheidungen ging – die Bezeichnung »Halbling«, mit der sie Lorymar und seinesgleichen bedachten, war schließlich wenig schmeichelhaft, so als ob es sich bei ihnen nur um halbe, nicht aber um ganze Menschen handelte. Das Ostreich hingegen kannte keine kleinwüchsigen Bewohner, von den Reiterstämmen des Toten Landes vielleicht einmal abgesehen, die bucklig waren und hässlich und – falls die Gerüchte stimmten – abscheulichen Bräuchen frönten.

Lorymar hatte also nie die Mühe unternommen, den König darüber aufzuklären, dass der Zwerg, dessen er sich so gerne rühmte, eigentlich gar keiner war.

Und schließlich genoss er als »Zwerg des Königs« ja auch gewisse Privilegien, und diese aufzugeben, wäre tatsächlich noch dümmer gewesen, als wegen eines etwas unruhigen Schlafs einen Heiler um Hilfe zu bitten.

5

Salzmeer
Zur selben Zeit

Als Rayan wieder zu sich kam, wusste er nicht zu sagen, was schlimmer war: Das Dröhnen in seinem Schädel oder das Wissen, dass er gefangen war und sich in Feindeshand befand.

Die Erinnerung an die zurückliegende Nacht, an das Wirtshaus, das Dorf und den Überfall der Barbaren, an die grässlichen Bilder, die sich in sein Gedächtnis eingebrannt hatten, schwappte in sein Bewusstsein wie Jauche. Und tatsächlich war der Gestank von fauligem Fisch und Brackwasser das Nächste, was an sein Bewusstsein drang, zusammen mit dem Knarren vom Holz und Tauen und dem Gefühl, dass er Boden unter ihm schwankte.

Er war auf See!

Jäh schlug er die Augen auf und fuhr hoch – was sein Schädel mit pochendem Schmerz belohnte. Dennoch gehörte seine erste Sorge seiner Leier – wo war sie?

Noch halb blind tastete er umher und war unendlich erleichtert, als er das alte, glatte Holz zu fassen bekam. Wie einen kostbaren Schatz presste er es an sich. Dann rieb er sich die Schläfen, während er sich leise stöhnend umblickte und zu orientieren versuchte. Offenbar befand er sich unter Deck … Tageslicht fiel durch eine hölzerne Gräting und zeichnete ein Muster von Quadraten auf die Planken. Und inmitten des Zwielichts stand eine Gestalt, die Rayan sofort wiedererkannte. Es war der Kerl, der ihn auf der Klippe angesprochen hatte, kurz bevor er niedergeschlagen worden war.

Auch jetzt trug der Mann noch das Tuch vor dem Gesicht. Die dunklen Augen, die durch den Sehschlitz zu erkennen waren, blickten prüfend auf ihn herab. Der gekrümmte Säbel des Vermummten jedoch steckte in der Scheide, und auch an seiner Körperhaltung und den im Rücken verschränkten Händen konnte Rayan nichts Bedrohliches erkennen.

»Wo ...?«, begann er qualvoll. Seine Stimme krächzte fürchterlich.

»Auf unserem Schiff«, erklärte der andere überflüssigerweise. Von einem der Haken, die an der niederen Decke angebracht waren und an denen allerhand Gegenstände hingen, nahm er einen Wasserschlauch, entkorkte ihn und reichte ihn Rayan. Der Sänger nahm ihn dankbar entgegen und trank in kleinen Schlucken. Seine Lebensgeister kehrten spürbar zurück, und auch das Brennen in seiner Kehle ließ nach.

»Warum?«, wollte er wissen und sah den Fremden fragend an. Er versuchte, von den Augen auf das Gesicht zu schließen, das sich unter dem dunkelroten Tuch verbarg, aber das war nicht möglich. Also bemühte er seine Fantasie, um es sich zumindest vorzustellen – das sonnengebräunte, wettergegerbte Gesicht eines Südländers, so wie die dunklen Augen und der fremdartige Akzent es nahelegten.

»Sieh es als Dank an, Bruder«, erwiderte der andere und verschränkte die Arme vor der Brust.

Rayan rieb sich den noch immer schmerzenden Hinterkopf – sehr dankbar kam ihm das alles nicht vor. »Als Dank wofür?«

»Für die Gunst, die du uns erwiesen hast.« Der Fremde deutete auf Rayans Haupt. »Das war nicht vorgesehen. Meine Leute sind manchmal ein wenig ... übereifrig.«

»Eure Leute? Wer seid Ihr?«

Der Fremde lachte leise. »Warum wohl, glaubst du, trage ich diese Maske, Bruder? Warum verhülle ich mein Gesicht?«

»Wer weiß?« Rayan schnitt eine Grimasse. »Vielleicht bist du so hässlich.«

»Nicht hässlicher als du«, versicherte der andere in Anspielung auf die Narbe, die über Rayans Gesicht verlief. »Wenn du einen Namen brauchst, so nenne mich Lahad – in der Sprache meiner Heimat bedeutet das schlicht ›Niemand‹.«

»Turanien?«, fragte Rayan.

»Bessos«, war die Antwort.

Rayan hob die Brauen. »Was hast du hier im Norden zu schaffen? Noch dazu auf dieser Seite des Bruchs?«

»Das Ostreich und Westrien befinden sich nicht im Krieg«, versetzte der andere. »Und selbst wenn es einst so sein sollte, ist Lahad nicht der Mann, der in fremden Kriegen für fremder Herren Land kämpft. Lahad ist nur für Lahad.«

»Das leuchtet ein«, gab Rayan zu. »Wer also seid ihr? Warum habt ihr mich hierher verschleppt?«

»Wegen des Liedes, das du gesungen hast.«

»Welches Liedes?«

»Das von den Dingen handelte, die kommen würden – und die inzwischen geschehen sind. Du hast sie vorhergesehen.«

Rayan verkrampfte sich innerlich, die Narbe in seinem Gesicht, so alt sie auch war, begann plötzlich wieder zu schmerzen. »Das ist lächerlich«, behauptete er reflexhaft. »Ich habe nichts dergleichen getan. Ich bin nur ein einfacher Sänger, ein Spielmann auf Wanderschaft …«

»… der von der Zukunft singt«, bestätigte der andere unerschütterlich. »Die Barbaren sind gekommen – genau, wie du es vorausgesagt hast. Oder muss es in deiner Sprache ›vorausgesungen‹ heißen?«

»So ein Wort gibt es nicht, weder in meiner noch in deiner Sprache«, wies Rayan ihn zurecht. »So wie es auch weissagende Sänger weder gibt noch jemals gab.«

»Da irrst du dich«, versicherte Lahad. »Es hat sie gegeben – aber das ist lange her. In meiner Heimat berichten uralte Geschichten davon.«

»Ach ja?« Rayan biss sich auf die Lippen, frustriert darüber, dass ihm dieser Fehler unterlaufen war – und, noch schlimmer, dass er offenbar dabei erwischt worden war. »Für wen arbeitest du?«, wollte er deshalb wissen. »Für den Orden der Exekutoren?«

»Ich sagte es dir doch schon – Lahad ist nur für Lahad. Und du bist auch nicht mein Gefangener.«

»Nein.« Rayan rollte mit den Augen. »Natürlich nicht.«

»Trägst du etwa Fesseln?«

»Nein – aber das wäre auch überflüssig, da wir uns auf See befinden.«

»Aber du könntest mich mit deinem Dolch angreifen.«

Rayan schaute an sich herab – die Klinge steckte tatsächlich noch in seinem Gürtel.

Lahad lachte wieder. »Das unterscheidet den Sänger vom Krieger – der Krieger greift zuerst zur Waffe, der Sänger zur Leier. Aber sei unbesorgt, Bruder, dir wird kein Leid geschehen. Wie ich schon sagte, bist du hier, weil wir dir danken wollten – und dich retten.«

»Wovor?«

»Vor denselben Ungeheuern, denen auch wir nur mit Not entronnen sind. Und das verdanken wir dir.«

Rayan betrachtete den Vermummten aufmerksam, musterte ihn von Kopf bis Fuß – und dann begriff er.

Die Vision, die er in dem Wirtshaus gehabt hatte … Kurz nachdem er das Lied von den Dingen, die kommen würden, beendet hatte, hatten einige Männer das Lokal verlassen. Im Nachhinein ärgerte er sich darüber, dass er weder besonders auf sie geachtet noch sich ihre Gesichter angesehen hatte. Denn eines davon steckte wohl unter dieser Maske.

»Ihr wart auch in dem Gasthaus«, folgerte er.

»Auch Brüder müssen essen und trinken«, verteidigte sich der andere, und irgendwie wusste Rayan, dass das Gesicht unter dem Tuch dabei grinste.

»Ihr habt mein Lied gehört.«

»So wie alle anderen im Schenkraum«, räumte Lahad ein.

»Aber nur ihr seid gegangen.«

»Und deshalb leben wir noch.«

»Aber warum?«, fragte Rayan. »Warum habt ihr mir geglaubt? Was, bei Eileas' Klinge, brachte euch auf den Gedanken, dass sich dahinter mehr verbergen könnte als nur eine schaurige Geschichte?«

»Vielleicht«, entgegnete Lahad feierlich, »glaube ich ja noch an die Kraft der Magie – auch wenn es in diesem Land bei Strafe verboten ist. Oder vielleicht«, fügte er achselzuckend und sehr viel lapidarer hinzu, »haben wir ja auch schon vor ein paar Tagen den Rauch des Todes an der Küste gesehen und wussten deshalb, dass die bleichen Schlächter auf Beutezug sind. Meine erste Vermutung war, dass du zu ihnen gehörst und irgendein dunkles Spiel mit uns treibst, aber dann sah ich das Entsetzen in deinem Gesicht – und das war echt. Du wusstest nicht, was du da singst, das konnte man deutlich sehen, und du warst selbst darüber erschrocken. Und in diesem Moment habe ich mich an die Geschichten aus meiner Kindheit erinnert, an die Trommeln von Zawara, die einst vor der Invasion der Drakis warnten …«

»Ich bin aber kein Trommler.«

»Ist mir auch schon aufgefallen.« Lahad trat vor, reichte Rayan die Hand und zog ihn vorsichtig auf die Beine. »Wird es gehen?«

»Sicher.« Rayan nickte.

»Das ist eine erstaunliche Fähigkeit, die du da hast, Bruder. Ein Segen des Schicksals.«

»Ein Segen?« Rayan lachte freudlos auf. »Wohl eher nicht. Ich kann diese Dinge nicht beeinflussen. Manchmal, wenn ich singe, sehe ich plötzlich Dinge vor mir, furchtbare Dinge – von denen ich weiß, dass sie geschehen werden.«

»Hast du je versucht, sie zu verhindern?«

Rayan sah in die dunklen Augen, die ihn fragend anblickten. »Vor langer Zeit«, räumte er ein. »Die Menschen hören nicht gerne, was ihnen bevorsteht – die meisten ziehen es vor, ihre Zukunft nicht zu kennen. Ganz abgesehen davon, dass sie mich für eine Absonderlichkeit halten und sich vor mir fürchten. Und dass ich mich vor den Exekutoren in Acht nehmen muss.«

»Hier nicht«, widersprach Lahad. »Hier auf dem Meer bist du frei, Bruder.«

»Und dafür danke ich dir«, versicherte Rayan. »Aber wie lange wird das so sein?«

»Komm mit.« Der Vermummte machte auf dem Stiefelabsatz kehrt und trat an die Leiter, die auf Deck führte. Über die knarrenden Stiegen kletterte er hinauf, und Rayan folgte ihm.

Das helle Tageslicht blendete den Sänger, und er brauchte einige Augenblicke, sich zurechtzufinden. Er befand sich auf einer Karacke, einem Einmaster mit hohem Bugsteven und geräumigem Achterhaus. Die Seeleute, die sich auf Deck tummelten, waren ebenso gekleidet und vermummt wie Lahad, der ihr Anführer zu sein schien, denn sie begegneten ihm mit Ehrerbietung. Rayan hingegen würdigten sie keines Blickes, so als wäre er nicht einmal da. Sein Blick glitt am Mastbaum empor und über das geblähte Segel hinweg zur Spitze.

Eine schwarze Flagge wehte dort im Wind, ohne jedes Symbol oder Schriftzeichen – und Rayan erschrak.

»Die Unsichtbaren«, entfuhr es ihm.

»Wie schon gesagt – ich bin niemand«, versicherte Lahad.

Rayan fühlte sein Herz schneller schlagen. Die Unsichtbaren waren eine geheime Bruderschaft, eine Vereinigung von Schmugglern, Piraten und Assassinen, deren Ursprünge in ferner Vergangenheit lagen, noch lange vor der Divergenz.

Als Sänger kam Rayan viel herum, und gerüchtehalber war ab und an zu hören gewesen, dass die Unsichtbaren noch immer existierten und ihr Unwesen trieben. Doch noch nie hatte er gehört, dass es sie so weit nach Norden verschlug, und noch niemals hatte er einen von ihnen zu Gesicht bekommen.

»Ich weiß, was du denkst«, versicherte Lahad. »Du fragst dich, ob du dem einen Unheil nur entronnen bist, um nun vom nächsten ereilt zu werden.«

»Und?«, fragte Rayan.

»Sei beruhigt. Die Unsichtbaren mögen vieles sein, aber sie sind keine Barbaren, die wahllos töten und morden. Und obwohl sie die Freiheit lieben, sind sie einem strengen Kodex unterworfen.«

»Warum sagst du mir das alles?« Einmal mehr versuchte Rayan, hinter die Maske zu blicken. »Warum bin ich wirklich hier?«

»Die Täuschung ist der Unsichtbaren Geschäft – doch du, Bruder, bist schwer zu täuschen«, anerkannte Lahad. »Du bist hier, weil ich dir ein Angebot machen will – das Angebot, ebenfalls unsichtbar zu werden.«

»Ich … ich soll ein Unsichtbarer werden? Eurer Bruderschaft beitreten?«

»Und frei sein vor allen Nachstellungen, die dir in der Welt dort draußen drohen«, bestätigte der andere. »Wir bieten dir Schutz – und du stellst im Gegenzug deine Fähigkeit in unseren Dienst und warnst uns, wann immer die Zukunft für uns Böses verheißt.«

»Klingt nach einem guten Geschäft«, kam Rayan nicht umhin zuzugeben. »Die Sache hat nur einen Haken – ich kann meinen Teil des Handels nicht erfüllen. Denn ich habe keinen Einfluss auf das, was ich sehe. Ich kann weder den Ort bestimmen noch die Zeit – womöglich beschützt ihr mich ein Leben lang, ohne dass ich euch auch nur eine einzige nützliche Information gebe.«

»Und dennoch«, wandte der Kapitän der Unsichtbaren ein, »ist es besser, einen flüchtigen Blick auf die Zukunft zu erheischen, als überhaupt nichts von ihr zu wissen.«

»Und außerdem …«, fuhr Rayan fort.

»… hast du andere Pläne.«

Rayan nickte. Er war beschämt und wusste selbst nicht, wieso. Vielleicht, weil es das erste Mal war, dass er offen über seine Gabe sprechen konnte und man ihn dafür nicht verurteilte … »Ich hatte nicht vor, in jenem Dorf zu bleiben«, gestand er. »Ich war nur auf der Durchreise.«

»Mit welchem Ziel?«

»Skaradag.«

Die Augen unter der Maske blickten ihn an, als hätte er den Verstand verloren. »Skaradag? Warum, bei den Säulen von Isos, ausgerechnet Skaradag?«

»Ich habe meine Gründe«, entgegnete Rayan vorsichtig, während er sich fragte, ob die Unsichtbaren ihn nun vielleicht doch noch über Bord werfen würden.

»Keine Sorge«, versicherte Lahad, als könnte er seine Bedenken erahnen. »Deine Rettung vor den Barbaren war nicht an Bedingungen geknüpft. Im Gegenteil – wir sind es, die in deiner Schuld stehen, Sänger, und die Unsichtbaren pflegen ihre Schulden zu begleichen.« Damit wandte er sich von Rayan ab und dem Steuermann zu, der auf dem Achterdeck seinen Dienst versah. »Kurs Ost-Südost«, wies er ihn an. »Wir segeln nach Skaradag!«

6

Palast von Altashar
Nur wenig später

Lorymar war in Eile. Die Tagung des Kronrats, an der er als Zwerg des Königs teilzunehmen hatte, war für die zweite Stunde nach Sonnenaufgang angesetzt, und der Besuch im Hospital hatte mehr Zeit in Anspruch genommen als erwartet.

In den seidenen Pantoffeln, die man eigens für seine Größe angefertigt hatte, hastete er durch die Arkaden des königlichen Palasts, dabei stets bemüht, nicht über den Saum seines weiten Gewandes zu stolpern, und mit dem riesigen Turban, der auf seinem Kopf saß und bei jedem Schritt hin und her wippte, nirgendwo anzuecken. Natürlich diente dieser Aufzug dazu, seinen Träger der Lächerlichkeit preiszugeben, aber Lorymar hatte schon vor langer Zeit aufgehört, sich daran zu stören – und auch hierzu leistete der Wein einen wertvollen Beitrag.

Das Tor zum Thronsaal war dazu angetan, nicht nur Halblinge, sondern auch jede andere Kreatur, die es durchschritt, auf Däumlingsgröße schrumpfen zu lassen und ihr unmissverständlich klarzumachen, dass die Macht in diesem Teil der Welt in den Händen des Mannes lag, der jenseits dieser Pforte Hof hielt. Auf Lorymar Thinkling hatte das große Tor allerdings nie diese einschüchternde Wirkung gehabt. Vielleicht, weil er es gewohnt war, kleiner zu sein als seine Umgebung; vor allem aber deshalb, weil er es vorzog, den Thronsaal durch einen Nebeneingang zu betreten, der über einen breiten

Balkon führte, der von den *khalimi* gesäumt wurde, den Leibwachen des Königs. Von hier aus gelangte man nicht nur sehr viel unauffälliger in den Saal, sondern konnte ihn auch zur Gänze überblicken. Selbst dann, wenn man nur viereinhalb Fuß groß war.

Lorymar hatte die Neigung der Ostragi, möglichst jeden Sachverhalt in große Worte und blumige Metaphern zu kleiden, nie recht verstanden. Zumindest aber was die Leibwache des Königs betraf, war die Bezeichnung durchaus angemessen: *khalim* bedeutete »unsterblich«, und zumindest dem Anschein nach waren die Wächter das auch, denn ihre Anzahl verringerte sich niemals, sondern betrug stets genau 777. Ließ einer von ihnen sein Leben oder schied aus dem Dienst aus, so wurde die Lücke sofort wieder gefüllt; und da die Unsterblichen Helme mit Kettengeflecht trugen, das ihre Gesichter verhüllte, sahen alle gleich aus, und man hatte tatsächlich stets den Eindruck, als wären es immer dieselben Krieger, die über Monde und Jahre hinweg ihren König beschützten.

In den Nischen unterhalb des Balkons waren die Hofschreiber untergebracht, die dort an ihren kleinen Tischen kauerten, um festzuhalten und noch an Ort und Stelle zu vervielfältigen, was der König und seine Berater beschlossen; im Rund der Halle selbst, unter einer gewaltigen, freitragenden Kuppel, tagten der Herrscher und sein Hofrat: Auf der einen Seite der Wesir und des Königs Neffe, auf der anderen der Hofmarschall und das Oberhaupt der Priesterschaft. König Astyragis selbst thronte auf einem erhöhten, seidenbeschlagenen Sitz, dem von Sklaven aus dem dunkelsten Ophira mit gewaltigen Fächern aus schillernden Pfauenfedern kühle Luft zugefächelt wurde. Ein leibhaftiger Löwe, Astyragis' Wappentier, rekelte sich zu des Königs Füßen. Wie es hieß, sei es allein der natürlichen Autorität des Königs zu verdanken, dass sich die Bestie nicht auf den versammelten Kronrat stürzte und mit Haut und Haaren verschlang; Lorymar nahm allerdings an, dass auch die Tatsache, dass das Tier uralt war, halb blind und dazu noch kastriert, eine gewisse Rolle spielte.

Nach Norden hin öffnete sich der Thronsaal zum grünenden Garten, in dem Dattelpalmen, Akazien und Maulbeerfeigen wuchsen und auch im Sommer, wenn die Sonne am höchsten stand, noch kühlen Schatten spendeten. In der Mitte des Gartens sprudelte der von sieben marmornen Löwen umgebene Brunnen von Altashar, der als Symbol der Macht des Königs galt. Wie es hieß, war der Brunnen in den Wirren der großen Katastrophe und des Untergangs von Myracor nach Altashar gebracht worden.

Und mit ihm auch die wahre Herrschaft.

Was den König selbst betraf, so machte Astyragis der Löwe zumindest seinem Äußeren nach eine eindrucksvolle Figur. Waren die Abkömmlinge des Hauses Tyras ohnehin schon alle groß gewachsen, überragte der König sie noch einmal um Haupteslänge. Er war ein Riese, dabei aber von schlanker, beinahe zerbrechlich wirkender Postur. Entsprechend scharf und kantig waren seine Gesichtszüge, die wie aus Stein gemeißelt schienen. Eine ebenso lange wie schmale Nase teilte das Antlitz des Herrschers klingengleich, seine schwarzen Augen blickten aus dunklen, mit Galenit und Malachit geschminkten Höhlen, aufmerksam und, wie es schien, in stetem Argwohn. Das Kopfhaar des Herrschers, nach alter Überzeugung Symbol seiner Macht, war lang und zu zahllosen Zöpfen geflochten, von denen einige bereits ergraut waren. Sein Gewand war aus blauem Brokat und von Goldfäden durchwirkt, eines Herrschers würdig.

Zu Astyragis' rechter Seite thronte Gadates, der alte Wesir des Reiches. Sein Gewand war nach alter Tradition, ebenso wie der Turban, den er trug, und der spitze Kinnbart. Schminke und wohlriechenden Salben, wie nicht nur der König, sondern auch die meisten Höflinge sie verwendeten, vermochte er nichts abzugewinnen. Gadates war einst der Lehrer sowohl des Astyragis als auch seines Bruders Artaban gewesen und hatte schon unter ihrem Vater gedient; Lorymar hatte ihn als einen Mann harter, aber klarer Worte kennengelernt, aus denen die Erfahrung eines langen Lebens sprach. Und mitunter auch die Verbitterung.

Neben ihm saß Nawyd pan Tyras. Als Neffe des Königs und einziger Sohn seines Bruders Artaban war Nawyd Prinz von Altashar und Anwärter auf den Thron – jedenfalls, solange Astyragis keinen leiblichen Erben hatte. Nawyd war kleiner als sein Onkel, dabei aber muskulöser und kräftiger. Die Merkmale des Hauses Tyras spiegelten sich auch in seinen kantigen Zügen wider, das pechschwarze Haar trug er kurz geschnitten bis auf den dünnen Zopf, der seine vornehme Herkunft kennzeichnete. Nach Lorymars Einschätzung hatte Nawyd die Klugkeit des Vaters geerbt, den er nie kennengelernt hatte, allerdings auch dessen Sturheit und hitzköpfiges Temperament.

Ihm gegenüber hatte Hilalayan seinen Platz im Kronrat inne, seines Zeichens Hofmarschall und Vorsteher der Hofkanzlei. Genau wie Nestor, der altersschwache Löwe, der sich zu Füßen des Throns rekelte, war auch er in jungen Jahren seiner Männlichkeit beraubt worden. Doch während bei dem Löwen das Ausmaß an Gefährlichkeit und Verschlagenheit dadurch abgenommen hatte, schien es sich bei dem gewichtigen Mann aus Phrygos noch gesteigert zu haben. Das leutselige Äußere des Eunuchen, der ein fortwährendes Lächeln in seinen bleichen, feisten Zügen trug, täuschte – Lorymar hatte schon früh gelernt, sich vor Hilalayan und seinen Spitzeln in Acht zu nehmen. Ebenso wie vor dem Mann, der neben ihm saß und ebenso kahlhäuptig war wie der Hofmarschall, dabei jedoch klein und von drahtiger Gestalt. Dies war Xusra, der Hohepriester des Feuerkults.

Schon unter der Herrschaft Artabans, aber mehr noch, seit dessen Bruder Astyragis die Krone trug, hatte sich dieser Kult im Ostreich ausgebreitet. Es gab Zungen, die behaupteten, dass es in Wahrheit der Feuerkult gewesen sei, der Astyragis zur Königsmacht verholfen habe, worauf er sich im Gegenzug selbst zur reinigenden Kraft des Feuers bekannt und geschworen habe, ihr in seinem ganzen Reich Geltung zu verschaffen, vom Markland im Norden bis hinab nach Bessos und von Turanien bis hinein in die Steppen des Toten Landes. Der machthungrige Xusra begrüßte diese Pläne, während Wesir Gadates die Wahrung der Reichsgrenzen und Hilalayan stets den Staatsschatz im Blick hatte – Interessen, die sich oftmals gegenseitig ausschlossen, sodass der Kronrat ein Schauplatz lebhaften Zwists und bisweilen auch dunkler Ränke war.

Gewöhnlich wohnte Lorymar dem Treiben belustigt bei – heute musste er besorgt zur Kenntnis nehmen, dass er zu spät gekommen war; die Sitzung des Kronrats hatte bereits begonnen, und Astyragis war nicht für seine Nachsicht bekannt. Lorymar hatte mehrfach miterlebt, wie der König Diener und selbst hohe Hofbeamte schon aus weit geringeren Anlässen hatte auspeitschen lassen. Womöglich, dachte er verdrießlich, drohte dieses Schicksal nun auch ihm, und er bereute noch mehr als zuvor, den alten Ildarim aufgesucht zu haben.

Doch das Glück schien Lorymar Thinkling an diesem Morgen hold zu sein. Denn etwas anderes hatte die Aufmerksamkeit des Königs in Beschlag genommen. Etwas, das Astyragis noch ungleich mehr erzürnte als die Nachlässigkeit seines kleinwüchsigen Hofschranzen …

Die *khalimi* hatten einen Mann vor den Thron geschleppt und ihn gezwungen, sich vor dem König zu Boden zu werfen. Lorymar erkannte ihn sofort. Es war Darak, ein Schreiber aus Hilalayans Kanzlei, der offenbar in Ungnade gefallen war. Lorymars erste Vermutung war eine Indiskretion oder Veruntreuung von Geld. Doch dann erhob sich Xusra der Feuerpriester in seinem orangerot leuchtenden Gewand, und Lorymar begriff, dass es um ungleich mehr gehen musste.

»Was hat dies zu bedeuten?«, erkundigte sich Hilalayan, der als Marschall dem Hofzeremoniell vorstand. Seinen geröteten Zügen war zu entnehmen, dass er nicht über die Verhaftung seines Schreibers in Kenntnis gesetzt worden war.

»Blasphemie!«, rief Xusra mit lauter Stimme und deutete anklagend auf Darak. »Dieser da hat sich geweigert, dem Ewigen Feuer die Ehre zu erweisen!«

»Ist das wahr?«

Astyragis selbst hatte gefragt, wobei sich sein misstrauischer Blick auf den Beklagten richtete.

»I-ich bin mir keiner Schuld bewusst, Herr!«, versicherte der, wobei er sein Antlitz zu Boden gerichtet hielt. Den König mit dem Blick eines Beschuldigten zu beschmutzen, wäre ein weiteres Verbrechen gewesen.

»Nein?«, fragte Xusra und trat vor. Auf seinem kahlen Haupt trug er das Feuermal, und in seinen Augen schien eine wilde Glut zu lodern. »Willst du etwa leugnen, dass du versäumt hast, dem Ewigen Feuer deine Huldigung zu erweisen, Nichtswürdiger? Sowohl gestern als auch am Tag zuvor – so wie auch schon in der vergangenen Woche?«

Abscheu zeigte sich auf den Zügen des Königs. »Ist das wahr?«, wollte er noch einmal wissen.

»Es ist wahr«, bestätigte Xusra, noch ehe der Beklagte etwas erwidern oder sich verteidigen konnte. »Es gibt dafür mehrere Zeugen.«

»Was für Zeugen?«, verlangte nun Hilalayan zu erfahren. Als Daraks direkter Vorgesetzter schien er sich gleichfalls beklagt zu fühlen.

»Zeugen, an deren Leumund niemand Zweifel haben kann«, versicherte Xusra und nannte die Namen einiger Priester und Tempeldiener. Und mit jedem einzelnen Namen, der fiel, zuckte der Beklagte wie unter Peitschenhieben zusammen, während der Zorn des Königs immer noch größer zu werden schien.

»So dankst du mir die Gunst, die ich dir erwiesen habe?«, fragte er von seinem hohen Sitz herab. »So achtest du das Gesetz, das ich erlasse?«

»Ich achte das Gesetz, Herr«, versicherte der Schreiber flehend. »Ich bin mir keiner Schuld bewusst! Wenn ich versäumt habe, dem Feuer zu huldigen, so nur, weil ich in Gedanken versunken war, in Ausübung meiner Pflicht …«

»Da hört Ihr es«, meinte Hilalayan in Xusras Richtung – doch der Priester schien davon unbeeindruckt.

»Wäre es so«, beschied er dem Beklagten mit dünnem Lächeln, »so wärst du nicht hier, du Hund, und es würde Gnade vor Recht ergehen. Doch wir haben allen Grund zu der Annahme, dass du nicht nur dem Feuer die Huldigung verweigerst, sondern im Verborgenen auch noch den alten, falschen Göttern frönst!«

»Nein!«, rief Darak entsetzt. »Niemals!«

»Hund!«, fuhr Xusra ihn an. »Willst du mich frech belügen? Dabei trägst du das Zeichen des Verrats sogar noch bei dir!«

Er nickte den Wachen zu, die vortraten und dem Beklagten die Tunika vom Leib rissen. Vergeblich versuchte Darak, die Tätowierung zu verbergen, die auf seiner haarlosen Brust prangte. Die Wächter packten seine Arme und drehten sie ihm auf den Rücken.

»Erkennt Ihr dieses Zeichen?«, fragte Xusra in die Runde. »Es ist *hilama*, das Zeichen des Mondes!«

»Bitte«, flehte Darak, nunmehr am ganzen Körper zitternd und mit Tränen in den Augen. »Dafür kann ich nichts! Dieses Zeichen wurde mir gegeben, als ich noch ein Kind war! Ich kann nichts für die Sünden meines Vaters!«

»Nein«, gab Xusra zu. »Aber du hättest Zeit genug gehabt, zu mir zu kommen und um Ablass zu bitten. Die reinigende Kraft des Feuers hätte den Makel zu entfernen vermocht. Stattdessen hast du versucht, ihn vor uns und deinem

Herrscher zu verbergen. Obwohl du wusstest, dass es verboten ist.«

»Nein!« Es gelang dem Verzweifelten, sich von seinen Häschern zu lösen. Halb nackt wie er war, warf er sich bäuchlings vor dem Thron zu Boden. »Bitte, Herr! Mein ganzes Leben lang war ich Euer ergebener Diener! Nie wäre es mir in den Sinn gekommen, etwas anderes zu wollen als ...«

»Schweig!«, fiel Astyragis ihm ins Wort. »Du hast vorgegeben, ein Sohn des Feuers zu sein, und mich, deinen Herrscher, damit bewusst getäuscht. Wie könnte ich dir jetzt noch vertrauen?«

»Sagt mir, was ich tun soll, Herr!«, verlangte Darak flehend, während er sich zu des Königs Füßen wand wie ein Wurm. »Alles, alles will ich tun, um Euch zu beweisen, dass ich Euer Vertrauen verdiene!«

»So?« Astyragis hob eine Braue. »Dann lass den Priester seine Pflicht tun und deine Seele reinigen.«

»Nein! Neeein!«, brüllte der Beamte, dass seine Stimme von der hohen Kuppeldecke widerhallte und sich überschlug. »Nur das nicht, ich bitte Euch ...«

Da von seinem Herrscher keine Gnade zu erwarten war, wandte sich Darak Hilfe suchend an Hilalayan. Doch diesmal schwieg auch der Hofmarschall. Ganz offenbar wollte er sich nicht mehr für einen Mann verwenden, dessen Schuld so eindeutig bewiesen war – und auch Lorymar war auf seinem hohen Beobachtungsposten fest entschlossen, den Mund zu halten.

Dafür sprang ein anderer in die Bresche.

»Onkel!« Prinz Nawyd erhob sich. Der Schein des Morgenlichts, das vom Garten einfiel, ließ seinen kostbar gearbeiteten Harnisch schimmern. Die Gesichtszüge des Prinzen hatten sich dunkel verfärbt, sein Zopf bebte vor mühsam zurückgehaltenem Zorn. »Wollt Ihr das wirklich tun?«

»Stellst du meine Entscheidung infrage, Neffe?«

»Nein.« Nawyd schüttelte den Kopf. »Doch ich bitte Euch zu bedenken, dass Euch dieser Mann dort stets treu gedient hat. Welches Signal sendet Ihr an seinesgleichen, wenn Ihr ihn für ein Verbrechen bestraft, das er womöglich nicht begangen hat?«

»Braucht Ihr noch mehr Beweise, Prinz?«, keifte Xusra. »Er trägt das Mal des Mondgottes! Und er wurde mehrfach dabei beobachtet, wie er dem Feuer die Huldigung verweigert hat!«

»Eure Spitzel sind überall, das ist wahr«, räumte Nawyd ein und bestätigte damit die Meinung, die Lorymar von ihm hatte. Der junge Prinz war kein Dummkopf, gewiss nicht. Aber er ließ jedes Gefühl dafür missen, wann es besser war, den Mund zu halten ... »Doch die Entscheidung darüber, was mit einem Hofbeamten geschieht, der sich eines Verbrechens schuldig gemacht hat, obliegt nicht Euch, sondern meinem Onkel, dem großen Astyragis. Und es war von jeher Sitte, einem Sünder die Möglichkeit zur Buße zu gewähren.«

Damit wandte er sich dem König zu – und Lorymar war gespannt, was geschehen würde. Astyragis war eitel und anfällig für Schmeicheleien, das stand außer Frage. Doch hatte Nawyd diese Karte womöglich etwas zu offenkundig ausgespielt, als dass sie Wirkung gezeigt hätte.

Es wurde still im Saal.

Aller Augen waren auf den König gerichtet, in dessen dunklen Zügen sich für einen Moment tatsächlich etwas wie Milde zu spiegeln schien – ehe seine Mundwinkel herabfielen und er langsam nickte. »Ich weiß, Neffe«, versicherte er. »Und deshalb werde ich diese verdorbene Seele nun ihrer Reinigung überantworten, auf dass sie von allen Makeln befreit werde.«

»Nein!« Darak richtete sich ensetzt auf. Er wusste nur zu gut, was das zu bedeuten hatte.

Auch alle anderen wussten es.

Die Mienen ringsum versteinerten, Nawyd sank auf sein Kissen zurück und wandte den Blick. Xusra hingegen trat auf den Verurteilten zu und sah ihn mit lodernden Augen an.

»Nun denn«, sprach er dazu, wobei er die Hand ausstreckte und Daraks Brust berührte, »so öffne dein Herz und mache dich bereit, der reinigenden Kraft des Feuers zu begegnen, auf dass sie deine Verderbtheit verzehre und dich zu einem wahren Gläubigen mache!«

»Nein! Nein …« Darak war vor Furcht wie erstarrt. Die Augen hielt er fest geschlossen, so als könnte ihn das vor der Strafe bewahren.

Ein Augenblick schrecklicher Stille verstrich.

Dann begann der der Blasphemie überführte Hofbeamte zu schreien, so laut und so erbärmlich, dass es Lorymar durch alle Glieder fuhr. Daraks Leib begann zu beben, er krümmte sich wie unter einer vergifteten Speise, als er die Hitze in seinem Inneren fühlte.

Und dann, von einem Moment zum anderen, stand er in Flammen. Der Schreiber sprang auf, lief unter entsetzlichem Geschrei umher, einer lebenden Fackel gleich. Kopflos rannte er bald hierhin und bald dorthin, prallte von den Schilden der Wächter ab, bei denen er vergeblich Hilfe suchte – und brach schließlich zusammen.

Die Flammen züngelten, solange sie noch Nahrung fanden, erst dann verloschen sie. Zurück blieb nur ein schwelender, rauchender Haufen, der noch vor wenigen Augenblicken ein lebender Mensch gewesen war.

»Wir danken dem Feuer, das seine Seele gereinigt hat«, rief Xusra so laut, dass es von der Kuppeldecke widerhallte.

»Wir danken dem Feuer«, tönte es reihum zurück.

Nur Nawyd sagte nichts.

Und auch Lorymar ertappte sich dabei, dass ihm die Worte nicht recht über die Lippen wollten …

»Wo ist mein Zwerg?«, hörte er in diesem Moment den

König rufen. »Wo ist dieser zu kurz geratene Sohn einer läufigen Hündin, wenn ich seiner bedarf, damit er mich aufheitert und mir meine trüben Gedanken nimmt?«

Lorymar war wie vom Donner gerührt. Und ihm war klar, dass nur die Flucht nach vorn ihn retten konnte.

»Hier, mein Gebieter!«, rief er, und als ob er nur darauf gewartet hätte, sich zu zeigen, sprang er hinter der Balustrade hoch und winkte.

Schon das sorgte beim Löwen von Altashar für Heiterkeit – die sich noch steigerte, als Lorymar die Treppe hinabwandelte, auf dem Kopf den übergroßen Turban, der dabei hin und her wackelte wie ein liebeskrankes Kamel, und in dem weiten Gewand, über dessen weite Falten er bei jedem Schritt zu fallen drohte.

»Da bist du ja, Zwerg!«, rief Astyragis ihm entgegen, so als wäre nichts gewesen. »Welche Zerstreuung kannst du deinem Herrscher bieten?«

»In der Tat, welche Zerstreuung könnte ich Euch noch bieten, mein König?«, pflichtete Lorymar bei, während er die Stufen zum Thronsaal hinabeilte, den beißenden Geruch von verbranntem Fleisch in der Nase. »Denn was könnte noch unterhaltender und erleuchtender sein, als schon am frühen Morgen einer Seele dabei zuzusehen, wie sie gereinigt wird …?«

7

Skaradag, Bordland
Vier Tage später

Die Riemen knarrten, plätschernd schlug das Wasser gegen den Rumpf des Nachens.

Es war noch früh am Morgen.

Das Dunkel der Nacht war noch nicht ganz gewichen, und trügerisches Zwielicht herrschte; Morgennebel hing zäh und schwer in der Bucht, wie meist um diese Jahreszeit. Das Kap und die Salzinseln waren im Osten nur als undeutliche Schemen auszumachen, ebenso wie die Türme und Mauern, die sich jenseits des Ufers erhoben. Es war die Zeit des Tages, zu der Unsichtbare an Land zu gehen pflegten.

Rayan sah Kapitän Lahad an, der auf der Ducht gegenübersaß. Wie immer trug er seine Maske, die er auch während der vergangenen vier Tage nicht vor ihm abgenommen hatte, ebenso wenig wie die anderen Mitglieder der Besatzung. Die ganze Zeit über war der Sänger von Masken umgeben gewesen, von bewusst gewählter Anonymität. Anfangs hatte er geglaubt, dass dies seinetwegen geschehe, aber das war nicht der Fall. Es ging den Unsichtbaren nicht nur einfach darum, unerkannt zu bleiben. Sondern auch darum, das alte Leben hinter sich zu lassen und im Dienst der Bruderschaft ein neuer Mensch zu werden – einer Bruderschaft freilich, die sich Mord, Piraterie, Schmuggel und anderen Untaten verschrieben hatte.

Doch was immer auch jemand gewesen war und woher er auch kam – in dem Augenblick, da er sich die Maske überstreifte und ein Unsichtbarer wurde, verlor es seine Bedeutung.

Tief in seinem Ineren sehnte sich auch Rayan nach einem solchen Neubeginn. Doch es gab etwas, das er tun musste. Etwas, vor dem es kein Entrinnen gab, sosehr er es sich auch wünschte, und vor dem auch keine Maske und keine Verkleidung ihn schützen würde.

Dort, in Skaradag …

Die Umrisse des Hafens traten aus dem Nebel – die Ummauerung mit den trutzigen Türmen und die Masten der Schiffe, die an den Kais vor Anker lagen. Lahad wies seine Leute an, die äußere Kaimauer anzusteuern und Rayan dort abzusetzen.

»Danke«, sagte Rayan leise.

»Was, bei Isos' Ruinen, hast du an diesem Ort zu schaffen? In Skaradag gibt es nichts außer Salz, Kaufleuten und Dieben. Das Salz lockt die Kaufleute an, und die Kaufleute die Diebe. Sonst gibt es nichts in dieser kalten Stadt.«

»Was bedeutet, dass es für mich reichlich Arbeit geben wird«, entgegnete Rayan gelassen. »Denn je kälter der Ort, desto mehr wünschen sich die Menschen Lieder, die das Herz erwärmen.«

»Und solche Lieder wirst du ihnen vorsingen?«

Rayan fühlte den prüfenden Blick des anderen und wusste, worauf er anspielte. »Ich werde es jedenfalls versuchen«, erwiderte er ausweichend.

Lahad nickte nur. Vermutlich ahnte er, dass dies nicht der einzige Grund war, weshalb Rayan unbedingt nach Skaradag wollte, aber er fragte nicht weiter nach, was der Sänger ihm hoch anrechnete. Auch das gehörte zu den Tugenden eines Unsichtbaren – ein Geheimnis nicht nur bewahren zu können, sondern es auch zu respektieren.

Es krachte dumpf, als der Nachen an der Kaimauer längsseits ging und gegen das von Moos und Muscheln überzogene

Gestein stieß. Rayan erhob sich, die Tasche mit der Leier an sich pressend, die sein wertvollster Besitz war – und im Grunde auch sein einziger.

»Danke, Lahad«, sagte er noch einmal.

Der Vermummte lachte leise. »Wofür? Niemand hat dir eine Gunst erwiesen.«

»Deshalb bedanke ich mich bei Niemand«, entgegnete Rayan mit mattem Lächeln. Obwohl er weder den Kapitän noch irgendeinen seiner Männer in den letzten Tagen ohne Maske gesehen hatte, fühlte er sich ihnen auf eine seltsame Weise verbunden. Gewissermaßen waren sie alle Ausgestoßene, jeder auf seine Art – und auch Lahad schien so zu empfinden.

»Nimm das«, sagte er und gab Rayan einen kleinen Gegenstand.

Der Sänger betrachtete das kleine Ding – es war eine Kupfermünze, vielleicht aus Skaradag, vielleicht auch aus einer der fernen Städte des Ostens, die Rayan nur aus alten Liedern kannte. Man konnte nicht mehr erkennen, woher die Münze kam, und der Grund dafür war, dass sie dort, wo ein Kopf oder Wappen hätte sein sollen, ein rundes Loch aufwies.

»Die Münze eines Unsichtbaren«, erklärte Lahad. Noch ehe Rayan fragen konnte. »In deren Welt« – er deutete auf die Mauern von Skaradag – »hat sie ihren Wert verloren. Doch jedes Mitglied unserer Bruderschaft wird dir Hilfe gewähren, wenn du ihm diese Münze gibst.«

»Ich verstehe.« Rayan nickte. Er nahm nicht an, dass er für die Münze Verwendung haben würde, schloss aber seine Hand darum. »Ich danke Niemand.«

»Niemand gibt gerne«, entgegnete der Unsichtbare mit der traditionellen Formel seiner Bruderschaft. »Und du bist sicher, dass du hier aussteigen willst, Bruder?«

»Das bin ich«, versicherte Rayan, und wie um seine Worte zu unterstreichen, sprang er an Land. Auf der Kaimauer wandte er sich um und wollte seine Hand reichen, um sich von

Lahad und seinen Leuten zu verabschieden – doch sie hatten schon vom Ufer abgelegt, und der Nachen war bereits wieder dabei, im Nebel zu verschwinden.

Rayan hob die Hand zum Gruß – und im nächsten Moment waren das Boot und seine vermummten Insassen bereits nicht mehr zu sehen, so als wären sie niemals da gewesen. Auch Rayans Erinnerungen an die letzten Tage schienen plötzlich im Nebel zu verschwimmen. Es war, als würde er aus einem Traum erwachen – eben noch war ihm alles ganz klar und wirklich erschienen, nun kam es ihm vor, als hätte er sich alles nur eingebildet. Er öffnete die Hand und stellte fast verwundert fest, dass die Münze noch da war.

Er ließ sie in der Tasche seines schäbigen Rocks verschwinden, dann zog er die Kapuze seins Umhangs hoch und schritt an der Kaimauer entlang. Je näher er dem Stadttor kam, desto belebter wurde es. Zwar war es noch früher Morgen, doch waren einige Fischer bereits zurückgekehrt und dabei, ihren Fang auf die Karren der Händler zu verladen, die sie auf den Märkten der Stadt verkaufen würden. Rayan stahl sich kurzerhand unter sie, tauchte ein in die Glocke aus Fischgeruch und geschäftigem Geschnatter, und bewegte sich so auf das Tor zu. Je weiter es vor ihm aus dem Nebel trat, desto deutlicher war das Wappen zu erkennen, das in das dunkle, von Regen und Wind gezeichnete Gestein gehauen war; es war zweigeteilt und zeigte ein Schwert und eine Waage. Darunter stand in bordischen Schriftzeichen das uralte Motto der Stadt: »Maß für Maß«.

Das Tor stand bereits offen, die Fallgitter waren hochgezogen. Zu beiden Seiten des Durchgangs brannten in Halterungen steckende Fackeln, in deren fahlgelbem Schein die Wachsoldaten die vorbeiziehenden Leute musterten. Besonderen Eifer legten sie dabei allerdings nicht an den Tag, was am starken Fischgeruch der Eintretenden oder auch an der frühen Stunde liegen mochte. Oder vielleicht an beidem.

Weder hielten sie ihn an noch forderten sie ihn auf, seine Kapuze vom Kopf zu ziehen, und so hatte er das Stadttor schon im nächsten Moment hinter sich gelassen.

Er war zurück.

Vor ihm lag Skaradag – ein unüberschaubares Meer von aus Schiefergestein gemauerten Häusern, die sich eng aneinanderduckten und deren Dächer so moosüberwuchert waren, als wären sie miteinander verwachsen. Der modrige Gestank, der überall in der Stadt zu riechen war, war dementsprechend mächtig und überwog bei Weitem den Geruch des Fischs und des Meeres. Den Einwohnern von Skaradag schien das nichts auszumachen – es waren robuste Bordländer mit vom rauen Wetter geröteten Gesichtern und zumeist flachsblondem Haar. Die wohlhabenderen Bürger der Stadt trugen die traditionelle Tracht des Nordens – wollene Tuniken mit pelzgefasstem Rand, in die bunte Muster eingewoben waren. Der arme Teil der Bevölkerung – und das war der weitaus größere – musste froh sein, wenn er überhaupt etwas am Leibe trug. Denn die Arbeit in den Salzschächten draußen auf den Inseln mochte den Kaufleuten viel Geld eintragen; jene jedoch, die sie im Schweiße ihres Angesichts verrichteten, bekamen kaum genug, um davon satt zu werden. Die Arbeiter schufteten für Hungerlöhne, und die Leibeigenen bekamen noch nicht einmal das. Ausbeutung hatte eine lange und gewinnträchtige Tradition in Skaradag.

Entsprechend war die Stadt geteilt: Darlik, die dem Hafen zugewandte Seite, gehörte den Armen, die dort in schmalen, sich in drei oder vier Stockwerken hochtürmenden Mietskasernen lebten; Rikstedt jedoch, der dem Land zugewandte Teil, war den Reichen vorbehalten, die dort in ihren Palästen residierten. Inmitten dieser steinernen Pracht erhob sich weithin sichtbar die Eiserne Zitadelle von Skaradag, ein trutziges Bauwerk mit hohen Mauern und Türmen, deren Zinnen mit Metall beschlagen waren und der Festung ihren Namen gaben. Infolge des feuchten Klimas und der salzhaltigen Luft war das Eisen von Rost zerfressen; rotbraune Spuren wie von getrocknetem Blut verliefen an den Mauern herab und gaben der Festung ihr charakteristisches Aussehen.

Es entsprach dem Selbstverständnis der Reichen und der Verzagtheit der Armen, dass es keine bewachte Grenze zwischen den beiden so verschiedenen Stadtteilen gab; im Gegenteil gingen sie nahtlos ineinander über, und kein wohlhabender Bürger empfand etwas dabei, selbst in Reichtum und Luxus zu schwelgen, während nur wenige Häuser weiter Kinder vor Hunger schrien. Die Dinge waren, wie sie waren, niemand, so lautete die Überzeugung in Skaradag, konnte etwas daran ändern.

Und niemand *wollte* etwas daran ändern.

Mit den Händlern, die in die Stadt drängten, erwachte Skaradag zum Leben. Die Läden öffneten, auf den Marktplätzen bauten die Verkäufer ihre Stände auf. Und überall wurden die Fenster aufgerissen und aus schäbigen Pötten die stinkenden Hinterlassenschaften der vergangenen Nacht auf die Straße geschüttet – und das in solcher Dichte, dass Rayan sich vorsehen musste, nicht getroffen zu werden. Marktschreier priesen Waren an, Handwerker boten ihre Dienste feil und Wirtshäuser luden zur ersten Mahlzeit des Tages, die sich freilich nur die Wohlhabenden leisten konnten; gepökeltes Fleisch wurde in allen Varianten feilgeboten, was nicht weiter verwunderlich war in einer Stadt, in der es Salz im Überfluss gab; und in den Bordellen von Skaradag trugen die Töchter Darliks ihre Körper zu Markte, solange sie vom Mangel und der Arbeit in den Mienen nicht so ausgezehrt waren, dass sie niemand mehr haben wollte.

Die Gegensätze in den Straßen waren augenfällig: Hier schäbige Fetzen, die nur notdürftig vor dem rauen Nordwind schützten – dort bunte Wolle und feiner Samt, der über die Handelsstraße von Brückstadt heraufkam; hier ausgemergelte

Mienen, in denen Verzweiflung geschrieben stand – dort wohlgenährte, vor Selbstzufriedenheit schier berstende Gesichter; hier gebrochene Blicke und schiere Verzweiflung in den Augen – dort ein Blitzen und Leuchten in Aussicht auf Gewinn. Skaradag war ein beklemmender Ort, und eigentlich hatte sich Rayan geschworen, niemals wieder in diese Stadt zurückzukehren, in der sich alles nur um Geld und Salz und um Salz und Geld zu drehen schien. Doch er hatte seine Meinung geändert … *sie* hatte seine Meinung geändert.

Die Vision, die er gehabt hatte.

Es war während eines alten noryschen Volkslieds geschehen, das er gesungen hatte, ein Lied über die Wälder und Berge Noryas und seine schwarzen Seen.

Und von der Tiefe hatte es gehandelt.

Von Tod und Untergang …

Abrupt blieb Rayan stehen.

Wie lange er in Gedanken versunken durch die Gassen gegangen war, vermochte er nicht mehr zu sagen. Aber sein Weg hatte ihn bis vor die Tore der Zitadelle geführt, die nun groß und düster vor ihm aufragte, mit ihren eisernen Zinnen und den grünen Bannern Skaradags darüber. Unterhalb der Zinnen jedoch bot sich ein schauriger Anblick: Unzählige mumifizierte Leichen hingen dort an hölzernen Auslegern – Diebe, die man hingerichtet und in Salz konserviert hatte, zur Abschreckung für nachfolgende Generationen.

Die Zitadelle war das Machtzentrum der Stadt. Hier residierte der Magistrat, der zugleich auch der oberste Richter war; es war der Sitz der Saliger, jener Beamten, die über den Verkauf des Salzes wachten und darauf achteten, dass von jedem abgschlossenen Handel ein Zehent als Steuer abgeführt wurde; und hier lagerte auch das Gold von Skaradag, wohl bewacht in der städtischen Schatzkammer.

Rayan fragte sich, ob es Zufall gewesen war, der ihn als Erstes hierhergeführt hatte.

Nein. Sicher nicht.

Der Sänger schlug die Kapuze seines Umhangs zurück, und inmitten des belebten Vorplatzes der Festung schloss er die Augen und konzentrierte sich, suchte sich zu erinnern.

Hier beginnt es. Genau hier …

In diesem Moment geschah es.

Jemand stieß Rayan an, so hart, dass er Mühe hatte, sich auf den Beinen zu halten. Er taumelte zur Seite, und noch während er um das Gleichgewicht rang, sah er jemanden in einem schmutzig braunen Umhang davonhuschen und in der Menschenmenge verschwinden – und im nächsten Moment begriff er, dass er bestohlen worden war.

Seine lederne Umhängetasche – sie war verschwunden.

Und mit ihr auch die Leier, die sich darin befand.

8

Palast von Altashar
Zur selben Zeit

In den letzten Nächten hatte Lorymar kaum Ruhe gefunden.

Wann immer sein erschöpfter Geist das dunkle Tal des Schlafes durchwandert hatte, war er verfolgt worden von immer denselben bösen Geistern. Schweißgebadet war er jedes Mal hochgeschreckt, mit heftig pochendem Herzen und den Bildern vor Augen, die ihn so verängstigten, dass er lange Zeit brauchte, um sich wieder zu beruhigen. Und wenn er dann endlich wieder einschlief, waren sie erneut da und suchten ihn heim, noch schlimmer als zuvor, so als ob sie sich jedem Versuch, sie zu vergessen oder auch nur zu verdrängen, absichtlich verweigerten.

Der Grund dafür lag auf der Hand.

Was er vor sich sah, sobald er die Augen schloss und sein Geist in die Halbwelt des Schlafes hinüberdämmerte, war die Vergangenheit. Dinge, die tatsächlich geschehen waren und die er einfach nicht vergessen konnte. Insofern hatte der alte Quacksalber Ildarim noch nicht einmal unrecht gehabt – auch wenn Lorymar das im Leben nicht zugegeben hätte.

Allerdings änderte diese Einsicht nichts an seinem Problem. Die Frage war nicht, warum er sich an diese Dinge erinnerte, sondern warum diese Erinnerungen ausgerechnet jetzt zu ihm zurückkehrten, nachdem sie über so lange Zeit geschwiegen hatten. Die wärmende Sonne Altashars und die betörende Schönheit der Töchter des Landes hatten Lorymar dabei geholfen, sie sich mehr als drei Jahrzehnte lang vom

Leib zu halten. Und auch der Wein und bisweilen der berauschende Atem des Ophir hatten ihm gute Dienste geleistet. Doch je älter er wurde, desto weniger ließ sich die Erinnerung zurückhalten, kehrte wieder wie ein eitriges Geschwür.

Warum?

Hatte Lorymar nicht genug getan, um zu vergessen? War er nicht weit genug geflohen? Was, wenn kein noch so draller Busen und keine noch so volle Karaffe Wein ihn mehr vergessen ließ? Was, wenn die Vergangenheit ihn einholte und er sich ihr stellen musste?

Was dann?

Die Frage quälte ihn und ließ ihn nicht mehr zur Ruhe kommen, weder bei Nacht, wenn Stille sich über den Palast senkte und er mit diesen Gedanken allein war, noch am Tage, wenn er dem Kronrat beiwohnte und dabei das Gefühl hatte, an einem ganz anderen Ort und zu einer anderen Zeit zu weilen – so wie in diesem Augenblick.

Zusammen mit Nestor, dem zahnlosen Löwen, saß er zu Füßen des Königs und wohnte den Verhandlungen des Rates bei – nicht, weil er etwas zu sagen gehabt hätte und man Wert auf seine Meinung legte; sondern weil er jederzeit in der Lage sein musste, auf Verlangen des Herrschers einen geistreichen Kommentar abzugeben. Mit anderen Worten: er war der Narr, der die Freiheit hatte, Dinge beim Namen zu nennen, für die andere ausgepeitscht worden wären.

Nicht, dass Lorymar Thinkling dafür nicht geeignet gewesen wäre – an guten Tagen war er ein wahrer Meister des geschliffenen Wortes, und es hatte eine Zeit gegeben, da es ihm diebische Freude bereitet hatte, den Hofbeamten die Schamesröte ins Gesicht zu treiben. Doch diese Tage waren vobei, so schien es … In letzter Zeit tat Lorymar sich immer schwerer damit, die passenden Worte zu finden, was wohl ebenfalls damit zusammenhing, dass er zu wenig schlief und entschieden zu viel grübelte.

»… oder etwa nicht?«

Schlagartig war es still geworden unter der Kuppel. Das Hin und Her der Stimmen war verstummt, und Lorymar brauchte einen Moment, um zu erkennen, warum das so war.

Die Frage, die der König gestellt hatte, hatte niemand anderem als ihm gegolten – seinem Narren!

Lorymar fuhr hoch. Dadurch kippte der riesige Turban zurück und erweiterte jäh sein Sichtfeld – und zu seinem Entsetzen stellte er fest, dass tatsächlich aller Augen auf ihn gerichtet waren. Die des ergrauten Wesirs Gadates und des jungen Prinzen Nawyd ebenso wie die des Hohepriesters Xusra und des mondgesichtigen Hofmarschalls Hilalayan. Vom erlauchten Herrscher Astyragis ganz zu schweigen …

»Äh …«, war alles, was er hervorbrachte. Tatsächlich hatte er nicht den Hauch einer Ahnung, worüber im Rat zuletzt gesprochen worden war. War es um die Erhebung neuer Steuern gegangen? Um die Besetzung eines Postens bei Hofe? Oder die Anschaffung neuer Schiffe? Oder vielleicht …

»Bei Abydons Mauern, was treibst du unter diesem Dach von einem Turban, Zwerg?«, spottete der König – dass er selbst es gewesen war, der Lorymar dieses Ungetüm von Kopfbedeckung verordnet hatte, ließ er unerwähnt. Vielleicht wusste er es auch gar nicht mehr, die Mächtigen vergaßen schnell. »Schläfst du etwa am hellem Tage?«

Die anderen lachten, und Lorymar beschloss, diese Heiterkeit zu nutzen und erneut die Flucht nach vorn anzutreten – das war allemal besser, als zuzugeben, dass er in eigene Gedanken versunken gewesen war.

»In der Tat, mein König«, erwiderte er deshalb.

»Du schläfst? In Gegenwart deines Herrschers und des versammelten Kronrats?« Astyragis' dunkle Augen verengten sich, was selten ein gutes Zeichen war.

»So ist es«, bestätigte Lorymar keck. »Und ich träumte von schönen Frauen …«

»Narr«, knurrte der König. »Hast du den Verstand verloren?«

»... zwei schwarze Göttinen aus Ophira, die ich gestern auf dem Sklavenmarkt erstand, um sie Eurer Hoheit dieser Tage zuzuführen«, brachte Lorymar den Satz zu Ende.

»Tatsächlich?« Astyragis' Züge hellten sich wieder auf.

»In der Tat, mein König. Ihr werdet ihre Vorzüge zu schätzen wissen, dessen bin ich gewiss – so sicher, wie der ehrenwerte Hofmarschall sie nicht schätzen könnte.«

Nun richteten sich die Augen auf Hilalayan. Lorymar war klar, dass er gefährliches Terrain betreten hatte. Den mächtigen Eunuchen herauszufordern, war zwar gefährlich – aber nicht annähernd so gefährlich, wie den König selbst gegen sich aufzubringen. Allerdings, wenn er sich verkalkuliert hatte ...

»Da hört ihr es!«, platzte Astyragis plötzlich heraus und lachte dröhnend, und die anderen Mitglieder des Hofrats fielen in sein Gelächter ein – bis auf Hilalayan.

»Seht Euch vor, Hofmarschall«, rief der König ihm zu. »Die Zunge meines Zwergs ist spitzer als jeder Dolch.«

»So scheint es«, gab der andere zu und rang sich ein gequältes Lächeln ab. »Dennoch würde es mich interessieren, wie der Narr auf die Frage antwortet, die Ihr ihm zuvor gestellt hattet.«

Das saß.

Lorymar bereute bereits, ausgerechnet den Hofmarschall ausgewählt zu haben, um von seinem eigenen Versagen abzulenken. Hilalayan war nicht der unbeholfene Koloss, als der er erscheinen mochte. Nicht von ungefähr hatte er den Posten des höchsten Hofbeamten inne. Sein Gespür dafür, wo die Schwachstellen eines Gegners lagen, war äußerst ausgeprägt. Und er war skrupellos genug, es jederzeit einzusetzen.

Lorymar dachte kurz nach.

»Ich meine, dass es ein guter Morgen ist«, entgegnete er dann und gab sich Mühe, möglichst überzeugend zu klingen.

»Bei den Ruinen von Isos, wie meinst du das?«, wollte Astyragis wissen.

»Es ist ein guter Morgen, weil heute noch niemand in Flammen aufgegangen ist«, erklärte Lorymar schlicht.

Wieder trat eine peinliche Pause ein.

Dann brach der König erneut in Gelächter aus, dem sich diesmal sogar Hilalayan anschloss. Dafür blickte Xusra, der Hohepriester des Feuerkults, diesmal ziemlich sauertöpfisch drein. »Mit Dingen wie diesen treibt man keinen kindischen und eitlen Spott!«, zischte er.

»Das ... ist wahr«, pflichtete Astyragis bei, nun wieder ernst. »Was hast du dir dabei gedacht, Zwerg?«

»Ich nehme an, der Narr wollte uns alle darauf hinweisen, dass es wichtigere Dinge gibt, als in unseren eigenen Reihen nach vermeintlichen Gesetzesbrechern zu suchen«, erhielt Lorymar unerwartete Hilfe – von Prinz Nawyd, dem Neffen des Königs. »Nicht, wenn die Grenzen des Reiches bedroht sind.«

»Vermeintlich?«, konterte Xusra. »Wollt Ihr damit sagen, dass Blasphemie kein ernstliches Vergehen ist, Prinz?«

Lorymar atmete innerlich auf.

Er war vielleicht schon aus dem Schneider.

»Das will er ganz sicher nicht«, erhob nun Gadates, des Königs Wesir, seine tiefe Stimme. Sein durchdringender Blick richtete sich zuerst auf Nawyd, dann auf den Hohepriester. »Was unsere Außengrenzen betrifft, so hat Prinz Nawyd recht, denn es gibt allenthalben Unruhen. Die Küsten der Urok-See werden von Piraten bedroht, die Reiterhorden des Toten Landes sind in Aufruhr, ebenso wie die Beduinenstämme der Feuerwüste; im Norden sind es die Kleinwüchsigen und die Bergwilden, die das Reich bedrohen, und im Süden lauert Drakistan. Doch keiner dieser Feinde ist auch nur annähernd so gefährlich und unberechenbar wie der, der im Westen lauert, jenseits der Tiefen des Abyss ...«

»… und aus diesem Grund ist es wichtiger denn je, ein Bündnis zu schließen, das zumindest an einer dieser Fronten den Frieden sichert«, ergänzte Hilalayan und schien damit wieder auf ein Thema Bezug zu nehmen, das den Rat offenbar bereits zuvor beschäftigt hatte. Vielleicht, dachte Lorymar beklommen, war es ja auch dieses Thema gewesen, zu dem man von ihm eine geistreiche Bemerkung erwartet hatte.

»Wird es das denn?«, wandte Prinz Nawyd ein. Erst jetzt ging Lorymar auf, wie aufgewühlt der Neffe des Königs war. Seine jugendlichen Züge waren angespannt, er schien nur mit Mühe an sich halten zu können. »In der Vergangenheit haben die Westrier mehrfach bewiesen, dass ihnen nicht zu trauen ist. Und was die Astari betrifft, so wissen wir wohl alle, wozu sie fähig sind.«

»Ich gebe Euch recht, mein Prinz«, gestand Hilalayan geschmeidig zu. »Und deshalb ist es wichtiger denn je, dass wir uns nicht auf unsichere Zusagen einlassen, sondern ein festes Bündnis schließen. Die Gesandtschaft König Elayans wird in wenigen Tagen in Altashar eintreffen – und wir sollten ihr die richtige Antwort geben.«

»Und diese Antwort ist Nein«, schnaubte Nawyd.

»Mäßigt Euch, Prinz«, ermahnte Gadates ihn, der nicht nur der Lehrer seines Vaters und seines Onkels gewesen war, sondern auch ihn in Staatsdingen und in miltärischen Belangen unterrichtet hatte. »Es steht Euch nicht zu, die Stimme in Gegenwart Eures Königs zu erheben.«

»Verzeiht, mein König«, wandte sich Nawyd dem Thron zu und verbeugte sich. »Aber dieses Bündnisses bedürfen wir nicht.«

»Nicht?«, hakte Hilalayan nach. »Hat der ehrwürdige Wesir soeben nicht ausführlich erklärt, dass wir von Feinden umgeben sind? Gesetzt den Fall, diese Feinde würden ihre Kräfte gegen uns vereinen oder uns auch nur aus purem Zufall gemeinsam angreifen – welche Chance hätten wir, sie abzuwehren? Unsere Armeen sind bereits jetzt fortwährend im Einsatz – noch mehr können sie nicht bewältigen.«

»Dann rekrutieren wir eben neue Soldaten«, meinte Nawyd.

»Und womit wollt Ihr sie bezahlen, junger Herr? Die Kassen des Reiches sind nahezu erschöpft ...«

»... und deshalb wollt Ihr Prinzessin Nyasha verkaufen«, fragte Prinz Nawyd dagegen – und jäh wurde Lorymar klar, warum des Königs Neffe so aufgebracht war: Es ging um die Verheiratung seiner einzigen Schwester mit Elayan von Archos, dem König des Inselreichs.

»Um Eure Kassen zu füllen, wollt Ihr sie einem Barbaren in die Ehe geben«, murrte Nawyd weiter.

»König Elayan ist alles andere als ein Barbar«, beschied der Marschall ihm säuerlich. »In seinen Adern fließt das Blut der Astari, und er gehört dem Geschlecht an, das diese Welt einst regierte.«

»Das wissen wir«, versetzte der alte Gadates. »Elayan lässt keine Gelegenheit aus, uns daran zu erinnern.«

»Wenn sein Herrscherhaus und das Haus Tyras sich verbinden«, beharrte der Eunuch, »so könnte dies der Anfang einer neuen Dynastie sein, der Beginn eines neuen Zeitalters.«

»Unter der Vorherrschaft der Astari«, knurrte Nawyd. »Die Astari haben diese Welt schon einmal an den Rand der Zerstörung gebracht, und ich werde nicht dabei zusehen, wie sie es ein zweites Mal tun!«

»Was, wenn sie versuchen, uns zu hintergehen?«, fügte Gadates hinzu, der dieselben Bedenken zu hegen schien. »Die Prinzessin ist die leibliche Nichte unseres Königs – mit ihr hätten die Westrier ein Faustpfand, mit dem sie versuchen könnten, uns zu erpressen.«

»Das wird nicht geschehen«, gab sich Hilalayan überzeugt, »denn natürlich werden wir uns rückversichern. Fürst Yaron, der Vetter des Königs, der auch der Gesandtschaft vorsteht, würde im Fall eines Abkommens am Hof von Altashar verbleiben, um für die Einhaltung des Abkommens zu garantieren.«

»Fünf Vettern wäre nicht genug, um Nyashas Leben aufzuwiegen«, meinte Nawyd trotzig.

»Ihr sprecht mit den Worten eines Bruders, der sich um seine Schwester sorgt«, räumte der Hofmarschall ein. »Doch wisst Ihr auch um Eure Verpflichtung Eurem König gegenüber – ebenso wie Eure Schwester.«

»Das tut sie«, räumte Nawyd ein, wiederum an seinen Onkel gewandt, »und wenn es Euer Wunsch ist, dass sie nach Archos gehen und Elayan heiraten soll, so wird sie es ohne Zögern tun, mein König. Die Sache ist nur … ich traue den Westriern nicht. Und den Astari traue ich noch viel weniger.«

Diesmal hatte Lorymar alles mitgehört, aber natürlich schwieg er, solange man ihn nicht um seine Meinung bat. Dabei hätte es manches gegeben, das er über die Astari hätte sagen können. Zumindest eine von ihnen hatte er gut gekannt.

»Euer Misstrauen in Ehren, Prinz Nawyd – doch dürft Ihr Euch nicht von alten Vorurteilen blenden lassen«, erwiderte der Eunuch. »Seht Euch Westrien doch nur einmal an. Das Land hat sich von der Katastrophe nie erholt. Weder ist es unter einer Herrschaft geeint, die so segensreich ist wie die unseres erlauchten Königs, noch kennt es die heilende Kraft des Ewigen Feuers. Im Gegenteil sind die Westrier untereinander uneins und zerstritten, Städte, Herzogtümer und Inselreich liegen in erbittertem Wettbewerb. Wenn es uns nun auch noch gelingt, einen Pakt mit Archos zu schließen und so zumindest an einer Grenze den Frieden zu wahren …«

»Schöne Worte«, fiel Nawyd ihm ins Wort. »Doch solange die Astari existieren, werden sie ihre Pläne, über ganz Astray zu herrschen, niemals aufgeben. Es ist das Land ihrer Ahnen, und sie werden alles tun, um es zurückzubekommen.«

»Das glaube ich nicht«, wandte nun auch Gadates ein. »Die Astari sind nicht mehr, was sie einst waren.«

»Und doch fürchtet Ihr sie genug, um mit ihnen zu paktieren«, knurrte Nawyd. Lorymar bewunderte den jungen Prinzen für seine Unbeugsamkeit – auch wenn sie sich letztlich wohl als sinnlos erweisen würde …

»Wenn König Elayan uns seine Hand reicht, so sollten wir sie nicht leichtfertig abweisen«, drückte Hilalayan es diplomatischer aus.

»Die Worte eines Feiglings«, stellte Nawyd fest. »Besser wäre es, die Gesandten aus Archos allesamt zu enthaupten und ihre Köpfe zu Elayan zurückzuschicken.«

»Mäßige dich, Neffe«, mahnte nun auch Astyragis selbst. Der Prinz war als Hitzkopf bekannt, und der König ließ ihm manches durchgehen – aber nun schien auch seine Geduld erschöpft. »Der Hofmarschall hat seine Argumente dargelegt, und sie scheinen mir wohlbegründet.«

»Ich danke Euch, mein König.« Der Eunuch neigte das kahle Haupt.

»Wir werden Fürst Yaron mit allen gebührenden Ehren empfangen und uns seinen Vorschlag anhören – und sodann entscheiden, was zu geschehen hat.«

»Aber …«, wollte Nawyd einwenden.

»So wird es geschehen«, verlieh der Astyragis seiner Entscheidung Nachdruck, und dem Blick seiner dunklen Augen war zu entnehmen, dass er weiteren Widerspruch nicht ungestraft hinnehmen würde.

»Ja, mein König«, sagte der Prinz deshalb und neigte ebenfalls das Haupt – der Widerwille war ihm jedoch deutlich anzusehen.

»Die Sitzung ist damit beendet«, gab der Herrscher bekannt, und die Räte erhoben sich von ihren Sitzen. Hilalayan gesellte sich zu seinen Schreibern und Buchhaltern, Gadates ging hinaus, um die Tagesbefehle an seine Unterführer auszugeben, gefolgt von Nawyd, der in düstere Gedanken versunken schien.

Lorymar blieb auf seinem Schemel sitzen, wie es von ihm erwartet wurde. Er hatte sich daran gewöhnt, dass der Hofstaat in ihm weniger eine Person sah als vielmehr ein Möbelstück, eine extravagante Dekoration, dem Löwen nicht unähnlich, der auf der anderen Seite des Throns kauerte und mit den zahnlosen Kiefern auf einem Knochen herumkaute. Und dieser Tatsache war es wohl zu verdanken, dass Lorymar Thinkling unter dem breiten Dach seines Turbans Zeuge eines Gesprächs wurde, das er so bald nicht wieder vergaß – und das alles verändern sollte …

»Und seid Ihr zufrieden, mein König?« Die Stimme sprach nur flüsternd, und doch erkannte er die des Feuerpriesters Xusra. »Die Dinge entwickeln sich wie erwartet …«

»Das tun sie«, gab Astyragis zu, »doch Nawyd leistet erbitterten Widerstand … Sollten wir den Jungen nicht doch über den Plan in Kenntnis setzen?«

»Nein, mein König. Es ist besser, wenn er nichts davon weiß – womöglich würde er seine Schwester beschützen wollen und dadurch alles zunichtemachen. Lasst uns einfach fortfahren, wie wir es geplant haben, und das Bündnis mit Archos schließen. Wenn wir dann im nächsten Frühjahr gegen Brückstadt marschieren, wird Westrien sich darüber uneins sein, was zu tun ist – und während Menschen und Astari sich noch darüber streiten, was geschehen soll, werden Eure glorreichen Krieger Norya bereits überrannt haben. So wird sich der Kult des Feuers auch unter den Ungläubigen verbreiten – und Euer Platz in den Büchern der Geschichte wird Euch sicher sein.«

9

Skaradag
Zur selben Zeit

»Haltet den Dieb!«

Rayan schrie die Worte, während er gleichzeitig zu laufen begann, dem Kerl hinterher, der seine Leier gestohlen hatte. Von Erinnerungen überwältigt, hatte Rayan nur für einen kurzen Moment innegehalten und die Augen geschlossen – in der Stadt der Diebe war das bereits zu viel.

»Haltet den Dieb!«, schrie er noch einmal, aber niemand interessierte sich dafür oder sah auch nur in seine Richtung. Vermutlich waren Diebstähle in Skaradag so sehr an der Tagesordnung, dass sich außer den Ordnungshütern niemand mehr dafür interessierte; oder die Leute waren einfach nur gleichgültig, was ebenfalls erklärte, weshalb die Stadt ein so fruchtbares Pflaster für Diebe war.

Ein Stück voraus, inmitten der Menschenmenge, erheischte Rayan einen Blick auf den braunen Umhang des Diebs – glücklicherweise musste er sich ebenso durch die Menschenmenge kämpfen wie Rayan. Einen hünenhaften Cymrier, der ihm im Weg stand, rempelte er kurzerhand beiseite, was dieser mit einer wüsten Beschimpfung quittierte, ansonsten aber hinnahm – Rücksichtnahme und Höflichkeit gehörten ebenfalls nicht zu den Sitten, die in Skaradag gepflegt wurden.

Der Dieb kam dennoch rasch voran, huschte wieselflink zwischen den Leuten hindurch. Schon hatte er die andere Seite des Platzes erreicht und verschwand in einer Gasse. Als Rayan nur Augenblicke später dort anlangte, war der Flüchtige längst im Gewirr verschwunden. Dennoch gab der Sänger nicht auf. Der Dieb hatte ihm seine Leier genommen – und damit seine ganze Existenz!

Die Gasse war nur zwei Armlängen breit. Läden mündeten auf beiden Seiten, deren ausgeklappte, tief hängende Baldachine Schutz vor Regen bieten sollten, im Augenblick jedoch nur hinderlich waren. Ebenso wie die Verkaufstische, die vor manchen Geschäften standen, und die unzähligen Fässer und Kisten, die sich entlang der moosbewachsenen Wände stapelten. Rayan konnte von Glück sagen, dass die Stadt noch nicht zu ihrer vollen Betriebsamkeit erwacht war, andernfalls hätte es wohl kein Durchkommen mehr gegeben. So biss er die Zähne zusammen und hastete weiter, der alten Knieverletzung ungeachtet, die ihn beim schnellen Laufen quälte, dem Dieb hinterher, auch wenn er ihn aus den Augen verloren hatte.

Je tiefer es in die Gasse ging, desto dunkler wurde es. Nur ein schmaler Streifen grauer Morgendämmerung blitzte hin und wieder zwischen den Baldachinen hindurch, und hier und dort verbreitete eine Laterne flackernden Schein. Durch dieses Zwielicht hastete der Sänger auf der verzweifelten Jagd nach seinem Instrument – und war überrascht, als die Gasse plötzlich auf einen kleinen Platz mündete.

Mehrere fliegende Händler boten hier ihre Waren feil – dem beißenden Geruch nach musste es sich um Stinkfisch handeln, eine weitere Spezialität Skaradags. Rayan drehte sich um seine Achse. Fünf, sechs Gassen mündeten auf den Platz – welche hatte der Dieb genommen?

Rayan verfiel weder in Panik noch versuchte er wahllos sein Glück. Stattdessen schloss er die Augen, konzentrierte sich und bemühte die Kraft der Erinnerung …

Diese dort!

Mit wehendem Umhang rannte er weiter, schlug sich in eine unscheinbare Nebengasse, aus der ihm ein Eselskarren entgegenkam. Das Gefährt nahm die ganze Breite der Gasse ein, doch statt zu warten, sprang Rayan kurzerhand auf den Karren und darüber hinweg. Der Händler ballte die Fäuste und schickte ihm eine Verwünschung auf Boreanisch hinterher – Rayan war froh, dass er sie nicht verstand. Als fahrender Sänger war er weit herumgekommen und ihm waren viele Zungen bekannt, aber eben glücklicherweise nicht alle.

Die Gasse war sehr viel weniger bevölkert als die vorige. Auch gab es hier keine Läden, sondern nur Wohnhäuser, deren Türen zu beiden Seiten mündeten. Elende, abgerissene Gestalten lungerten in den Nischen, die Gesichter bleich und die Augen dunkel gerändert. An ihnen vorbei jagte Rayan dem Dieb seiner Leier nach und kam ihm tatsächlich näher … denn plötzlich konnte er ihn wieder vor sich sehen!

»He! Stehen bleiben!«

In einem Reflex sah sich der Dieb kurz um, aber natürlich dachte er nicht daran, sich zu stellen. Noch nicht einmal sein Gesicht konnte Rayan im Halbdunkel der Gasse sehen. Dafür war der Dieb jetzt gewarnt – und riss im Laufen einen Stapel mit Kisten um, die die Gasse versperrten.

Rayan stieß eine Verwünschung aus. Er schalt sich selbst einen Narren, als er über die Trümmer der Kisten fiel und dadurch wertvolle Zeit verlor. Schon hatte der Dieb auch das Ende dieser Gasse erreicht und bog in die nächste ein. Rayan folgte ihm, wenn auch nicht mehr ganz so leichtfüßig wie zuvor. Wer auch immer der Dieb war, er war ein gutes Stück jünger als er und die raue Luft wohl sehr viel besser gewohnt. Rayan spürte ein Stechen in seiner Seite, sein Atem ging stoßweise, und sein Knie sandte ebenfalls schmerzhafte Signale. Dennoch blieb er dem Übeltäter auf den Fersen und bog ebenfalls in die andere Gasse ein. Gerade noch sah er den Zipfel eines braunen Umhangs hinter einer weiteren Abzweiung verschwinden, und jagte ihm hinterher, ungeachtet der ausgemergelten Gestalten, die die Wände der Gasse säumten – junge Frauen, die ihre Körper zu Markte trugen, die bleichen

Wangen mit ein paar Tropfen Blut gerötet, damit sie nicht wie tot aussahen.

Rayan hastete an ihnen vorbei und bog in die Seitengasse ein, in der der Dieb verschwunden war – um gerade noch zu sehen, wie der Vermummte dabei war, über schmale, in den Stein gehauene Tritte an der Hauswand emporzuklettern und sich über das Dach abzusetzen.

»Verdammt!«

Mit einer Verwünschung schlug Rayan den Umhang zurück, zückte seinen Dolch, packte ihn an der Klingenspitze, zielte und warf. Die Klinge verließ seine Hand, drehte sich in der Luft – und bohrte sich in die linke Wade des Flüchtigen.

Der Dieb stieß einen hellen Schrei aus. Er verlor den Halt auf den schmalen Tritten und glitt ab – und einen Lidschlag später lag er auf dem schmutzigen Kopfsteinpflaster und griff sich jammernd an das verletzte Bein.

Rayan war sofort bei ihm.

Rasch riss er den Dolch aus der Wunde und riss den Dieb zu sich hoch. Dabei löste sich die Kapuze des Flüchtigen und fiel von den Schultern. Eine wilde Mähne von dunklem Haar kam darunter zum Vorschein, das ein schmales, fein geschnittenes Gesicht umrahmte.

Eine junge Frau!

Rayan war so überrascht, dass er die Gefangene beinahe wieder losließ. Sie wand sich und suchte sich seinem Griff zu entringen, erst als er den Dolch an ihre Kehle setzte, ließ sie davon ab. Mit einer unwirschen Bewegung warf sie das wirre Haar zurück und blitzte ihn zornig aus ihren dunklen Augen an.

Sie war jünger, als es zunächst erschienen war, noch keine zwanzig Sommer alt. Sie war nicht sehr groß und reichte ihm nur bis zur Brust, ihrem Temperament schien das aber keinen Abbruch zu tun. Ungestüme Wildheit sprach aus ihren Blicken, ihr eigentlich hübsches Gesicht war zornverzerrt und mit Dreck beschmiert. Ihre Nase war klein, ihr Mund herzförmig und die Zähne, die sie ihm wie ein Raubtier zeigte, beinahe makellos; ihre Wangen waren ausgeprägt, die Augen groß und ihr Teint ein wenig zu dunkel, um noch als einheimisch durchzugehen. Ihr zarter Körper bebte vor nur mühsam zurückgehaltener Wut.

»Los doch«, zischte sie. »Worauf wartest du? Stoß zu und bring es hinter dich!«

»Warum … sollte ich?«, erwiderte Rayan, der nach der Verfolgung nur stoßweise sprechen konnte. »Ich will nur zurück, was du mir gestohlen hast!«

Er griff nach der Tasche, die sie sich unter ihren Arm geklemmt hatte wie ein Stück Brennholz, und entriss sie ihr. Umhängen allerdings konnte er sich die Tasche nicht mehr – die Diebin hatte den Lederriemen durchschnitten, als sie sie stahl. Mit einem Blick vergewisserte er sich, dass die Leier noch darin und unbeschädigt war. Erneut versuchte die Diebin zu entkommen, aber er hielt sie unnachgiebig fest.

»Du hast, was du wolltest«, knurrte sie. Kein Wort des Bedauerns kam ihr über die Lippen, und wäre es auch nur geheuchelt gewesen. »Dann kannst du mich jetzt ja wieder laufen lassen.«

»Du glaubst, es wäre so einfach?« Rayan lachte freudlos auf. »Nichts ist einfach in dieser Welt, Mädchen.«

»Was soll ich tun?«, fragte sie, während sie sich innerlich bereits zu wappnen schien. Wissen lag in ihren Augen, die ihn unvermindert zornig anstarrten. Gleichzeitig merkte er, wie sich ihre Hände an seiner Leibesmitte zu schaffen machten und sich unter seinen Rock wühlen wollten.

»Nicht das«, wehrte er ab und schlug ihre Hände beiseite.

»Liegt dir nichts an Frauen?«, fragte sie spöttisch.

»Nichts an Kindern«, verbesserte er.

»Ich bin kein Kind mehr!«

»Aber auch noch keine Frau.«

Ihre einzige Erwiderung war ein verächtliches Zischen, zugleich jedoch hatte er das Gefühl, dass ihre Feindseligkeit ein wenig nachließ. »Dann lass mich laufen.«

»Damit du den nächstbesten wieder bestiehlst?«

Sie lachte freudlos. »Skaradag ist die Stadt der Diebe – was kommt es da auf einen mehr oder weniger an?«

»Das ist wahr«, gab er zu, »und ich weiß, was man am besten mit euch tut!« Damit zog er sie heran und drehte sie so, dass sie vor ihm hergehen musste. Die Klinge in ihrem Rücken, dirigierte er sie die Gasse hinab.

»Was ... soll das?«, knirschte sie. »Wohin bringst du mich?«

Der Sänger erwiderte nichts. Wortlos trieb er sie weiter bis zum Ende der Gasse und zurück auf eine der breiteren Straßen. Die Leute, denen sie begegneten, schenkten ihnen keine Beachtung – der Anblick eines Diebes, der auf frischer Tat ertappt worden war und abgeführt wurde, war in Skaradag wahrscheinlich so alltäglich wie anderswo der von Ratten. Sie folgten noch zwei weiteren Straßen, ehe Rayan seine Gefangene auf einen der dunklen Eingänge zudirigierte, die wie Mäuler in den schwarzen Mauern klafften. Und noch ehe sie recht begriff, wie ihr geschah, hatte er sie bereits hineinbugsiert. Eine brüchige Treppe führte in dunkle Tiefen.

»Worauf wartest du?«, knurrte Rayan, als die Diebin abrupt stehen blieb, und verstärkte den Druck hinter der Klinge. Zögernd stieg sie die ungleichen Stufen hinab. Schummriges Halbdunkel und modriger Geruch empfingen sie, als sie unter einem niedrigen Türbalken hindurch in eine Kellerzelle traten. Rayan stieß das Mädchen von sich, das darauf nicht gefasst war und stürzte. Er nutzte den Moment, um die Tür zu schließen und den Riegel vorzuschieben. Dann öffnete er eine hölzerne Klappe, wodurch fahler Morgenschein durch ein schmales, mit rostigem Eisen vergittertes Oberlicht fiel.

Rayan betrachtete die Diebin. Ihr Umhang war nur wenig mehr als ein schmutziger Fetzen, ihre Kleider kaum weniger schäbig: Abgewetzte Hosen, die seitlich geschnürt waren, dazu ein fast knielanges, dunkelrotes Hemd aus Wolle, dessen Halspartie so weit und lang war, dass sie auch als Kapuze über den Kopf gezogen werden konnte – *Skyor** nannte man dieses Kleidungsstück hier im Norden. Dazu trug sie lederne Stiefel, die im Gegensatz zu ihrer übrigen Kleidung neu und kaum getragen waren – und bis vor Kurzem sicher noch jemand anderem gehört hatten.

»Was starrst du mich so an?«, fuhr sie ihn an. Blitze schienen aus ihren Augen zu schlagen, während sie dort am Boden kauerte. Die Wunde an ihrem linken Bein blutete, fraglos hatte sie ziemliche Schmerzen.

»Das muss gereinigt und verbunden werden«, sagte er.

»Spar dir deine Besorgnis! Wohin hast du mich gebracht? Warum sperrst du mich hier ein?«

»Weil ich Fragen habe und Antworten will.«

»Von mir?« Sie lachte albern, Wildheit blitzte aus ihren Augen. »Ich gehöre nicht zur gesprächigen Sorte.«

»Wir werden sehen.«

»Ich werde um Hilfe schreien.«

»Nur zu – es wird dich niemand hören. Und wenn doch, wird es niemanden interessieren. Dies hier ist Skaradag.«

»Aber irgendwann werden die Leute kommen, die dieses Loch bewohnen, und dann …«

»Kaum«, widersprach Rayan und schüttelte den Kopf, während er seine Zunderbüchse hervorholte und sich anschickte, die Fackel zu entzünden, die in der Wandhalterung steckte. »Denn ich mag nicht viel besitzen auf dieser Welt – aber dieses dunkle Loch gehört mir. Und mit ihm auch alles, das sich darin befindet …«

* Bordisch für »Hemd«

10

Altashar
Zwei Tage später

Lorymar Thinkling atmete tief ein und aus.

Es roch besser, als er befürchtet hatte. Nach Schwefel, sicherlich, aber auch nach Eukalyptus und Sandelholz. In all den Jahren, in denen er nun schon unter den Ostragi lebte, war er noch niemals hier gewesen. Und dafür gab es gute Gründe.

Der Halbling kam sich lächerlich vor.

Noch mehr als sonst, wenn er in seinem weiten Gewand und dem übergroßen Turban durch die Gänge des Palasts wandelte – und das wollte schon etwas heißen. Denn abgesehen von dem Tuch um seine Hüften trug Lorymar nichts am Leibe – und das schien ihm auf bizarre Weise unangemessen in einem Land, das sonst solch großen Wert auf züchtige Bekleidung legte.

Ein Tuch aus Leinen in der einen und eine hölzerne Bürste in der anderen Hand durchmaß er die Halle, in deren Mitte ein Springbrunnen plätscherte – in hölzernen Pantoffeln, die bei jedem Schritt über den steinernen Boden infernalischen Lärm erzeugten. Dabei war Aufmerksamkeit das, was der Narr des Königs am allerwenigsten wollte. Nur gut, dass um diese frühe Tageszeit noch kaum jemand das Badehaus aufsuchte, das sich unweit des Palasts in einem der reichen Viertel der Stadt befand. Wie ein dunkles Maul starrte ihm der Eingang des Drachenbads entgegen, und tatsächlich wölkten auch weiße Schwaden daraus hervor wie aus dem Schlund einer Feuerechse.

Der Halbling in ihm, der allem Neuen gegenüber misstrauisch war, hätte am liebsten die Flucht ergriffen. Doch Lorymar Thinkling war nicht vierundsechzig Winter alt geworden und hatte es nicht so weit gebracht, weil er furchtsam oder ein Kleingeist gewesen wäre. Also gab er sich einen Ruck und trat in die Dunkelheit, die jenseits des in ostragischer Manier geschwungenen Eingangs herrschte.

Der Geruch der Kräuter intensivierte sich, und von einem Augenblick zum anderen wurde es so heiß, dass es Lorymar den Atem raubte. »Verdammt und zugenäht«, maulte er vor sich hin, während er auf seinen Holzpantoffeln weiterklapperte. »Als ob es noch nicht heiß genug wäre in diesem Land, in dem immer die Sonne scheint.«

Im Licht des Tages, das durch eine Öffnung in der Decke fiel, passierte er eine Reihe von Nischen mit Haken und kleinen Ablagebrettern. Lorymar legte die Bürste ab und das Handtuch und schlüpfte aus den Schuhen. Barfüßig ging er weiter und wollte das eigentliche Bad betreten – doch er kam nicht weit. Denn ein Sklave aus Ophir, hünenhaft und finster, verstellte ihm mit vor der Brust verschränkten Armen den Weg.

»Was denn?«, knurrte Lorymar unwillig. »Tritt zur Seite!«

Der Mann erwiderte nichts. Vielleicht sprach er auch kein Ostragi. Stattdessen streckte er nur die Hand aus und deutete hinaus auf den Gang, wo die Nischen waren.

»Ich habe alles abgelegt«, versicherte Lorymar dem offenkundig Begriffsstutzigen. »Siehst du?« Er hob die Hände und zeigte seine nackten Füße vor. »Alles schon erledigt. Also lass mich durch, ja?«

Der Fingerzeig des Hünen blieb bestehen, ebenso wie sein finsterer Gesichtsausdruck – und Lorymar zog die entsprechenden Schlussfolgerungen.

»Ich soll *alles* ablegen?«, fragte er, auf den Stoff um seine Hüften deutend. »Wofür hältst du mich?«

Der Sklave ließ die Frage offen.

Aber er bewegte sich auch nicht.

Lorymar atmete die feuchtwarme Luft so tief ein und aus, dass ihm davon schwindelig wurde. Für einen Moment erwog er, die Brocken hinzuwerfen und das Bad wieder zu verlassen – andererseits gab es gute Gründe für seine Anwesenheit hier, und vielleicht waren sie ja sogar gut genug, um auch noch diesen Schritt zu gehen.

Mit einer Verwünschung auf den Lippen ging er zu der Nische zurück, nahm das Tuch von seinen Hüften und hängte es säuberlich an den Haken. Dann kehrte er zum Drachenbad zurück, mit rotem Kopf und seine Männlichkeit so gut es ging bedeckend. An den meisten Tagen seines Lebens hatte er sich damit abgefunden, sein Dasein fernab von seiner Heimat in der Fremde zu fristen, inmitten fremder Menschen und fremder Gebräuche; an anderen plagte ihn das Heimweh.

Und so ein Tag war heute.

Der Hüne versperrte ihm nicht länger den Weg. Mit einer respektvollen Verbeugung trat er beiseite und ließ Lorymar passieren – der sich des Eindrucks nicht erwehren konnte, dass dabei ein flüchtiges Grinsen über die Züge des Sklaven huschte.

Es war Lorymars allererster Besuch im Drachenbad – und ganz sicher würde es auch sein letzter sein. Nicht genug damit, dass es erniedrigend war und unangemessen. Die feuchtheiße Luft verschlug ihm auch den Atem, und der Schwefel brannte in seinen Augen und in seinen Lungen. Von einem Moment zum anderen trat ihm der Schweiß aus den Poren, dass er das Gefühl hatte, sich auch noch seiner Haut entledigen zu müssen.

Immerhin sorgten die dichten Dampfschwaden, die in dem kreisrunden, an Boden und Wänden bunt gekachelten Raum herrschten, für einen gewissen Sichtschutz, sodass sich der Halbling ein wenig wohler fühlte. Vorsichtig tastete er sich durch das Halbdunkel, bis sich vor ihm etwas aus den Schwaden schälte. Zuerst schien es nur eine formlose bleiche Masse zu sein. Erst als sie sich bewegte, begriff Lorymar, dass es der feiste Körper eines Mannes war, der dort vor ihm auf einem steinernen Schemel thronte.

Eines Eunuchen, um genau zu sein.

»Guten Tag, mein Freund«, scholl ihm die singende Stimme Hilalayans entgegen. Ob der Hofmarschall erfreut darüber war, Gesellschaft zu bekommen, oder ob sie ihm eher lästig war, war nicht festzustellen.

»Exzellenz«, grüßte Lorymar zurück und verbeugte sich aus alter Gewohnheit, splitternackt wie er war.

Hilalayan lachte leise. »Ich denke, an diesem Ort können wir auf Förmlichkeiten verzichten.«

»Einverstanden.« Der Halbling grinste verlegen und nahm ebenfalls auf einem der Schemel Platz, die kreisförmig um den Drachenpfuhl angeordnet waren – eine Wanne mit kochend heißem Wasser, das von Glutsteinen aus den Bergen Drakistans beheizt wurde. Von dort stiegen die Dämpfe auf, die die Luft durchsetzten, das Atmen erschwerten und die Sinne benebelten.

»Ich wusste gar nicht, dass Ihr das Bad besucht«, hielt der Eunuch die Unterhaltung aufrecht. Anders als Lorymar schien er den Aufenthalt in der feuchten Hitze in vollen Zügen zu genießen. Er atmete tief und gleichmäßig und schien dabei zu einer gewissen Ruhe zu finden. Sein weißer Körper jedoch glänzte vor Schweiß, und Lorymar war plötzlich ganz froh, dass die Luft so intensiv nach Kräutern roch.

»Tu ich eigentlich nicht«, gab er zu, abermals verlegen grinsend. »Aber ich schlafe zur Zeit nicht sehr gut, und der Heiler meinte, ein Aufenthalt hier würde mir guttun.«

Hilalayan hob den Kopf ein wenig und sah ihn unverwandt an. »Ganz sicher wird er das«, war er überzeugt. »Bei welchem Heiler seid Ihr gewesen?«

»Ildarim.«

»So schätzt Euch glücklich. Ildarim hat die Heilkunst an der Schule von Medras gelernt und ist ein wahrer Meister.«

»Wenn Ihr es sagt.«

Hilalayan sandte ihm einen weiteren prüfenden Blick. »Besonders wohl scheint Ihr Euch hier allerdings nicht zu fühlen …«

Lorymar hob die Brauen. »Ist das so offensichtlich?«

Der andere lachte leise. »So offensichtlich nun auch wieder nicht. Aber wer diese Einrichtung zu so früher Stunde aufsucht, legt üblicherweise wenig Wert auf Gesellschaft.«

»Das ist wahr«, gab der Halbling zu. »Genau wie Ihr.«

Diesmal lachte Hilalayan nicht. »Meinesgleichen lernt früh, die Menschen zu meiden. Es ist verwirrend, wenn man weder der einen noch der anderen Seite zugehört.«

Innerlich stimmte Lorymar zu.

Äußerlich schwieg er.

»Ihr findet also keinen Schlaf?«

»Warum fragt Ihr?« Lorymar sah den anderen an. In den dichten Dämpfen war wenig mehr als die Konturen zu erkennen.

»Weil ich auch bisweilen von Schlaflosigkeit geplagt werde«, gestand Hilalayan offen.

»Und?«, fragte Lorymar halb im Scherz. »Kennt Ihr ein Mittel dagegen?«

»In der Tat gibt es etwas, das sich als hilfreich erwiesen hat.«

»Und das wäre?«

»Das zu beseitigen, was einem Schlaflosigkeit bereitet«, entgegnete der Eunuch und kicherte leise.

»Ihr seid schwer zu durchschauen, Hofmarschall.«

»Und das, obwohl ich hier sitze mit nichts mehr am Leibe als meinem Verstand«, bestätigte der andere. »Man wird nicht oberster Beamter des Hofes, indem man leichtfertig seine

Gedanken offenbart oder das ausspricht, was einem gerade durch den Kopf geht ... Dabei fällt mir auf, dass wir in all den Jahren, die wir uns nun schon kennen, je kaum eine wirkliche Unterhaltung geführt haben. Ich nehme an, dass das an mir liegt. Viele Männer fühlen sich in meiner Gegenwart unwohl oder gar bedroht. Vielleicht, weil sie wissen, dass sie Zwängen unterworfen sind, die ich nicht mehr verspüre.«

»Das ist bei mir nicht der Fall«, behauptete Lorymar. Ob das gelogen war oder nicht, wusste er selbst nicht zu sagen.

»Schon gut, mein Freund. Ich bin sehr geübt darin, hinter die Fassaden der Menschen zu blicken – und hinter Eurer kann ich Furcht erkennen.«

»Dann irrt Ihr Euch, denn ich habe keine Angst vor Euch«, versicherte Lorymar. Zumindest das war nicht gelogen.

»Auch das kann ich sehen«, räumte der andere zu seiner Verblüffung ein. »Aber etwas anderes macht Euch Angst – und zwar dergestalt, dass es Euch nachts nicht ruhen lässt. Habe ich recht?«

Lorymar verkrampfte sich. »Ich weiß nicht, wovon Ihr sprecht«, behauptete er, obschon er sich bis ins Mark durchschaut vorkam. Von den Dampfschwaden beschirmt, war seine Nacktheit halbwegs zu ertragen gewesen. Nun jedoch hatte sich eine Blöße aufgetan, die sich nur schwer wieder bedecken ließ.

»Tragt es mit Fassung«, forderte Hilalayan ihn auf. »Gönnt mir meine Fertigkeit. Ich bin darauf angewiesen, die Schwächen meiner Gegner zu erkennen, bevor sie die meinen entdecken. Mein Verstand ist alles, was ich habe.«

»Ich bin nicht Euer Gegner«, stellte Lorymar klar.

»Nein, wohl nicht«, gab der andere zu, und eine seltsame Stille trat ein.

»Wie kam es dazu?«, durchbrach Lorymar schließlich das lastende Schweigen.

Der Eunuch straffte sich auf seinem Schemel und wandte sich ihm zu. »Wollt Ihr behaupten, Ihr hättet die Geschichte nie gehört? Ausgerechnet Ihr, der dem Klatsch bei Hof stets aufgeschlossen ist?«

Lorymar schüttelte kaum merklich den Kopf.

Natürlich kannte er die Geschichte.

Jeder in Altashar kannte sie.

Von dem Knaben aus Phrygos, der am ersten Jahrestag der Divergenz geboren war und deshalb dem Feuer als Opfer übergeben werden sollte. Doch Artaban, der Herrscher des neu entstandenen Ostreichs, verwendete sich für ihn, und so schonten die Priester sein Leben und gaben sich stattdessen mit den edelsten Teilen zufrieden, die abgetrennt und in die Flammen geworfen wurden. Seither, so hieß es, war der Knabe dem Königshaus verpflichtet und dem Reich treu ergeben.

»Ist es wahr, was man erzählt?«, fragte Lorymar dennoch.

»Ihr habt Zweifel?«

»Ich bin ein Halbling«, entgegnete er, als würde das alles erklären. Da sie hier saßen, schwitzend und splitternackt, schienen sie mehr übereinander zu erfahren als in all den Jahren zuvor.

Der andere sah ihn an. »Vielleicht werde ich es Euch eines Tages erzählen«, sagte er dann. »Bis dahin ist es mir lieber, wenn Ihr von mir denkt, was alle denken.«

»Und was denken alle?«

»Das wisst Ihr wohl besser als ich.« Hilalayan schloss die Augen und entspannte sich wieder. Es schien ihm gleichgültig zu sein, was andere von ihm dachten. Lorymar kam nicht umhin, ihm dafür Bewunderung zu zollen.

»Alle denken«, versuchte er dennoch sein Glück, »dass Ihr ein Bücherwurm seid. Ein Verwalter, in dessen Adern Tinte fließt und der sich am Geruch und dem Rascheln von Papier berauscht … Aber auch, dass Ihr durch und durch integer seid und dass Eure Loyalität dem König gehört. Auch wenn sich Eure Treue nicht lohnt in diesen Tagen …«

Jäh riss der Hofmarschall wieder die Augen auf. »Was meint Ihr damit?«

Lorymar schürzte die Lippen. Sie schmeckten nach Salz. »Was wäre es Euch wert, es zu erfahren?«, fragte er dann.

»Sieh an.« Das Mondgesicht des Eunuchen, dem er auch seinen Namen verdankte, verzerrte sich in leisem Spott. »Da habe ich stets geglaubt – so wie wohl jeder im Rat – dass der Narr des Königs sich nicht für Politik interessiere. Aber da habe ich Euch wohl unterschätzt.«

»Dass ich mich im Rat nur selten äußere, bedeutet nicht, dass ich nicht zuhören würde.«

»Den Eindruck machtet Ihr aber jüngst«, lächelte Hilalayan. »Offenbar ein Trugschluss.«

»Ich habe gute Augen und weiß mehr, als alle denken«, versicherte Lorymar. »Es sind bemerkenswerte Dinge, die sich dieser Tage ereignen …«

»In der Tat.«

»… die das Schicksal nicht nur des Ostreichs, sondern von ganz Astray für immer verändern könnten«, fuhr der Halbling fort.

Abermals spielte ein Lächeln um Hilalayans Züge. »Ihr seid nicht hier, weil Ildarim Euch dazu geraten hat, oder?«

»Doch, natürlich. Ihr könnt ihn gerne fragen.«

»Dann möchte ich jedenfalls annehmen, dass das nicht der einzige Grund für Euren Besuch ist. Es ist kein Zufall, dass wir uns hier begegnet sind, oder?«

Jetzt war Lorymar erleichtert, dass seine Züge ohnehin schon vor Schweiß glänzten – andernfalls hätte die Direktheit seines Gegenübers ihm wohl spätestens jetzt die Schweißperlen auf die Stirn getrieben. Hilalayan war ein ausgebuffter Verhandler, und sein messerscharfer Verstand schien keine Pause zu machen, nicht einmal an einem Ort wie diesem.

»Nein«, gab der Halbling offen zu.

»Also? Warum dann?« Der Hofmarschall beugte sich vor. »Was, bei den Säulen von Isos, wollt Ihr von mir?«

»Euch einen Handel vorschlagen.«

Hilalayan richtete sich auf seinem Schemel auf. Anders als noch vor wenigen Augenblicken schien ihm plötzlich unbehaglich zu sein in der dunklen, feuchten Hitze.

»Deswegen also«, meinte er und klang enttäuscht dabei. »Deswegen habt Ihr dies hier auf Euch genommen. Und deswegen schleicht Ihr umher wie ein alter Wüstenfuchs um einen fauligen Kadaver.«

»Erwischt«, erklärte der Halbling.

»Also?«, verlangte der Hofmarschall seufzend zu wissen.

»Euch ist am Frieden gelegen«, sagte Lorymar. »Deshalb setzt Ihr Euch dafür ein, dass die Heirat zwischen Elayan von Archos und Prinzessin Nyasha zustande kommt.«

»Das ist kein Geheimnis. An einem Krieg mit den Westriern kann niemandem gelegen sein.«

Lorymar nickte. »Was, wenn ich Euch sagte, dass es im Rat Kräfte gibt, die das Bündnis mit Archos dazu nutzen wollen, Westrien zu spalten und einen Feldzug gegen Norya zu führen?«

Hilalayans ohnehin schon kleine Augen verengten sich zu Schlitzen. »Ihr scherzt.«

»Meint Ihr?«

»Wer?«, verlangte der Hofmarschall nur zu wissen. Sein Atem ging lauter als zuvor, ein Zeichen inneren Aufruhrs.

»Ich werde es Euch verraten«, versicherte Lorymar ruhig, »aber ich verlange dafür eine Gegenleistung.«

»Wie überraschend.« Der Eunuch schnaubte. »Und?«

»Ich muss Altashar verlassen und in meine alte Heimat zurückkehren«, offenbarte Lorymar ihm, wozu er sich nach langem Überlegen durchgerungen hatte. »Ich habe dort eine dringende Angelegenheit zu klären.«

»Altashar verlassen?« Das Mondgesicht dehnte sich in die Länge. »Das wird dem König nicht gefallen.«

»Unser erlauchter Herrscher neigt dazu, mich nicht nur als seinen Narren, sondern auch als seinen Besitz zu betrachten, gleichwohl ich weder sein Sklave noch sein Leibeigener bin«, gab Lorymar zur Antwort. »Deshalb bezweifle ich, dass er meinem Wunsch entsprechen und mich gehen lassen würde.«

»Und darum braucht Ihr mich«, folgerte Hilalayan. »Was verlangt Ihr?«

»Genügend Geld für Proviant und Pferde … und einen guten Vorwand, der es mir ermöglicht, Altashar zu verlassen.«

»Ihr verlangt, dass ich unseren erlauchten Herrscher belüge? Ihn wissentlich hintergehe?«

»Ihr werdet feststellen, dass unser erlauchter Herrscher es mit der Wahrheit selbst nicht so genau nimmt«, konterte Lorymar. Er flüsterte, wissend, dass Worte wie diese ihn den Kopf kosten konnten – doch als er das interessierte Blitzen in den Augen des Hofmarschalls sah, wusste er, dass er ihn an der Angel hatte. Genau wie damals die Fische am Ufer des Kleinwassers, als er noch ein Junge gewesen war …

»Sagt mir, was Ihr wisst«, verlangte Hilalayan.

»Werdet Ihr mir geben, wonach ich verlange?«

»Ich werde sehen, was ich tun kann.«

Lorymar nickte – eine bessere Zusicherung würde er wohl nicht bekommen. Ohnehin hatte er eine Grenze überschritten, sodass es kein Zurück mehr gab.

»Xusra«, sagte er nur. »Der Hohepriester treibt ein doppeltes Spiel. Nach außen mag er sich die Fassade eines Friedensstifters geben und aus diesem Grund für das Bündnis mit Archos sein – in Wahrheit will er es dazu missbrauchen, einen neuen Krieg in Astray zu beginnen und auf diese Weise die Flamme des Ewigen Feuers nach Westrien zu tragen.«

»Natürlich«, hauchte Hilalayan atemlos. »Er will die Ungläubigen bekehren …«

»… und hat den König auf seiner Seite«, fügte Lorymar hinzu. »Der Einfluss der Priesterschaft auf Astyragis ist von jeher groß gewesen, wie Ihr wisst.«

»Allerdings.« Der Hofmarschall nickte. Seine Züge waren verzerrt, so als hätte er einen Geist gesehen. »Wer weiß noch davon?«

»Ihr meint, außer Euch und mir?« Lorymar schüttelte den Kopf. »Niemand, denke ich. Nawyd wurde bewusst nicht in den Plan eingeweiht, weil man befürchtet, dass seine Sorge um seine Schwester alles zunichtemachen könnte. Und der alte Gadates hat in zu vielen Kriegen gekämpft, als dass er noch einen neuen erleben wollte.«

»Ich verstehe«, sagte Hilalayan entschlossen. »Also liegt es an uns …«

»An Euch«, verbesserte der Halbling. »Ich habe keine Sympathien mehr für den Westen, falls Ihr das meint. Aber Altashar ist Eure Heimat, nicht die meine. Verfahrt also mit diesem Wissen, wie es Euch richtig erscheint – ich habe meine eigenen Dinge zu regeln.«

»Was für Dinge?«

Lorymar lächelte schwach. »Das werde ich Euch an dem Tag offenbaren, an dem Ihr mir die Wahrheit über Eure Vergangenheit enthüllt.«

Der Eunuch erwiderte das Lächeln. »Wie es aussieht, haben wir wohl manches gemeinsam. Selbst in einer Situation wie dieser legen Leute wie wir nicht alle Hüllen ab.«

»Nein«, gab Lorymar zu. »Und? Werdet Ihr mir helfen?«

»Das Geld sollte kein Problem darstellen. Die Schatzkasse, der ich vorstehe, kennt dunkle Nischen, die niemandem außer mir bekannt sind. Doch um einen Vorwand, Altashar zu verlassen, müsst Ihr Euch selbst kümmern. Wenn die Dinge so liegen, wie Ihr sagt, brauche ich das Vertrauen des Königs jetzt mehr als alles andere – und das bekomme ich nicht, indem ich ihn hintergehe.«

»Ist das Euer letztes Wort?«

»In der Tat«, verkündete Hilalayan, wobei er sich abrupt von seinem Schemel erhob und zum Gehen wandte.

»Wo wollt Ihr hin?«

»Wohin wohl? Ins Kaltbad natürlich.«

»Kaltbad?«, fragte Lorymar erschrocken. Der Gedanke, sich nach all der Hitze nun in ein Becken mit kaltem Wasser zu stürzen, erschien ihm abwegig, geradezu grotesk.

»Ihr seid wirklich noch nie in einem Drachenbad gewesen, oder?«, fragte der Hofmarschall gleichmütig, während er durch die Dampfschwaden zum Ausgang trottete. »Es ist wie das Leben – auf eine Phase der Erwärmung folgt gemeinhin eine Abkühlung.«

11

Palast von Altashar
Am Abend desselben Tages

Die Sonne war soeben in den glitzernden Wellen der Bucht von Drakis verschwunden. Ihr letzter Widerschein fiel durch die Fenster des Palasts und sorgte für unwirkliches Licht, als Nawyd pan Tyras das Gemach seiner Schwester betrat.

»Du verlangtest mich zu sehen?«

Nyasha pan Tyras fuhr herum.

Da sie innerhalb ihrer eigenen vier Wände keine Schleier zu tragen brauchte, konnte Nawyd die Angst in ihren Zügen erkennen. Wie man ihnen ungezählte Male erzählt hatte, ähnelten beide Geschwister ihren Eltern wie aus dem Gesicht geschnitten. Während Nawyd jedoch mehr nach seinem Vater Artaban kam, hatte Nyasha die Anmut ihrer Mutter Roxana geerbt – und dies war Segen und Fluch zugleich, denn ihre Schönheit war weit über die Grenzen des Ostreichs hinaus bekannt.

»Ich bin es nur«, versicherte er. »Bitte entschuldige, ich wollte dich nicht erschrecken.«

»Du kannst nichts dafür.« Sie lächelte schwach. »Ich bin etwas nervös, das ist alles.«

»Ich weiß.« Nawyd nickte.

»Ist … die Delegation aus Archos eingetroffen?«

»Das ist sie.« Der Prinz nickte abermals.

»Was wird nun geschehen?«

Statt zu antworten, schickte Nawyd einen argwöhnischen

Blick in Richtung der Kammerdienerin, die gerade dabei war, das Nachtlager für ihre Herrin zu bereiten.

»Kira, bitte geh«, wies Nyasha sie an.

»Ja, Herrin.« Die Dienerin ließ ihre Arbeit ruhen, deutete eine Verbeugung an und verließ das Gemach. Nawyd wartete, bis sie die Tür hinter sich geschlossen hatte.

»Schon morgen wird man zu Verhandlungen zusammenkommen«, beantwortete er dann die Frage. »Fürst Yaron hat deutlich gemacht, dass er keine Zeit verlieren möchte.«

»Und unser Onkel, der König?«

»Hat zugestimmt«, bestätigte Nawyd bitter. »Ich weiß nicht, was in ihn gefahren ist. Er ist Wachs in den Händen seiner Berater geworden und tut alles, was der Priester und dieser elende Hilalayan ihm einreden.«

»Vorsicht«, mahnte Nyasha mit besorgtem Blick.

»Es ist die Wahrheit« beharrte Nawyd trotzig – seine Stimme senkte er dennoch ein wenig. »Auch Astyragis will diese Verhandlungen möglichst rasch zu einem erfolgreichen Ende bringen. So als könnte er es nicht erwarten, seine Nichte nach Archos zu verscherbeln.«

»Er wird seine Gründe dafür haben«, sagte Nyasha tapfer, obschon sie den Tränen nahe war.

»Vermutlich – aber er teilt sie nicht mit uns.« Nawyd biss sich auf die Lippen. Dass die Dinge derart überstürzt wurden, war mehr als sonderbar. Gewöhnlich zogen sich die Verhandlungen über eine Verbindung zweier Königshäuser über viele Monde hin, was allein schon den Entfernungen geschuldet war, die die Gesandten jeweils überbrücken mussten – im Alten Reich hatte es Brautwerbungen gegeben, die sich über mehr als zwei Jahre hingezogen hatten. In diesem Fall jedoch waren die Vorabsprachen bereits getroffen worden, und auch wenn Astyragis das Gegenteil behaupten mochte: Fürst Yaron war im Grunde nur noch hier, um seine Zustimmung einzuholen und die Prinzessin mitzunehmen, um sie seinem Herrn und Cousin Elayan von Archos zuzuführen.

»Ich will das nicht, Nawyd«, flüsterte Nyasha.

»Ich weiß, Schwester.«

Ihre anmutigen, puppengleichen Züge verhärteten sich. »Ich habe Angst. Ich will nicht allein unter diesen Fremden sein! Sie sind Barbaren, ohne jeden Glauben.«

»Hilalayan behauptet, die Astari blickten auf eine lange Tradition und eine reiche Kultur zurück«, wandte Nawyd bitter ein.

»Aber auch eine kalte und grausame«, fügte Nyasha hinzu. Tränen rannen an ihren Wangen herab und hinterließen gezackte Rinnsale in ihrem Gesicht. »Alles in mir empört sich dagegen, mit einem *hadathan* verheiratet zu werden.«

Nawyd sah zu Boden.

Er fühlte sich elend.

Sein Leben lang hatte er auf seine Schwester aufgepasst, hatte ihr das Gefühl gegeben, dass er für sie da war und über sie wachte – sollte das vergeblich gewesen sein?

Nein …

»Du musst das nicht tun«, sagte er leise.

»Nicht? Was willst du tun? Mit unserem Onkel sprechen?« Sie lachte bitter. »Du kennst seine Haltung. Er will diese Verbindung – und als unserem König und Oberhaupt unserer Familie sind wir ihm gleich zweifach zum Gehorsam verpflichtet.«

Nawyd konnte ihre Tränen nicht länger ertragen. Er trat auf sie zu, schloss die Arme um ihre schlanke, zerbrechlich wirkende Gestalt und drückte sie an sich, als könnte er sie so vor allem Unheil bewahren. »Aber ich werde das nicht zulassen«, knurrte er. »Niemals.«

»Was willst du dagegen tun?«

»Ich weiß es nicht. Aber ich werde nicht erlauben, dass sie dich veräußern wie eine Ware!«

»Ist es nicht zu allen Zeiten so gewesen? Waren die Töchter von Königen nicht stets das Mittel, um Grenzen zu festigen und Bündnisse zu schließen?«

»Wäre unser Vater noch am Leben, würde das alles nicht passieren«, war Nawyd überzeugt. »Er hätte sich nicht dem Urteil seines Hofmarschalls und seiner Priester gebeugt. Und er hätte auch nicht seine einzige Tochter in die Fremde verkauft!«

Sie löste sich von ihm und sah ihn aus ihren von Tränen geröteten Augen an. »Unser Vater Artaban hat viel Gutes getan«, stimmte sie leise zu. »In dunklen Tagen hat er das Reich befriedet und in eine neue Zukunft geführt. Aber wir beide kennen ihn nur aus den Geschichtsbüchern. Wir wissen nicht, wie er gehandelt hätte.«

»Du hast recht«, gestand er widerstrebend ein. Wie immer, wenn die Rede auf den ruhmreichen Vater kam, den er niemals kennengelernt hatte, verspürte er Schmerz ... Nur wenige Monde vor der Geburt seines Sohnes hatte Artaban der Große diese Welt verlassen. Nyasha war damals gerade zwei Jahre alt gewesen, ebenfalls noch zu jung, um sich an den Mann zu erinnern, der das Ostreich gerettet und eine neue Dynastie begründet hatte.

»Aber wir sind seine Erben«, fuhr Nawyd grimmig fort, »und vielleicht ist es an der Zeit, dass wir uns daran erinnern.«

»Was meinst du damit?«

»Unter den Hofbeamten gibt es noch immer viele, die unserem Vater treu verbunden waren«, entgegnete Nawyd. »Ebenso wie unter den Offizieren ...«

»Sprich leise!«, brachte seine Schwester ihn zum Schweigen. »Oder willst du unbedingt brennen?«

Erneut biss sich Nawyd auf die Lippen. Diesmal so fest, dass sie bluteten. Natürlich hatte seine Schwester recht – wer Dinge wie diese aussprach, setzte sich nicht nur dem Vorwurf des Hochverrats aus, sondern lief auch Gefahr, der Blasphemie bezichtigt und lebendig verbrannt zu werden. Unter Astyragis' Herrschaft war der Feuerkult zur alleinigen Religion des Ostreichs geworden, und sein Einfluss am Hof von Altashar wurde größer und größer.

»Was willst du tun? Eine Revolte anführen? Gegen den König rebellieren und damit auch gegen die Priesterschaft?« Abermals lachte Nyasha freudlos auf. »Du bist ein Träumer, kleiner Bruder. Das warst du schon immer.«

»Aber …«

»Nein, Nawyd«, sagte sie leise, aber bestimmt und mit fester Stimme. Sie hatte sich gefasst, ihre Tränen schienen versiegt zu sein. »Ich will nicht, dass du dich sinnlos für mich opferst – das zu ertragen wäre noch schlimmer als alles, was die Astari mir antun können. Dann werde ich die Heimat lieber verlassen und tun, was als Tochter des Hauses Tyras von mir verlangt wird. Wenn es dazu dient, den Frieden zwischen unseren Reichen zu sichern, so wird zumindest mein Opfer nicht vergeblich gewesen sein.«

»Aber ich will nicht, dass du das tust, Schwester! Ich werde es dir verbieten!«

Sie lächelte milde. »Du kannst mir nichts verbieten, kleiner Bruder. Denn ich bin eine Tyras, genau wie du, und deshalb muss ich tun, was meine Ehre mir befiehlt.«

»Nein«, sagte er mit dem Trotz eines kleinen Jungen, und es waren seine Augen, die sich mit Tränen hilfloser Wut füllten.

Weder Nawyd noch seiner Schwester war bewusst, dass sie trotz ihrer Vorsicht belauscht worden waren.

Von einem Halbling, der draußen vor der Tür stand und kurze Beine, aber dafür umso größere Ohren hatte.

12

Morwa, Schwarzer Turm
Am nächsten Tag

Die Landschaft, die sich westlich von Skaradag erstreckte, war leer und weit.

Der beständige Nordwind sorgte dafür, dass auf dem kargen Boden kaum etwas gedieh. Felsen aus Schiefer erhoben sich allenthalben, so als hätte die Laune eines Riesen sie einfach hingeworfen, dazwischen erhoben sich von Moos bewachsene Hügel. Gras gab es kaum in dieser Gegend, nur einige Büsche und verkrüppelte Bäume, die sich in den Niederungen duckten. Und mitten hindurch führte der Fluss Morwa, der in den bordischen Bergen entsprang und von dort gen Osten floss. Noch auf Höhe der Stadt Hawok war die Morwa ein ganz gewöhnlicher Wasserlauf – nach Osten hin jedoch hatten sich ihre schlangengleichen Windungen tief in den schwarzen Fels eingegraben und im Lauf von Jahrtausenden ein Labyrinth von Klüften und Schluchten geformt, das die Bordländer *Klyftagor* nannten. Und inmitten dieser Landschaft, die im Süden an die Ausläufer des Morwalds grenzte, stand düster und weithin sichtbar der nördlichste Außenposten des Exekutor-Ordens.

Der Dunkle Turm von Morwa.

Wie all die anderen Türme, die der Orden in Westrien errichtet hatte, wies auch dieser die charakteristische Bauweise auf: Über einem oktogonalen Grundriss erhoben sich trutzige Mauern, die sich zunächst nach oben verjüngten, um sich dann in schwindelerregender Höhe wieder zu verbreitern.

Auf einer Plattform thronte, von einer Balustrade umlaufen, ein kuppelförmiger Aufbau, von dessen Dach eiserne Stacheln abstanden und feindselig in den Himmel ragten. Von Weitem betrachtet, drängte sich der Vergleich mit einer Keule auf – Stärke und Macht der Exekutoren sollten dadurch für jedermann erkennbar demonstriert werden.

Darüber hinaus gab es freilich auch noch eine zweite Deutungsweise, die in der Form der Türme eher ein Symbol der Männlichkeit erblicken wollte, errichtet von zu kurz Gekommenen. Aber das waren böswillige Gerüchte, die laut zu äußern unter Strafe verboten war.

Doch die Dunklen Türme waren noch ungleich mehr als bauliche Manifestationen weltlicher Macht. Sie waren auch die geistigen Zentren des Exekutor-Ordens, der seit der Divergenz und den Jahren der Wirrnis im gesamten Westen Fuß gefasst und sich mit der Geschwindigkeit eines Lauffeuers ausgebreitet hatte. Einzig der äußerste Süden des Reiches, wo die Astari sich nach wie vor auf ihren Inseln behaupteten, war noch weitgehend frei vom Einfluss des Ordens. Aber auch das, davon war Thorgon-Syn überzeugt, würde sich bald ändern. Und als Großexekutor von Morwa tat er, was ihm möglich war, um diese Entwicklung zu beschleunigen.

Dabei war Morwa eigentlich kein guter Ausgangspunkt.

Als man Thorgon mitgeteilt hatte, dass man ihn in den Norden versetzen würde, an den äußersten Rand der Zivilisation, war er alles andere als begeistert gewesen. In Sontra, wo sich der Hauptsitz des Ordens befand, hatte er sich Hoffnungen auf einen Posten im Kernland gemacht, auf einem der Türme von Burgos oder Cymria. Doch um dies zu erreichen, hätte er wohl weniger aufrührerisch sein und sich nicht ausgerechnet mit jenen Mächten anlegen sollen, die in Fragen wie diesen zu befinden hatten. Doch Thorgon war es schon immer schwergefallen zu schweigen. Vor allem, wenn er das

Gefühl hatte, dass Fehler begangen wurden. Und der Orden hatte in den letzten Jahren manche Fehler gemacht.

Vor allen Dingen war er zu nachsichtig gewesen …

Auf der Balustrade der Turmplattform stehend, umtost vom Nordwind, der an seinem Umhang zerrte, ließ der Großexekutor seinen Blick nach Norden schweifen, über den Fluss in das raue, in Nebel gehüllte Nordland. Man hatte ihn hierhergeschickt, weil man ihn hatte loswerden wollen; weil man geglaubt hatte, dass einige Winter in der sturmgepeitschten Ödnis seinen Ehrgeiz und seine Ambitionen schon ein wenig abkühlen würden – aber das war nicht der Fall gewesen.

Ganz im Gegenteil.

Unter ihm als Großexekutor war der Dunkle Turm von Morwa erst bekannt geworden, ein Synonym für die Beständigkeit und Unnachgiebigkeit, mit der der Orden jeden Verstoß gegen das Gesetz ahndete. Zugegeben, die Mittel, zu denen er gegriffen hatte, waren wenig zimperlich gewesen, aber im Vergleich zu den Gefahren, die die Magie und alles Übernatürliche darstellten, waren sie das kleinere Übel.

Thorgons Auftrag hatte gelautet, im Norden aufzuräumen, und genau das hatte er getan. Systematisch hatte er sie aus ihren Verstecken getrieben, die selbst ernannten Zauberer und Weissager, die Hellseher und Propheten, hatte sie unnachgiebig verfolgt und zur Rechenschaft gezogen, ganz gleich, ob es Scharlatane gewesen waren oder nicht. Auf diese Weise hatte er sich Respekt verschafft, und er war dabei, den gesetzlosen Zustand, der in vielen Gegenden des Nordens geherrscht hatte, zu beenden. Mochten die Astari und ihre schleimfressenden Verbündeten dort unten in Archos reden, was sie wollten – die harten Tatsachen wurden hier im Norden geschaffen. Und er, Thorgon, war ein wahrer Meister darin.

»Ehrwürdiger Syn?«

Thorgon hatte die Schritte gehört, die sich ihm genähert

hatten, schleichend und unterwürfig. Sie gehörten Salacar, dem nach ihm ranghöchsten Exekutor von Morwa. Dies machte den kleinen Mann mit den stets misstrauischen Augen, der aus den Landen jenseits des Bruchs stammte, jedoch schon in jungen Jahren nach Sontra gekommen war, zu Thorgons Stellvertreter und Vertrautem. Soweit ein Großexekutor des Ordens so etwas überhaupt haben konnte.

»Ja?«, fragte Thorgon.

»Ehrwürdiger Syn, die Patrouille ist zurückgekehrt.«

»Und?«

»Erneut wurde ein Dorf von den Barbaren angegriffen und geplündert, schon zum zweiten Mal in dieser Woche.«

»Die Barbaren aus Borea sind ein Ärgernis«, gab Thorgon zu, »aber sie fallen nicht in unsere Zuständigkeit, wie du sehr wohl weißt. Warum also behelligst du mich damit?«

»Verzeiht, ehrwürdiger Syn.« Salacar klang zerknirscht. Man konnte direkt hören, wie er sich in die Weite seines schwarzen Kapuzengewandes zurückzog, das er wie alle Anhänger des Ordens trug. »Aber die Patrouille hat einen Überlebenden aufgegriffen. Was er zu sagen hat, wird euch interessieren.«

Nun wandte sich Thorgon doch um.

Die kriecherische Art seines Stellvertreters schmeichelte ihm so sehr, wie er sie verachtete. Allerdings hatte sie sich in der Vergangenheit oft als nützlich erwiesen. Und wenn es etwas gab, das Thorgon schätzte, dann waren es nützliche Untergebene.

»Bring ihn zu mir«, verlangte er, und während Salacar sich gehorsam verbeugte und davonhuschte, trat Thorgon von der Balustrade zurück in den Audienzsaal, der fast das ganze untere Stockwerk der Turmkuppel einnahm – ein kreisrunder Raum, dessen Wand eine große Karte des Westreichs zierte, einschließlich sämtlicher Schattentürme, die darauf verzeichnet waren. Das einzige Möbelstück bildete ein samtbezogener

Sitz, der auf einem Podest thronte – der Stuhl des Großexekutors. Als Thorgon sich darauf niederließ, verbeugten sich die Wachen, die zu beiden Seiten des Eingangs standen. Stumme Gesellen, in schwarzen Rüstungen und mit Helmen, die nur die Kinnpartie frei ließen. Bewaffnet waren sie mit den traditionellen Hellebarden, die die Macht des Ordens repräsentierten.

Es dauerte eine ganze Weile, bis Salacar mit dem Überlebenden erschien. Als sie den Audienzsaal endlich erreichten, sah Thorgon auch den Grund dafür: Der Mann, der den Überfall der Nordmänner auf sein Heimatdorf überlebt hatte, war ein Fettsack. Vermutlich, dachte Thorgon verächtlich, war ihm schon nach der Hälfte der Stufen die Luft ausgegangen. Keuchend und mit hochrotem Kopf erschien er vor dem Großexekutor, seine Kleider hingen in Fetzen.

»... Gnaden!«, war alles, was er stoßartig hervorbrachte, ehe er sich auf die Knie niederließ und tief verbeugte. Auf die Beine kam er erst wieder, als zwei der Wachen ihm dabei halfen.

»Wer bist du?«, wollte Thorgon wissen. Es gefiel ihm, die Furcht in den Augen des Feisten zu sehen – sie war ein verlässlicher Garant dafür, dass der Mann die Wahrheit sprach.

»Bror, Euer Gnaden«, entgegnete der Fettsack, nachdem er wieder ein wenig Atem gefasst hatte. »Schenkwirt aus ...«

»Das Dorf wurde überfallen?«, fiel Thorgon ihm ins Wort. Unwichtige Details langweilten ihn.

Das Kinn des Feisten faltete sich, als er nickte. »Barbaren«, entgegnete er. »Alle bis auf mich wurden getötet. Auch mein Weib ...«

»Das tut mir leid«, versicherte Thorgon – der Mann erwartete vermutlich, dass er so etwas sagte. Auch wenn es schlecht geheuchelt war. »Ich werde mir anhören, was du zu sagen hast – je nach Wert der Information werde ich dich belohnen.«

»Das … ist mehr, als ich erwarten konnte, Euer Gnaden«, rief der Feiste aus und war drauf und dran, sich wieder auf die Knie zu werfen.

»Lass gut sein«, wehrte Thorgon ab. »Sag mir lieber, was du zu berichten hast.«

Der Wirt sah ein wenig ratlos aus. Verstohlen blickte er sich nach Salacar um, der bei ihm stand. »Wiederhole, was du mir gesagt hast«, forderte dieser ihn auf. »Vertraue dich dem Großexekutor an.«

Der Feiste nickte, ganz sicher schien er sich nicht zu sein. »Da war ein Mann«, begann er schließlich.

»Was für ein Mann?«

»Ein Sänger«, eröffnete der andere. »Er kam in mein Wirtshaus und bat um eine Mahlzeit. Dafür wollte er mir und meinen Gästen etwas vorsingen. Und das hat er auch getan.«

»Ein Sänger also. Und weiter?«, bohrte Thorgon nach.

Der Mann langweilte ihn.

Und das war ein schlechtes Zeichen.

»Den Gästen hat es gefallen, und sie wollten mehr. Also hat er weitergesungen – aber auf einmal war alles anders. Plötzlich sang er nicht mehr von Wein und von Weibern, sondern von Blut und Tod und …« Der Schenkwirt stockte, eisige Schauer schienen ihn bei der Erinnerung zu durchrieseln. »Danach hat er mein Wirtshaus Hals über Kopf verlassen – und kurz darauf kamen die Barbaren. Mit blanken Klingen sind sie über uns hergefallen, diese Hunde …« Erneut hielt er inne, vor seinen geweiteten, blutunterlaufenen Augen schienen sich Mordszenen abzuspielen. »Sie haben jeden getötet … auch meine Frau … vor meinen Augen«, schloss er flüsternd.

Thorgon nickte.

Er konnte sich vorstellen, dass das gewaltsame Ableben eines vermutlich abgrundtief hässlichen Weibes keinen sehr erbaulichen Anblick geboten hatte – aber warum hatte sich Salacar die Mühe gemacht, diesen Trampel über all die steilen Stufen heraufzuschleppen?

»Der Sänger wusste es«, beteuerte der Schenkwirt. »Er wusste, was geschehen würde.«

»Natürlich – weil er mit den Barbaren im Bunde stand«, mutmaßte Thorgon. »Vermutlich hatte er noch am Abend zuvor in ihrem Lager gesungen.«

»Oder es war Magie im Spiel«, sagte Salacar. Der Stellvertreter trat gebeugten Hauptes vor und reichte ihm ein zusammengerolltes Pergament. »Im Archiv habe ich das hier gefunden.«

Thorgon nahm es entgegen und entrollte es – es war ein Steckbrief, ausgestellt vor fünf Wintern vom Großexekutor von Aquilia. Gesucht wurde ein etwa vierzig Jahre alter Mann, dessen Name nicht bekannt war und der als fahrender Sänger durch die Lande zog – und der angeblich die Fähigkeit besaß, kraft seiner Musik in die Zukunft zu sehen. Der Steckbrief war mit einem schwarzen Siegel versehen, was nicht nur bedeutete, dass sich dieser Mann bereits seit sehr langer Zeit dem Arm des Gesetzes entzog. Sondern auch, dass er sich des verabscheuungswürdigsten Verbrechens überhaupt schuldig gemacht hatte: des Mordes an einem Exekutor.

Und das wiederum bedeutete, dass derjenige, der den flüchtigen Verbrecher fasste, eine Belobigung erhalten würde, vielleicht sogar eine Beförderung.

Auf einen aussichtsreicheren Posten ...

Thorgon nickte Salacar zu, dessen Augen listig unter der Kapuze blitzten. Auf eine Gelegenheit wie diese hatten sie beide gewartet: eine Chance für Thorgon, den Norden endlich zu verlassen und als triumphaler nach Sontra zurückzukehren, und eine Chance für Salacar, zum neuen Großexekutor von Morwa aufzusteigen.

»Dieser Sänger«, wandte sich Thorgon an den Zeugen, jetzt schon ungleich interessierter als zuvor, »stammte er von hier aus dem Norden?«

»Nein, Euer Gnaden, aus dem Süden. Er hatte schwarzes Haar und ebenso schwarze Augen.«

»Aus Burgos?«

»Möglich, Euer Gnaden. Und er hatte eine Narbe, die von hier bis hier über sein Gesicht verlief.« Mit den stumpigen Fingern fuhr der Schenkwirt über seine gerötete Miene.

Thorgon nickte.

Die Angaben stimmten exakt mit der Beschreibung überein, die in dem Steckbrief gegeben wurde. Der Mann, der jenes Dorf besucht und seine Vernichtung vorausgesagt hatte, schien tatsächlich der Gesuchte zu sein.

»Gut«, sagte Thorgon, während er in Gedanken bereits begann, die Verfolgung zu organisieren. Mehrere Trupps mussten zusammengestellt und ausgesandt werden, die eingehenden Informationen ausgewertet. Und auch er selbst würde sich auf die Jagd begeben ... »Du hast dem Orden einen wertvollen Dienst erwiesen.«

»Das freut mich«, versicherte der Wirt beflissen und rang die Hände. »Darf ich Euch dann an meine Belohnung erinnern? Immerhin habe ich den weiten Weg zum Turm auf mich genommen, um Euch von diesen Dingen zu berichten, als der gesetzestreue Bürger, der ich nun einmal bin.«

Thorgon nickte. »Wenn du also ein gesetzestreuer Bürger bist, so bist du sicher auch bereit, für deine Überzeugung Opfer zu bringen?«

»Natürlich.«

»Und Stillschweigen über alles zu bewahren, was hier gesprochen wurde?«

»Auch das.«

»Und womöglich auch beides zusammen?«, erkundigte sich der Großexekutor mit listigem Lächeln.

»J-ja«, versicherte der Wirt, nun schon nicht mehr ganz so überzeugt.

»Das ist sehr löblich«, aberkannte Thorgon und wandte sich Salacar zu. »Schneidet ihm die Zunge heraus und zwingt ihn, sie zu verspeisen«, erklärte er dann mit einer ebenso beiläufigen wie eindeutigen Handbewegung. »Das wird ihn auf ewig an sein Schweigegelübde erinnern.«

13

Skaradag
Zur selben Zeit

Ihr Name war Bray. Aber lieber, sagte sie sich, hätte sie ihre Zunge verschluckt, als *ihm* das zu verraten.

Jene Zunge, die zu einem klebrigen Kloß angeschwollen war, nachdem sie eine gefühlte Ewigkeit lang nichts gegessen oder getrunken hatte. Mit gebundenen Fußgelenken und auf den Rücken gefesselten Händen kauerte sie auf dem Boden des Kellerlochs, in das ihr Häscher sie gesperrt hatte, allein in der Dunkelheit. Ihre Glieder schmerzten von der Reglosigkeit und von der klammen Kälte. Und obwohl sie nicht dazu neigte, spürte sie, wie sich allmählich Panik in ihr breitmachte.

Anfangs hatte sie den Fremden nicht ernst genommen, hatte ihn für einen der Verrückten gehalten, von denen es in Skaradag viel zu viele gab. Aber je länger ihre Gefangenschaft dauerte, desto deutlicher ging ihr auf, dass das wohl nicht der Fall war. Der Sänger schien es ernst zu meinen.

Und das machte ihr Angst.

»Mhm«, machte Bray – zu mehr war sie wegen des Knebels, den er ihr in den Mund gestopft hatte, nicht in der Lage. Was sie eigentlich meinte, war, dass sie Durst hatte. Und dass sie fror. Und dass sie es satthatte, in diesem Loch zu sitzen, mit den Ratten als einziger Gesellschaft.

Drei Tage ging das nun schon so.

Bray gehörte nicht zu der Sorte von Leuten, die leicht etwas bedauerten – doch in diesem Fall schalt sie sich selbst dafür, dass sie die Tasche gestohlen hatte. Es war kein guter

Morgen gewesen, die Ausbeute bis dahin nur spärlich – da war der lederne Beutel des Fremden ihr als lohnendes Ziel erschienen. Also hatte sie die Riemen durchschnitten und die Tasche samt ihrem Inhalt gestohlen – ohne zu ahnen, was sie damit heraufbeschwören würde.

»Mhmmm«, tönte sie wieder. Ihre Stimme hörte sich beklemmend dumpf an in der Enge der Zelle.

Bray fühlte sich schwach. Sie fror erbärmlich und ihr war übel vor Hunger und Durst. Anfangs hatte sie sich nicht die Blöße geben wollen, laut zu schreien, aber irgendwann hatte sie es doch getan.

Vergeblich.

Nicht nur, dass diese Gasse in einem der heruntergekommensten und verlassensten Winkel der ganzen Stadt lag; es interessierte tatsächlich niemanden, wenn aus irgendeinem Keller eine erstickte Stimme drang, die noch dazu nicht einmal in der Lage war, sich zu artikulieren. In Skaradag ging jeder seinen eigenen Geschäften nach und scherte sich nicht um das, was andere taten. So war es Tradition, und die Reichen und Starken lebten gut damit.

Die Stichwunde in Brays linkem Bein hatte der Fremde versorgt. Mit einer Tinktur aus seiner Tasche hatte er die Wunde gereinigt und sie dann verbunden. Zwar schmerzte es immer noch, aber wenigstens musste Bray jetzt nicht mehr fürchten, in diesem miesen Kellerloch zu verbluten. Nein, dachte sie mit grimmigem Grinsen, jetzt konnte sie in aller Ruhe abwarten, bis sie elend zugrunde ging. Denn die paar Schlucke Wasser, die der Fremde ihr hin und wieder angedeihen ließ, waren zu wenig, um sie lange am Leben zu halten …

»Mhm!«, rief sie noch einmal in Richtung der hölzernen Tür in der Annahme, dass ihr Häscher dort draußen hockte und Wache hielt. »Mhmmm!«

Tatsächlich waren draußen plötzlich Schritte zu hören. »Willst du endlich reden?«, drang es gedämpft durch die Tür.

Bislang hatte Bray es abgelehnt, die Fragen des Fremden zu beantworten. Es war offensichtlich, dass der Kerl ein Spitzel war, ein Scherge des Stadtmarschalls. Anfangs hatte sie ihn eher für einen Kopfgeldjäger gehalten, aber wenn es so gewesen wäre, hätte er sie wohl schon längst zur Zitadelle geschleppt und seine Belohnung kassiert, und sie hätte vermutlich schon leblos von den Zinnen gehangen. Nein, er war fraglos ein Spitzel des Magistrats, und deshalb durfte sie ihm nichts verraten. Aber sie merkte auch, wie mit jeder Stunde, die verging, ihre Überzeugung bröckelte.

Warum nur, fragte sie sich, hatte sie sich nicht zur Wehr gesetzt? Warum nicht ihr Messer gezückt? Die Antwort war einfach: Ihr Häscher hatte ihr keine Gelegenheit gegeben. Als sie hatte niederknien wollen, um sich an seinem besten Stück zu schaffen zu machen, hatte er das abgelehnt – und ihr damit die beste Chance genommen, das Messer aus ihrem rechten Stiefelschaft zu ziehen und es in seinen Unterleib zu rammen.

Die gute Nachricht war, dass das Messer noch immer dort im Stiefelschaft war. Der Kerl hatte ihr nur den linken Stiefel ausgezogen, als er ihre Wunde versorgte. Den anderen hatte er an ihrem Fuß belassen und folglich die Klinge nicht gefunden.

Das war ihre Möglichkeit zu entkommen.

Die einzige, die ihr noch geblieben war.

Alles, was sie brauchte, war eine Gelegenheit.

»Mhm«, willigte sie deshalb krächzend ein.

Die Tür wurde entriegelt und schwang mit leisem Knarren auf. Auf der Schwelle stand der Sänger, eine Fackel in der Hand. Der flackernde Schein beleuchtete sein Gesicht, das nicht grobschlächtig war und aufgedunsen wie das der bordischen Männer (vor allem dann, wenn sie dem Alkohol zusprachen), sondern fein geschnitten und eigentlich recht ansehnlich – sah man einmal von der Narbe ab, die von der rechten Schläfe bis hinab zum Mundwinkel verlief. Seine Augen waren dunkel wie Brays eigene, sein Haar, das ihm bis zur Schulter reichte, war rabenschwarz, von ein paar grauen Strähnen abgesehen. Sein Alter konnte Bray nur schätzen – die meisten Menschen in Darlik waren nur halb so alt wie sie aussahen. Aber dieser Mann stammte nicht aus Skaradag; der Färbung seiner Haut nach vermutete sie, dass er aus dem Süden kam und an die vierzig Winter gesehen hatte. Seine Kleidung war abgewetzt, ebenso wie sein Umhang – zum reichen Teil der Bevölkerung schien also auch er nicht zu gehören.

Was vermutlich bedeutete, dass er tatsächlich auf der Lohnliste von Stadtmarschall Jarnhant stand und bereit war, für Geld so ziemlich alles zu tun.

»Du willst dein Schweigen brechen?«, fragte er.

»Mhm.«

Er trat auf sie zu. Erst jetzt fiel ihr auf, dass er leicht hinkte, vermutlich die Folge einer alten Verwundung. Langsam bückte er sich und nahm ihr den Knebel aus dem Mund.

»Ich muss mal«, erklärte Bray daraufhin.

Er hob eine Braue. »Ich dachte, du willst reden?«

»Danach. Erst muss ich was anderes loswerden.«

»Bitte.« Er nickte ihr auffordernd zu. »Tu dir keinen Zwang an. Lass den Dingen einfach ihren Lauf.«

»Ist das dein Ernst?«

Er nickte wieder, und die Art, wie er sie dabei ansah, ärgerte sie.

»Du glaubst mir nicht«, stellte sie fest.

»Nein«, gab er unumwunden zu. »Du hast seit zwei Tagen nichts getrunken, ich bezweifle also, dass du plötzlich solchen Drang verspürst. Vermutlich geht es dir eher darum, dass ich deine Fesseln löse – damit du das Messer aus deinem Stiefel ziehen und mich damit erstechen kannst.«

Bray hatte Mühe, sich ihre Verblüffung, ja ihr Entsetzen nicht anmerken zu lassen, was ihr allerdings nicht recht gelang.

»Komm schon«, meinte er, wobei er verächtlich den Mund verzog. »Hast du wirklich gedacht, ich hätte es nicht bemerkt? Du beleidigst meinen Verstand«, fügte er hinzu, wobei er sich an die vernarbte Schläfe tippte.

»Den hat offenbar schon ein anderer beleidigt«, versetzte sie bitter. »Woher stammt das? Von einer Klinge? Einer Axt? Wer hat dir das Ding verpasst? Auch jemand, dem du aufgelauert und den du in ein dunkles Kellerloch gesperrt hast?«

»Zweierlei«, entgegnete er gelassen. »Erstens habe ich dir nicht aufgelauert. Du hast versucht, mich zu bestehlen, und ich habe mir lediglich mein Hab und Gut zurückgeholt. Das ist ein Unterschied. Zweitens bin ich es, der hier die Fragen stellt.«

»Vergiss es«, versicherte sie störrisch, ihren eigenen Zweifeln zum Trotz. »Ich werde dir nichts verraten, du verdammter Spion.«

»Ich bin kein Spion.«

»Natürlich nicht.« Sie lachte freudlos auf. »Was bist du dann? Ein verzauberter Prinz?«

»Für jemanden, der so jung ist, bist du ziemlich zynisch«, stellte er fest.

Das ist wahr, dachte Bray bei sich. Und es war kein Wunder bei allem, was hinter ihr lag …

»Mein Name ist Rayan«, stellte der andere sich vor. »Ich bin ein fahrender Sänger.«

»Und ich bin die Tochter des Magistrats«, konterte Bray trotzig.

»Die durch die Gassen schleicht und arglose Leute beklaut?«

Sie setzte ein Unschuldslächeln auf. »Auch reiche Mädchen wollen ein bisschen Spaß.«

Er sah sie prüfend an. Was er dabei dachte, war nicht festzustellen. »Schön«, schnaubte er schließlich. »Lassen wir den Unfug.« Er bückte sich wieder und war drauf und dran, ihr den Knebel wieder anzulegen.

»Warte!«, verlangte sie.

»Und?«

»Was willst du wissen?«, erkundigte sich Bray. Sie musste versuchen, mehr über den Fremden herauszufinden. Und sie wollte Zeit gewinnen.

»Ich bin fremd in der Stadt und kenne hier niemanden«, gab der andere zu. »Deshalb brauche ich dich.«

»Du bist fremd in der Stadt?« Sie schickte ihm einen zweifelnden Blick. »Hast du in jeder Stadt, in der du fremd bist, so ein Kellerloch? Du lügst, Rayan, oder wie immer du sonst heißen magst.«

»Das ist mein Name«, bekräftigte er, »jedenfalls der einzige, den ich dir nennen werde. Und ich lüge nicht. Ich habe diese Zelle gemietet, als ich das letzte Mal in Skaradag gewesen bin. Irgendetwas sagte mir, dass ich eine Bleibe brauchen würde.« Im Fackelschein ließ er seinen Blick über den morschen Tisch und den Schemel gleiten, über das faulige Stroh auf dem Boden und die mit Moos und Schimmel überzogenen Wände. Es war ein dunkles feuchtes Loch – und dennoch besser als vieles andere, worin die Armen in Darlik hausten.

»Seither bin ich nicht mehr hier gewesen«, fügte der angebliche Sänger hinzu.

Bray schnitt eine Grimasse. »Wie schade, dass du zurückgekommen bist.«

»Und wie ist dein Name?«

»Braka«, erwiderte sie leichthin.

»Und das ist die Wahrheit?«

»Ich bin eine Diebin, was erwartest du?«, fragte sie dagegen. »Braka, Kaya, Livka, Sinia … such dir einen Namen aus, der dir gefällt, und lass mich in Ruhe.«

»Für jemanden, der gefangen ist, spuckst du große Töne.«

»Warum nicht? Du wirst mich früher oder später sowieso an die Zitadelle ausliefern.«

»Ich sagte es dir schon – ich bin kein Spion. Ich arbeite

weder für den Magistrat noch für den Stadtmarschall oder die Saliger.«

»Für wen dann?«

»Auf eigene Rechnung. Ich bin fremd in der Stadt und kenne hier niemanden, und das möchte ich ändern. Also, von welcher Zunft bist du?«

Brays Augen verengten sich.

Der Kerl war ein Lügner, so viel stand fest. Er musste ein Spion der Eisernen Zitadelle sein, wie konnte er sonst von den Zünften wissen? Und auch sonst schien er sich sehr viel besser in Skaradag auszukennen, als er behauptete.

»Gehörst du zu den Füchsen?«, wollte er wissen. »Den Wieseln? Oder vielleicht zu den Schlangen?«

»Sehe ich so aus?«, fragte sie gereizt dagegen.

»Ich weiß nicht, wonach du aussiehst. Rede mit mir, dann darfst du bald hier raus.«

»Wann?«

»Sobald ich erreicht habe, was ich will. Also, zu welcher Zunft gehörst du?«

Bray wollte noch immer nicht antworten. Aber da waren Hunger und Durst. Und langsam fragte sie sich auch, ob der Fremde nicht vielleicht doch die Wahrheit sagte. Wenn er für den Stadtmarschall arbeitete, dann war er der eigenartigste Spitzel, dem sie je begegnet war. Zwar wollte er Informationen, schien jedoch nicht besonders weit dafür gehen zu wollen. Ein tatsächlicher Scherge des Magistrats hätte die Wahrheit vermutlich schon längst aus ihr herausgeprügelt oder sie auf die nächstbeste Folterbank gelegt.

Wer also war er wirklich? Und was wollte er? Sie konnte nicht verhindern, dass sie neugierig wurde.

»Was, wenn ich eine Krähe bin?«, fragte sie.

»Ist das auch die Wahrheit?« Er sah sie prüfend an. »Oder wieder nur eine Möglichkeit, die ich mir aussuchen kann?«

»Was glaubst du wohl?« Sie schnitt eine Grimasse.

»Allmählich verliere ich die Geduld«, stellte er klar. »Gut möglich, dass ich dieses Loch verlasse und den Schlüssel verliere …«

Sie verachtete sich selbst dafür, aber der Gedanke erschreckte sie. »Ich kann es dir beweisen«, sagte sie schnell.

»Wie?«

»Alle Krähen tragen eine Tätowierung«, erklärte sie. »Die linke Schulter.«

Ungerührt trat er auf sie zu, bückte sich zu ihr hinab und entblößte ihre Schulter, indem er den Kapuzenkragen ihres Wollhemds herabzog.

»Eine Krähenkralle«, stellte er fest. »Du gehörst also tatsächlich zu den Krähen.«

»Das sagte ich doch, oder nicht?«

Er nickte. »Dann bring mich zu deinen Leuten.«

Sie lachte freudlos auf. »Du musst verrückt sein.«

»Ich habe ihnen einen Vorschlag zu machen«, beharrte er.

»Und wenn du doch ein Spion bist? Wenn du für den Magistrat arbeitest?«

»Glaubst, du, dann hätte ich mir die Mühe gemacht, dich hierherzuschleppen? Mir drei Tage um die Ohren geschlagen und darauf gewartet, dass du mit mir redest?«

Bray blickte zu Boden.

Sicher nicht.

In den Folterkellern der Zitadelle hatten schon viele ihr Schweigen gebrochen. Erst vor wenigen Wochen der Anführer der Raben. Seither hingen er und seine Leute tot und gesalzen an den Mauern …

»Lass mich laufen«, verlangte sie. »Dann gehe ich zu meinen Leuten und rede mit ihnen.«

Nun war er es, der lachte.

Bray schnitt eine Grimasse – einen Versuch war es immerhin wert gewesen. »Erwartest du etwa, dass ich dich zu unserem Versteck führe?«, fragte sie. »Dass ich dir alles verrate?«

»Nein«, gestand er ein. »Aber ich weiß, dass jede Diebeszunft Orte unterhält, an denen sie sich mit ihren Hehlern und Mittelsleuten trifft. Dorthin will ich.«

»Und dann?«

»Will ich euren Anführer sprechen und ihm ein Angebot machen.«

»Was für ein Angebot?«

»Das werde ich nur eurem Anführer sagen.«

Bray überlegte. Diese Treffpunkte gab es tatsächlich, und sie waren gut bewacht. Wann immer jemand das Losungswort nicht kannte, war er so gut wie tot.

»Einverstanden«, erklärte sie sich bereit. »Schneide mich los, und ich führe dich hin.«

»Nein.« Er schüttelte den Kopf. »Du wirst mir verraten, wo sich das Versteck befindet, und ich werde allein hingehen. Außerdem wirst du mir das Losungswort verraten, denn ich habe keine Lust, ein Messer in den Rücken zu bekommen.«

»Werde ich nicht«, versicherte sie.

»Doch, wirst du – denn wenn ich von deinen Leuten umgebracht werde, wird niemand je erfahren, wo du steckst. Vielleicht wird man dich ja irgendwann finden – ein bleiches Skelett, von dem die Ratten das Fleisch abgenagt haben …«

»Mistkerl«, zischte Bray. »Wer sagt mir, dass du zurückkehren wirst, um mich freizulassen?«

»Niemand. Aber die Chance besteht immerhin – wenn mich deine diebischen Freunde hingegen erstechen, werde ich ganz sicher nicht zurückkehren.«

Bray biss sich auf die Lippen. Sie konnte es drehen und wenden, wie sie wollte – der Fremde hatte die besseren Argumente. »Schön«, knurrte sie. »Ich werde dir sagen, wo du einen von uns finden kannst. Und auch die Losung werde ich dir verraten – was du daraus machst, ist deine Sache.«

»Mehr will ich nicht«, versicherte er.

»Es ist ein Bordell in der Nähe des alten Marktplatzes«, eröffnete sie dann. »Frag dort nach Anara.«

»Der Mittelsmann ist eine Frau?« Rayan hob die Brauen.

Bray musste grinsen. »Es gibt manches, das du über Skaradag weißt«, erwiderte sie. »Aber wohl auch vieles, das du noch lernen musst. Anara wird dir weiterhelfen, wenn du ihr das Losungswort sagst. Es lautet ›Zauberkraft‹.«

Er wog misstrauisch das Haupt. »Eine gefährliche Losung habt ihr euch da ausgesucht.«

»Aus ebendiesem Grund«, versicherte sie lächelnd. »Wer wäre schon so dämlich, etwas zufällig in den Mund zu nehmen, das ihn das Leben kosten kann?«

Wieder sah er sie prüfend an. Schließlich nickte er, griff nach seiner Wasserflasche und entkorkte sie. Dann beugte er sich zu Bray hinab, setzte die Flasche an ihre Lippen und ließ sie trinken, und diesmal nicht nur ein paar Schlucke. Dass es schal war und abgestanden schmeckte, war Bray gleichgültig. Sie war nur froh, ihren Durst endlich stillen zu können.

»Besser?«, fragte er schließlich.

Sie nickte.

»Bei Einbruch der Dunkelheit werde ich aufbrechen. Wenn ich alles so vorfinde, wie du sagst, wirst du schon morgen früh frei sein.«

»Dein Wort darauf?« Bray wusste selbst nicht, warum sie das sagte. Wahrscheinlich, weil sie sich insgeheim nach etwas sehnte, das ihr Sicherheit gab, wenn sie allein in diesem dunklen Loch zurückbleiben sollte. Sie verachtete sich selbst dafür.

»Mein Wort darauf«, versicherte er.

»Was willst du wirklich?«, fragte sie.

Er lächelte dünn. »Es klingt vielleicht verrückt – aber das was ich will, können nur Diebe mir beschaffen.«

»Du bist kein Sänger, oder?«

Rayan zögerte einen Augenblick. »Doch«, entgegnete er dann. »Und das ist das Verrückteste daran.«

14

Palast von Altashar
Am Abend desselben Tages

Der große Festsaal des Palasts von Altashar hallte an diesem Abend wider vom Stimmengewirr verschiedener Sprachen: Ostragisch war zu hören in all seinen Dialekten und Ausprägungen, die Nawyds Ohr wohlvertraut waren; aber auch die Worte westrischer Zungen, die ungleich weniger melodisch klangen und deren harter Tonfall sich in den Ohren des Prinzen wie eine Beleidigung anhörte.

Sein Onkel Astyragis hatte es sich nicht nehmen lassen, die Gesandten aus Archos zu einem Festmahl einzuladen, das zu ihren Ehren abgehalten wurde – und da saßen sie nun auf seidenen Kissen an der großen Tafel, die zu ihren Ehren reich gedeckt worden war: Mit Reis gefüllter Lammbraten und Barsche auf Sauerdatteln wurden von den Dienern hereingetragen, der Geruch von Muskat, Zimt und Anis erfüllte die Abendluft, die eine Dutzendschaft von Sklaven mit riesigen Fächern kühlte. Dazu ertönte der Klang von Laute und Flöte, und zu dem Rhythmus, den die fellbespannten Trommeln schlugen, tanzten Sklavinnen aus dem dunkelsten Ophira, deren einzige Kleidung aus einem Schal von roter Seide bestand, der ihre ebenholzgleiche Gestalt umfloss. Hyrakisches Feuer loderte in großen Brandschalen und verbreitete lodernden Schein, der über Decke und Wände irrlichterte. Dazu spendeten Hunderte von Messinglaternen in allen Farben funkelndes Licht.

Viel Aufwand, um einigen Astari zu schmeicheln, die in

ihrer Überheblichkeit all dies vermutlich nicht einmal zu schätzen wussten – so jedenfalls deutete Nawyd die gleichmütigen Züge Fürst Yarons, des Oberhaupts der fremden Gesandschaft, der zugleich der Vetter König Elayans von Archos war.

Yaron war ein Astar, wie er im Buche stand – die Gestalt schlank und sehnig, die Züge hohlwangig und beinahe totenbleich. Der Blick seiner meerblauen Augen war kalt und stechend wie bei allen Vertretern seines Volkes, und unter seinem schulterlangen, schwarz gelockten Haar lugten hin und wieder die offensichtlichsten Kennzeichen seiner Art hervor – die eigentümlichen Ohren, die den Astari im Osten den wenig schmeichelhaften Namen *hadathani* eingetragen hatten.

Spitzohren.

Der Platz, den man für Fürst Yaron und seine drei Begleiter bereitet hatte, war der Ehrenplatz an der Tafel, auf der rechten Seite des Königs. Ihnen gegenüber saßen Xusra der Hohepriester und Hofmarschall Hilalayan, auf deren Betreiben dieses Festmahl zustande gekommen war. Neben ihm saß der alte Wesir Gadates, dem das Lamm und der Fisch in Anbetracht der Gesellschaft nicht recht zu schmecken schien, aber gegen die vereinte Macht von Priesterschaft und Hofbeamten hatte er sich nicht durchzusetzen vermocht. Ebenso wenig wie Nawyd, der als Nächstes an der Tafel folgte. Den Rest des weiten Runds nahmen weitere Priester sowie hohe Beamte und Offiziere ein.

Astyrages selbst thronte am Kopf der ovalen Tafel auf einem erhöhten Sitz. Ihm zu Füßen kauerte wie immer sein Narr und beobachtete mit blitzenden Augen, was vor sich ging. Im Hintergrund hielten die Unsterblichen Wache, und nicht weniger als drei Dutzend Diener und Mundschenke kümmerten sich um das Wohlergehen der Gäste. Der König von Archos selbst hätte schwerlich mit größerem Prunk empfangen werden können.

»So hattet Ihr eine gute Reise, Fürst Yaron?«, erkundigte sich Hilalayan beflissen über die Musik und das Gemurmel der Gäste hinweg.

»Danke, ehrenwerter Hofmarschall, ich kann nicht klagen«, entgegnete der Astar, wobei seine blauen Augen funkelten – hinterlistig, wie Nawyd fand. »Unsere Reise durch die Weiten von Bessos verlief ohne Zwischenfälle, ebenso wie die Fahrt über die See von Drakis.«

»Die Macht des Großen Feuers wacht über jene, die den Frieden wollen«, bestätigte Xusra mit einer Geste, die wohl Schicksalsergebenheit bedeuten sollte.

»Spart Euch die Mühe, Hohepriester«, konnte Nawyd sich eine Bemerkung nicht verkneifen. »Unsere edlen Gäste glauben nicht an die Macht des Feuers.«

»Was nicht bedeutet, dass wir den Glauben anderer nicht respektieren würden«, schränkte Yaron ein.

»Ihr nennt es den Glauben anderer zu respektieren, wenn schwarz gewandete Henker das Land durchstreifen und all jene verfolgen, die einem höheren Glauben frönen?«, hakte Nawyd nach. Nicht nur Yarons Blick traf ihn, sondern auch der von Hilalayan, dessen rundes Mondgesicht noch blasser wurde, als es ohnehin schon war.

»Auf den Inseln haben die Exekutoren keine Macht«, schränkte König Elalayans Vetter ein. »Doch es ist wahr, dass sie im Norden von Westray über großen Einfluss verfügen – und auch, dass sie in den dunklen Jahren nach der Divergenz dort das Chaos vertrieben und die Ordnung wiederhergestellt haben.«

»Indem sie den Glauben vetrieben«, konterte Nawyd und sah Yaron dabei fest ins Gesicht.

»Den Aberglauben«, verbesserte dieser und hielt seinem Blick stand.

»Erlaubt, dass ich Euch Prinz Nawyd pan Tyras vorstelle, Fürst Yaron«, sagte Hilalayan rasch.

»Prinz Nawyd.« Der Astar nickte. Was hinter seinen bleichen Zügen und den blauen Augen vor sich ging, war nicht festzustellen. »Ich habe schon viel von Euch gehört.«

»So wie ich von Euch«, entgegnete Nawyd. Sein Tonfall ließ durchblicken, dass nicht viel Gutes dabei gewesen war.

»Und so sind wir heute hier, um die Wunden der Vergangenheit zu heilen!«, verkündete Hilalayan, griff mit den fleischigen, fettglänzenden Fingern nach seinem Becher und erhob sich. »Auf eine Zukunft in Frieden!«

»Auf den Frieden«, bestätigte Yaron und erhob sich ebenfalls, sodass auch Nawyd und den anderen Würdenträgern nichts anderes übrig blieb, als sich zu erheben, wollten sie das Gebot des Gastrechts nicht verletzen. Einzig der König ruhte weiter auf seinem Thron, von dem aus er dem Geschehen mit vom Wein bereits glasigen Blicken folgte.

»Und auf Astyragis von Altashar und Elayan von Archos«, brachte Yaron einen weiteren Trinkspruch aus, »die größten Herrscher unserer Zeit!«

»Auf die größten Herrscher! Astyragis und Elayan!«, echote es reihum, und alle tranken.

Nawyd begnügte sich damit, vom Wein zu nippen.

Er fand, dass er schal und abgestanden schmeckte.

»Fürwahr, ein vorzüglicher Tropfen!«, rief Hilalayan begeistert aus.

»Von den Hängen Antaras«, stimmte Yaron zu. »Nur eines von vielen Geschenken, mit denen wir das Herz des großen Astyragis zu erfreuen hofften«, fügte er in Richtung des Königs hinzu.

»Das habt Ihr getan, Fürst Yaron«, entgegnete der Hofmarschall, noch ehe Astyragis selbst etwas erwidern konnte. »Unser erlauchter Herrscher weiß die Großzügigkeit Eures Herrn und Vetters sehr zu schätzen.«

»Dann darf ich annehmen, dass er auch sein Ansinnen mit

Wohlwollen erwägen wird«, nahm Yaron an. »Oder habt Ihr gar schon entschieden, Hoheit?«

»Warum solche Eile?«, konnte Nawyd sich nicht verkneifen zu fragen. Er hatte kaum vom Wein getrunken, aber der Rebensaft von den Inseln war sehr viel stärker als jener, der im Osten gekeltert wurde, und enthemmte seine ohnehin schon lose Zunge noch zusätzlich. »Strebt Ihr schon danach, Altashar wieder zu verlassen? Ihr seid ja kaum angekommen!«

»Mitnichten – es gefällt mir hier«, verneinte der Astar mit überlegenem Lächeln. »Und wenn sich Euer erlauchter Herrscher und Oheim entschließen sollte, dem Ansinnen meines Königs zu entsprechen, werde ich sogar bleiben, um mit meinem Leben für die Sicherheit Eurer Schwester zu garantieren, sodass Ihr meine Anwesenheit noch länger ertragen müsst.«

»Und Ihr denkt, dass es Euch hier gefallen wird?«, hakte Nawyd weiter nach, die warnenden Blicke Hilalayans und Xusras missachtend. »Ich habe gesehen, wie Ihr vorhin die Tänzerinnen betrachtet habt«, fügte er hinzu, nach den fast nackten Schönheiten aus Ophira deutend, die sich im Schwung der Musik drehten und wanden wie Schlangen.

»Wir wollen unseren Gast nicht in Verlegenheit bringen«, wandte Xusra ein. »Er weilt erst seit wenigen Tagen hier …«

»Schon gut«, winkte Yaron ab. »Ich weiß, worauf Ihr anspielt, Prinz Nawyd – und Ihr habt recht. Für einen Sohn der Inseln ist es ein ungewöhnlicher Anblick, diesen Frauen beim Tanzen zuzusehen – denn sie tragen das Zeichen der Sklavinnen, und in Archos gibt es schon seit Langem keine Sklaverei mehr.«

»Aber doch in den Nordlanden des Westens«, meinte Gadates. »Oder sollte ich mich irren?«

»Nein, Ihr irrt Euch keineswegs, ehrwürdiger Wesir«, versicherte Yaron, ohne mit der Wimper zu zucken. »In Bordland und entlang der Krakenküste ist die Leibeigenschaft noch weitverbreitet – im Süden jedoch wurde sie vor langer Zeit abgeschafft, weil wir glauben, dass alle Kreaturen von Astray einander ebenbürtig und gleich sind ...«

»... mit Ausnahme der Astari, die stets ein wenig gleicher sind«, plärrte es dazu.

Nawyd hatte die Worte gedacht, aber nicht einmal er hätte es gewagt, sie laut auszusprechen – tatsächlich waren sie von Lorymar Ghurab gekommen, der über sein ganzes rundes Zwergengesicht grinste. Ganz offenbar, dachte Nawyd, hatte er den kleinen Kerl bislang stets unterschätzt.

Einige lachten, anderen blieb das Gelächter im Hals stecken. Aller Augen richteten sich auf Yaron, in dessen Züge sich etwas wie Ekel geschlichen hatte.

»Wer ... bist du?«, erkundigte er sich, so als würde er den kleinen Mann, der zu Füßen seines Königs saß, erst jetzt wirklich bemerken.

»Nur ein Narr«, entgegnete dieser. »Lorymar Ghurab, Zwerg des Königs, zu Euren Diensten!«

»Du bist kein Zwerg«, stellte der andere fest, »sondern ein Halbling, aus Westland, wie ich vermute ...«

»... und fern der Heimat, genau wie Ihr, hoher Herr«, konterte der Narr beflissen. »Doch im Lauf der Jahrzehnte habe ich gelernt, diese Stadt und ihre Bewohner zu schätzen – und Ihr werdet das sicher auch. Euren Stolz jedoch lasst fahren, Sohn von Archos – denn während Ihr die Menschen des Ostens für Barbaren haltet, darf ich Euch versichern, dass sie auch Euch für Barbaren halten. Die Wahrheit liegt, wie so oft, im Auge des Betrachters.«

Yaron zuckte zusammen.

»Messt dem Geschwätz des Zwergs keine Bedeutung bei, Fürst Yaron«, meldete Hilalayan sich beschwichtigend zu Wort, die sonst so bleiche Miene nunmehr rot wie des Hohepriesters Kleid. »Er ist nur ein Narr, nichts weiter.«

»Ich weiß«, versicherte der Astar. »Doch bisweilen täte es auch einem Narren wohl zu schweigen.«

»Warum? Weil er die Wahrheit sagt?«, fragte Nawyd. »Gewöhnt Euch daran, wenn Ihr in Altashar verbleiben wollt.«

»Nawyd«, knurrte Gadates neben ihm. Sein einstiger Lehrer sandte ihm einen Blick, der ihn an das Gastrecht gemahnte, das allen Ostragi heilig war. Auch dann, wenn die Gäste es womöglich nicht verdienten.

»Guten Abend«, sagte in diesem Moment eine helle Stimme, die Nawyd sofort erkannte. Noch immer stehend, fuhr er herum, nur um eine junge Frau zu erblicken, die in ein weißes Kleid gehüllt vor ihnen stand.

»Nyasha«, entfuhr es ihm.

Ein Raunen ging durch die Reihen der Gäste.

Die Musik hatte ausgesetzt, die Tänzerinnen waren in ihrer Bewegung erstarrt, so ungewöhnlich war es, dass die Prinzessin von Altashar ihr Gemach verließ und sich bei Hofe zeigte.

In ihrem seidenen Kleid wirkte sie wie eine unwirkliche Erscheinung. Der süße Duft von Jasmin umgab sie, und selbst durch den Schleier, der ihr Gesicht verhüllte, war ihre Schönheit mehr als nur zu erahnen.

»Ich grüße Euch, mein Oheim und König«, sagte Nyasha mit klarer Stimme und neigte das Haupt in Richtung ihres Onkels. »Guten Abend, Exzellenzen«, begrüßte sie dann auch die übrigen Männer, die an der Tafel saßen. »Wollt Ihr mich nicht vorstellen?«, fragte sie anschließend, an den Hofmarschall gewandt.

»Natürlich«, versicherte der und erhob sich. »Fürst Yaron, verehrte Gäste – dies ist Prinzessin Nyasha pan Tyras, die Tochter des großen Artaban und liebreizende Nichte unseres erlauchten Herrschers Astyragis.«

»Es ist mir eine Ehre, Prinzessin«, entgegnete Yaron, der sich erhoben hatte und nun tief verbeugte. »Dies also ist die

Frau, deretwegen meine Männer und ich die lange Reise auf uns genommen und Meere und Wüsten durchquert haben. Eure Schönheit, *Dana**, wird weithin gerühmt, aber selbst die wortgewandtesten Beschreibungen verblassen vor der Wirklichkeit.«

»Ich danke Euch, Fürst Yaron«, entgegnete Nyasha, und zu seinem Ärgernis hatte Nawyd das Gefühl, dass sie tatsächlich geschmeichelt war – oder spielte sie ihre Rolle nur einfach so vollendet, dass noch nicht einmal er als ihr Bruder den Unterschied bemerkte?

Ihr eigenmächtiges Auftauchen ärgerte ihn, ebenso wie die Blicke, mit denen Yaron und die übrigen Barbaren aus Archos sie betrachteten. Am liebsten hätte er sie sofort wieder in ihr Gemach geschickt, aber ihm war klar, dass er sich damit nur lächerlich gemacht hätte.

Nyasha hatte ihren eigenen Kopf.

Das war schon immer so gewesen.

»Komm her und setz dich zu uns, mein Kind«, forderte Astyragis sie auf und bedeutete ihr, zwischen ihm und Yaron an der Tafel Platz zu nehmen.

»Wenn Ihr es wünscht, mein König.«

Abermals neigte sie das Haupt, dann schwebte sie mit kleinen Schritten über den gekachelten Boden, anmutig und vollendet, wie es ihr von frühester Jugend an beigebracht worden war, und nahm an der ihr bezeichneten Stelle Platz. Die Musik begann wieder zu spielen, und auch die Tänzerinnen fuhren in ihrem Reigen fort.

Es gefiel Nawyd nicht – aber auch er musste zugeben, dass Nyashas Auftauchen eine Veränderung bewirkt hatte. Eben noch hatten Fürst Yaron und er sich unversöhnlich gegenübergestanden, nun plötzlich war das Eis gebrochen. Nyashas Schönheit und Anmut hatten der Situation ihre Schärfe ge-

* Astari für »Herrin«

nommen, und alle, Fürst Yaron und die anderen Gesandten, der Hofmarschall und der Hohepriester und selbst der gestrenge Gadates, schienen von der Anwesenheit der Prinzessin wie verzaubert. Auch das war etwas, das Nyasha von ihrer Mutter geerbt hatte – die Fähigkeit, andere für sich einzunehmen.

Doch trotz aller schönen Worte, die nunmehr bei Tisch gewechselt wurden, konnte sich Nawyd des Eindrucks nicht erwehren, dass seine Schwester verkauft werden sollte.

Wie eine Ware auf dem Basar von Altashar.

15

Skaradag
Bei Einbruch der Nacht

Das Freudenhaus trug den Namen *Zum Doppelten Mond* – auch wenn die beiden großen Halbkugeln, die über dem Eingang in Stein gemeißelt waren, nicht unbedingt Assoziationen zu Mond und Gestirnen weckten.

Genau wie die Diebin gesagt hatte, befand es sich unweit des großen Marktes, an der unsichtbaren Grenze, die zwischen den armen und den reichen Stadtvierteln verlief. Es war keines der billigen Bordelle, die man in Hafennähe fand, sondern pflegte einen gewissen Stil. Außerdem wurde die Schönheit der »Dienerinnen des Doppelten Mondes« weithin gerühmt, wie Rayan herausfand, sodass durchaus auch wohlhabende Gäste hier verkehrten. Das war vermutlich auch der Grund dafür, dass sich die Krähen ausgerechnet dieses Lokal als Treffpunkt ausgewählt hatten: Ein Bordell, in dem wohlhabende Bürger verkehrten, wurde sehr viel weniger streng beobachtet.

Rayan hatte das Lokal noch nicht betreten, als er bereits Flötenspiel hörte. Betörender Duft schlug ihm entgegen und suchte seine Sinne zu benebeln, und aus dem roten Vorhang, der den Eingang verhüllte, trat eine junge Frau, die ein seidenes Tuch um die Hüften trug, ansonsten aber unbekleidet war. Langes schwarzes Haar wallte über ihre nackten Schultern, ihre Brüste reckten sich ihm aufreizend entgegen, und in ihrem hübschen Gesicht lag ein einladendes Lächeln.

»Willkommen, Fremder – darf ich Euch einladen ins Haus des *Doppelten Mondes*? Ihr werdet es nicht bereuen.«

Es war weniger ein Versprechen als eine Feststellung, und Rayan hegte daran keinen Zweifel. Er nickte knapp, und die Schöne schlug den Vorhang beiseite, sodass er in die schummrige Schwüle eintreten konnte.

Es war eine andere Welt.

Draußen herrschte die bittere Wirklichkeit – das raue Wetter, das triste Grau der Häuser und der bittere Gestank von Rauch und Ruß, den der Wind von den Kaminen in die Gassen drückte. Hier drin jedoch war es warm und behaglich, und die Luft war durchsetzt mit betörenden Düften: Rosen, Kalmus, Granatapfel, Zimt und noch manche mehr, vermischt mit dem unverkennbar süßlichen Odem des Ophirs.

Die Eingangshalle des Bordells schien zugleich auch der Gastraum zu sein – eindeutig ließ sich das nicht feststellen, denn die Wände waren mit rotem Seidenstoff beschlagen, der jedoch auch in breiten Bahnen von der Decke hing, sodass der Raum mit Dutzenden halb durchsichtiger Wände unterteilt war, und im Gegenlicht brennender Kerzen konnte man allenthalben die Silhouetten nackter Körper sehen. Sie tanzten zu den Flötenklängen und der Schellentrommel, die dazu geschlagen wurde.

Zwei weitere Frauen traten auf Rayan zu. Die eine war blond, die andere hatte braunes Haar – Schönheiten wie die erste, nur noch auffälliger geschminkt und mit noch weniger angetan. Rayan ertappte sich bei Gedanken, die eindeutig nichts mit dem Grund seines Besuchs zu tun hatten.

»Willkommen«, sagten auch sie. »Was auch immer Eure Wünsche sein mögen, Fremder – wir werden sie Euch erfüllen.«

»Danke, das ist sehr freundlich«, entgegnete Rayan. »Aber ich möchte zu Anara.«

»Zu Anara?« Die beiden wechselten einen Blick. »Seid Ihr sicher, Fremder?«

»Ich denke doch«, versicherte Rayan und nickte – auch

wenn er sich keineswegs so sicher war. Hatte die kleine Diebin ihn auf eine falsche Spur gelockt? Hatte er einen falschen Namen genannt und sich dadurch verraten?

»Einen Augenblick, Fremder«, sagte die Hellhaarige, doch es klang nicht mehr einladend wie zuvor, sondern misstrauisch. Damit entfernten sich die beiden und verschwanden hinter einem der Vorhänge, die die Größe des Raumes geschickt verschleierten. Durch den Stoff konnte Rayan schemenhaft erkennen, wie sie mit einer großen Frau sprachen, die prüfend in Rayans Richtung sah und dann zu ihm kam.

Ihre Schönheit ließ die der anderen Frauen verblassen. Ihr Gesicht war glatt und makellos, obschon es nicht gepudert war. Ihr langes, rot gelocktes Haar glänzte wie Seide, und in ihren Augen, die schmal und von exotischem Reiz waren, schien der Glanz von Sternen zu leuchten. Ihr Wuchs war vollendet, ihre Bewegungen so anmutig wie die einer Katze. Eine natürliche Autorität sprach aus ihrer Haltung – es war offenkundig, dass sie keine gewöhnliche Hure war, schon sehr viel eher die Betreiberin des Bordells. Entsprechend war sie anders gekleidet als ihre Mädchen, trug ein Kleid aus dunkelgrüner Seide, das zwar bis zu den Hüften geschlitzt war und Blicke auf ihre alabastergleichen Beine gewährte, ansonsten jedoch blickdicht und hochgeschlossen. Dennoch fühlte Rayan, wie ihn ein wollüstiger Schauer durchrieselte, als sie ihm gegenübertrat und ihn mit ruhigen Blicken musterte.

Bei allen Reisen, die hinter ihm lagen, bei allen Städten und Ländern, die er besucht und gesehen hatte, konnte er sich nicht entsinnen, jemals solch vollkommener Schönheit begegnet zu sein. Die Frau raubte ihm buchstäblich den Atem und ließ seine Gedanken stocken – und doch war etwas seltsam an ihr.

Ihre jugendliche Schönheit und die Verachtung, die aus ihren Augen sprach, passten nicht zusammen. Hätte Rayan ihr Alter nennen sollen, so hätte er kaum mehr als fünfundzwanzig Sommer geschätzt; ihr Blick jedoch war der einer Greisin.

Es lag weder Freude noch Zuversicht darin oder auch nur Neugier auf das Leben, das vor ihr lag; es war der Blick einer Frau, die bereits alles gesehen hatte, Gutes wie Schlechtes, und die darüber einfach müde geworden war – und plötzlich dämmerte ihm ein Verdacht.

Konnte es möglich sein? Ausgerechnet hier, in dieser abgrundtief hässlichen Stadt? Und dann noch an einem Ort wie diesem? Er beugte sich ein wenig zur Seite, um einen Blick auf ihre Ohren zu erheischen, die jedoch unter dem langen roten Haar verborgen waren, das wie Feuer auf ihre schmalen Schultern fiel. War sie etwa eine …?

»Was seht Ihr mich denn so an, Fremder?«, fragte sie mit einer Stimme, die sanft war und bestimmt zugleich.

»Es ist nichts«, versicherte er rasch. »Ich möchte zu Anara. Seid Ihr das?«

»Du fragst mich, ob ich Anara bin?« Sie zog eine schmale Braue hoch und musterte ihn mit unverhohlenem Spott, der sie auf unerklärliche Weise noch attraktiver machte. Frauen wie diese wurden in Liedern besungen. Unwillkürlich fragte sich Rayan, wie viele arme Kerle an ihr schon zerbrochen sein mochten.

»Ihr seid es nicht«, folgerte er. »Nun, dann ruft sie her. Ich wünsche sie zu sehen.«

»Wie Ihr wollt.« Sie nickte und trat einen Schritt zurück, wobei sie ihn abermals musterte und ihr Blick an seiner Leibesmitte haften blieb, sehr viel länger, als es schicklich gewesen wäre. »Schade, Fremder«, fügte sie hinzu.

Dann wandte sie sich ab und verschwand im Labyrinth der Vorhänge. Ein wenig ratlos blieb Rayan zurück, umgeben von Musik und den Silhouetten nackter Körper, die sich im Rhythmus wogen, betört von den Düften, die die schwülwarme Luft durchdrangen. Dann teilte sich der Vorhang wieder, und ein Mädchen trat daraus hervor, dunkelhaarig und noch keine dreizehn Winter alt.

»A-Anara?«, fragte er verblüfft. Mit vielem hatte er gerechnet – damit ganz sicher nicht.

Das Mädchen trug ein leichtes Kleid wie in den Südländern, das an den Schultern geknotet war. Statt etwas zu erwidern, nickte es nur und sah den Besucher aus großen Augen gleichmütig an. Die Vorstellung, dass es in Skaradag offenbar Kerle gab, denen der Sinn nicht nach einer Frau stand, sondern nach einem Kind wie diesem, erfüllte ihn mit Abscheu.

»›Zauberkraft‹«, flüsterte er schnell das Losungswort. Der Gedanke, dass sie ihn für einen Freier halten könnte, war ihm unerträglich. »Sagt dir das etwas?«

Sie nickte, die Gleichmut in ihren Zügen blieb jedoch bestehen. Dann nahm sie Rayan an der Hand und führte ihn tiefer hinein in das Labyrinth der Schleier. Wohin er blickte, sah er nackte, ineinander verschlungene Körper; Freier, die von mehreren Huren gleichzeitig verwöhnt wurden, und Frauen, die sich mit Frauen vergnügten – offenbar suchten nicht nur Männer das Haus des *Doppelten Mondes* auf. Anara schien daran gewohnt zu sein, sie nahm von alldem keine Notiz. Durch den Irrgarten der Lust brachte sie Rayan zu einer Treppe, die steil nach oben führte.

»Dort hinauf, die erste Tür«, sagte sie dazu.

Rayan bedankte sich mit einem Nicken, stieg die Stufen hinauf und klopfte an. Als niemand antwortete, drückte er die Tür sanft nach innen.

Sie war nicht verschlossen.

»Hallo?«, fragte Rayan leise in das Halbdunkel, das jenseits der Tür herrschte, und trat vorsichtig ein.

Dann ging alles blitzschnell.

Noch ehe Rayan begriff, wie ihm geschah, hatte er ein Messer an der Kehle und man zog ihm einen Sack über den Kopf.

»He, lasst mich los, verdammt noch mal«, fluchte Rayan.

»Willkommen bei den Krähen«, sagte jemand.

16

Palast von Altashar
Am frühen Morgen

Die Feier, die König Astyragis zu Ehren der Gesandschaft aus Archos abgehalten hatte, hatte bis spät in die Nacht gedauert. Als der neue Tag über Altashar heraufdämmerte, sah er die Dienerschaft den Saal säubern und das wegräumen, was die Gäste des Königs übrig gelassen hatten. Das zauberische Licht, das am Vorabend den Saal erleuchtet hatte, war längst erloschen, und mit dem fahlen Morgenschein, der durch die Arkaden in den Saal fiel, kehrte Ernüchterung ein.

Und das gleich in mehrfacher Hinsicht …

Lorymar Thinkling stöhnte leise.

Das grelle Licht schmerzte in seinen Augen, und sein Schädel fühlte sich an, als hätten die Musikanten ihn als Trommel benutzt. Das lag zum einen am Wein, dem er genau wie die anderen Gäste in hohem Maße zugesprochen hatte. Aber auch an der Tatsache, dass er einmal mehr kaum ein Auge zugetan hatte. Ruhelos hatte er sich auf seinem Lager hin und her gewälzt und nach Auswegen gesucht, nach einem Weg aus seinem Dilemma, bis er es irgendwann nicht mehr ausgehalten hatte. Er hatte sein Schlafgemach verlassen und einen Streifzug durch den erwachenden Palast unternommen. Als er den Festsaal passierte, sah er, dass er ganz offenbar nicht der Einzige war, der keine rechte Ruhe fand.

Prinz Nawyd, der Neffe des Königs, stand auf dem Balkon, der sich jenseits des Säulengangs erstreckte, und blickte hinaus auf die Kuppeln und Türme der Stadt, die im hellen Morgenlicht erstrahlten. Lorymar trat neben ihn.

»Schön, nicht wahr?«, fragte er.

Nawyd schien wie aus einem Traum zu erwachen. Überrascht sah er den Halbling von der Seite an, so als wäre dieser aus dem Nichts erschienen.

»Verzeiht, Exzellenz«, sagte Lorymar schnell und verbeugte sich beflissen. »Wenn Ihr lieber alleine sein wollt …«

»Nein, bleib.« Nawyd wehrte ab. Anders als sonst verriet seine Stimme keinen Hochmut und auch keinen nur mühsam gezügelten Jähzorn. Vielmehr schwang eine gewisse Resignation darin mit. »Ohnehin muss ich dir dankbar sein.«

»Dankbar? Wofür?«

Nawyd lachte freudlos auf. »Weil du der Einzige warst, der es gewagt hat, seine Stimme gegen die Astari und dieses heuchlerische Bündnis zu erheben.«

»O nein, mein Prinz«, wandte Lorymar beflissen ein. »Das würde ich niemals tun! Es stünde mir niemals zu, die Erwägungen seiner Hoheit unseres erlauchten Herrschers und seiner Berater infrage zu stellen.«

»Und doch hast du es getan.«

»Nicht ich, Exzellenz. Nur der Narr in mir.«

Nawyd schickte ihm einen prüfenden Blick. »Schlimm genug, wenn nur noch Narren die Wahrheit sprechen«, knurrte er, »während der Kronrat, dessen Aufgabe es sein sollte, den König zu beraten und Schaden vom Reich abzuwehren, mit den Feinden Altashars gemeinsame Sache macht.«

»Die Wahrheit liegt wohl auch hier im Auge des Betrachters«, wandte Lorymar vorsichtig ein. »Hofmarschall Hilalayan handelt in der Überzeugung, das Richtige zu tun.«

»Ich weiß, dass er das tut«, versicherte Nawyd. »Aber nicht sein Fleisch und Blut wird in die Fremde verschachert wie eine Ware, sondern das Meine. Und die Astari sind auch nicht das, was er in ihnen sehen will. Ihr Geschlecht mag uralt sein und über manche Kraft verfügen, aber sie sind auch undurchschaubar und verschlagen, sind die Urheber der Katastrophe, in die diese Welt gestürzt wurde – wie kann es da richtig sein, ein Bündnis mit ihnen zu schließen? Dieser Vertrag ist das Papier nicht wert, auf dem er geschrieben steht. Die *hadathani* werden ihn brechen, sobald es ihnen geraten scheint – und Nyasha wird ihr erstes Opfer sein.«

»Hm«, machte Lorymar nur. Für einen Moment erwog er, dem Prinzen die Wahrheit zu sagen – dass das Bündnis tatsächlich nur geschlossen werden sollte, um gebrochen zu werden. Allerdings nicht von den Astari, sondern von seinem eigenen Onkel, der, angestachelt von seinem Hohepriester Xusra, einen Überfall auf Norya im Sinn hatte.

Aber der Halbling besann sich anders.

»Wenn Ihr so denkt«, meinte er stattdessen, »solltet Ihr noch einmal mit Eurem Onkel sprechen.«

»Dafür ist es zu spät«, eröffnete Nawyd ihm tonlos. »Vergangene Nacht, von seinem Schlafgemach aus, hat unser erlauchter Herrscher in den Handel eingewilligt und seine Zustimmung erteilt.«

»Ist das wahr?«

Nawyd sah ihn an, wütend und traurig zugleich. »Ja, Narr, es ist beschlossen. Nyasha wird Elayan von Archos heiraten – und das Blut unserer Familie wird sich mit dem der *hadathani* verbinden.«

Lorymar nickte – Hilalayan und Xusra hatten also ihren Willen bekommen. Ob es der übermäßige Genuss von Wein gewesen war oder echte Überzeugung, die Astyragis letztlich hatte entscheiden lassen, war im Nachhinein nicht mehr festzustellen, aber es spielte auch keine Rolle mehr.

»Ihr habt mein Bedauern«, sagte Lorymar leise.

»Danke, Zwerg.«

»Eigentlich bin ich kein Zwerg. Tatsächlich bin ich ein Halbling, wobei mein Volk die Bezeichnung ›Hobling‹ noch deutlich bevorzugt. Tatsächlich ist ›Halbling‹ wohl eine verballhornte Version des eigentlichen …« Er unterbrach sich, als er den Ausdruck in Nawyds Augen sah. »Verzeiht«, sagte er, »ich habe mich hinreißen lassen.«

»Schon gut.«

»Wie lange …? Ich meine, wann …?«

»In wenigen Tagen«, gab Nawyd bitter zur Antwort. »Fürst Yaron hat deutlich gemacht, dass sein Vetter der König nicht länger warten will.«

»Und Eure Schwester?«

Nawyd sah zu Boden. »Sie fügt sich in ihr Los, weil sie eine Tyras ist und ihre Pflichten kennt. Aber das bedeutet nicht, dass sie es gutheißt.«

»Ich verstehe«, sagte Lorymar – und in seinem Kopf begann ein kühner Plan Gestalt anzunehmen.

Tagelang hatte er sich den Kopf darüber zermartert, wie er Altashar verlassen konnte, ohne als Verräter dazustehen und womöglich von einem Trupp Soldaten verfolgt zu werden – und nun kam die Lösung von ganz allein zu ihm. Hatte Hilalayan nicht selbst gesagt, dass er sich selbst einen Vorwand suchen sollte, um die Stadt zu verlassen?

Hier war er.

Demonstrativ sog der Halbling die Morgenluft in seine Lungen, die nach Orangen und Jasmin roch, und blickte auf das Häusermeer und die jenseits davon glitzernde See. »Ich werde das alles sehr vermissen«, stellte er fest.

»Was soll das heißen?«

»Dass auch ich Altashar schon bald verlassen muss«, entgegnete Lorymar mit gespielter Wehmut und in der Hoffnung, dass die Worte die gewünschte Wirkung erzielen würden.

»Tatsächlich?« Nawyd sah ihn an. Bedauern war seinen edlen Zügen allerdings ebenso wenig zu entnehmen wie Interesse.

»In der Tat – und ich bin der Ansicht, dass es für eine Prinzessin aus hohem Hause von Vorteil wäre, in Begleitung eines Narren zu reisen.«

»Wozu?«, fragte Nawyd trocken. »Hast du jetzt vollends den Verstand verloren? Von welchem Nutzen könntest du wohl für eine Prinzessin sein? Willst du sie mit Wein abfüllen? Ihr frischen Ophir besorgen? Oder ihr ein Freudenmädchen zuführen? Denn so, wie ich das sehe, sind das die Dinge, die du am besten kannst.«

»Ich habe viele Talente«, verteidigte sich Lorymar ein wenig indigniert. »Davon abgesehen, ein Schluck Wein zur rechten Zeit könnte Eurer Schwester womöglich wirklich helfen, ihre Situation ein wenig erträglicher …«

Er unterbrach sich abermals, als er Nawyds messerscharfen Blick bemerkte.

»Schon gut«, winkte er ab. »Ich denke tatsächlich, dass es in Eurem Interesse sein könnte, wenn ich Eure Schwester auf ihrer Fahrt begleite.«

»Was weißt du von meinen Interessen?«, schnaubte der Prinz. »Unser Blut hat nicht dieselbe Farbe. In mancher Hinsicht«, fügte er herablassend hinzu, »atmen wir noch nicht einmal dieselbe Luft.«

Lorymar lächelte – es war seine Art, die Geringschätzungen und Beleidigungen der Ostragi an sich abprallen zu lassen. In den langen Jahren seines Exils hatte er es darin zur Meisterschaft gebracht. »Dennoch teilen wir gewisse Ansichten, Exzellenz«, beharrte er. »Zum Beispiel was jenes Bündnis mit Archos betrifft.«

»Und wenn – es ist zu spät, um noch etwas daran zu ändern.«

»Das ist nicht gesagt«, wandte Lorymar ein – und plötzlich hatte er die Aufmerksamkeit des Prinzen doch auf seiner Seite.

»Was heißt das?«

»Ich will es Euch erklären«, ließ der Halbling sich großmütig herab. »Gewisse … Zwänge erfordern es, dass ich in meine ursprüngliche Heimat zurückkehre.«

»Deine ursprüngliche Heimat? Ich dachte immer, du wärst dort in Ungnade gefallen und Hals über Kopf geflohen?«

»Es gab … Unstimmigkeiten«, räumte Lorymar ein, die Details geflissentlich übergehend. »Aber das ist lange her, sodass ich beschlossen habe, Altashar zu verlassen und zurückzukehren, ehe Krieg ausbricht und dies unmöglich macht.«

»Du glaubst also auch, dass es Krieg geben wird? Dem Bündnis zum Trotz?«

»In der Tat – und diesbezüglich möchte ich Euch einen Handel vorschlagen.«

Nawyd schnaubte verächtlich. »Dazu müsstest du etwas anzubieten haben.«

»Oh, ich denke, das habe ich durchaus«, versicherte der Halbling und sah unter seinem Turban herausfordernd zu dem Prinzen auf. »Ich biete Euch an, Eure Schwester mitzunehmen.«

»Was?« Der Prinz starrte ihn verständnislos an. »Bist du nicht bei Verstand?«

»Auch das liegt im Auge des Betrachters«, lächelte er, » – und ich denke, dass Ihr recht habt mit allem, was Ihr sagt. Eure Schwester sollte nicht nach Archos gehen, denn dort droht ihr nur Ungemach. Aber da sie auch nicht in Altashar verbleiben kann, wäre es das Beste, sie würde auf der Reise einfach … verschwinden.«

»Das … ist Hochverrat!«, zischte Nawyd. Verstohlen sah er sich um, um sich zu vergewissern, dass niemand sie belauschte. Aber zu dieser frühen Stunde war kaum jemand im Palast unterwegs und niemand außer ihnen auf dem Balkon.

»Ich würde es eher gesunden Menschenverstand nennen«, konterte Lorymar. »Früher oder später wird es Krieg mit den Westriern geben – und was wird dann wohl aus Eurer Schwester, so ganz allein als Geisel in der Fremde? Wie Ihr schon sagtet, den Spitzohrigen ist nicht zu trauen!«

In Nawyds Zügen arbeitete es. Der Prinz hielt die Lippen fest verschlossen, und seine Kieferknochen mahlten, während er den Halbling durchdringend ansah und dabei einen inneren Kampf zu führen schien.

Einen Kampf zwischen Loyalität auf der einen und Bruderliebe auf der anderen Seite, wie Lorymar annahm …

»Was genau schlägst du vor?«, fragte er endlich.

»Wie ich schon sagte – ich habe vor, in meine alte Heimat zurückzukehren. Dort bin ich lange nicht gewesen, aber ich habe noch viele Verbindungen aus alten Tagen und kenne Orte, an denen Eure Schwester sicher wäre. Geschützt vor den Astari und auch vor den Auswirkungen eines Krieges.«

»Nyasha ist alles, was mir noch von meiner Familie geblieben ist. Erwartest du im Ernst, dass ich sie dir anvertraue? Einem Westrier, der noch dazu ein Zwerg ist?«

»Halbling«, verbesserte Lorymar. »Und nein, natürlich erwarte ich das nicht – vertraut Sie ruhig jemandem an, der größer ist als ich und kein Fremder! Ich bin sicher, es gibt eine reiche Anzahl von Bewerbern, die bereit sind, Ihr Leben für Euch und Eure Schwester zu riskieren.«

»Du hast eine lose Zunge!«

»Natürlich, was erwartet Ihr?« Lorymar setzte das unschuldigste Lächeln auf, dessen er fähig war. »Ich bin ein Narr! Und natürlich weiß ich, dass ich viel von Euch verlange, wenn Ihr mir vertrauen sollt – die Frage ist nur, ob Ihr die Wahl habt.«

Nawyds Kieferknochen mahlten wieder. »Angenommen, ich würde auf deinen Vorschlag eingehen – was verlangst du dafür?«

»Nichts weiter – nur Eure Zustimmung vor dem König. Und wenn es Euch nicht allzu viel Mühe macht«, fügte er ein wenig leiser hinzu, »auch noch einen Passierschein, der Eurer Schwester und mir freies Geleit gewährt.«

»Ich verstehe.« Nawyd verschränkte die Arme vor der Brust und trat einen Schritt zurück, so als würde er sein Gegenüber plötzlich mit anderen Augen sehen. »Darum also geht es dir. Du willst aus Altashar verschwinden und weißt nicht, wie du es anstellen sollst.«

»Nun ja«, gab Lorymar notgedrungen zu. »Ich hege seit geraumer Zeit den Wunsch, in meine Heimat zurückzukehren, aber ich bezweifle, dass unser erlauchter Herrscher meinem Wunsch entsprechen würde, zumal, da ich manches über ihn weiß, das besser nicht bekannt werden sollte, gerade in so unruhigen Zeiten wie diesen. Folglich bleibt mir nur die Flucht.«

»Ich könnte zu ihm gehen und ihm das sagen.«

»Das könntet Ihr – und damit Eure einzige Chance verwirken, Eurer Schwester ein Los zu ersparen, das sie nicht verdient. Ich hingegen kann ihr eine sichere Zuflucht bieten und sie an einen Ort bringen, wo sie bleiben kann, unerkannt und unbehelligt. Wir beide würden dabei gewinnen.«

Nawyd sah ihn noch immer an.

Prüfend und – so schien es – inzwischen auch mit einem gewissen Maß an Bewunderung. »Ich traue dir nicht, Zwerg«, sagte er dennoch.

»Das kann ich Euch nicht verdenken, Herr«, versicherte Lorymar. »Und da ich nicht behaupten kann, Euch besonders gut zu kennen, muss ich Euch sagen, dass auch ich Euch nicht unbedingt vertraue. Aber ein Handel ist nun einmal ein Handel, nicht wahr?«

Wieder sah er von unter seinem Turban auf, und als er das trotzige Aufblitzen in Nawyd pan Tyras' Augen sah, wurde ihm klar, dass er gewonnen hatte.

»Wie wollt Ihr es anstellen?«, fragte der Prinz.

»Da gibt es verschiedene Möglichkeiten«, meinte Lorymar achselzuckend. »Habt Ihr je daran gedacht, Eure Schwester auf ihrer Reise zu begleiten?«

Nawyd sah ihn nur an.

»Ihr könntet die Stunde des Abschieds dadurch hinauszögern und noch ein wenig mehr Zeit mit ihr verbringen. Und wenn Eure Schwester es sich unbedingt wünschte, dass auch noch des Königs Narr sie auf ihrer Fahrt begleite, um sie unterwegs ein wenig aufzuheitern, so würde unser erlauchter Herrscher ihr diesen Wunsch wohl nicht abschlagen …«

17

Irgendwo in Skaradag
Noch in der Nacht

Als man den Sack von Rayans Kopf riss, sog er scharf nach Luft. Es war dunkel und stickig gewesen unter dem Ding, und man hatte ihn lange darin schmoren lassen, während er aus dem Bordell auf einen Karren geschafft worden war, der holpernd seinen Weg gemacht hatte, endlos, wie es schien. Entsprechend froh war er, endlich wieder davon befreit zu sein. Er wollte sich umblicken, doch Fackelschein blendete ihn so, dass er zunächst kaum etwas erkennen konnte.

»Gib dir keine Mühe«, beschied ihm eine ältlich klingende Stimme. »Du würdest diesen Ort nicht wiederfinden.«

»Wer bist du?«, fragte Rayan. Erst allmählich traten Einzelheiten aus der Umgebung hervor. Eine niedere, von rußgeschwärzten Holzbalken getragene Decke. Gestampfter Boden. Keine Fenster, soweit er das sagen konnte. Offenbar befand er sich irgendwo in einem Keller, tief unter dem Erdboden.

»Du wolltest mit mir reden. Hier bin ich«, entgegnete der andere kryptisch.

»Du bist der Anführer der Krähen?«

Mehrere Gestalten schälten sich aus der Umgebung heraus, die in schäbiger Kleidung steckten. Und da waren überall Augen, die ihn neugierig anstarrten. Und blanke Klingen, die ihn bedrohten. Er war rings umzingelt.

»Ich bevorzuge die Bezeichnung ›Vater‹«, sagte der andere – und Rayan wurde klar, dass die Gesichter, die ihn umgaben, alle etwas gemeinsam hatten. Sie waren jung. Sehr jung. Gehörten zum Teil noch halben Kindern.

Bis auf eine Ausnahme.

Mitten unter den verwahrlosten Jungen und Mädchen, auf einem fellbeschlagenen Etwas, das aus den morschen Überresten anderer Möbel zusammengezimmert war, saß ein alter Mann. Ob er tatsächlich so alt war oder nur in Anbetracht der ihn umgebenden Jugend so wirkte, war schwer zu sagen; doch seine schmalen Züge waren faltig, sein Haar und der spitze Kinnbart grau. Seine Augen, die tief in ihren Höhlen lagen, musterten Rayan jedoch mit jugendlicher Wachsamkeit.

»Wo ist Bray?«, wollte er wissen.

»Wer?«

»Du hast ihre Losung genannt, also kannst du sie nur von ihr haben«, erklärte der Alte. »Wo also ist sie? Hast du sie getötet?«

Rayan verstand – Bray also war der Name der Diebin. Nicht Braka oder Sinia oder was sie ihm sonst noch alles genannt hatte. Irgendwie erfreute es ihn, nun ihren wahren Namen zu kennen, auch wenn es ihm keinen Vorteil brachte.

Im Gegenteil …

»Du lächelst, Fremder?«, fragte der Alte. »Dazu besteht kein Anlass. Die Krähen haben schon aus geringerem Anlass Kehlen durchschnitten.«

»Daran zweifle ich nicht«, versicherte Rayan. »Doch auch dazu besteht kein Anlass. Bray geht es gut.«

»Und wo ist sie?«

»An einem Ort, der nur mir bekannt ist. Wenn Ihr mich hintergeht, werdet Ihr nie erfahren, wo das ist.«

Die faltige Miene des Alten war schwer zu durchschauen. Aber wenn Rayan sich nicht sehr irrte, hatte er in den wasserblauen Augen ein Aufblitzen von Anerkennung bemerkt.

»Sie hat dir die Losung verraten?«, wollte er wissen.

»Nicht sofort«, schränkte Rayan ein. »Erst als sie annehmen konnte, dass ich kein Spion der Zitadelle bin.«

»Und?« Der Blick des Alten wurde stechend. »Bist du einer?«

»Nein«, versicherte Rayan und schlug seinen Umhang zur Seite. Die Jugendlichen, die um ihn herumstanden, hoben drohend ihre Klingen – aber alles, was er hervorholte, war die Leier. »Ich bin Sänger«, erklärte er dazu.

»Du hast Bray gefangen genommen und ihr das Losungswort abgepresst, um uns etwas vorzusingen.«

»Das nun gerade nicht. Ich will Euch einen Vorschlag machen.«

Der Alte beugte sich auf seinem seltsamen Thron vor, das bärtige Kinn auf die Fäuste gestützt. »Nur zu. Du hast meine ganze Aufmerksamkeit – aber nicht sehr lange.«

Rayan atmete tief ein und aus.

Der Augenblick war gekommen, in dem er die Katze aus dem Sack lassen musste, ganz gleich, was dann geschehen würde. »Ich muss in die Eiserne Zitadelle eindringen«, erklärte er kategorisch. »Und Ihr sollt mir dabei helfen.«

Für einen langen Augenblick herrschte Schweigen in dem Gewölbe, nur das Knistern der Fackeln war zu hören.

Dann brach der Alte in schallendes Gelächter aus, und seine jungen Schützlinge fielen mit ein, von den Ältesten, die höchstens zwanzig Winter zählen mochten, bis zu den Jüngsten, die gerade groß genug waren, um an die Geldbörsen der Kaufleute heranzukommen. Erst jetzt ging Rayan auf, wie viele es waren, dreißig oder sogar noch mehr. Ihre Kleidung ähnelte der von Ray, auch sie trugen Kapuzenhemden, die allerdings an unzähligen Stellen geflickt und ausgebessert waren. Ihr Haar war wild und ungeordnet, die Jungen kaum von den Mädchen zu unterscheiden. Ihr kreischendes Gelächter machte dem Vogel, dessen Namen sie trugen, alle Ehre.

Rayan ließ es über sich ergehen.

Spott ließ sich besser ertragen als Ablehnung.

»In die Zitadelle willst du«, fasste der Alte zusammen, nachdem er und seine Leute sich wieder beruhigt hatten. »Und wohin genau?«

»In den Turm«, beantwortete Rayan auch diese Frage ohne Zögern, »in die Schatzkammer des Magistrats.«

Zuerst sah es so aus, als ob sich der Alte erneut ausschütten wollte vor Lachen, doch stattdessen besann er sich und sah den Besucher unverwandt an.

»Sag, hast du den Verstand verloren?«

»Dort befindet sich etwas, das ich haben will«, fuhr Rayan fort, den Einwurf überhörend.

»Und was wäre das?«

Noch ehe Rayan antworten konnte, sprang einer der Jungen vor und hielt ihm ein rostiges Messer an den Hals. »Antworte gefälligst, wenn *fadir* dich was fragt!«

»Schon gut.« Rayan hob beschwichtigend die Arme. »Es ist ein Stein.«

»Ich verstehe«, erwiderte der Alte, »ein Edelstein. Ein Saphir, Smaragd oder …«

»Nein«, widersprach Rayan. »Nur einfach ein Stein.«

»Willst du dich über uns lustig machen?«

»Es ist kein gewöhlicher Stein«, räumte Rayan ein und zog sich etwas von der Klinge des Jungen zurück, »ich bin ja nicht dämlich. Sondern einer von großer Bedeutung, der niemals in den Besitz des Magistrats hätte gelangen dürfen. Deshalb will ich ihn von dort entwenden – und dafür brauche ich Hilfe. Eure Hilfe.« Er ließ seinen Blick in die Runde schweifen, erntete jedoch nichts als Unverständnis.

»Erzähle mir von diesem Stein«, verlangte ihr Oberhaupt. »Aber ich warne dich – keine Lügen.«

Rayan blickte auf den Jungen, in dessen Augen nach wie vor wilde Entschlossenheit loderte. »Einverstanden, aber sag unserem ungestümen Freund hier, dass er sich zurückhalten soll.«

Der Alte nickte, worauf der Junge das Messer sinken ließ und zurücktrat.

»Sind Euch die ›Legenden von Astray‹ ein Begriff?«

»Du meinst die alten Geschichten?« Spott schlich sich in die bärtigen Züge des Mannes. »Vom Alten Reich, vom Kampf gegen den Kaiser und der Großen Divergenz?«

»Genau davon spreche ich«, bestätigte Rayan. »Sieben Helden sind es demnach gewesen, die einst auszogen, um Astray zu retten und die Schreckensherrschaft des Malfertas zu beenden – mithilfe eines mit magischer Kraft durchdrungenen Steins aus dem Besitz der Astari. Und ich habe Grund zu der Annahme, dass sich dieser Stein in der Schatzkammer von Skaradag befindet.«

»Ein Märchen.«

»Kein Märchen, sondern die Wirklichkeit.«

»Woher willst du das wissen?«

»Ich weiß es«, sagte Rayan mit Bestimmtheit. »Und ich will diesen Stein haben.«

»Glaubst du etwa an Magie und Zauberei und derlei Dinge?« Der Alte schnalzte tadelnd mit der Zunge. »Was würden die Exekutoren dazu wohl sagen?«

»Ich werde es ihnen nicht sagen«, versicherte Rayan. »Und du ebenfalls nicht, denn dafür steht zu viel auf dem Spiel.«

»Tatsächlich?« Der Anführer beugte sich auf seinem hohen Sitz nach vorn. »Nehmen wir einmal an, es gäbe diesen geheimnisvollen Stein tatsächlich«, meinte er dann, »und nehmen wir weiter an, wir könnten dir dabei helfen, ihn in deinen Besitz zu bringen – was würde dabei für uns herausspringen?«

»Der Rest von dem, was dort in der Schatzkammer herumliegt. Was auch immer ihr davon haben wollt, nehmt es euch – ich will nur den Stein.«

Die anderen Diebe machten große Augen, und aufgeregtes Getuschel setzte ein. Nur ihr Oberhaupt blieb demonstrativ gelassen. »Eine reizvolle Aussicht«, gab er grinsend zu. »Nur leider hat man nichts vom Reichtum, wenn man tot und gesalzen von den Zinnen baumelt.«

»Dazu muss es nicht kommen, wenn man einen guten Plan hat«, entgegnete Rayan und tippte sich an die Schläfe.

»Und zuverlässige Leute«, fügte der Bärtige hinzu. »Hast du dich schon einmal umgesehen, Fremder? Du bist von Kindern umgeben.«

»Den Eindruck habe ich nicht«, versicherte Rayan mit Blick auf die blanken Klingen, die sich ihm noch immer entgegenreckten. »Wer alt genug, ist, jemands Kehle zu durchschneiden, kann auch in die Eiserne Zitadelle eindringen.«

Der andere nickte und schien nachzudenken. Rayan bemühte sich, hinter die Fassade seines faltigen Gesichts zu blicken, aber das war nicht möglich. Der Anführer der Krähen war nicht so alt geworden, weil er sich leicht in die Karten sehen ließ …

»Und wie genau stellst du dir das vor?«, wollte er wissen.

»Wir arbeiten zusammen«, entgegnete Rayan. »Ich habe Kenntnis von Dingen, von denen ihr nichts wisst, und die es euch erleichtern werden, euch in der Schatzkammer zurechtzufinden; und ihr wiederum seid Meister eures Fachs und kennt euch in Dingen aus, von denen ich nichts weiß. Gemeinsam jedoch können wir erfolgreich sein: Ich bringe euch in die Festung, und ihr übernehmt das Stehlen. Und noch bevor irgendjemand etwas bemerkt, sind wir schon wieder draußen.«

»Klingt einfach, wie du das sagst.«

Rayan straffte sich. »Und?«

»Das Problem ist, ich vertraue dir nicht, Sänger«, eröffnete der Alte rundheraus. »Bei all den klugen Dingen, die du von dir gibst, bist du doch nur ein hergelaufener Fremder und hast noch nichts getan, um dir unser Vertrauen zu verdienen. Und wer weiß? Vielleicht hat sich Bray ja geirrt, und du bist doch ein Spitzel des Magistrats!«

»Das bin ich nicht«, versicherte Rayan. »Und ich werde es euch beweisen …«

»Ich sehe nicht, wie das gehen sollte.«

»… indem ich euch sage, wo ich Bray versteckt halte.«

»Das würdest du uns früher oder später ohnehin sagen, wenn wir damit drohen, dich aufzuschlitzen.«

»Und indem ich euch etwas verrate, das nur ich weiß, aber das für euch von großer Wichtigkeit ist«, fügte Rayan hinzu.

»Und das wäre?«

Rayan zögerte einen Moment.

»Dass euer Versteck überfallen wird, schon sehr bald«, eröffnete er dann, »in einer der kommenden Nächte.«

»Unser Versteck wird überfallen?« Der Alte wirkte belustigt. »Ich werde dich etwas fragen, Fremder: Hast du eine Ahnung, warum man uns die ›Krähen‹ nennt?«

»Nein«, musste Rayan zugeben.

»Sehr einfach – weil unsere Ansprüche gering sind. Wir geben uns mit dem ab, was andere Zünfte für uns übrig lassen und stellen für niemanden eine Bedrohung dar. Weder beteilige ich mich am Glücksspiel noch am Handel mit Ophir. Ich erpresse kein Schutzgeld und halte mich von Betrügereien fern, und ich mische auch nicht in den internen Kämpfen der Zünfte mit.«

»Dennoch wird man euch überfallen«, beharrte Rayan. »Und ihr alle werdet sterben, wenn ihr nichts zu eurer Verteidigung unternehmt.«

Die buschigen Augenbrauen des Krähenvaters hoben sich. Unruhiges Gemurmel war rings zu vernehmen. »Willst du mir etwa drohen?«

»Nein.« Rayan schüttelte den Kopf. »Ich sage dir nur, was ich erfahren habe.«

»Erfahren? Von wem? Und wer wird uns überfallen?«

Statt zu antworten, griff Rayan nach seiner Leier, schlug die Saiten an und begann dann zu singen:

Sie kommen, um zu töten
in dunkler Nebelnacht
schleichen zu den Krähen,
auf ihrer Beine acht.
Schon haben sie gesponnen,
ein Netz aus Neid und List,
um auszulöschen alles
was ihnen feindlich ist.
So kommen sie zu geben,
der Tod ist ihr Geschenk.
Verrat ist ihre Nahrung,
und Blut ist ihr Getränk.

18

Südliches Bordland
Am nächsten Tag

Es war das fünfte Dorf, das sie besuchten.

Das fünfte innerhalb weniger Tage.

Auf seinem schwarzen Pferd sitzend, umwallt von seinem ebenso schwarzen Umhang und die Axt des Exekutors in den Händen, wachte Thorgon über das traurige Schauspiel. Mit vorgehaltenen Waffen trieben seine Leute die Dorfbewohner aus ihren Hütten – aus Holz und Lehm errichtete Behausungen, die sich ebenso furchtsam in die Landschaft duckten wie die Menschen, die darin lebten.

Thorgon registrierte die ängstlichen Blicke, die die Männer und Frauen ihm zuwarfen, mit Genugtuung und freute sich über die Kinder, die bei seinem Anblick in Tränen ausbrachen – eine schwarz vermummte Gestalt auf einem schwarzen Pferd, die aus dem Morgennebel aufgetaucht war und den Tod in ihrem Banner trug. Die Aufgabe eines Großexekutors bestand nicht darin, vom Volk geliebt zu werden, sondern dafür zu sorgen, dass die Gesetze eingehalten wurden. Und darin machte Thorgon so leicht niemand etwas vor.

Die Dorfbewohner stellten keine Fragen.

Eingeschüchtert folgten sie den Befehlen der in schwarze Rüstungen gehüllten Schergen, die sie mit Fackeln und blanken Klingen aus ihren Häusern und auf den Dorfplatz trieben. Sicher hatten diese Leute gehört, was den Dörfern weiter im Süden widerfahren war. Und falls nicht, dürften sie zumindest die Rauchsäulen am Horizont gesehen haben.

Thorgon wartete, bis auch der letzte Bauer und das letzte Kind aus seinem Loch geholt worden war. Dann lenkte er seinen Rappen vor die zusammengepferchte Menge.

Niemand sagte ein Wort, Totenstille herrschte.

Nur das Stampfen der Hufe im Morast war zu hören.

»Wer hat hier das Sagen?«, erkundigte sich Thorgon ebenso lauernd wie leise, während er die Dörfler durch die Sehschlitze seines Helmes taxierte.

Feiglinge, einer wie der andere. Wer auch immer der Vorsteher dieses Dorfes sein mochte, er hatte sich sein Leben lang abgemüht, um ein wenig höher zu stehen als die anderen. Und nun hätte er alles gegeben, um nur einer von vielen zu sein.

»Das … das bin ich, Herr.«

Ein junger Mann, deutlich zu unerfahren für den Posten des Dorfvorstehers, hob die Hand.

Unter seinem Helm hob Thorgon die Brauen.

Das versprach interessant zu werden.

»Tritt vor«, verlangte er.

Der junge Kerl leistete der Aufforderung Folge. Sein Haar war wirr, seine Kleidung schäbig. In seinen blauen Augen konnte Thorgon Furcht sehen, was ihn zutiefst befriedigte – aber auch eine Spur von Unbeugsamkeit, die ihm weit weniger gefiel.

»Du weißt, warum ich hier bin«, sagte er. Sich nach dem Namen des Mannes oder auch nur dem des Dorfes zu erkundigen, war überflüssig. Es war ein Dorf unter vielen, so wie es ein Mann unter vielen war.

Der andere schüttelte den Kopf. »Nein, Herr.«

»Falsch«, widersprach Thorgon. »Du weißt es genau, das sehe ich dir an. Und ich würde dir raten, nicht mit mir zu spielen.«

»Das … das tue ich nicht, Herr«, versicherte der Junge.

»Oh, ich denke doch«, entgegnete der Großexekutor. »Er ist hier gewesen, das weiß ich.«

»Wer, Herr?«

»Der Sänger«, entgegnete Thorgon. Es fiel ihm nicht schwer, die Ruhe zu bewahren, auch wenn der bäuerische Starrsinn des Jungen ihn ärgerte. Er würde ihm schon bald vergehen …

»Welcher Sänger?«

Der Großexekutor nickte. Der Junge war nicht nur starrsinnig, er versuchte auch, ihn zum Narren zu halten. Mit anderen Worten, er war gefährlich. Gefährlich für das Gesetz und für den Frieden im Land.

»Der Sänger, der vor einiger Zeit hier gewesen ist. Dem ihr in eurem Dorf Unterschlupf gewährt habt.«

»Ich weiß von keinem Sänger, Herr.«

»Seltsam – der Vorsteher des Dorfes, das einen halben Tagesritt weiter südlich liegt, konnte sich durchaus an ihn erinnern. Und er sagte, dass der Sänger als Nächstes in dieses Dorf kommen wollte.«

»Davon weiß ich nichts, Herr. Wir sind ein friedliches Dorf voller ehrlicher Leute, die das Gesetz befolgen. Hier gibt es nichts für Euch zu tun.«

»Von welchem Gesetz sprichst du – von dem, das aus Archos stammt? Oder von dem, das der Orden der Exekutoren euch gebracht hat? Erwäge deine Antwort wohl – Archos ist weit entfernt, ich jedoch bin hier.«

»Von beiden«, versicherte der Junge, ohne mit der Wimper zu zucken – zu lügen schien ihm nicht schwerzufallen.

»So seid ihr alle gesetzestreue Bürger?«

Der dreiste Kerl zögerte noch nicht einmal mit der Antwort. »Das sind wir, Herr.«

»Gut, das zu wissen«, bestätigte Thorgon und wandte sich dann seinem Unterführer zu. »Er lügt. Gebt ihm einhundert Stockhiebe.«

»Nein!«, drang in diesem Moment eine andere, ungleich ältere Stimme aus der Menge.

Der Großexekutor grinste unter seinem Helm.

Er hatte nichts anderes erwartet.

Die Menge teilte sich, und ein anderer Mann trat hervor, der im Herbst seines Lebens stand. Sein Haar war grau, seine Züge eingefallen. Er hustete und musste einen Stock benutzen, um sich aufrecht zu halten. Offenbar war er krank.

»Nein!«, ereiferte sich der Junge und war drauf und dran, den Älteren wieder in die Menge zurückzuschieben. »Das darfst du nicht tun!«

»Lass mich!«, wehrte der Grauhaarige ab und wandte sich Thorgon zu. »Mein Name ist Vegar, Herr. Ich bin der Vorsteher dieses Dorfes, und nicht dieser junge Mann.«

»So hat er mich bewusst getäuscht?«

»Ich bin sein Vater, er wollte mich beschützen«, erklärte der andere und hustete wieder.

»Er ist zu schwach, Herr«, fügte der Jüngere hinzu. Die Aufsässigkeit war aus seinem Blick verschwunden, jetzt war da nur noch Hilflosigkeit. »Wenn Ihr ihn foltert, wird er es nicht überleben.«

»Keine Sorge, ich werde ihn nicht foltern«, versicherte Thorgon gönnerhaft. »Alles, was ich will, ist die Wahrheit – die Wahrheit über den Sänger.«

»Er war hier«, gestand der Alte.

»Ihr habt ihn beherbergt?«

»Nur für eine Nacht. Im Gegenzug hat er uns Lieder vorgetragen.«

»Was für Lieder?«

»Lieder eben.« Der Dorfvorsteher wusste mit der Frage sichtlich nichts anzufangen. »Am nächsten Morgen ist er wieder aufgebrochen und weitergezogen.«

»Wohin wollte er?«

»Weiter nach Norden – mehr hat er nicht gesagt.«

»Weiter im Norden gibt es nichts«, wandte Thorgon ein.

»Dennoch wollte er dorthin«, beharrte Vegar.

Der Großexekutor nickte nachdenklich.

Seine Erfahrung sagte ihm, dass der Mann die Wahrheit sagte – anders als sein Sohn, der ganz offenbar kein Problem damit hatte, einem Würdenträger des Kultes frech ins Gesicht zu lügen. Entsprechend musste Thorgon handeln.

»Warum, Herr?«, erkundigte sich der Dorfvorsteher zaghaft. »Was hat der Sänger getan, dass Ihr nach ihm sucht?«

»Das will ich euch sagen – er ist ein gesuchter Mörder«, eröffnete Thorgon bereitwillig, worauf ein Raunen durch die Menge ging. »Außerdem behauptet er, ein Magier zu sein, ein Prophet, der in der Lage sei, in die Zukunft zu sehen. Und ihr habt ihm Unterschlupf gewährt!«

»A-aber nur, weil wir nichts von diesen Dingen wussten, Herr!«, stammelte der Alte entsetzt.

»Und das soll ich euch glauben? Nachdem dieser da«, – er deutete auf Vegars Sohn – »mich bereits dreist belogen hat?«

»Nur um mich zu schützen«, schränkte der Dorfvorsteher ein. »Ich bitte Euch, versucht zu verstehen, dass ein Sohn seinen Vater liebt, und lasst Gnade walten.«

»Das tue ich«, versicherte Thorgon. »Ihr wisst, was die Strafe ist für ein Dorf, das einem Mörder Zuflucht gewährt? Einem falschen Propheten?«

Entsetzen war in den Mienen der Dorfbewohner zu lesen. Vegar senkte betroffen das Haupt. »Ich weiß es, Herr«, versicherte er. »Es wird niedergebrannt und alle Männer im Dorf hingerichtet. Aber ich versichere Euch, dass wir nicht …«

»Da du behauptest, ein gesetzestreuer Bürger zu sein und nichts von der verbrecherischen Natur des Sängers gewusst zu haben, will ich Gnade walten lassen«, fiel Thorgon ihm ins Wort.

»Wirklich, Herr?« Der andere blickte zaghaft auf.

»In der Tat – die Strafe wird sich nur auf dein Haus erstrecken. Und auf dich und deinen Sohn.«

»Was?«

»Und ihr anderen lasst es euch eine Lehre sein!«, rief der Großexekutor dem zusammengedrängten Häuflein der Dorfbewohner zu, ehe er sich an seine eigenen Leute wandte. »Lasst euch das Haus des Vorstehers zeigen und steckt es in Brand. Dann lasst den Jungen zwei Löcher graben. Wenn es tief genug ist, steckt sie beide kopfüber hinein und schüttet sie zu.«

»Verstanden, ehrwürdiger Syn«, bestätigte der Unterführer und verbeugte sich.

Schon kurz darauf loderten die Flammen, und die entsetzten Schreie des Dorfvorstehers Vegar und seines Sohnes waren zu hören – bis sie endlich verstummten.

19

Nest der Krähen, Skaradag
Zur selben Zeit

»Bray.«

Faginor hatte eine ganz eigene Art, ihren Namen auszusprechen – distanziert und stets ein wenig tadelnd, zugleich jedoch mit einer gewissen Güte, für die sie ihn schätzte und respektierte. Auch wenn sie aus eigener Erfahrung wusste, dass diese Güte auch Grenzen hatte.

»Fadir.« Sie begrüßte ihn mit einem Nicken. Er saß an einem grob gezimmerten Tisch bei einer Mahlzeit aus Brot und Käse und einigen Früchten, die die Salzstraße heraufgeliefert worden waren. Fraglos waren sie für den Magen eines anderen, wohlhabenderen Bürgers bestimmt gewesen – so wie das bunt zusammengewürfelte Geschirr, das den Tisch übersäte. Die Wasserkaraffe mit dem silbernen Henkel hatte Bray einst eigenhändig aus dem Laden eines Händlers in Rikstedt entwendet …

»Setz dich und iss etwas«, forderte er sie auf und wies ihr einen Platz auf der gegenüberliegenden Seite des Tisches zu. Das war ein besonderes Privileg – für gewöhnlich nahmen die Krähen ihre Tagesmahlzeit im Hauptgewölbe ihres Schlupfwinkels ein, wo auch der Thron ihres Anführers stand. Es war ein ewiges Hauen und Stechen, die Starken gegen die Schwächeren, die Älteren gegen die Jüngeren, die Großen gegen die Kleinen, und man musste zusehen, dass man auch satt wurde. Faginor kümmerte sich nicht um diese Dinge – er wollte seine Ruhe und speiste lieber in seiner Kammer, wo er auch schlief und seiner Arbeit nachging. Diese Arbeit bestand in der Hauptsache darin, das zu zählen und zu sichten, was seine Schützlinge von ihren Raubzügen mitbrachten. Das war die Übereinkunft, die sie miteinander hatten: Faginor gab ihnen ein Dach über dem Kopf und einen gewissen Schutz – und Bray und die anderen gingen im Gegenzug für ihn stehlen. Das Risiko freilich war dabei ziemlich ungleich verteilt.

Bray nickte dankbar und nahm Platz. Ungeniert griff sie zur Karaffe und schenkte sich ein, dann nahm sie sich einen Apfel, polierte ihn am Ärmel ihres Wollhemds und biss herzhaft hinein. »Danke«, presste sie mit vollem Mund hervor.

Er nickte nur. »Was ist passiert?«, wollte er dann wissen.

»Wurde erwischt«, berichtete sie wahrheitsgemäß.

»Du? Ausgerechnet?«

»Ich kann nichts dafür«, versicherte sie. »Ich war so vorsichtig wie immer, und auch so schnell – aber dieser Sänger ...«

»Rayan«, verbesserte Faginor.

»... war einfach noch schneller. Was ich auch tat, um ihm zu entwischen, er schien mir immer einen Schritt voraus zu sein. So hat er mich geschnappt und in ein Kellerloch gesteckt. Und da saß ich dann.«

»Und um deinen Hals zu retten, ist dir nichts Besseres eingefallen, als ihm die Losung zu verraten?«

»Was hätte ich denn sonst tun sollen?«, fragte sie kauend dagegen, den Vorwurf in seiner Stimme überhörend. »Warten, bis mich jemand findet? Hast du eine Ahnung, wie viele dunkle Kellerlöcher es in Skaradag gibt?«

»Er hätte ein Spion sein können«, gab Faginor zu bedenken. »Im Grunde«, fügte er hinzu, »besteht diese Möglichkeit noch immer.«

»Er ist kein Spion.« Bray setzte den Apfel ab und sah Faginor an.

»Wer sagt dir das?«, fragte er mit leisem Spott. »Deine

Menschenkenntnis? Wie damals, als du diesen Jungen angeschleppt hast, der sich dann als Spitzel der Ratten herausstellte?«

»Ich habe meinen Fehler wiedergutgemacht«, erwiderte Bray, während ein Bild durch ihren Kopf zuckte, das einen blassgesichtigen Jungen zeigte, der mit entsetzt geweiteten Augen auf seine Brust starrte … auf das Messer, das darin stak und auf den dunklen Fleck, der sich auf seinem Hemd immer weiter ausbreitete … Sie verdrängte das Bild rasch wieder, unterdrückte den Schauer, der sie durchrieseln wollte.

»Das hast du«, gab Faginor zu. »Und dieses Mal?«

»Brauche ich nichts gutzumachen«, gab Bray sich überzeugt, wobei sie inständig hoffte, dass sie recht hatte. »Außerdem hat der Sänger angeboten, dass wir ihn auf die Probe stellen.«

»Der Kerl redet Unsinn«, war ihr alter Mentor überzeugt. »Warum sollte man uns überfallen? Die Krähen sind die kleinste aller Diebeszünfte – und noch dazu die jüngste. Weißt du, wie die anderen Anführer mich deswegen nennen?«

»Ich weiß es.« Sie nickte.

»Den Kinderschänder nennen sie mich«, sprach Faginor das hässliche Wort trotzdem aus. »Als ob ich das je getan hätte!«

Bray nickte.

Faginor war gewiss kein Unschuldslamm, man konnte ihm manches vorwerfen. Er war selbstsüchtig und aufbrausend, und er schätzte es ganz und gar nicht, wenn einer seiner Schützlinge mit leeren Händen vom Beutezug zurückkam; seine Zornesausbrüche waren berüchtigt, und wenn es ihm notwendig erschien, so griff er auch zum Stock, um seine jungen Anhänger zu züchtigen … Aber noch niemals hatte er sich an einem von ihnen vergriffen. Und das war weit mehr, als man von vielen anderen Erwachsenen in Skaradag behaupten konnte.

»Dennoch könnte es sein, dass der Sänger recht hat«, meinte Bray. »Hör auf ihn, ich bitte dich.«

»Warum setzt du dich so für ihn ein? Er hat dich gefangen und in ein dunkles Loch gesteckt.«

»Ich hatte ihn bestohlen«, erklärte sie grinsend. »Ich hatte es nicht besser verdient, oder?«

Faginor sah sie nachdenklich an. Seine Mahlzeit hatte er längst beendet, jetzt war er dabei, die Brotkrumen aus seinem verfilzten Kinnbart zu streichen.

»Warum nur höre ich immer wieder auf dich?«, fragte er.

»Ganz einfach – weil du noch nie schlecht dabei weggekommen bist«, erwiderte sie. »Der Sänger mag ein komischer Kauz sein, das gebe ich zu. Aber er ist ehrlich.«

»Ein ehrlicher Mensch? Hier in Skaradag?« Der Alte lachte spöttisch.

»Er stammt nicht aus Skaradag«, brachte Bray in Erinnerung.

»Genau wie du.« Faginor nickte. »Du magst ihn«, stellte er fest, und ein unverhohlener Vorwurf lag dabei in seinen wasserblauen Augen. »Und mich hast du stets abgewiesen.«

»Sei nicht albern.« Sie schüttelte den Kopf. »Du bist wie ein Vater für mich. Außerdem hat er etwas an sich, das mir irgendwie vertraut vorkommt«, fügte sie nachdenklich hinzu. »Beinahe so, als würde ich ihn schon lange …«

»Vorsicht«, unterbrach sie der Alte, und seine Brauen zogen sich unheilvoll zusammen. »Das sind gefährliche Empfindungen für jemanden, der in unserem Metier arbeitet.«

Bray machte eine wegwischende Handbewegung. »Ich weiß, dass das Blödsinn ist«, versicherte sie und ärgerte sich darüber, dass sie es ihm überhaupt gesagt hatte. »Bald werden wir ja wissen, wer von uns beiden recht hat.«

Den Apfel hatte sie aufgegessen bis auf den Stiel. Sie leckte sich die Finger, um sie zu säubern, dann stand sie auf.

»Bleibt nur eine Frage offen«, meinte Faginor.

»Welche?«

»Wenn ich mich irre und du recht hast, wird uns der Sänger einen Weg zeigen, in die Zitadelle einzudringen und mehr zu stehlen, als wir es sonst in einem ganzen Leben könnten. Doch was«, fragte der Krähenvater, wobei er sie durchdringend anstarrte, »wenn du dich irrst und der Kerl doch ein Spion des Stadtmarschalls ist?«

Bray schluckte hart.

Sie konnte die Last der Verantwortung, die Faginor ihr in diesem Moment aufbürdete, beinahe spüren. Und mit der Verantwortung kam die Furcht vor dem Versagen.

In einem Anfall hilfloser Wut, von der sie nicht einmal wusste, gegen wen genau sie sich richtete, bückte sie sich, zog das Messer aus ihrem Stiefel und hielt Faginor die blanke Klinge hin. »Dann«, sagte sie schlicht und ohne einen Hauch von Zweifel in der Stimme, »wird er durch diese Klinge sterben.«

20

See von Drakis
Drei Tage später

Erst vor wenigen Tagen waren sie in See gestochen. Nicht mit einem Kriegsschiff oder einer Galeere, wie es dem Stand einer Prinzessin von königlichem Blut wohl entsprochen hätte, sondern mit einem wendigen Zweimaster, dem man den schönen Namen *Riahan** gegeben hatte – und tatsächlich war ihnen das Wetter bislang gewogen gewesen.

Die Stürme, die während des Nordwinters über die Bucht von Drakis hinwegzuziehen pflegten, waren abgeflaut. Die grünblaue Fläche der See lag vergleichsweise ruhig, und die *Riahan*, die an die hundert Fuß lang war und über zwei mit Dreieckssegeln getakelte Masten verfügte, machte gute Fahrt. Schon in zwei Tagen würde sie Abydon erreichen, von wo die Reise auf dem Landweg weitergehen würde. In Satrapos würden die Prinzessin und ihr Gefolge dann erneut ein Schiff besteigen, das sie ins ferne Archos bringen würde.

Zumindest war es das, was die meisten an Bord der *Riahan* dachten. Nur wenige kannten die Wahrheit – und Lorymar Thinkling war einer von ihnen.

An der Back des Schiffes stehend, über die er, wenn er sich auf die Zehenspitzen stellte, gerade so spucken konnte, blickte der Halbling in den Sonnenuntergang, der den Himmel im Westen blutrot färbte, einer unheilvollen Verheißung gleich.

In dieser Nacht würde es geschehen. Und wenn die Sonne

* Ostragi für »Wind«

am anderen Morgen wieder aufging, würde sie auf eine andere Welt blicken. Zumindest soweit es Lorymar Thinkling betraf.

Dabei war alles so einfach gewesen.

Verstörend einfach …

Prinz Nawyds Ansinnen, seiner Schwester bis an die Grenzen des Reiches persönliches Geleit zu geben, hatte König Astyragis entsprochen, ohne einen Hauch von Verdacht zu schöpfen. Im Gegenteil, das Angebot seines Neffen schien ihm mehr als gelegen gekommen zu sein. Lorymar vermutete, dass dies mit Xusra zusammenhing und den Kriegsplänen, die der König zusammen mit dem Hohepriester schmiedete. Womöglich waren sie ganz froh darüber, Artabans halsstarrigen Sohn für eine Weile fern von Altashar zu wissen – nicht ahnend, was dieser tatsächlich im Schilde führte.

Seinen Narren hatte der König schon weniger gerne ziehen lassen. Erst nachdem Hilalayan sich für ihn verwendet und Lorymar versprochen hatte, in Abydon, dem Etappenziel ihrer Reise, nach schönen Frauen Ausschau zu halten, die er seinem Herrscher zuführen wollte, hatte sich Astyragis erweichen lassen – ein Versprechen freilich, das Lorymar Thinkling nicht halten würde.

Reue empfand er dabei nicht.

Gewiss, Altashar war ihm über viele Jahre eine Heimat gewesen, und das Haus Tyras hatte ihm in bitterer Zeit Zuflucht gewährt. Wirklich heimisch war er dort jedoch nie geworden, war über all die Jahre ein *ghurab*, ein Fremder geblieben, und wenn Lorymar es recht bedachte, so hatte König Astyragis wohl ebenso viel Vorteil aus seiner Anwesenheit gezogen wie umgekehrt. Er hatte dem König des Ostreichs treu gedient, solange es ihm selbst dienlich gewesen war. Doch nun hatten die Zeiten sich geändert, und es gab Dinge, um die Lorymar sich zu kümmern hatte. Sollte Prinz Nawyd ruhig denken, dass es in erster Linie um seine Schwester ging; sollte Xusra annehmen, dass sich alles nach den Plänen seiner Priesterschaft entwickelte, und der listige Hilalayan glauben, dass er alle Trümpfe in seinen fleischigen Pranken hielt. In Wahrheit war es Lorymar Thinkling, der die Geschicke lenkte, fast wie in alten Zeiten.

Natürlich würden ihm die Annehmlichkeiten des Hofes fehlen. Wie alle Halblinge war er kein Freund weiter Reisen und genoss lieber die Annehmlichkeiten, die ein komfortables Heim zu bieten hatte. Aber in diesem Fall hatte er keine andere Wahl gehabt. Wollte er jemals wieder Ruhe finden, so musste er den Dingen auf den Grund gehen – auch wenn es bedeutete, in die Lande jenseits des Bruchs zurückzukehren und jenen Orten wiederzubegegnen, die er niemals wieder hatte sehen wollen.

Und jenen Menschen …

Was, so fragte er sich immerzu, mochte aus *ihr* geworden sein? Er konnte nur hoffen, dass sie noch dort war, wo er sie vermutete. Und ebenso konnte er nur hoffen, dass sie ihm die Antworten gab, nach denen er verlangte. Andernfalls würde er wohl dem Irrsinn verfallen wie schon andere vor ihm …

Als die Planken neben ihm knarrten, brauchte Lorymar nicht aufzusehen, um zu wissen, dass es Nawyd war. Der Prinz von Altashar brachte den lieben langen Tag damit zu, wie ein gefangener Löwe auf Deck umherzustreifen, ein Abbild der Unruhe, die in ihm herrschte.

»Ihr solltet Euch beruhigen«, meinte Lorymar gelassen.

»Das sagt sich leicht«, knurrte Nawyd halblaut. »Ihr seid ein Halbling und ebenso klein wie verschlagen. Ränke wie diese mögen Eurer Natur entsprechen, aber nicht der eines Sohnes des Hauses Tyras!«

Unter dem Schutz seines großen Turbans schürzte Lorymar schmollend die Lippen. Es gehörte zu Nawyds Eigenheiten, gleichzeitig zu schmeicheln und zu ohrfeigen. Zwar bediente er sich inzwischen einer respektvolleren Ansprache, wenn er mit Lorymar redete, seine Vorurteile gegen Wesen, die ihm nur bis zur Gürtelschnalle reichten, hatte er jedoch beibehalten.

»Macht Euch keine Sorgen«, versicherte Lorymar. »Alles wird gut gehen.«

»Wenn Ihr meint.«

»Sind Eure Leute bereit?«

»Alle, auf die es ankommt.«

»Und Eure Schwester?«

»Sie braucht nichts davon zu wissen.«

Ein wenig überrascht blickte Lorymar von unter seinem Turban auf. »Seid Ihr sicher?«

»Allerdings bin ich das«, erwiderte der Prinz, ohne seinen Blick vom fernen, blutroten Horizont zu nehmen. »Nyasha hat ihr Wort gegeben, und das bedeutet, dass sie alles tun würde, um ihr Versprechen zu halten.«

»Auch den eigenen Bruder verraten?«, fragte Lorymar ungläubig.

Nun traf ihn doch der Blick des Prinzen, strafend und geringschätzig. »Ehre kennt keine Ausnahme«, beschied er ihm.

»Verstehe – und was ist dann mit Euch?«

»Ich habe kein Wort gegeben«, erklärte Nawyd achselzuckend, »folglich kann ich es auch nicht brechen.«

»Das leuchtet ein«, musste Lorymar zugeben. In all den Jahren, die er in Altashar verbracht hatte, hatte er stets versucht, die östliche Seele zu verstehen … mit ihrer Leidenschaft und Hingabe, ihrer Vorliebe für blumige Metaphern und ihrem Ehrbegriff, der alles andere überstieg. In diesem Moment, als er an der Back der *Riahan* stand und gen Westen blickte, gestand er sich ein, dass all diese Versuche vergeblich gewesen waren und jene Seele ihm wohl ewig ein Rätsel bleiben würde …

»Und wie wird Eure Schwester reagieren, wenn … es geschieht?«, erkundigte er sich vorsichtig.

»Überlasst das mir«, beschied Nawyd ihm und entfernte sich wieder, ohne zu erklären, was er damit meinte. Lorymar konnte nur hoffen, dass die Prinzessin sich in das Schicksal fügen würde, das ihr Bruder ihr zugedacht hatte.

Er selbst hatte Nyasha pan Tyras kaum gesehen, seit sie an Bord des Schiffes gekommen war. Erst kurz vor dem Ablegen aus dem Hafen von Altashar war sie aufgetaucht, in einer von Sklaven getragenen Sänfte. Seither hatte Nyasha ihr Quartier, das in dem geräumigen Deckshaus am Heck des Schiffes untergebracht war, kaum verlassen. Noch nicht einmal zu den Mahlzeiten, da sie ihre eigene Köchin mitführte. Unter dem Vorwand, sie schützen zu wollen, hielt Nawyd sie bewusst von den Gesandten aus Archos fern, was im Hinblick auf das, was kommende Nacht geschehen würde, vermutlich auch besser war.

Die meisten der Seeleute, die auf der *Riahan* ihren Dienst versahen, wussten vermutlich gar nicht, welch wertvolle Fracht das Schiff geladen hatte – anders als die Gesandten aus Archos, die zwar um die Fracht wussten, aber nicht um das dunkle Schicksal, das ihnen drohte.

Die Sonne war inzwischen untergegangen und ließ den westlichen Himmel in Flammen zurück. Lorymar verließ die Back und ging unter Deck, um seine Kajüte aufzusuchen, die sich mittschiffs befand und die er sich mit dem Maat des Seglers teilen musste. Wohl weil jemand der Ansicht gewesen war, dass ein halber Mensch auch nur halben Platz benötige.

Auf dem Weg zu seinem Quartier schaute der Halbling noch in der Kombüse vorbei. Leider hatte er feststellen müssen, dass seine Träume seegängig waren und ihn auch auf dem Schiff verfolgten. Zweimal hatte er bereits im Schlaf geschrien und war aus der Hängematte gefallen, sehr zum Verdruss des Maats – folglich war er auch an Bord dazu übergegangen, sich mit Wein zu betäuben. Der Alkohol dämpfte sowohl die

Erinnerungen an die Vergangenheit als auch die Angst vor der Zukunft.

Besonders in einer Nacht wie dieser.

21

Krähennest, Skaradag
Spätabends

So kommen sie zu geben,
der Tod ist ihr Geschenk.
Verrat ist ihre Nahrung,
und Blut ist ihr Getränk …

Die letzten Zeilen des Liedes hallten noch in seinem Bewusstsein nach – und sie waren es wohl auch gewesen, die den Ausschlag dafür gegeben hatten, dass Faginor der Warnung des Sängers doch Glauben schenkte. Denn mit den achtbeinigen Mördern, die auf der Suche nach Blut waren, konnten eigentlich nur die Spinnen gemeint sein, eine rivalisierende Bande, die, wie Rayan inzwischen wusste, ihre Zuflucht in der Nähe des Hafens hatte.

Elf Diebeszünfte waren es insgesamt, die in Skaradag ihr Unwesen trieben. In den alten Tagen hatte sich jede von ihnen auf ein anderen Geschäft verlegt: Die Krähen hatten dem Taschendiebstahl gefrönt, die Raben waren bevorzugt in die Häuser der Reichen eingebrochen, die Wölfe hatten Straßenräuberei betrieben und die Ratten in den Kanälen der Stadt Hehlerei betrieben, wohingegen die Füchse Meister des Trickbetrugs gewesen waren. So war es Tradition gewesen, und jede der elf Zünfte hatte sie geachtet, denn Skaradag hatte genug Beute für alle geboten. Mit dem Bruch und dem Chaos, das danach ausgebrochen war, hatte sich jedoch alles verändert: Wie in ganz Astray war auch das Leben in Skaradag aus den Fugen geraten, und wie alle anderen taten auch die Diebeszünfte, was nötig war, um das tägliche Überleben zu sichern. Zwischen den großen Zünften waren Kämpfe an der Tagesordnung, blutige Fehden, bei denen die Diebe mit Dolchen, Messern und Glasscherben übereinander herfielen. Die kleineren Banden, zu denen auch die Krähen gehörten, waren davon bislang verschont geblieben. Doch wenn sich bewahrheitete, was Rayan besungen hatte, dann würde sich das in einer dieser Nächte ändern.

Faginor, der »Krähenvater«, wie er sich selbst nennen ließ, hatte zusammen mit Bray in aller Eile einen Plan ausgearbeitet, wie ihr Versteck am besten zu verteidigen sei. Rayan hatte von Beginn an den Eindruck gehabt, dass die Diebin trotz ihrer erst sechzehn Winter eine besondere Rolle in der Organisation einnahm, und diese Vermutung hatte sich bestätigt. Nicht nur, dass Faginor Brays Meinung wichtig zu sein schien, sie nahm auch eine Mittlerposition zwischen dem Anführer und seinen jungen Schützlingen ein.

Die meisten Mitglieder der Bande – es mochten dreißig oder vierzig sein – waren in Brays Alter oder jünger, nur ein paar waren älter als sie. Einer von ihnen, Torgny mit Namen, stand Rayan mit besonderem Argwohn gegenüber. Nur widerstrebend hatte er eingewilligt, der Warnung des Sängers zu folgen und hielt unbeirrt an der Meinung fest, dass Rayan ein Spitzel des Stadtmarschalls sei und die Zünfte gegeneinander aufhetzen wolle. Auch Faginor selbst machte kein Hehl daraus, dass er Rayan nicht traute. Aber der Krähenvater hatte wohl das Gefühl, dass er nichts zu verlieren hatte, wenn er der Warnung des Sängers folgte. Und damit hatte er recht.

Die Krähen konnten nur gewinnen – wenn sie tatsächlich überfallen wurden, so würden sie darauf vorbereitet sein. Wenn nicht, so würde für sie kein Nachteil entstehen – während Rayan seine einzige Chance verlieren würde, das Vertrauen der Diebe zu gewinnen, das er so dringend brauchte.

Wie in jeder der letzten Nächte lagen die Krähen in ihrem Versteck auf der Lauer, das sie schlicht als ihr »Nest« bezeichneten. In gewisser Weise war es das auch, auch wenn es nicht auf Bäumen erbaut war, sondern unter der Erde, in den Katakomben, die sich tief unter Darlik erstreckten und wo in den Anfangstagen der Stadt die ersten Bewohner beigesetzt worden waren. Doch diese Toten waren längst vergessen, und so hatten die Krähen die alten, in den Fels gehauenen Stollen in Besitz genommen und sie zu ihrem Schlupfwinkel erklärt. Wer nicht genau wusste, wo sich das Krähennest befand, der hätte es wohl nie gefunden, da es mehrere Eingänge gab und die unterirdischen Gänge sich labyrinthartig verzweigten. Doch wenn stimmte, wovon Rayans Lied kündete, dann hatten die Spinnen das Geheimnis gelüftet.

Und sie würden kommen …

Natürlich hatte der Sänger angeboten, auf der Seite der Krähen zu kämpfen, aber Faginor hatte dies abgelehnt, vermutlich aus Sorge, Rayan könnte ihn verraten oder im entscheidenden Moment die Seiten wechseln. Er hatte darauf bestanden, dass der Sänger zurückblieb, in einer engen Zelle, an Armen und Beinen gefesselt und nicht in der Lage, sich zu bewegen. Und niemand anders als Bray persönlich hatte ihm den Knebel zwischen die Zähne geschoben, ein genüssliches Grinsen in ihrem hübschen Gesicht.

Rayan ließ es über sich ergehen lassen, wissend, dass es die einzige Möglichkeit war, ihr Vertrauen zu gewinnen. So wartete er nun in seiner Zelle und lauschte …

Um Schlaf zu finden, dazu war er zu angespannt, also saß er nur da und starrte in die Dunkelheit. Das Gefühl für Zeit ging ihm verloren, irgendwann sagte ihm ein dumpfer Glockenschlag, dass es bereits Mitternacht war … und schließlich glaubte er, aus den Räumen über ihm etwas zu hören.

War das nicht ein erstickter Schrei gewesen?

Dann plötzlich hektische Schritte über morsche Bohlen.

Das hässliche Klirren von Metall.

Kein Zweifel: In den Kavernen fand ein erbitterter Kampf statt. Die Krähen wurden angegriffen und kämpften um ihr Leben – und der Ausgang der Konfrontation war völlig offen.

Rayan konnte fühlen, wie sich sein Pulsschlag beschleunigte, Schweiß trat ihm auf die Stirn. Nur selten in seinem Leben hatte er versucht, die Dinge zu verhindern, von denen seine Lieder kündeten. Als junger Mann hatte es ihn fast das Leben gekostet. Später dann …

Er verdrängte den Gedanken, hoffte, dass es diesmal anders sein würde. Wenn nicht, so würde er wohl kaum lange genug leben, um seinen Entschluss zu bedauern – denn wenn die Krähen in dem Kampf unterlagen, würden ihre Feinde das Versteck plündern und dabei auch ihn entdecken, und Rayan bezweifelte, dass diese Begegnung gut für ihn enden würde.

Dennoch hatte es keine andere Wahl gegeben.

Es war der Weg, den die Musik ihm gewiesen hatte.

Das Lied des Schicksals.

Der Kampflärm kam näher. In der Dunkelheit seiner Zelle versuchte Rayan sich auszumalen, was dort draußen vor sich ging. Hatten die Angreifer die Oberhand gewonnen und waren bereits dabei, den Schlupfwinkel zu stürmen? Rayan straffte sich, wappnete sich innerlich dafür, dass jeden Augenblick die Tür des Verschlags auffliegen und maskierte Meuchelmörder eindringen würden, die kurzen Prozess mit ihm machten. Zu seiner eigenen Überraschung empfand er keine Furcht – vielleicht auch, weil er tief in seinem Innersten nicht glauben wollte, dass dies das Ende war. Auch dann noch nicht, als die Bohlen draußen vor der Tür unter schweren Stiefeltritten erzitterten, und sich jemand am Riegel zu schaffen machte.

Rayan hielt den Atem an.

Den Tod vor Augen, starrte er auf die Tür, die im nächsten Moment aufflog. Im Fackelschein, der vom Gang hereindrang, erblickte er eine schmale Gestalt, die auf der Schwelle stand, blanke Klingen in beiden Händen. Rayan sog scharf nach Luft – bis ihm klar wurde, dass er die Gestalt kannte!

Es war Bray.

Ihr Haar war wirr, eine Wange blutverschmiert. Ihre Brust hob und senkte sich unter heftigen Atemzügen.

»Kannst du kämpfen?«, keuchte sie.

Rayan nickte.

Dann war sie auch schon bei ihm. Rasch riss sie ihm den Knebel aus dem Mund, durchschnitt seine Fesseln und drückte ihm einen der beiden Dolche in die Hand – eine geschwungene Klinge, die einst einem Kaufmann aus Markashar gehört haben mochte. Dann war die Diebin auch schon wieder aufgesprungen und zur Tür hinaus. Rayan raffte sich auf die Beine und folgte ihr, dem Kampflärm entgegen.

Mit fliegenden Schritten rannte er den Felsengang hinab, in den zu beiden Seiten schmale Nischen eingelassen waren – Urnengräber, in denen die ersten Siedler Skaradags ihre Toten beigesetzt hatten. Es entbehrte nicht einer gewissen Ironie, dass das Versteck, das Faginor und seine Krähen bewohnten, einst ein Friedhof gewesen war – denn vielleicht würde es nun auch ihre letzte Ruhestätte werden.

Atemlos erreichte Rayan das Gewölbe, in dem der Thron des Krähenvaters stand – und wo ein erbitterter Kampf im Gang war. Rayan stieß eine Verwünschung aus. Wenn hier gekämpft wurde, so bedeutete das, dass Faginors Plan, den Feind schon an den Zugängen des Schlupfwinkels aufzuhalten, gescheitert war. Ein entsetzliches Handgemenge war im Gange, bei dem Prügel und Totschläger, Glasscherben und rostige Klingen zum Einsatz kamen – ein wogendes Chaos aus Blut und Geschrei. An der Kleidung war nicht zu unterscheiden, wer zu welcher Zunft gehörte, wohl aber an Geschlecht und Alter. Denn während die Angreifer erwachsene Männer waren, kämpften auf der Seite der Verteidiger halbwüchsige

Jungen und Mädchen – und das taten sie, ihres Alters und Geschlechts ungeachtet, mit zäher Verbissenheit.

Die meisten waren bereits verwundet, dennoch kämpften sie noch immer, warfen sich den Angreifern mit wutverzerrten Gesichtern entgegen. Jeder hatte begriffen, dass es um das nackte Überleben ging, also kämpften sie mit dem Mut der Verzweiflung. Und inmitten des Durcheinanders stand Faginor und schwang unter heiserem Gebrüll einen hölzernen Stab, mit dem er die Angreifer auf Distanz zu halten suchte. Wie viele es waren, ließ sich in all der Konfusion nicht feststellen, aber es waren einige, und jeder von ihnen wog an Ausdauer und Körperkraft fünf Krähen auf.

Ein ungleicher Kampf.

Rayan sah, wie einer der Angreifer – ein stämmiger Hüne mit blondem Haar, sich über einen Jungen beugte, der höchtens zwölf Winter alt war und ihn ohne Federlesens erschlagen wollte. Rayan ließ es nicht dazu kommen.

Mit einem heiseren Schrei warf er sich dazwischen, und noch ehe der Hüne begriff, wie ihm geschah, hatte der Dolch des Sängers bereits seine Brust durchbohrt.

Rayan wirbelte herum, führte die Klinge in einem engen Bogen und rammte sie einem weiteren Angreifer in die Halsbeuge. Eine Blutfontäne spritzte, als er sie wieder herausriss und der Mann röchelnd niederging. Rayan schnaubte. Er hörte den pochenden Schlag seines Herzens, das Rauschen des Blutes in seinem Kopf, während er herumfuhr und sich nach dem nächsten Gegner umblickte.

Lange brauchte er nicht zu suchen – ein feister Kerl fiel ihm auf, der keinen Hals zu besitzen schien, dafür aber einen umso mächtigeren Kopf. Das wenige Haar auf seinem Schädel war zu einem schwarzen Schopf gebunden, über sein von Kampflust gerrötetes Gesicht war eine Spinne tätowiert, was ihm eine schreckliche Erscheinung verlieh. Seine Waffe war ein rostiges Schwert – mit dem er auf Bray einschlug!

Die Diebin war unter den furchtbaren Hieben bereits niedergegangen und lag am Boden, suchte sich der Schläge mit ihrem Dolch zu erwehren – aber es war abzusehen, wie der ungleiche Kampf enden würde.

Rayan handelte, ohne nachzudenken.

Mit großen Schritten überbrückte er die Distanz, die ihn von dem Spinnenmann trennte, rempelte dabei einen weiteren Angreifer über den Haufen, über den daraufhin ein halbes Dutzend Krähen herfiel. Dann hatte Rayan den Feisten auch schon erreicht, gerade in dem Augenblick, als dieser Bray die Klinge aus der Hand drosch.

Die Diebin stieß einen entsetzten Laut aus und sah zu ihrem Gegner auf, der unter triumphierendem Gelächter zustoßen wollte – als Rayan ihn erreichte.

Kurzerhand packte er den Schwertarm des Spinnenmanns und riss ihn zurück, worauf dieser in wildes Wutgebrüll verfiel. Seine ungeheure Gestalt fuhr herum, und noch in der Drehung versetzte er Rayan einen Fausthieb, auf den dieser nicht gefasst war. Wie eine Ramme grub sich die geballte Linke in seinen Magen und ließ ihn einbrechen. Übelkeit stieg in ihm hoch, für einen Augenblick sah er nichts als helle Flecke – was sein Gegner nutzte, um sich auf ihn zu werfen und ihn zu Fall zu bringen.

Rayan ging nieder, fand sich auf dem blutigen Boden wieder. Rasch warf er sich herum – nur um die tätowierte Fratze zu sehen, die über ihm auftauchte und ihn hämisch angrinste, pure Mordlust in den kleinen Augen.

»Stirb, Krähe!«, beschied ihm der Spinnenmann und wollte mit dem Fuß auf ihn treten, als wäre er ein lästiges Insekt, um ihn so festzuhalten, während er ihm den rostigen Stahl in die Eingeweide trieb.

Doch Rayan handelte. Dem Schmerz und der Benommenheit zum Trotz warf er sich zur Seite, sodass der Fuß des Feisten ins Leere trat. Gleichzeitig warf Rayan sich herum und rammte den Dolch bis zum Heft in den Oberschenkel seines Gegners. Der Spinnenmann schrie aus Leibeskräften, während er auf dem verletzten Bein einbrach. Rayan war nicht schnell genug, um sich in Sicherheit zu bringen – die Körpermasse des Tätowierten stürzte auf ihn und begrub ihn unter sich.

Der Kerl schrie noch immer, doch seine Mordlust war offenbar größer als der Schmerz. Die Klinge hatte er fallen gelassen, dafür schlossen sich seine Pranken jetzt um Rayans Hals und drückten zu.

»Ich habe dir gesagt, du sollst sterben!«, spie er ihm entgegen, zusammen mit dem entsetzlichem Gestank seiner fauligen Zähne.

Rayan spürte den wütenden Druck an seiner Kehle, so hart und unnachgiebig, dass er nichts dagegensetzen konnte. Er schloss die Augen, fühlte förmlich, wie das Leben aus ihm entwich. Das Blut in seinem Kopf rauschte noch lauter, Trommelschläge tobten in seiner Brust. Vergeblich rang er nach Atem, während ihm die Sinne bereits schwanden.

Sollte es so enden? Erwürgt von einem Fleischberg mit einer tätowierten Spinne im Gesicht?

Nein – davon hatte das Lied nichts gesagt!

Rayan ließ von den Händen seines Gegners ab und suchte stattdessen den umliegenden Boden ab, tastete wild umher. Vielleicht …

In diesem Moment bekam er den Griff des herrenlosen Schwertes zu fassen. Jäh riss er die Augen auf, starrte in die hasserfüllten Züge des Mannes, der ihn töten wollte – und trieb ihm die rostige Klinge in den Leib.

Der Spinnenmann erstarrte wie vom Donner gerührt.

Der Hass verschwand aus seinem Gesicht und wich einem ungläubigen Ausdruck, der Griff seiner Pranken lockerte sich – und Rayan rammte den Stahl noch weiter nach oben, tief in die Eingeweide seines Peinigers, dessen Geschrei in ein hohles Röcheln überging. Blut trat dem Feisten über die Lippen, und die Augen, die eben noch in solch maßlosem Hass geblickt hatten, wurden glasig. Rayan nutzte den Augenblick, um sich unter seinem Gegner hervorzuwälzen, der im nächsten Moment leblos zusammenbrach.

Schwer atmend blieb der Sänger am Boden liegen, sog gierig Luft in seine Lungen. Sein Herzschlag raste und sein Schädel hämmerte, aber er war dankbar dafür, denn so wusste er wenigstens, dass er noch lebte.

Erst dann fiel ihm auf, dass der Kampflärm sich gelegt hatte. Er wälzte sich herum und sah, dass nur noch Krähen auf den Beinen standen. Die Eindringlinge waren besiegt worden, und wer von ihnen noch am Leben war, der bekam jetzt den Rest. Gnade wurde nicht gewährt.

Nicht in dieser Stadt.

Inmitten des Durcheinanders aus Toten und Verletzten stand Faginor. Schwer atmend stützte sich der Anführer der Krähen auf seinen Kampfstab. Er blutete aus einer Wunde an der Schläfe und bebte am ganzen Leib, ansonsten schien er unverletzt zu sein. Sein Blick begegnete dem von Rayan, und er nickte dem Sänger zu.

Rayan erwiderte das Nicken und wollte sich auf die Beine raffen, als jemand zu ihm trat und ihm eine Hand hinhielt, um ihm aufzuhelfen.

Es war Bray.

»Sieht aus, als müsste ich mich bei dir bedanken«, stellte die Diebin fest. Das Haar fiel ihr wild ins Gesicht, ihr Gesicht war blutbesudelt.

»Sieht so aus«, bestätigte Rayan.

»Du bist besser, als ich dachte«, sagte sie, während sie seine Hand nahm und ihn auf die Beine zog.

Rayan nickte.

Mehr Dank würde er nicht bekommen.

22

Meer von Drakis
In derselben Nacht

Der Wein hatte wieder einmal geholfen.

Zumindest für eine Weile war Lorymar Thinkling in unruhigen Schlaf gefallen, ehe ein dringendes Bedürfnis ihn geweckt hatte. Fluchend war er aus der Hängematte geglitten und hatte sich aus der Kajüte gestohlen, vorsichtig, um den Maat nicht zu wecken. Barfuß war er nach oben auf Deck geschlichen und auf die Back gestiegen – und da stand er nun und erleichterte sich in hohem Bogen in die schwarze See, über ihm der Mond und die Sterne, die am samtenen Himmel leuchteten.

Es konnte so nicht weitergehen.

Er war nur noch ein Schatten seiner selbst, von Ängsten getrieben und von Erinnerungen verfolgt, die ihn in den Wahnsinn treiben würden, wenn sich nichts änderte.

Fast sehnsüchtig blickte er dorthin, wo sich seine Hinterlassenschaft im pechschwarzen Wasser verlor, und nicht zum ersten Mal in diesen Tagen dachte er daran, sich einfach in die Fluten fallen zu lassen. Wie die meisten Halblinge war er ein lausiger Schwimmer und würde wie ein Stein untergehen. Dann noch ein tiefer Atemzug, und im nächsten Moment würde alles vorbei sein, seine Erinnerungen und alle Qualen.

Hatte der Heiler Ildarim ihm nicht ein Bad zur Linderung seiner Beschwerden empfohlen?

»Was tut Ihr da?«

Lorymar erschrak bis ins Mark – die Stimme gehörte Nyasha pan Tyras, der Prinzessin von Altashar!

Schamesröte schoss ihm ins Gesicht. Fieberhaft versuchte er, seine Manneszier zurück unter den Kaftan zu stopfen, was ihm jedoch nicht gleich gelang. Endlich hatte er es geschafft und fuhr herum – um sich einer verhüllten Gestalt gegenüberzusehen, die vor ihm stand und ihn anstarrte.

»Pri-Prinzessin«, stammelte Lorymar, »e-es tut mir entsetzlich leid, aber Ihr solltet nicht hier sein, Ihr …«

»Verräter«, zischte sie – und hielt plötzlich ein Schwert in den Händen. Und noch ehe Lorymar Thinkling reagieren oder auch nur einen Laut des Entsetzens äußern konnte, stieß die gekrümmte Klinge auch schon zu und fuhr in seine Brust.

Zu seiner eigenen Verblüffung empfand er keinen Schmerz. Entsetzt blickte er an sich herab, sah, wie das Blut seinen Mantel tränkte und an seinen Beinen herablief. Der Boden unter seinen nackten Füßen färbte sich ebenfalls blutig rot, wurde weich und glitschig – und im nächsten Moment verlor der Halbling das Gleichgewicht und stürzte kopfüber in die dunkle, schäumende See. Bedauern überkam ihn nun, dass er sich noch vor wenigen Augenblicken freiwillig in die Fluten hatte stürzen wollen, aber es nützte nichts. Die Wellen verschlangen ihn, und er war umgeben von tiefer, kalter Dunkelheit.

»Nein!«

Mit einem heiseren Schrei fuhr Lorymar aus dem Schlaf – und wäre beinahe ein weiteres Mal aus der Hängematte gefallen. Sein Atem ging stoßweise, Schweiß stand auf seiner Stirn und rann an seinen Schläfen herab.

Er hatte einen Albtraum gehabt, so viel stand fest. Aber wo war er wirklich? Und warum überhaupt …?

Jäh fiel ihm wieder ein, wo er sich befand und welche Nacht dies war. Im spärlichen Mondlicht, das durch die Lüftungsöffnung einfiel, sah er sich gehetzt um. Er war allein in der Kajüte, der Maat war nicht da.

Bedeutete dies, dass …?

Hastig sprang er aus der Matte, warf den Kaftan über und verließ die Kajüte. Auf dem schmalen Gang zum Vordeck blieb ihm fast das Herz stehen: Ein Mann kam ihm entgegen, ein blankes Entermesser in der Hand. Und im flackernden Schein der Deckslaterne war deutlich zu sehen, dass die Klinge mit schreiend rotem Blut besudelt war.

Der Halbling änderte jäh die Richtung. Mit pochendem Herzen hastete er nach achtern, um von dort zum Deck aufzuentern, doch er musste warten – zwei Angehörige der Schiffsmannschaft waren dabei, einen leblosen Körper nach oben zu schleppen. Die Tunika des Mannes war blutdurchtränkt, und seine bleichen Gesichtszüge sowie die charakteristische Form von Ohren und Augen verrieten, dass er ein Astar gewesen war.

Lorymar schluckte den Kloß hinunter, der sich in seinem Hals gebildet hatte.

Es war bereits geschehen!

Er folgte den beiden Bootsleuten und ihrer grausigen Last nach oben. Tiefschwarze Nacht spannte sich über der See, Laternen brannten und beleuchteten mit ihrem flackernden Schein eine schaurige Szenerie.

Leichen reihten sich auf Deck aneinander, einige waren Astari, andere Menschen. Aber ihnen allen war gemein, dass ihre Tuniken blutbesudelt waren und ihre Kehlen durchschnitten. Dunkel gewandete Gestalten waren dabei, einen nach dem anderen hochzuheben und über die Reling zu werfen, was jeweils von einem schaurigen Platschen quittiert wurde. Lorymar schluckte wieder, sein Magen rebellierte. Das Wissen, dass es ein notwendiges Übel gewesen war, half nicht allzu viel – am liebsten hätte er sich übergeben. Zu durchdringend war der Gestank von Blut und Tod, der über dem

Schiff lag, zu bedrückend die Gedanken, die damit einhergingen.

Auf dem Achterdeck gewahrte er zwei einsame Gestalten, die eine groß und mit vor Stolz geschwellter Brust, die andere zierlicher und gesenkten Hauptes.

Der Halbling stieß eine Verwünschung aus.

So war es *nicht* geplant gewesen.

Über die steilen Stufen enterte er zu den beiden hinauf, dankbar für die Brise, die von Osten wehte und den Todesgeruch ein wenig vertrieb.

»Da seid Ihr ja, Narr.«

Der Blick, mit dem Prinz Nawyd ihn empfing, enthielt eine gute Portion Verachtung – Verachtung für den Zwerg, der in seiner Kajüte geblieben war und sich gedrückt hatte, während andere die Schmutzarbeit erledigten.

Und Lorymar konnte es ihm noch nicht einmal verdenken.

»Herr«, erwiderte er und verbeugte sich zuerst in Nawyds Richtung und dann in die der anderen Gestalt. »Herrin.«

Nyasha pan Tyras trug keinen Schleier, und im Schein der Deckslaternen und des Mondlichts sah er zum ersten Mal ihr Gesicht. Da es Nacht war, waren ihre Züge nicht bunt geschminkt, wie es bei Angehörigen des hohen Adels sonst oft der Fall war. Dennoch – oder gerade deshalb? – raubte ihre Schönheit ihm den Atem.

Nyashas Züge waren edel und ebenmäßig, und das Mondlicht velieh ihnen einen Hauch von Bronze; sie hatte einen kleinen Mund und eine zierliche Nase. Blauschwarzes Haar, das von einem seidenen Band nur mühsam gebändigt zu werden schien, umrahmte ihr Gesicht. Ihre Augen waren dunkel wie schwarzer Onyx und ebenso unergründlich – und sie schwammen in Tränen.

»Ihr«, stieß sie anklagend hervor. »Ihr habt Euch das ausgedacht, nicht wahr?« Ihre Stimme zitterte, ihr zierlicher

Körper bebte vor innerem Aufruhr. Im Hintergrund platschte es, als eine weitere Leiche ins Wasser fiel.

»Gewissermaßen«, gab er unumwunden zu.

»Dann seid Ihr ein Mörder.«

»Ich wurde schon bedeutend Schlimmeres genannt«, konterte Lorymar achselzuckend. »Dennoch solltet Ihr bedenken, dass ich es nicht gewesen bin, der Hand an diese Männer gelegt und ihnen im Schlaf die Kehlen durchschnitten hat.«

»Sie haben es auf Eure Anweisung getan«, widersprach die Prinzessin, und ihre Wut ließ sie, wie der Haldbling fand, nur noch schöner aussehen. »Wo ist da der Unterschied?«

»Du irrst, Schwester«, wandte Prinz Nawyd ein. »Ich war es, der den Befehl dazu erteilte.«

»Warum nur, Bruder? Warum ...?«

»Du kennt den Grund. Ich habe geschworen, dich zu beschützen – und diesen Schwur werde ich halten, solange ich atme, Nyasha.«

»Auch wenn es bedeutet, wehrlose Männer im Schlaf zu ermeucheln?«

Der Einwand war berechtigt. Tatsächlich war dies der Teil des Plans, der Lorymar von Beginn an am wenigsten gefallen hatte – aber es hatte kein Weg daran vorbeigeführt. Wenn die Prinzessin auf ihrem Weg von Altashar nach Archos tatsächlich plötzlich verschwinden sollte, dann durfte es keine unerwünschten Zeugen geben – und das wiederum hatte bedeutet, dass alle vier Gesandten und ihre Diener sterben mussten, und zwar im Schlaf, damit die Sinne der Astari sie nicht warnten.

Zwölf Leben waren so in dieser Nacht verloschen.

Zwölf leblose Körper, die der See übergeben wurden, damit die Haie alle Spuren beseitigen – oder was da sonst noch in den Tiefen der Drakis-See lauern mochte.

Wieder platschte es.

»So war es nicht geplant«, stellte Lorymar fest und sah

ihren Bruder dabei vorwurfsvoll an. »Die Prinzessin hätte all das nicht sehen sollen.«

»Denkt Ihr denn, es hätte einen Unterschied gemacht?«, fuhr Nyasha ihn an. »Haltet Ihr mich denn für so dumm, Ghurab?«

»Nein.« Er schüttelte den Kopf. »Verzeiht mir meine Anmaßung, Herrin. Aber manchmal gibt es eben keinen leichten Weg, und man muss Entscheidungen treffen, die …«

»Entscheidungen? Was wisst Ihr schon davon?«

»Mehr als Ihr ahnt, Prinzessin«, erwiderte er düster. »Mehr als Ihr ahnt.«

Vom Achterhaus aus blickten sie aufs Mitteldeck, wo der letzte Leichnam über Bord geworfen wurde. Es war ein Astar namens Kaliphos, Fürst Yarons engster Vertrauter, mit dem sie noch vor wenigen Tagen im Palast von Altashar gemeinsam getafelt hatten. Lorymar konnte beim besten Willen ncht behaupten, ihn gekannt zu haben, dennoch fühlte er Beklemmung.

Kaum war auch der letzte Leichnam in den Fluten verschwunden, kam eine vermummte Gestalt vom Mitteldeck nach Achtern. Als sie das Gesichtstuch zurückschlug, wurden die Züge von Barnak Habib darunter sichtbar, dem Kapitän der *Riahan*.

»Auftrag ausgeführt, Herr«, meldete er, an Prinz Nawyd gewandt.

»Gut.« Nawyds Miene blieb unbewegt. Weder Genugtuung noch Reue war darin zu erkennen. »Kurs auf Phrygos«, ordnete er an.

»Kurs auf Phrygos«, bestätigte Habib und ging wieder nach unten, um den Befehl an die Steuerleute weiterzugeben, die die beiden Seitenruder bedienten.

»Es wird Krieg geben«, orakelte Nyasha tonlos.

»Den gibt es ohnehin«, hielt Lorymar dagegen.

»Archos hätte sich niemals an das Bündnis gehalten«, war

Nawyd nach wie vor überzeugt – Lorymar hatte nichts unternommen, um diese Meinung zu ändern.

»Aber ich hätte mich daran gehalten«, widersprach seine Schwester mit zornbebender Stimme. »Ich bin eine Prinzessin des Hauses Tyras, eine Tochter Artabans des Großen. Mein Leben lang wurde ich dazu erzogen, meine Pflicht zu erfüllen …«

»Edle Worte«, beschied Lorymar ihr kaltschnäuzig. »Aber ich denke, Ihr macht Euch keinen Begriff von dem, was Euch widerfahren wäre, wärt Ihr bei Ausbruch eines Krieges in Archos gewesen. In einer Hinsicht hat Euer Bruder nämlich zweifellos recht, Prinzessin – die Astari sind nicht das, was sie von sich behaupten.«

»Aber König Elayan hat sein Wort gegeben …«

»Und darauf wollt Ihr Euch verlassen?« Lorymar schnaubte spöttisch – ein wenig zu heftig, sodass mehr aus seiner Nase kam, als er beabsichtigt hatte. »Ich weiß, dass Ihr nicht so naiv seid, Prinzessin«, näselte er. »Und ich weiß auch, dass Ihr Angst hattet vor dieser Verbindung, und dass Euch vor dem Gedanken graute, Euer Lager mit einem *hidathan* zu teilen.«

Mit einer Mischung aus Ekel und Verwunderung sah Nyasha ihn an, wobei nicht festzustellen war, was von beidem überwog. »Er ist unverschämt«, stellte sie fest, an ihren Bruder gewandt. »Und er ist anmaßend.«

»Ich weiß«, räumte Nawyd ein wenig hilflos ein. »Und er sagt die Wahrheit. Weißt du noch, unser Gespräch? Als du sagtest, wie sehr du dich davor fürchten würdest, allein in der Fremde zu sein und Elayans Braut zu werden? Das ist nun vorbei, Nyasha. Du brauchst dir darüber keine Gedanken mehr zu machen, du bist frei.«

»Frei«, wiederholte sie und schloss dabei die Augen. Erstmals schien ihr aufzugehen, was die schreckliche Bluttat, in dunkler Nacht verübt, für sie bedeutete. »Ich bin frei …«

»Innerhalb gewisser Grenzen«, sah Lorymar sich genötigt einzuschränken.

Sie öffnete die Augen wieder. Die Abscheu darin war geblieben. »Mein Bruder sagte mir, dass Ihr mich begleiten werdet, Zwerg.«

»Halbling«, verbesserte er. »Und eigentlich ist es eher so, dass ich Euch *mit mir* nehmen werde, wenn ich von Phrygos gen Norden ziehe.«

»Und Ihr erwartet, dass ich mit Euch gehe?«

»Allerdings – denn ich bringe Euch an einen Ort, an dem Ihr sicher seid.«

»Und das soll ich glauben?«

»Ich denke nicht, dass Ihr die Wahl habt«, meinte Lorymar, seine Verärgerung nicht länger verbergend. Da hatte er geglaubt, dass Nyasha pan Tyras vor Erkenntlichkeit zerfließen und ihm unter Tränen dafür danken würde, dass er ihr das traurige Los ersparte, die Frau eines Mannes zu werden, den sie weder kannte noch liebte – und nun das! Statt ihm Dank und Anerkennung zu zollen, gab die Tochter aus höchstem Hause ihm die Schuld dafür, dass sie ihr Wort gebrochen hatte und das Ostreich sich am Rand eines Krieges mit Archos befand.

»Er hat recht«, sprang Nawyd ihm bei. »Du musst auf ihn hören, Schwester, denn nur auf diese Weise wirst du überleben!«

»Aber er ist ein Zwerg und ohne Ehre«, wandte sie voller Vorwurf ein.

Nawyd blieb eine Antwort schuldig – was in gewisser Weise auch eine Antwort war. Ungeachtet der Tatsache, dass er es gewesen war, der dieses Schiff und seine Besatzung ausgewählt und den Befehl zur Durchführung der Mordtat gegeben hatte. Doch die Hochgeborenen legten, wie Lorymar nicht zum ersten Mal feststellten, gerne zweierlei Maß an …

»Und du, geliebter Bruder?«, fragte sie. »Was wirst du tun?«

»Nach Altashar zurückkehren«, erklärte er kalt.

»Als ob nichts gewesen wäre?« Sie sah ihn furchtsam an. »Aber wenn herauskommt, was geschehen ist ...«

»Das wird es nicht«, versicherte er. »Kapitän Habib und seine Leute sind unserer Familie durch Blutschwüre verbunden.«

Sie nickte nachdenklich. »Langsam wird mir alles klar. Deshalb wolltest du unbedingt dieses Schiff und keine Galeere.«

»In der Tat.«

»Ihr hattet das von Beginn an geplant«, folgerte sie.

»Wir haben es *sorgfältig* geplant, allerdings«, drückte Lorymar es anders aus – Nyashas Formulierung hatte einen Beigeschmack, der ihm nicht gefiel.

»Unserem König und Onkel werde ich berichten, dass ich dich wie vereinbart nach Abydon gebracht habe, dass der Narr sich jedoch entschlossen hat, dich bis nach Archos zu begleiten.«

»Darüber wird sich Astyragis zweifellos grämen, aber da ich nur ein Narr bin, wird er darauf verzichten, mir eine Abteilung Sturmreiter hinterherzuschicken«, gab sich Lorymar überzeugt. »Bis man in Altashar Nachricht erhält, dass Ihr Archos nie erreicht habt, werden also vier oder fünf Monde vergehen. Und auch dann wird man wohl vermuten, dass Ihr auf dem Tharysmeer das Opfer von Piraten geworden seid und erst einmal dort nach Euch suchen – doch bis dahin befinden wir uns längst auf der anderen Seite des Abyss.«

»Ich verstehe.« Angesichts all dieser Ausführungen schien Nyasha nicht anders zu können, als ihm nun doch Anerkennung zu zollen. »Ich habe Euch offenbar unterschätzt, Zwerg.«

»Halbling«, verbesserte er. »Aber danke.«

»Lorymar Ghurab mag ein Westrier sein und von geringer Größe«, meinte Nawyd, »aber er ist auch unser Verbündeter und wird dir helfen, Nyasha. Und das ist alles, was ich will.« Er breitete die Arme aus und schloss sie um seine Schwester, die ihr Haupt an seine breiten Schultern legte. Erneut füllten sich ihre Augen mit Tränen. Aber sie widersprach nicht mehr.

»Geht in Eure Kajüte zurück und ruht Euch aus, Prinzessin«, schlug Lorymar vor. »Sobald wir Phrygos erreichen, beginnt der anstrengende Teil der Reise.«

Nyasha erwiderte nichts, sondern schluchzte nur – ob aus Wut oder aus Trauer, aus Erleichterung oder aus Schmerz über die bevorstehende Trennung von ihrem Bruder war nicht festzustellen. Und Lorymar Thinkling redete sich ein, dass es ihm gleichgültig war. Mit einem Nicken empfahl er sich, und über das Deck, über das die Matrosen eimerweise Seewasser gossen, um das Blut von den Planken zu spülen, suchte er den Niedergang auf und ging zurück in seine Kajüte.

Er brauchte Wein.

Viel davon.

23

Nördliches Bordland
Am nächsten Morgen

Nebel war von der See landeinwärts gekrochen und hatte sich über die verkohlten Trümmer gebreitet, aus denen hier und dort die rußgeschwärzten Überreste gemauerter Kamine wie dürre Knochenfinger ragten.

Dies waren sie also – die Ruinen des Dorfes, aus dem der feiste Gastwirt stammte und das von den Nordmännern geplündert und niedergebrannt worden war.

Der Überfall war Thorgon gleichgültig. Auf eine verlauste Siedlung mehr oder weniger, die sich an der bordischen Küste reihte, kam es ihm nicht an. Und im Grunde war es ihm auch egal, ob die Barbaren einen Raubzug mehr oder weniger unternahmen, solange die nördliche Grenze hielt. Denn hier war etwas geschehen, das sehr viel größeren Schaden anzurichten vermochte als ein paar hergelaufene Totschläger.

Hier hatte sich Magie ereignet …

Thorgon konnte sie förmlich riechen. Ihr Gestank hing in der kalten Luft, überdeckte selbst den bitteren Brandgeruch – und weckte Erinnerungen.

Der Großexekutor lenkte seinen Rappen näher an die Ruinen heran. »Absitzen«, befahl er dann seinen Leuten. »Ich möchte, dass ihr alles durchsucht.«

»Zu Befehl, ehrwürdiger Syn«, schnarrte der Unterführer. »Und – wonach sollen wir suchen?«

Durch die Sehschlitze seines Helmes schickte Thorgon

ihm einen vernichtenden Blick. »Du bist noch nicht lange beim Orden.«

»Nein, Exzellenz. Zuvor war ich Söldner in Cymria.«

»Und möchtest du in den Rang eines Exekutors aufsteigen?«

»Ja, ehrwürdiger Syn.« Da der Helm des Hauptmanns die Mundpartie unbedeckt ließ, war zu sehen, wie ein Lächeln über dessen Züge glitt. »Mehr als alles andere.«

»Dann, Hauptmann«, beschied Thorgon ihm ruhig, »solltest du niemals den Befehl eines Großexekutors anzweifeln. Und wäre es nur, indem du eine Frage stellst.«

Das Lächeln verschwand. »Aber ehrwürdiger Syn, ich dachte …«

»Das ist nicht deine Aufgabe, Hauptmann. Lass die Männer absitzen und diese Ruinen durchsuchen, besonders die des Hauses dort drüben. Es hat mit Abstand den größten aller Kamine, also muss es das Wirtshaus gewesen sein. Was immer ihr dort findet, das euch verdächtig erscheint, werdet ihr mir melden, verstanden?«

»Ja, ehrwürdiger Syn.«

Der Hauptmann stellte keine Fragen mehr. Er riss sein Pferd herum und ritt zu seinen Leuten, erteilte ihnen in barschem Ton Befehle – und als einer der Soldaten fragte, wonach genau sie suchen sollten, wies er ihn barsch zurecht, dass er den Befehl eines Großexekutors niemals anzuzweifeln hätte, und wäre es nur, indem er eine Frage stellte.

Thorgon nickte.

So funktionierte Disziplin.

Während die Soldaten des Ordens absaßen und die Trümmer des Wirtshauses durchsuchten, lenkte er sein eigenes Tier zu den Klippen, jenseits derer sich die sturmgraue See erstreckte. Ein schmaler Weg wand sich am grauen Felsgestein entlang zu den Stegen. Ein paar schäbige Fischerboote lagen dort noch immer vertäut, hoben und senkten sich in der Dünung. Die Barbaren hatten wohl keine Verwendung für sie gehabt. Und auch die Dorfbewohner würden sie nicht mehr brauchen …

Wohin, so fragte sich der Großexekutor, war der Sänger gegangen, nachdem er dieses Dorf besucht und es vergeblich vor dem Untergang gewarnt hatte?

War er weiter nach Norden gezogen und hielt sich jetzt womöglich auf einer der Grenzfestungen auf?

Unwahrscheinlich.

Der Norden war rau und karg und kein guter Ort für einen Mann aus Burgos. Zudem hatten die Kommandanten der Grenzbefestigungen wenig Verwendung für einen Sänger.

Wohin also hatte er sich gwandt? Warum war er überhaupt hierhergekommen?

Unwillkürlich blickte Thorgon wieder auf die Boote, die dort unten wie Korken tanzten, dann sah er wieder hinaus aufs Meer – und plötzlich kannte er die Antwort.

Der Sänger war nicht weiter nach Norden gezogen. Er war hierher an die Küste gekommen, weil er eine Gelegenheit zur Überfahrt gesucht hatte. Was das Ziel dieser Überfahrt gewesen war, darüber brauchte der Großexekutor nicht lange nachzudenken, denn an der gesamten Südküste gab es nur eine Stadt, die wirklich infrage kam.

Skaradag.

Den Grund dafür kannte Thorgon nicht, aber er war sicher, dass der Sänger genau diese Route genommmen hatte – nach Skaradag. Und das bedeutete, dass auch er in die Stadt des Salzes musste.

So rasch wie möglich.

24

Karawanserei nordwestlich von Phrygos
Fünf Tage später

Alles war nach Plan verlaufen.

Die *Riahan* hatte Phrygos angesteuert, wo Lorymar und seine Begleiter an Land gegangen waren – nicht im großen Haupthafen der Stadt, die als Handelszentrum den südlichen Seidenweg mit dem Meer von Drakis verband, sondern in einem der kleinen Nebenhäfen, die sich entlang der Küste reihten. Niemand sollte schließlich sehen, wer die junge Frau war, die in Begleitung eines Halblings und ihrer Dienerschaft das Schiff verließ – und auch Letztere nahm sich angesichts der Tatsache, dass Nyasha pan Tyras die Tochter eines Königs war, eher bescheiden aus.

Lediglich ihre Zofe Kira begleitete sie, eine junge Frau aus dem Altashar-Gebirge, die nur wenig älter war als sie selbst; außerdem Lida, ihre Köchin, die, wie Lorymar hatte feststellen müssen, durchaus streitbar war; sowie Kubwa, ein ehemaliger Sklave aus Ophira. Nyasha hatte ihm die Freiheit geschenkt, dennoch war er als Stallknecht bei ihr geblieben – zum einen aus Dankbarkeit, zum anderen aber wohl auch, weil er nie etwas anderes gekannt hatte. Außerdem waren da noch die beiden Leibwächter, die die Prinzessin auf Befehl ihres Bruders begleiteten und dem Haus Tyras treu verbunden waren – sehnige Männer mit unbewegten Mienen, in deren Schärpen blanke Klingen steckten. Lorymar hoffte, dass sie sie auch zu gebrauchen wüssten, wenn es darauf ankam.

Nyashas Abschied von ihrem Bruder war lang und innig

gewesen. Lorymar hatte sich entfernt, um nicht dabei sein zu müssen – weniger aus Gründen der Diskretion, sondern weil ihn ein elendes Gefühl dabei beschlich. Schließlich wusste er nur zu genau, dass Nawyd pan Tyras seine Schwester wohl niemals wiedersehen würde. Und wenn doch, würde sie eine andere geworden sein …

In Phrygos hatten sie keine Zeit verloren. Ein Händler, der bekannt dafür war, keine Fragen zu stellen, hatte ihnen Kamele verkauft, auf diesen zogen sie nun nach Norden, die Handelsstraße hinauf, die seit Jahrhunderten bestand und durch eineinhalbtausend Meilen Hügel, Grasland und Steppe führte, bis hinauf nach Brückstadt: den Seidenweg. Gleichwohl brachten die Karawanen nicht nur Seide, sondern auch andere Güter von Phrygos herauf – von Edelsteinen und Gegenständen aus Glas und Kupfer über kunstvoll gewobene Teppiche bis hin zu Ölen, Essenzen, Salben und Gewürzen. In den alten Tagen vor der Divergenz hatte es viele Handelswege gegeben, die den Osten und Westen des Reiches miteinander verbunden hatten – seither jedoch war der Seidenweg die einzige Landroute, die die beiden Teile Astrays noch miteinander verband, von den Pässen der Nordgebirge abgesehen, die jedoch während des Sommers nur schwer und im Winter schlicht unpassierbar waren.

Entsprechend zahlreich waren die Karawansereien, die sich entlang des Seidenwegs reihten; handelte es sich im Süden noch um kleine Städte, die den Reisenden alles boten, was sie benötigten – von Unterkünften für Mensch und Tier über geräumige Lager bis hin zu Gaststätten und Geschäften – nahmen sie nach Norden immer mehr den Charakter von Festungen an: Trutzige Gebäude, die sich um geräumige Innenhöfe schlossen. Mit ihrer Wehrhaftigkeit nach außen spiegelten sie auch den Zustand des Reiches wider, das nach Westen hin keineswegs so blühend war, wie es im fernen Altashar gerne behauptet wurde. Während die ersten vierhundert Meilen durch fruchtbares, von Flüssen durchzogenes Ackerland führten, das die Kornkammer des Reiches bildete, lag jenseits der Stadt Makashar die Region Abyssia, die immer wilder und unzivilisierter wurde, je näher man dem Weltenbruch kam. Grauenvolle Gerüchte machten über jenen Teil der Welt die Runde, und wenn Lorymar Thinkling eines ganz gewiss nicht vorhatte, dann diesen Gerüchten auf den Grund zu gehen – auch wenn er tief in seinem Herzen wusste, dass sie untrennbar mit den Träumen verbunden waren, die ihn des Nachts verfolgten.

Noch hatten sie Makashar nicht erreicht. Noch sechs oder sieben Tagesmärsche trennten sie von der Stadt, in der sie ihre Proviantvorräte auffüllen würden und wo Lorymar sich noch einmal mit einem guten Vorrat an Weinschläuchen einzudecken gedachte – wozu hatte er schließlich das Geld aus Hilalayans schwarzen Kanälen? Dass es nun erst gar nicht zu der Hochzeit und dem Bündnis kommen würde, in das der Hofmarschall solch große Hoffnung gesetzt hatte, stand auf einem anderen Blatt. Lorymar Thinkling hatte eigene Belange, um die er sich zu kümmern hatte – in jenem Teil der Welt, den er seit mehr als drei Jahrzehnten nicht mehr betreten hatte.

Nicht länger weilte er im Exil, das er sich einst selbst gewählt hatte, sondern kehrte in das Land westlich des Bruchs zurück – und soweit der Halbling es in seinem angetrunkenen Zustand sagen konnte, tat es gut, der Heimat näher zu sein als jemals zuvor in den vergangenen siebenunddreißig Jahren. Auf dem zinnenbewehrten Dach der Karawanserei stehend, blickte er auf einen Himmel voller Sterne, während er zum ungezählten Mal den Weinschlauch an den Mund hob und trank.

Der Wein war lauwarm und abgestanden und nicht wirklich von der guten Sorte. Dennoch schmeckte er seltsamerweise, auch wenn das keinen Sinn ergab, nicht den geringsten … wie so vieles in Lorymar Thinklings langem Leben. Er konnte nur hoffen, dass *sie* ihm helfen würde, Ordnung in die Wirrnis seiner Gedanken zu bringen und die Dämonen der Vergangenheit zu bekämpfen. Auch wenn er es sich nicht gerne eingestand – jene Frau war seine letzte Hoffnung.

»Könnt Ihr nicht schlafen?«

Er fuhr herum, dabei verschüttete er einen Teil des Weins, der seinen Kaftan rot besudelte. Eine Verwünschung entfuhr ihm, und er fühlte sich fast an den Traum erinnert, den er auf dem Schiff gehabt hatte, in jener Nacht ... denn die schlanke Gestalt, die ihm im Halbdunkel gegenüberstand, war keine andere als Nyasha pan Tyras.

»Verzeiht«, sagte die Prinzessin, von seiner heftigen Reaktion befremdet, und wollte sich bereits wieder abwenden. »Ihr seid wohl mit anderen Dingen befasst ...«

»Nein, bleibt«, stieß Lorymar hervor, sich den Wein aus dem Gesicht wischend. »Ich bin nur ein wenig ... überrascht, das ist alles.«

»Verzeiht«, sagte sie noch einmal. »Es lag nicht in meiner Absicht, Euch zu erschrecken, Zwerg.«

»Ich weiß«, versicherte Lorymar seufzend. Im Gegensatz zum hellen Tag, wo sie weite Kleider trug und ihr Gesicht zum Schutz vor der Sonne mit einem Seidenschchal verhüllte, hatte sie nun ein schwarzes, mit Fransen verziertes Tuch eng um ihre schlanke Gestalt geschlungen. Ihre Züge waren unverhüllt, und ihr schwarzes Haar trug sie offen, sodass es sanft in der Nachtbrise wehte. Ihre Schönheit raubte ihm einmal mehr den Atem. »Und eigentlich bin ich kein Zwerg.«

»Natürlich, verzeiht ... ein Dwarg«, verbesserte sie sich.

»Auch das nicht«, erläuterte Lorymar zum ungezählten Mal. »Dwarge nennen sich die bärtigen kleinen Kerle, die im Nordgebirge hausen. Und ich kannte mal einen, der ... lassen wir das. Ich jedenfalls bin ein Halbling aus dem fernen Westland, wenn's genehm ist. Aber tröstet Euch, Hoheit – nicht einmal der König weiß das, Ihr seid also in guter Gesellschaft.«

Es war als Scherz gedacht gewesen. Die Erwähnung ihres Onkels schien Nyasha jedoch alles andere als heiter zu stimmen. Ob es bereits das Heimweh war, das sie am fünften Tag ihrer Reise plagte, oder das schlechte Gewissen ihrem Oheim gegenüber, war dabei nicht festzustellen.

»Was tut Ihr hier oben?«, wechselte Lorymar rasch das Thema. »Wo sind Eure Leibwächter?«

Ihr Lächeln war in der Dunkelheit mehr zu hören als zu sehen. »Kalid ist dort drüben«, sagte sie, nach der Treppe deutend, die vom Dach hinab zu den Unterkünften führte. »Er und sein Bruder Hakan lassen mich nicht aus den Augen.«

»Und das ist gut so an einem Ort wie diesem«, bekräftigte der Halbling. »Eine Karawanserei ist Treffpunkt absonderlicher Gestalten, und nicht alle haben friedliche Absichten. Ihr solltet Euer Quartier des Nachts nicht verlassen.«

»Ich weiß, aber ich fand einfach keinen Schlaf – offenbar genau wie Ihr.«

»Dann trinkt Wein«, empfahl er ihr. »So mache ich es.«

Sie nickte. »Ich weiß.«

»Ah, ich verstehe«, meinte er mit vom Alkohol beflügelter Zunge. »Euer Bruder hat Euch vor mir gewarnt.«

»Ein wenig«, gab sie zu. »Er meinte, ich solle durchaus vor Euch auf der Hut sein.«

Lorymar schnaubte – er war nicht sonderlich überrascht. »Und Ihr?«, erkundigte er sich. »Was denkt Ihr?«

»Ich denke, dass Ihr schwer zu durchschauen seid, Herr Halbling.«

»Auch da seid Ihr in guter Gesellschaft.« Er lachte freudlos.

»Was für Geschäfte sind das, die Euch zurück in Eure Heimat führen?«

Lorymar schüttelte den Kopf. »Das ist für Euch nicht von Interesse«, beschied er ihr. »Auch Euer Bruder hat nicht danach gefragt.«

»Aber ich frage danach«, beharrte sie. »Und ich will eine Antwort.«

Er sah sie an. Offenbar war er nicht der Einzige, der schwer zu durchschauen war. Auch Nyasha pan Tyras war nicht unbedingt das, was man auf den ersten Blick zu erkennen glaubte … Nicht das scheue Wesen, das er erwartet hatte, nicht das arglose Ding, das ihr Bruder in ihr sah. Die Kultur des Ostens, die tief in den Traditionen des Alten Reiches wurzelte, bedingte es, dass Frauen kaum etwas zu sagen hatten, anders als etwa die Hetären von Archos, die Schamaninnen von Gora oder die Matronen von Westland, die im Westen allesamt über großen Einfluss verfügten. Die vielen Jahre, die er unter den Ostragi verbracht hatte, hatten ihn dies jedoch fast vergessen lassen. Nur weil eine Frau sich in die Rolle fügte, die die Gesellschaft ihr zuwies, bedeutete das nicht zwangsläufig, dass sie nichts zu sagen hatte …

»Aber die werdet Ihr nicht bekommen«, hielt er dennoch dagegen. »Sosehr es Euch vielleicht missfällt, Prinzessin – den Handel habe ich mit Eurem Bruder geschlossen, nicht mit Euch. Falls Euch das nicht behagt, steht es Euch zu jeder Zeit frei, nach Altashar zurückzukehren oder nach Abydon oder wohin auch immer es Euch beliebt – aber Ihr solltet damit rechnen, dass Eure Reise in Archos endet. Im Bett eines Mannes, den Ihr weder kennt noch liebt.«

»Erneut seid Ihr unverschämt.« Blitze schienen aus ihren dunklen Augen zu schlagen.

Lorymar seufzte.

»Aber Ihr habt recht«, fügte sie nachdenklich und ein wenig leiser hinzu. »Ich habe wohl keine andere Wahl, als Euch zu vertrauen. Wenn es mein Bruder getan hat, so werde wohl auch ich es können.«

»Offen gestanden bezweifle ich, dass Euer Bruder mir vertraut hat«, gestand Lorymar zwischen zwei kräftigen Schlucken Wein, »und er tut gut daran, dem Narren nicht zu trauen ... Schließlich muss es ja einen Grund dafür geben, dass die Natur mich derart verunstaltet und in diesen schweinsbeinigen, viel zu kurz geratenen Körper gesteckt hat, nicht wahr? Womöglich ist mein Äußeres ja ein direktes Abbild meines viel zu kleinen Gewissens.«

Nyasha musste lachen.

»Darüber solltet Ihr nicht lachen, Prinzessin«, warnte Lorymar sie düster und mit vom Wein schwerer Zunge. »Nicht darüber ...«

»Dann sollte ich Euch vielleicht danken«, schlug sie vor. »Dafür, dass Ihr mich mit Euch nehmt.«

Lorymar verkrampfte sich innerlich. »Da ist nichts zu danken«, versicherte er. »Euer Bruder und ich haben einen Handel geschlossen, das ist alles.«

»Und dennoch wagt Ihr auch viel. Sollte mein Onkel irgendwann herausfinden, was Ihr getan habt, wird er Euch erbarmungslos jagen lassen – und wenn er Eurer habhaft geworden ist, so werdet Ihr brennen.«

»So wie Ihr«, konterte der Halbling achselzuckend. »Der Unterschied ist nur, dass ich kleiner bin und kürzer brennen werde«, fügte er mit freudlosem Grinsen hinzu. »Es gehört dieser Tage nicht viel dazu, in Flammen aufzugehen.«

»Das ist wahr«, gestand sie zu, während sie sich verstohlen auf dem Dach umblickte. »Dennoch solltet Ihr Euch mäßigen. Noch haben wir das Ostreich nicht verlassen, und der Kult ist überall. Habt Ihr das Feuer im Innenhof nicht gesehen?«

»Doch«, lallte er, nach dem orangegelben Leuchten deutend, das über dem Innenhof der Karawanserei lag. »Ein hübsches Feuerchen, fürwahr. Aber um die Wahrheit zu sagen, wird all das nicht mehr von Bedeutung sein, wenn ...«

Er unterbrach sich.

Beinahe hätte er von Dingen gesprochen, über die er nicht sprechen wollte. Verdammter Wein ... Oder lag es nicht am

Wein, sondern an Nyasha? An ihrer Art, ihn anzusehen? Er war lange nicht mehr von einer Frau angesehen worden, nicht auf diese herausfordernde Art und Weise.

»Warum sprecht Ihr nicht weiter?«, wollte sie wissen.

»Weil es nicht von Bedeutung ist«, log er. Dabei war es der Grund, warum er diese Reise und all das hier auf sich nahm – und natürlich hatte es auch mit Nyasha zu tun.

»Soll ich Euch ein Geheimnis verraten?«, fragte sie leise. »Ich habe Angst. Mein ganzes Leben lang habe ich Altashar nicht verlassen – und nun soll ich in ein Land gehen, das weit entfernt ist, dessen Sitten und Gebräuche ich nicht kenne und dessen Sprache ich noch nicht einmal spreche.«

»Und?«, fragte er, ahnend, dass sie ihm dies nicht ohne Grund gestand.

»Könntet Ihr mir die Sprache der Westrier beibringen?«, fragte sie. »Ich habe gehört, dass sie in vielen unterschiedlichen Zungen und Dialekten sprechen, aber wenn Ihr mir nur ein paar wenige Worte beibringen könntet ...«

Lorymar ertappte sich dabei, dass ihm der Gedanke, mehr Zeit in ihrer Nähe zu verbringen, gefiel.

Allerdings nur einen Moment lang.

»Das war nie Teil des Handels«, erklärte er. »Außerdem bin ich ein Narr, vergesst das nicht – was könnte ich Euch also beibringen?«

Damit ließ er sie stehen, und an den Wachen vorbei verließ er das Dach und kehrte in seine Kammer zurück.

25

Krähennest, Skaradag
Zur selben Zeit

Eine Woche war seit dem Überfall verstrichen.

Und obwohl zwei der Krähen den Kampf gegen die Spinnen mit dem Leben bezahlt hatten und vier weitere durch Messerstiche verwundet worden waren, herrschte in dieser Nacht eine ausgelassene Stimmung im Nest. Sogar über die bärtig grimmigen Züge Faginors huschte hin und wieder ein Lächeln, während er auf seinem schäbigen Thron saß und dem Treiben seiner jungen Schützlinge zusah, die so laut scherzten und lachten wie lange nicht mehr. Die Anspannung hatte sich gelöst, und das Leben schien nach der überstandenen Gefahr noch reicher und bunter zu sein. Auch Rayan empfand das so, und er ließ sich mitreißen von der heiteren Stimmung.

Der Krähenvater hatte nicht gegeizt und ein wahres Festmahl auftragen lassen, unter dem sich der morsche Tisch bedenklich bog – dass der größte Teil davon heute Abend auf irgendwelchen Tafeln in Rikstedt fehlen würde, kümmerte niemanden. Die Reichen würden sich rasch Ersatz beschaffen – für die Krähen jedoch war es ein Festmahl, wie viele es noch nie gesehen hatten. Ausgelassen sangen und tanzten sie, und dazwischen kehrten sie immer wieder an den Tisch zurück und genehmigten sich große Stücke Braten oder Apfelkuchen. Auch Bray war unter den Tanzenden, zusammen mit dem Hitzkopf Torgny; seit jener Nacht behauptete dieser zwar nicht mehr, dass Rayan ein Spitzel des Stadtmarschalls sei, aber Freunde würden sie wohl dennoch nicht werden. Was auch damit zusammenhing, dass Torgny Brays Freund zu sein schien und seine Hände beim Tanzen beständig über ihre Brüste und ihr Hinterteil wanderten, was wiederum Rayan nicht besonders gefiel, auch wenn er nicht recht wusste wieso.

»Einen Toast«, rief Faginor aus und hob einen Becher mit Wein, der eigentlich für den Keller des Magistrats bestimmt gewesen war. »Einen Toast auf den Mann, dem wir unseren Sieg über die Spinnen verdanken – und damit auch unser Überleben.«

Er prostete Rayan zu, und die älteren seiner Schützlinge taten es ihm gleich, während die jüngeren den Kopf in den Nacken warfen und ein helles Kreischen ausstießen – das Erkennungszeichen der Krähen. Rayans Blick fand den von Bray, die auf der anderen Seite des Gewölbes stand, zusammen mit ihrem hitzköpfigen Verehrer. Aus Torgnys Armen schickte sie Rayan ein Lächeln, das schwer zu deuten war. War es dankbar? Spöttisch? Schadenfroh? Oder einfach nur erleichtert?

»Musik«, rief irgendjemand. »Du bist ein Sänger, oder? Also los, sing uns was vor!«

Die anderen stimmten begeistert zu, sogar die beiden Musikanten, die ihre Instrumente – eine Flöte und eine kleine Trommel – mehr recht als schlecht zu spielen vermochten. Rayan zierte sich. Er wollte nicht singen, schon deshalb, weil er im Voraus nie mit Bestimmtheit sagen konnte, *wovon* er singen würde, und er wollte diese Kinder, die so viel durchgemacht hatten, nicht noch mehr erschrecken. Doch die Menge ließ nicht locker. Lautstark forderten sie Rayans Gesang. Auch Faginor schloss sich ihnen an, und schließlich nickte sogar Bray ihm auffordernd zu.

»Also schön«, erklärte er sich einverstanden und hob beschwichtigend die Hände, worauf das Kreischen der Krähen sofort verstummte. »Wenn ihr unbedingt wollt …«

Er blickte in Dutzende junger, gespannter Gesichter.

»Was wollt ihr hören?«, fragte er, während er nach seiner Leier griff, die er nicht mehr aus den Augen ließ. Trotz allem war dies schließlich ein Nest voller Diebe.

»Etwas Schönes!«, rief ein blondes Mädchen mit kurzen Haaren versonnen. »Ein Liebeslied!«

»Nee, lieber was Spannendes«, verlangte ein Junge.

»Ja – von Kämpfen und tapferen Helden und so«, meinte ein anderer.

»So wie wir«, rief ein dritter, und alle johlten begeistert.

Rayan ließ die Finger über die Saiten gleiten, ein schöner Dreiklang war die Folge. »Wie ihr wollt«, meinte er dann. »Habt ihr je von den Legenden gehört?«

»Von welchen Legenden?«

»Von welchen Legenden?«, äffte Rayan den Jungen scherzhaft nach. »Was für eine Frage! Von *den* Legenden natürlich – den Legenden von Astray!«

Er blickte in teils verständnislose, teils gelangweilte Gesichter. »Ach«, machte einer mit einer wegwerfenden Handbewegung, »das sind doch bloß alte Märchen und Geschichten.«

»Und wenn nicht?«, fragte Rayan. »Wenn ich euch sagen würde, dass ein guter Teil davon wahr ist?«

»Welcher Teil?«, fragte jemand quer durch den Raum.

Es war Bray.

»Der bessere«, entgegnete Rayan ausweichend und lächelte. Er spielte noch einen Dreiklang, der ihm die Aufmerksamkeit aller sicherte, und summte einige Töne, um sich einzustimmen. »So hört also das Lied der Legenden«, kündigte er dann an – und begann zu singen:

Es ward aus alten Tagen von Wundern viel gesagt,
von dunkler Nacht und Helden, die kämpften unverzagt,
als alles schien verloren, als Myracors Tyrann

saß auf dem hohen Throne, verhasst von jedermann.
Malfertas war sein Name, ein Schrecken ohnegleich,
den Namen nur zu nennen, färbt alle Mienen bleich.
In Myracor, der alten, uralten Königsstadt
er seinen Sitz als hoher, als höchster Herrscher hat.
Vom Osten bis zum Westen reicht seines Reiches Licht,
doch alle Macht auf Erden genügt Malfertas nicht.
In seiner Ahnen Namen beherrscht er Astrays Reich,
in seinem Wahn wähnt er sich den großen Göttern gleich.
Des Königs rote Mordlegion ist seine strenge Hand,
doch abseits im Verborg'nen regt sich schon Widerstand.
Zu kämpfen für all jenes, was einst war schön und frei,
schmieden ein eisern' Bündnis die Legenden von Astray:
Ein Krieger jung, mit blankem Schwert und einem Eid geschworen;
ein Halbling der, in früher Zeit, die Heimat hat verloren;
ein Dwarg aus Nordheim stößt dazu, von Perneraks Geraten;
hinzu ein Heiler aus Khadir, von Óphiras Gestaden;
ein Urok gar, ein Unhold, aus fernem Totem Land;
dazu ein Drak, der vielen auch als Schlange ist bekannt.
Als Letzte zu dem Bunde stößt, von uraltem Blut,
eine Tochter der Astari, das Herz so rein wie gut.
Als Helden freier Völker in Reiches finst'rer Nacht
Woll'n diese Sieben trotzen Malfertas' böser Macht.
Doch was können sie bewirken? Steh'n sie doch nur allein
gegen Malfertas' Legionen – die Antwort ist ein Stein.

»Was für ein Stein?«, wollte einer der Jungen wissen, und alle sahen Rayan erwartungsvoll an.

»Eben das möchte ich herausfinden«, erwiderte der Sänger mit rätselhaftem Lächeln. »Deshalb bin ich hier.«

»Aber wie kann denn ein Stein gegen Legionen von Soldaten kämpfen?«, bohrte der Junge nach. »So etwas gibt es in Wirklichkeit doch gar nicht!«

»Da hat er recht«, pflichtete Bray ihm bei.

Rayan lächelte, dann stimmte er noch eine andere Strophe an, die eigentlich aus einem anderen Lied und einer anderen Zeit stammte. Dennoch erschien sie ihm passend:

Auch wenn so weit das Wasser und endlos liegt das Meer,
zieht ein Stein doch Kreise, erst leis, dann immer mehr.
Und noch während Menschen denken und sinnen unentwegt,
hat der Stein im Wasser längst schon etwas bewegt.

26

Eiserne Zitadelle, Skaradag
Vier Tage später

Skaradag.

Die Stadt des Salzes.

Und der Diebe.

Welches von beiden man als wichtiger erachtete, hing vom jeweiligen Standpunkt ab – was Thorgon betraf, so hegte er weder für die eine noch für die andere Seite Sympathien.

Aufgrund des Salzhandels war Skaradag eine wohlhabende Stadt, entsprechend groß war ihr Selbstbewusstsein. Das war schon daran zu erkennen, dass es keinen Dunklen Turm in Skaradag gab. Mit Unterstützung seiner mächtigen Beamten, der Saliger, hatte sich der Magistrat dem Ansinnen des Ordens, in Skaradag eine Niederlassung zu errichten, bislang beharrlich verweigert. Fraglos hatten sie von anderen Städten und Gegenden gehört, in denen die örtlichen Machthaber im Schatten der Dunklen Türme an Einfluss verloren hatten. Und da es keinen Kaiser mehr gab, der es ihnen befehlen konnte, und Skaradag aufgrund seines Wohlstands weitgehend unabhängig war, hatte es bislang auch kein geeignetes Druckmittel gegeben, dem Orden den Zugang zur Stadt zu erzwingen.

Vielleicht, dachte Thorgon, als er das Tor der Eisernen Zitadelle passierte, würde sich dies ja nun bald ändern.

Es war ihm gelungen, eine Schiffspassage über das Nordmeer zu ergattern – wegen eines Sturmes war der Kapitän allerdings gezwungen gewesen, die Küstenroute zu nehmen, was mehr als eine Woche in Anspruch genommen und entsprechend an Thorgons Nerven gezehrt hatte. Nun jedoch waren der Großexekutor und seine Leute endlich in Skaradag angekommen – und wenn der Magistrat und die Saliger den Orden auch nicht besonders schätzten, schienen sie doch keinen offenen Streit zu wollen und hatten zugesichert, Thorgon mit allen gebührenden Ehren zu empfangen.

Eine Abteilung der Stadtwache hatte im Innenhof der Zitadelle Aufstellung genommen – einerseits, um dem unerwarteten Gast die Ehre zu erweisen, andererseits aber wohl auch, um ihm klarzumachen, dass die Macht in Skaradag in den Händen anderer lag.

Noch …

Osric Jarnhant persönlich kam, um den Großexekutor zu begrüßen – ein drahtiger Mann mit eisenharten Gesichtszügen, dessen Alter unmöglich zu schätzen war. Zwar waren sein Bart und das schulterlange Haar schlohweiß, aber der Stadtmarschall von Skaradag schien zu jener Sorte Mann zu gehören, deren Haar und Gemüt schon früh ergrauen. Gleichwohl verriet jede seiner Bewegungen Kraft und Entschlossenheit.

»Seid willkommen in Skaradag, Großexekutor«, sagte er in einem Ton, der jedes einzelne Wort Lügen strafte. »Der Magistrat erwartet Euch im Audienzsaal.«

Nur einer seiner Männer durfte ihn begleiten – Thorgon entschied sich für Yarik, einen altgedienten Hauptmann, der als ehemaliger Söldner wohl die besten Aussichten hatte, seinen Herrn zu verteidigen. Allerdings ging der Großexekutor nicht davon aus, dass es Ärger geben würde – schließlich war er ja hier, um dem Magistrat und den Saligern seine Hilfe anzubieten.

Der Empfangsraum der Zitadelle war so groß und prächtig, dass er einem König zur Ehre gereicht hätte. Von Salzkristall überzogene Säulen trugen eine hohe Decke, ein großer Kamin verbreitete wohlige Wärme, und von der Stirnseite des Saales blickten hohe, mit Bleiglas versehene Fenster auf die Stadt. Die übrigen Wände waren bunt bemalt. Gold und Blau waren dabei die vorherrschenden Farben, was auf beträchlichen Reichtum schließen ließ.

»Seid mir gegrüßt, Exzellenz!«

Thorgon hatte sich kaum umgesehen, als ihm ein kleinwüchsiger Mann entgegentrat, dessen Breite seinen Mantel aus Brokat schier zu sprengen schien. Die goldverzierten Hände ringend, kam er auf Thorgon zu, ein Lächeln in den feisten Zügen, als wäre er im Begriff, das Geschäft seines Lebens abzuschließen. Noch verabscheuungswürdiger als der Kerl selbst war das Schoßtier, das er an einer Leine hinter sich herschleppte – eine Schuppensau aus den tiefsten Niederungen des Morwaldes, zu der er eine beklagenswerte Zuneigung zu verspüren schien.

»Magistrat Gulfullur, wie ich annehme?«

»So ist es, so ist es, werter Freund«, versicherte der Feiste. »Hattet Ihr eine gute Anreise?«

»Sie war lang«, entgegnete Thorgon, der wenig Verlangen nach belangloser Konversation verspürte. »Zu lang für meinen Geschmack.«

»Dann darf ich Euch eine Erfrischung anbieten?« Gulfullurs Augen zwinkerten. »Eine stärkende Mahlzeit vielleicht oder etwas Wein, ehe Ihr wieder aufbrecht?«

»Habt Ihr es so eilig damit, mich wieder loszuwerden?«

»A-aber nein, ehrwürdiger Syn!« Gulfullurs rundes Gesicht wurde rot, das Zwinkern verstärkte sich. »Aber wie Ihr selbst sagt, scheint Ihr in Eile zu sein …«

Thorgon konnte sich ein Lächeln nicht verkneifen. So klein und unscheinbar dieser Mann auch sein mochte, in Belangen der Politik war er beschlagen. Und ihn plagte fraglos die Sorge, der Orden könnte seine Hand nun auch nach Skaradag ausgestreckt haben.

Nun, dachte Thorgon, sie würden ihre Antwort bekommen …

»Ich hatte es eilig, hierherzukommen, in der Tat«, räumte er deshalb ein. »Denn ich folge dem Weg eines flüchtigen Verbrechers.«

»Wer ist der Mann?«, wollte Jarnhant wissen – Gesetzesbrecher fielen in seine Zuständigkeit.

»Ein Scharlatan, der von sich behauptet, in die Zukunft sehen zu können«, erläuterte der Großexekutor bereitwillig. »Ich habe Grund zu der Annahme, dass er in Skaradag Zuflucht gesucht hat.«

»In Skaradag treibt sich allerhand Gesindel herum«, erwiderte der Stadtmarschall kühl. »Wisst Ihr nicht, wie man die Stadt nennt?«

»Durchaus – dennoch hatte ich gehofft, dass Ihr mir bei meinen Bemühungen helfen könnt. Der besagte Mann tarnt sich als fahrender Sänger, und er ist nicht nur ein Scharlatan, sondern auch ein Mörder. Er hat einen meiner Exekutoren-Brüder auf dem Gewissen.«

»Ihr habt unser Mitgefühl«, versicherte Magistrat Gulfullur und brachte es tastächlich fertig, zernirscht auszusehen. »Aber Ihr müsst verstehen, dass unsere Möglichkeiten zu helfen begrenzt sind …«

»Meine Leute haben auch so schon alle Hände voll zu tun mit dem Diebespack in der Stadt«, bestätigte Jarnhant derb. »Wir kommen kaum damit nach, diese Strolche einzusalzen und an die Mauer zu hängen!«

»Dann solltet Ihr vielleicht bei Gelegenheit darüber nachdenken, warum es in Skaradag so viele Diebe gibt, Stadtmarschall«, beschied ihm Thorgon. »Das hätte womöglich größere Wirkung als alle Hinrichtungen zusammen.«

»Was wollt Ihr damit sagen, Exzellenz?«, erkundigte sich Magistrat Gulfullur, während er seinem Schoßtier ein Bröckchen Fleisch hinwarf, das es schmatzend verzehrte.

»Durchaus nichts«, versicherte der Großexekutor, dem Offenkundigen zum Trotz. »Aber ich denke, dass ein Zusammenhang besteht zwischen der großen Anzahl von Dieben in Skaradag und der nicht weniger erdrückenden Anzahl von Menschen, die Hunger leiden und kaum das Nötigste zum Leben haben. Und ich bin sicher, dass uns dieser Zusammenhang zu Verbündeten macht, denn der Sänger ist Euer Problem nicht weniger als das Meine.«

»Aus welchem Grund?«, platzte Jarnhant heraus, noch ehe Gulfullur die Frage diplomatischer formulieren konnte.

»Das will ich Euch sagen.«

Thorgon ließ sie einfach stehen. Von seinem schwarzen Umhang umweht, trat er an die Fensterfront des Saales und blickte hinaus auf das schiefergraue Meer der zahllosen, flachen und steilen und ineinander verwinkelten Dächer. Rauch stieg von den Kaminen auf, der sich mit Nebel und Wolken zu einem grauen Schleier verband.

»Da habt Ihr die Antwort«, sagte Thorgon, durch das Glas nach draußen deutend. »Habt Ihr Euch Eure Stadt in letzter Zeit einmal angesehen?«

»Aber natürlich.« Gullfullur trat beflissen neben ihn, die Schweinsechse hinter sich herziehend. Jarnhant folgte mit gemessenen Schritten. »Der Salzhandel gedeiht, Skaradag erblüht in Wohlstand! Nicht von ungefähr wird unsere Stadt die Perle des Nordens genannt!«

»Die eine Hälfte«, gestand Thorgon zu. »Die andere ist ein dampfender Haufen Dung, und es wird immer schlimmer.«

»Wollt Ihr uns beleidigen?«, fragte Jarnhant.

»Was, denkt Ihr wohl, hat jemand, der den Armen von Skaradag die Zukunft voraussagt, ihnen zu sagen?«, fragte der Großexekutor weiter, den Vorwurf einfach überhörend. »Ich denke nicht, dass er ihnen blühenden Wohlstand prophezeien wird – vielmehr Tod und Untergang.«

Es war, als wiche das Blut schlagartig aus Keral Gulfullurs Gesicht. Der Magistrat von Skaradag erbleichte von einem Moment zum anderen. Sein Stadtmarschall hingegen gab sich unbeeindruckt.

»Unsinn«, knurrte er, »solche Voraussagen gibt es nicht. Ihr habt doch selbst gesagt, dass der Mann ein Scharlatan ist.«

Thorgons Zögern währte nur einen Augenblick. »Wir wissen das«, entgegnete er dann, »aber diese armen Narren dort draußen wissen es nicht. Und dieser Sänger ist gerissen genug, dies für seine Zwecke zu nutzen. Für die Wohlhabenden mag Skaradag ein wahres Paradies sein – für die Armen ist es ein Ort nicht enden wollender Entbehrung und Erniedrigung. Was, glaubt Ihr, wird geschehen, wenn jemand kommt und ihnen bewusst macht, dass dies auch noch in dreißig oder vierzig Jahren so sein wird? Dass es nicht einen Hauch von Hoffnung gibt?«

Gulfullurs rundes Gesicht wurde noch um einige Schattierungen blasser. Die Saat der Furcht, die Thorgon ausgebracht hatte, war dabei aufzugehen – und auch der gestrenge Jarnhant schien nicht mehr ganz frei davon zu sein.

»Noch ist es nicht so weit«, beschwichtigte der Großexekutor, »aber es muss auch in Eurem Interesse liegen, diesen Unruhestifter loszuwerden. Denn wenn die Armen von Darlik die Aussichtslosigkeit ihrer Lage erfassen und sich gegen Euch erheben …«

»Ich sehe, was Ihr meint«, versicherte Gulfullur, auf dessen Stirn sich kleine Schweißperlen gebildet hatten.

»Bleibt nur das Problem, den Kerl zu finden«, stellte Jarnhant grimmig fest. »Wie ich schon sagte, Darlik ist voller Schnapphähne und Halsabschneider. Dieses Pack ist wie Asseln, es findet immer einen Stein, unter den es kriechen kann. Selbst wenn ich alle meine Leute darauf verwenden würde, könnte ich niemals alle Winkel der Stadt durchsuchen.«

»Das wäre auch nicht klug«, versicherte Thorgon gelassen. »Denn dadurch würdet Ihr den Sänger nur warnen, und er würde sich meinem Zugriff entziehen.«

»Was also soll ich tun?«, fragte der Stadtmarschall.

»Abwarten«, sagte der Großexekutor nur. »Und zwar so lange, bis unser Feind einen Fehler begeht.«

Magistrat Gulfullur sandte ihm einen zweifelnden, beinahe verstörten Blick. »Und Ihr, Exzellenz?«, erkundigte er sich, obschon er die Antwort bereits zu ahnen schien. »Was werdet Ihr so lange tun?«

»Da Ihr es zur Sprache bringt«, entgegnete Thorgon mit gewinnendem Grinsen, »werde ich Eurer Einladung gerne folgen und die nächsten Monde in Eurer schönen Stadt verbringen.«

»Ihr wollt …?«

»Gewiss.« Er grinste noch breiter. »Mein Pflichtgefühl gebietet mir, bei Euch zu bleiben und Euch nach Kräften zu unterstützen – und zwar so lange, bis der Sänger gefasst und die Gefahr gebannt ist.«

ZWEITES BUCH

Wege des Schicksals

1

Palast von Altashar
Zwölf Wochen später

Die Tauben hatten Nachricht gebracht.

Von Satrapos waren sie nach Abydon geflogen und an den Gestaden der See entlang nach Altashar – und die Neuigkeiten, die sie auf ihren Schwingen trugen, waren dazu angetan, das Ostreich in seinen Grundfesten zu erschüttern.

»Hochwürdiger Hilalayan«, ergriff Wesir Gedates das Wort, wobei er kein Hehl aus seiner Abneigung gegen den Eunuchen machte. »Vermute ich richtig, dass Ihr einen bestimmten Grund hattet, diese außerordentliche Zusammenkunft des Kronrates einzuberufen?«

»Durchaus, ehrwürdiger Wesir«, versicherte der Hofmarschall mit einer Miene, die die Freundlichkeit seiner Worte als Lüge entlarvte. »Ich habe Kunde aus Satrapos erhalten, deren Inhalt ich dem hohen Rat nicht vorenthalten möchte.«

»Dem hohen Rat?«, fragte Nawyd mit Blick auf seinen Onkel. »Und unseren erlauchten Herrscher wollt Ihr nicht über diese Dinge in Kenntnis setzen?«

»Unser erlauchter Herrscher wurde von mir bereits informiert«, beschied Hilalayan ihm – und das seltsame Lächeln, das der Hofmarschall dabei an den Tag legte, wollte Nawyd ganz und gar nicht gefallen.

Nachdem seine Schwester und der Narr in Phrygos an Land gegangen waren, hatte er Kapitän Habib angewiesen, Abydon anzusteuern, wo sie knapp eine Woche später angekommen und von der Hafenkommandantur registriert worden waren. Danach waren sie wieder in See gestochen und zurück nach Altashar gesegelt, als wäre nie etwas geschehen. All dies lag drei Monde zurück, und soweit es Nawyd betraf, war damals auch nichts geschehen.

Der selbstzufriedene Ausdruck in Hilalayans blassen Zügen allerdings gefiel ihm nicht.

»Verzeiht, das wusste ich nicht«, gab Nawyd sich dennoch einsichtig. »So verratet uns denn, was für dringende Nachrichten es sind, die uns aus Abydon erreichen.«

»Das will ich Euch verraten, Prinz Nawyd – seit heute Morgen wissen wir mit Bestimmtheit, dass Eure Schwester, die erlauchte Prinzessin Nyasha pan Tyras, niemals in Satrapos angekommen ist.«

»Was?« Nawyd sprang auf. In den Gesichtern der übrigen Räte war Entsetzen zu lesen.

»Ihr habt richtig gehört. Die Prinzessin hat die Hafenstadt nie erreicht, ebenso wenig wie die Delegierten aus Archos. Seit Ihrer Abreise aus Altashar wurde keiner von Ihnen mehr gesehen.«

»Das ist so nicht zutreffend«, widersprach Nawyd. »Ihr vergesst, dass ich die Prinzessin nach Abydon begleitet habe.«

»Natürlich, ich vergaß ...« Der Hofmarschall nickte bedächtig. »Seltsam nur, dass sich auch dort niemand entsinnen kann, eine Gruppe von Astari gesehen zu haben – geschweige denn eine Prinzessin aus hohem Hause.«

»Aus gutem Grund«, versicherte Nawyd. »Sie haben das Schiff bei Nacht verlassen, um kein Aufsehen zu erregen.«

»Bei Nacht, ich verstehe.« Hilalayans Kinn legte sich in Falten, während er nachdenklich nickte. »Dann habt Ihr also bis zum Einbruch der Nacht an Bord gewartet?«

»So war es.«

»Wann habt Ihr Eure Schwester dann verabschiedet?«

»Gegen Mitternacht.«

»Gegen Mitternacht?« Der Eunuch hob die Brauen. »Laut

Auskunft der Hafenkommandantur von Abydon lag die *Riahan* dort nur einen Tag vor Anker. Sie ist im Morgengrauen in den Hafen eingelaufen, und bei Sonnenuntergang bereits wieder in See gestochen.«

»Dann haben die Beamten in Abydon sich eben geirrt«, knurrte Nawyd, ärgerlich darüber, dass ihm dieser Fehler unterlaufen war. Bei einem Schwertkampf lautete die oberste Regel des Überlebens, sich nicht in die Enge treiben zu lassen, sondern das Heft des Handelns zurückzugewinnen – und genau das gedachte der Prinz zu tun ... »Doch frage ich mich, woher Ihr das wissen wollt und weshalb Ihr mir diese Fragen stellt, Hofmarschall. Spioniert Ihr mir etwa nach?«

»Durchaus nicht.« Ein unschuldiges, fast kindliches Lächeln erschien in Hilalayans Zügen. »Aber Ihr müsst zugeben, dass es da einige Ungereimtheiten gibt ...«

»Und wenn –Nawyd pan Tyras muss sich nicht rechtfertigen!«

»Der Prinz hat recht, Hofmarschall«, sprang sein einstiger Lehrer Gadates Nawyd bei. »Als Mitglied des Königshauses ist er weder Euch noch mir Rechenschaft schuldig, gleichwohl wir die höchsten Ämter des Reiches bekleiden.«

»Aber mir«, sagte König Astyragis leise.

Es war das erste Mal, das der Herrscher selbst das Wort ergriff, und der Blick seiner wie immer dunkel geränderten Augen verhieß nichts Gutes. Überhaupt hatte sich seine Laune verschlechtert, seit der Narr nicht mehr da war, um ihn aufzuheitern – doch heute schien sein Gemüt von besonderer Schwermut befallen.

»Ich bin der Herrscher dieses Reiches, Neffe«, knurrte der König, »also sprich und beantworte die Fragen, die mein Hofmarschall dir stellt.«

»Wenn Ihr es wünscht, mein König.«

Nawyd verbeugte sich in Richtung seines Onkels. Gleichzeitig versuchte er, seine wachsende Unruhe niederzukämpfen, was nicht einfach war angesichts der Überzeugung, mit der Hilalayan auftrat. Mit einer Situation wie dieser hatte Nawyd nicht gerechnet. Bislang hatte der Plan, den er und der *ghurab* sich ausgedacht hatten, gut funktioniert. Nun jedoch würde er sich bewähren müssen.

»So sprecht denn, Prinz Nawyd«, verlangte auch Xusra der Hohepriester, der ebenfalls für das Bündnis mit Archos gewesen war. Wenn er erfuhr, was geschehen war, würde auch er sich von Nawyd abwenden.

»Ich habe nichts zu sagen«, stellte der Prinz deshalb klar und gab sich Mühe, dabei ruhig und überzeugend zu klingen. »Ich habe die Prinzessin nach Abydon gebracht, wie ich es mir ausbedungen habe und wie unser erlauchter Herrscher es mir in seiner Großmut gewährt hat. Auf diese Weise konnte ich noch etwas Zeit mit Nyasha verbringen und mich von ihr verabschieden. Wollt Ihr mir das nicht zugestehen?«

»Worüber habt Ihr mit der Prinzessin gesprochen?«, wollte Hilalayan wissen.

Nawyd biss sich auf Lippen. Nur zu gerne hätte er dem anmaßenden Eunuchen gesagt, dass ihn das nicht das Geringste anginge und er sich wieder unter den Stein verkriechen solle, unter dem er hervorgekommen war. Doch der forschende Blick seines Onkels verriet deutlich, dass dieser es nicht dabei bewenden lassen würde.

»Über Verschiedenes«, eröffnete Nawyd deshalb. »Die Vergangenheit … über unseren Vater und das, was er für das Reich getan hat … und über die Tradition, der wir dadurch verpflichtet sind.«

»Der Tradition verpflichtet, ich verstehe«, wiederholte der Hofmarschall nachdenklich. Hilalayan warf einen Blick zu seinen Schreibern, die in den Nischen zwischen den Säulen über ihren kleinen Tischen brüteten.

»Was hat das zu bedeuten?«, fragte Nawyd. »Ihr lasst niederschreiben, was ich sage?«

»In der Tat – es ist nie von Nachteil, genau zu wissen, was gesprochen wurde und was nicht. Gerade dann, wenn jemand dabei ist, sich in Widersprüche zu verstricken.«

»Ihr meint zweifellos Euch selbst.«

»Weniger.«

»So sprecht Ihr von mir?« Nawyd warf sich in die Brust. »Warum? Was unterstellt Ihr mir?«

Der Hofmarschall schüttelte das kahle Haupt. Es hatte eine Zeit gegeben, da Nawyd auf den Eunuchen herabgesehen, ihn insgeheim verachtet und verspottet hatte, weil er kein Mann der Tat und des Schwertes war. In diesem Augenblick ertappte er sich dabei, dass er Hilalayan als gerissen ansah. Und gefährlich …

»Sorgt Ihr Euch denn gar nicht, dass Eure Schwester offenbar nie in Satrapos angekommen ist?«, erkundigte er sich.

»Doch, natürlich. Sobald dieser Mummenschanz, den Ihr hier treibt, beendet ist, werde ich meine besten Leute auswählen, um nach ihr zu suchen. Und sollte sich herausstellen, dass Ihr recht habt, so …«

»Ich verstehe«, unterbrach ihn Hilalayan und nickte. »Ihr seid niemals für dieses Bündnis mit Archos gewesen, nicht wahr?«, fragte er dann wie beiläufig.

»Das ist kein Geheimnis«, erwiderte Nawyd.

»Ihr wolltet die Prinzessin, Eure Schwester, nicht an einen Astar verheiraten.«

»Doch unser aller Herrscher, der König, hat anders entschieden«, konterte Nawyd. »Meine Meinung war also nicht von Belang.«

»Das ist wahr – dennoch wart Ihr dagegen, ebenso wie der geschätzte und ehrwürdige Wesir, der ebenfalls nicht für das Bündnis gestimmt hat.«

»Was wollt Ihr damit sagen?«, fragte Gadates und erhob sich ebenfalls.

»Nichts, mein Freund – denn bei allen Vorbehalten, die ich

gegen Euch hege, würde ich Euch niemals unterstellen, gegen die Interessen unseres erlauchten Herrschers zu handeln. Anders als Euch, Prinz Nawyd.«

»Was?«

Nawyd stand wie vom Donner gerührt.

Es war ausgesprochen.

Der Hofmarschall wagte die offene Konfrontation.

Betroffen blickte Nawyd in der Runde umher. Stumme Anklage stand in den Gesichtern der Ratsmitglieder zu lesen, selbst in Gadates' ältlichen Zügen. Vor allem aber in denen von König Astyragis …

»Onkel«, wandte Nawyd sich an ihn, »ich bitte Euch! Wollt Ihr dem nicht ein Ende setzen? Wie lange wollen wir uns die Verleumdungen dieses Mannes noch anhören?«

»Solange es nötig ist, Neffe«, lautete die wenig beruhigende Antwort. »Solange es nötig ist.«

»Ich will offen mit Euch sein, Prinz Nawyd«, fuhr Hilalayan fort, wobei er in die Mitte trat und jovial mit den dicken Armen gestikulierte. »Als keine Kunde aus Satrapos kam, wurde ich schnell misstrauisch und entsandte einen Boten. Bereits in Abydon musste dieser jedoch erfahren, dass die Prinzessin und ihr Gefolge dort niemals angekommen waren …«

»Ich sagte es doch schon, sie wurden nicht gesehen, als sie von Bord gingen«, wandte Nawyd zähneknirschend ein.

»… wie auch in keiner einzigen Karawanserei entlang des Wasserweges«, fuhr der Hofmarschall unbeirrt fort. »Sollte Eure Schwester stets nur bei Nacht gereist sein?«, fügte er mit unverhohlenem Spott hinzu.

»Mäßigt Euch«, knurrte Nawyd. »Glaubt Ihr, die Vorsteher der Karawansereien geben jedem hergelaufenen Boten Auskunft?«

»Durchaus, wenn er eine Vollmacht des Hofmarschalls von Altashar bei sich trägt«, konterte der andere.

»Dazu hattet Ihr kein Recht!«

»Doch«, widersprach Astyragis. Der König leerte den Becher Wein, den er in seiner Rechten hielt, dann schleuderte er ihn in einem jähen Wutausbruch von sich. »Denn ich habe es ihm gestattet!«

»Ihr, Onkel?«

Astyragis erhob sich von seinem Sitz. Er wankte infolge des Weines, den er schon am hellen Tage getrunken hatte, doch er hielt sich mühevoll auf den Beinen. »Als Hilalayan zu mir kam und mir von seinem Verdacht berichtete, wollte ich es zunächst nicht glauben«, erklärte er. »Mein eigener Neffe sollte mich hintergangen, meine Pläne durchkreuzt haben?«

»Aber nein, Oheim! Ich habe nicht …«

»Schweig!«, schrie Astyragis so laut, dass es von der hohen Decke widerhallte. Seine Augen weiteten sich und nahmen einen seltsamen Glanz an. »Wie einen Sohn habe ich dich nach dem Tod deines Vaters bei mir aufgenommen – und so dankst du es mir.«

»Was immer der Eunuch Euch weisgemacht hat, Herr, es entspricht nicht der Wahrheit«, versicherte Nawyd.

»Seid Ihr sicher?«, fragte Hilalayan spitz. »Denn ich behaupte nicht weniger, als dass Ihr Euch gegen Euren Onkel und König verschworen habt!«

»Ihr … seid von Sinnen!«

»Nein, Prinz Nawyd – von Sinnen seid nur Ihr allein! Aus Liebe zu Eurer Schwester und erfüllt von Hass auf das Haus von Archos habt Ihr alles getan, um zu verhindern, dass das Bündnis mit König Elayan geschlossen wird!«

»Schweigt!« Nawyds Rechte fuhr an den Griff des Schwertes, das in der Schärpe steckte. »Nehmt das zurück, oder …«

»Wollt Ihr mich töten?«, gab der Hofmarschall sich unbeeindruckt. »Hier, vor aller Augen? Nur zu, Prinz – doch die Fragen werden dadurch nicht verstummen. Jeder wird wissen wollen, was geschehen ist dort draußen auf See … als ihr die Gesandten aus Archos hinterrücks ermordet, über Bord geworfen und Eure Schwester in Phrygos an Land gesetzt habt!«

Ein Raunen ging durch die Räte, Nawyd fühlte Panik in sich aufsteigen. »Das ist … haltlos!«, rief er dennoch.

»Mitnichten. In Phrygos wollen Fischer ein Schiff gesehen haben, dessen Beschreibung genau auf die *Riahan* zutrifft.«

»Sie ist ein gewöhnliches Handelsschiff«, wandte Nawyd mit bebender Stimme ein. »Davon gibt es viele.«

»Was uns zur nächsten Frage bringt: Warum, bei Isos' Resten, habt Ihr so sehr darauf bestanden, dass es unbedingt dieses Schiff und dieser Kapitän sein muss? Ich werde es Euch sagen: Weil Ihr von Anfang an das Ziel hattet, die Astari zu töten und Eure Schwester nach Phrygos zu bringen!«

»Und was dann?«, fragte Nawyd. »Wenn es so wäre, wie Ihr sagt, hätte ich Nyasha begleitet. Wohin sollte sie ganz allein gehen?«

»Sie war nicht allein«, brachte der Hofmarschall in Erinnerung. »Der Zwerg war bei ihr – und wir wissen beide, dass Lorymar Ghurab nicht der Narr war, für den er gerne gehalten wurde. Mit ihm zusammen ist Eure Schwester nach Norden geflohen – und hat inzwischen vermutlich längst die Pforte von Brückstadt passiert, wo der Zwerg einst zu Hause war!«

Das Raunen der Räte ging in empörte Rufe über. »Ihr seht mich überrascht und bestürzt«, stieß Nawyd hervor im Bemühen, die Fassung zu wahren.

»Warum?« Hilalayan lächelte. »Weil ich alles weiß, von dem Ihr hofftet, dass es niemals ans Licht kommen würde?«

»Nein.« Der Prinz schüttelte den Kopf. »Weil es mein Begreifen übersteigt, wie ein einzelner Mensch derart dreist zu lügen vermag! Ich werde nicht zulassen, dass Ihr die Ehre meiner Familie derart beschmutzt! Mein König«, wandte er sich an Astyragis, »nicht als Euer Untertan, sondern als Euer leiblicher Neffe und als Mitglied der königlichen Familie frage ich Euch, ob Ihr Euch dies gefallen lassen wollt!«

»Es kommt darauf an, Neffe.«

»Worauf, Onkel?«

»Ob der Hofmarschall die Wahrheit sagt«, gab der König zurück, »denn wenn er recht hat, dann haben deine Schwester und du Hochverrat begangen und sind nicht länger Mitglieder dieser Familie!«

Hochverrat.

Es war ausgesprochen.

Nawyd starrte seinen Onkel an, dabei atmete er tief ein und aus. Dass es kein Zurück mehr gab, hatte er in dem Augenblick gewusst, da er die Gesandten aus Archos mit dem Schwert durchbohrte … Aber Hilalayan konnte unmöglich von diesen Dingen wissen! Was er äußerte, waren Vermutungen, nichts weiter …

»Nein, mein König«, widersprach Nawyd deshalb mit fester Stimme. »Nichts von dem, was dieser feiste und ehrlose Eunuch behauptet, ist wahr!«

Astyragis wandte sich Hilalayan zu. »Habt Ihr noch etwas zu entgegnen, Hofmarschall?«

Hilalayan blieb eine Antwort schuldig, und für einen Moment wirkte er wie der zahnlose Löwe zu des Königs Füßen. Aber dann klatschte er in die Hände, und zwei seiner Beamten kamen herbei. Sie trugen einen mit einem Deckel verschlossenen Korb, den sie Nawyd vor die Füße stellten.

»Bitte«, forderte Hilalayan ihn freundlich auf.

Nawyd merkte, wie ihn ein elendes Gefühl beschlich. Er bückte sich, fasste nach dem Deckel und hob ihn an. Sein Magen rebellierte, als er sah, was sich im Inneren befand.

Es war der Kopf eines Mannes.

Das Haupt von Kapitän Habib.

Der Mund war weit aufgerissen, die toten Augen schienen ihn in stummer Anklage anzustarren.

Nawyd schloss die Augen.

Aus. Vorbei.

Hilalayan jedoch schien gewillt, seinen Triumph bis zur Neige auszukosten. »Ihr kanntet diesen Mann«, verkündete er genüsslich.

Nawyd sagte nichts.

»Sein Name war Barnak Habib – und er war der Kapitän der *Riahan*, jenes Schiffes, das Eure Schwester nach Abydon bringen sollte. Ehe er dieses … beklagenswerte Ende nahm, legte Habib ein umfassendes Geständnis ab, das die königlichen Schreiber sogleich vervielfältigten, auf dass es nicht verloren gehe. Demnach hat sich an Bord der Riahan alles genauso ereignet, wie ich es zuvor ausgeführt habe. Euer Spiel ist aus, Nawyd. Ihr seid überführt!«

Das Geschrei der Empörung, das sich im nächsten Moment erhob und wie ein Ungewitter über Nawyd hereinbrach, hörte er kaum. Er hielt die Augen weiter geschlossen, während er an Nyasha dachte und sich sagte, dass er es für sie getan hatte. Als er die Augen schließlich öffnete, blickte er in wutverzerrte Mienen, aus denen ihm Hass und Abneigung entgegenschlugen. Er konnte die Genugtuung in den Zügen Hilalayans erkennen und die Enttäuschung im Gesicht von Gadates, und er hörte die keifende Stimme Xusras, die einen grausamen Tod in den Flammen forderte.

Und er sah die Augen seines Onkels Astyragis, die in maßlosem, unbändigen Zorn loderten …

Nawayd gehorchte dem ersten Drang, der ihn überkam. In einer fließenden Bewegung riss er sein Schwert heraus und fuhr herum. Mit einem Sprung setzte er über die Kissen hinweg und wollte zum Ausgang – doch die Unsterblichen stellten sich ihm entgegen. Der Kampf endete, noch bevor er begonnen hatte – von tödlichen Speerspitzen umgeben, ließ Nawyd sein Schwert sinken und ergab sich.

»Nawyd pan Tyras!«, rief Hilalayan mit lauter, keifender

Stimme. »Ihr habt Euch des Hochverrats gegen Euren Onkel und König schuldig gemacht! Habt Ihr noch etwas zu sagen, ehe man Euch abführt?«

Nawyd schüttelte den Kopf. »Nur dass ich es wieder tun würde. Was Ihr getan habt, war nicht recht, Onkel. Ihr habt Eure Nichte, Euer eigen Fleisch und Blut an die Astari verkauft! Das ist eines Herrschers nicht würdig!«

»Was weißt du von meinen Plänen?«, fuhr Astyragis ihn an. »Nichts, Neffe. Nichts weißt du.«

»Mein Verrat hat sich nie gegen Euch gerichtet, mein König – nur gegen das Bündnis.«

»Da gibt es keinen Unterschied.« Astyragis schüttelte den Kopf. »Wo ist sie also?«, begehrte er dann zu wissen. »Wo ist meine treulose Nichte?«

»Ich weiß es nicht«, erwiderte Nawyd.

Ihm war klar, dass sie ihm nicht glauben würden und ihn foltern, um die Wahrheit aus ihm herauszubekommen. Aber zumindest in dieser Hinsicht hatte er die Wahrheit gesagt.

Er hatte keine Ahnung, wohin der Narr seine Schwester gebracht hatte, und das war gut so – denn was er nicht wusste, konnte er auch unter Folter nicht verraten.

Der König taxierte ihn mit einem vernichtenden Blick.

»In den Kerker«, sagte er dann.

2

Krähennest, Skaradag
Zur selben Zeit

So gut wie alles hatte sich geändert.

Seit jener Nacht, da die Krähen den Angriff der Spinnen abgewehrt hatten, begegneten sie Rayan nicht länger mit Misstrauen und Argwohn. Zumal, da der Mann, den der Sänger in erbitterter Notwehr getötet hatte, kein anderer als Skedder Roth gewesen war, der berüchtigte Anführer der Spinnen. Seine Zunft war damit führerlos geworden, und die inneren Kämpfe um Skedders Nachfolge hatten sie bis ins Mark gespalten und in Bedeutungslosigkeit versinken lassen, sodass sie auf unabsehbare Zeit keine Bedrohung mehr darstellten.

Folglich würden die Krähen sicher sein und sich mit anderen Dingen befassen können – wie zum Beispiel mit einem Einbruch in die Schatzkammer der Eisernen Zitadelle, zu dem sich Faginor nach reiflicher Überlegung entschieden hatte. Damit auch Rayan der Schweigepflicht oblag, der alle Krähen unterworfen waren, ließ man auch ihn den Eid der Krähen schwören und versah ihn mit der Tätowierung, die ihn als Mitglied der Zunft kenntlich machte. Von diesem Moment an gab es kein Zurück mehr – weder für ihn noch für die Diebe, die ihm einen eigenen Namen gaben: Krähensänger.

Dass dies zugleich auch ein Schimpfwort für Barden war, die ihr Handwerk nicht beherrschten und ihre Umwelt mit misslichen Tönen malträtierten, nahm Rayan gerne in Kauf. Zum einen war es ihm gelungen, das Vertrauen der Krähen zu gewinnen und sie für seinen Plan einzunehmen; zum anderen ertappte er sich dabei, dass es ihm gefiel, zum ersten Mal nach langer Zeit wieder einer Gemeinschaft anzugehören … auch wenn er wusste, dass es nicht von Bestand sein würde.

Fast jeden Abend fand er sich im Hauptgewölbe ein und trug das Lied der Legenden vor, das gerade die jungen Krähen wieder und wieder hören wollten, aber auch andere, Gesänge aus den Tagen der Altvorderen, von großen Helden und mutigen Taten – und Faginors Schützlinge hingen ihm dabei an den Lippen und lauschten sehnsuchtsvoll. Vermutlich, sagte er sich, stillten seine Lieder ihre Sehnsucht nach einer anderen, besseren Zeit und einem glücklicheren Leben. Auch Bray war meist dabei und hörte aufmerksam zu – anders als Torgny, der zu den wenigen gehörte, die dem Sänger noch immer feindselig gesonnen waren. Ob das noch immer aus Argwohn geschah oder ob es vielmehr mit Bray zu tun hatte, wusste Rayan nicht zu sagen, und es kümmerte ihn auch nicht. Aber er freute sich, wann immer er der jungen Diebin begegnete, und wenn sie das Krähennest am Morgen verließ und auf Beutezug ging, so hoffte er inständig, dass sie wohlbehalten zurückkehren würde.

Natürlich fragte sich Rayan, woran das liegen mochte; er fühlte sich zu ihr hingezogen, aber nicht auf eine körperliche Weise. Es war eine andere Art von Zuneigung, die er für die Diebin verspürte, und es gab Augenblicke, in denen er das Gefühl hatte, dass es ihr ebenso ging. Auch wenn diese meist nur kurz waren …

Sie waren auf dem Weg zu Faginors Kammer, wo die Lagebesprechungen stattfanden – meist nur unter vier Augen. Je weniger Mitwisser es gab, desto besser.

»Beeil dich«, drängte Bray, während sie durch die Kellerstollen huschten. »Fadir mag es nicht, wenn man ihn warten lässt.«

Rayan bedachte sie mit einem Seitenblick. »Warum nennt ihr ihn eigentlich alle ›Fadir‹?«

»Weil er genau das für uns ist. Er hat uns elternlosen Kindern eine Heimat gegeben, ein Zuhause.«

»Ihr alle seid demnach Waisen?«

»Natürlich.« Sie lächelte dünn. »In keiner anderen Stadt in Astray gibt es so viele Waisen wie in Skaradag, hast du das nicht gewusst?«

»Nein«, gab Rayan zu – und insgeheim bezweifelte er es auch. Denn auch in den anderen Städten des Westreichs, von Norya bis Sarassa und von Cymria bis Archos, gab es zahllose elternlose Kinder. Auch das war eine Folge des Krieges und der Großen Divergenz – so als ob zusammen mit der alten Kaiserstadt Myracor auch Mitleid und Barmherzigkeit in den bodenlosen Abgrund gesunken wären, der Astray seither teilte.

»Und später?«, fragte er.

»Was meinst du?«

»Nun, ihr werdet nicht ewig jung bleiben«, gab Rayan zu bedenken. »Was wird, wenn Faginor einmal nicht mehr ist? Was werdet ihr tun ohne euren Vater?«

»Ich weiß nicht.« Bray schüttelte den Kopf. »Darüber sprechen wir nicht.«

»Denkt ihr denn nie an morgen? An das, was danach kommt?«

»Nein. In Skaradag leben wir im Hier und Jetzt. Krähen machen keine Pläne. Sie sprechen nicht über das, was vielleicht sein wird oder vielleicht auch nicht.«

»Wenn mein Plan gelingt«, widersprach Rayan lächelnd, »werdet ihr darüber sprechen müssen. Und ihr werdet es gerne tun.«

Sie hatten die Tür zu Faginors Kammer erreicht. Bray blieb stehen und sah ihm fest ins Gesicht. Ihre dunklen Augen funkelten dabei. »Du bist seltsam«, stellte sie fest.

Rayan nickte. »Ich weiß.«

Sie klopfte an und öffnete die Tür, sodass Rayan eintreten

konnte. Er musste den Kopf einziehen, um unter dem niederen Sturz hindurch in die dahinterliegende Kammer zu gelangen. Das Quartier des Krähenvaters sah ziemlich genauso aus, wie die Räuberhöhlen, die in Liedern besungen wurden: Ein Tisch mit ein paar Stühlen und ein Bett – das Einzige im Krähennest – bildeten die Einrichtung. Der Rest des Raumes war mit Beute vollgestopft, die Faginor für sich persönlich abgezweigt hatte: silberne Kerzenleuchter; Lederbeutel mit Geldstücken aus fernen Ländern; Laternen aus Messing und Amphoren mit Balsam, Pelze aus Nifelberg und bunte Seide aus den Landen jenseits der Feuerwüste. Und natürlich einige Fässchen mit erlesenen Tropfen von den besten Hängen von Burgos.

»Da bist du ja, Krähensänger.« Faginor, der am Tisch saß, blickte von den Blättern auf, die er studiert hatte. »Komm, ich muss dir etwas zeigen.«

Rayan schloss die Tür hinter sich – Bray würde davor Wache halten und dafür sorgen, dass niemand sie belauschte. Er nahm auf einem der Stühle Platz und warf einen Blick auf die Blätter schmutzigen Pergaments, die auf dem Tisch verteilt lagen. Es waren Skizzen, mit ungelenker Hand gezeichnet.

»Was ist das?«, wollte er wissen.

»Lagepläne«, murmelte der Alte durch seinen Bart. »Pläne über Pläne … Ich habe Jungkrähen ausgeschickt, damit sie sich den Laden ansehen.« Er legte Rayan nacheinander die Zeichnungen hin. »Hier das Haupttor mit den Wachen – meine Jungs haben diesen Scheißkerlen die Stiefel geputzt und dafür noch Prügel bezogen. Aber sie haben auch herausgefunden, wann die Wachen wechseln und wie lang ihre Schichten sind.«

»Gut«, stimmte Rayan zu. »Und das hier?«

»Der Ostturm«, erklärte Faginor das Gekritzel, in dem man nur mit viel gutem Willen ein Bauwerk erkennen konnte. »Wachen befinden sich hier und hier und hier.« Er deutete jeweils auf die bezeichneten Stellen. »An denen vorbeizukommen, ist so gut wie unmöglich.«

»Ich weiß«, erklärte Rayan nur.

»Du weißt es?« Die Augen des Krähenvaters wurden groß.

»Ich habe auch nicht behauptet, dass wir auf diesem Weg hineingelangen.«

»Sondern?«

»Das werde ich dir zu gegebener Zeit sagen«, entgegnete Rayan ausweichend. Zwar freute er sich über die Gesellschaft, die er neuerdings hatte, und ging auch nicht davon aus, dass die Krähen versuchen würden, ihn zu hintergehen – aber er wollte es auch nicht darauf ankommen lassen. Und das schiefe Lächeln in Faginors Gesicht zeigte ihm, dass dem Alten dieses Vorgehen zwar nicht gefiel, er es aber zumindest nachvollziehen konnte.

»Wie soll ich wissen, worauf ich meine Leute vorbereiten soll, wenn du es uns nicht sagst?«, fragte er dennoch.

»Ihr werdet alles erfahren – wenn es so weit ist«, versicherte Rayan. »Bis dahin ist es wichtig, dass wir alles Wissen sammeln, dessen wir habhaft werden können. Wenn wir erst im Inneren der Festung sind, wird es uns von großem Nutzen sein.«

»Dennoch wird es kein einfaches Unterfangen.«

»Das habe ich auch nie behauptet«, konterte der Sänger. »In Burgos gibt es ein Sprichwort: ›Die süßesten Früchte hängen immer am höchsten‹.«

»Burgos?« Faginor hob eine Braue. »Ist das deine Heimat?«

Rayan hielt seinem fragenden Blick stand, eine Antwort blieb er schuldig. »Konzentrieren wir uns hierauf«, sagte er stattdessen, auf die ausgebreiteten Pläne deutend, »damit sind wir mehr als beschäftigt.«

»Es wird noch eine Weile dauern, bis wir das alles ausgekundschaftet haben.«

»Das macht nichts.« Rayan schüttelte den Kopf. »Ich habe

lange auf diese Gelegenheit gewartet – auf ein paar Tage mehr oder weniger kommt es nun nicht mehr an.«

»Und du hast mir noch immer nicht verraten, wie du in die Schatzkammer gelangen willst. In die Zitadelle zu kommen, ist eine Sache – doch die Schatzkammer ist von zwei Dutzend Soldaten und einer zehn Fuß starken Mauer umgeben. Es gibt nur eine Tür, zu der nur zwei Schlüssel existieren. Den einen hat der Schatzmeister selbst, den anderen der Magistrat.«

»Ich weiß«, versicherte Rayan. »Die einzige Antwort, die ich dir darauf geben kann, ist die eines Sängers: mit einem Lied.«

»Mit einem Lied«, echote Faginor. Seinem Blick war deutlich zu entnehmen, dass er an Rayans Verstand zweifelte.

»Einem Lied über den mächtigen Magistraten Montresor, der vor vielen Hundert Jahren über Skaradag herrschte.« Rayan wurde präziser und lächelte. »Einem Lied, das in diesen unzivilisierten Zeiten kaum noch jemandem bekannt ist.«

»Du willst nicht darüber reden«, stellte Faginor fest.

»Nein«, gab Rayan zu. »Je weniger davon wissen, desto besser ist es für unsere Pläne.«

Der Alte nickte. »So sag mir nur eines«, verlangte er dann, und sein Blick wurde prüfend. »Warum tust du das alles? Weshalb willst du diesen Stein so unbedingt haben?«

»Was interessiert dich das?«

»Du glaubst nicht wirklich, dass er Zauberkräfte besitzt?« Faginors Spott war nicht zu überhören.

»Überlass das mir«, verlangte Rayan – er mochte es nicht, wenn man ihn auf derlei Dinge ansprach. Nicht nur, weil es gefährlich war, sondern wohl auch, weil er auf Fragen wie diese nicht wirklich Antwort wusste.

»Es geht um die Dinge, von denen du immerzu singst, nicht wahr?«, bohrte Faginor weiter. »Um Geschichten und Legenden, um Helden aus glorreicher Vergangenheit.«

»Vielleicht«, gab Rayan zu.

»Das alles sind Lügen«, beschied ihm der Alte, jedes Wort betonend. »Nichts als Märchen und Lügen. Die Vergangenheit war nicht glorreich, Sänger. Auf ihre Art war sie ebenso beschissen wie die Gegenwart – und ich muss es wissen, denn ich bin sehr viel älter als du.«

»Das bist du – und trotzdem möchte ich glauben, dass früher etwas besser war. Denn jede Legende birgt einen Kern von Wahrheit in sich. Auch die der Sieben.«

»Denke, was du willst – aber was immer damals geschehen ist, hat mit dem Hier und Jetzt nichts zu tun. Wenn du mich fragst, waren deine legendären Helden nichts als ein paar dämliche Ärsche, die unsere Welt ins Chaos gestürzt haben, und daran ist ganz und gar nichts Heldenhaftes. Du jagst einem Hirngespinst nach, einem verlorenen Traum.«

»Wenn es so ist«, meinte Rayan, »warum schließt du dich meinem Plan dann an? Warum hast du deine Zustimmung gegeben?«

»Ganz einfach – weil dein Plan, so verrückt er auch sein mag, mir eine Möglichkeit eröffnet, mich zur Ruhe zu setzen. Wenn dieser Raubzug gelingt, werden wir mehr Beute machen als je zuvor. Genug, um aufzuhören, mich zur Ruhe zu setzen und meinen Lebensabend zu genießen.«

»Und deine Kinder?«

»Sie sind nicht meine Kinder«, wehrte Faginor ab. »Waisen sind sie, hergelaufene Gören, die mich angefleht haben, ihnen ein Dach über dem Kopf und etwas zu Essen zu geben – und das habe ich getan, nicht mehr und nicht weniger.«

»Dennoch bist du für sie verantwortlich.«

»Einen Scheiß bin ich! Die Gepflogenheiten in deiner Heimat kenne ich nicht, Krähensänger, aber hier in Skaradag ist jeder für sich selbst verantwortlich. Wenn ich fort bin, werden diese Rotznasen sich ein anderes Oberhaupt suchen – wenn sie klug sind, wählen sie Bray. Wenn sie weniger klug sind, was ich befürchte, entscheiden sie sich für diesen Hitzkopf Torgny, der sie alle früher oder später an die Mauer bringen wird, tot und gesalzen. Aber was auch immer sie dann tun, mich geht es nichts mehr an.«

»Ich verstehe.« Rayan nickte.

»Nichts verstehst du, gar nichts«, knurrte Faginor. »Wäre es anders, würdest du dich nicht in Hirngespinste flüchten, sondern dir die Taschen vollstopfen wie jeder andere, wenn sich die Gelegenheit dazu bietet. Und du würdest damit aufhören, ständig von diesen Dingen zu reden!«

»Von was für Dingen?«

»Von den Legenden, die den Heldentod gestorben sind und sich selbstlos geopfert haben! Von der angeblich so ruhmreichen Vergangenheit, in der es noch Dinge wie Moral gab und Anstand und Edelmut …« Er unterbrach sich und schüttelte den Kopf. »Sieh doch, was deine ruhmreiche Vergangenheit aus unserer Welt gemacht hat! Sie ist aus den Fugen geraten, gespalten im wörtlichen Sinn! Die Reichen werden immer reicher, während die Armen immer ärmer werden. Die Menschen belauern einander voller Argwohn, Krieg droht an den Grenzen. Und als wäre das alles noch nicht schlimm genug, sind da auch noch die Exekutoren, die uns einreden möchten, dass wir bereits tot sind und begraben.«

»Umso mehr brauchen wir die Kraft der alten Lieder und Geschichten«, war Rayan überzeugt, »denn sie geben uns die Fähigkeit, über uns selbst hinauszudenken und zu träumen …«

»Für Träume ist kein Platz in Skaradag«, erklärte der Alte barsch. »Und ich will nicht, dass du meinen Leuten diese Flausen in den Kopf setzt!«

»Warum nicht?«

»Weil ein Dieb, der den Kopf in den Wolken hat, so gut wie tot ist, deshalb!«

»Oder aber du willst nicht, dass deine Schützlinge von anderen Zeiten und Orten träumen«, mutmaßte Rayan und sah ihn herausfordernd an. »Denn vielleicht würden sie dadurch ja auf den Gedanken kommen, dass das Leben aus mehr bestehen könnte als daraus, in diesem stinkenden Moloch von Stadt ein elendes Dasein zu fristen. Aber das gefällt dir nicht, denn dann würden sie dich verlassen. Und das fürchtest du mehr als alles andere.«

Über den Tisch hinweg starrte Faginor ihn an. Sein schmaler Brustkorb hob und senkte sich unter schnaubenden Atemzügen. »Vorsicht, Sänger«, beschied er ihm. »Ich habe mich dazu durchgerungen, dir zu vertrauen, aber das bedeutet nicht, dass du dir mehr herausnehmen darfst als andere.«

»Die anderen sind halbwüchsige Knaben und Mädchen«, knurrte Rayan. Es gefiel ihm nicht, wie der Vater der Krähen über seine Schützlinge gebot. Nicht ihr Wohl lag ihm am Herzen, sondern einzig und allein sein eigenes … »Aber das ist dir ja nur zu recht, nicht wahr?«

»Ich habe stets für sie gesorgt.«

»So wie sie für dich.«

»Und ich habe nicht einen von ihnen jemals auch nur angerührt, falls du das glaubst. Weder die Knaben noch die Mädchen …«

Rayan lachte bitter auf. »Willst du dir das etwa als Verdienst anrechnen?«

Der Alte starrte ihn eine Weile an.

»Krähensänger«, sagte er dann, wobei er Rayan durchdringend ansah. »Wir werden diese eine Sache gemeinsam durchführen, diesen einen Beutezug. Du gibst dein Wissen und ich meine Leute, so war es abgemacht und so wird es geschehen. Aber danach wirst du deine Sachen packen und aus Skaradag verschwinden, ist das klar?«

»Keine Sorge«, versicherte Rayan, »ich hatte ohnehin nicht vor zu bleiben. Nicht hier …«

Und auch an keinem anderen Ort, fügte er lautlos in Gedanken hinzu. *Denn die Welt, wie wir sie kennen, ist nicht nur aus den Fugen geraten – sie wird aufhören zu existieren.*

3

Herzogtum Norya, nordöstliche Grenze
Tags darauf

Hauptmann Gunryk mochte die Gegend nicht.

Seine Heimat war der Süden, die sonnigen Küsten Achayas, und wie immer, wenn die Kälte und der Wind an ihm und an seiner Seele nagten, dachte er an zu Hause ... an das Meer, wie es in der Nachmittagssonne glänzte, an türkisblaue Wellen, die sich an den Uferfelsen brachen, an das Summen der Bienen, den Geschmack von wildem Honig und den Duft von Lavendel ... Doch sobald er die Augen aufschlug, war er wieder hier. An diesem tristen Ort im äußersten Nordwesten Noryas.

Dabei waren es weder die Kälte, die ihm zusetzte, noch die raue Landschaft oder die Tatsache, dass kaum je ein Sonnenstrahl in die schroffen Klüfte am Fuß des Nordgebirges drang; als Sohn einer noryschen Mutter floss genügend Nordblut in seinen Adern, dass er damit umgehen konnte, auch wenn sein Herz dem Süden gehörte. Etwas anderes belastete ihn ungleich schwerer und drückte auf sein Gemüt – und das war der Bruch. Jene abgrundtiefe Kluft, die seit dem Untergang Myracors und den Tagen der Großen Divergenz die Welt teilte – und das in mehr als einer Hinsicht.

Das Land, das sich zu den Seiten des Bruchs erstreckte, trug viele Namen – die Achayer im Süden nannten es »Grauland«, die Ostragi auf der anderen Seite der Kluft hatten ihm den Namen »Abyssia« gegeben. Doch sie alle meinten dasselbe: trostloses, unwirtliches Niemandsland, das den Weltenbruch säumte, von der See im Süden bis hinauf ins Nordgebirge. Auch das Grenzland war nicht frei von jener Aura des Unheils, die den Bruch umgab und die dafür sorgte, dass in unmittelbarer Nähe des Abgrunds kein Leben gedieh; weder wuchsen dort Bäume noch Sträucher oder Gras, und es verirrten sich auch nur selten Tiere hierher. Die einzige Ausnahme war Brückstadt, die große Metropole, die auf einem weit in den Abgrund ragenden Vorspung erichtet war; doch hieß es immer wieder, dass die Menschen von Brückstadt für ihre Nähe zum Abgrund einen Preis zu entrichten hätten.

Von Brückstadt aus spannte sich auch die einzige Brücke, über die man von der einen Seite des Abyss auf die andere wechseln konnte. Ansonsten war es gefährlich und heikel, hinüberzugelangen: mit dem Schiff war es nur möglich, indem man das mehr als tausend Meilen weiter südlich gelegene Meer von Tharys durchfuhr; oder man benutzte die alten Passwege, die seit Urzeiten von Markland nach Norya führten und so die letzte Möglichkeit darstellten, eine Armee auf dem Landweg von Ostray nach Westrien gelangen zu lassen. Dies war der Grund, warum die Nordgrenze stets überwacht werden musste – und warum es das Grenzkorps gab, dessen Aufgabe es war, die schroffen Klüfte zu durchstreifen und dabei stets auf der Hut zu sein.

Doch Monde und Jahre des Wartens und Wachens hatten an der Kraft und Entschlossenheit der Grenzer gezehrt.

In jungen Jahren, als er noch ein Heißsporn gewesen war und voller Verlangen nach fernen Orten und Abenteuern, hatte Gunryk seine Aufgabe mit Leidenschaft erfüllt, war er überzeugt gewesen, einen sinnvollen Dienst zu versehen; mit dieser Hingabe hatte er sich jedoch aufgerieben im Kampf gegen Schmuggler, Räuber, Plünderer und andere Gesetzlose, die sich im Grenzland herumtrieben, aber auch im Kampf gegen eine widrige Natur mit ihren harten Wintern und den wilden Bestien, die unvermittelt aus der Wildnis hervorbrachen; mehr als fünfzig Männer hatte Gunryk auf diese Weise im Lauf der Jahre verloren – die große Konfrontation mit den Ostragi jedoch, die viele befürchtet hatten und dessentwegen das Grenzkorps ursprünglich einmal gegründet worden war, war ausgeblieben.

Zwar hatten Gunryk und seine Leute den Feind stets beobachtet, wie er dort auf seiner Festung Vanheim saß, die sich wie ein Stachel im Fleisch des Westens am äußersten Punkt von Markland erhob. Doch eine Invasion, wie der Senat von Archos sie befürchtete, hatte es in all den Jahren nicht gegeben. Und so war aus anfänglicher Begeisterung pure Pflichterfüllung geworden, und aus Wachsamkeit Routine.

Gunryk war am Lagerfeuer zurückgeblieben, während der Spähtrupp auf die andere Seite des Felsens kletterte, um einen Blick auf Vanheim zu werfen.

Zu Beginn seiner Dienstzeit, als junger Grenzer, hätte er niemals gewagt, ein Feuer zu entzünden, aus Sorge, der Rauch könnte ihn verraten. Doch die Wahrheit war, dass die ostragischen Soldaten in Vanheim längst wussten, dass sie beobachtet wurden – wozu es also verheimlichen? Es war ein stillschweigendes Abkommen, das die Krieger auf beiden Seiten der Grenze miteinander geschlossen hatten: Man beobachtete einander und ließ sich gegenseitig leben. Schließlich hatte es eine Zeit gegeben, da Astray eins gewesen war und es keine trennende Kluft zwischen Norya und Markland gegeben hatte. Auch wenn dies mehr als drei Jahrzehnte zurücklag und allmählich in Vergessenheit geriet.

Als er das Rieseln des Gesteins hörte, das die Rückkehr seiner Leute ankündigte, war Hauptmann Gunryk nicht besonders gespannt, was diese zu berichten hatten – was hätte sich auch ändern sollen gegenüber der letzten Woche und der davor? Und der davor? Und …

Als Gunryk jedoch den Ausdruck in den Gesichtern seiner Leute sah, wurde er doch aufmerksam. Unverständnis war darin zu lesen und Verwirrung … und sogar leise Furcht.

»Was gibt es?«, wollte er wissen.

»Die Festung«, stieß Tymon, sein Sergeant, atemlos hervor.

»Was ist damit?«

»Sie ... ist unbesetzt!«

»Was?« Gunryk sah ihn zweifelnd an.

»Es stimmt, Hauptmann«, fügte Mikol hinzu, ein junger Scout, der erst seit Kurzem in seiner Abteilung war. »Da ist nirgendwo niemand zu sehen.«

»Nirgendwo niemand.« Gunryk sah ihn an. Es hatte eine Zeit gegeben, da hatten nur die Besten der Besten den Dienst an der Grenze versehen dürfen. Offenbar hatte sich dies geändert.

»Es ist wahr«, pflichtete auch Gyol bei, der dritte im Bunde, ein alter Haudegen und Veteran unzähliger Patrouillen. »Die Ostragi sind abgezogen.«

»Aber – warum sollten sie das tun?«, fragte Gunryk, aus dem jetzt dasselbe Unverständnis sprach, das er zuvor in den Gesichtern seiner Leute gesehen hatte. »Vanheim ist ihre nördlichste Bastion, sie würden sie niemals kampflos aufgeben.«

»Dachte ich eigentlich auch immer.« Der Veteran schob den Spangenhelm, den er über seiner wollenen Gugel trug, nach hinten und kratzte sich ratlos an der Stirn. »Aber jetzt ist nichts mehr von ihnen zu sehen.«

»Verstehe«, log Gunryk.

Was seine Leute da erzählten, ergab nicht den geringsten Sinn. »Ich werde mir das selbst ansehen«, kündigte er an. »Gyol, Mikol – ihr kommt mit mir. Tymon, du hast das Kommando über den Rest der Truppe.«

»Verstanden«, erwiderte der Sergeant. Offenkundig froh darüber, nicht noch einmal zum Beobachtungsposten hinaufsteigen zu müssen, nahm er die lederne Kappe ab, die er anstelle eines Helmes trug. Als das Grenzkorps vor vielen Jahren gegründet worden war, hatte man einheitliche Rüstung und

Bewaffnung ausgegeben, dazu graugrüne Umhänge, die die Grenzer vor neugierigen Blicken schützen sollten. Das raue Wetter und die Kälte in den Bergen hatten der Ausrüstung jedoch arg zugesetzt, und so gab es längst keine einheitliche Ausstattung mehr; jeder Grenzer kleidete und rüstete sich so, wie es ihm für den harten Dienst am nützlichsten erschien, sodass sich das Grenzkorps zumindest äußerlich kaum von den Räubern und Schmugglern unterschied, die es bekämpfte. Mit gutem Willen konnte man darin ein Zeichen der Eigenständigkeit sehen, die sich das Grenzkorps errungen hatte; wenn nicht, war es ein Zeichen zunehmenden Verfalls.

Während Tymon zu den anderen Grenzern zurückkehrte, die um ein zweites, noch größeres Feuer lagerten, stiegen der alte Gyol und der junge Mikol erneut den schmalen Pfad zum Beobachtungsposten hinauf, diesmal gefolgt von Gunryk, der mit eigenen Augen sehen wollte, was seine Leute ihm berichteten.

Der Weg führte eng an der steil aufragenden Felswand entlang und unter den verkrüppelten Wurzeln uralter abgestorbener Bäume hindurch. Dabei musste man aufpassen, nicht auf dem feuchten Felsgestein auszurutschen, das auch im Sommer niemals trocknete, denn hierher verirrte sich kaum je ein Sonnenstrahl. Über eine Reihe von Stufen, die Gunryk und seine Leute vor Jahren in den Fels gehauen hatten, ging es auf ein schmales, von grauem Moos überzogenes Felsplateau, von dem wiederum eine befehlsmäßige Leiter auf eine noch höhergelegene Plattform führte. Wer sie erklomm, konnte hören, wie das Rauschen, das schon die ganze Zeit über zu hören gewesen war, schlagartig lauter wurde und sich schließlich in ein infernalisches Tosen steigerte – das vernehmbare Zeichen dafür, dass der kleine Trupp sein Ziel erreicht hatte.

»Seht«, meinte Mikol etwas unbeholfen und deutete in Richtung der Abbruchkante.

Gunryk nickte und ließ sich auf die Knie nieder, kroch auf allen vieren zur Kante. Weniger, weil er Entdeckung fürchtete, sondern weil das Moos, das den Boden überzog, feucht war und man leicht darauf ausglitt – und jenseits des Abbruchs klaffte gähnende Tiefe.

Bei aller Routine, die sich in Gunryks Arbeit geschlichen hatte – an diesen Anblick würde er sich wohl niemals gewöhnen: Vor ihm, jenseits des winzigen Plateaus, auf dem er kauerte, öffnete sich ein gigantischer Abgrund, ein gewaltiger Felsenkessel, an die tausend Schritte weit und so tief, dass man den Grund nicht zu erkennen vermochte.

Auf der einen Seite des eine halbe Meile weiten Kessels mündete von Süden kommend der Abyss in die dunkle Tiefe; auf der anderen stürzte, umlagert von schroffen Felsen, ein gewaltiger Katarakt herab – der Vanfall. Inmitten der tosenden Wassermassen jedoch erhob sich inmitten der weißen Gischt und des Nebels, unwirklich wie eine Erscheinung, die alte Festung Vanheim.

Von Katarakten umrahmt, schien sie aus der dunklen Tiefe emporzuwachsen, ohne dass man zu sagen vermocht hätte, wo das graue Felsgestein endete und die Mauern der Burg begannen. Trutzig erhob sie sich mit ihren Erkern und zinnenbewehrten Türmen, von denen aus sich der gesamte Kessel überblicken ließ, vom östlichen Rand bis zur noryschen Grenze.

Vanheim war eine der ersten Zitadellen, errichtet zur Zeit des alten Astari-Reiches. Dass sie noch immer stand, war schlicht der Tatsache zu verdanken, dass die Weltenkluft genau hier in diesem Kessel endete – oder war es umgekehrt gewesen und hatte diese alte Bastion verhindert, dass der Riss noch weitergegangen war und auch das Nordgebirge geteilt hatte? Gunryk vermochte es nicht zu sagen. Er wusste nur, dass an manchen Tagen, wenn die Sonne in einem bestimmten Winkel stand, der Nebel über dem Wasserfall in den Farben des Regenbogens leuchtete und eine zweite Brücke zu bilden schien, die von der einen Seite des Kessels zur anderen reichte, so als wollte sie beide Seiten Astrays miteinander verbinden.

An diesem Tag jedoch war die Sonne nicht zu sehen.

Graue Wolken ballten sich über dem Kessel und ließen die Festung noch düsterer und lebloser erscheinen als sonst – vor allem auch, da sich nirgendwo etwas regte. Die Wehrgänge und Zinnen, die Erker und Türme – alle waren unbesetzt!

»Verstehst du jetzt, was ich meine?«, fragte Gyol.

Gunryk nickte, konnte es jedoch nicht glauben. Sein Blick wanderte von den großen Rundtürmen zu den Erkern, die unmittelbar aus dem Fels zu wachsen schienen und von dort zu der steinernen Brücke, die zum Eingangstor führte – doch nirgendwo war auch nur eine Menschenseele zu entdecken.

Die Hauptleute und Soldaten der Ostragi in ihren roten Röcken und blauen Pluderhosen – wo waren sie geblieben? Hatten sie Vanheim tatsächlich aufgegeben? Aber warum, so fragte sich Gunryk, wehte dann noch die Fahne Altashars über den Zinnen?

Der Hauptmann der Grenzer merkte, wie ihn ein mulmiges Gefühl beschlich. Irgendetwas stimmte hier nicht.

»Was werden wir tun?«, fragte Gyol.

»Weiter beobachten«, gab Gunryk bekannt. »Vielleicht zeigen sie sich wieder«, fügte er fast hoffnungsvoll hinzu.

»Und wenn nicht?«

Gunryk dachte kurz nach.

»Dann«, erwiderte er leise, »werden wir uns auf die andere Seite begeben und nachsehen.«

4

Krähennest, Skaradag
Später am Abend

Es hatte Spaß gemacht.

Aber nicht so wie sonst.

Der wohlige Schauer, der sie sonst überkam wie ein warmer Frühlingsregen und nach dem sie sich so sehnte, war diesmal ausgeblieben.

Ein wenig lustlos wälzte sich Bray von Torgnys nacktem Körper und erhob sich von dem Lager aus Stroh, auf dem sie beide gelegen hatten.

»Was hast du?«, wollte er wissen. »Hast du etwa schon genug?«

»Du doch auch, ganz offensichtlich.« Sie deutete auf seine Leibesmitte, während sie ihre Kleider vom Boden auflas.

»Das wird wieder«, war er überzeugt und grinste breit.

»Schön für dich. Dann kannst du ja später selbst noch Hand anlegen. Oder du fragst Sindy, ob sie dich ranlässt.« Sie schlüpfte in ihr weites Hemd und verhüllte damit ihre Reize, was ihm sichtlich missfiel.

»Sindy lässt jeden ran«, beschwerte er sich. »Du nicht.«

»Richtig«, bestätigte sie, während sie in ihre Hosen stieg. »Und deshalb werde ich jetzt gehen.«

»Es ist wegen ihm.«

Bray seufzte.

Darauf hatte sie gewartet.

»Wen meinst du?«

»Na ja … diesen Kerl«, meinte Torgny nur.

»Welchen Kerl?«, fragte Bray nach. »Er hat sicherlich einen Namen.«

»Der Krähensänger«, erwiderte Torgny widerstrebend. »Rayan.«

»Und? Was ist mit ihm?«

»Ich bin nicht blöd, Bray«, meinte Torgny und sah sie vielsagend an.

»Dann sag auch nichts Blödes«, konterte sie und schickte ihm einen strengen Blick.

»Aber du bist ständig mit dem Sänger zusammen«, beschwerte er sich. »Ich merke doch, wie ihr die Köpfe zusammensteckt und heimlich über mich redet.«

»Über dich?« Bray hob eine Braue. »Glaub mir, so interessant bist du nicht.«

»Ach nein? Das hat vorhin aber noch ganz anders geklungen!«

»Das war nichts«, versicherte sie.

»Was soll das heißen?«

»Das soll heißen, dass du deinen Spaß hattest, ich aber nicht«, erwiderte sie.

»Ach ja? Dann komm zurück«, meinte er und schlug mit der flachen Hand auf den leeren Platz neben sich. »Ich kann es besser.«

»Nein danke.«

Zornesröte schoss ihm ins Gesicht, und er setzte sich auf. »Wo willst du hin? Etwa zu ihm, damit er es dir besorgt?«

»Verdammt, Torgny!«, rief sie aus. »Hast du noch was anderes im Kopf außer Stehlen und Ficken?«

»Nein«, erwiderte er nicht ohne Stolz. »Das sind nun mal die beiden Dinge, die ich am besten kann.«

Bray sah ihm offen ins Gesicht. Sie sprach nicht aus, was sie dachte – nämlich dass sie inständig hoffte, dass er ein besserer Dieb als Liebhaber war, sonst würde er irgendwann gesalzen unter den Zinnen enden.

Bray kannte Torgny schon eine Ewigkeit. Sie waren fast gleich alt und in gewisser Weise zusammen aufgewachsen, seit Faginor sie bei sich aufgenommen hatte. Es war ein Aufschneider wie die meisten Jungs, die Bray kannte, und manchmal konnte er ein richtiger Holzkopf sein. Aber er hatte auch eine verletzliche, gutmütige Seite, die sie an ihm mochte – auch wenn diese in letzter Zeit immer seltener zum Vorschein kam. Früher hatte Torgny meist mit den Fäusten gedacht – in letzter Zeit war ein anderes Körperteil an diese Stelle getreten, und bedauerlicherweise war es nicht sein Kopf.

Kopfschüttelnd wandte sich Bray ab und begann, ihre Hosen zu schnüren.

»Was ist nur in dich gefahren?«, wollte Torgny wissen. »Früher hat dir das doch auch gereicht, oder nicht?«

»Früher«, gab sie zu. »Aber alles ändert sich einmal.«

»Ja«, stimmte er verdrießlich zu und machte eine wegwerfende Handbewegung. »Weil er da ist – der dämliche Krähensänger.«

»Sprich nicht so abfällig von ihm. Ohne ihn wäre keiner von uns mehr am Leben.«

»Ich weiß«, gab der Junge zu, »und alle finden ihn ganz großartig deswegen – aber niemand scheint ihn auch nur annähernd so toll zu finden wie du. Möchte bloß wissen, was du an ihm findest!«

»Na ja.« Sie lächelte dünn. »Vielleicht hat er ja etwas, das du nicht hast?«

»Und was wäre das? Graue Haare am Sack? Der Kerl ist steinalt!«

»Siebenunddreißig Winter«, verbesserte Bray.

»Sag ich doch – das ist noch älter als alt! Die meisten Diebe erleben nicht mal ihren dreißigsten Geburtstag!«

»Willst du ihm das zum Vorwurf machen?«

»Nein – aber es macht ihn auch nicht zwangsläufig zu etwas Besserem«, versetzte Torgny.

»Vielleicht doch«, konterte Bray, »denn vielleicht ist er ja deswegen so alt geworden, weil er ab und zu mal den Verstand benutzt.«

»Im Gegensatz zu mir, ja? Ist es das, was du sagen willst?« Torgny klang wie ein trotziges Kind. Fast tat er ihr leid, wie er so dasaß, schmollend und splitternackt und mit in hilflosem Zorn geballten Fäusten.

»Im Gegensatz zu einigen Leuten hier«, erwiderte Bray ausweichend. Sie war mit dem Schnüren fertig und erhob sich.

»Wir sind dir plötzlich alle nicht mehr gut genug.«

»Das habe ich nicht gesagt.«

»Was dann?« Ein wenig flehend sah Torgny sie an. Er mochte kein großer Denker sein, aber er fühlte wohl, dass sie ihm entglitt – und dass er nichts dagegen tun konnte.

Bray seufzte. Sie wollte nicht mit ihm streiten – schon deshalb nicht, weil Streit meist damit endete, dass sie sich auf dem Stroh wieder versöhnten.

»Willst du nicht auch mehr?«, fragte sie stattdessen. »Hast du dir noch nie gewünscht, irgendwann von hier wegzugehen und all das hinter dir zu lassen?«

Torgnys Stirn kräuselte sich für einen kurzen Moment. »Nein«, erklärte er dann kopfschüttelnd, »warum sollte ich? Ich habe hier alles, was ich brauche: Ein Dach über dem Kopf, zwei Mahlzeiten am Tag und ein hübsches Mädchen, das mich liebt … du liebst mich doch, oder?«

Bray hielt seinem fragenden Blick stand. Eine Antwort blieb sie jedoch schuldig – was im Grunde auch eine Antwort war.

»Du liebst mich«, behauptete Torgny trotzig. »Keiner der anderen Jungs sieht so gut aus wie ich, und keiner außer mir hat solche Muskeln!« Um seine Worte zu unterstreichen, spannte er seine Armmuskeln an. Und auch zwischen seinen Beinen begann sich wieder etwas zu regen.

»Ich weiß«, sagte sie nur.

»Los, sag mir, dass du mich liebst und dass es keinen anderen für dich gibt, oder …«

»Oder was?«, fragte sie. »Liebe ist nichts, das man erzwingen kann, Torgny.«

»Doch, kann man. Es macht zwar weniger Spaß, aber man kann es.«

»Das ist nicht Liebe«, widersprach sie. »Du hast keine Ahnung, wovon ich spreche, oder?«

»Natürlich nicht – aber der Krähensänger hat davon Ahnung. Jede Menge, möchte ich wetten. Offenbar hat er dir den Kopf verdreht mit all seinen verrückten Geschichten von der großen weiten Welt.«

»Die Welt da draußen gibt es wirklich, Torgny.«

»Und all das dumme Zeug, das er erzählt hat? Von den Legenden, die unsere Welt gerettet haben, indem sie sich selbst opferten? Von großen Kriegern und weisen Zauberern und wagemutigen Dwargen? Glaubst du den ganzen Blödsinn etwa auch?«

»Ich … möchte es gerne glauben«, gestand sie zögernd ein. »So wie ich glauben möchte, dass das hier«, – sie machte eine ausgreifende Armbewegung, die die Kammer und das Krähennest und im Grunde ganz Skaradag einschloss –, »nicht alles ist.«

»Was ist falsch daran? Warum genügt dir das alles plötzlich nicht mehr?«

Sie schwieg.

»Es ist der Sänger!«, war Torgny überzeugt. »Du bist völlig wirr im Kopf, seit er hier ist!«

»Im Gegenteil – seit er hier ist, sind mir ein paar Dinge klar geworden.«

»Nämlich?«

Bray straffte sich. »Dass ich von hier fortwill«, erklärte sie. »Wenn Rayans Plan aufgeht, wird jeder von uns so viel Beute machen, dass es für einen Neuanfang reicht. Irgendwo anders, wo das Leben weniger schmutzig ist und die Leute nicht nur ans Geld denken.«

Torgny grinste schlicht. »Darum geht es doch im Leben.«

»Ich hoffe nicht.« Sie lächelte schwach. »Ich denke nicht, dass wir uns noch sehen sollten.«

»Wie soll das gehen? Wir beide sind Krähen, wir sehen uns jeden Tag!«

»So meine ich es nicht. Ich denke, dass wir ... *das* nicht mehr tun sollten.« Bray deutete nach dem Strohlager, auf dem der Junge noch immer kauerte.

»Und Freunde bleiben, einfach so?«

»Genau das.« Sie nickte.

»Einen Scheiß sollten wir!«, begehrte er auf, und es war, als würde alles Blut von seiner Leibesmitte in seinen Kopf schießen. »Aber bitte sehr, Schlampe! Geh zu dem alten Perversling, worauf wartest du? Wahrscheinlich ist er einer von denen, die dir Geld dafür zahlen, dass sie dir ihr Ding in alle möglichen Körperöffnungen schieben dürfen, nur nicht dorthin, wo es hingehört!«

»Torgny ...«, begann sie.

»Raus!«, verlangte er. Er griff nach dem Kerzenleuchter, der neben dem Lager auf einem Schemel stand, holte damit aus und warf ihn – und er hätte Bray getroffen, wäre diese nicht blitzschnell zur Tür des Verschlags hinausgehuscht, den Torgny zu seinem Quartier gemacht hatte.

»Verschwinde und lass dich nie wieder blicken!«, gab er ihr mit auf den Weg. »Das wird dir noch leid tun, hörst du? Das wird dir noch leidtun, Bray!«

Sie blieb draußen stehen und konnte hören, wie er mit den Fäusten auf den Boden schlug – und wie seine Flüche und Verwünschungen schließlich in ein leises Wimmern übergingen. Das Wimmern eines kleinen Jungen, der verlassen worden war, dachte Bray beklommen. Ihr war klar, dass sie ihn tief verletzt hatte, und das tat ihr leid.

Aber es fühlte sich auch gut an.

Denn jetzt war sie frei.

5

Haus des Doppelten Mondes, Skaradag
Zur selben Zeit

Es war nicht richtig.

Während Thorgon die hölzernen Stufen emporstieg, die unter den Tritten seiner schweren Stiefel knarrten, empfand er ein Gefühl wachsenden Unwohlseins. Er wollte dem Drang nicht nachgeben und hatte doch keine Wahl.

Er sollte nicht hier sein, sollte sich nicht in diese Abhängigkeit begeben – dennoch konnte er nicht anders. Das Verlangen war zu stark geworden, er konnte es nicht länger bezwingen. Heute war er kein Syn, keiner der höchsten Würdenträger des Ordens.

Sondern nur ein Mann.

Er hatte das obere Ende der Treppe erreicht und trat vor die Tür. Ohne anzuklopfen trat er einfach ein.

Was er sah, überraschte ihn.

Keine schäbige Kammer, sondern ein Gemach, wie man es an einem Ort wie diesem nicht vermutet hätte: Teppiche an Boden und Wänden … Vorhänge, die von der Decke hingen … ein großes Bett, das die Mitte des Raumes einnahm … und ein verführerischer Duft, der die schwüle Luft durchtränkte.

Thorgon widerstand der Versuchung, die Kapuze seines Umhangs zurückzustoßen. Er wollte sich nicht auf diese Weise offenbaren, wollte unerkannt bleiben.

»Guten Abend, Fremder.«

Er fuhr herum.

So lautlos, dass selbst er es nicht bemerkt hatte, war eine Frau hinter einem der Vorhänge hervorgetreten – ein Bild von einer Frau, wie er sich eingestehen musste.

Ihr Wuchs war vollkommen, ihre Züge anmutig und von vornehmer Blässe, und ihr gelocktes Haar hatte die Farbe von Feuer. Noch mehr jedoch schlugen ihre Augen ihn in Bann, die schmal waren und im Lichtschein der Kerzen smaragdgrün leuchteten. Das Kleid, das sie trug, war hochgeschlossen, jedoch bis zu den Hüften geschlitzt, sodass bei jedem Schritt, den sie tat, ihre makellosen Beine bis zum Ansatz sichtbar wurden.

»Ich bin Jennara, die Herrin dieses Hauses«, stellte sie sich vor. Ihre Stimme war rauer, als er erwartet hatte, und sie brachte etwas in ihm zum Klingen. Etwas Verruchtes, Verbotenes ... Sie war ihm empfohlen worden – und nach allem, was er sah, war sie diese Empfehlung wert ...

»Wie darf ich dich nennen, Fremder?«

»Mein Name tut nichts zur Sache«, knurrte Thorgon.

»Willst du dann deinen Umhang ablegen?«

Sie trat auf ihn zu und wollte die Kapuze berühren, um sie zurückzuschlagen, doch er ließ es nicht dazu kommen. Energisch fasste er ihre Handgelenke und starrte sie aus dem Dunkel der Kapuze an. »Nein«, sagte er nur.

»Wie du willst.« Sie lächelte auf eine Weise, wie er nie zuvor von einer Frau angelächelt worden war. Verdammt, was für eine Hure war dies?

»Möchtest du dich erfrischen? Etwas Wein? Ambrosiak?«

»Nein, Weib«, knurrte er. »Ich bin hier, damit du das tust, wofür ich dich bezahle.«

»Sieh an.« Sie legte den Kopf schief und betrachtete ihn unverwandt. »Ein Gast, der weiß, was er will.«

Wieder lächelte sie, und plötzlich verspürte er das dringende Bedürfnis, diese vollen roten Lippen zu küssen – aber er tat es nicht. Stattdessen packte er sie an den Hüften, drehte sie herum und stieß sie so heftig von sich, dass sie gegen das Bett stieß und mit dem Oberkörper darauf zu liegen kam. Der Anblick weckte seine Begehrlichkeit. Mit zwei stampfenden Schritten war er bei ihr, und noch ehe sie dazu kam, wieder aufzustehen, lag er bereits auf ihr und drückte sie mit dem Gewicht seines Körpers nieder, während seine bebende Hand den Beinschlitz ihres Kleides suchte und hineinglitt. Wie er feststellte, war sie darunter nackt.

Mit lüsternem Schnauben schob er den Saum empor und entblößte ihr Gesäß, während er sich an seinen eigenen Beinkleidern zu schaffen machte …

»Nein!«

Ihre Stimme war so scharf und schneidend, dass seine Lust jäh verflog.

»Was?«

»Nein«, wiederholte sie und drehte sich halb zu ihm herum, sodass er ihre Augen sehen konnte, die unter ihrer roten Mähne blitzten. Zorn funkelte darin, womit er gut hätte leben können. Aber da war auch Verachtung …

»Was fällt dir ein, Weib …?«, hob er an.

»Ist es das, was du willst?«, fragte sie.

Er grunzte nur.

»Ich denke nicht«, gab sie sich selbst die Antwort. »Lass mich los«, verlangte sie streng. »Ich will aufstehen!«

Thorgon stand wie erstarrt.

Er war es gewohnt, Befehle zu erteilen und nicht, sie zu befolgen, am allerwenigsten, wenn sie von einer Frau gegeben wurden. Doch statt sich zu entrüsten schwieg er. Er fühlte sich ernüchtert. Diese Stimme, sie hatte etwas an sich, das aus ferner Vergangenheit an sein Ohr zu dringen schien und etwas tief in ihm berührte. Etwas, das ihn zugleich beruhigte und erniedrigte – und dem er sich nicht widersetzen konnte.

Zu seiner eigenen Verblüffung erhob er sich ächzend und trat zurück, sodass auch sie aufstehen konnte. Sorgfältig strich sie das Kleid zurecht, das durch seinen Ausbruch in Unordnung geraten war, und glättete ihr Haar. Dabei fiel es zurück und gab den Blick auf ihre Ohren frei.

Er hielt den Atem an. Nicht nur, dass dieses Weib es gewagt hatte, sich ihm zu widersetzen.

Sie war auch noch eine Astara.

»Die Kapuze«, wies sie ihn an. »Nimm sie ab. Ich will dein Gesicht sehen!«

»Untersteh dich, Weib, wenn du leben willst«, knurrte er. Doch zu seiner Verwunderung blieb sie ungerührt und wiederholte ihre Aufforderung. Und Thorgon spürte, dass es ihm auf eine seltsame Weise gefiel. Es fühlte sich an, als würde eine Last von ihm genommen ... Also kam er auch dieser Aufforderung nach, wenn auch langsam und zögerlich ...

»Und jetzt, Fremder«, fuhr sie fort, wobei sie ihre Arme vor der Brust verschränkte und ihn stechend taxierte, »leg deine Kleider ab.«

»Was fällt dir –?«

»Worauf wartest du?«, fiel sie ihm ins Wort, und der Blick ihrer grünen Augen wurde noch durchdringender.

Thorgon zögerte erneut, aber es begann, interessant zu werden. Vielleicht kam er doch noch zu seinem Recht. Er musste zugeben, dass es schwierig war, sich ihrem Willen zu verweigern. Ein Teil von ihm empörte sich über die Art und Weise, wie diese Frau mit ihm verfuhr. Ein anderer Teil empfand darüber eine geheime Freude, die überaus erregend wirkte.

Also löste er die Fibel des Umhangs und warf ihn ab. Dann entledigte er sich seiner Stiefel, des Rocks und Hemdes.

»Weiter«, beschied sie ihm. »Niemand behandelt mich in diesem Raum so, wie du es getan hast.«

Ein Teil in ihm drängte danach, sich ihr zu widersetzen, sie zu Boden zu stoßen und ihr klarzumachen, dass er kein Niemand, sondern der gefürchtete Großexekutor von Morwa wäre ...

Aber er tat es nicht.

Stattdessen entledigte er sich seiner Hosen und auch noch des Untergewands, bis er schließlich völlig entblößt vor ihr stand. Was niemand je erfahren durfte …

»Gut«, anerkannte sie. »Und nun geh auf die Knie. Und dann bitte mich um Verzeihung.«

»Übertreib es nicht, Weib …«

Sie blitzte ihn zornig an. »Willst du dich widersetzen?«

Er schwieg. Noch nie hatte Thorgon auf diese Weise geschwiegen. Ein Großexekutor erniedrigte sich nicht auf solche Weise, und schon gar nicht vor einer Frau, Astara hin oder her. Alles in Thorgon empörte sich dagegen – und doch konnte er nicht anders, als ihr weiter Folge zu leisten und sich langsam auf die Knie niederzulassen.

Obwohl es ihm verboten war.

Weil es ihm verboten war …

»Verzeiht«, bat er. Und zu seiner eigenen Verwunderung verspürte er keine Schmach dabei, sondern neu entfachte Begierde.

Eine schallende Ohrfeige war die Antwort.

»Verzeiht, Herrin«, verbesserte sie.

Thorgon sah sie an. Was geschah hier nur mit ihm?

»Verzeiht, Herrin«, wiederholte er – worauf sie ihn noch einmal schlug. Sein Gesicht brannte wie Feuer, und ein lustvoller Schauer durchrieselte ihn dabei.

»Du bist ein Schwein«, beschied sie ihm. »Deine Nase wird jetzt den Boden berühren, und du wirst ihn für mich ablecken – und wenn du das und noch vieles mehr für mich getan hast, werde ich dir vielleicht geben, wonach es dich verlangt.«

»Ja, Herrin«, bestätigte Thorgon – während er sich gleichzeitig schwor, dass er sie ohne Federlesens töten würde, wenn jemals etwas von dem, was hier geschah, diesen Raum verließ.

6

Krähennest, Skaradag
Zwei Tage später

Einmal mehr war Rayan bei Faginor gewesen.

Die Informationen, die die Krähen ihrem Vater zutrugen, verdichteten sich. Inzwischen verfügten sie über ein sehr genaues Wissen darüber, wann die Wachen abgelöst wurden; wann die Patrouillen des Stadtmarschalls zurückkehrten und die Saliger zu ihren Kontrollgängen aufbrachen; wann die Karren mit den Lebensmitteln kamen, wann die Latrinen der Festung geleert wurden und noch manches mehr.

Rayan ging nicht davon aus, dass sie all dies Wissen wirklich brauchen würden. Aber wenn er auf seinen Reisen eines gelernt hatte, dann, dass es niemals schaden konnte, mehr zu wissen. Und dass es Situationen gab, in denen dieses Mehr an Wissen den Unterschied zwischen Leben und Tod bedeuten konnte. Nachdem all diese Informationen nun gesammelt waren, war die Nacht nicht mehr fern, an dem die Krähen zum größten Raubzug ihrer noch jungen Geschichte aufbrechen würden.

Über die steile, in den Fels gehauene Treppe stieg Rayan in die Katakomben hinab, die Faginors Bande als Schlupfwinkel diente. Das Quartier, das man ihm zugeteilt hatte, befand sich am Ende eines langen Stollens, der von Fackelschein beleuchtet wurde. Rayan hatte ihn kaum betreten, als leise Töne an sein Ohr drangen.

Leierspiel.

Rayan war nicht deshalb Sänger geworden, weil er ein

schlechtes Gehör gehabt hätte. Die Töne waren nicht sauber, weil die Saiten von ungeübter Hand gespielt wurden. Aber ganz eindeutig war es *seine* Leier, die er da hörte!

Er ärgerte sich darüber, sie in seinem Quartier zurückgelassen zu haben, entgegen seiner sonstigen Gewohntheit. Hatte er den Krähen doch zu früh vertraut? Wütend schlug er den Vorhang beiseite und wollte in die Kammer platzen – doch der Anblick, der sich ihm bot, ließ ihn wie gebannt verharren.

Auf dem Boden, wo er seine Schlafdecke ausgerollt hatte, kauerte im Schein einer Laterne eine junge Frau. Sie wandte ihm den Rücken zu, aber er erkannte sie sofort an der schlanken Gestalt, die sich unter ihrem Wollhemd abzeichnete, und dem dunklen Haar, das zu einem Schwanz gebunden darüberfiel. Es war Bray, und sie hielt seine Leier in den Händen – und zwar so, als hätte sie noch nie in ihrem Leben etwas anderes getan. Sanft schmiegte sich das Instrument in ihre Hände, die Saiten erbebten unter ihrer Berührung. Die Töne waren nicht ganz rein, doch sie fügten sich weich und harmonisch aneinander – und Bray schien sich in den Klängen zu verlieren, die sie der Leier entlockte, hatte Rayans Eintreten noch nicht einmal bemerkt.

Fasziniert verharrte Rayan und lauschte dem unerwarteten Konzert, konnte kaum glauben, dass dies das Mädchen war, das er erst vor ein paar Monden dabei erwischt hatte, wie es ihm ebendieses Instrument hat stehlen wollen.

Plötzlich unterbrach sie ihr Spiel, so als ob ihre Instinkte sie plötzlich gewarnt hätten, und fuhr herum. Sie sah Rayan in der Tür stehen und erschrak.

»Ee-es tut mir leid«, stammelte sie, »ich …«

»Was tut dir leid?« Er verschränkte die Arme vor der Brust. »Dass du die Leier schon wieder gestohlen hast?«

»I-ich wollte sie nicht stehlen! Ich habe nur … ich meine …«

Rayan musste lächeln. In diesem Moment hatte sie so gar nichts von der ungestümen Wildkatze, die er in einen Kellerraum hatte sperren müssen, um sie zu bändigen. »Schon gut«, beschwichtigte er. »Du brauchst dich nicht zu entschuldigen.«

»N-nein?«

Er schüttelte den Kopf und deutete auf das Instrument in ihren Händen. »Macht dir das Freude?«

Sie betrachtete die Leier und machte dabei ein ratloses Gesicht. »Ich weiß nicht«, entgegnete sie dann achselzuckend. »Ich schätze, ich war einfach nur neugierig.«

»Nun, etwas mehr muss es doch gewesen sein«, vermutete Rayan mit gespielter Strenge. »Schließlich bist du extra deswegen in mein Quartier gekommen.«

»Tut mir leid«, erklärte sie. Sie schob die Leier wieder in seine Tasche zurück, die ebenfalls am Boden lag, und erhob sich.

»Dazu besteht kein Grund. Du hast Talent«, stellte Rayan fest.

»Wenn du meinst.« Sie zog die Nase kraus und sah zu Boden. Nie zuvor hatte er sie so erlebt. Unsicher und beinahe verletzlich …

»Würdest du gerne öfter darauf spielen?«, fragte er. »Ich könnte dich unterrichten.«

Sie überlegte. »Ich bezweifle, dass Fadir das gefallen würde.«

»Wahrscheinlich nicht«, gab Rayan zu, des Streits eingedenk, den er erst vor Kurzem mit dem Vater der Krähen gehabt hatte. »Aber du bist alt genug, um selbst zu wissen, was gut für dich ist und was nicht, oder?«

»Schätze schon«, erwiderte sie. Einen Augenblick lang schien es, als wollte sie noch etwas sagen. Dann, in einem jähen Entschluss, huschte sie wortlos an ihm vorbei und verließ die Kammer.

Nachdenklich sah Rayan ihr nach.
War es möglich?
Nein, sagte er sich.
Davon hatte seine Vision ihm nichts gezeigt.

7

Östlich von Gorheim
Zur selben Zeit

Sie hatten Brückstadt weit hinter sich gelassen.

Den Seidenweg, der von Süden heraufführte, war in den Salzweg übergegangen, der von der Klippenstadt gen Westen führte, tief hinein nach Norya; ihre Kamele hatten sie gegen Pferde und einen Wagen getauscht, ihre Kaftane gegen Kleider und Umhänge aus Wolle; und die Karawansereien, die die östliche Handelsstraße säumten, gegen schäbige Gasthäuser und halb verlassene Wegstationen.

Kein Zweifel, dachte Lorymar Thinkling bei sich.

Er war zu Hause.

Nicht, dass das raue Norya mit all seinen Klüften und Schluchten, seinen dunklen Wäldern und schneereichen Wintern ihm je eine Heimat gewesen wäre oder dass er sich in den hölzernen Baracken, die die Menschen hier ihre Häuser nannten, jemals wohlgefühlt hätte – aber die Landschaft, die Geräusche, selbst die Gerüche, die in der kalten Morgenluft lagen, hatten etwas an sich, das ihm beruhigend vertraut vorkam. Wenn auch auf eine ziemlich schräge Art und Weise.

Beinahe vier Jahrzehnte war es her, dass der Halbling zuletzt hier gewesen war. Und obwohl das Gedächtnis eines Halblings ungleich besser funktionierte als das eines Menschen und sehr viel weniger anfällig war für romantische Verklärung, konnte er sich doch einer seltsamen, stillen Euphorie nicht erwehren, auch wenn es dafür eigentlich keinen Anlass gab. Im Gegenteil, die leise Vorahnung von Angst, die sich während der Reise in sein Herz geschlichen hatte, hatte sich noch gesteigert, seit sie die Brücke überquert und von der einen Seite Astrays auf die andere gewechselt hatten. Denn nun war er der Antwort auf seine Fragen näher als je zuvor.

Solange sie noch auf der anderen Seite weilten und sich auf ostragischem Boden befanden, war ihm alles weit entfernt vorgekommen, fern und unwirklich. Nun jedoch war es Gewissheit geworden, und jeder Felsen, jeder Baum, jedes Gebäude und sogar der Gestank am Wegesrand brachten ihm zu Bewusstsein, dass er zurück war. Zurück auf der anderen Seite – die er niemals wieder hatte betreten wollen.

Dabei war es nicht einmal schwer gewesen.

Gewiss, es hatte ihn einen Beutel Silber gekostet, die Wachen auf der Brücke zu schmieren, damit sie keine überflüssigen Fragen stellten, und die Kerle vom Zoll, damit sie sie ohne die sonst üblichen Formalitäten passieren ließen. Doch dann war es nur ein kleiner Schritt gewesen, der von der Brücke zurück auf festen Boden geführt hatte, in eine, so schien es, andere Welt.

Als Lorymar Thinkling Westrien verlassen hatte, hatte die Katastrophe nicht lange zurückgelegen, und die Wunden, die sie in das Land und seine Bewohner geschlagen hatte, waren noch frisch gewesen. Seither waren siebenunddreißig Winter vergangen. Aus den Wunden waren Narben geworden. Das Land, das sich westlich von Brückstadt erstreckte, war noch genauso wild und karg wie damals – schon für den Halbling war das nach all den Jahren, die er unter südlicher Sonne verbracht hatte, umgeben von kunstvollen Bauten und prächtigen Kuppeln, ein ungewohnter Anblick. Für Nyasha pan Tyras hingegen war es ein Schock, der sich in ihren Zügen spiegelte.

Das Wort »Barbaren« stand deutlich darin zu lesen, und vermutlich fragte sie sich, warum das derbe, ungebildete Volk, das jenseits des Bruchs hauste, nicht schon längst unterworfen worden war – dass ihr Onkel und sein Hohepriester diesbezüglich tatsächlich Pläne hegten, ahnte sie sicherlich nicht, und Lorymar verriet ihr auch nichts davon. Zwar hatte er in Brückstadt zunächst erwogen, den Stadtoberen eine Warnung zukommen zu lassen, sich dann aber dagegen entschieden – hätte er es getan, so hätte er seine Anonymität aufgeben und sich einer Menge unangenehmer Fragen stellen müssen. Und was dann geschehen wäre, vermochte niemand zu sagen.

Nein, sagte er sich – was immer mit Brückstadt passieren würde, Lorymar Thinkling war nicht dafür verantwortlich. Nach allem, was er erlebt hatte und erfahren, waren in Astray ohnehin andere Mächte am Wirken, und ihnen war es gleichgültig, ob die Menschen Frieden hielten oder sich gegenseitig die Schädel einschlugen.

Zumindest war es das, was der Halbling sich einredete, und es funktionierte gut, solange in den Herbergen am Wegesrand genügend Gerstensaft vorhanden war, auf den Lorymar infolge mangelnden Weines notgedrungen umgestiegen war. Doch obwohl das Bier besser schmeckte, als er es in Erinnerung hatte, obwohl die um diese Jahreszeit häufig wütenden Regenfälle ausblieben und der Halbling und seine Begleiter gut vorankamen, war er alles andere als guter Dinge. Denn je weiter sie nach Westen vordrangen, desto heftiger wurden die Bilder, die ihn verfolgten – nicht mehr nur bei Nacht, wenn er schlief, sondern auch am hellen Tage. Hinter jedem Felsen und jedem Baum und selbst in den Gesichtern der Menschen, die dieses Land bewohnten, schien die Vergangenheit zu lauern.

Die Folge war, dass das Bier sein ständiger Begleiter wurde. Er trank es am Morgen, um sich Mut für den Tag zu verschaffen, trank es tagsüber, um seine Sinne zu betäuben, und trank es in der Nacht, um zumindest einige Augenblicke Ruhe zu finden. Wann immer sich das Gefühl einstellte, dass die Wirkung des Alkohols nachließ und er nüchtern zu werden drohte, genehmigte er sich einen Schluck aus dem Fässchen, das außen an dem mit gewachstem Tuch bespannten Planwagen hing, den der Knecht Kubwa lenkte und auf dem Prinzessin Nyasha und ihre beiden Dienerinnen fuhren, während Lorymar und die beiden Leibwächter auf Pferden reisten. Da sie zwei weitere Tiere zum Wechseln mit sich führten – robuste, ausdauernde Hengste aus noryschen Gestüten – ließ es sich auch Prinzessin Nyasha nicht nehmen, hin und wieder in den Sattel zu steigen und Teile des Weges zu reiten. Anfangs bediente sie sich dabei noch des schicklichen Damensitzes; nachdem sie jedoch festgestellt hatte, dass dieser auf den unbefestigten, von Schlaglöchern und Matschgruben durchsetzten Straßen Noryas nicht nur unpraktisch war, sondern lebensgefährlich sein konnte, ritt sie wie ein Mann – und das sehr viel besser als Lorymar, der sich auf dem turmhohen Gaul fühlte wie ein Urok beim Eiertanz und manches darum gegeben hätte, ein Pony aus Westland unter dem Hinterteil zu haben.

»Und, Hoheit?«, erkundigte er sich bei der Prinzessin, die neben ihm ritt, während sie eine weite, von Bäumen bestandene Senke durchquerten, die die Straße schnurgerade durchschnitt. Kalid ritt voraus, sein Bruder Hakan bildete die Nachhut des kleinen Trupps. »Wie gefällt Euch der Westen?«

Er hatte es nicht ohne Ironie gesagt, weshalb sie ihn ein wenig verunsichert ansah. »Es ist anders als zu Hause«, entgegnete sie mit jenem diplomatischen Geschick, das ihr Bruder gänzlich entbehrte. »Ich meine, es gibt Felder und Äcker, genau wie in Nabara auf der anderen Seite des Abgrunds, und die Menschen leben ebenso in Häusern – und doch ist alles ganz anders. Wilder, freier …«

»… und primitiver«, drückte Lorymar es weniger freundlich aus und grinste schief. »Ihr könnt es ruhig aussprechen – ich stamme nicht aus Norya. Und ich gehöre auch nicht zu diesen grobschlächtigen Leuten.«

»Verhält es sich in Eurer Heimat denn anders als hier?«,

fragte sie von unter der Kapuze, die sie sich tief ins Gesicht gezogen hatte – einerseits, um sich vor der Kälte des Morgens zu schützen, andererseits auch, um zu verbergen, dass es eine Frau war, die auf dem großen Rappen ritt.

»O ja.« Der Halbling nickte. »In Westland gibt es grüne Hügel und Seen, die so klar sind, dass sich der Himmel und die Wolken darin spiegeln. Dazu Flüsse, die von Fischen wimmeln, und Berge, an deren sonnigen Hängen Wein angebaut wird, der anders schmeckt als alles, was ihr je getrunken habt.«

»Besser?«

»Anders«, beharrte er. »In Periwinkel gibt es einen Spruch: Wer in Westland war und keinen Wein getrunken hat, der ist nicht wirklich dort gewesen.«

»Ihr trinkt viel«, stellte sie fest. Es war kein Vorwurf in ihrer Stimme zu hören, aber ganz offenbar war nicht nur der Wein von Periwinkel gemeint.

»Was soll das heißen?«, fragte er.

»Nichts. Es ist nur eine Beobachtung.«

Lorymar schnitt eine Grimasse. »Habt Ihr Sorge, ich könnte mich im Suff nicht mehr zurechtfinden? Verzeiht«, schob er gleich hinterher, »das war unangemessen.«

»Freut Ihr Euch denn gar nicht, nach all den Jahren wieder in Eure Heimat zurückzukehren?«

»Sollte ich?«

»Nun«, entgegnete sie, »wenn ich daran denke, wie meine Heimat mir bereits jetzt zu fehlen beginnt …«

»Ich habe keine Heimat«, fiel Lorymar ihr barsch ins Wort. »Den größten Teil meines Lebens habe ich in der Fremde verbracht.«

»Und dennoch leuchten Eure Augen, wenn Ihr vom Westland redet«, widersprach sie.

»Das ist Euch aufgefallen?«

Sie lächelte matt. »Eine Prinzessin muss viele Dinge tun

und darf nur sehr wenig«, erwiderte sie. »Die Menschen zu beobachten gehört glücklicherweise nicht dazu, also habe ich eine gewisse Übung darin.«

»Offenkundig«, knurrte er und biss sich auf die Lippen. Er kam sich durchschaut vor, und es ärgerte ihn, dass sie Dinge aussprach, die er sich nicht eingestehen wollte.

»Verzeiht, ich wollte Euch nicht in Verlegenheit bringen.«

»Das habt Ihr nicht«, behauptete er, dem Offenkundigen zum Trotz. »Aber ist Euch nicht der Gedanke gekommen, dass mir nicht mehr gefallen könnte, was ich hier sehe? Ich habe weit mehr Jahre in Altashar verbracht, als Ihr und Euer Bruder zählt, Prinzessin, und ich bin nicht blind. Auch ich sehe den Unterschied. Sehe, wie die Menschen hier in Kälte und Elend hausen, während in Medras Künste aller Art unterrichtet werden und in Phrygos das Handwerk und der Handel blühen. Das Ostreich hat sich glorreich aus der Asche der Vernichtung erhoben – der Westen hingegen steckt noch immer darin.«

»Und das bekümmert Euch?«

Er sandte ihr einen wütenden Blick. »Was mich bekümmert, Prinzessin, davon habt Ihr keine Ahnung. Und selbst wenn ich es versuchte, könnte ich es Euch nicht erklären.«

»Weil ich eine Frau bin? Oder eine Prinzessin?«

»Nein, weil … weil Ihr damals nicht dabei wart und …«

Er unterbrach sich und schnaubte.

Der Zug verlangsamte sich, als es auf anderen Seite der Senke die Anhöhe hinaufging. Kubwa ließ die Peitsche knallen, und die Pferde stemmten sich mit aller Kraft in das Kummet, doch im Morast ging es kaum voran. Der Knecht wies die beiden Dienerinnen an, vom Wagen zu steigen und ihn anzuschieben – daraufhin quälte sich das Gefährt die Straße hinauf, tiefe Furchen hinterlassend.

»Warum ist das so?«, fragte Nyasha sanft nach.»Warum ist der Westen so anders? Die Katastrophe hat den Osten nicht weniger hart getroffen, und der Krieg hat auf beiden Seiten getobt. Und dennoch ...«

»Nachdem das Alte Reich zerfallen war, hat im Osten Euer Vater Artaban die Krone errungen und es vergleichsweise schnell geschafft, die Regionen zu einen«, erklärte Lorymar. »So wurde verhindert, dass die Völker übereinander herfielen – anders als im Westen, wo es zum Zerfall des Königreichs kam und zum Zerwürfnis zwischen den Astari und den Menschen. Städte und Herzogtümer sahen ihre Chance zur Unabhängigkeit und beanspruchten ihre Gebiete für sich – dadurch entbrannten zahllose kleine Kriege, und Banden von Söldnern und rachsüchtigen Dwargen zogen marodierend durch die Lande. Nur Archos blieb als Königreich bestehen und versuchte die Ordnung aufrechtzuerhalten, was zu weiterem Streit führte ... Irgendwann wurde der Zwist überwunden, und um künftige Kriege zu vermeiden, wurde entschieden, einen Senat zu gründen, der in Archos tagt und von allen Teilen Westrays beschickt wird – doch dieser Rat ist wie jene erbärmliche Kreatur zu den Füßen Eures Onkels.«

»Ihr sprecht doch nicht etwa von Euch?«

»Eigentlich«, meinte Lorymar amüsiert, »hatte ich mehr an den Löwen Nestor gedacht – denn genau das ist der Senat, ein Raubtier ohne Zähne. Die Senatoren vermögen kluge und ausgefeilte Reden zu halten, doch die Entscheidungen in Westray werden von jenen gefällt, die die wahre Macht in den Händen halten. Ihr seht also, der Westen hat einen ungleich höheren Preis bezahlt als Ostragien – zumal aus der Asche und den Ruinen des Krieges die Schwarzen Türme wuchsen, wie Pilze auf einem Haufen Dung.«

»Ich habe sie gesehen«, bestätigte Nyasha in Erinnerung an die Bauwerke, die bisweilen von der Straße aus zu sehen waren und die es überall in Westrien gab – schlanke, rabenschwarze Gebilde, die wie Nadeln in den wolkengrauen Himmel stachen. »Es sind die Tempel der Westrier, richtig?«, fragte sie nach. »So wie die Tempel des Feuerkults in meiner Heimat.«

»Nein, Prinzessin, kein bisschen wie die Tempel des Feuerkults – eher das genaue Gegenteil davon«, widersprach Lorymar. »Denn die Türme sind der Sitz der Exekutoren – und ihr Ziel ist es, alle Religion in dieser Welt auszurotten, jedweden Glauben an Dinge, die das Offenkundige übersteigen. Nach ihrer Überzeugung ist es der Glaube an übernatürliche Dinge gewesen, der zur Katastrophe führte und Astray um ein Haar vernichtete.«

»Nicht Glaube, Irrglaube«, verbesserte sie.

»Gibt es da einen Unterschied?« Er sah sie prüfend an.

»Das ist der Narr, der mich das fragt.«

»Auch in Eurer Heimat gibt es Menschen, die den Feuerkult für einen Irrweg halten und nicht an die heilende Kraft der Flammen glauben«, verteidigte Lorymar seinen Standpunkt. »Sie leben nur meist nicht lange genug, um ihre Meinung zu verbreiten«, fügte er leiser hinzu.

»Und Ihr? Was glaubt Ihr?«

Lorymar lächelte schwach. Noch vor wenigen Wochen hätte er jegliche Antwort auf diese Frage schlicht vermieden aus Sorge, in Flammen aufzugehen. Nun jedoch lag die Grenze weit hinter ihnen, und er musste nicht mehr fürchten, von einem fanatischen Hohepriester in Brand gesteckt zu werden …

»Ich glaube nichts«, gestand er offen.

»Nichts?« Sie sah ihn verunsichert an.

»Nicht an die Kraft des Feuers. Nicht an die Kraft der Vorsehung oder an sonstwelchen übernatürlichen Hokuspokus«, bestätigte er.

»Dann habt Ihr Euch gut getarnt in all den Jahren.«

»Ich war der Narr bei Hofe«, erwiderte er achselzuckend. »Das Tragen von Masken war Teil meiner Aufgaben.«

»Dennoch glaube ich Euch nicht. Ihr habt den größten Teil Eures Lebens in Altashar verbracht. Ihr habt gesehen, wozu die Priester des Feuerkults fähig sind, wie sie kraft ihres Willens den Flammen gebieten.«

»Zugegeben.«

»Und?«

Lorymar seufzte. Warum nur konnte sie keine Ruhe geben? »Was auch immer Xusra und die Seinen tun, um diesen Eindruck zu erzeugen – ich bin sicher, dass es nur ein Kunststück ist, ein Taschenspielertrick, wie alle Narren ihn beherrschen.«

»So vermögt Ihr es auch?«

»Das habe ich nicht gesagt. Ich behaupte nur, dass es Lug und Trug ist.«

Sie erwiderte nichts darauf. Eine Weile ritt sie schweigend neben ihm her, wobei sie ihm von unter ihrer Kapuze immer wieder forschende Blicke zuwarf. Fast hielt er die Angelegenheit schon für erledigt, da sagte sie leise: »Ich glaube Euch trotzdem nicht.«

»Was?«

»Ich denke, dass Ihr die Unwahrheit sagt, Lorymar Thinkling, der Ihr nicht länger ein *ghurab* seid. Jeder Mensch hat irgendetwas, woran er glaubt, und Ihr bildet keine Ausnahme. Im Gegenteil denke ich, dass Ihr sehr viel fester glaubt, als Ihr es Euch eingestehen wollt.«

»Wie interessant«, schnaubte er. »Und woran glaube ich Eurer Ansicht nach?«

»Das weiß ich nicht«, gab sie zu. »Aber was auch immer es ist, es ängstigt Euch – und ich glaube, dass es der Grund ist, warum Ihr in Eure Heimat zurückkehren wolltet.«

Lorymar blieb eine Antwort schuldig. Stattdessen ließ er die Zügel schnalzen und trieb sein Pferd an, die Straße hinauf zur Spitze des kleinen Zuges, so als müsse er dort nach dem Rechten sehen. In Wahrheit wollte er nur fort – fort von diesem Gespräch und diesem Thema, fort von den ständigen Blicken und den bohrenden Fragen.

Fort von ihr!

Atemlos erreichte er die Kuppe und blickte auf das schwarze Band, das sich am westlichen Horizont erstreckte.

Der Morwald war in Sicht.

Und davor Gorheim, der letzte Außenposten vor dem dunklen Dickicht, eine von hohen Palisaden umgebene Siedlung, von deren Blockhäusern dünne Rauchsäulen in den grauen Himmel stiegen.

Die Handelsstraße, die von Brückstadt herüberkam, teilte sich hier: Eine Route führte am Waldrand entlang nach Süden, weshalb sie von alters her »Sonnenweg« genannt wurde; die andere führte zunächst in den Wald, ehe sie nach Norden abzweigte und gen Skaradag führte.

An der Kreuzung von Gorheim, so hieß es, hatten sich Schicksale entschieden, und als Lorymar Thinkling von der Anhöhe aus auf die Gabelung blickte, hatte er das hässliche Gefühl, dass dies auch in seinem Fall so sein würde …

»Welche Richtung werden wir einschlagen?«, erkundigte sich Kalid, der Leibwächter, der sein Pferd ebenfalls auf der Kuppe gezügelt hatte.

»Norden«, erwiderte Lorymar lakonisch.

»Was?« Nyasha, die zu ihnen aufschloss, sah ihn fragend an. »Sogar ich weiß, dass wir die Südroute nehmen und das Gebirge queren müssen, um nach Westland zu gelangen.«

»Meine Anerkennung.« Der Halbling nickte ungerührt. »Aber wir gehen nicht nach Westland.«

»Nein?« Sie hob die Brauen. »Aber Ihr sagtet doch …?«

»Ich habe Eurem Bruder versprochen, Euch an einen sicheren Ort zu bringen, und das werde ich«, versicherte er.

»Und wo ist dieser Ort?«

»Weit im Norden, Prinzessin – in Skaradag.«

»Skaradag?«

»Habt Ihr nie von der Stadt des Salzes gehört? Von ihrem sagenhaften Reichtum?«

»Doch«, gestand sie. »Aber ich habe ebenfalls gehört, dass man Skaradag auch die Stadt der Diebe nennt – und dort soll eine Prinzessin aus hohem Hause sicher sein?«

»Niemand wird erfahren, wer Ihr seid«, versicherte er, »solange Ihr es niemandem sagt.«

»Aber man wird wissen, dass ich nicht aus Westrien stamme. Ich spreche nicht einmal die Sprache.«

»Dort, wo ich Euch hinbringe, wird niemand nach Eurer Herkunft fragen.«

»Und der Wald? Es heißt, der Morwald wäre voller Gefahren ...«

»Das ist er – aber nicht am hellen Tage. Nachts werden wir in den Handelsstationen unterkommen, wo wir sicher sind. Und für alle Fälle sind Eure getreuen Leibwächter bei Euch.«

»Aber ...«, begann sie noch einmal, um sich dann selbst zu unterbrechen. »Nein«, sagte sie entschieden, als würde sie sich selbst zur Ordnung rufen. »Ich werde Euch nicht widersprechen, Lorymar Thinkling. Ihr habt mich und mein Gefolge bislang gut geführt und uns sicher hierhergebracht, folglich habe ich keinen Grund, Eure Entscheidung in Zweifel zu ziehen. Wenn Ihr sagt, dass wir die nördliche Route nehmen sollen, so will ich Euch vertrauen.«

Gerade das, Prinzessin, solltet Ihr keinesfalls tun, dachte Lorymar. Dann trieb er sein Pferd an, Gorheim und dem dunklen Wald entgegen, der sich drohend dahinter erhob.

8

Krähennest, Skaradag
Zur selben Zeit

Leierklänge schwebten durch die dunklen Gänge der Katakomben und erfüllten sie mit leichter Heiterkeit – doch zur Abwechslung waren es nicht Rayans Hände, die sie den Saiten des alten Instruments entlockten.

Der Sänger wusste nicht, was Bray dazu bewogen hatte, ihre Meinung zu ändern, doch am Tag, nachdem er sie beim Spiel mit der Leier erwischt hatte, war sie zu ihm gekommen und hatte ihn gebeten, sie zu unterrichten. Und es machte ihm Freude. Vor allem, weil es ihm Gelegenheit gab, Zeit mit dieser jungen Frau zu verbringen, die ihn mehr und mehr beschäftigte.

Und wieder überraschte sie ihn.

Schon als er sie beim heimlichen Spielen ertappte, war er beeindruckt gewesen von ihrem Talent. Vollends zur Entfaltung jedoch kam es erst jetzt. Brays Auffassungsgabe war erstaunlich, ebenso wie ihr Geschick darin, ihre Finger über die Saiten tanzen zu lassen. Rayan hatte gestandene Spielleute erlebt, die der Leier weniger ausgefeilte Töne abgerungen hatten als dieses Mädchen nach nur wenigen Tagen Übung. Dazu kam, dass sie ein natürliches Verständnis für Harmonien besaß; er brauchte ihr nicht zu erklären, welche Saiten sie anschlagen musste, damit sich ein wohlklingender Akkord ergab – ihre Intuition erlaubte es ihr, schon nach kurzer Zeit eigene Harmonien zu bilden und Melodien nachzuspielen. Und nicht zuletzt war da ihre Stimme, die hell war und glockenklar und sich wie Balsam um die Klänge der Leier legte.

Nach nur wenigen Abenden, in denen Rayan sie in das Leierspiel eingewiesen hatte, beherrschte sie bereits die wichtigsten Grundtechniken, und es erfüllte ihn mit dem Stolz eines Lehrers, ihrem Spiel beizuwohnen. So ungewohnt es war, das eigene Instrument zu hören, während man nicht selbst darauf spielte, so sehr genoss er es auch.

Und nicht nur er.

Besonders die Jüngsten der Krähen fanden ebenfalls großen Gefallen an Brays Spiel, und so besuchte sie sie jeden Abend in ihrem Quartier und spielte ihnen etwas vor. Und die Jungen und Mädchen kauerten auf ihren schäbigen Decken und lauschten den Klängen voller Andacht und Bewunderung. Unter ihnen war auch Anara, das Mädchen aus dem Bordell – wie Rayan inzwischen herausgefunden hatte, arbeitete sie nicht wirklich dort, sondern versah lediglich Botendienste für die Zunft. Nun saß sie da mit den anderen, die Ohren gespitzt und die Augen staunend aufgerissen, und hörte dem Gesang von Bray zu, die wie eine große Schwester für sie war.

Alle klatschten begeistert Beifall, als Bray ihren Vortrag beendete – es war ein Kinderlied aus Skaradag gewesen, das von den Salzmännern handelte, kleinen Trollen, die tief in der Erde lebten und das Salz für die Menschen machten. Bray lächelte, als sie sah, welche Freude sie damit in die Gesichter der anderen zauberte, und Rayan ging auf, wie selten er sie bislang hatte lächeln sehen. Es war, als hellte ein Sonnenstrahl ihre anmutigen Züge auf.

»Noch eins«, rief einer der Jungen. »Wir wollen noch ein Lied hören!«

»Ja«, stimmte Anara zu und klatschte begeistert in die Hände. »Bitte ein Liebeslied diesmal!«

»Näääh«, stöhnten die Jungs – aber Bray hatte ihre Wahl

schon getroffen. Sie spielte einige Akkorde und summte dazu, um sich einzustimmen. Dann sang sie:

O Blume so zart aus dem fernen Khadir,
wie duftest du gut und schickst Grüße zu mir,
von meinem Liebsten aus gar fernen Landen
über Meere hinweg, über Grenzen und Banden
sagst du mir, dass er mich liebt all so sehr,
und ich wünscht' ihn zu sehen, ich wünschte ihn her,
in meine Arme, den Liebsten mein,
o Blume, möchtest du er doch nur sein!

Rayan stand wie vom Donner gerührt.

Er hatte dieses Lied schon einmal gehört, vor vielen Jahren … An den Text hätte er sich nicht mehr Wort für Wort erinnern können, wohl aber an die Melodie, für die er ein ungleich besseres Gedächtnis hatte. Und wie immer, wenn er sich einer Melodie entsann, musste er daran denken, wo und wann er sie das allererste Mal gehört hatte – und wer sie vorgetragen hatte.

»Woher kennst du dieses Lied?«, fragte er Bray verblüfft.

»Ich weiß nicht.« Sie zuckte mit den Schultern. »Jemand muss es mir einmal vorgesungen haben. Wieso?«

»Es ist eine Weise aus Ophira«, erklärte er.

»Kann sein.« Sie zuckte mit den Schultern. »Ich habe es wohl irgendwo aufgeschnappt. Von einem Spielmann oder in einem Wirtshaus …«

»Vielleicht von einer Frau?«, fragte Rayan entgegen jeder Vernunft.

»Kann auch sein«, stimmte Bray zu, nun bereits ein wenig gereizt. »Wieso fragst du?«

»Nur so«, versicherte er. Sicher war es nur ein Zufall, sagte er sich. Es gab schließlich viele Sänger aus Ophira, die Leute im Süden waren bekannt für ihr sonniges Gemüt und ihre Freude an der Musik.

»Singst du jetzt weiter?«, bettelte Anara und sah Bray dabei flehend an. »Bitte! Das war wunderschön mit dem Liebsten und der Blume.« Sie seufzte.

»Pffft«, machte Birk, der Junge neben ihr, verächtlich, worauf Anara ihm einen harten Stoß mit dem Ellbogen versetzte.

Bray nickte und spielte wieder einige Harmonien, als müsste sie zunächst ihr Bewusstsein klären und sich der Worte entsinnen. Dann begann sie die zweite Strophe:

Ach Liebster mein, ach wärst du doch hier,
und nicht nur die Blume aus dem fernen Khadir …
… und wäre nur nicht unter Wolken verborgen,
die Zukunft, gebeugt unter Furcht und viel Sorgen
und erblickte ich nicht in der Welt dunkler Kluft,
das Grauen, das unsere Namen ruft!
Und die Schatten, die finstern, die geifern und kriechen,
aus der Welt dunklem Abgrund, den finsteren Tiefen …

»Bray, was singst du da?«, beschwerte sich Anara und hielt sich die Ohren zu. Nicht nur, dass der Text sich geändert hatte – auch die Harmonien waren verloren, Missklänge begleiteten Brays Gesang. »Das ist ja schrecklich!«

Bray unterbrach ihren Vortrag und sah das Mädchen entgeistert an, ein wenig so, als würde sie aus tiefer Trance erwachen. Und als wäre sie von Träumen umfangen gewesen, schien sie einen Moment zu brauchen, um ins Hier und Jetzt zurückzufinden. Sie ließ die Leier sinken und griff sich an die Schläfen, wirkte benommen.

Rayan stand reglos da.

Sein Herz schlug wild in seiner Brust, und trotz der klammen Kälte, die in den Stollen herrschte, war ihm plötzlich unerträglich heiß. Bestürzung ergriff von ihm Besitz. Er konnte, wollte es nicht glauben. Dies war absolut unmöglich – und doch hatte er es mit eigenen Ohren gehört. Und er konnte die Spuren erkennen, die es bei Bray hinterlassen hatte.

Sein Leben lang hatte Rayan Dinge gesehen ... Ereignisse, die nur wenig später tatsächlich eingetroffen waren. Im Lauf der Jahre hatte er gelernt, damit umzugehen, aber er wusste noch ganz genau, wie es beim allerersten Mal gewesen war, als er Angst gehabt hatte, den Verstand zu verlieren ... Und genau diese Angst konnte er jetzt auch in Brays Zügen lesen.

Das Strahlen aus ihrem Gesicht war verschwunden, und damit jede Spur von Heiterkeit. Entsetzen spiegelte sich darin, das deutlich belegte, dass die junge Frau diese Worte nicht nur gesungen hatte – sie hatte sie aus ihrem Innersten heraus empfunden. Und sie hatte Bilder gesehen, Eindrücke, die mit den Worten einhergingen, so wirklich und wahrhaftig, als wären sie bereits geschehen.

Ihr Blick schweifte suchend durch die Kammer.

In den staunenden Mienen ihrer jungen Freunde fand sie weder Trost noch Antwort, und so wanderte ihr Blick weiter, bis er den von Rayan fand.

Der Sänger nickte.

Er hatte es nicht glauben wollen, aber es geschah tatsächlich – auch wenn es eigentlich unmöglich war.

9

Haus des Doppelten Mondes, Skaradag
In derselben Nacht

Ein leises Wimmern war die Folge, als der Holzstock abermals niederging. Die Haut darunter war bereits gerötet und angeschwollen.

»Hast du genug?«, fragte Jenya den Mann, der vor ihr kauerte, splitternackt und wimmernd wie ein kleines Kind. Es war kaum vorstellbar, dass dieser Mann ein Großexekutor des Ordens und weithin gefürchtet war – denn wann immer er hier im Haus des *Doppelten Mondes* weilte, gab er eine eher bemitleidenswerte Figur ab.

Der Astara war es einerlei.

Sie hatte es sich zur Regel gemacht, jeden ihrer Gäste gleich zu behandeln, unabhängig davon, was er außerhalb dieses Hauses sein mochte. Bei diesem speziellen Gast allerdings gab sie sich keiner Illlusion hin: Wenn dieser Mann, der heute zum dritten Mal ihre Dienste suchte, erfuhr, dass sie nur zu genau wusste, wer er war, würde das ihr Todesurteil bedeuten.

Nicht von ungefähr kam er erst spätnachts, wenn die meisten Gäste schon wieder gegangen waren, und stets trug er ein weites Gewand mit einer tiefen Kapuze, die sein Gesicht verbarg. Dann pflegte er nach ihr zu verlangen, und sie tat gut daran, jeden anderen Gast abzuweisen und ihm den Vortritt zu lassen. Ohnehin hatte sie es sich zur Angewohnheit gemacht, nur Kunden mit besonderen Wünschen zu empfangen – als Astara war es ihr möglich, diese zu erahnen, ohne dass die Gäste sie laut aussprechen mussten. Diese Fähigkeit, auch wenn es nur noch ein kläglicher Rest von dem war, was sie einst vermocht hatte, hatte ihr in gewissen Kreisen Berühmheit eingetragen.

»Mehr«, verlangte der Mann, der vor ihr auf Knien und Ellbogen kauerte, und sie ließ den Stock abermals auf sein Gesäß niedergehen. Blutige Striemen waren diesmal die Folge, und unwillkürlich fragte sie sich, wie er jemals wieder in einem Sattel sitzen wollte. Offenbar hatte er viel aufzuarbeiten – anders als die Astari kannten die Menschen viele Arten, mit ihren Körpern, ihren Seelen und sich selbst im Unreinen zu sein.

Wieder krachte das Stöckchen, wieder kam ein Stöhnen, lustvoll und leidend zugleich. Jenya konnte seine Erregung fühlen, ebenso wie den Schmerz – und noch etwas verspürte sie. Eine rätselhafte, machtvolle Aura, die seit geraumer Zeit in der Stadt weilte und von der sie sich fragte, ob dieser Mann, Thorgon-Syn, ihre Quelle war.

Früher, als sie ihre Fähigkeit noch in vollem Umfang besaß, hätte sie diese Aura genauer benennen, sie vielleicht sogar lokalisieren können, doch das war ihr nicht mehr möglich. Es waren nur Bruchstücke, die sie empfing, flüchtige Eindrücke, die sie weder kontrollieren noch beeinflussen konnte – aber diese Fragmente legten nahe, dass es der Großexekutor war, der jene Störung bewirkte. Sie konnte seine Lust fühlen, ein kurzes Aufflackern süßer Verzückung, als er sich auf den Fußboden erging – doch so jäh die Flamme aufgelodert war, verlosch sie auch wieder.

Ihr Dienst war damit beendet.

»Jennara?«, fragte Thorgon leise.

»Ja?« Sie beugte sich zu ihm hinab.

»Ich konnte nicht anders«, versicherte er und sah sie schuldbewusst an.

»Ich weiß.«

»Du hast es mir befohlen.«

»Das habe ich«, bestätigte sie und erhob sich.

Thorgon blieb am Boden, seitlich liegend und zusammengerollt wie ein kleines Kind. Er würde so noch eine Weile liegen bleiben, dann würde er sich ankleiden und gehen. Zum Geschlechtsakt war es nur in der ersten Nacht gekommen, und Jenya konnte gut darauf verzichten.

Anfangs hatte sie noch geglaubt, das eine oder andere von Thorgon erfahren zu können – warum er nach Skaradag gekommen war und welche Ziele er verfolgte. Doch alle ihre Bemühungen, ihm etwas anderes zu entlocken als das immergleiche Wimmern und Stöhnen, waren vergeblich geblieben.

Es war, als ob es zwei verschiedene Personen gäbe: Den Großexekutor Thorgon-Syn, der nicht zögerte, Menschen im Dutzend lebendig begraben zu lassen, wenn es ihm notwendig erschien – und jene bemitleidenswerte Kreatur, die ihre Hilfe brauchte, um auch nur einen einzigen Herzschlag sinnenfroher Lust zu empfinden.

Diese Widersprüche waren zwei Seiten derselben Münze.

Wie meist bei den Sterblichen.

10

Morwald
Eine Woche später

Den Morwald als Wald zu bezeichnen, war ein wenig so, als würde man den Weltenbruch einen Graben nennen oder das Meer von Tharys einen See. Denn er erstreckte sich fast tausend Meilen weit, vom Westen Noryas bis tief hinein nach Cymria – ein riesiges grünschwarzes Monstrum, in dessen dunklen Tiefen eine Vielzahl argloser Wanderer verschwunden war. Uralte Geschichten rankten sich um den Morwald und seine Bewohner, Gerüchte, Rätsel und Geheimnisse, die selbst die Exekutoren nicht hatten ausrotten können. Und im Osten Cymrias, wo der Baumbestand bis an die Siedlungen reichte, gab es viele, die behaupteten, dass der Morwald nicht nur einfach eine Landschaft wäre, eine Ansammlung von Bäumen, sondern ein lebendes, atmendes Wesen. Um die Menschen vor ihm zu schützen, war in alter Zeit die Morwacht errichtet worden, ein Wall aus Palisaden, der dort, wo die Furcht am größten war, noch immer Bestand hatte.

Auch gab es »den« Morwald eigentlich nicht. Während im Westen und Süden Laubbäume dominierten, waren es im Norden schwarze Tannen, die dem Wald sein düsteres Aussehen gaben und sich im Norden bis ans Gebirge drängten, einer Armee gleich, die feindliche Mauern belagerte. Tatsächlich war der Morwald fortwährend dabei, sich auszubreiten, und es war nur der Arbeit fleißiger Holzfäller zu verdanken, dass er Astray nicht längst überwuchert hatte.

Seit sieben Tagen folgten Lorymar Thinkling und seine

Gefährten nun dem Salzweg, der in nordwestlicher Richtung den Morwald durchschnitt, um dann an den Ausläufern des Gebirges entlang nach Skaradag zu führen.

Tagsüber ritten sie, bei Einbruch der Dunkelheit suchten sie in den befestigten Stationen Zuflucht, die die Saliger von Skaradag unterhielten, um ihre Handelswege zu sichern und dafür zu sorgen, dass das Salz, das sie für teures Geld nach Süden verkauften, auch wirklich dort ankam.

An den ersten beiden Tagen war den Reisenden das Wetter noch hold gewesen. Dann jedoch hatte Regen eingesetzt, der seither nicht mehr aufgehört hatte. Endlos scheinende Fäden stürzten aus dem Himmel und verwandelten die Straße in eine breite Furche aus Marsch, in der der Planwagen nur noch mühsam vorankam, und zu beiden Seiten erhoben sich im grauen Regenschleier geistergleich die Silhouetten riesiger Bäume. Nicht nur Kalid und Hakan, die beiden Leibwächter, sandten dem umgebenden Halbdunkel immer wieder misstrauische Blicke. Auch Lorymar ertappte sich dabei, dass er mit Argwohn in das schwarze Unterholz spähte, glücklicherweise ohne etwas Verdächtiges zu entdecken. Und doch hatte er schon seit geraumer Zeit das Gefühl, dass jemand von dort zurückstarrte.

»Verdammtes Mistwetter«, knurrte er unter seiner Kapuze, die er zum Schutz vor dem Regen hochgeschlagen hatte – allerdings war die Wolle bereits völlig durchnässt. »Und dazu noch dieser elende Nebel …«

»Was habt Ihr?«, fragte Nyasha pan Tyras vom Kutschbock aus, auf dem sie Platz genommen hatte – die weit vorstehende Plane des Wagens leistete dem Regen tapfer Widerstand. »Bereitet Euch etwas Sorge?«

»Es ist nur dieser Regen«, antwortete Lorymar verdrießlich. »Er lässt die Dunkelheit noch früher hereinbrechen als sonst. Wir müssen uns beeilen, wenn wir die nächste Station erreichen wollen.«

»Da Ihr davon sprecht – sollten wir sie nicht längst erreicht haben?«, fragte Hakan, der wie immer die Nachhut bildete – und traf damit einen empfindlichen Nerv.

Tatsächlich war auch Lorymar der Ansicht gewesen, dass die Etappe dieses Tages kürzer wäre als die der vorangegangenen und sie längst am Ziel hätten eintreffen sollen. Nur um Nyasha nicht zu beunruhigen, hatte er nichts davon gesagt.

»Ich denke nicht«, antwortete er deshalb zögerlich. »Entfernungen sind schwer zu schätzen in diesem Wald, und der Wagen kommt nur langsam voran.«

»Als ich noch ein kleines Mädchen war, hat meine Mutter mir Geschichten über den Morwald erzählt«, wusste Kira zu berichten, Nyashas Zofe, die hinter ihrer Herrin aus dem Wagen lugte. »Sie sagte, dass der Morwald arglose Wanderer vom Weg abbringt und ihre Seelen frisst.«

»Was du nicht sagst«, raunzte Lorymar. »Könntest du dein Wissen auch für dich behalten, Dienerin?«

»Was denn? Fürchtet Ihr Euch etwa?«, fragte Kalid grinsend. Wie sein Bruder war auch er ein wahrer Schrank von einem Mann, dessen Muskeln sich unter den vom Regen durchnässten Kleidern deutlich abzeichneten. Ein Krieger, wie er im Buche stand.

»Ja, wenn du es genau wissen willst«, wies der Halbling ihn zurecht. »Und ich bin meiner Furcht dankbar, denn sie hat mir schon ein ums andere Mal das Leben gerett…«

In diesem Moment drang ein unheilvoller Laut durch den Wald. Ein Heulen, das durch Mark und Bein ging.

»Was war das?«, fragte Nyasha erschrocken.

»Ich weiß es nicht«, behauptete Lorymar – was allerdings nicht stimmte. Denn tatsächlich hatte er diesen Laut schon einmal gehört, vor vielen Jahren.

Wieder das Heulen.

Lorymar trieb sein Pferd an Kalids Seite. »Falls etwas geschieht, nehme ich die Prinzessin und reite mit ihr zur nächsten Station«, raunte er ihm zu. »Du und dein Bruder, ihr werdet unsere Flucht decken.«

»Und was wird aus den Dienern?«

Lorymar sandte ihm einen tadelnden Blick. »Was ist Euer Auftrag?«, fragte er nur.

»Die Prinzessin von Altashar mit unserem Leben zu beschützen.«

»Dann tut das«, erwiderte der Halbling prompt. »Das und nichts anderes.«

Nicht, dass er stolz darauf gewesen wäre, aber er hatte gelernt, dass es im Leben Augenblicke gab, in denen man Prioritäten setzen musste. Und falls sich sein Verdacht als wahr erwies, dann …

In diesem Moment zügelte Kalid sein Pferd und hob die rechte Hand. Der kleine Zug blieb stehen.

»Was ist?«, fragte Lorymar.

»Merkst du es nicht?«, kam die Antwort zurück. »Kein Laut ist mehr zu hören.«

Der Leibwächter hatte recht.

Kein einziger Ton drang mehr aus dem umgebenden Wald, selbst die Tiere schienen verstummt zu sein. Alles, was Lorymar hörte, war sein eigener heiserer Atem, der sich als weißer Dampf niederschlug.

»Etwas stimmt nicht«, war Kalid überzeugt. Sein Pferd auf der Hinterhand wendend, sah er sich wachsam nach allen Seiten um.

Auch Lorymar starrte wieder voller Argwohn in das wabernde Grau, das sich mit jedem Augenblick noch zu verdichten und mit geisterhaften Händen nach ihnen zu greifen schien.

»Verdammter Nebel«, knurrte der Halbling. »Er bewegt sich, als ob er leben würde …«

»Sagtet Ihr nicht, Ihr glaubt nicht an solche Dinge?«, fragte Nyasha.

»Ich habe nicht gesagt, dass der Nebel lebt«, verteidigte sich Lorymar trotzig. »Nur, dass es so aussieht.«

»Schhh«, machte Kalid und zog sein Schwert, eine gewaltige Krummklinge, von der er sich selbst diesseits des Bruchs nicht hatte trennen wollen, auch wenn sie seine Herkunft verriet.

Lorymar merkte, wie sich sein Herzschlag beschleunigte. »Prinzessin, rasch in den Wagen«, wies er Nyasha an, während er nach seiner eigenen Waffe griff, einem noryschen Kurzschwert, das er in Brückstadt erstanden hatte und das er besser zu führen wusste als die in Altashar üblichen Klingen.

Wobei er eingestehen musste, dass sein letzter Kampf schon lange zurücklag.

Augenblicke atemloser Stille verstrichen.

Dann ein Sirren und eine flüchtige Bewegung, gefolgt von einem hässlichen Klatschen.

Lorymar fuhr herum.

Der Diener Kubwa saß noch immer auf dem Kutschbock, doch seine Augen waren weit aufgerissen und den Mund zu einem lautlosen Schrei geöffnet – und in seiner Brust steckte der gefiederte Schaft eines Pfeils.

Ein Hinterhalt.

»Überfall!«, brüllte Lorymar aus Leibeskräften, während der zu Tode getroffene Diener bereits vom Kutschbock kippte, quittiert vom gellenden Geschrei der Frauen.

Dann überstürzten sich die Ereignisse.

Kalid und Hakan, die ihre Schwerter bereits gezückt hatten, lenkten ihre Tiere näher an den Wagen heran, um Prinzessin Nyasha mit ihrem Leben zu beschützen – und der Wald ringsum schien lebendig zu werden.

Als Lorymar die schemenhaften Gestalten gewahrte, glaubte er zunächst, seine Sinne würden ihm einen Streich spielen. Aber sie waren so wirklich wie er selbst, Geister des

Morwaldes, die in ihrer ganzen Scheußlichkeit aus dem Nebel traten.

Sie gingen aufrecht auf zwei Beinen – und das war auch die einzige Ähnlichkeit, die sie mit einem Menschen hatten. Denn die Kreaturen des Morwalds waren größer als Menschen und von animalischer Gestalt, mit Beinen, die nach hinten gebogen waren wie die von Tieren, und Armen, die fast bis zu den Knien reichten und in grässlichen Klauen endeten. Ihre Köpfe waren nach vorn gewölbt, die Gesichter grässliche Fratzen, die mit ihren langen, zähnestarrenden Mäulern an Wölfe erinnerten. Dunkles, fleckiges Fell überzog ihre sehnigen Körper, das an vielen Stellen von Fäulnis befallen schien – dunkelgrünes Moos wucherte dort, so als wären die schrecklichen Kreaturen dabei, selbst zu einem Teil des Waldes zu werden. Kleider trugen sie keine, wohl aber Teile von Rüstungen – rostige Harnische und Kettenhemden, die fraglos von getöteten Opfern stammten. Und sie waren bewaffnet – mit rostigen Klingen, Äxten und Speeren sowie mit Pfeil und Bogen.

»Morwölfe«, zischte Lorymar und spuckte aus.

Er hatte nicht damit gerechnet, auf die grässlichen Bewohner des Morwaldes zu treffen, die ihre Jagdgründe gewöhnlich sehr viel weiter südlich hatten. Offenbar hatten sich doch manche Dinge in Westrien geändert – und nicht zum Besseren.

Die Morwölfe kamen näher.

Geifernd und knurrend drängten sie aus allen Richtungen heran und waren dabei, einen Kreis um den Planwagen und die drei Reiter zu schließen. Die Pferde schnaubten und scharrten unruhig mit den Hufen, so als konnten sie das Verderben fühlen. Lorymar hatte Mühe, sein Tier am Durchgehen zu hindern, ebenso wie Kalid und Hakan, die ihre Klingen erhoben hatten und die unheimlichen Gegner taxierten. Vermutlich überlegten sie, wie viele von ihnen sie erledigen konnten – aber auch ihnen musste klar sein, dass sie gegen die Übermacht nicht lange bestehen konnten. Fünfzehn, zwanzig Morwölfe. Ein ganzes Rudel.

Der Kreis hatte sich fast geschlossen – als Kalid für sich zu dem Schluss kam, dass die beste Verteidigung in einem direkten Angriff lag.

Mit einem heiseren Kampfschrei stieß er sein Pferd in die Weichen, sodass es einen Satz nach vorn machte, dem grässlichen Feind entgegen, und schon im nächsten Moment fiel Kalids Klinge wie das Beil eines Henkers herab und grub sich tief in die Schulter eines Morwolfs. Dunkles Blut schoss aus der Wunde, als der Krieger aus Altashar seine Waffe wieder zurückriss, und ein zweiter Morwolf verlor den Kopf, noch ehe er begriff, was geschah.

Wenn dieser Vorstoß seine Artgenossen jedoch hatte einschüchtern sollen, so verfehlte er seine Wirkung – denn der Anblick des Blutes ließ die Kreaturen noch wilder werden. Statt sich zurückzuziehen, gingen sie zum Angriff über. Pfeile schnellten von den Sehnen ihrer Bogen und flogen mit hässlichem Flirren durch die Luft. Lorymar merkte, wie etwas ihn nur um Haaresbreite verfehlte. Als er sich an sein linkes Ohr griff, fühlte er warmes Blut.

Er duckte sich im Sattel und dirigierte sein Pferd zum Wagen. »Prinzessin!«, schrie er dabei aus Leibeskräften.

Fast gleichzeitig sprangen gleich mehrere Angreifer auf das Gefährt, zerfetzten die Plane mit ihren Klauen und rissen sie herab. Darunter kamen Nyasha und ihre Zofe Kira zum Vorschein, die sich einander angstvoll umklammerten – und Lida, die Köchin, die aufsprang und beherzt nach einem ihrer Messer griff. Der Morwolf, der ihr am nächsten war, ließ ein verächtliches Knurren vernehmen, als er die kurze Klinge erblickte – doch er verstummte jäh, als die Köchin ihm das Eisen bis zum Griff in den Hals rammte.

Das Maul des Morwolfs öffnete sich zu einem lautlosen

Schrei, seine Zunge flatterte wie eine Fahne im Wind, während er an seinem Blut erstickte. Rücklings kippte er vom Wagen, doch schon waren zwei weitere der grässlichen Kreaturen zur Stelle, die über die Köchin herfielen, sie packten und unter schaurigem Gebrüll vom Wagen zerrten.

Inzwischen hatte Lorymar sein Pferd an die Seite des Wagens gebracht. »Hoheit, rasch!«, rief er Nyasha zu und bedeutete ihr aufzuspringen.

»Und Kira?«, fragte sie.

»Kümmert Euch nicht um mich, Herrin«, erwiderte ihre Zofe und küsste sie zum Abschied auf die Stirn. »Geht und bringt Euch in Sicherheit!«

Nyasha erhob sich zögernd.

»Prinzessin, jetzt!«, drängte Lorymar.

Eher widerwillig ließ sie sich hinter ihm auf das Pferd fallen, worauf er die Zügel als Peitsche zweckentfremdete und das Tier zur Eile antrieb. Der Schecke schoss davon, jagte auf die geifernden Gegner zu – und setzte mit einem atemberaubenden Sprung über sie hinweg.

Lorymar schloss die Augen und hegte einen quälenden Augenblick lang die Befürchtung, sie könnten bei der Landung stürzen und sich sämtliche Knochen brechen. Doch im nächsten Moment kam der Hengst geschmeidig wieder auf dem Boden auf und galoppierte weiter, dass der Matsch nur so unter seinen Hufen davonflog. Augenblicke später waren Lorymar und Nyasha in den Regenschleiern und hinter Schwaden von Nebel verschwunden.

Das Letzte, was sie hörten, war der gellende Schrei von Lida, als die Morwölfe über sie herfielen.

Dann herrschte Stille.

11

Festung Vanheim
Zur selben Zeit

Es war eine halsbrecherische Kletterpartie.

Dicht am Fels entlang, unter der weißen Gischt der Katarakte hindurch, führte ein schmaler Pfad, auf dem sich Hauptmann Gunryk und seine Leute der Grenzfestung näherten.

Es galt herauszufinden, ob sie tatsächlich verlassen war, und sie gegebenenfalls in Besitz zu nehmen – ob für das Herzogtum Norya oder den Senat von Archos, war eine andere Frage, mit der sich Gunryk nicht würde auseinandersetzen müssen. Er war kein Politiker, sondern Offizier des Grenzkorps, und im Augenblick war es seine einzige Aufgabe, dass seine Männer und er die waghalsige Passage gut überstehen. Keiner sollte in den bodenlosen Abgrund stürzen, der unter ihnen klaffte und in dessen dunkler Tiefe das Wasser des Vanfalls verschwand.

Knapp dreißig Mann drängten sich durch ein Seil verbunden an das nasse und deshalb glitschige Felsgestein – die meisten erfahrene Späher und Grenzer, die lange genug dabei waren, um ihrem Hauptmann bedingungslos zu vertrauen. In der Einsamkeit der Grenzregion waren die eigenen Kameraden das Einzige, worauf sich die Männer verlassen konnten, entsprechend hoch wurde das Ideal der Kameradschaft gehalten – und entsprechend empfindlich waren die Strafen für jene, die ihre Pflichten vernachlässigten oder sich unaufmerksam zeigten. Denn hier draußen im Niemandsland konnte der

Fehler eines Einzelnen den Tod aller bedeuten – besonders an einem Tag wie heute.

Gunryk war froh, als sie das kleine Plateau erreichten, das zwischen zwei Katarakten aus dem herabstürzenden Wasser ragte. Bis auf die Haut durchnässt erklommen seine Leute und er den schützenden Felsen, der sich unmittelbar oberhalb der Festung befand und von dem aus sie sich nach Vanheim abseilen würden.

Schon waren die Pioniere dabei, eiserne Haken in den Fels zu schlagen und Seile durch die Ösen zu ziehen – kurz darauf wurden die ersten Männer in die Tiefe gelassen. Und wie immer bestand Gunryk darauf, voranzugehen. Ein Offizier des Grenzkorps erwartete von seinen Leuten nichts, das er nicht selbst zu tun bereit war – so lautete die Regel, und auch wenn sein Diensteifer infolge des langen Dienstes in der Einsamkeit gelitten hatte, hatte Gunryk sich daran stets gehalten.

Stück für Stück ging es hinab, den steinernen Türmen entgegen, deren Plattformen noch immer unbesetzt waren, ebenso wie die umliegenden Wehrgänge. Gunryks Füße hatten den Boden der Festung noch nicht ganz berührt, da hatte er bereits sein Schwert gezogen. Wachsam blickte er sich um, während er das Seil löste – schließlich war nicht ausgeschlossen, dass es sich um eine Falle handelte.

Ein Trupp von weiteren vier Männern landete gleichzeitig mit ihm. Mit der nächsten Welle kamen Sergeant Tymon, der alte Gyol und noch einige mehr. Gunryk ließ die Männer ausschwärmen und die umliegenden Zinnen besetzen. Dann, als sie vollzählig waren und die Pioniere sich zuletzt selbst an den Seilen herabgelassen hatten, rückten sie in den Innenhof der Festung vor, die sie Jahrzehntelang nur von außen gesehen und beobachtet hatten.

Eigentlich hätte es ein Triumph ohnegleichen sein sollen, die Burg, um deren Besitz einst so erbittert gerungen worden war, nun endlich wieder in Besitz zu nehmen, noch dazu kampflos und ohne einen einzigen Mann Verlust. Aber für Gunryk fühlte es sich nicht wie ein Triumph an, denn hier war einfach zu viel, das nicht stimmte.

»Seht euch das an«, meinte Tymon, der sich im Innenhof umblickte. »Dort liegt Werkzeug. Und da drüben auf dem Tisch stehen noch Krüge und Teller.«

»Einige der Hocker sind umgefallen«, stellte ein anderer Grenzer fest. »Als ob sie plötzlich aufgesprungen wären und es ziemlich eilig gehabt hätten.«

Gunryk nickte. Er bedauerte, dass Vanheim auf nackten Fels gebaut war und es also keinen Lehm oder Sand auf dem Boden gab, an dem sich Fährten ablesen ließen. Die Besatzung war im wahrsten Wortsinn spurlos verschwunden.

»Die Glut in der Esse ist noch handwarm«, stellte Gyol fest, der der Schmiede einen Besuch abgestattet hatte. »Sie können höchstens einen Tag fort sein.«

»Aber das ergibt keinen Sinn, Hauptmann«, meinte der junge Mikol aufgeregt. »Man lässt doch nicht alles stehen und liegen und verschwindet Hals über Kopf aus einer solchen Festung!«

»Nein«, gab Gunryk zu. »Jedenfalls nicht freiwillig.«

Er teilte Spähtrupps zu je zwei Mann ein und sandte sie in verschiedene Richtungen – auf die Wehrgänge und die Türme, in den Burgfried und zum Brunnen. Seinen Stellvertreter Tymon und den alten Gyol schickte er ins Torhaus. »Seid vorsichtig«, gab er ihnen mit auf den Weg. Er selbst nahm mit Mikol die Werkstätten, Stallungen und Unterkünfte in Augenschein, die sich rings um den Innenhof an die Mauern und Felswände schmiegten.

Dort erlebten sie eine weitere Überraschung.

Die Pferde waren noch da.

Die Tiere, Ponys aus der ugaryschen Steppe, die auch im Gebirge ausdauernd und zuverlässig waren, waren unruhig und ausgezehrt, weil sie weder zu fressen noch zu saufen bekommen hatten, ansonsten schien es ihnen jedoch gut zu gehen, und sie waren auch nicht verschwunden wie ihre Herren, in deren Unterkünften alles noch so lag, wie sie es in großer Eile verlassen hatten.

Eine aufgeschlagene Decke.

Ein Würfelspiel nebst ledernem Becher.

Münzen aus Markashar, über den Boden verstreut.

»Was ist hier passiert, Hauptmann?«, fragte Mikol leise, dessen von rotblondem Haar umrahmtes Gesicht bleich geworden war.

»Ich weiß es nicht«, gab Gunryk unumwunden zu.

»Vielleicht sind sie geflohen«, mutmaßte der junge Scout. »Oder sie wurden alle von einer Seuche dahingerafft.«

Gunryk ertappte sich dabei, dass der Gedanke ihn erschreckte. Aber dann sagte er sich, dass sie in diesem Fall auf Leichen hätten stoßen müssen. Und dass die Pferde wohl ebenfalls betroffen gewesen wären. Und dass es nicht so verdammt schnell gegangen wäre …

Sie verließen die Unterkunft wieder, und Gunryk gab Anweisung, die Pferde in den Ställen zu versorgen. Sie würden sie in Besitz nehmen, zusammen mit der ganzen verdammten Burg.

Die Spähtrupps kehrten nacheinander zurück und erstatteten Bericht. Demnach sah es auch im übrigen Teil der Festung so aus wie in den Unterkünften: Alles sah aus, als hätten die Männer die Burg mit großer Hast verlassen, Gegenstände wirkten, als wären sie eben noch benutzt worden – doch von der Besatzung von Vanheim fehlte jede Spur.

»Also«, versuchte Gunryk Licht in das Dunkel des Rätsels zu bringen, »wir können nun davon ausgehen, dass die Ostragi die Festung nicht aufgegeben haben. Im Gegenteil hat sie etwas von diesem Ort vertrieben …«

»So hat es den Anschein«, stimmte Tymon zu, der soeben mit Gyol aus dem Torhaus kam. »Allerdings frage ich mich, wie man aus einer Festung vertrieben werden kann, deren Tor fest geschlossen ist.«

»Ein Tor lässt sich auch von außen schließen«, wandte Gunryk ein, auf der Suche nach einer plausiblen Lösung.

»Es ist von innen verriegelt«, entgegnete der Sergeant, »und das Fallgitter ist unten. Und als ob das noch nicht reichen würde, ist auch noch die Zugbrücke hochgezogen.«

»Vielleicht haben sie die Festung durch ein anderes Tor verlassen«, vermutete Mikol.

»Unfug, es gibt nur diesen einen«, fuhr Gyol seinem unerfahrenen Kameraden über den Mund. »Er geht über die steinerne Brücke, die unter dem Wasserfall hindurch zum Pass hinaufführt.«

»Wir sind auch nicht durch das Tor gekommen«, gab der junge Scout zu bedenken.

»Das ist wahr«, gab Gunryk zu und wandte den Blick nach oben, an den Türmen der Festung und den umliegenden Felswänden empor – sollte die Besatzung von Vanheim auf diesem Weg geflüchtet sein? Er schüttelte den Kopf. Das ergab einfach keinen Sinn. Die Garnison hatte zuletzt mehr als zweihundert Mann gezählt. Höchst unwahrscheinlich, dass sie alle sich auf eine solch waghalsige Kletterpartie begeben hatten, noch dazu in derart kurzer Zeit.

Die Frage war also, wohin diese zweihundert Männer verschwunden waren.

Gunryk ahnte, dass ihm die Antwort nicht gefallen würde.

12

Morwald
Unterdessen

Lorymar zügelte sein Pferd.

Noch ein paarmal war das Schmatzen der Hufe im Morast zu hören. Dann wurde es still, bis auf das Prasseln des Regens.

Das Gebrüll der Morwölfe und die Schreie der Kämpfenden waren verstummt, aber der Halbling bezweifelte, dass das eine gute Neuigkeit war. Denn auch sonst drang kein Laut durch den Nebel und den in Dunkelheit versinkenden Wald – die Bestien waren also noch in der Nähe. Vermutlich, dachte er schaudernd, waren sie ihnen auf den Fersen.

Er überlegte.

Nyasha, die hinter ihm auf dem Pferd saß, wimmerte leise. Selbst durch die durchnässten Kleider konnte er fühlen, wie sie vor Angst zitterte und sich Schutz suchend an ihn schmiegte. Ausgerechnet an ihn, dachte er bitter.

Sein Atem ging heftig, sein Herz schlug ihm bis zum Hals. Er wusste, dass er sich beruhigen musste und einen Weg finden, den Bestien zu entkommen. Wo, in aller Welt, blieben die verdammten Leibwächter?

Lorymar wurde klar, dass er nicht auf sie warten konnte. Er hatte ihnen eingeschärft, bei ihm und der Prinzessin zu bleiben. Wenn sie nicht nachgekommen waren, bedeutete das vermutlich nichts Gutes. Es lag nun also an ihm … und daran, ob er sich an all jene Dinge erinnerte, die er eigentlich hatte vergessen wollen …

»Absteigen!«, wies er Nyasha an.

Die Prinzessin war so verängstigt, dass sie ihn gar nicht zu hören schien. Über die Schulter raunte er ihr ein paar beschwichtigende Worte zu, dann ließ sie sich zögernd vom Pferd gleiten.

»Sie werden uns holen«, flüsterte sie dabei. Ihre Augen waren weit geöffnet, ihre Züge von Entsetzen gezeichnet. »Sie werden uns töten, genau wie Lida und die anderen.«

»Nein«, sagte Lorymar entschieden und gegen seine eigene Überzeugung, »das werden sie nicht. Denn ich bin hier, um auf Euch aufzupassen.«

Der Blick, den sie ihm sandte, war voller Hoffnungslosigkeit und auch für ihn nicht sehr ermutigend. Dennoch bückte er sich, nahm eine Handvoll Matsch auf – und klatschte ihn sich ins Gesicht.

»Was … tut Ihr?«, fragte sie entsetzt – offenbar fürchtete sie, er könnte den Verstand verloren haben.

»Tut es mir nach«, verlangte er, während er sich schon die nächste Portion Morast verabreichte und sich die Kinnpartie und den Hals damit einrieb. »Die Morwölfe haben einen guten Geruchssinn, aber das wird sie ablenken.«

Das schien der Prinzessin einzuleuchten, und obwohl es wenig hoheitlich war und sie ihre Hände sicher noch nie in feuchtes Erdreich gesteckt hatte, bückte auch sie sich ohne Zögern, nahm einen dicken Ballen auf und rieb sich Gesicht und Hände damit ein. Ihre schreckensbleiche Miene verschwand unter Schichten von Schmutz, und als wäre das noch nicht genug, legte sich Lorymar auf den feuchten Boden und wälzte sich darin wie ein Schwein in seinem Koben. Es war Nyasha anzumerken, wie viel Überwindung es sie kostete, es ihm nachzumachen. Aber schließlich rang sie sich dazu durch, und schon kurz darauf sahen der Halbling und die Prinzessin von Altashar aus, als wären sie in eine Grube mit Jauche gefallen.

»Versteckt Euch!«, raunte er ihr zu. »Dort drüben im Gebüsch, rasch!«

»U-und Ihr?«

»Ich habe noch etwas zu erledigen«, zischte er, wobei er sein Schwert zückte, sich auf die Zehenspitzen stellte – und ohne Zögern die Kehle seines Pferdes durchschnitt.

Das Wiehern des Schecken erstickte in dem Blutschwall, der hervorstürzte. Noch einen Augenblick hielt es sich auf den Beinen, dann brach es zusammen.

»Warum habt Ihr das getan?«, fragte Nyasha entsetzt.

»Wenn die Kreaturen den Kadaver riechen, werden sie sich daraufstürzen, das wird sie eine Weile aufhalten – und mit etwas Glück von uns ablenken.«

Er sagte es mit derartiger Überzeugung, dass sie nicht widersprach, obwohl Abscheu und Entsetzen sie schüttelten. Was konnte sie auch wissen von den Dingen, die sich vor so vielen Jahren im Morwald abgespielt hatten und bei denen eine Handvoll Gefährten mit genau diesem Trick überlebt hatte?

Allerdings hatte Lorymar keine Ahnung, ob er auch ein zweites Mal funktionieren würde. Eine Garantie dafür gab es nicht, und die Strafe bei Misslingen war ein grausames Ende.

Er löste seine Satteltaschen von dem verendenden Tier und warf sie sich über. Dann reinigte er seine Klinge von Blut, nahm die vor Grauen erstarrte Prinzessin an der Hand und zog sie ins Unterholz. Ein Stück weit kamen sie, dann wurde das Gestrüpp so dicht, dass es kaum noch ein Vorankommen gab. Indem er sein Schwert benutzte, um einen Weg zu bahnen, drangen sie noch ein wenig weiter in das neblige Dunkel vor, aus dem von allen Seiten dürre Äste und Zweige nach ihnen zu greifen schienen. Beim hohlen Stumpf einer einstmals stolzen Tanne verharrten sie schließlich. Der Baum musste an die hundert Mannslängen hoch gewesen sein, denn der Stumpf durchmaß dreißig, vierzig Fuß. Der Efeu, der den Baum zu Tode gewürgt hatte, überwucherte den Stumpf und bildete ein natürliches Dach, unter das Lorymar und Nyasha schlüpften und das ein wenig Schutz vor dem strömenden Regen bot.

Im hohen Farn ließen sie sich nieder und warteten, schweigend und allein im Nebel, der sich immer mehr verdichtete und mit der Dunkelheit zu einem schwarzen Leichentuch verband, das sich dumpf und schweigend über sie senkte … und in der Kälte, die durch ihre durchnässten Kleider und in ihre Glieder kroch und sie erbärmlich frieren ließ.

Lorymar dachte an die Zunderbüchse in seiner Satteltasche, aber selbst wenn irgendwo ein Stück trockenes Holz aufzutreiben gewesen wäre, hätte er nicht gewagt, ein Feuer zu entfachen. Die Gefahr, von den Morwölfen entdeckt zu werden, war einfach zu groß.

»Wer sind diese Geschöpfe?«, hauchte Nyasha atemlos. »*Was* sind sie?«

Lorymar starrte in die Dunkelheit. »Das weiß niemand«, gab er zurück. »Die einen sagen, die Morwölfe wären einst Tiere gewesen, die von einem Fluch getroffen wurden … die anderen behaupten, sie wären früher Menschen gewesen, ein stolzes Volk von Kriegern, das in den Tiefen des Morwaldes lebte – bis eine Seuche sie überkam und zu dem gemacht hat, was sie sind.«

»Und was von beidem ist die Wahrheit?«

»Still, Prinzessin«, flüsterte der Halbling. »Wenn sie uns in ihren Fängen haben, spielt es keine Rolle mehr, wer oder was sie sind. Nur, wenn wir uns ganz still verhalten, haben wir eine kleine Chance, diese Nacht zu überleben …«

Nyasha schien das einzusehen, und so verharrten sie still und reglos, zunächst noch in respektvollem Abstand, dann, als es dunkler und noch kälter wurde, dicht aneinandergedrängt. Lorymar spürte ihren vor Furcht bebenden Körper, hörte, wie sie in der Dunkelheit leise weinte, und obwohl es genau das war, was er auf keinen Fall hatte tun wollen, fühlte er mit ihr und legte seinen kurzen Arm um ihre schmalen Schultern.

Sie wehrte sich nicht gegen die Vertraulichkeit, die sie unter anderen Voraussetzungen sicher als anmaßend und unverschämt empfunden hätte, und so zog er sie noch ein wenig näher an sich heran und versuchte, ihr auf diese Weise ein wenig Trost zu geben. Und obwohl er die Erfahrung gemacht hatte, dass es am besten war, wenn Lorymar Thinkling nur an Lorymar Thinkling dachte, ertappte er sich dabei, dass seine eigene Furcht in den Hintergrund trat und er für einen Moment nur an die Prinzessin dachte – und an das, was er ihr angetan hatte.

Inzwischen war die Nacht hereingebrochen.

Schwärze umgab sie, so tief und durchdringend, dass man die Hand nicht mehr vor Augen erkennen konnte. Und trotz der Furcht, die er verspürte, merkte Lorymar auch, wie ihn die Erschöpfung übermannte und er unendlich müde wurde.

Sein letzter Gedanke war, dass es nicht einer gewissen Ironie entbehrte, dass er in der Geborgenheit seiner Kammer im Palast von Altashar zuletzt keine Ruhe mehr gefunden hatte, wohingegen er hier, umgeben von dunkler Nacht und tödlicher Gefahr, in einen dumpfen, traumlosen Schlaf fiel.

13

Kerker von Altashar
Zur selben Zeit

»Nyasha.«

Ein kehliges Flüstern geisterte durch das *asash*, das an die zwei Mannslängen hoch war und nicht lang oder breit genug, als dass sich ein erwachsener Mann auf dem Boden hätte ausstrecken können. So kauerte Nawyd mit halb angezogenen Beinen auf dem feuchten Grund des Kerkerlochs, wo es feucht war und kalt – vor allem aber einsam. Den Namen seiner Schwester leise vor sich hin zu murmeln, ob nun als Wunsch oder als Verwünschung oder einfach nur, um in der Stille und Enge seines Gefängnisses nicht den Verstand zu verlieren, hatte sich als hilfreich erwiesen.

Nawyd konnte nur hoffen, dass es ihr gut ging.

Was sie wohl tun, wo sie gerade sein mochte? Was hätte er darum gegeben, jetzt bei ihr zu sein und ihre heitere, tröstende Gegenwart zu teilen, statt in diesem dunklen Loch zu sitzen und auf seine Bestrafung zu warten. Und dennoch – selbst im Angesicht des grässlichen Schicksals, das ihm drohte, bereute er nicht, es getan zu haben.

Wie lange er bereits auf dem Grund des *asash* kauerte, vermochte er nicht zu sagen. Zeit spielte keine Rolle in den dunklen Löchern, die Sklavenhände vor Unzeiten in den roten Fels tief unter dem Palast von Altashar gehauen hatten. Tag und Nacht machten keinen Unterschied in der völligen Dunkelheit des Kerkers. Man war nur bei sich selbst, bei seinen Ängsten, der Kälte und dem Hunger – und ganz egal, wie verzweifelt man war oder wie laut man auch schrie, kein Laut davon drang je an die Oberfläche.

Nawyd entsann sich, als Junge manchmal heimlich die Treppe hinabgestiegen zu sein und sich in den Kerker geschlichen zu haben. An jenen Ort, von dem er überzeugt gewesen war, dass dort nur sehr böse Menschen ihre wohlverdiente Strafe erhielten. Die Wahrheit war, wie er jetzt am eigenen Leib erkennen musste, komplizierter.

Seit dem Tag, da man ihn in das Loch geworfen hatte, hatte er keinen Menschen zu sehen bekommen – bis auf den Kerkerknecht, der einmal am Tag ein Stück Brot herabwarf, das nicht selten schimmelig war. Wenn Nawyd sich dann beschwerte, bekam er seine Wasserration nicht in einem Krug am Seil herabgelassen, sondern geradewegs über den Kopf geschüttet, sodass er sie aus den Pfützen schlürfen musste, die sich am Boden bildeten.

Was oben vor sich ging, was der König beschlossen hatte oder was er im Hinblick auf Nawyds Verrat nun unternehmen wollte – davon bekam der Prinz in seinem Kerker nichts mit. Seine Tage waren endlos, doch noch schlimmer waren die Nächte, wenn Furcht und Zeifel kamen und ihn keine Ruhe finden ließen. Wenn er doch einmal einschlief, dann nur für kurze Augenblicke, ehe er wieder erwachte und sich panisch fragte, wo er war. Und wenn es ihm dann einfiel, wiederholte sich alles von vorn. Hin und wieder stand er auf und streckte sich, was jedoch nichts daran änderte, dass seine Glieder von der Kälte und der Enge in seinem Gefängnis schmerzten. Er war geschwächt und entkräftet, und die Ungewissheit, was weiter geschehen würde, nagte an ihm.

So ging es eine endlos scheinende Weile – bis sich irgendwann Schritte näherten.

Ob es Tag war oder Nacht, wusste Nawyd nicht. Düster hatte er vor sich hin gebrütet und das schlurfende Geräusch zunächst gar nicht wahrgenommen. Als jedoch orangefarbener Fackelschein in sein Kerkerloch fiel, erwachte er aus seiner Lethargie.

Alarmiert sprang er auf. Durch das Gitter, das das Loch verschloss, spähte er nach oben, die Augen gegen das Licht der Flamme schirmend. Nach all der Zeit, die er in fast völliger Dunkelheit verbracht hatte, schmerzte es in seinen Augen. Dennoch erkannte er, wer der Besucher war, der dort oben stand, die brennende Fackel in seiner fleischigen Rechten und unverwandt auf ihn starrend.

»Ihr«, ächzte er.

»Ich«, bestätigte Hofmarschall Hilalayan, dessen verzärtelte Erscheinung und seidenes Gewand an diesem Ort nicht nur fehl am Platz wirkten, sondern Nawyd wie blanker Hohn erschienen. »Ihr seht jämmerlich aus«, stellte er fest.

»Was wollt Ihr?«, fragte Nawyd trotzig. »Euch an meinem Anblick weiden?«

»Das ist nicht meine Art«, versicherte der Eunuch. »Und Ihr irrt Euch auch, wenn Ihr denkt, dass ich persönliche Genugtuung dabei empfinde, Euch hier zu sehen. Im Gegenteil – es schmerzt mich.«

»Heuchler.«

»Vielleicht werdet Ihr anders von mir denken, wenn Ihr erfahrt, weshalb ich hier bin.«

»Kaum«, bellte Nawyd aus der Tiefe herauf. Endlich schmerzten seine Augen nicht mehr beim Anblick der Flamme. »Es sei denn, Ihr hättet vor, Euch vor meinen Augen ein Messer in die Brust zu rammen …«

»Das eher nicht.« Hilalayan lachte glucksend. »Aber ich bin hier, um Euch eine Chance zu geben, Nawyd.«

»*Prinz* Nawyd. Mein Titel ist mein Geburtsrecht. Mein Onkel kann ihn mir ebenso wenig absprechen wie meine Herkunft.«

»Ich bin nicht gekommen, um mit Euch darüber zu diskutieren, was unser erlauchter Herrscher vermag und was nicht«, erwiderte der Hofmarschall diplomatisch. »Ich will Euch einen Vorschlag unterbreiten. Ihr wurdet des Hochverrats überführt und wisst also, welche Strafe Euch erwartet …«

»Der Tod«, sagte Nawyd nur.

»So will es das Gesetz.« Hilalayan machte eine schicksalsergebene Geste. »Doch in seiner unbegreiflichen Güte ist unser Herrscher bereit, Euch das Leben zu schenken – sofern Ihr uns den Aufenthalt Eurer Schwester verratet.«

Nawyd lachte auf. »Wenn es nur das ist.«

»Das ist alles. König Astyragis wünscht, dass seine Nichte unverzüglich nach Altashar zurückkehrt.«

»Kann ich mir vorstellen«, meinte Nawyd und verzog verächtlich das Gesicht. »Aber ich weiß nicht, wo sie ist.«

»Wohin hat der Narr sie gebracht?«, hakte Hilalayan nach. »Nach Brückstadt? Magya? Oder in seine Heimat nach Westland?«

»Wie ich schon sagte – ich weiß es nicht. Lorymar Ghurab versprach, sie an einen sicheren Ort zu führen.«

»Und Ihr habt ihm geglaubt?«

»Es schien weit mehr zu sein, als ich Nyasha bieten konnte«, entgegnete Nawyd ausweichend.

Hilalayan schürzte die Lippen. »Ich kenne Lorymar Ghurab längst nicht so gut wie Ihr, Prinz Nawyd«, entgegnete er. »Aber ich habe erfahren, dass auch er ein Mann mit vielen Gesichtern ist. Ob Eure Schwester bei ihm sicherer ist als in Archos – wer vermag das zu beurteilen?«

Nawyd sah zu ihm hinauf. Zu seiner eigenen Beunruhigung konnte er keine Häme in den Worten des Hofmarschalls erkennen. Hilalayan sagte das nicht, weil er ihn verspotten wollte, sondern weil er sich ernstlich sorgte.

Eine Weile lang blickte der Eunuch prüfend auf ihn herab. »Ihr wisst also nicht, wo sich Eure Schwester befindet?«

»Nein. Und selbst wenn ich es wüsste, würde ich es Euch nicht sagen.«

»Gut«, sagte Hilalayan, und es klang fast erleichtert.

»Was soll das heißen?«

»Nun, ob Ihr es glaubt oder nicht, Prinz Nawyd – mit Eurem Verrat habt Ihr mir einen Gefallen getan. Denn im Grunde war auch mir nicht mehr daran gelegen, dass diese Hochzeit zustande kommt.«

»Ihr lügt«, war Nawyd überzeugt. »Ihr wart doch am allermeisten versessen auf dieses Bündnis – obwohl Ihr so gut wie ich wissen müsstet, dass den Astari nicht zu trauen ist. Sie waren es, die unsere Welt in Dunkelheit gestürzt und sie an den Rand des Untergangs gebracht haben!«

»Das mag richtig sein«, räumte Hilalayan ein. »Aber ein altes Sprichwort sagt: ›Wer in der Vergangenheit gefangen ist, hat keine Zukunft.‹ Wir müssen vergessen, was geschehen ist, die alten Feindschaften überwinden! Ostray und Westray müssen wieder zusammenwachsen, über alle Klüfte hinweg.«

Nawyd lachte auf. »Das kann nur ein Träumer sagen.«

Der Hofmarschall lächelte schwach. »Wenn es Euch tröstet – Ihr seid nicht der Einzige, der so denkt. Denn wie ich erfahren musste, sollte das Bündnis mit Elayan von Archos keineswegs dem Frieden dienen – sondern dem Krieg.«

»Was wollt Ihr damit sagen?«

»Ja, was wohl?« Hilalayan schürzte die Lippen. »Vielleicht, dass Euer erlauchter Onkel niemals vorhatte, sich mit den Westriern zu verbünden. Dass die Heirat Eurer Schwester mit König Elayan nur dazu dienen sollte, diesen in Sicherheit zu wiegen – während ein Heer unter Xusras Führung Brückstadt angreifen sollte …«

»Was?«, rief Nawyd erbost, dass es von der Wand des Kerkerlochs widerhallte. »Das fantasiert Ihr Euch doch zusammen! Wenn es einen solchen Plan gegeben hätte, würde mein Onkel mir davon erzählt haben!«

»Glaubt Ihr?« Die Augen des Eunuchen verengten sich. »Denkt Ihr wirklich, Euer Onkel hätte Euch gesagt, dass er

Eure Schwester dazu missbrauchen, dass er ihr Leben aufs Spiel setzen will, um einen strategischen Vorteil zu gewinnen?«

»Er ... Ihr ...«, stammelte Nawyd. Er merkte, wie seine Kräfte ihn verließen. Dunkle Flecke tanzten vor seinen Augen, weil er so schnell aufgesprungen war, und seine Knie wurden weich. Er wich zur Wand des Kerkerlochs zurück und sank daran herab, ebenso müde wie verwirrt.

»Unser erlauchter Herrscher hat viele Geheimnisse«, fuhr Hilalayan fort, » und er steht unter dem Einfluss Xusras, der danach strebt, den Feuerkult auch im Westen zu verbreiten. Meiner bescheidenen Ansicht nach kann ein solches Vorgehen jedoch nicht im Interesse des Reiches liegen, denn bei einem Krieg mit Westrien können beide Seiten nur verlieren. Hättet Ihr also nicht gehandelt und diese Hochzeit verhindert – so hätte ich es getan.«

Nawyd glaubte, nicht recht zu hören. »Ihr lügt schon wieder! Ihr konntet unmöglich wissen ...«

»Was? Dass Ihr etwas im Schilde führt?« Der Hofmarschall lächelte nachsichtig. »Nachdem Ihr darum gebeten hattet, Eure Schwester begleiten zu dürfen? Nachdem Ihr Euch ausbedungen hattet, das Schiff und seine Besatzung auszuwählen? Und nachdem der Narr darum ersucht hatte, Euch zu begleiten? Andere mögt Ihr damit getäuscht haben, Prinz – nicht mich.«

Nawyd rieb sich die Schläfen. Sein müder, ausgezehrter Geist hatte Mühe, all die gedanklichen Haken nachzuvollziehen, die der Hofmarschall schlug. Eines allerdings wurde ihm in diesem Moment klar: Dass in Wahrheit nicht er es gewesen war, der die Dinge in seinem Sinne gelenkt hatte, sondern dass er gelenkt worden war. Zunächst von seinem Onkel, der ihn hintergangen und getäuscht hatte – und dann von Hilalayan ...

»Aber wenn auch Ihr die Hochzeit selbst nicht wolltet

und Euch nicht mehr daran gelegen war, warum habt Ihr dann …?«

»Warum ich Euren Verrat aufdeckte? Warum ich die Spuren Eurer Tat so hartnäckig verfolgte? Warum ich Habib foltern und mit dem Tod bestrafen ließ?«

Nawyd nickte.

»Weil es das ist, was als Hofmarschall von mir erwartet wird. Und weil es eine willkommene Gelegenheit war, Euch aus dem Rat zu entfernen – und damit auch eine Stimme, die gegen eine Aussöhnung mit den Westriern ist.«

»Verstehe«, sagte Nawyd ernüchtert.

»Ihr habt mir einen Gefallen getan, Prinz Nawyd, das steht außer Frage – doch was unsere Positionen im Rat betrifft, sind wir erbitterte Gegner. Und ich gehe sicher nicht falsch in der Annahme, dass Ihr Zeit Eures jungen Lebens stets auf mich herabgesehen und mich verachtet habt. Nun, mein Freund, sehe ich auf Euch herab.«

»Damit kommt Ihr nicht durch«, konterte Nawyd trotzig. »Ich werde meinem Onkel berichten, was Ihr mir gesagt habt, und dann …«

»Euer Onkel«, fiel Hilalayan ihm ins Wort, »schenkt Euch kein Gehör mehr. Und selbst wenn es Euch gelänge, zu ihm vorzudringen – wem, glaubt Ihr, würde er glauben? Seinem Neffen, der ihn hintergangen und verraten hat und nun einen nur allzu offensichtlichen Versuch unternimmt, seinen Kopf zu retten? Oder seinem getreuen Hofmarschall, der eine gemeine Verschwörung aufgedeckt hat?«

Ein Lächeln zeigte sich auf seinem Mondgesicht, so breit und hämisch, dass Nawyd wegsehen musste, um nicht die Beherrschung zu verlieren. Betreten starrte er zu Boden, auf die Pfütze, in der sein eigener Urin schillerte.

»Ich werde zum König gehen und ihm verkünden, dass Ihr nicht wisst, wo Eure Schwester ist. Ob er mir glauben wird, ist eine andere Frage. Euer Verrat hat ihn tief getroffen, und er ertränkt seinen Schmerz in Wein, müsst Ihr wissen. Vermutlich wird er Euch foltern lassen, um das Geheimnis aus Euch herauszubekommen.«

»Und dennoch wird er nichts erfahren«, sagte Nawyd voraus.

»Ich weiß.«

Der Prinz sah zu Hilalayan auf. »Ich habe verloren«, gestand er ohne Zögern ein. »Aber Ihr nicht weniger.«

»Was meint Ihr?«

Der Prinz lachte auf. »Was, glaubt Ihr wohl, wird König Elayan im fernen Archos unternehmen, wenn er erfährt, dass das Gastrecht so schändlich verletzt und seine Gesandten getötet wurden? Dass seine Braut es vorgezogen hat, ihr Heil in der Flucht zu suchen, statt ihn zu ehelichen? Er wird Genugtuung verlangen und nach Rache dürsten, so wie es die Art dieser spitzohrigen Heuchler ist. Und das bedeutet, dass es Krieg geben wird, ob es Euch nun gefällt oder nicht.«

Der Hofmarschall zeigte sich unbeeindruckt. »Das bleibt abzuwarten«, konterte er. »Vergesst nicht, dass sich Fürst Yakin, des Königs Cousin, noch in Altashar aufhält. Natürlich wurde er über Euren Verrat in Kenntnis gesetzt, und ich habe ihm ein Angebot gemacht, das einen Krieg zwischen unseren Reichen wohl verhindern wird.«

»Ein Angebot.« Von einer dunklen Vorahnung erfüllt, verengte Nawyd die Augen. »Was für ein Angebot?«

»Sehr einfach«, erwiderte Hilalayan, während er sich bereits wieder zum Gehen wandte. Die Fackel nahm er mit, sodass es wieder dunkel wurde. »Der Mann, der für die Schmach, die seinem König angetan wurde, gleichermaßen verantwortlich ist wie für den Tod der Gesandten, wird nach Archos ausgeliefert, auf dass er dort seiner gerechten Strafe zugeführt werde.«

14

Als Lorymar aus dem Schlaf schreckte, war es immer noch dunkel. Doch zum Prasseln und Gurgeln des Regens hatten sich noch andere Geräusche gesellt.

Ein Jaulen und Knurren.

Schmatzende Schritte im Morast.

Morwölfe!

Lorymar spürte, wie sein Gesicht heiß wurde vor Entsetzen. Halb benommen stand er auf und weckte dabei auch Nyasha, die ebenfalls eingeschlafen war. Wie viel Zeit vergangen war, war umöglich zu sagen. Von ihrem Versteck aus vermochten sie weder die Sterne noch den Mond zu sehen, sofern sie sich in einer wolkenverhangenen Nacht wie dieser überhaupt zeigten. Der Kälte und der teerigen Schwärze nach zu urteilen, war es jedoch noch immer tiefste Nacht.

Und ihre Feinde hatten sie gefunden.

Lorymar spürte, wie Nyasha in der Dunkelheit nach ihm tastete. Er griff nach ihrer Hand und drückte sie, doch das genügte ihr nicht. Schutz suchend drängte sie sich an ihn, den kleinen Halbling, der ihr kaum Schutz bieten konnte. Dennoch griff er nach dem Schwert, das er neben sich in den Boden gerammt hatte, und lauschte hinaus in den Wald.

Wieder ein Knurren, dazu ein grässliches Schmatzen und ein Geräusch wie von berstenden Knochen.

Das Pferd, dachte Lorymar.

Vermutlich hatten sie den Kadaver gefunden und fielen

nun darüber her. Und wenn sie damit fertig waren, würden sie sich auf die Suche nach dem Reiter machen.

Lange warten musste der Halbling darauf nicht. Nur wenig später war aus dem umgebenden Dickicht ein Rascheln zu hören. Die Bestien durchsuchten die Gegend! Offenbar hatten sie noch nicht genug Blut gesoffen.

Lorymar merkte, wie Todesangst ihn packte. Dennoch war er entschlossen, seine Haut so teuer wie möglich zu verkaufen. Sanft, aber bestimmt löste er sich von Nyasha, schlich zum Rand des hohlen Baumes und spähte nach draußen. Noch immer herrschte finstere Nacht – aber waren da nicht einzelne Punkte, die in der Dunkelheit leuchteten? Einen Augenblick lang zweifelte Lorymar, ob sie wirklich da waren oder er einer Täuschung erlag. Dann wurde ihm klar, dass dies die Augen der Morwölfe waren – und dass sie anders als er in der Finsternis zu sehen vermochten!

Rasch zog er sich wieder in sein Versteck zurück, suchte in der Dunkelheit nach den Satteltaschen und dem Zunder.

»Was machst du?«, flüsterte Nyasha.

»Feuer«, erwiderte er nur.

»Aber dann werden sie uns entdecken!«

»Diese Bestien können im Dunkeln sehen«, zischte er. »Da ist es nur recht und billig, wenn wir sie auch sehen können, oder nicht?«

Schon hatte er die Zunderbüchse gefunden und öffnete sie, nahm das Eisen und den Pyrit heraus.

Dann wartete er.

Das Rascheln näherte sich, und hin und wieder war auch ein zorniges Knurren zu hören. Das Zunderzeug in den Händen, starrte Lorymar grimmig zum Eingang ihres Verstecks. Nyasha kauerte neben ihm, er konnte ihren Atem hören.

Würde der Schlamm, mit dem sie sich eingerieben hatten und der inzwischen schon halb getrocknet war, seinen Zweck erfüllen? Würde er den Geruchssinn der Bestien täuschen können? Oder hatten sie sie bereits gewittert …?

Quälende Augenblicke verstrichen.

Dann schienen sich die Schritte im Farn zu entfernen, und es wurde still. Lorymar glaubte schon, verhalten aufatmen zu dürfen – als unmittelbar vor ihm ein glühendes Augenpaar sichtbar wurde. Dazu erklang eine Stimme, unmenschlich und hohl wie ein Brunnenschacht. »Hier seid ihr.«

Lorymar antwortete nicht – dafür schlug er den Feuerstein auf das Eisen. Funken flogen in der Dunkelheit und setzten den Zunder in Brand. Die Büchse in der einen, das Schwert in der anderen Hand, sprang der Halbling auf, wobei er auf die zarten Flammen blies – die schon im nächsten Moment züngelnd aufloderten. Schlagartig rissen sie die Umgebung aus der Dunkelheit, und mit ihr auch den Morwolf, der sich ihnen genähert hatte.

Die Kreatur riss die Klauen vor ihre Fratze und brüllte gequält auf, als der plötzliche Lichtschein ihre empfindlichen Augen blendete. Lorymar wusste, dass er keine zweite Chance wie diese bekommen würde und stieß zu.

Der Stoß, von schräg unten geführt, drang unterhalb des Brustkorbs in den Leib des Morwolfs und durchbohrte ihn. Die Bestie brach in die Knie, heulte fürchterlich und hörte erst damit auf, als Lorymar die Waffe herausriss und ein zweites Mal zustieß, diesmal direkt in den weit aufgerissenen Schlund.

Gurgelnd brach die Kreatur zusammen und fand ein elendes Ende – leider sehr viel geräuschvoller, als es Lorymar recht gewesen wäre. Mit dem noch brennenden Zunder in den Händen kehrte er zu Nyasha zurück und holte einen halbwegs trockenen Wollschal aus der Satteltasche hervor, den er rasch um die Klinge seines Schwertes wickelte und dann entzündete. Die befehlsmäßige Fackel loderte auf und vertrieb die dunkle Nacht. »Fort von hier, schnell!«, rief Lorymar, warf sich die Satteltaschen über und griff nach Nyashas Hand.

Die Prinzessin reichte sie ihm dankbar, und am leblosen Körper des Morwolfs vorbei huschten sie hinaus in den Wald – doch sie kamen nicht weit. Der Todesschrei des Morwolfs war nicht ungehört verhallt, und schon Augenblicke später sahen sich Lorymar und Nyasha auf einer Lichtung von glühenden Augenpaaren umringt, die zu mörderischen Bestien wurden, sobald sie in den Lichtkreis des Feuers traten.

»Lorymar!«

»Ich weiß, ich sehe sie«, stieß er zwischen zusammengebissenen Zähnen hervor, während er sich drehte und die Fackel bald hierhin und bald dorthin schwenkte. Das Feuer schien den Morwölfen nicht zu gefallen, aber es erschreckte sie auch nicht so, dass es sie in die Flucht geschlagen hätte. Und auch ihre Augen schienen sich daran gewöhnt zu haben, sodass es sie nicht länger blendete.

Nyasha, die sich ängstlich an ihn drängte, zitterte am ganzen Körper, aber sie vergoss keine Träne mehr. Vermutlich war es die ihr anerzogene Disziplin, die eine Prinzessin von Altashar daran hinderte, dem Feind eine Schwäche zu zeigen. Selbst im Angesicht des Todes bewahrte sie ihre Würde – anders als Lorymar, der merkte, wie etwas warm und feucht an seinem linken Hosenbein hinabrann. Noch etwas, das sich in den vergangenen Jahren geändert hatte …

»Verdammte Kreaturen!«, rief er ihnen dennoch grimmig entgegen und schwenkte die Fackel. »Kommt doch her, wenn ihr etwas von uns wollt! Ich schlitze euch nacheinander auf und fresse eure stinkenden Innereien, roh und blutig wie sie sind!«

Die einzige Reaktion der Morwölfe war ein dumpfes, kehliges Knurren, das vermutlich ein Lachen sein sollte. Blutdurst in den leuchtenden Augen, fletschten sie die Zähne und hoben ihre Waffen, um sich auf ihre so gut wie wehrlosen Opfer zu stürzen. Gleich, jeden Augenblick …

»Es tut mir leid, Nyasha!«, rief Lorymar in der festen Überzeugung aus, dass sein Ende gekommen sei – als etwas Unerwartetes geschah.

Das Haupt eines der Morwölfe entwickelte plötzlich ein groteskes Eigenleben. Wie von Geisterhand löste er sich von seinen Schultern und flog davon, um vor den Füßen seiner verblüfften Artgenossen zu landen. Der kopflose Torso stand noch einen Augenblick, dann brach er zusammen – und aus der Dunkelheit hinter ihm erschien ein Reiter, der eine gebogene Klinge schwang.

»Kalid!«, rief Nyasha hoffnungsvoll.

Tatsächlich – es war ihr Leibwächter! Zu Pferd hatte er sich durch das Dickicht gekämpft und fuhr nun wie ein Blitz unter die Bestien, die nicht wussten, wie ihnen geschah. Schon fiel ein weiterer Morwolf unter dem Streich der gekrümmten Klinge. Ein anderer beging den Fehler, sich dem Reiter in den Weg zu stellen, worauf er von den Hufen seines Rappen niedergetrampelt wurde. Ein weiterer Morwolf bekam seine rostige Axt in die Höhe und wollte seinerseits zuschlagen, doch Kalid war schneller und durchbohrte seine Brust.

Die verbliebenen Morwölfe wollten die Flucht ergreifen und stürmten panisch zur anderen Seite der Lichtung – als sich dort ebenfalls das Dickicht teilte und einen weiteren Reiter entließ – Hakan. Wie sein Bruder schwang auch er die gebogene Klinge und hielt blutige Ernte unter den Bestien. Hinter ihm im Sattel saß Kira, Nyashas Zofe, die sich an ihn klammerte.

Der Kampf, der auf der Lichtung tobte, war ebenso kurz wie heftig. Mit gespaltenem Schädel sank ein weiterer Morwolf nieder, ein anderer lieferte sich einen furchtbaren Schlagabtausch mit Kalid. Lorymar, der alles fassungslos mit angesehen hatte, fasste sich endlich ein Herz und stürmte auf einen anderen Gegner ein, dessen linke Klauenhand er abschlug, worauf der Morwolf jaulend im Gebüsch verschwand. Kalid besiegte seinen Gegner, indem er ihm eine klaffende Wunde beibrachte, und auch Hakan schien zu obsiegen – als sich zwei der Bestien gleichzeitig auf ihn stürzten und ihn und die Dienerin aus dem Sattel rissen.

»Kira!«, rief Nyasha und eilte zu ihrer Zofe, um ihr zu helfen – die Morwölfe jedoch hatten sich Hakan als Opfer ausgesucht. Der Krieger aus Altashar kam gerade wieder auf die Beine, als die Klaue eines der Morwölfe in seine Schulter drang. Hakan schrie auf, gleichzeitig schlug er zu und durchtrennte den Arm des Angreifers knapp unterhalb der Schulter. Noch während der eine Morwolf zusammenbrach, wollte sich der andere auf den verwundeten Leibwächter stürzen – dass er ihn nicht erreichte, lag an Kalid, der wie ein Blitz dazwischenfuhr, den Schwerthieb des Morwolfs parierte und ihn mit einem vernichtenden Stoß durchbohrte.

Keuchend ging der Morwolf nieder, doch Kalid hatte keine Augen mehr für ihn. Schon war er bei seinem Bruder, der stöhnend in die Knie gesunken war, heftig aus seiner Schulterwunde blutend.

»Kalid«, stöhnte Hakan, der sich kaum noch aufrecht halten konnte. Sein Gesicht war schmerzverzerrt, während er die Hand auf die heftig blutende Wunde presste. »Er … hat mich …«

»Schon gut«, suchte sein Bruder ihn zu beruhigen. »Das wird wieder. Es ist nur eine Fleischwunde, Hakan. Wir werden sie säubern und verbinden, und dann …«

»Nein«, sagte Lorymar hart.

»Was?« Kalid sah ihn fragend an.

»Was meinst … meint Ihr damit?«, wollte auch Nyasha wissen. Ihre Zofe Kira hatte Glück gehabt, schien unverletzt zu sein.

»Ich sagte es schon«, erläuterte Lorymar gepresst. »Ich weiß nicht, ob es ein Fluch oder eine Seuche gewesen ist, die

die Morwölfe zu dem gemacht hat, was sie sind – aber ich weiß, dass sie es weitergeben.«

»Was ... soll das heißen?«

»Das bedeutet, dass nichts und niemand deinen Bruder mehr retten kann, Kalid«, erklärte der Halbling. »Er ist verloren.«

Im Schein der Fackel sah Kalid ihn zweifelnd an. Ein flüchtiges Grinsen huschte gar über sein Gesicht. »Soll das ein Scherz sein, Narr? Die Wunde ist kaum der Rede wert!«

»Der Narr ist auf der anderen Seite des Bruchs geblieben«, stellte Lorymar klar. »Es ist mein Ernst. Das Gift der Morwölfe ist bereits im Körper deines Bruders. Innerhalb weniger Tage wird es sich ausbreiten und von ihm Besitz ergreifen. Er wird seine Menschlichkeit verlieren und seinen Verstand, und schon in ein paar Wochen wird er sich in einen von ihnen verwandeln, in eine abscheuliche Bestie.«

»Aber das ... darf nicht sein!«, wandte Nyasha ein. »Hakan hat uns gerettet! Es muss einen Weg geben, ihm zu helfen!«

»Ich wünschte, es wäre so, Prinzessin – aber es gibt keinen. Dein Bruder ist verloren, Kalid«, wandte sich Lorymar an den verbliebenen Leibwächter. »Glaubt mir«, fügte er düster hinzu. »Ich weiß, wovon ich spreche.«

»Habt Ihr ...?«

Lorymar nickte nur. »Vor langer Zeit.«

Kalid sah ihn an. Jede Heiterkeit war aus seinen Zügen gewichen. »Und es gibt nichts, das wir ...?«

»Nur eines.«

Kalid nickte. Sein Blick traf den seines Bruders, und beide wussten, wovon der Halbling sprach. Hakan, der entsetzliche Schmerzen zu leiden schien, nickte seinem Bruder kaum merklich zu. »Bitte«, hauchte er nur.

Kalid zückte sein Schwert, das er eben erst gereinigt und in die Scheide zurückgesteckt hatte.

»Werdet Ihr ihn festhalten?«, fragte er Lorymar. »Er soll nicht …«

»Wartet!« Nyasha trat dazwischen und streckte verlangend die Hand nach dem Schwert aus. »Ich werde es tun.«

»Nein!«, wehrte Lorymar ab. »Nicht Ihr!«

Sie straffte sich. Von den Schrecken und der Todesangst, die sie ausgestanden hatte, war nichts mehr zu sehen. Alles, was Lorymar noch darin sah, war Mitgefühl für ihren zu Tode verwundeten Leibwächter – und das bittere Wissen um ihre Pflicht. »Ich bin Nyasha pan Tyras, die Tochter Artabans des Großen«, erklärte sie. »Dieser Mann hat sein Leben für mich eingesetzt. Er ist meiner Familie durch einen Blutschwur verbunden – und nur ich kann ihn davon entbinden.«

Kalid kniete vor ihr nieder. Mit beiden Händen überreichte er ihr das Schwert, das Haupt hielt er dabei tief gesenkt. Nyasha nahm die Waffe entgegen, wog sie einen Augenblick in ihrer Hand, dann wandte sie sich Hakan zu.

Kalids Bruder sah sie flehend an. Krämpfe schüttelten ihn, Tränen standen in seinen Augen.

»Bitte, Herrin«, flüsterte er, »erweist mir die Ehre …«

»Das tue ich«, erklärte sie mit leiser, aber fester Stimme, während sein Bruder hinter ihn trat und ihn stützte. »Hakan Sayf, ich danke dir für alles, was du für mich und meine Familie getan hast. Deine Schuld ist getilgt, dein Schwur ist eingelöst. Ruhe nun in Frieden.«

»In Frieden«, wiederholte er flüsternd, und tatsächlich schien sein gepeinigter Körper für einen Augenblick Ruhe zu finden – der jäh endete, als sie das Schwert in seine Brust stieß. Mit weit aufgerissenen Augen sah er sie an, und sie hielt seinem Blick stand, bis sie die Klinge wieder herauszog und er leblos zur Seite kippte.

Erst dann rannen Tränen über ihre Wangen, die sie jedoch sofort wieder wegwischte. Lorymar kam nicht umhin, sie für ihre Tapferkeit zu bewundern.

»Es tut mir leid«, sagte er leise zu Kalid.

»Mein Bruder starb als Mann von Ehre«, entgegnete der Leibwächter nur. »Wir werden ihn nie vergessen.«

»Niemals«, bestätigte Nyasha.

Kalid wollte sich bücken, um den Leichnam seines Bruders vom Boden aufzuheben, aber Lorymar hielt ihn zurück. »Wir haben nur zwei Pferde«, brachte er in Erinnerung.

»Dann verbrennen wir ihn an Ort und Stelle und übergeben ihn der reinigenden Kraft des Feuers.«

»Und locken damit alle Morwölfe im Umkreis von fünf Meilen an?«, fragte Lorymar.

»Aber wir ... wir können ihn nicht einfach hier liegen lassen«, war auch Nyasha überzeugt.

»Wir haben gar keine andere Wahl, Prinzessin, denn wir müssen rasch von hier verschwinden. Hakan hat sich nicht geopfert, damit wir seinetwegen sterben.«

»Dann reitet voraus«, wies Kalid sie an. »Ich werde zurückbleiben und ihn begraben.«

»Ich werde dir helfen«, erklärte sich Kira bereit.

»Nein«, widersprach Nyasha. »Ich lasse dich nicht zurück!«

»Wir haben nur zwei Pferde, Herrin«, wandte die Zofe berechtigterweise ein. »Reitet mit dem Narren voraus. Kalid und ich werden Euch folgen.«

»Hoheit, das ist nicht ratsam«, wandte Lorymar ein. »Der Leibwächter sollte bei uns ... ich meine, bei Euch bleiben für den Fall, dass die Morwölfe zurückke...«

»So sei es«, schnitt Nyasha ihm kurzerhand das Wort ab. Sie trat vor und umarmte ihre Zofe zum Abschied, Kalid nickte sie in stillem Einvernehmen zu. Dann bestieg sie Hakans herrenloses Tier und glitt in den Sattel, dessen Steigbügel für Lorymar entschieden zu lang waren. Noch ehe der Halbling auch nur zum Nachdenken kam, hatte Kalid ihn bereits gepackt, hochgehoben und hinter der Prinzessin auf den Rappen gesetzt. Ein wenig hilflos schlang Lorymar die kurzen Arme um Nyashas schmale Hüften, dann schoss das Tier auch schon davon, über den Weg, den die Leibwächter durch das Dickicht gebahnt hatten, zurück auf die von spärlichem Mondlicht beschienene Straße.

Kalid und Kira blieben zurück, um im Schein der Fackel Hakan die letzte Ehre zu erweisen.

Das dünne rote Rinnsal, das an Kalids Hand herabrann, hatte niemand bemerkt.

15

Krähennest, Skaradag
Zur selben Zeit

Es war nur ein leises Rascheln, doch Rayans geschärfte Sinne ließen ihn dennoch erwachen.

Der modrige Geruch der Katakomben stieg ihm in die Nase und brachten ihm in Erinnerung, wo er war. Gleichzeitig spürte er, dass er nicht allein war in seinem Quartier.

Jäh schlug er die Augen auf. Der schwache Schein einer halb abgedeckten Laterne erfüllte die karge Kammer. In ihrem Licht kauerte eine Gestalt auf dem Boden und durchsuchte seine Sachen.

Bray …

»Kann ich helfen?«, fragte er. Er hatte keine Ahnung, wie spät es war, vermutlich früher Morgen.

Sie fuhr herum. Ihre Augen waren gerötet, das Haar hing wirr und wild von ihrem Kopf.

»Darf ich fragen, was das soll?«, wollte er wissen.

»Ich habe die ganze Nacht kein Auge zubekommen«, erklärte sie ohne ein Wort des Grußes oder auch nur der Entschuldigung dafür, dass sie ungefragt in sein Quartier eingedrungen war und in seinen Sachen wühlte. »Ich brauche Antworten, sonst verliere ich den Verstand.«

Rayan nickte. Er hatte mit ihrem Besuch gerechnet – wenn auch nicht zu dieser Stunde.

Stöhnend richtete er sich auf und rieb sich den schmerzenden Rücken. Er war keine zwanzig mehr. Die Nächte auf kargem, feuchtem Lager forderten Tribut.

»Was willst du wissen?«, fragte er.

Sie zog ihre Hand aus dem Lederbeutel. Darin hielt sie ein Stück Pergament, auf dem er einige Worte notiert hatte. Rayan brauchte nicht hinzusehen, um zu wissen, was es war.

»Was hat das zu bedeuten?«, verlangte sie barsch und mit bebender Stimme zu wissen. Rayan nahm es ihr nicht übel. Er kannte diese Gefühle nur zu gut – die Einsamkeit, die Verlassenheit, das Gefühl der Ohnmacht.

Und die Angst.

»Was ist das?«, fragte sie.

»Ein Lied«, erwiderte er.

»Wer hat es geschrieben?«

»Ich«, gestand er offen.

Sie sah ihn unverwandt an. »Wann ist das gewesen?«

Rayan hielt ihrem Blick stand, während er überlegte, was er erwidern sollte. Es wäre einfach gewesen, alles zu leugnen, ihr zu sagen, dass er den Text erst kürzlich aufgeschrieben hatte, und am Tag zuvor hätte er das wahrscheinlich auch noch getan. Inzwischen hatten sich die Dinge jedoch geändert – sie hatte ein Recht , die Wahrheit zu erfahren.

»Vor zwei Wintern«, gestand er.

Sie nickte, schien nichts anderes erwartet zu haben. Dennoch wirkte sie bestürzt, was er ihr nicht verdenken konnte. Sie nahm das Pergament zur Hand und las leise vor:

Und wenn der Fremde hat erreicht,
die Stadt, die keiner anderen gleicht,
wo Salz bestimmt den Gang der Welt,
und jeder strebt nach Gut und Geld,
so steht er dann an jener Stelle,
wo sich erhebt die Zitadelle.
Und aus des Volkes großer Menge,
geschützt von Dunkelheit und Enge,

schleicht heran ein garst'ger Dieb
und endet damit jedes Lied.

Sie blickte auf und sah ihn an. »Du wusstest es«, sagte sie leise. »Du wusstest, dass ich deine Laute stehlen würde.«

»Leier«, verbesserte er.

»Du wusstest es«, beharrte sie. »Denn du hattest es vorausgesehen.«

»Ich habe Bilder gesehen.« Er deutete auf seinen Kopf. »Hier drin. Allerdings waren sie nicht eindeutig – weder wusste ich, was genau geschehen würde, noch wer der Dieb sein würde.«

»Dennoch hast du Vorbereitungen getroffen und jenes Kellerloch gemietet ...«

»Schon einige Zeit zuvor«, räumte er ein.

»Und auf diese Weise hast du auch den Überfall der Spinnen vorausgesehen? Mit diesem Lied, das du uns vorgesungen hast?«

Er nickte wiederum.

»Und den Einbruch in die Schatzkammer?«

»Auch den habe ich gesehen.«

»Aber wie ist das möglich?« Wieder sah sie ihn an. Ihren Augen war anzusehen, dass sie geweint hatte.

»Ich weiß es nicht«, gestand er offen. »Aber es gibt einen Grund dafür, dass du mich das fragst. Den wahren Grund, warum du hier bist ...«

Sie nickte zögernd.

»Du hast auch etwas gesehen, nicht wahr?«, erkundigte er sich sanft. »Gestern abend, als du dieses Lied gesungen hast. Deine Stimme hat sich plötzlich verändert, und die Worte waren nicht mehr deine eigenen ...«

Bray starrte ihn an. Furcht stand in ihren Augen.

»Was war es?«, wollte er weiter wissen. »Was genau hast du gesehen, Bray? Willst du darüber sprechen?«

Sie erwiderte nichts. Stattdessen füllten sich ihre Augen mit Tränen.

»Ich will ganz ehrlich mit dir sein«, erklärte Rayan leise. »Auch ich weiß nicht, was genau hier vor sich geht. Ich bin nach Skaradag gekommen, weil mich etwas gerufen hat.«

»Der Stein, den du haben willst«, vermutete sie.

»Ja – und nein. Da war auch noch etwas anderes, das mich rief und von dem ich nicht wusste, was es sein würde – aber inzwischen glaube ich, dass … du das gewesen bist, Bray.«

Sie sah ihn zweifelnd an.

»Denn ganz offenbar verfügst du über dieselbe Fähigkeit wie ich.«

»Nein«, behauptete sie und schüttelte trotzig den Kopf, dem Offensichtlichen zum Trotz. »Das tue ich nicht! So etwas wie Magie gibt es nicht!«

»Nur weil etwas verboten ist, bedeutet das nicht, dass es nicht existieren würde«, stellte Rayan klar und sah sie fragend an. »Willst du darüber sprechen?«

»Ich … kann nicht«, stieß sie leise hervor und presste die Fäuste an die Schläfen. Was immer sie gesehen hatte, hatte sie zutiefst verstört.

»Ich weiß, es ist schwer«, versicherte er. »Aber es könnte dir helfen, darüber zu reden.«

»Woher willst du das wissen?«

»Weil ich nie jemanden hatte, mit dem ich mein Wissen teilen konnte«, erwiderte er sanft. »Ich will dir helfen.«

Sie nickte und schien sich zu besinnen. »Während ich sang«, begann sie dann leise, »habe ich mich irgendwie … verloren. Ich lauschte der Musik, und plötzlich hatte ich das Gefühl, an einem anderen Ort zu sein und zu einer anderen Zeit. Ich sprach Worte, die nicht meine waren, und plötzlich waren diese Bilder in meinem Kopf …«

»Ich weiß«, sagte Rayan – er kannte das nur zu gut.

»War das … die Zukunft?«, fragte sie flüsternd. »Dinge, die kommen werden?«

»Du hast noch immer nicht gesagt, was du gesehen hast …«

Sie nickte und schien sprechen zu wollen, aber nicht ein Laut wollte über ihre Lippen. Bray ballte die Fäuste, ihr Blick wurde stechend. Über jene Dinge zu reden, schien sie ihren ganzen Mut und all ihre Überwindungskraft zu kosten.

»Ich … ich sah eine Finsternis, die dunkler war als jede Nacht … eine Tiefe, in der das Grauen herrschte … Und was daraus hervorkam, war …« Sie unterbrach sich, schüttelte den Kopf, als die Erinnerung zu entsetzlich wurde. »›Tod! Tod!‹, riefen sie immerzu.«

»Ich weiß.«

»Hast du das … auch gesehen?«

Das und noch manches andere, erwiderte er in Gedanken, hütete sich jedoch, es laut auszusprechen. Er begnügte sich mit einem knappen Nicken, das Brays Schmerz und ihre Furcht ein wenig zu lindern schien. Wenigstens, so dachte sie wohl, war sie nun nicht mehr allein.

Sie sah ihn an und schien etwas erwidern zu wollen – als draußen auf dem Stollen hektische Schritte erklangen. Der Vorhang wurde aufgerissen, Torgny stand unter dem niedrigen Eingang. Ganz offenbar hatte er nicht damit gerechnet, im Quartier des Sängers Bray anzutreffen – sie dort auf dem Boden kauern zu sehen, mit wirrem Haar und Tränen im Gesicht, versetzte ihm einen sichtlichen Schock. Jähzorn und wilde Eifersucht färbten seine Züge puterrot.

»Was geht hier vor?«, wollte er wissen. »Hat der alte Sack dir wehgetan?«

»Nein«, versicherte sie. »Es ist alles in Ordnung.«

»Sieht aber nicht so aus«, knurrte er.

»Wirklich«, beschwichtigte sie. »Wir reden nur …«

»Gibt es einen Grund für deinen Besuch?«, erkundigte sich Rayan mit hochgezogenen Brauen.

»Den gibt es«, schnarrte der Jüngere. »Fadir will dich sprechen.«

»Ist etwas geschehen?«, wollte Rayan wissen.

»Könnte man behaupten.« Der junge Dieb nickte. »Einer unserer Spione hat schlechte Nachrichten gebracht. Ein Großexekutor ist in der Stadt.«

16

Festung Vanheim
Tags darauf

Die Ostragi blieben verschwunden.

Nicht, dass Gunryk ihre Rückkehr herbeigesehnt hätte, aber er hatte doch gehofft, zumindest einen Hinweis auf den Verbleib der rund zweihundert ostragischen Soldaten zu finden, die noch bis vor Kurzem diese Burg besetzt hatten.

Vergeblich.

Zwar dauerte die Durchsuchung der Burg noch an, die Gunryk in kleinen Trupps zu je fünf Mann vornehmen ließ, doch hatte sie bislang keine nennenswerten Ergebnisse gebracht.

Zwar bemühte sich Gunryk, Ruhe zu bewahren und nach einer plausiblen Lösung zu suchen, doch im Grunde kam ihm dafür nur eine Erklärung in den Sinn. Und auch wenn er sich hütete, es offen auszusprechen, wusste er gleichwohl, dass unter seinen Leuten Gerüchte die Runde machten. Gerüchte, die besagten, dass das Verschwinden all dieser Soldaten nicht mit rechten Dingen geschehen sein konnte und dass diese Festung ein verwunschener Ort sei, von dunkler Magie durchdrungen.

Gunryk kannte seine Leute gut. Die meisten waren altgediente Recken, die gegen Räuberbanden gekämpft, sich gegen Rudel hungriger Wölfe behauptet und harten Wintern getrotzt hatten – und doch war deutlich zu bemerken, wie eine Unruhe um sich griff, die der Hauptmann so noch nie bei seinen Männern gesehen hatte.

Er hatte sie Quartiere beziehen lassen – nicht in den Unterkünften im Innenhof, sondern in den Kammern des Bergfrieds, die einst den Offizieren vorbehalten gewesen waren. Zum einen boten diese Unterkünfte ein wenig mehr Bequemlichkeit als die kargen Baracken; zum anderen hielt Gunryk es auch für besser, wenn sie alle beisammenblieben. Zumindest solange sie nicht wussten, was genau den Besatzern von Vanheim widerfahren war.

Gunryk selbst hatte das Gemach des Festungskommandanten bezogen, ein weitläufiges Quartier, das aus einem Audienz- und einem separaten Schlafraum mit einem großen Bett bestand – mehr Luxus, als er in seinem Leben je gehabt hatte. Das Leben eines Grenzers war hart, entsprechend gering waren seine Ansprüche. Trotz des Dachs über dem Kopf, das sie trocken halten und vor Regen schützen würde, hätte Gunryk manches darum gegeben, draußen unter freiem Himmel zu nächtigen – und das nicht nur, weil er nicht daran gewohnt war, in geschlossenen Räumen zu sein und die Enge der Mauern ihn bedrückte. Sondern weil da noch etwas war …

Eine Aura der Bedrohung, die diese alte Festung durchdrang und sich weder fassen ließ noch näher benennen … ein wenig wie in der Nacht vor der Schlacht, wenn der Kampf noch nicht begonnen hatte und doch allen klar war, dass bei Tagesanbruch das grausame Morden beginnen würde …

Gunryk blickte vom Schreibtisch auf.

Unter den Habseligkeiten des Festungskommandanten hatte er Feder, Tinte und Papier gefunden und war dabei, einen Bericht über die Ereignisse zu verfassen, die zur Einnahme der Festung geführt hatten. Zwar sträubte sich alles in ihm dagegen, die Inbesitznahme von Vanheim als militärischen Erfolg zu verbuchen, doch auch ihm war klar, dass seine Leute und er Geschichte geschrieben hatten. Zum ersten Mal seit den Tagen der Divergenz befand sich die alte Grenzfestung in westrischem Besitz, wehte nicht mehr das Löwenbanner von Altashar über den Zinnen. Ein Platz in den Chroniken war ihnen sicher, und wenn es Gunryk selbst auch gleichgültig war, musste er doch an seine Leute denken und die Belobigung, die sie dafür erhalten würden ... Doch im Augenblick fehlte ihm der Sinn dafür.

Frustriert legte er die Feder beiseite und erhob sich, trat an das schmale Fenster, von dem aus er nach Süden blicken konnte, auf den Innenhof der Burg und in den schwarzen Abgrund, der jenseits der Mauern und Zinnen gähnte. Es war schwer vorstellbar, dass diese Kluft das ganze Reich durchmaß, von hier bis hinab zum Meer, wo sie in einem gefährlichen Mahlstrom endete – und dennoch war es so.

Gunryk konnte nicht behaupten, besonders viel von diesen Dingen zu verstehen. Er war nur ein einfacher Hauptmann der Grenzpatrouille und verstand nichts von den Kräften, die den Bruch bewirkt hatten. Doch hier in Vanheim kam es ihm vor, als wären diese Kräfte auch nach all der Zeit noch immer wirksam. Vielleicht, dachte er beklommen, waren sie ja der Grund für diese seltsame Furcht, die seine Leute und er verspürten, seit sie ihren Fuß in die Burg gesetzt hatten. Und vielleicht, setzte er bitter hinzu, waren sie auch der Grund für das Verschwinden der Ostragi.

Er holte tief Luft.

Sie war durchsetzt von Feuchte, die vom nahen Wasserfall rührte, so wie die ganze Festung von Feuchte durchdrungen war. Kein heimeliger Ort, gewiss nicht, und obschon er ein hartes Leben gewohnt war, ertappte sich Gunryk dabei, dass seine Gedanken nach Süden schweiften, nach Achaya, und er sich nach seinem Heimatdorf sehnte, nach der sonnenbeschienenen Küste und den schattigen Olivenhainen, wo er als Junge viele sorglose Stunden erlebt hatte. Wie sehr wünschte er sich in diesem Moment, einmal dorthin zurückzukehren – doch eine dunkle Vorahnung sagte ihm, dass er seine Heimat fern im Süden niemals wiedersehen würde.

17

Krähennest, Skaradag
Zwölf Tage später

Die Nachricht, dass ein Großexekutor des Ordens in Skaradag weilte, hatte alles geändert.

Furcht hatte von Faginor und seinen jungen Dieben Besitz ergriffen. Der Gefahr, vom Stadtmarschall und seinen Leuten auf frischer Tat ertappt und grausam bestraft zu werden, sahen sie sich jeden Tag ausgesetzt; sie lebten damit, und in gewisser Weise war sie zur Routine geworden. Doch mit dem Großexekutor war noch etwas anderes hinzugekommen, ein irrationales Element, dessen Ursprung sich nicht genau bestimmen ließ. Vermutlich, so nahm Rayan an, lag es an der Grausamkeit, mit der die Vollstrecker des Ordens vorzugehen pflegten, und an dem schlechten Ruf, der ihnen deshalb vorauseilte – anders ließ sich die an Panik grenzende Angst, die in den Katakomben um sich gegriffen hatte, wohl kaum erklären. Selbst die unerschrockensten der Krähen schienen davon nicht ganz frei zu sein, und selbst der alte Faginor war ob der Neuigkeit noch einmal ins Zweifeln gekommen, ob er den Einbruch in die Zitadelle tatsächlich wagen sollte.

Schließlich hatte er sich doch dazu entschieden, aber Rayan und er waren sich darüber einig gewesen, dass es nun rasch gehen musste, ehe noch mehr Vertreter des Ordens in die Stadt kamen und das Unternehmen vielleicht unmöglich machten.

Ohnehin war fraglich, was ein Exekutor in der Stadt zu suchen hatte. Skaradag hatte es bislang geschafft, sich den Orden vom Hals zu halten. Durch taktisches Lavieren und bisweilen auch durch das Entrichten großzügiger Zahlungen war bislang verhindert worden, dass in der Stadt des Salzes ein Schwarzer Turm errichtet worden war – doch womöglich ging diese Zeit nun allmählich zu Ende. Wenn es so war, so wollten Rayan und seine Verbündeten die Zeit nutzen, die ihnen noch blieb, und so hatten sie die Dinge beschleunigt und beschlossen, den Einbruch in die Zitadelle nicht länger aufzuschieben. In dieser Nacht würde es geschehen.

Es war ein seltsames Gefühl, das Rayan dabei verspürte.

Einerseits war es ja genau das, was er gewollt hatte – andererseits waren auch ihm in letzter Zeit immer wieder Zweifel gekommen. Nicht, was das Ziel seiner Mission und seiner Anwesenheit in Skaradag betraf – er brauchte diesen Stein, wollte ihn unbedingt in seinen Händen halten. Aber sehr wohl, was seine Verbündeten betraf.

Je länger er bei ihnen weilte und je besser er sie kennengelernt hatte, desto mehr waren sie ihm ans Herz gewachsen. Zu Beginn waren die jungen Diebe der Krähenzunft für ihn lediglich dienstbare Geister gewesen, ein Mittel zum Zweck, nicht mehr – inzwischen jedoch fühlte er sich für sie auch in einem gewissen Maße verantwortlich, und er nahm an, dass auch das mit Bray zusammenhing. Rayan fragte sich, ob es richtig war, seine jungen Freunde diesem Risiko auszusetzen – und wusste doch gleichzeitig, dass es keine Alternative gab.

Nicht, wenn er den Stein bekommen wollte.

Er hatte versucht, in die Zukunft zu blicken und das Ende des Abenteuers abzusehen. Doch so funktionierte es nicht. Die Zukunft sprach keine Empfehlungen aus, sie erforderte nur Entscheidungen – ob diese zum Guten oder zum Schlechten erfolgten, lehrte die Zeit. Dabei hatte Rayan erfahren müssen, dass sich Unheil nicht immer abwenden ließ – und dass auch jene, die in der festen Überzeugung waren, Gutes zu tun, sich niemals ganz sicher sein konnten, auf welcher Seite der Geschichte sie sich wiederfanden.

Es hatte eine Zeit gegeben, da Rayan versucht hatte, seine Fähigkeit einzusetzen, um anderen Menschen zu helfen, um sie zu warnen, vor dem, was geschehen würde – und bitter dafür bezahlt. Also hatte er sich geschworen, es nicht mehr zu tun, und sich in all den Jahren gefragt, weshalb ihm das Schicksal – wenn es so etwas tatsächlich gab – diese unselige Gabe verliehen hatte, wenn er sie doch nicht nutzen konnte. Eine Antwort hatte er in all den Jahren nicht bekommen.

Bis zu dem Tag, da er das Lied der Legenden von Astray gesungen und die Wahrheit gesehen hatte.

Seither konnte er nicht länger davonlaufen und sich seiner Verantwortung entziehen.

Ebenso wenig wie Bray.

Noch immer konnte er es kaum glauben. In all den Jahren, in denen er ruhelos umhergezogen war, war er nie jemandem begegnet, der jenes zweifelhafte Talent mit ihm teilte – und ausgerechnet hier in Skaradag, wo alles einen Sinn bekommen sollte, änderte sich dies. Ausgerechnet die junge Frau, die seine Leier stehlen wollte, sollte dieselbe Gabe wie er besitzen? War das der Grund, weshalb er sich ihr so nahe, so wesensverwandt fühlte? So unbegreiflich das alles einerseits war, so sehr bestärkte es Rayan in seiner Sicht der Dinge – und in seiner Überzeugung, dass er den Stein der Legenden an sich bringen musste, um jeden Preis.

»Du wusstest also, dass all das passieren würde«, fasste Bray zusammen und sah ihn forschend an. Sie waren in einem düsteren Gewölbe der Katakomben, das als Vorrats- und Waffenkammer diente, und dabei, sich für die bevorstehende Unternehmung auszurüsten.

»Ja und nein«, gab er zu, während er verschiedene Klingen aus den Scheiden zog und sie prüfte. Säbel aus Bessos waren darunter und Rapiere aus Sarassa, aber auch Äxte aus den Schmieden Perneraks und ein schwerer Bihänder aus Cymria, den der Sänger kaum heben geschweige denn damit kämpfen konnte. »Ich habe vieles gesehen – aber das bedeutet nicht, dass ich die Zukunft genau kennen würde.«

»Dann steht sie noch nicht fest? Kann sie noch geändert werden?«

Fragend, fast flehend, sah sie ihn an. Er wusste nur zu gut, worauf sie hinauswollte. So wie er wusste, was sie gesehen hatte.

»Ich nehme es an«, entgegnete er ausweichend. Er hielt ein Rapier in der Hand, das gut ausbalanciert war und beidseitig geschliffen, aber vergleichsweise kurz, sodass es auch auf engem Raum von Nutzen war. Mehrmals ließ er die Klinge durch die Luft fahren.

»Aber?«, wollte Bray wissen, die zu ahnen schien, dass die Sache auch eine Kehrseite hatte.

»Aber es sind dazu Opfer nötig«, erwiderte er und stieß die Klinge in die Scheide zurück – er hatte seine Wahl getroffen. Zwar würden sie, wenn es zur offenen Konfrontation mit den Wachen des Stadtmarschalls kam, fraglos unterlegen sein. Aber schließlich sprach nichts dagegen, sein Leben so teuer wie möglich zu verkaufen.

»Was für Opfer?«

»Was immer nötig ist«, entgegnete er leise und sah ihr offen ins Gesicht, das noch immer von Schrecken gezeichnet war.

»Diese Dinge, die ich … die wir gesehen haben«, begann sie zögernd. »Wenn das die Zukunft ist, so wird sie dunkel und voller Angst und Grauen sein.«

»Ich weiß.«

»Ich fühlte eine Verzweiflung, die schlimmer war als alles, was ich je zuvor gefühlt habe«, fuhr Bray schaudernd fort. »So als ob alle Hoffnung, als ob alles Leben zu Ende wäre.«

Rayan nickte nur. Er war dabei gewesen, ein Seil zu entwirren und aufzurollen. Jetzt ließ er seine Arbeit ruhen und sah sie auffordernd an.

»Was willst du wissen?«, fragte er.

»In Skaradag gibt es keinen Schwarzen Turm«, erwiderte sie. »Deshalb kommen manchmal Leute hierher ... Wahrsager ... Propheten, die für ein paar Münzen die Zukunft vorhersagen. Einer von ihnen hat behauptet, dass ...« Sie unterbrach sich, schien erst den Mut finden zu müssen, es offen auszusprechen, »... dass das Ende gekommen sei«, fuhr sie dann fort. »Das Ende von Astray, das Ende unserer Welt. Die meisten Leute, die ihm zugehört haben, waren betrunken, und sie haben nur gelacht – und ich auch«, fügte sie leise und fast beschämt hinzu. »Doch nach allem, was ich gesehen habe ...« Sie unterbrach sich wiederum und sah ihn an. Tränen glänzten in ihren Augen.

»Ich weiß, was du meinst«, versicherte er.

Sie nickte beklommen. »Und?«, fragte sie dann. »Ist das, was wir gesehen haben, das Ende aller Dinge?«

Rayan seufzte.

»Ich weiß es nicht«, gestand er dann. »Aber es fühlt sich genauso an, nicht wahr?«

Bray nickte wieder. »Kann es verhindert werden?«, fragte sie.

»Auch das weiß ich nicht«, gab er offen zu. »Aber ich hoffe es. Deshalb bin ich hier.«

Sie sah ihn forschend an. Und plötzlich schien ihr etwas klar zu werden. »Es hat etwas mit diesem Stein zu tun, nicht wahr?«, wollte sie dann wissen. »Die ganze Zeit habe ich mich gefragt, was du damit anfangen willst. Du bist nicht der Typ, der etwas stiehlt, weil er es unbedingt besitzen muss. Und den Verstand hast du auch nicht verloren, soweit ich das sagen kann. Jedenfalls nicht mehr als ich.«

»Beruhigend.« Er lächelte dünn.

»Dieser Stein steht mit der Zukunft in Zusammenhang, nicht wahr?«, fragte Bray rundheraus. »Das ist der Grund, warum du ihn so unbedingt brauchst!«

Rayan sah Bray prüfend an. Sollte er sich ihr so weit offenbaren? Ihr verraten, was er sonst noch niemanden anvertraut hatte? Nun, wem sonst, wenn nicht ihr?

»Ich stamme aus Burgos«, begann er, noch ehe er es sich anders überlegen konnte, »aus einem kleinen Dorf, dessen Namen ich bereits mein Leben lang zu vergessen suche. Meine Mutter starb, als sie mir das Leben schenkte, und so wuchs ich allein bei meinem Vater auf. Eines Tages, ich war noch ein kleiner Junge, kam ein alter Spielmann in unser Dorf. Er sang von fernen Ländern und großen Schlachten, von glorreichen Helden und ihren Taten, und ich lauschte ihm voller Staunen. Jeden Tag, solange er in unserem Dorf weilte, suchte ich ihn auf. Als er schließlich weiterzog, schenkte er mir zum Abschied seine Leier. Sosehr ich mich darüber freute, so wunderte ich mich auch darüber, denn schließlich war sie sein wertvollster Besitz, seine ganze Existenz ...« Rayan blickte zu Boden. Er hatte sehr lange nicht über diese Dinge gesprochen, über siebzehn Winter hinweg hatte er sie tief in seinem Herzen verwahrt. »Ein paar Tage später«, fuhr er schließlich fort, »haben mein Vater und einige andere Männer aus dem Dorf den Spielmann im nahen Wald aufgefunden. Er war tot.«

»Was war passiert?«

Rayan zuckte mit den Schultern. »Womöglich war er gestürzt – oder seine Zeit war einfach gekommen. Wie ich schon sagte, er war alt. Aber später habe ich mich oft gefragt, ob ...«

»... ob er sein Ende vielleicht vorausgesehen und dir deswegen seine Leier geschenkt hat«, brachte Bray den Satz zu Ende, auf Rayans Instrument blickend, das er wie meist umhängen hatte.

Er nickte. »Noch am selben Tag habe ich zu spielen begonnen und zu üben – irgendwie hatte ich wohl das Gefühl, es dem alten Mann zu schulden. Es war mein erklärtes Ziel, ein Sänger zu werden, genau wie er – auch wenn mir das den Spott der anderen Jungen eintrug, allesamt Bauerntölpel und

Handwerksburschen, die davon träumten, Soldaten oder Paladine zu werden. Mein Vater hatte ebenfalls kein Verständnis dafür. Meinen Wünschen zum Trotz lehrte er mich den Umgang mit der Klinge, wie es in Burgos üblich ist. Doch eines Tages machte ich eine Entdeckung: Während ich sang und die Saiten spielte, waren die Worte, die über meine Lippen kamen, plötzlich nicht mehr die meinen. Woher sie kamen, wusste ich nicht, aber es war, als würde sich für einen kurzen Moment der Schleier heben, der uns zu jeder Zeit umgibt, und mir einen Blick auf die Zukunft gewähren.«

»Dann – liegt es an der Leier?«, wollte Bray wissen.

»Sie ist sehr alt, stammt noch aus den Tagen der Astari«, erwiderte Rayan und strich sanft, fast zärtlich über das Holz. »Aber nicht jeder, der sie spielt, verfügt deshalb über die Gabe der Hellsicht. Ich kann deine Frage also nicht eindeutig beantworten.«

Sie nickte. »Und – was ist damals weiter geschehen?«

Rayan lächelte ob der Erinnerungen, die ihn für einen Moment überkamen. »Anfangs«, gestand er offen, »jagte mir das furchtbare Angst ein. Aber dann erkannte ich, dass es auch Vorteile hat, und ich begann, aus meinem Wissen Nutzen zu ziehen und auf die Zukunft einzuwirken. Zunächst nur in ganz kleinen Dingen, später dann auch in größeren. Ich erzählte meinem Vater von meiner Gabe, aber er wollte nichts davon wissen und meinte, dass ich mir das nur einbilde – bis er eines Tages nur knapp dem Hinterhalt einer Räuberbande entging, die ihm im Wald auflauerte. Ich hatte meinen Vater am Morgen gewarnt, und so kam er mit dem Leben davon. Von diesem Tag an konnte er meine Gabe nicht länger leugnen, doch statt mir zu danken oder auch nur ein wenig stolz auf mich zu sein, meinte er nur, dass wir sie um jeden Preis geheim halten müssten. Er sagte, dass seit dem Ende des Krieges jede Art von Magie verboten sei, und dass es dort draußen Leute gebe, die jeden töten, der sich damit befasse.«

»Die Exekutoren«, vervollständigte Bray.

»Also behielt ich mein Wissen für mich und ertrug den Spott nicht nur der anderen Jungen, sondern auch der übrigen Dorfbewohner, die mich für einen Taugenichts und Faulpelz hielten. So vergingen die Jahre. Wann immer ich Visionen hatte, die das Dorf betrafen, erzählte ich meinem Vater davon und versuchte so, auf das Schicksal unseres Dorfes Einfluss zu nehmen. Doch dann, eines Tages, hatte ich eine Vision, die anders war als alle bisherigen. Sie überkam mich, während ich an einem neuen Lied arbeitete. Plötzlich murmelte ich wieder Worte, die ich kaum verstand. Ich hatte Todesangst und sah grässliche Bilder vor meinem inneren Auge, Blut im Wasser des nahen Flusses.«

»Was hast du getan?«

»Ich suchte meinen Vater und fand ihn bei den Dorfältesten. Und da die Zeit drängte, erzählte ich ihnen, was ich gesehen hatte.«

»Und?«

Rayan rang sich ein Lächeln ab. »Der Angriff der Söldner wurde erfolgreich abgewehrt, die Plünderer bis auf den letzten Mann erschlagen – doch aus Angst vor den Exekutoren beschlossen die Ältesten, mich aus dem Dorf zu verstoßen, nun, da sie von meiner Gabe wussten.«

»Aber dein Vater …«

»Er teilte ihre Ansicht«, gestand Rayan bitter.

»Aus Angst vor den Exekutoren?«

»Vielleicht – vielleicht aber auch, weil er nie über den Tod meiner Mutter hinweggekommen war und mir über all die Jahre stets die Schuld daran gegeben hatte. Es war seine Art, sich an mir zu rächen. An jenem Tag wurde ich wie ein Verbrecher aus dem Dorf gejagt, das ich kurz zuvor gerettet hatte. Genau hier«, er deutete auf die Narbe in seinem Gesicht, »traf mich ein Stein. Ich stürzte in den Fluss, der mich davontrug, und überlebte nur mit knapper Not. Das Blut im Wasser, das ich in meiner Vision gesehen hatte, war mein eigenes gewesen.« Der Sänger lachte freudlos auf. »An diesem Tag habe ich zwei Dinge gelernt: Nämlich dass die Bilder, die ich sehe, oft nicht eindeutig sind.«

»Und was noch?«

»Dass es einen hohen Preis erfordert, die Dinge ändern zu wollen«, entgegnete er.

»Dennoch hast du es getan. Du hast damals verhindert, dass das Dorf vernichtet wurde. Und dank deiner Hilfe konnten wir den Überfall der Spinnen abwehren.«

»Durchaus«, gab Rayan zu. »Aber was dadurch gewonnen wurde – wer weiß das schon? Wie ich schon sagte, es kostet einen Preis, die Dinge zu verändern.«

»Und trotzdem willst du es noch einmal tun«, mutmaßte Bray hoffnungsvoll. »Du willst diese schreckliche Vision verhindern, den Untergang unserer Welt.«

Rayan biss sich auf die Lippen, nickte nur.

Wenn man es so hörte, klang es selbstlos und heroisch. Aber das war es nicht. Denn in Wahrheit hatte er mehr Angst vor der Zukunft als alle anderen.

Er war kein Held, ganz sicher nicht.

»Und der Stein?«, kam sie wieder auf ihre ursprüngliche Frage zurück.

»In meinen Visionen sehe ich ihn dort liegen, in der Schatzkammer der Zitadelle.«

»Und du denkst, dass …«

»Ich denke, dass dieser Stein der sagenumwobene Stein der Astari ist, mit dem die Sieben Legenden die Welt einst vor der Macht des Bösen gerettet haben. Genauso, wie es in den alten Liedern besungen wird. Auch wenn heute kaum noch jemand glaubt, dass es so geschehen ist.«

»Aber Skaradag ist weit entfernt von Archos. Wie ist der Stein ausgerechnet nach Skaradag gelangt?«

»Das weiß ich nicht – aber ich hoffe, durch diesen einen

Stein Antworten zu finden. Ich bin kein Zauberer und ich kann nicht behaupten, allzu viel von diesen Dinge zu verstehen. Aber wenn ich ihnen nicht nachgehe und nichts gegen diese Bilder unternehme, die mich verfolgen …«

»… dann verlierst du noch den Verstand«, vervollständigte sie nickend. »Das kann ich gut …«

Sie unterbrach sich und lauschte.

»Was?«, fragte Rayan, der nichts bemerkt hatte.

Mit einer Handbewegung gebot sie ihm zu schweigen, dann pirschte sie auf leisen Sohlen zur Tür der Kammer – und riss sie mit einem Ruck auf.

Der Fackelschein, der das Gewölbe erhellte, fiel nach draußen in den Gang – aber da war niemand.

»Seltsam«, meinte Bray, »ich dachte, ich hätte etwas gehört.« Noch einmal spähte sie hinaus in das Halbdunkel, dann schloss sie die Tür wieder, offenbar hatte sie sich geirrt.

»Vermutlich nur eine Ratte«, meinte Rayan.

»Vermutlich.« Sie nickte.

»Genau das ist es«, bestätigte der Sänger. »Dieses ständige Misstrauen … die Vorsicht … die Furcht vor Entdeckung. Fast mein ganzes Leben lang schleppe ich sie mit mir herum. Zugegeben, ein halbes Dutzend mal hat meine Gabe mir das Leben gerettet, doch in der übrigen Zeit war sie mir eine Last. Stets musste ich auf der Hut sein vor den Exekutoren, es blieb mir versagt, mich niederzulassen und eine Familie zu gründen wie andere Männer. So war ich mir niemals sicher, ob meine Gabe ein Geschenk ist oder ein Fluch. Doch hier in Skaradag scheint plötzlich alles einen Sinn zu bekommen – und nicht zuletzt durch dich, Bray.«

»Was meinst du?« Sie sah ihn an.

»Wenn auch du diese Dinge siehst, muss das bedeuten, dass es kein bloßer Zufall sein kann, der uns diese Bilder zeigt, sondern dass sie einem höheren Zweck dienen. Es gibt für alles einen Grund, Bray. Für unsere Visionen und womöglich sogar dafür, dass wir uns hier begegnet sind.«

In einem spontanen Entschluss griff er in den Ausschnitt seines Hemdes und zog die Lederschnur hervor, die er um den Hals hängen hatte. »Weißt du, was das ist?«, fragte er.

»Eine Münze«, stellte sie fest, den kleinen Anhänger an der Schnur betrachtend. »Eine wertlose Münze mit einem Loch in der Mitte.«

Er lächelte. »Sie ist alles andere als wertlos. Vor allem aber ist sie ein Symbol dafür, dass ich mich hätte anders entscheiden können. Bevor ich nach Skaradag kam, war ich im Norden, Bray. Der Mann, der mir diese Münze gab, bot mir an, auf seinem Schiff anzuheuern und mit ihm über die See gen Osten zu fahren …«

»… aber du hast es nicht getan, sondern dich entschieden, nach Skaradag zu kommen.«

»Wo ich dich traf.« Er nickte. »Und nun stellt sich heraus, dass du dieselbe Gabe zu besitzen scheinst wie ich.«

»Du glaubst wirklich an diese Dinge, nicht wahr?« Sie sah ihn herausfordernd an. »An Vorsehung und Bestimmung.«

»Muss ich das nicht nach allem, was hier geschieht?«, fragte er dagegen. »Was bleibt uns denn sonst noch? Welche Hoffnung haben wir noch?«

»Aber die Exekutoren sagen, dass alles Zufall ist, nichtig und vergänglich, und dass nur das Hier und Jetzt existiert und nichts darüber hinaus.«

»Ja«, räumte Rayan ein und sah sie durchdringend an. »Und ist dir je der Gedanke gekommen, dass dahinter eine Absicht stecken könnte? Dass ihnen daran gelegen sein könnte, uns alle Hoffnung zu nehmen? Menschen ohne Hoffnung sind leicht zu führen, Bray. Aber wir beide sind der Beweis dafür, dass es diese Hoffnung gibt, den Traum von einer Welt, die nicht nur vom Zufall bestimmt wird – denn wie könnten wir sonst die Zukunft sehen?«

Bray starrte ihn an.

»Aber ich bin nicht wie du«, wandte sie ein. »Ich bin eine Diebin und lebe in den Tag hinein. Ich glaube nicht an Schicksal oder Vorsehung, sondern nur an das Hier und Jetzt. Im Grunde«, gestand sie kleinlaut, »glaube ich noch nicht einmal, dass es diese sieben legendären Helden je gegeben hat, von denen du uns immer wieder vorsingst.«

»Das solltest du aber«, beharrte Rayan. »Denn die Legenden sagen uns, dass wir Menschen mehr vermögen, als nur an uns selbst zu denken und alles an uns zu raffen, dessen wir habhaft werden können. Diese Sieben haben ihr Leben geopfert, um Astray zu retten.«

»Und?« Sie zuckte mit den Schultern. »Jetzt sind sie tot und vergessen.«

»Nein.« Er schüttelte den Kopf. »Denn ich halte die Erinnerung an sie am Leben – und jedes Mal, wenn wir uns an sie erinnern, erinnern wir uns auch daran, dass es einmal Selbstlosigkeit und Edelmut in dieser Welt gegeben hat.«

Bray sah ihn an. Aber wenn er geglaubt hatte, in ihren Zügen ein wenig Hoffnung zu entdecken, so wurde er enttäuscht. Alles, was er darin lesen konnte, war ehrliches Mitleid. »Ich möchte dir gerne glauben, Krähensänger«, sagte sie leise. »Aber wer sagt mir, dass Faginor nicht recht hat und du nicht doch nur ein Träumer bist?«

»Niemand«, gab er zu.

In einem spontanen Entschluss griff er nach der Lederschnur, zog sie sich über den Kopf und reichte sie Bray. »Das möchte ich dir geben«, erklärte er dazu. »Als Geschenk von einem Träumer an einen anderen.«

»Da-danke«, sagte sie verblüfft.

Sie nahm die Münze entgegen und betrachtete sie. Dann hängte sie sich das lederne Band selbst um den Hals.

18

Skaradag
Zur selben Zeit

Es fühlte sich seltsam an.

Nach all den Jahren, nach allem, was geschehen war, was er durchgestanden und erlitten hatte, war Lorymar Thinkling nach Skaradag zurückgekehrt. Und obwohl er eigentlich hätte froh sein müssen, die fast drei Monde währende Reise bewältigt zu haben und wohlbehalten ans Ziel gekommen zu sein, verspürte er in sich nichts als Leere.

Dem Hinterhalt der Morwölfe waren Nyasha und er mit knapper Not entkommen. In der ersten Handelsstation, die sie erreichten, hatten sie Zuflucht gefunden und dort zunächst auf Nyashas Leibwächter und ihre Zofe gewartet. Als sie jedoch nicht gekommen waren, hatte Lorymar schließlich entschieden, dass sie ihre Reise fortsetzten – und Nyasha hatte schweren Herzens zugestimmt. Sie hatten sich mit neuen Pferden versorgt und die verbliebenen knapp vierhundert Meilen in einem wahren Gewaltritt hinter sich gebracht, der sie an den Ausläufern des Nordgebirges entlang nach Osten und schließlich nach Skaradag geführt hatte, die »Perle des Nordens«, wie die Stadt bisweilen auch genannt wurde. Soweit Lorymar es allerdings beurteilen konnte, war es damit nicht sehr weit her – Skaradag schien noch derselbe Moloch aus Stein, Salz und Eisen zu sein wie vor all den Jahren, und die Armen waren in all der Zeit wohl nur ärmer und die Reichen immer reicher geworden.

Wieder hier zu sein, weckte Erinnerungen.

Nicht von der wenig greifbaren Art, wie sie ihn nachts überkamen, sondern sehr viel konkreter. Der Anblick der Straßen und Gassen, in denen sich die Menschen drängten, die Geräusche, die die nasskalte Luft erfüllten, und sogar der Geruch über der Stadt – eine denkwürdige Mischung aus Rauch, Fäulnis und Fisch – versetzte ihn zurück in eine Zeit, da er noch ein anderer gewesen war. Nicht nur jünger an Jahren, sondern auch naiver und leicht zu beeinflussen. So gesehen war es kein Wunder, dass all die Dinge geschehen waren, an die sich heute kaum mehr jemand erinnern wollte, obgleich sie die Welt verändert hatten. Oder vielleicht auch gerade deswegen.

Es fiel ihm nicht weiter schwer, die Gasse zu finden, die man ihm beschrieben hatte. Sie lag im armen Bezirk Darlik, jedoch nicht weit von den Straßen der wohlhabenden Bürger entfernt, sodass diese jederzeit einen Abstecher dorthin unternehmen konnten. *Zum Doppelten Mond* hieß das Lokal, das *sie* in Karadag eröffnet hatte und in dem *sie* das tat, was sie am besten konnte: arglose Männer in ihrem Sinn zu beeinflussen und sie dazu zu bringen, Dinge zu tun, die sie eigentlich nicht wollten; im konkreten Fall bedeutete dies wohl, viel Geld für Dienstleistungen zu bezahlen, die man in den dunkelsten Gassen Darliks fast geschenkt bekam.

Das Herz schlug Lorymar bis zum Hals, als er unter die riesigen steinernen Brüste trat, die sich über dem Eingang wölbten. Gerade wollte er den Vorhang beiseiteschlagen und eintreten, als ihm eine cymrische Schönheit entgegentrat, schwarzhaarig und mit üppigem Busen, der gänzlich unverhüllt war und förmlich über ihn hereinzubrechen schien. Ihre Irritation darüber, den neuen Gast nicht auf Augen- sondern auf Gürtelhöhe vorzufinden, währte nur einen Augenblick.

»Guten Abend, Fremder«, grüßte sie dann mit verführerischem Lächeln. »Können die Dienerinnen des *Doppelten Mondes* Euch einen Wunsch erfüllen?«

»Mehrere vermutlich«, versicherte Lorymar prompt. »Bedauerlicherweise bin ich nicht deswegen hier, sondern um die Inhaberin dieses Bo... dieses Hauses zu sehen.«

»Ihr wollt zu *Dana* Jennara?«

Lorymar hob eine Braue. »Nun«, meinte er, »das letzte Mal, als ich sie traf, war sie noch keine *Dana* und hörte auf einen anderen Namen ... Aber ja, ich schätze, ich möchte zu *Dana* Jennara.«

»*Dana* Jennara ist nicht irgendjemand«, belehrte die Schwarzhaarige ihn mit unvermindertem Lächeln. »Sie empfängt keine Fremden ohne vorherige Anmeldung.«

»Ich bin kein Fremder, sondern ein Freund aus alten Tagen.«

»Euer Name?«

Der Halbling zögerte einen Moment. »Sag ihr, Lorry ist hier«, meinte er dann. »Das sollte genügen.«

Die Schöne nickte zögernd, wobei sie weiterlächelte. Dann bedeutete sie ihm einzutreten, und von einem Moment zum anderen fand er sich in einer unwirklichen Halbwelt wieder, die von Musik und exotischen Düften durchdrungen war – und vom süßlichen Odem des Ophirs, der seine Sinne benebelte. Jenseits der seidenen Vorhänge, die den Raum unterteilten, gewahrte er die Silhouetten unbekleideter, üppig ausgestatteter Körper, und er ertappte sich dabei, dass er sehnsuchtsvolle Blicke in ihre Richtung schickte. Kein Wunder nach all den Wochen, die er in der Wildnis verbracht hatte.

»Und Ihr seid sicher, dass die Dienerinnen nichts für Euch tun können?«, erkundigte sich die Frau mit der schwarzen Mähne noch einmal.

»Nein, ich bin alles andere als sicher«, gestand er offen. »Aber deshalb bin ich wie gesagt nicht hier. Ich muss zu Jeny... Jennara.«

»Wartet hier«, wies sie ihn an und entfernte sich – und Lorymar merkte, wie sich ein dunkler Schatten über ihn senkte.

Ein Rausschmeißer war hinter ihm aufgetaucht, ein wahrer Fleischberg von einem Mann, der die Arme vor der Brust verschränkte und ihn misstrauisch von oben herab beäugte.

»Schöner Abend, oder?«, fragte Lorymar zu ihm hinauf. »Fürwahr ein trefflicher Arbeitsplatz, den Ihr da habt … ein aussichtsreicher Posten, möchte man behaupten.«

Die einzige Reaktion des Hünen war ein feindseliges Knurren, sodass der Halbling beschloss, die Konversation zu beenden, die ohnehin ein wenig einseitig gewesen war. Kurz darauf kam die junge Frau mit den schwarzen Haaren zurück. Allerdings war das Lächeln aus ihren Zügen verschwunden, und die Art, wie sie Lorymar betrachtete, war anders als zuvor.

»Die *Dana* lässt bitten«, sagte sie nur und führte ihn durch das Labyrinth der seidenen Schleier zu einer Treppe, die sich steil nach oben wand. Vom ersten Stockwerk, in dem sich wohl die Kammern befanden, in denen die Dienerinnen des *Doppelten Mondes* ihre Gäste beglückten, ging es in das darüberliegende Geschoss, wo sie an eine verschlossene Tür klopfte.

»Herein«, drang es von drinnen, und für Lorymar war es, als würde die Stimme aus ferner Vergangenheit zu ihm sprechen.

Ohne dass er es wollte, schlug sein Herz plötzlich noch schneller. Wie würde es sein, ihr nach all den Jahren zu begegnen? Wie würde sie aussehen? Was würde sie sagen, wenn sie ihn erblickte? Ob sie sich noch an ihn erinnerte?

Er schalt sich einen Narren.

Natürlich erinnerte sie sich.

Vermutlich jede verdammte Nacht.

Genau wie er …

Mit leisem Knarren schwang die Tür auf, und Lorymar trat in das von Kerzen beleuchtete Halbdunkel. Verführerischer Duft stieg ihm in die Nase.

»Bist du es wirklich?«

Er fuhr herum.

Hinter einem Vorhang aus Seide stand eine Gestalt, schlank und groß gewachsen. Das Kleid, das sie trug, reichte fast bis zum Boden, das Haar trug sie hochgesteckt. In ihren Händen hielt sie einen Becher Wein.

»Jenya«, sagte er leise.

»So wurde ich schon sehr lange nicht mehr genannt.«

»Kann ich mir denken.« Er nickte. »Wie ich hörte, bist du eine richtige Dame geworden, *Dana* Jennara …«

»Eher nicht«, gab sie zu. »Und du?«

Er lächelte matt. »Auch aus mir ist keine Dame geworden.«

Sie lachte wieder, allerdings ohne große Freude. »Noch immer derselbe Lorymar Thinkling«, stellte sie fest.

»Lorry«, verbessert er.

»Du bist alt geworden«, sagte sie nur.

Er schnitt eine Grimasse, die vertuschen sollte, wie sehr ihn die Bemerkung traf. »Es geht doch nichts über ein nettes Kompliment zur Begrüßung eines alten Freundes.«

»Wir sind keine Freunde«, stellte sie klar. »Wäre es anders, wärst du damals nicht einfach verschwunden.«

»Du weißt, warum ich gehen musste.«

»Musstest du?« Die Gestalt hinter dem Vorhang legte den Kopf schief. »Und warum bist du zurückgekehrt?«, fragte sie dann. Dabei sah sie ihn so eindringlich an, dass er errötete.

»Weil … ich Antworten brauche«, gestand er.

»Du willst meine Hilfe.«

Er nickte und sah zu Boden.

Ihre Antwort war Schweigen.

»Bitte«, sagte er nach einer endlos scheinenden Weile, wobei er unruhig von einem Fuß auf den anderen trat. »Sag' etwas, Jenya! Ich habe viel auf mich genommen, um hierherzukommen und dich zu sehen …«

»Deine Sache«, beschied sie ihm kalt. »Du wagst es tatsächlich, mich um Hilfe zu bitten. Nach allem, was damals geschehen ist?«

Wieder nickte er nur und fühlte sich elend dabei.

»Hattest du nicht gesagt, dass du niemals zurückkommen wolltest? Dass du – wie war das doch gleich? – genug von allem hättest? Dass Lorymar Thinkling endlich wieder an Lorymar Thinkling denken wollte?«

Unter jedem Wort zuckte er wie unter Peitschenhieben zusammen. Es tat weh, das zu hören.

»Ich weiß«, sagte er nur.

»Du hättest nicht kommen sollen, Lorymar.«

»Das wollte ich eigentlich auch nicht«, erklärte er in seiner Not, »aber …«

»Aber was?«, verlangte sie zu wissen. »Was hat dich dazu bewogen, das Loch zu verlassen, in das du dich verkrochen hast, nachdem alles vorbei war?«

Wieder starrte er auf den Boden, auf die bunten Perlen, die in den Teppich eingearbeitet waren.

»Das ist es eben.«

»Was meinst du?«

»Es ist möglicherweise noch nicht vorbei«, flüsterte er.

»Was soll das heißen?«

»Du weißt, was es heißt. Es lässt mir keine Ruhe.«

»Und deswegen bist du hier? Nach all den Jahren?«

»Es gab eine Zeit, da konnte ich gut damit leben«, erwiderte er. »Aber jetzt nicht mehr. Da sind Bilder, die mich nachts im Traum verfolgen – und inzwischen auch am Tag. Bilder von einer Stadt, die untergeht, von Tausenden Menschen, die …«

»Hör auf!«, fuhr sie ihn an.

»Das kann ich nicht.« Seine Stimme begann zu beben, er war den Tränen nah. Endlich hatte er das Gefühl, offen über diese Dinge reden zu können, denn zum ersten Mal hatte er jemanden vor sich, der nur zu genau wusste, wovon er sprach.

»Es lässt mich nicht los, nicht in der Nacht und auch nicht am Tag. Es ist hier drin«, sagte er, auf seinen Kopf deutend.«

»Nimm eine Axt und schlag dir damit den Schädel ein«, regte sie an. »Das könnte helfen.«

»Ich habe daran gedacht«, erwiderte er. »Bitte, Jenya …«

Sie lachte freudlos auf. »Was erwartest du von mir? Dass ich dir sage, dass du dir keine Sorgen zu machen brauchst? Dass alles gut werden wird?«

»Ich bin verzweifelt!«, rief er entrüstet.

»Das bin ich auch einst gewesen, aber das hat niemanden interessiert. Dich am allerwenigsten.«

»Willst du mir erzählen, dass es dich nicht verfolgt?«, fragte er dagegen. »Musst du nie an das denken, was damals geschehen ist? Was wir getan haben?«

»Ich habe Wege gefunden, mit der Vergangenheit meinen Frieden zu machen«, erwiderte sie, hob ihren Becher und trank.

»Glaubst du, das hätte ich nicht versucht?« Er lachte auf. »Aber der Wein genügt nicht mehr.«

»Weil es dich nicht nach Vergessen verlangt, sondern nach Erlösung – und die kann auch ich dir nicht geben.«

»Aber du kannst mir zuhören«, beharrte er. »Bitte, Jenya, ich weiß nicht, zu wem ich sonst gehen soll. Um unserer alten Freundschaft willen …«

»Ich war es nicht, die diese Freundschaft verraten hat«, fiel sie ihm ins Wort.

»Ich weiß«, erwiderte er – und wieder sah er zu Boden, wie ein Kind, das gescholten wurde.

»Geh dorthin zurück, woher du gekommen bist, Lorymar Thinkling«, beschied sie ihm kalt.

»Du wirst mir also nicht helfen?«

»Nein.« Die Gestalt hinter dem Vorhang schüttelte den Kopf und trank wieder Wein. »Lass es ruhen. Genau wie ich.«

»Und wenn ich das nicht kann?«

Weder antwortete sie noch kam sie hinter dem Vorhang hervor. Das Gespräch schien für sie beendet zu sein.

Frustriert wandte Lorymar sich ab.

Er hatte mit Zurückweisung gerechnet, mit Ablehnung und auch mit Hass – aber das hier war noch schlimmer. Denn ihr schien schlicht und ergreifend egal zu sein, was aus ihm wurde, aus den anderen … und aus dem Rest der Welt.

Nur noch eine letzte Möglichkeit blieb ihm, ein letzter Trumpf, den er ausspielen konnte. Er hatte gehofft, es nicht tun zu müssen, und es kostete ihn Überwindung, die Worte auszusprechen, aber seine Verzweiflung und seine Angst davor, den Verstand zu verlieren, überwog alles andere.

Bereits im Gehen begriffen, wandte er sich noch einmal um. »Ich kann dir etwas dafür geben.«

Ein verächtliches Schnauben kam von hinter dem Vorhang. »Was hättest du mir wohl zu geben?«

»Etwas, das du nicht hast, aber dringend brauchst.«

»Ich habe alles, was ich brauche.«

»Das sehe ich anders.« Er wandte sich vollends um, und plötzlich fühlte er sich wieder in seinem Element. Nicht in der Rolle des Bittstellers, sondern in der des geschickten Verhandlers. »Ein interessantes Gewerbe, das du da betreibst, Jenya. Nicht unbedingt, was man von jemandem deiner Herkunft erwarten würde …«

»Jeder muss von etwas leben«, konterte sie.

»Das ist wahr – und ich könnte mir vorstellen, dass in Altashar viele von dieser speziellen Dienstleistung leben«, entgegnete der Halbling süffisant.

»Was willst du damit sagen?«

»Es heißt, dass die Dienerinnen des *Doppelten Mondes* von unvergleichlicher Schönheit sind – und daran muss etwas Wahres sein, denn sie werden weithin gerühmt …«

»Ich verstehe. Auf diese Weise hast du mich gefunden.«

»… doch was, wenn sich deine Gäste sattgesehen haben an

all den Frauen aus Cymria und Norya, aus Graya und Borea?«, fuhr Lorymar fort. »Was dann, Jenya? Was, wenn die Kunden mehr wollen? Schönheit von einer Art, die du ihnen nicht zu bieten vermagst?«

»Wovon, bei den Herren der Inseln, sprichst du?«

»Von einer Blume der Wüste«, entgegnete Lorymar beflissen und hasste sich selbst dabei. »Von einer Frau von solcher Schönheit, dass sie Königreiche ins Wanken bringt.«

Die Frau hinter dem Vorhang schien sich zu verkrampfen. »Was hast du getan, Lorymar Thinkling?«, fragte sie nur.

»Ni-nichts«, versicherte er ein wenig verlegen und ruderte in einer Unschuldsgeste mit den Armen. »Lediglich einer hohen Dame in Not geholfen, die nicht in ihrer angestammten Heimat verbleiben konnte. Ich habe ihr versprochen, sie an einen sicheren Ort zu bringen.«

»Und nun willst du sie an mich verkaufen.«

»Davon ist nicht die Rede.« Er schüttelte den Kopf sehr viel entschiedener, als es seiner Überzeugung entsprach. »Ich biete nur einen Handel an: Die Dame bekommt im Haus des *Doppelten Mondes* den Schutz und die Sicherheit, die sie erstrebt – und das Haus des *Doppelten Mondes* erhält im Gegenzug eine neue Attraktion.«

»Und du die Gewissheit, nach der es dich dürstest«, ergänzte sie. »Das hast du wohl vergessen hinzuzufügen.«

»Genau.« Er setzte ein argloses Lächeln auf.

»Nur scheinst du dabei noch etwas zu vergessen – was, wenn deine Wüstenblume mit diesem Handel nicht einverstanden ist?«

»Sie wird es sein«, war Lorymar überzeugt. »Denn sie ist ganz allein und hat alles verloren, was sie besaß, und sie kann auch nicht dorthin zurück, von wo sie gekommen ist. Und außerdem«, fügte er hinzu, »warst du schon immer eine Meisterin darin, die Menschen Dinge tun zu lassen, die sie eigentlich nicht tun wollen.«

Abrupt zog sie den Vorhang auf und trat energisch in den Lichtschein der Kerzen. So erblickte er sie von Angesicht – zum ersten Mal nach so langer Zeit.

Sie hatte sich nicht verändert.

Ihr Gesicht war noch immer schön und makellos wie einst, und ihre Augen leuchteten auf dieselbe magische Weise, der er sich schon damals nicht hatte entziehen können. Ihre Figur war sehnig und straff, ihr Haar hatte im Schein der Kerzen die Farbe von Feuer. Hochgesteckt, wie es war, offenbarte es das Geheimnis ihrer Herkunft, die auch erklärte, warum sie in all den Jahren nicht gealtert war – und doch lag etwas in ihren Zügen, das damals noch nicht da gewesen war …

»Jenya«, sagte er leise.

»Lorymar Thinkling.« Sie nickte ihm zu.

»Noch immer nicht Lorry?«

Sie schnaubte verächtlich.

»Aber … gilt wenigstens unser Handel?«, erkundigte er sich und streckte ihr zaghaft die rechte Hand entgegen.

Die Astara musterte ihn von Kopf bis Fuß.

»Einverstanden«, erklärte sie dann.

Seine Hand ergriff sie jedoch nicht.

19

Eiserne Zitadelle, Skaradag
Zwei Stunden später

Es regnete in Strömen.

Die Stadt war hinter grauen Schleiern versunken, ebenso wie das Portal, vor dem Torgny stand und das sich vor ihm in den von Nebel, Ruß und dunklen Wolken verhangenen Himmel reckte, einschüchternd und düster. Seine Kleider waren durchnässt, das blonde Haar klebte ihm nass am Kopf, und er fror erbärmlich – dennoch war er fest entschlossen. Blinde Wut brannte in ihm, gepaart mit rasender Eifersucht, und beides kannte nur eine Antwort.

Frierend trat er auf das Tor zu, das um diese Zeit verschlossen war. Was ihn nicht daran hinderte, mit den Fäusten gegen das massive Eichenholz zu schlagen.

Im Rauschen des Regens konnte er nicht hören, ob sich hinter der Pforte etwas regte. Doch plötzlich öffnete sich ein Türspion und ein blaues Augenpaar erschien, das aus einer bleichen Miene auf ihn starrte.

»Was willst du, Bursche?«

Ein Ruck durchlief Torgny, gepaart mit der Erkenntnis, dass es nun kein Zurück mehr gab. Aber das wollte er auch nicht.

Er wollte Bray, nur das zählte.

Er wollte sie für sich allein, so wie früher.

»I-ich habe eine Nachricht zu überbringen«, stieß er hervor.

»Eine Nachricht?« Unverhohlener Spott sprach aus den

kalten blauen Augen. »Was sollte ein hergelaufener Hosenscheißer wie er wohl Wichtiges mitzuteilen haben?«

»Bitte«, sagte Torgny und verbeugte sich im unbeholfenen Versuch, erwachsen und weltgewandt zu wirken. »Ihr müsst mich anhören! Ich weiß etwas, das sehr wichtig ist!«

»Und was sollte das sein? Ihr Ratten aus Darlik würdet doch alles erzählen, nur um bei diesem Mistwetter ein Dach über dem Kopf und eine warme Mahlzeit zu kriegen.«

»Nein!«, versicherte Torgny. »Ich weiß wirklich etwas. Der Großexekutor muss davon erfahren!«

»Der Großexekutor?« Der Blick des anderen wurde stechend. »Bursche, weißt du auch, was du da sagst? Wenn du einen Exekutor belügst, stirbst du – und zwar auf ziemlich hässliche Weise.«

»Das weiß ich«, versicherte Torgny mit heftig pochendem Herzen – wer einmal gesehen hatte, wie der Orden mit jenen verfuhr, die bei ihm in Ungnade gefallen waren, der vergaß es niemals wieder. »Trotzdem muss ich zum Großexekutor! Heißt es nicht immer, dass man Augen und Ohren offen halten und berichten soll, wenn man etwas Verdächtiges erfahren hat?«

»Und das hast du getan.« Der Mann hinter der Tür unternahm noch immer keine Anstalten, die Pforte zu öffnen.

»Ja«, versicherte Torgny. »Bal... Bals... Balas...«, suchte er nach dem passenden Wort.

»Du meinst Blasphemie?«, half der andere aus und schien zum ersten Mal hellhörig zu werden.

»Genau!« Torgny nickte erleichtert.

»Du willst einen Hinweis auf begangene Blasphemie geben? Weißt du überhaupt, was das bedeutet?«

»Es bedeutet, gegen das Gesetz zu verstoßen«, gab Torgny entschieden zur Antwort. »So wie der Krähensänger.«

»Krähensänger?« Die Augen des anderen wurden schmal.

»Wir nennen ihn so«, erklärte Torgny und wischte sich das

nasse Haar aus dem Gesicht. »Seit einigen Monden ist er in der Stadt und singt alte Lieder …«

»Tun das nicht alle Sänger?«

»Schon, aber dieser …« Torgny fuhr sich mit der Zunge über die nassen Lippen, suchte wieder nach Worten. Er hatte es sich einfacher vorgestellt. Sehr viel einfacher … »Er singt nicht nur von der Vergangenheit, sondern auch von der Zukunft. Er ist ein Zauberer! Und er glaubt an Magie, das hat er selbst gesagt!«

Noch einen Moment lang war das Augenpaar zu sehen. Dann verschwand es, und der Riegel wurde wieder vor den Türspion geschoben.

»Ha-hallo?«, fragte Torgny.

Aber es kam keine Antwort mehr.

»Aber ich … ich habe die Wahrheit gesagt«, versicherte der Junge halblaut und kam sich unendlich dämlich dabei vor.

Nicht genug damit, dass Bray ihm den Laufpass gegeben hatte und sich nun mit dem Sänger herumtrieb – nun musste er auch noch feststellen, dass man ihm kein Wort glaubte, und das, obwohl er doch die Wahrheit sagte! Noch einen Augenblick stand er unentschlossen, bis auf die Haut durchnässt und frierend. Dann wollte er sich wieder abwenden und zurück in den Regen huschen – als er hinter sich ein Geräusch vernahm.

Er fuhr herum, nur um zu sehen, wie sich einer der beiden Torflügel öffnete und nach innen schwang. Und aus dem Dunkel, das dahinter herrschte, traten mehrere albtraumhafte Gestalten hervor, die schwarze Umhänge mit Kapuzen trugen.

Unwillkürlich wich Torgny zurück, bis ihm klar wurde, dass es das war, was er gewollt hatte.

»Du«, sagte eine der Gestalten und deutete auf ihn. »Seine Exzellenz der Großexekutor verlangt nach dir …«

20

Haus des Doppelten Mondes, Skaradag
Unterdessen

»Ihr wünschtet mich zu sehen?«

Als Nyasha pan Tyras das Quartier von *Dana* Jennara betrat, kam sie sich vor, als würde sie traumwandeln. Noch immer konnte sie nicht glauben, dass all dies geschah, so sehr hatten sich die Dinge verändert.

Noch vor wenigen Monden war sie die Prinzessin von Altashar gewesen, die Nichte des Astyragis und Tochter des großen Artaban, der ein Heer von Dienern jeden Wunsch von den Augen abgelesen hatte. Allein ihr Schlafgemach im Palast von Altashar war doppelt so groß gewesen wie dieses ganze Haus … Doch das war lange vorbei. Hier, am anderen Ende der Welt, hatte sie nichts von alldem.

Niemand wusste hier, wer sie war, und wenn, so hätte es keinen Unterschied gemacht. Sie hatte alles verloren, das ihr jemals etwas bedeutet hatte – nicht nur ihre Heimat und ihren Besitz, sondern zuletzt auch noch ihre beiden Dienerinnen, die ihr treue Freundinnen gewesen waren. Nur das nackte Leben war ihr geblieben – Lorymar Thinkling, der Narr des Königs, der sich großmütig erboten hatte, sie in die Freiheit zu führen und an einen sicheren Ort zu bringen.

In gewisser Weise hatte er Wort gehalten – doch wie sich nun herausstellte, war das nur ein Teil der Wahrheit gewesen.

»Komm näher, Kind.«

Die Frau, die seitlich auf einer Liege ruhte, taxierte sie mit offenbar geübtem Blick. Nyasha hatte versucht, sie sich vorzustellen, musste nun jedoch erkennen, dass sie falschgelegen hatte, in so ziemlich jeder Hinsicht. *Dana* Jennara war nicht das ordinäre Weib, das sie sich ausgemalt hatte, nicht die ordinäre Kupplerin, die ihr Geld mit dem Unglück junger Frauen verdiente. Die Frau, die dort lag, war nicht nur von großer Schönheit, sondern auch von einer Anmut, die Nyasha bei einer Vertreterin ihres Berufes nicht erwartet hätte.

Ihr Antlitz war makellos, obschon sie auf jede Art von Bleiche und Wangenrot verzichtete, ihr rotes Haar leuchtete wie Feuer und bildete einen reizvollen Kontrast zu dem dunkelgrünen Kleid, das sie trug.

Vor allem aber war sie eine Astara.

Nach allem, was ihr Bruder unternommen hatte, um sie vor dem Zugriff der Astari zu bewahren, war sie nun also doch in ihrer Gewalt gelandet. Nyasha konnte ihre Bitterkeit darüber nicht verbergen, was Jennara zu bemerken schien. Ein Lächeln spielte um die blassen Gesichtszüge mit den schmalen Augen.

»Bist du überrascht?«, fragte sie mit ihrer seltsam rauen, singenden Stimme.

»Ein wenig«, gab Nyasha zu. »Ich muss gestehen, dass ich nicht erwartet habe …«

»Was?«, fiel die andere ihr ins Wort. »In dieser verkommenen Stadt am Ende der Welt eine Tochter von Astar vorzufinden? Oder deinen Erwartungen zum Trotz keine fette Matrone mit barbarischen Manieren anzutreffen? Oder einfach nur darüber, dass ich deine Sprache beherrsche?«

Nyasha zögerte. »Von allem ein wenig«, gestand sie dann.

»Nun, wenigstens bist du ehrlich.« Jennara nickte. »Du weißt, warum du hier bist?«

Nyasha nickte. »Der Narr hat es mir gesagt.«

»Warum nennst du ihn so?«

»Ist er das nicht?«, fragte Nyasha dagegen.

»Doch«, gestand Jennara zu und lächelte matt. »Solange

ich ihn kenne, ist er eigentlich nie etwas anderes gewesen. Wie sehr du ihn hassen musst.«

»Das tue ich nicht«, versicherte Nyasha leise.

»Wie darf ich das verstehen?«

»Der Narr hat mir das Leben gerettet«, erklärte sie. »Ich stehe in seiner Schuld.«

»Mein liebes Kind!« Die Astara setzte sich auf ihrer Liege auf. »Ich darf dir versichern, dass das keineswegs der Fall ist. Lorymar Thinkling erweist vor allem einem Wohltaten – und das ist Lorymar Thinkling.«

»Ich weiß«, versicherte Nyasha. »Aber darum geht es nicht.«

»Sondern?«

»Ihr Westrier versteht das nicht. Dort, wo ich herkomme, erkennen wir an, dass es Schicksal gibt und dass alles miteinander verbunden ist. Deshalb vergessen wir auch nie, wenn uns jemand eine Wohltat erweist.«

»Dein Wohltäter hat dich verkauft«, brachte Jennara in Erinnerung. Nyashas zur Schau getragene Gelassenheit schien sie zu stören. »Nicht für Geld, aber für Wissen, nach dem er strebt. Antworten, nach denen er sucht ...«

»Das ist seine Entscheidung«, sagte Nyasha nur. »Wir alle treffen Entscheidungen und müssen mit den Folgen leben. Auch ich habe eine Entscheidung getroffen – eine Entscheidung gegen das, was meine Ehre mir gebot und was meine Pflicht gewesen wäre.« Sie unterbrach sich und schloss für einen Moment die Augen, um Kraft zu sammeln. Es tat weh, die Dinge so beim Namen zu nennen. »Ich habe alle Menschen enttäuscht, die mir etwas bedeuten – meinen Bruder, meinen Onkel, und letztlich auch meinen Vater. Und viele Unschuldige haben meinetwegen ihr Leben gelassen, zuletzt meine Diener, die mir in Todesgefahr beigestanden haben. Was nun geschieht, ist also letztlich nur die Folge meiner eigenen Taten.«

»Wie ist dein Name?«

»Nyasha pan ... Nyasha«, erwiderte sie nur.

»Aus Ostragien?«

Sie nickte.

»So liegt eine lange Reise hinter dir.«

»Und ich habe viel dabei verloren«, versicherte Nyasha. »Mir ist nichts geblieben außer meiner Ehre. Und die könnt auch Ihr mir nicht nehmen, ganz gleich, was Ihr tut.«

Die *Dana* sah sie prüfend an, ihre schmalen Augen musterten Nyasha von Kopf bis Fuß. »Der Halbling hatte recht, du bist eine Schönheit«, stellte sie fest. »Du wirst dich der Angebote kaum erwehren können, die man dir machen wird. Du wirst sehr viel Geld verdienen, das kann ich dir schon jetzt sagen. Und zumindest in einer Hinsicht hat der verdammte Halbling dich nicht belogen: Ich kann dir in meinem Haus tatsächlich Schutz bieten. Wenn du es nicht willst, so wird dich niemand hier jemals finden, das verspreche ich dir.«

»Danke«, sagte Nyasha nur. »Mehr will ich nicht.«

Jennara erhob sich von ihrer Liege, trat auf Nyasha zu und fasste sie an den Schultern. »Du wirst merken, dass es viele Frauen in diesem Haus gibt, denen es ähnlich geht wie dir. Zusammen bilden sie eine Art von Familie.«

»Ich brauche niemanden«, versicherte Nyasha.

»So habe ich auch einst gedacht«, fuhr die Astara fort und sah ihr dabei tief in die Augen. »Du bist nicht die Einzige hier, die verstoßen wurde und die nicht zurückkann in ihre Heimat. Und auch nicht die Einzige«, fügte sie leiser hinzu, »in deren Adern das Blut von Königen fließt.«

Nyasha erschrak. »Woher …?«

»Lorymar«, sagte Jennara nur. »Vielleicht interessiert es dich zu wissen, dass er nicht immer so gewesen ist.«

»Wenn Ihr es sagt.«

»Sei unbesorgt, dein Geheimnis ist bei mir gut aufgehoben«, versicherte die Herrin des Bordells. »Nun geh in deine Kammer und warte dort auf Seana. Von ihr wirst du alles bekommen, was du benötigst.«

»Danke«, sagte Nyasha, drehte sich auf dem Absatz um und wandte sich zum Gehen.

»Nyasha?«

»Ja?« Sie blickte sich noch einmal um.

Die Astara zögerte, schien etwas sagen zu wollen, entschied sich dann aber doch dagegen. »Nichts«, sagte sie und schüttelte den Kopf. »Geh jetzt.«

Nyasha nickte abermals und ging hinaus. Barfuß und in den Kleidern aus Leinen, die auf ihrer zarten, seidenverwöhnten Haut kratzten, stieg sie die schmale Treppe hinauf zu der winzigen Schlafkammer, die man ihr zugewiesen hatte. Erst, als sie die Tür des Verschlags hinter sich geschlossen und fest verriegelt hatte, kamen ihr die Tränen.

Alle Menschen, die ihr je etwas bedeutet hatten, waren entweder tot oder unerreichbar fern.

Kalid.

Sida.

Kira.

Nawyd …

Keiner von ihnen war mehr da, um sie zu beschützen. Sie war allein und auf sich gestellt und blickte einem furchtbaren Schicksal entgegen. Der Gedanke, sich aus dem Fenster zu stürzen und ihrer Schande ein Ende zu bereiten, war ihr in ihrer Verzweiflung gekommen – doch sie hatte ihn verworfen.

So viele Menschen hatten sich geopfert, damit sie lebte – nun aus freien Stücken den Tod zu suchen hätte bedeutet, ihr Andenken zu entehren. Nyasha musste überleben, und sie würde tun, was dafür notwendig war – nicht nur, weil sie es ihren Freunden und Dienern schuldig war.

Sie hatte noch einen anderen Grund, am Leben zu bleiben und selbst die größte Schmach zu überstehen, und dieser Grund war Rache.

Rache an Lorymar Thinkling …

21

Eiserne Zitadelle, Skaradag
Zur selben Zeit

»Das hat er gesagt? Dass er aus dem Norden kam? Und mit dem Schiff nach Skaradag übergesetzt sei?«

Thorgon war hellhörig geworden.

Anfangs hatte er angenommen, dass der junge Kerl, der da zu nächtlicher Stunde an die Pforte klopfte und so unbedingt zu ihm wollte, nur irgendein hergelaufener Wichtigtuer sei, der sich eine Belohnung erschleichen wolle – aber allmählich wurde die Sache tatsächlich interessant. Auf einem fellbeschlagenen Hocker in einem der Empfangsräume der Zitadelle thronend, sah er wissbegierig auf den Jungen herab.

»Je-jedenfalls war es das, was ich verstanden habe«, bestätigte dieser. Seine blauen Augen blickten erwartungsvoll zu ihm auf. »Ich habe recht, nicht wahr?«, fragte er keck. »Ihr seid auf der Suche nach dem Sänger.«

»Das bin ich«, gab Thorgon zu – so viel Ehrlichkeit konnte er sich leisten. So ganz trauen wollte er seinem Glück freilich noch nicht. Sollte der Zufall ihm tatsächlich einen solchen Trumpf in die Hände gespielt haben?

»Wer bist du?«

»Mein Name ist Torgny, Herr«, stellte der Junge sich vor – wieder ein Name, den Thorgon sich weder merken konnte noch wollte.

»Seiner Kleidung nach ist er ein Dieb, Exzellenz«, fühlte sich einer der Schergen, die den Jungen hereingeführt hatten, bemüßigt hizuzufügen. Als ob Thorgon dies nicht selbst bemerkt hätte …

»Es heißt, in Skaradag gäbe es nur Kaufleute oder Diebe«, sagte er lauernd, »und ein Kaufmann bist du schon mal nicht, so viel lässt sich sagen. Du kannst mir also entweder gleich verraten, was du bist, oder wir finden es unter Folter heraus. Die Entscheidung liegt bei dir …«

»E-es ist wahr, ich bin ein Dieb, Herr«, gab der Junge stammelnd zu. »Aber ich stehle nur kleine, unbedeutende Dinge …«

»… was dich nicht vor Strafe schützt.«

»Nein, Herr«, gab der Blondschopf zu, »aber ich bin hier. Das beweist doch, dass ich dem Gesetz gehorche.«

»Nein«, widersprach Thorgon kopfschüttelnd, während er den Jungen im flackernden Schein des Kaminfeuers von Kopf bis Fuß musterte – seine blassen Züge, seine schäbige Kleidung, seine ganze verlauste Gestalt. »Es beweist nur, dass du etwas im Schilde führst. Warum also bist du zu mir gekommen und erzählst mir von diesen Dingen?«

Der Dieb verzog das Gesicht. »Weil ich den Sänger nicht leiden kann«, verriet er dann.

»Warum nicht? Was hat er getan? Dir dein Mädchen weggenommen?«

»Woher wisst Ihr …?«, entfuhr es dem Jungen in ehrlicher Verblüffung.

Thorgon lachte nur.

Er hätte diesem Narren etwas über die Triebe menschlichen Handelns erzählen können, über die dunklen Dämonen, die jeder Kreatur innewohnten und sie bisweilen dazu zwangen, Dinge zu tun, die sie eigentlich nicht tun wollte. Aber vermutlich hätte er es weder verstanden noch ihm geglaubt. »Wundert es dich, dass deine Gedanken für mich wie ein offenes Buch sind, junger Narr?«, fragte er stattdessen und fixierte ihn mit einem durchdringenden Blick. »Ich bin

Großexekutor des Ordens. Du solltest mir also die Wahrheit sagen.«

»J-ja, Herr«, stammelte der Blondschopf eingeschüchtert – es war unbestreitbar der Moment, in dem ihm klar wurde, wie die Dinge lagen.

Bislang hatte er sich wohl eingebildet, Herr der Lage zu sein und Thorgon für seine Zwecke ausnutzen zu können. Nun dämmerte ihm, dass es sich in Wirklichkeit andersherum verhielt.

»Dieser Sänger – woher kennst du ihn?«

»Er kam eines Tages zu uns ins Krähennest.«

»Krähennest?«, hakte Thorgon nach.

»So nennen wir unseren Schlupfwinkel.«

Der Großexekutor nickte. Er wusste, dass die Diebeszünfte von Skaradag sich nach Tieren benannten – dieser junge Kerl gehörte dann wohl der Zunft der Krähen an.

»Was wollte dieser Sänger von euch?«, fragte er weiter.

»Er versuchte, unseren Anführer zu einem Einbruch in die Schatzkammer der Zitadelle zu überreden.«

Thorgon hob überrascht die Brauen.

»Ja, Herr.« Ein wenig hilflos hob der Junge die Arme. »Er sagte, es ginge um irgendeinen Stein.«

»Was für ein Stein?«

»Ein Stein, der in der Schatzkammer der Zitadelle liegt«, erläuterte der Dieb und sah dabei so dämlich aus, wie nur jemand aussehen kann, der tatsächlich keine Ahnung hat. »Mehr weiß ich nicht darüber, ehrlich. Aber der Sänger weiß mehr, viel mehr. Er kann Euch alles verraten!«

Thorgon musste grinsen.

Der Junge begann ihm zu gefallen.

»Wo ist der Sänger jetzt?«

»Auf dem Weg zur Zitadelle. Der Einbruch soll diese Nacht stattfinden.«

»Schon diese Nacht?«

»Ja, Herr.« Der Dieb nickte. »Deshalb bin ich hier«, fügte er beflissen hinzu.

»Seit wann ist der Sänger bei euch?«

»Seit ... einigen Monden«, gestand der Junge zögernd. Ihm schien zu dämmern, dass er einen Fehler gemacht hatte.

»Und in all der Zeit hast du es nicht für nötig befunden, sein Vorhaben zu melden?«

»D-da wusste ich noch nicht, dass ein Exekutor in der Stadt ist.«

»Wenn schon – ein geplanter Einbruch in die Zitadelle hätte den Stadtmarschall auch interessiert, davon bin ich überzeugt. Aber da hat es dich noch nicht gestört, nicht wahr? Da hatte der Sänger noch kein Auge auf dein Mädchen geworfen.«

»Ich ... nun ...«

Thorgon genoss es zu sehen, wie der Junge sich vor ihm wie eine Made wand. Die Maske der ohnehin nur schlecht gespielten Selbstsicherheit war von ihm abgefallen, darunter kam blanke Furcht zum Vorschein. Die bange Erkenntnis, sich mit Mächten eingelassen zu haben, die er nicht kontrollieren konnte ...

»Ich bin bereit, dein Versäumnis zu vergessen, Torgny«, beschied der Großexekutor ihm gnädig. »Du bist jetzt hier, und das genügt. Sage mir, wo sich der Schlupfwinkel deiner Bande befindet, und ich bin bereit, dir zu vergeben.«

Ehrliches Entsetzen spiegelte sich in den Zügen des Jungen. »Aber ich dachte ...«

»Was? Dass ich nur an dem Sänger interessiert sei?«

Der Dieb nickte.

»Das bin ich – aber indem sie ihm Unterschlupf gewährten, haben deine diebischen Freunde gegen das Gesetz verstoßen. Wie du sicher weißt, ist es bei Strafe verboten, einem Mann Unterschlupf zu gewähren, der vorgibt, magische Fähigkeiten zu besitzen.«

»Aber – ich bin freiwillig zu Euch gekommen!«, wandte der Junge hilflos ein. »Ohne mich wüsstet Ihr doch gar nicht, wo sich der Sänger befindet!«

»Das ist richtig, und dafür bin ich dir dankbar – und deshalb gewähre ich dir hier und jetzt auch die Möglichkeit, deinen falschen Freunden zu entsagen und einer der Meinen zu werden, ein Diener des Ordens, und auf der richtigen Seite des Gesetzes zu stehen.«

»Ich soll …?«

Thorgon hatte sich von seinem Sitz erhoben und war auf den Jungen zugetreten. Unmittelbar vor ihm blieb er stehen und beugte sich so weit zu ihm hinab, dass sein Gesicht unmittelbar vor dem des Jungen schwebte. »Du hast doch nicht etwa gedacht, du könntest zu mir kommen und mir von diesen Dingen erzählen, damit ich den Sänger für dich erledige, und danach würde alles wieder so werden wie vorher?«

Er nahm sich die Zeit abzuwarten, was seine Worte im Gesicht des Jungen anrichteten.

»O nein«, machte er dann mitleidig, »du hast das tatsächlich gedacht. Tut mir leid, Junge – es ist für dich an der Zeit, aus deinem Traum aufzuwachen.« Er nickte entschlossen und wandte sich an seine Untergebenen. »Bringt ihn zur Stadtwache. Meldet Jarhant, dass er den Schlupfwinkel der Krähenzunft kennt und dass ich wünsche, dass dieser Schlupfwinkel ausgehoben wird.«

»Verstanden, ehrwürdiger Syn«, schnarrte der Wächter, dessen Gesicht unter dem Helm nicht zu sehen war.

»Nein!«, rief Torgny.

»Mein Junge«, beschied ihm Thorgon mit kaltem Lächeln, »du magst jetzt den Entsetzten spielen – aber tief in deinem Inneren hast du gewusst, dass dies geschehen würde. Es war dir gleichgültig, denn deine Eifersucht und dein Hass auf den Sänger überwog alles andere. Den ersten Schritt hast du also längst getan, und zwar aus freien Stücken – nun musst du überlegen, ob du auch den nächsten Schritt tun und deinen Hals retten willst – oder lieber mit deinen Freunden sterben.«

Der Dieb sah zu Boden.

Wenn er einen inneren Kampf austrug, war er nur von kurzer Dauer, denn schon kurz darauf sah der Junge wieder auf, und in seinen blauen Augen funkelte es listig. »Also gut«, erklärte er sich einverstanden, »ich werde euch zum Krähennest führen – aber nur unter einer Bedingung.«

»Du stellst Bedingungen?« Thorgon war amüsiert.

»Unter den Dieben, die heute Nacht in die Zitadelle eindringen, befindet sich auch eine junge Frau.«

»Ah«, machte Thorgon, »ich verstehe. *Diese* junge Frau ...«

»Ihr Name ist Bray. Versprecht, sie zu verschonen und sie mir zu überlassen. Das ist alles, was ich will.«

Thorgon sah in das blasse Gesicht des Jungen – und fragte sich allen Ernstes, wie ein einzelner Mensch nur derart dumm und naiv sein konnte.

»Einverstanden«, erklärte er dennoch ohne Zögern. »So soll es sein.«

22

Unbekannter Ort
Zur selben Zeit

Der Stollen war niedrig und schmal. Von dem strömenden Regen, der an der Oberfläche herrschte, war nur ein dumpfes Gurgeln wahrzunehmen.

Elf vermummte Gestalten waren es, die durch den Gang schlichen, der zu seiner drückenden Enge auch noch knöcheltief mit Wasser gefüllt war. Allerdings mussten nur diejenigen, die die Gruppe anführten, sich auch tatsächlich ducken. Der Rest war schmächtig und von so geringem Wuchs, dass er den Stollen aufrecht passieren konnte.

Rayan ging ganz vorn an der Spitze, eine Laterne mit einer Talgkerze in der Hand. Wie seine Begleiter trug auch er ein Skyor, dessen weiten Kragen er zur Kapuze aufgeschlagen hatte. Hinter ihm kamen sechs der älteren Jungen aus der Krähenbande, die neben den Seilen auch leere Säcke dabeihatten. Es folgten vier der jüngsten Diebe aus Faginors Nest, unter ihnen der vorlaute Birk. Ganz hinten ging Bray mit einer weiteren Laterne und einem zusätzlichen Seil.

Dass nicht alle Krähen an dem Raubzug teilnehmen konnten, hatte von vornherein festgestanden – zusammen mit Faginor hatten Rayan und Bray die geeignetsten ausgesucht. Dass einige von ihnen so jung waren, gefiel Rayan nicht besonders. Aber zum einen brauchte er Diebe, die schmächtig waren und von geringem Wuchs; und zum anderen sagte er sich, dass diese Jungen und Mädchen, auch wenn sie so aussehen mochten, längst keine Kinder mehr waren. Auf den Straßen von Skaradag hatten sie von frühester Jugend an gelernt, sich zu behaupten; sie hatten Dinge gesehen, die kein Kind sehen sollte, und Dinge getan, die kein Kind tun sollte. Er sagte sich, dass es keine Gruppe von Halbwüchsigen war, die er anführte, sondern eine Bande gewitzter Diebe – und dass der Zweck die Wahl der Mittel letztlich rechtfertigte.

Der Stein.

Ihn musste er haben, um ihn drehte sich alles. Noch nie zuvor war Rayan ihm so nahe gewesen wie jetzt, und mit jedem Schritt, nahm die Distanz noch weiter ab. Würde er nun tatsächlich die Antworten bekommen, nach denen es ihn so dringend verlangte?

Als im Schein der Laternen eine Gabelung auftauchte, blieb Rayan stehen. Der Stollen teilte sich, und es war nicht abzusehen, welcher von beiden der richtige war. Rayan lächelte wissend. Von dem Tag an, da er ihn zum ersten Mal vor seinem geistigen Auge gesehen hatte, hatte er sich diesen Stollen genau eingeprägt, jedes Gefälle und jede Biegung – deshalb wusste er auch, welchen der beiden Gänge sie nehmen mussten.

Eine eigenartige Euphorie bemächtigte sich seiner, als er in den linken Stollen einbog, der vor Jahrhunderten in den grauen Fels getrieben worden war – und den so lange niemand mehr betreten hatte. Denn niemand, noch nicht einmal der Magistrat, kannte mehr diesen geheimen Gang, der noch aus den Gründertagen der Stadt stammte und draußen in der Bucht seinen Anfang nahm, zwischen von schäumender Gischt umtosten Klippen.

Die Krähen folgten Rayan bereitwillig. Längst hatten sie aufgehört, miteinander zu tuscheln. Sie wussten, dass sie sich feindlichem Boden näherten, und ihnen war nur zu bewusst, was geschehen würde, wenn sie gefasst wurden. Der Sänger konnte nicht anders, als die Unerschrockenheit seiner jungen Helfer zu bewundern. Faginor hatte es ihnen befohlen, und sie hatten ohne Widerspruch gehorcht. Dass der Krähenvater selbst im Versteck geblieben war und dort wartete, bis seine Schützlinge ihm die ersehnte Beute brachten, störte sie nicht, schließlich waren sie es gewohnt, das alleinige Risiko zu tragen, während sich ihr Anführer vornehm zurückhielt. Dass die Krähen ihren Anführer dennoch respektierten und ihn sogar liebevoll ihren »Fadir« nannten, war in Rayans Augen nur ein weiterer Beleg dafür, dass in Skaradag einiges schieflief.

»Was ist das eigentlich für ein Gang, Krähensänger?«, flüsterte Kai, einer der älteren Jungen, der hinter ihm ging.

»Ein alter Fluchtstollen aus den Anfangstagen der Stadt«, gab Rayan zur Antwort. »Die ersten Saliger haben ihn anlegen lassen aus Furcht vor Piraten. Er führt direkt unter die Zitadelle.«

»Und woher weißt du davon?«

»Woher ich alles weiß.« Rayan schickte ein Grinsen über die Schulter zurück. »Ein altes Lied hat es mir verraten«, entgegnete er ebenso wahrheitsgemäß wie rätselhaft.

»Handelt das Lied auch von nassen Füßen?«, hakte Kai nach.

Auf den ersten fünfzig Schritten war noch alles trocken gewesen – seither jedoch hatte der Stollen beständig bergab geführt, und dem beständigen Plätschern nach zu urteilen, sammelte sich irgendwo in der Tiefe wohl das Regenwasser, das seit einigen Tagen vom Himmel pladderte. Inzwischen reichte es ihnen schon bis zu den Knien.

Und es ging weiter!

Der Stollen führte weiter hinab, entsprechend stieg der Wasserpegel an. Die feuchte, klamme Kälte tränkte ihre Kleider und reichte ihnen schon bald bis zu den Hüften. Oder, im Fall der Jüngeren, bis zu den Schultern.

Niemand beschwerte sich, die Krähen waren gewohnt, über Härten wie diese hinwegzusehen. Aber was, fragte sich

Rayan, wenn der Gang noch weiter bergab führte und irgendwann gänzlich unter Wasser stehen würde?

Die Auseinandersetzung mit dieser Frage blieb ihm nicht erspart – nach einer weiteren Biegung sank der Boden noch einmal ab, das Wasser stieg schlagartig bis zur Brust. Da es zu eng war, als dass man hätte schwimmen können, nahmen die Größeren die Kleineren Huckepack, aber auch das half nicht lange. Schon kurz darauf stand das Wasser Rayan und seinen Leuten buchstäblich bis zum Hals, nur noch ein paar Handbreit Luft blieben zwischen der Oberfläche und der von Schimmel geschwärzten Decke des Stollens. Brays Laterne verlosch mit leisem Zischen, als sie sie nicht länger hochhalten konnte, nur Rayan brachte es fertig, die Talgkerze am Brennen zu halten – nur um in ihrem flackernden Schein zu sehen, dass sich der Gang vor ihm vollends im Wasser verlor.

»Scheiße«, sagte der Sänger herzhaft und ganz und gar unpoetisch.

»Und jetzt?«, fragte der kleine Birk.

»Wir könnten tauchen«, schlug Bray vor.

»Bist du verrückt?«, fragte Kai dagegen und tippte sich an die Stirn. »Wir wissen doch gar nicht, wie lang der Stollen noch ist! Was, wenn dir unterwegs die Luft ausgeht?«

»Sänger?«, wandte sich Bray fragend an Rayan.

Der schüttelte den Kopf. »Es ist nicht mehr weit«, gab er sich überzeugt. »Aber womöglich zu weit, um die Luft anzuhalten«, fügte er leiser hinzu.

Frustriert stand er in der kalten Brühe, bis auf die Haut durchnässt und erbärmlich frierend. Sollte dies tatsächlich das Ende sein, nachdem er so weit gekommen war?

Nein.

»Gib mir dein Seil«, verlangte er von Kai.

»Was hast du vor?«

»Ich werde es versuchen«, kündigte er an. »Ich binde mir

das Seil um und versuche mein Glück. Wenn ich Erfolg habe, ziehe ich am Seil, und ihr kommt nach.«

»Und wenn nicht?«, fragte Birk.

»Zählt bis hundert«, erwiderte Rayan. »Wenn ich bis dahin kein Signal gegeben habe, zieht ihr mich zurück.«

»Verstanden«, bestätigte Kai.

»Das ist Blödsinn«, wandte jemand entschieden ein. Es war Bray, die dabei war, sich an den anderen vorbei nach vorn zu schieben. »Du bist zu groß, Krähensänger. Deine Arme sind zu lang, als dass du dich in dieser Röhre bewegen könntest. Und du bist zu groß und zu schwer, als dass wir dich zurückziehen könnten. Du wirst jämmerlich ersaufen.«

»Unter Wasser bin ich leichter«, gab Rayan ein wenig hilflos zu bedenken.

»Aber nicht so leicht wie ich«, gab sie zurück und war dabei, ihr eigenes Seil von der Schulter zu nehmen und abzurollen. Das eine Ende drückte sie dem Sänger in die Hand, das andere band sie sich um die Hüften.

»Was hast du vor?«

»Ich werde schwimmen«, kündigte sie an.

»Das kommt nicht infrage.« Rayan schüttelte den Kopf.

»Und ob«, beharrte sie, »alles andere ergibt keinen Sinn. Erstens bin ich kleiner als du und komme in der Enge besser zurecht. Zweitens kannst du mich leichter zurückziehen als umgekehrt. Und drittens«, fügte sie ein wenig leiser hinzu, »wirst du dringender gebraucht als ich. Du kennst den Weg in die Schatzkammer – ich nicht.«

Rayan schnaubte und sah ihr ins Gesicht, das sie wie alle anderen mit Ruß geschwärzt hatte, damit sie im Dunkeln weniger leicht gesehen werden konnten. Allerdings war die Rußfarbe dabei, sich infolge des Wassers aufzulösen …

»Bist du sicher?«, fragte er nur. Er hätte lieber widersprochen und ihr die Sache ausgeredet – der Punkt war, dass sie recht hatte, in jeder Hinsicht. Und einmal mehr ging ihm auf, wie sehr er sie für ihren Mut und ihre Gelassenheit bewunderte. Mehr noch, eine eigenartige Form von Stolz erfüllte ihn, während er ihr in die Augen sah.

»Wünscht mir Glück«, verlangte sie nur.

Noch einmal traf ihr Blick den von Rayan – dann tauchte sie unter, und schon einen Lidschlag später war ihre schlanke Gestalt im dunklen Wasser verschwunden.

Im Lichtschein der Laterne konnten sie sehen, wie sich das Seil im Wasser entrollte, einer dünnen Schlange gleich.

Dann begann das Warten.

23

Haus des Doppelten Mondes, Skaradag
Währenddessen

»Hier, trink das.«

Über eine gläserne Schale, die eine bernsteinfarbene Flüssigkeit enthielt, schickte die junge Frau Nyasha einen auffordernden Blick.

»Was ist das?«, wollte Nyasha wissen.

»Wir nennen es Nektar«, erwiderte die Frau, die Seana hieß und etwa in Nyashas Alter sein mochte. Wie viele der Dienerinnen, die im Haus des *Doppelten Mondes* arbeiteten, stammte auch sie aus Norya – ihre blasse Haut und ihr kastanienbraunes Haar, das offen über ihre Schultern wallte, legten davon Zeugnis ab. »Es ist Ambrosiak, mit Extrakten von Nachtkraut versetzt.«

»Und was bewirkt er?«, fragte Nyasha. »Werde ich dadurch vergessen, was mit mir geschieht?«

»Nein.« Seana schüttelte den Kopf und lächelte dünn. »Aber es wird dir weniger ausmachen.«

»Dann gib mir viel davon.« Nyasha bemühte sich, das Lächeln zu erwidern. »Hast du …? Ich meine …«

»Die meisten von uns haben es beim ersten Mal genommen«, bestätigte Seana. »Und manche auch später noch.«

Nyasha nickte und sah in den Spiegel aus blank poliertem Kupfer, der über dem kleinen Tisch hing.

Sie erkannte sich kaum wieder.

Ihr langes Haar war hochgesteckt, ihre Züge nach westlicher Mode geschminkt – Wangen und Lippen feuerrot, die

Augenform mit Ruß betont, um zu verdeutlichen, dass sie anders war als die übrigen Frauen, die ihren Körper im Haus des *Doppelten Mondes* zu Markte trugen: außergewöhnlich und exotisch – und entsprechend teuer. Ihre einzige Kleidung bestand aus einem langen Tuch aus schwarzer Seide, das über ihre linke Schulter verlief und um ihre Hüften gebunden war.

»Tut es weh? Ich meine …«

Seana sah sie fragend an. »Du hast noch niemals …?«

Nyasha schüttelte den Kopf, Tränen in den Augen.

»Ich verstehe – deshalb hat der Kerl so viel bezahlt. Hör zu, du darfst dich nicht dagegen wehren. Ja mehr du dich wehrst, desto schlimmer wird es. Ich weiß, wovon ich spreche«, fügte Seana leise hinzu.

»War es bei dir auch so?«

Sie nickte nur. »Ich war vierzehn Winter alt und lebte auf der Straße. Sie haben mir aufgelauert, zwei große Kerle, Straßenräuber … Einer hat mich festgehalten, der andere …« Sie unterbrach sich. »Sein Gesicht werde ich nie vergessen«, erzählte sie schaudernd. »Eine Spinne war darauf tätowiert, und er lachte die ganze Zeit, während er …«

Sie schüttelte sich, als könnte sie die schrecklichen Erinnerungen auf diese Weise loswerden. »Danach irrte ich durch die Gassen, allein und verzweifelt … So fand mich Jennara. Sie hat mich in ihr Haus aufgenommen …«

»… und lässt dich dafür hier arbeiten.«

»Richtig.« Seana nickte. »In Skaradag gibt es nicht viele Möglichkeiten für eine Frau, ihren Lebensunterhalt zu verdingen. Du kannst in den Salzminen draußen auf den Felsinseln arbeiten, aber dann stirbst du jung. Hier bei Jennara sind wir wenigstens sicher. Sie hat uns ein Heim gegeben und etwas wie eine Familie. Wir alle lieben und verehren sie dafür.«

»Sie ist eine Astara, nicht wahr?«, fragte Nyasha.

»Ja, aber sprich nicht darüber. Ich glaube, sie hat mit ihrem Volk gebrochen. Deshalb lebt sie hier im Norden unter Menschen.«

»Ich verstehe«, meinte Nyasha und erinnerte sich, was die Bordellbesitzerin zu ihr gesagt hatte – dass sie nicht die Einzige sei, die verstoßen wurde und nicht zurück in ihre Heimat könne. Und auch, dass sie nicht die Einzige sei, in deren Adern königliches Blut fließe …

»Ich weiß, dass du Angst hast«, sagte Seana und strich ihr sanft über das hochgesteckte, von Öl und Balsam glänzende Haar, »aber das musst du nicht. Glaub mir, es gibt sehr viel schlimmere Dinge, die einer Frau in Skaradag widerfahren können, als eine Dienerin des *Doppelten Mondes* zu werden.«

Nyasha sah abermals in den Spiegel.

»Da bin ich mir nicht sicher«, erwiderte sie. Sie nahm die Schale, die die andere ihr noch immer hinhielt, setzte sie an ihre roten Lippen und leerte sie bis auf den Grund.

Und dann hoffte sie, dass die Wirkung möglichst rasch einsetzen würde – und dass sie lange anhielt.

24

Bray war von Stille umgeben.

Und völliger Dunkelheit.

Anfangs hatte sie die Augen offen behalten, doch schon nach den ersten Schwimmzügen hatte sich der spärliche Schein von Rayans Laterne verloren, und undurchdringliche Schwärze hatte sich herabgesenkt. Die Vorstellung, nicht zu wissen, was dort vor ihr war, war Bray unheimlich gewesen, und so hatte sie instinktiv die Augen zugekniffen, während sie durch den engen, bis zur Decke gefluteten Stollen tauchte.

Da der Platz für echte Schwimmbewegungen nicht ausreichte, begnügte sie sich damit, mit beiden Unterarmen zu paddeln wie ein Hund, während sie gleichzeitig mit den Beinen schlug. So kam sie vorwärts – aber ob es reichen würde?

32 … 33 … 34 …

In Gedanken zählte sie mit, tröstete sich mit dem Gedanken, dass der Sänger sie wieder herausziehen würde, wenn sie es nicht schaffte, das Ende des Ganges zu erreichen und die Luft unterwegs knapp wurde. Dennoch fragte sie sich nun, was sie geritten hatte, sich kopfüber in dieses Wagnis zu stürzen. Wo war ihre Vorsicht geblieben, wo das gesunde Maß an Eigennützigkeit, das ihr bislang stets so gut gedient hatte?

… 41 … 42 … 43 …

Vieles hatte sich verändert, seit der Krähensänger in Skaradag aufgetaucht war – und mehr noch, seit Bray jene unheimliche Gabe auch an sich selbst entdeckt hatte. War das alles wirklich geschehen? Hier, umgeben von völliger Schwärze und von der schweren Stille der Tiefe, kam es ihr fremd und unwirklich vor.

... 49 ... 50 ... 51 ...

Sie spürte, dass ihre Lungen zu schmerzen begannen. Bray nahm ein Kribbeln in den Gliedmaßen wahr, merkte, wie ihre Kräfte nachließen. Dennoch schwamm sie weiter, immer weiter ...

... 57 ... 58 ... 59 ...

Sie musste an die Vison denken, an die grässlichen Bilder, die sie gesehen hatte, und wusste, dass sie durchhalten musste. Denn am Ende dieses Stollens wartete als Belohnung der Stein, von dem der Sänger glaubte, dass er das Rätsel lösen könne.

... 62... 63... 64...

Ihre Bewegungen wurden schnell und fahrig. Erneut sah sie vor ihrem inneren Auge, wie das Grauen aus der Tiefe quoll, schrecklich und unaufhaltsam. Ihr Herzschlag steigerte sich, ihre Schläfen hämmerten – und ihr wurde klar, dass ihre Lungen dabei waren, sie zu verraten!

... 71 ... 72 ...

Sie riss die Augen auf. Schwärze, nichts als Schwärze! Ihre Lungen brannten jetzt wie Feuer, ihre Adern pulsierten trommelgleich. Panik überkam sie, und sie fragte sich, wie lange es dauern mochte, bis Rayan und die anderen sie den ganzen Weg zurückgezogen hatten.

Was, wenn ihr Vorrat an Luft nicht mehr ausreichte?

Sie hörte auf zu paddeln, streckte die Arme nach vorn, während sie mit den Beinen weiterschlug, so als erwartete sie, in der Finsternis etwas zu fassen zu bekommen, einen rettenden Anker, an den sie sich ...

Achtzig!

Ihre Brust wollte bersten. Ihr Herzschlag hämmerte, Blut rauschte in ihrem Kopf, und ihr war klar, dass sie den Rückweg nicht überleben würde, ganz gleich, wie schnell die anderen das Seil auch einholen mochten.

In diesem Moment berührten ihre Hände kaltes Gestein – während sie gleichzeitig spürte, wie etwas an dem Seil zog, das sie um die Hüften trug.

Verzweiflung packte sie.

Nicht gerade jetzt!

Sie grätschte die Beine und stemmte sich an den Wänden ab, gegen den Zug ihrer Freunde, die sie wieder zurückholen wollten und dabei töten würden – während sie gleichzeitig mit den Händen das vor ihr liegende Hindernis befühlte.

Stufen!, schoss es ihr durch den Kopf.

Eine Treppe, die nach oben führte!

Und war dort nicht auch spärlicher Lichtschein …?

Wegen der bunten Flecke, die vor ihren Augen tanzten, vermochte sie es nicht mit Bestimmtheit zu sagen, doch ihr war klar, dass sie dorthin musste, die Treppe hinauf …

In einer Geste der Verzweiflung griff sie nach dem Seil und riss mit aller Kraft daran. Gleichzeitig warf sie sich nach vorn, krallte sich am nackten Felsgestein fest und schleppte sich mit buchstäblich letzter Kraft die Stufen hinauf. Die Sinne drohten ihr bereits zu schwinden, als sie endlich die Wasseroberfläche durchstieß.

Gierig sog Bray die Luft in ihre Lungen, ungeachtet des Geruchs von Moder und Fäulnis. Erschöpft sank sie auf dem klammen Gestein nieder und blieb einige Augenblicke liegen, dankbar dafür, nicht ertrunken zu sein. Das Rasen in ihrer Brust legte sich ein wenig, ebenso wie das Rauschen in ihrem Kopf, und sie merkte, wie ihre Lebensgeister zurückkehrten.

Schließlich richtete sie sich wieder auf und sah sich um. Ihr erster Eindruck hatte sie nicht getrogen: Spärliches Licht herrschte in dem Gewölbe, in das der überflutete Stollen mündete und von dem eine schmale Treppe hinaufführte.

Geradewegs in die Eiserne Zitadelle, dachte Bray.

Ein ehrfürchtiger Schauer durchrieselte sie.

Sie hatte es geschafft. Über ihr befand sich die Festung des Magistrats – und mit ihr auch die Schatzkammer, das Ziel dieses nächtlichen Ausflugs.

Ein verwegenes Grinsen huschte im Halbdunkel über ihre Züge. Dann griff sie nach dem Seil und zog dreimal kräftig daran.

Das Signal, dass sie es geschafft hatte.

Das Signal für die anderen, nachzukommen.

25

Krähennest, Skaradag
Zur selben Zeit

Faginor war es gewohnt zu warten.

Es gefiel ihm nicht, aber er war es gewohnt.

Jeden Tag saß er in der Düsternis der alten Katakomben und wartete darauf, dass seine jungen Schützlinge zurückkehren würden, die überall in den Straßen und Gassen und auf den Marktplätzen der Stadt ihrem Handwerk nachgingen. Erst spätabends kehrten sie zurück und brachten ihm, was sie den Tag über zusammengeklaut hatten. Das erforderte viel Geduld, bisweilen mehr, als er aufzubringen in der Lage war – aber es war immer noch besser, als selbst in den Gassen herumzuschleichen und seine eigene Haut zu riskieren. Denn eines stand fest: Diebstahl war ein gefährliches Geschäft, und dies umso mehr, da Osric Jarnhant, der vor einigen Jahren zum Stadtmarschall ernannt worden war, geschworen hatte, den Zünften das Handwerk zu legen. Noch war Skaradag als Stadt der Kaufleute und Diebe bekannt – nicht mehr lange, und es würde nur noch die Stadt der Kaufleute sein.

Die Zeichen waren unverkennbar.

Noch nie waren so viele Diebe hingerichtet worden wie in den vergangenen Monden. Die Gesetze den Diebstahl betreffend waren verschärft worden und wurden erbarmungslos zur Anwendung gebracht: Wer einmal beim Stehlen erwischt wurde, der verlor eine Hand, wer das zweite Mal erwischt wurde, büßte die andere ein; beim dritten Mal ging es ins Salzbad, wie das Ertränken in der mit ätzender Säure gefüllten Wanne genannt wurde; anschließend wurde man an die Zinnen der Eisernen Zitadelle gehängt, zur Abschreckung für alle anderen.

Wie sich die Zeiten geändert hatten.

Als Faginor noch jung gewesen war, vor dem Krieg und dem Bruch, hatte Gleichgewicht geherrscht. Es hatte die Kaufleute gegeben, die durch den Handel mit dem Salz reich geworden waren, und die Diebe, deren Arbeit dazu diente, die Verhältnisse wieder ein wenig auszugleichen. Beide Seiten hatten voneinander gewusst und sich ein gewisses Maß an Respekt entgegengebracht, im Grunde sogar nach Regeln gespielt, auch wenn diese niemals offiziell aufgestellt worden waren – doch damit war es schon lange vorbei. Von Ängsten getrieben, die ihren Ursprung nicht in Skaradag hatten, sondern in Archos und Altashar, waren die Kaufleute dazu übergegangen, ihren Besitz eifersüchtig zu hüten – und die Diebeszünfte im Gegenzug waren gezwungen gewesen, immer dreister und brutaler vorzugehen, wenn sie noch etwas erbeuten wollten. Im selben Umfang wie die Dreistigkeit der Diebe hatten jedoch auch die Strafen zugenommen, und schon bald hatten keine Regeln mehr gegolten, weder zwischen Kaufleuten und Dieben noch unter den Zünften. Ein jeder hatte eifersüchtig sein Revier abgesteckt, und unter den Dieben war es zu Kämpfen gekommen, zu Auseinandersetzungen, wie sie noch vor vierzig Wintern verpönt und unmöglich gewesen wären.

Faginor hatte versucht, sich aus alldem herauszuhalten, hatte gehofft, dass seine Krähen als jüngste und kleinste aller Zünfte schon niemanden stören würden. Der Überfall der Spinnen jedoch hatte gezeigt, dass dies eine Illusion gewesen war. Dieses eine Mal mochten die Krähen mit einem blauen Auge davongekommen sein – aber auch nur, weil sie durch den Sänger gewarnt worden waren. Beim nächsten Überfall würde sehr viel mehr Blut fließen, das stand außer Frage – und

Faginor hatte nicht vor, so lange zu warten. Er hatte es noch niemandem mitgeteilt, noch nicht einmal der kleinen Bray, die er sonst oft ins Vertrauen zog – aber die Tage der Krähen waren gezählt. Die Verhältnisse in Skaradag waren aus den Fugen, der Machtkampf unter den Zünften in vollem Gang. Und wer immer daraus als Sieger hervorgehen würde – die Krähen würden es nicht sein, so viel stand fest.

Nur aus diesem Grund hatte Faginor dem Plan des Sängers zugestimmt. Nicht, weil er dessen spinnerte Ansichten teilte oder es für eine gute Idee gehalten hätte, die städtische Schatzkammer zu berauben – bei Licht betrachtet grenzte der Plan an Wahnsinn. Sondern weil es seine Chance war, dem drohenden Untergang zu entkommen, Skaradag den Rücken zu kehren und sich als reicher Mann zur Ruhe zu setzen, irgendwo im Süden, wo süßer Wein wuchs und die Kälte nicht in seine alten Glieder kroch und sie peinigte.

Doch hierzu musste der Raub gelingen – und Faginor hatte bis zum Schluss nicht gewusst, ob der Sänger, der an Dinge wie Zauberei und die Kraft alter Legenden glaubte, einfach nur verrückt war oder der klügste Kopf, dem er in seinem ganzen Leben begegnet war. Immerhin schien Rayan mehr zu wissen als andere Menschen, und einiges davon war mit bloßem Verstand nicht zu erklären. Was er allerdings mit dem Stein wollte, der angeblich in der Schatzkammer von Skaradag verborgen lag, war dem Krähenvater schleierhaft, und im Grunde interessierte es ihn auch nicht. Seine Hoffnung war es, durch den Krähensänger an das Gold der Saliger heranzukommen – und das wiederum lohnte es, ein Risiko einzugehen.

Zumal, wenn es nicht Faginors Risiko war.

Die jungen Diebe, die er für den Raubzug ausgewählt hatte, waren entbehrlich, einer wie der andere. Nur um Bray hätte es ihm leidgetan – auch in ihrem Interesse hoffte Faginor, dass alles gut gehen würde und der Trupp wohlbehalten und mit gefüllten Säcken zurückkehren würde. Und vielleicht würde sie, wenn er erst ein reicher und wohlhabender Mann war, ihre Meinung auch ändern und ihn nach dem Süden begl…

Durchdringender Lärm unterbrach seinen Gedankengang – hektische Schritte und lautes Geschrei.

Faginor stieß eine Verwünschung aus und schoss von seinem Lager hoch. Er schätzte es nicht, wenn er in seiner Kammer gestört wurde. Hatte er sich nicht ausdrücklich Ruhe ausbedungen? Es würde wohl eines Machtworts bedürfen.

In diesem Moment flog die Tür zu seiner Kammer auf.

Skady stand auf der Schwelle, eines der Mädchen in Brays Alter. Und die Art, wie sie ihn anstarrte, verriet ihm, dass etwas nicht in Ordnung war.

»Fadir …«, stieß sie noch hervor.

Dann fiel sie vornüber und blieb auf der Schwelle liegen.

In ihrem Rücken steckte der Bolzen einer Armbrust.

Faginor stieß einen entsetzten Schrei aus. Sein erster Gedanke galt den Spinnen, und er fragte sich, wie sie sich so rasch vom Tod ihres Anführers hatten erholen können – als er jedoch draußen auf dem Gang die in schwarze Rüstungen gekleideten Gestalten erblickte, ahnte er, dass er sich einen weit mächtigeren Feind gemacht hatte.

Und in dem Augenblick, als die Schergen des Großexekutors über Skadys leblosen Körper hinweg in seine Kammer stürmten, begriff er, dass es vorbei war.

26

Haus des Doppelten Mondes, Skaradag
Währenddessen

»Nett hast du's hier.«

Lorymar hatte es sich bequem gemacht. Das riesige Kissen, in das er sich hatte fallen lassen, hatte ihn halb verschlungen, und es sah nicht so aus, als würde es ihn jemals wieder freigeben wollen – und der Halbling wiederum konnte nicht behaupten, dass ihm das etwas ausgemacht hätte. Einen gläsernen Kelch mit goldfarbenem Ambrosiak in seiner Rechten, fläzte er auf dem roten Samt und prostete Jenya zu.

»Auf dein Wohl, Tochter der Astari!«

»Du hast dich wirklich nicht verändert in all den Jahren«, stellte Jenya fest, während sie in ihrem Gemach auf und ab ging. Das enge Seidenkleid, das sie trug und das bis zum Boden reichte, raschelte bei jedem Schritt. »Noch immer dasselbe lose Mundwerk.«

»Du dich doch auch nicht«, konterte er. »Noch immer so schön wie die Morgenröte – und so nahbar wie ein Urok.«

»Willst du mir das vorwerfen?« Sie blieb stehen und sandte ihm einen messerscharfen Blick. »Ich bin es nicht gewesen, der damals gegangen ist und seine Freunde im Stich gelassen hat!«

»Im Stich gelassen?« Er lachte scheckernd. »Als ob ihr mich jemals gebraucht hättet! Nein, nein … die Zeit für Lorymar Thinkling war gekommen. Ich hatte genug getan.«

»Wir alle hatten genug getan – aber wir sind nicht feige davongelaufen.«

»Nein?« Er hob die Brauen. »Da habe ich etwas anderes gehört …«

»Es waren schwierige Zeiten«, räumte sie ein. »Doch du warst der Erste von uns, der sich verdrückt hat – und das noch dazu ohne ein Wort des Abschieds.«

»Abschiede werden überschätzt«, meinte Lorymar achselzuckend – worauf sie leise lachte.

»In der Tat«, sagte sie nur. »Warum nur, bei allen Göttern, bist du nicht in Altashar geblieben?«

»Was?« Überrascht fuhr er hoch. »Du weißt …?«

»Ich habe es die ganze Zeit gewusst«, gestand sie achselzuckend.

Lorymar schüttelte den Kopf. Die Enthüllung traf ihn unerwartet. Und sie tat unerwartet weh … »Und warum hast du nicht …? Ich meine …«

»Was? Dir eine Nachricht geschickt? Dir einen Besuch abgestattet?« Sie lächelte freudlos. »Du bist gegangen, und ich habe deine Entscheidung respektiert, so einfach ist das.«

»So einfach«, echote er und leerte das Glas in seiner Hand bis auf den Grund. »Das Zeug ist fabelhaft, ich hatte es längst nicht so gut in Erinnerung«, schwärmte er in einem Versuch, das Thema zu wechseln. »Woraus wird es gleich noch mal gemacht?« Sie gab ihm keine Antwort, und ihm wurde klar, dass er so nicht weiterkommen würde. Entschlossen stellte er das leere Glas auf den Beistelltisch.

»Die Wahrheit ist …«, begann er.

»Tu das nicht«, fiel sie ihm ins Wort.

»Was soll ich nicht tun?«

»Fang nicht von der Wahrheit an«, riet sie ihm. »Lorymar Thinkling kennt so viele Wahrheiten, dass man ohnehin nie weiß, welche davon tatsächlich zutrifft.«

»Das verletzt mich«, erklärte er.

»Mache ich auf dich den Eindruck, dass mich das kümmern würde?« Die Astara schüttelte den Kopf. »Es gab eine Zeit, da hätte ich alles für dich getan, selbst wenn es bedeutet hätte, mein Leben aufzugeben, um das deine zu retten, Lorymar Thinkling. Aber das ist vorbei, lange schon ...«

»Warum? Weil ich gegangen bin?«

»Nein – sondern weil du aus dem falschen Grund gegangen bist. Es war die Eitelkeit, die dich dazu trieb, und dein verletzter Stolz ...«

»Ich war der Ansicht, dass es ein Fehler war, das alles zu verheimlichen, und das denke ich noch heute«, bestätigte er ohne Zögern. »Und wenn du ehrlich zu dir selbst wärst, würdest du dir eingestehen, dass ich recht hatte. Oder willst du behaupten, all dies hier wäre etwas anderes als eine Flucht?« Er machte eine Handbewegung, die nicht nur Jenyas Gemach, sondern das Bordell und im Grunde ganz Skaradag einschloss. »Wer käme schon darauf, zu vermuten, dass in diesem finsteren Loch von einer Stadt ein einstiges Orakel der Astari seinen Lebensunterhalt verdient, indem es ...«

»Das reicht!«, fiel sie ihm wütend ins Wort – doch schon im nächsten Moment entkrampften sich ihre Züge wieder. »Du hast recht«, gestand sie widerstrebend ein. »Ich bin ebenfalls geflohen, genau wie die anderen. Ich hatte genug von der Welt, und die Welt hatte wohl auch genug von uns nach allem, was geschehen war.«

»Und das kann man ihr nicht verdenken«, fügte Lorymar hinzu und sah sie fragend an. »Musst du nie an damals denken?«, fragte er leise. »Plagen dich niemals Schuldgefühle?«

»Ich weiß nicht, was du meinst.« Jenya straffte sich stolz, warf ihr rotes Haar zurück, das wie Flammen über ihre Schultern wallte. »Wir haben unsere Pflicht erfüllt. Wir haben getan, was das Schicksal uns aufgegeben hat.«

»Das redest du dir ein?« Er lachte auf. »Kein Wunder, dass die Menschen uns hassen. Ich brauche dringend mehr Ambrosiak.«

»Sie hassen uns nicht«, wandte die Astara ein.

»Du hast recht, es ist noch schlimmer!« Wie von einer Feder geschnellt sprang der Halbling von seinem Kissen. »Sie strafen uns mit Missachtung! Sie vergessen uns und alles, was damals gewesen ist, die Opfer, die gebracht wurden. Das ist ihre Art, uns für das zu bestrafen, was wir getan haben. Nur wir können nicht vergessen«, sagte er und konnte nicht verhindern, dass sich seine Augen mit Tränen füllten. »Ich finde keinen Schlaf mehr und keine Ruhe. Ich habe Angst, den Verstand zu verlieren, Jenya«, gestand er flüsternd.

»Dann solltest du eine Heilerin aufsuchen«, beschied sie ihm. »Zufällig kenne ich eine.«

»Ich brauche nicht noch einen Quacksalber«, entgegnete Lorymar. »Ich brauche die Hilfe meiner Gefährtin!«

»Und das fällt dir nun plötzlich ein, nachdem du dich siebenunddreißig Jahre verkrochen hattest? Wo bist du gewesen, als das Chaos um sich griff? Als unsere Gemeinschaft auseinanderbrach und die Exekutoren Jagd auf uns machten? Ich werde es dir sagen: Du warst weit weg, unter südlicher Sonne, und hast das Leben genossen, hast Wein getrunken und dein kleines Ding in arglose Frauen gesteckt!«

»Woher weißt du ...?«

»Wir alle mussten mit den Veränderungen zurechtkommen und um unser Überleben kämpfen, jeder auf seine Weise – also komm mir jetzt nicht angekrochen und winsle um Hilfe, denn ich werde sie dir nicht geben!«

»Wir haben einen Handel«, brachte er in Erinnerung.

»Ich habe versprochen, dich anzuhören, und dieses Versprechen löse ich ein«, versicherte sie. »Aber es hat sich nichts geändert. Lorymar Thinkling denkt noch immer nur an sich selbst – jene arme Kreatur, die dort oben in ihrer Kammer sitzt und sich darauf vorbereitet, ihren ersten Gast zu empfangen, weiß davon zu berichten.«

Er sah zu Boden.

Schuldbewusst und trotzig zugleich.

»Hast du … noch Verbindung zu den anderen?«, fragte er nach einer Weile.

»Warum? Willst du dein Glück lieber bei ihnen versuchen, wenn ich dich hinausgeworfen habe?«

Er legte den Kopf schief und sah sie durchdringend an.

»Nein«, gestand sie daraufhin. »In den Monden nach der Katastrophe war alles wirr und unübersichtlich, wir haben uns aus den Augen verloren. Alles, was ich gehört habe, sind Gerüchte. Von einer Heilerin, die sich angeblich in Norya aufhält. Und was Worfeck betrifft, so hat er angeblich in einem Kloster Zuflucht gesucht …«

»Passt zu ihm.« Lorymar grinste breit.

»Was auch immer unsere einstigen Gefährten tun – jeder von ihnen hat einen Weg gefunden, mit der Vergangenheit fertigzuwerden«, stellte Jenya klar. »Nur du nicht, Lorymar.«

»Und du auch nicht, offenbar«, konterte er. »Und wenn es uns beiden so ergeht und wir diese Dinge sehen, dann kann es durchaus sein, dass es auch den anderen so geht …«

»Unwahrscheinlich«, widersprach sie.

»Unwahrscheinlich? Hast du vergessen, wie damals alles angefangen hat?« Er lachte freudlos auf. »Du hast recht«, gestand er, »ich habe dieses Leben gelebt, von dem du sprichst – aber nicht als der strahlende Held, der ich immer so gerne sein wollte. Als Narr habe ich mich am Hof eines Königs verdingt, habe verleugnet, wer ich war und was ich bin – doch die Vergangenheit hat mich eingeholt. Und ich frage mich, ob es einen Grund dafür gibt.«

»Was meinst du?«

»Diese Träume, diese Bilder, die immer wiederkehren – was, wenn sie etwas bedeuten? Wenn es eine Ursache dafür gibt, dass sie uns plötzlich wieder ereilen?«

Sie sah ihn fragend an. »Worauf willst du hinaus?«

»Ach, komm schon!« Auffordernd breitete er die kurzen Arme aus. »Gib es zu, der Gedanke ist dir auch schon gekommen. Er ist der wahre Grund für die Angst, die uns quält, nicht nur mich und dich, sondern auch alle anderen, die dabei waren: Was, wenn es noch nicht vorbei ist? Wenn wir uns geirrt haben und die Gefahr noch nicht gebannt ist? Was dann?«

»Du redest wirres Zeug.«

»Glaubst du? Ihr habt der Welt damals nicht gesagt, was wirklich geschehen ist – aber noch ist es nicht zu spät dazu! Wenn ich recht habe, will ich mich der Wahrheit nicht allein stellen müssen!«

»Man ist immer allein«, erklärte sie kalt.

»Das war nicht immer so«, erwiderte er trotzig.

Die Astara sah ihn lange an, schweigend und so durchdringend, als würde sie in sein Innerstes blicken wollen. »Ich werde dir nun eine Frage stellen, Lorymar Thinkling«, sagte sie leise, »und du wirst sie ehrlich beantworten, oder ich schwöre dir, es werden die letzten Worte sein, die du in dieser Welt von dir gibst.« Plötzlich, sehr viel schneller, als sein Auge folgen konnte, hielt sie ein Schwert in der Hand, eine lange, leicht gekrümmte Astarklinge, deren Spitze auf seine Kehle zeigte.

»Du hast es noch«, stellte er fest.

»Und ich weiß es auch noch zu gebrauchen«, versicherte sie. »Also?«

Er schluckte sichtbar. »Was … willst du wissen?«

»Hast du jemandem davon erzählt? Hast du jemandem verraten, was damals geschehen ist?«

»Natürlich nicht!«, beteuerte er. »Warum, bei Hobock, fragst du mich so etwas? Ich habe schließlich einen Eid geschworen!«

Sie lachte auf. »Als ob ein Eid dich binden würde! Ich kenne dich.«

»Tust du das?« Er sah ihr direkt in die Augen, hielt ihrem prüfenden Blick stand. »Dann weißt du auch, dass ich das nicht getan habe!«

Noch einen Moment lang verharrte sie, beließ die Schwertspitze an seiner Kehle. Dann, mit einem gefährlichen Fauchen, verschwand der Astarenstahl wieder, so unvermittelt, wie er aufgetaucht war.

»Warum fragst du mich das?«, wollte Lorymar wissen. Obwohl die Klinge ihn nicht einmal berührt hatte, hatte er das Gefühl, gewürgt worden zu sein.

»Weil ich etwas fühle«, eröffnete sie. »Schon seit geraumer Zeit ... eine Aura über der Stadt, die ich nicht näher benennen kann. Jemand ist in Skaradag. Jemand, der von Dingen weiß, die außer uns niemand wissen kann.«

»Dann – hast du deine Fähigkeit noch?«

»Bruchstücke davon. Aber ich kann sie nicht kontrollieren.«

»Und dieser Jemand?«

»Zuerst habe ich angenommen, es wäre der Großexekutor, der seit einigen Monden in Skaradag weilt, aber ich habe mich wohl geirrt. Dieser Mann ist härter und grausamer als alle anderen Exekutoren, die je zuvor in Skaradag waren, aber was ihn antreibt, ist nicht so sehr Wissen, sondern vor allem Hass. Unbändiger Hass auf die Menschen, vor allem aber auf sich selbst.«

»Woher weißt du das alles?« Der Halbling sah sie fragend an – und begriff. »Ah, ich verstehe – er ist ein Kunde von dir ...«

»Ich bin nicht stolz darauf.«

»Dazu besteht auch kein Anlass.« Er grinste schmutzig. »Und du denkst, dass dieser Jemand, dessen Anwesenheit du spürst ...?«

»Sprich es nicht aus«, warnte sie und legte einen Finger vor den Mund. »Es braucht nicht viel dieser Tage, um in Skaradag einen grausamen Tod zu sterben.«

27

Eiserne Zitadelle, Skaradag
Währenddessen

Rayan war als zweiter durch den Stollen getaucht.

Sich an dem Seil entlanghangelnd, das Bray gespannt hatte, und dabei kräftig mit den Beinen schlagend, war er rasch vorangekommen und hatte das Ende des Tunnels wohlbehalten erreicht. Dann hatten Bray und er die übrigen Krähen durch den Stollen geholt, einen nach dem anderen. Vor allem die Jüngsten, die Rayan am Seil durch den Stollen gezogen hatte, damit es schneller ging, hatte es einige Überwindung gekostet, unterzutauchen und sich auf die Reise ins Ungewisse zu begeben, aber am Ende hatten es doch alle gewagt. Rayan konnte nicht anders, als über ihren Mut zu staunen.

Erneut übernahm er die Führung.

Über die schmale Treppe, die steil nach oben führte, schlichen sie hinauf und gelangten in einen schmalen Gang, der zwischen zwei hohen Mauern verlief. Wie hoch sie tatsächlich waren, ließ sich nicht sagen, da sich der Lichtschein der Laternen in Dunkelheit verlor. Aber aus dem Hall ihrer Schritte und der eisig kalten Luft, die ihnen entgegenströmte und sie in ihren feuchten Kleidern frösteln ließ, schlossen sie, dass es ziemlich hoch sein musste.

»Was ist das für ein seltsamer Gang?«, fragte Bray, die jetzt unmittelbar hinter Rayan ging.

»Kein Gang«, wehrte der ab. »Der Burgfried hat eine doppelte Mauer – wir befinden uns genau dazwischen.«

»Dann haben wir also nicht nur die äußere Mauer überwunden, sondern befinden uns bereits im Eisernen Turm?«

Rayan bedachte die junge Diebin mit einem verwegenen Blick. »Das will ich doch schwer hoffen.«

»Ich auch«, versicherte sie. »Das Durchschwimmen des Stollens hat uns mehr Zeit gekostet, als geplant war. Die Wachablösung steht schon bevor.«

»Dann warten wir«, folgerte Rayan.

»Nein – wenn wir zu lange warten und es noch weiter regnet, ist uns der Rückweg versperrt«, brachte Bray in Erinnerung.

Rayan schalt sich einen Narren. Natürlich hatte sie recht. Schon so hatten es einige von ihnen nur mit Mühe geschafft, den Stollen zu durchtauchen. Wenn er sich noch mehr mit Wasser füllte und die Strecke dadurch noch länger wurde, würde ihnen der Weg aus der Festung verwehrt sein …

»Richtig«, sagte er nur. »Sehen wir zu, dass wir die Schatzkammer erreichen.«

Er beschleunigte seine Schritte, und die anderen folgten ihm. Im Gänsemarsch huschten sie durch die unheimliche Kluft, die immer enger wurde – und schließlich abrupt endete. Davor jedoch bog links ein Tunnel ab, der gerade so groß war, dass man hindurchkriechen konnte.

»Hat dein Lied dir davon auch erzählt?«, fragte Bray.

»Nein«, gab Rayan zu, während er sich bereits auf die Knie niederließ. »Davon höre ich zum ersten Mal.«

Den Handgriff der Laterne mit den Zähnen fassend, kroch er in die enge Röhre. Der steinerne Boden war feucht, ein Rinnsal glänzte im Laternenschein – vermutlich ein Rohr zur Entwässerung, folgerte Rayan. Seine Vermutung bestätigte sich, als der Tunnel eine Biegung beschrieb und er plötzlich die Stäbe eines Eisengitters vor sich erkennen konnte. Deshalb also war der Geheimgang nie entdeckt worden – das Wissen darüber, was am anderen Ende der Entwässerungsröhre lag, war im Lauf der Jahrhunderte einfach verloren gegangen.

An die Gitterstäbe erinnerte er sich – sie hatte er bereits gesehen, und deshalb wusste er auch, dass sie nicht fest im Mauerwerk verankert waren. Es kostete ihn kaum Mühe, sie zu lösen, und nachdem er sich vergewissert hatte, dass im dahinterliegenden Gang niemand lauerte, kletterte er vorsichtig hinaus. Die Krähen folgten ihm.

Auf leisen Sohlen, die Kapuzen über den Köpfen, duckten sie sich eng in den Schutz der gegenüberliegenden Wand. Der Gang, auf dem sie sich nun befanden, war an die vier Schritte breit und schien in einem Bogen zu verlaufen. Da es keine Fenster gab, nahm Rayan an, dass sie sich noch unter der Erde befanden – und das wiederum musste bedeuten, dass sie am Ziel waren: jenseits der massiven Wand, die der Gang umlief, lag die Schatzkammer.

Dass weit und breit keine Wachen zu sehen waren, dass die Fackeln in den Wandhalterungen noch nicht einmal brannten, wunderte Rayan nicht. Dies war der innere Umgang der Kammer, den außer den Stadtoberen niemand betreten durfte. Keral Gulfullur, der amtierende Magistrat, war bekanntermaßen ein misstrauischer Mann – vermutlich, dachte Rayan, traute er noch nicht einmal seinen eigenen Wachen. Folglich mussten die Soldaten des Stadtmarschalls draußen ihren Dienst verrichten, vor der Außenmauer und der Pforte. Dass Diebe die Dreistigkeit besitzen konnten, sich durch einen geheimen Stollen ins Innere des Schatzhauses zu schleichen, daran hatte wohl glücklicherweise niemand gedacht.

»Wir haben es fast geschafft«, erklärte Rayan flüsternd. »Hinter dieser Wand befindet sich alles, was der Magistrat und die Saliger zusammengerafft haben – und in wenigen Augenblicken wird es euch gehören.«

Seine jungen Schützlinge strahlten über die dreckverschmierten Gesichter.

»Wir gehen vor wie geplant«, fuhr Rayan fort, geradeaus in die Dunkelheit deutend. »Dort vorn müssen die Schächte sein, von denen ich euch erzählt habe. Ihr wisst, was zu tun ist.«

Bray nickte. Wortlos übernahm sie die Führung – die Krähen hatten Handzeichen entwickelt, mit denen sie sich verständigten. Und nun zeigte sich auch, dass sie wahre Meister darin waren, sich unsichtbar zu machen. In ihren dunklen Hemden und Kapuzen verschmolzen sie mit der Dunkelheit. Sich eng an der Wand haltend, pirschten sie sich voran, ohne dabei auch nur das geringste Geräusch zu verursachen – und das so rasch, dass Rayan Mühe hatte, mit ihnen Schritt zu halten.

Tatsächlich erreichten sie schon kurz darauf die Schächte – schmale Spalte in der massiven Mauer der Schatzkammer, Schießscharten nicht unähnlich. Mit dem Unterschied, dass durch diese Schächte weder Pfeile noch siedendes Pech geschickt wurden – sondern die Steuern, die die Saliger auf den Handel mit dem Salz erhoben. Geld und Gold, das am Ende eines jeden Tages durch diese Schächte in die Schatzkammer geschüttet wurde. Auch der Schatz des Magistrats befand sich dort unten – und auch jenes Kleinod, das wertvoller war als alles Gold und alle Gemmen dieser Welt zusammen.

Der Stein der Astari.

Rayan verspürte wachsende Unruhe.

Die Krähen waren bereits bei der Arbeit. Während die Älteren dabei waren, die Seile abzurollen und durch die Schächte hinabzulassen, bereiteten sich die Jüngeren auf die waghalsige Kletterpartie vor, die ihnen bevorstand. Ein Erwachsener hätte die Schächte niemals passieren können – für ein Kind jedoch stellten sie kein Hindernis dar, noch dazu, wenn es aus Darlik stammte und schlecht genährt war. Vier Schächte waren es – und vier junge Diebe.

Birk war der Erste. Nachdem man zunächst leere Säcke

hinabgeworfen und eine brennende Laterne hinuntergelassen hatte, glitt er mit den Beinen voran in den Spalt und ließ sich am Seil langsam in die Tiefe. Die anderen taten es ihm gleich.

Wieder verstrichen Augenblicke atemlosen Wartens, dann verriet ein heftiger Ruck an den Seilen, dass die Krähen unten angekommen waren. Während vier der älteren Jungen an Ort und Stelle blieben, um die gefüllten Säcke an den Seilen heraufzuziehen und in Empfang zu nehmen, huschten Rayan, Bray und Kai weiter. Sie erreichten eine Treppe, die sich eng an die Mauer der Schatzkammer schmiegte, und hasteten sie hinab. Unten gab es eine Tür aus schwerem Stahl, zu deren Schloss es in ganz Skaradag nur zwei Schlüssel gab.

Den einen hatte der oberste Saliger, der zugleich auch Schatzmeister war.

Den anderen der Magistrat.

Eine Zeit lang hatte Rayan erwogen, den Schlüssel des Schatzmeisters zu stehlen, während dieser irgendwo in Darlik mit verdrehten Augen unter einer Hure lag. Doch die Gefahr, dabei entdeckt zu werden und dadurch das gesamte Vorhaben zu gefährden, war einfach zu groß gewesen. Rayan hatte sich fast schon damit abgefunden, dass die jungen Krähen die Einzigen sein würden, die die Schatzkammer tatsächlich betraten, und dass er sie eben entsprechend würde anweisen müssen – als er auf ein Lied gestoßen war.

Ein Spottlied auf den Magistraten Montresor, der einst der Stadt vorgestanden hatte und ein inniger Liebhaber von Geld und Gold gewesen war – das damals freilich noch dem Kaiser im fernen Myracor gehört hatte …

Jede Nacht, von Gier getrieben,
ist heimlich er hinabgestiegen,
zu sehen, was auf dieser Welt,
er am meisten liebt: das Geld.

Liebkost es, herzt es inniglich,
den Dienern war es widerlich.
So sind sie denn davongegangen,
Montresor ward beim Gold gefangen
und alles Rufen nützte nicht,
verschollen ward der gier'ge Wicht.
Und so blieb er arg verdrossen,
in der Kammer eingeschlossen
und ist von Geld und Gold umlagert
bis auf die Knochen abgemagert
und schließlich elendlich verreckt,
kurz nachdem er hatt' entdeckt,
dass auch der allerreichste Mann
sein Gold zur Not nicht fressen kann.

Wie Rayan herausgefunden hatte, barg das Lied einen nur zu wahren Kern. Irgendwann hatte man den unglücklichen Montresor tatsächlich gefunden, tot und unter Bergen von Münzen begraben. Sein Nachfolger im Amt des Magistraten war daraufhin von der Angst erfüllt gewesen, ein ebenso unrühmliches Ende zu finden wie sein Vorgänger, und so hatte er getan, was er für notwendig gehalten hatte, damit er nicht ebenfalls irgendwann in der Schatzkammer eingesperrt und vergessen werden konnte.

In diesem Moment war von der Innenseite des dicken Metalls ein Scharren zu vernehmen. Dann ein dumpfes Quietschen – und plötzlich öffnete sich die Tür und schwang auf.

Dahinter erschienen die blassen, sommersprossenbesetzten Züge von Birk, der das Türschloss von innen entriegelt hatte. Der Junge grinste breit, und obwohl der Kerzenschein sein Gesicht nur schwach beleuchtete, konnte man den seltsamen Glanz in seinen Augen erkennen.

»Geht es dir gut?«, flüsterte Bray, die es ebenfalls bemerkte.

Birk nickte nur und bedeutete ihnen zu folgen, und gemeinsam betraten sie die Schatzkammer von Skaradag.

Im Schein der Laternen war nicht alles zu sehen, und das war vermutlich besser so. Denn der schiere Anblick all der Reichtümer, die der Magistrat und die Saliger zusammengerafft hatten, indem sie Abgaben einstrichen und selbst noch bei den Armen Steuern kassierten, war dazu angetan, einen um den Verstand zu bringen: Berge von Gold, von Fässern, die vor Münzen überquollen, und von Truhen mit Edelsteinen und Geschmeide, türmten sich in der Schatzkammer. Wohin der Lichtschein der Kerzen auch traf, überall wurde er von funkelnden Gemmen reflektiert, und über allem lag der gelbe, kalte Widerschein des Goldes.

Es war nicht so sehr der Wert all dessen, was sich hier türmte und stapelte und um die Wette funkelte, das die Eindringlinge verstörte und den Anblick so unwirklich machte; es war der krasse Gegensatz zu dem Elend, das draußen in den Straßen herrschte. Während Rayan und Bray noch starr vor Staunen standen, reagierte Kai auf seine Weise und warf sich in einen Berg mit Münzen, als wollte er darin baden.

»Reiß dich zusammen«, wies Bray ihn barsch zurecht. »Jungs, nehmt die Säcke und füllt sie. Nur Gold, kein Silber, hört ihr? Und macht die Säcke nicht zu voll, damit sie noch durch die Schächte passen!«

Birk und die anderen ließen sich das nicht zweimal sagen – sie hatten das alles oft genug geübt. Während sich die Krähen daranmachten, die Schatzkammer zu plündern und so viel zusammenzupacken, wie sie nur tragen konnten, begab sich Rayan auf die Suche. Der Stein der Astari musste hier irgendwo sein.

Mit der Laterne in den Händen schritt er die Schatzkammer ab, vorbei an Bergen von Besitz, der in seiner schieren Masse nur noch lächerlich war. In den Straßen Darliks wurde manches erzählt über die angeblich sagenhaften Reichtümer, die in der Eisernen Zitadelle lagerten. Die Wirklichkeit jedoch übertraf selbst die abenteuerlichsten Geschichten.

Aber wo, zum Bruch, war der Stein?

Rayan schloss die Augen, versuchte sich an die Bilder zu erinnern, die er gesehen hatte – doch in diesem Moment kamen sie ihm fern und verschwommen vor. Wie ein Stern am nächtlichen Himmel, den man nur dann erblicken konnte, wenn man nicht direkt hinsah.

Sein Herzschlag beschleunigte sich, eine leise Furcht ergriff von ihm Besitz. Was, wenn er den Stein nicht fand? Wenn alles vergeblich gewesen war? Wenn …

Eine Hand legte sich auf seine Schulter.

Er fuhr herum.

Bray.

»Alles in Ordnung?«, fragte sie.

»Nein.« Er schüttelte den Kopf. »Der Stein«, flüsterte er. »Ich kann ihn nicht finden …«

»Ich helfe dir«, sagte sie nur. Und obschon auch sie fraglos noch nie so viel Geld und Gold gesehen hatte, obschon sie nicht weniger arm war als die anderen und sich danach ebenso sehr sehnen mussten wie sie, ließ sie den Schatz links liegen und schloss sich Rayans Suche an. »Wie sieht der Stein aus?«, wollte sie wissen.

»Es ist kein Juwel, nur ein ganz gewöhnlicher Stein«, stellte Rayan klar, während er sich weiter umblickte. »Er ist mit Einkerbungen versehen, Zeichen einer uralten Schrift …«

Während die anderen Diebe Sack um Sack mit Gold füllten und durch die Schächte nach oben schickten, nahmen Rayan und Bray den Rest der Schatzkammer in Augenschein. Auch Statuen lagerten darin, Prunkschilde aus Silber und Schwerter mit juwelenbesetzten Scheiden. Doch wenn Rayan gehofft hatte, irgendwo inmitten der funkelnden Kleinodien einen einfachen Stein zu entdecken, so wurde er bitter enttäuscht.

»Der Stein der Astari, er ... er ist nicht hier«, lautete seine bittere Erkenntnis.

»Wie ist das möglich?«, fragte Bray. »Ich dachte, du ...?«

»Das dachte ich auch«, versicherte er hilflos und kam sich vor wie ein Idiot. Alles war so reibungslos verlaufen, so als ob das Lied ihrer Taten bereits geschrieben wäre und sie nur noch erfüllen müssten, was ihnen vorgegeben war. Doch nun schien die Melodie plötzlich abzubrechen, endete das Lied ohne Sinn und Ziel.

Kai huschte heran. »Wir sind so weit«, meldete er halblaut. »Alle Säcke sind oben. Mehr können wir nicht schleppen.«

»Verstanden.« Bray nickte und wandte sich Rayan zu. Ihre Miene war besorgt, ihr Blick fragend.

»Ich weiß«, versicherte er.

Sie mussten gehen, die Zeit drängte.

Nicht nur, dass der Stollen sich weiter füllte. Auch die Zeit der Wachablösung nahte, wenn der Schatzmeister seine Kontrollen durchführen würde.

Aber ohne den Stein wollte Rayan nicht gehen! Ohne den Stein wäre alles vergeblich gewesen, nur seinetwegen hatte der Sänger all dies auf sich genommen.

»Komm«, forderte nun auch Bray ihn auf und wandte sich bereits zum Gehen, zusammen mit den anderen.

Rayan nickte, auch wenn sich alles in ihm dagegen sträubte. Noch einmal ließ er im Licht der Laterne seinen Blick durch die Schatzkammer schweifen, in einem letzten verzweifelten Versuch, das Kleinod zu finden, von dem er geglaubt hatte, dass es sich hier an diesem Ort befand.

Plötzlich geschah es.

Hektische Schritte waren zu hören, dazu das Klirren von Rüstungen und Waffen.

Die Krähen sandten einander entsetzte Blicke und wollten zur Tür – aber es war zu spät.

Bewaffnete drängten in den Durchgang, Soldaten im dunkelgrünen Rock der Stadtwache. Zu beiden Seiten der Pforte nahmen sie Aufstellung, ihre Speere drohend gesenkt. Ihnen folgte ein bärtiger Mann mit langem blondem Haar, der an die fünfzig Winter alt sein mochte und ebenfalls den grünen Rock trug, dessen Saum allerdings goldverbrämt war. Sein Blick war stechend, seine Lippen zu einem schmalen Strich gepresst.

»Jarnhant«, hauchte Bray entsetzt.

Sie kamen nicht mehr dazu, sich zu fragen, wie sie entdeckt worden waren. Denn im nächsten Moment griff der Stadtmarschall von Skaradag unter seinen weiten Umhang und holte etwas hervor, das er ihnen entgegenschleuderte. Vor ihren Füßen blieb es liegen und starrte sie aus leeren toten Augen an.

Bray stieß einen entsetzten Schrei aus.

Es war ein Kopf.

Faginors Kopf.

DRITTES BUCH

Entscheidungen

1

Eiserne Zitadelle, Skaradag
Noch in derselben Nacht

Ihre Mission war gescheitert.

Man hatte sie gefasst, als sie dabei gewesen waren, sich mit zwei Dutzend Beuteln Gold aus dem Staub zu machen. Sie waren überführt, noch ehe sie angeklagt worden waren, und keine Lüge dieser Welt konnte daran noch etwas ändern. Sie alle würden das Schicksal erleiden, das auch Faginor widerfahren war, und einen jähen Tod sterben.

»Wie konnte das passieren?«, flüsterte Bray, die in der Kolonne hinter Rayan ging. Man hatte sie entwaffnet und gebunden, und als wäre das noch nicht sicher genug, wurden die Gefangenen auch noch von einer Horde Schwerbewaffneter eskortiert. Angesichts des Alters der Diebe wirkte diese Maßnahme in Rayans Augen lächerlich. Aber sie sollte wohl auch zeigen, dass man in Skaradag keinen Unterschied machte zwischen erwachsenen und halbwüchsigen Räubern. Birk und die anderen wussten das. Tränen standen in ihren Augen, und sie wimmerten leise.

»Ich weiß es nicht«, raunte er zurück.

»Aber ich«, knurrte Bray voller Bitterkeit. »Verrat.«

»Verrat?« Rayan sah über die Schulter zurück. Brays Haar war wirr und ihre Augen gerötet, obschon sie ihre Tränen bislang tapfer zurückhielt. »Aber wer sollte …?«

»Du! Halt dein Maul!«, beschied ihm der Wächter zu seiner Linken barsch. »Oder soll ich dir in den Arsch treten?«

Rayan legte keinen Wert darauf, er fühlte sich getreten genug. Und er wusste kaum zu sagen, was schlimmer war: Dass sie alle gefasst worden waren und sterben würden – oder das ihr Tod völlig sinnlos war. Denn weder hatte er dort in der Schatzkammer den sagenumwobenen Stein der Astari gefunden noch war er auch nur auf eine einzige Antwort gestoßen. Und das, obwohl in seinen Augen doch alles darauf hingedeutet hatte … So sicher er sich zuvor gewesen war, auf der richtigen Spur zu sein – in diesem Augenblick kam es ihm wie blanker Hohn vor, dass er an etwas wie Schicksal geglaubt, dass er tatsächlich gedacht hatte, eine höhere Bestimmung könnte hinter seinen Visionen stehen. In diesem Moment war die einzige Macht, die er zu spüren bekam, die des Magistrats von Skaradag. Und die von Osric Jarnhant, dem berüchtigten Stadtmarschall und obersten Gesetzeshüter, der ganz vorn an der Spitze des kleinen Zuges schritt.

Jarnhant hatte noch kein einziges Wort gesprochen, doch die Bedrohung, die von ihm ausging, war beinahe körperlich zu greifen. Rayan konnte die Angst in den Augen seiner jungen Mitgefangenen erkennen, und auch er selbst verspürte leise Furcht. Sein Leben lang hatte er sich allen Nachstellungen entzogen, hatte den Orden und seine Exekutoren genarrt, wann immer sie ihn zu fassen glaubten – dass er ausgerechnet hier in Skaradag geschnappt worden war, wo er geglaubt hatte, endlich Antworten zu finden, war eine bittere Ironie des Schicksals. Wenn es so etwas überhaupt gab – aber das spielte im Grunde keine Rolle mehr. Ebenso wenig wie die Frage, wie Jarnhant und seine Schergen von ihrem Plan erfahren hatten.

Ganz offenbar hatte es einen Angriff auf die Katakomben gegeben. Faginor war tot, und vermutlich auch die anderen Krähen – und auch sie selbst würden nicht mehr lange am Leben sein, davon war Rayan überzeugt. Und er fühlte sich elend deswegen, nicht um seinetwillen, sondern wegen Bray und ihren jungen Freunden. Sie alle hatten seinem Plan vertraut – und er hatte sie in den Tod geführt.

Er und niemand sonst.

Ihr Gang durch die nächtliche Zitadelle endete in einem schäbigen Gewölbe. Käfige aus Eisen hingen von der gewölbten Decke, in die gemauerten Wände waren Ketten mit rostigen Schellen eingelassen. In der Mitte gab es eine Esse mit glühenden Kohlen, die zugleich die einzige Lichtquelle darstellte und den Raum in schwaches, orangefarbenes Licht tauchte. Auf der gegenüberliegenden Seite mündete ein dunkler Gang, aus dem dumpfe Schreie drangen. Rayan war klar, dass sie sich im berüchtigtsten Teil der Eisernen Zitadelle befanden: der Folterkammer des Stadtmarschalls.

Auf Jarnhants Zeichen wurden die Gefangenen verteilt: Die Jüngsten wurden in die Käfige gesperrt, die man herabließ und anschließend wieder zur Decke hinaufzog; die älteren, wie Bray und Kai, legte man in Ketten. Doch während einige der Jungen dabei in Tränen ausbrachen und um Gnade flehten, blieb Brays Miene unbewegt. Rayan wusste nicht, ob sie den anderen ein Vorbild sein oder sich nur keine Blöße geben wollte. In jedem Fall beeindruckte ihn ihre Tapferkeit – auch wenn sie letztlich sinnlos war.

Rayan selbst wurden keine Ketten angelegt – ein Privileg, auf das er gerne verzichtet hätte. Denn seine Bewacher packten ihn und schleppten ihn zu Jarnhant höchstpersönlich.

»Willkommen in der Eisernen Zitadelle«, sagte der Stadtmarschall mit einer Stimme, die wie kalter Stahl durch die von Moder und Brandgeruch durchsetzte Luft schnitt. »Mein Name ist Osric Jarnhant.«

»Ich weiß«, sagte Rayan nur. Er hatte Mühe, dem stechenden Blick des anderen standzuhalten, so viel Anklage und unausgesprochene Drohung lag darin.

»Und du?«, fragte der Stadtmarschall. »Willst du dich nicht auch vorstellen?«

»Natürlich«, gab Rayan in Erinnerung an das zurück, was

Bray einst zu ihm gesagt hatte. »Sucht Euch einen Namen aus, der Euch gefällt, Sire, und lasst mich in Ruhe.«

Jarnhants Mundwinkel fielen nach unten. Er trat vor und wollte Rayan ins Gesicht schlagen, um ihn für diese Frechheit zu bestrafen – als sich aus dem Hintergrund eine düstere Gestalt löste und zu ihnen trat. Ein schwarzer Umhang umfloss sie, dessen Kapuze so weit herabreichte, dass sie das Gesicht des Fremden ganz verdeckte.

»Wie wäre es mit Rayan von Burgos?«, fragte er mit einer Stimme, die melodiös war und angenehm, beinahe freundlich. Doch dieser Eindruck täuschte. Denn auf dem schwarzen Harnisch, den der Fremde unter dem Umhang trug, war ein Schädelsymbol zu erkennen, das Zeichen des Exekutor-Ordens. »Wäre das ein Name, der dir zusagt, Krähensänger?«

Rayan gab sich Mühe, sich seine Bestürzung nicht anmerken zu lassen. Osric Jarnhant war ein Schlächter, ruchlos in der Wahl seiner Mittel und sicher kein Verstandesmensch. Der Mann mit der Kapuze hingegen schien über einen ungleich schärferen Intellekt zu verfügen. Obwohl er ihm noch nie persönlich begegnet war, wusste Rayan, dass er keinen anderen als Thorgon-Syn vor sich hatte, den gefürchteten Großexekutor – und zugleich begriff er auch, wer tatsächlich hinter dem Angriff auf die Katakomben steckte.

Thorgon war der Syn von Morwa, des nördlichsten aller Schattentürme, und damit fiel auch das Bordland in seine Zuständigkeit. Seine Grausamkeit war weithin bekannt, in vielen Dörfern entlang der Grenze wagten die Menschen nicht, seinen Namen laut auszusprechen. Selbst der von den Dieben der Stadt so gefürchtete Osric Jarnhant schien sich vor ihm zu fürchten, denn er wich gesenkten Hauptes zurück.

»Du bist überrascht, dass ich deinen Namen kenne«, sagte Thorgon. »Du musst wissen, dass ich dir schon eine ganze Weile auf der Spur bin, Sänger. Ich habe schon viel von dir gehört – und nun endlich befindest du dich in meiner Gewalt.«

Rayan verhärtete seine Züge, um sich seine Bestürzung nicht anmerken zu lassen. Doch die Augen, die unter der Kapuze hervorstarrten, schienen ihn dennoch zu durchschauen.

»Ich weiß sogar noch mehr über dich«, fuhr der Großexekutor fort. »Zum Beispiel, dass du einen meiner Glaubensbrüder ruchlos ermordet hast.«

Rayan erwiderte nichts darauf. Verschwommene Bilder tauchten vor seinem inneren Auge auf, die Erinnerung an Dinge, die er lieber vergessen hätte.

»Aber nach allem, was ich über dich gehört habe, hätte ich dich mir ein wenig … größer vorgestellt.«

»Tut mir leid, wenn ich Euch enttäusche.« Rayan schnitt eine Grimasse.

»Als fahrender Sänger ziehst du durch das Land und redest den Menschen ein, dass du etwas Besonderes seist, vom Schicksal ausersehen«, fuhr der Vermummte fort, »und dass du über eine spezielle Gabe verfügen würdest, über die Fähigkeit, in die Zukunft zu sehen. Ist es nicht so?«

Rayan erwiderte nichts. Er versuchte, das Dunkel unter der Kapuze mit Blicken zu durchdringen – vergeblich.

Thorgon lachte auf. »Glaubst du, du wärst der Einzige?«, fragte er. »Du hast keine Ahnung, wie viele arme Narren demselben Irrglauben frönen wie du und sich ausersehen wähnen, zu Höherem berufen von einem allmächtigen Schicksal. Als Prediger ziehen sie durch die Lande, als falsche Propheten oder als Sänger wie du. Und immerzu sprechen sie von Dingen wie Schicksal und Bestimmung.«

»Vielleicht«, knurrte Rayan, »tun sie das ja deshalb, weil sich der Mensch nach diesen Dingen sehnt.«

»Das ist wahr«, gab der Großexekutor zu. »Die Menschen verzehren sich danach, weil sie glauben, dass es ihnen Hoffnung gibt. Dabei ist alles, was uns elenden, sterblichen Kreaturen bleibt, die Gegenwart, das Hier und Jetzt.«

»Doch nur, weil Ihr es so wollt!«, rief Bray herüber und riss unwillig an den Fesseln, mit denen sie an die Wand gekettet war. Ihre Züge waren von Zorn gerötet, Wut sprach aus ihren Augen. Rayan sandte ihr einen warnenden Blick, aber es war zu spät. Thorgons Aufmerksamkeit war geweckt.

Gemessenen Schrittes ging er zu ihr und betrachtete sie. »So mutig«, stellte er fest, »und so schön – und doch nichts als ein lausiger Dieb. Wie ist das möglich?«

»Weil die Reichen uns alles genommen haben«, entgegnete Bray in ihrem hilflosen Zorn. »Unterstützt vom Stadtmarschall und seinen Halsabschneidern raffen die Kaufleute alles an sich. Den Armen bleibt nichts anderes übrig, als zu stehlen!«

Rayan biss sich auf die Lippen. Sosehr er Brays Mut bewunderte, so sehr fürchtete er auch, dass sie dafür teuer bezahlen würde …

»Habt Ihr gehört, Jarnhant?«, wandte sich Thorgon an den Stadtmarschall. »Das galt Euch.«

»Ich habe es gehört«, bestätigte dieser mit grausamem Lächeln, »und ich werde mich dafür erkenntlich zeigen.«

»Später vielleicht«, wehrte der Großexekutor ab. »In seiner Güte hat seine Exzellenz der Magistrat mir ein Vorrecht auf die Gefangenen gewährt – schließlich hättet Ihr ohne meine Hilfe noch nicht einmal etwas von dem Überfall auf die Schatzkammer geahnt.«

Rayan horchte auf. Seine Vermutung war also richtig gewesen. Nicht der Stadtmarschall, sondern der Großexekutor war ihnen auf die Schliche gekommen – und das wohl nicht, weil sie etwas falsch gemacht oder sich unvorsichtig verhalten hätten. Sondern weil er dem Sänger auf der Spur gewesen war.

Die Folgerung, die sich zwangsläufig daraus ergab, war niederschmetternd: Es war Rayans Schuld, dass seine Schützlinge und er gefasst worden waren.

»Faginor habt Ihr getötet – was ist mit den anderen geschehen?«, wollte er wissen, obwohl er die traurige Wahrheit längst ahnte.

»Eure wertlosen Freunde«, entgegnete Thorgon nicht nur an ihn, sondern auch an Bray und die anderen gewandt, »haben ihre gerechte Strafe erhalten.«

»Sie … sie sind alle tot?«

»Was Gerechteres kann es geben als den Tod?«, fragte der Großexekutor dagegen. »In gewisser Weise sind wir doch alle dem Tod geweiht.«

»Du Schwein!«, brüllte Bray außer sich. Nicht nur sie, sondern auch Kai und die anderen Jungen zerrten in hilfloser Wut an ihren Fesseln.

»Mistkerl«, zischte auch Rayan, um die Aufmerksamkeit wieder auf sich zu ziehen. »Die meisten der Krähen waren noch halbe Kinder!«

»Und ganze Diebe«, wandte Osric Jarnhant an Thorgons Stelle ein, und das Grinsen in seinen bärtigen Zügen machte deutlich, dass er es genossen hatte, Faginor und seine jungen Schützlinge ihrer Bestrafung zuzuführen. »Maß für Maß«, zitierte er feixend das Motto von der Stadt.

Erst jetzt fiel Rayan auf, dass das Zeichen auf Jarnhants Brust – das Stadtwappen von Skaradag mit Waage und Schwert – mit Blutspritzern besudelt war. Ein eisiger Schauder durchrieselte ihn. Nachdem er sie vor den Spinnen gerettet hatte, hatte die Krähen nun doch noch ein grausames Ende gefunden. Die Zukunft hatte einmal mehr ihren Tribut verlangt, sie ließ sich nicht einfach betrügen.

»Was wollt Ihr von mir?«, wandte er sich an Thorgon.

Der Großexekutor sah ihn an. »Was bringt dich darauf, dass ich etwas von dir wollen könnte?«, fragte er. »Hast du wieder einmal in die Zukunft geblickt?«

»Wäre es nicht so, hättet Ihr uns längst getötet«, entgegnete Rayan, den Spott des anderen überhörend.

»Du hast recht.« Das Haupt unter der Kapuze nickte. »Ich will Antworten. Und ich will, dass du gestehst.«

Rayan sah ihn prüfend an. Wie viel, fragte er sich, wusste der Kerl tatsächlich? Er gab sich keinen Illusionen hin – den Exekutoren, zumal mit Osric Jarnhants Hilfe, standen die geeigneten Mittel zur Verfügung, jedwede Zunge zu lösen. Aber es würde sie Zeit und Mühe kosten, vielleicht lag darin noch ein letzter Vorteil.

»Ich werde Euch alles sagen«, kündigte er an, »wenn Ihr im Gegenzug meine Begleiter freilasst.«

»Sie freilassen? Sie sind überführte Verbrecher!«, protestierte Jarnhant erbost.

»Das ist meine Bedingung«, beharrte Rayan. Den Stadtmarschall beachtete er gar nicht, es war Thorgon, dem er den Handel angetragen hatte.

»Du stellst Bedingungen?«, fragte dieser. »Ich könnte dich auch foltern lassen ...«

»... und womöglich würde ich sterben, ehe Ihr alles erfahren hättet«, konterte Rayan prompt. »Ich bin Sänger, kein Schmied. Meine Verfassung ist weniger robust, als ihr annehmen mögt. Wenn Ihr hingegen versprecht, meine jungen Begleiter zu schonen, werde ich Euch alles verraten, was Ihr hören wollt.«

Jarnhant gab ein verächtliches Grunzen von sich.

»Sie haben nur auf meinen Befehl hin gehandelt«, bekräftigte Rayan, »ihre Schuld ist geringer als die meine. Deshalb macht mit mir, was Ihr wollt, aber lasst sie am Leben!«

»Nein, Krähensänger!«, widersprach Bray entsetzt, aber niemand beachtete sie.

»Wie edelmütig von dir«, höhnte Thorgon. »Wer hätte gedacht, dass in einer solch verkommenen Hülle solche Selbstlosigkeit steckt? Also gut, ich will kein Unmensch sein – wenn du alle meine Fragen zu meiner Zufriedenheit beantwortest, verspreche ich dir, das Leben dieser nichtswürdigen Kreaturen zu schonen.«

»Aber das ... das ist nicht möglich!«, wandte Jarnhant hilflos ein. »Sie haben es gewagt, in die Zitadelle einzudringen und sich am Schatz von Skaradag zu vergreifen! Sie müssen bestraft werden!«

»Keine Sorge, das werden sie«, versicherte der Großexekutor, wobei er seinen Blick durch das Gewölbe schweifen ließ, über jene, die in Ketten lagen, bis hinauf zu den Käfigen. »Ihr alle werdet leben – jedoch werdet ihr treue Diener des Ordens der Exekutoren werden.«

»Nein!«, widersprach Rayan.

»Das ist der Handel, Sänger. Willige ein oder lass es – aber ich würde annehmen, dass ein Leben als Diener des Ordens sehr viel besser ist als ein grausamer Tod im Salz, oder?«

Rayan biss die Zähne zusammen, seine Kieferknochen mahlten. Er sah zu Bray und den anderen hinüber, suchte mit Blicken um Vergebung dafür, dass er nicht mehr für sie tun konnte.

»Einverstanden«, sagte er leise.

Was blieb ihm anderes übrig?

»Sehr gut.« Der Großexekutor nickte wohlwollend. »Deine jungen Freunde werden schon bald gesetzestreue Bürger sein. Ihre Zeit als Diebe ist zu Ende, ein neues Leben steht ihnen bevor. Nur für dich, mein Freund«, fügte er hinzu und trat so nah heran, dass Rayan erstmals das Gesicht unter der Kapuze sehen konnte, »ist es dafür zu spät, fürchte ich.«

2

Haus des Doppelten Mondes, Skaradag
Zur selben Zeit

Nyasha pan Tyras hatte keine Angst mehr.

Der Ambrosiak mit der Nachtkraut-Essenz hatte für eine seltsame Gleichgültigkeit gesorgt, die sie ebenso erschreckte, wie sie ihr willkommen war. Und dennoch – in den bangen Augenblicken, in denen sie auf dem großen Bett kauerte und auf das Eintreffen des ersten Gastes wartete, dem sie zu Diensten sein sollte, wünschte sie sich, das alles anders gekommen wäre.

Noch vor nicht allzu langer Zeit war sie die Prinzessin von Altashar gewesen, hatte Ansehen und materielle Güter im Überfluss besessen und hatte mit einem König verheiratet werden sollen – und nun? Wie tief war sie gefallen!

Warum, so fragte sie sich jetzt, hatte sie sich so sehr davor gefürchtet, Elayan von Archos zu ehelichen? Im Nachhinein schalt sie sich eine Närrin dafür, dass sie ihrem Bruder ihr Leid und ihre Angst geklagt hatte – hätte sie es nicht getan, wäre er womöglich nicht auf den Gedanken gekommen, sie von ihrem vermeintlich misslichen Geschick zu befreien und mit dem Halbling in den Westen zu schicken – oder hätte es gar keine Rolle gespielt? Nawyd war von Anfang an gegen den Bund mit Archos gewesen, und als ihr Bruder hätte er wohl ohnehin das Gefühl gehabt, sie beschützen zu müssen.

Vielleicht, dachte Nyasha traurig, hatte sie auch gar keine andere Wahl gehabt, als diesen Weg zu gehen, auf dem sie alles verloren und der sie am Ende hierhergeführt hatte.

Ihr Herzschlag wollte aussetzen, als sie die Schritte hörte, die sich den Gang herabnäherten. Im nächsten Moment klopfte auch schon jemand an die Tür.

Nyasha war zu erschrocken, um zu reagieren oder auch nur »Herein« zu rufen – im nächsten Moment wurde die Tür ohnehin aufgerissen und ein Mann trat ein, so groß, dass er sich bücken musste, um den Türsturz zu passieren.

Obwohl er überaus wohlhabend zu sein schien und einen Mantel aus reich besticktem Brokat trug – fraglos war der Mann im Salzhandel tätig –, machte er auf Nyasha einen ungeschlachten Eindruck. Seine Gesichtszüge waren kantig und puterrot, sein Haar so kurz geschnitten, dass es wie Stacheln von seinem Kopf abstand. Augen so grau wie Stahl taxierten sie in unverhohlener Lust.

»Aufstehen«, ordnete er in schlechtem Ostragisch an. Man hatte ihm wohl gesagt, dass Nyasha nur die Zunge ihrer Heimat beherrschte, und wie die meisten Kaufleute sprach er von allen Sprachen ein wenig.

Sie kam seiner Aufforderung nach und erhob sich. Das Tuch, das sie anstelle eines Kleides trug, fiel so, dass es ihre Blöße nur notdürftig bedeckte.

»Du Schönheit«, anerkannte er nickend.

Nyasha hielt das Haupt gesenkt. Selbst wenn sie es gewollt hätte, sie konnte ihm nicht in die Augen sehen. So viel Ambrosiak gab es nicht in ganz Skaradag …

Der Kaufmann schloss die Tür hinter sich.

»Du«, sagte er dann, auf Nyasha deutend, »nackt.«

Nyasha schloss für einen Moment die Augen. Sie hatte gewusst, dass der Moment kommen würde, und das Nachtkraut hatte dafür gesorgt, dass sie vor Scham und Verzweiflung nicht den Verstand verloren hatte. Doch nun, da es so weit war …

»Was?«, fragte er. Der Blick seiner kalten Augen wurde bohrend. »Worauf warten?«

Sie wusste, dass ihr keine Wahl blieb. Wie in Trance griff

sie nach dem Gürtel um ihre Hüften und löste ihn, ließ ihn zu Boden fallen. Der nur flüchtig zusammengehaltene Stoff glitt daraufhin an ihr herab. Entblößt stand sie vor ihm und konnte nicht verhindern, dass sich ihre Augen mit Tränen füllten.

»Du weinen?«

Der Blick seiner Augen wurde hart und unbarmherzig – und ihre Furcht überwog die Wirkung des Ambrosiaks. Ungehemmt rannen die Tränen über ihre Wangen.

»Du Ahnung, wie viel Geld?«, fuhr der Kaufmann sie an. »Ich bezahle, du lächeln!«

Nyasha unternahm einen Versuch, entblößte ihre makellosen Zähne – aber es sah nicht wie ein Lächeln aus.

»Jämmerlich!«, brüllte der andere. »Du Lächeln! Du Freude!«

Nyasha konnte nichts erwidern. Sie zitterte am ganzen Leib und wollte verschämt ihre Blöße bedecken, doch ihr grobschlächtiger Besucher ließ sie nicht. Mit großen Schritten war er bei ihr und stieß sie hart, sodass sie rücklings auf das Bett fiel, während er sie mit Blicken verschlang.

Von einem Lächeln war sie weit entfernt, dafür zeigte sich jetzt auf seinen Zügen ein überlegenes Grinsen, und seine goldberingten Finger öffneten die Knebel seines Mantels. Nyasha schloss die Augen, wünschte sich, dass ihre Sinne sich trüben und sie das Bewusstsein verlieren würde, aber das war nicht der Fall. Nackt und schutzlos lag sie da, während er sich an seinen Beinkleidern zu schaffen machte.

In diesem Moment wurde die Tür geöffnet.

Der Kaufmann grunzte, verärgert über die Unterbrechung, und warf einen flüchtigen Blick über die Schulter. Eine junge Frau war eingetreten. Sie trug ein hölzernes Tablett mit einer Karaffe Ambrosiak darauf. Der Kaufmann raunzte ihr etwas zu – vermutlich wies er sie an, rasch wieder zu verschwinden.

Die Dienerin – Nyasha sah sie nur schemenhaft hinter Schleiern von Tränen –, stellte das Tablett ab, verbeugte sich und wandte sich wieder zum Gehen. Der Kaufmann keuchte zufrieden, entschlossen, seiner Lust jetzt freien Lauf zu lassen und sich zu nehmen, wofür er so viel bezahlt hatte – als er plötzlich innehielt.

Statt lustvoll zu keuchen, sog er scharf nach Luft, der Blick seiner Augen wurde stechend.

Nyasha, die nicht wusste, was das zu bedeuten hatte, wich furchtsam zurück – als sie den dünnen Blutfaden sah, der aus dem linken Mundwinkel des Mannes rann. Und im nächsten Moment erschien von hinten eine Hand, die ein blutiges Messer hielt – und ihm mit einem Ruck die Kehle durchschnitt.

Die Augen des Kaufmanns weiteten sich.

Seine beringten Hände griffen an seinen Hals im verzweifelten Versuch, den Blutschwall aufzuhalten, doch der Lebenssaft spritzte ungehindert zwischen seinen Fingern hervor und besudelte Nyasha. Der Mann wankte, gab ein gurgelndes Geräusch von sich, während er in, so schien es, grenzenlosem Erstaunen auf Nyasha starrte.

Dann brach er zusammen.

Hinter ihm stand die Dienerin, das Messer noch in der Hand – und jetzt endlich erkannte Nyasha, wer sie war.

»Kira«, hauchte sie.

3

Als ein gellender Schrei erklang, schoss Lorymar Thinkling in die Höhe.

»Was ist da los?«

Jenya war schon einen Lidschlag vor ihm aufgesprungen. Ihre Sinne, die denen eines Menschen oder Halblings überlegen waren, hatten eine Veränderung wahrgenommen. Und es war keine Veränderung zum Guten.

»Tod«, sagte sie nur.

Dann war sie auch schon auf dem Weg zur Tür, trotz ihres engen Kleides mit derart schnellen Schritten, dass Lorymar Mühe hatte mitzuhalten. Sie brauchten nicht lange zu suchen, die Schreie wiesen ihnen den Weg. Ein Pulk leicht bis nicht bekleideter junger Frauen drängte sich vor einem der Separees im ersten Stock. Atemlos folgte Lorymar Jenya in die Kammer – und stieß eine Verwünschung aus, als er den See von Blut erblickte, der sich über den Boden ausgebreitet hatte. Ein Mann lag darin, bäuchlings und mit dem Gesicht nach unten, und er sah ziemlich leblos aus.

Die Astara bückte sich und untersuchte ihn, indem sie zwei Finger an seinen Hals legte.

Ihr Kopfschütteln sagte alles.

»Wie unerfreulich«, stieß Lorymar trocken hervor. »Was ist hier passiert?«

»Wonach sieht es denn aus?«, fragte Jenya dagegen. »Deine Wüstenblume hat ihrem Gast die Kehle durchschnitten!«

»Nyasha?«, fragte Lorymar und fühlte einen Stich im Herzen. Plötzlich sah er nicht nur den Leichnam, sondern auch die Kammer mit anderen Augen. »Sie sollte hier …?«

»Offenbar versteht sie unter Gastfreundschaft etwas anderes als wir«, versetzte Jenya mit düsterem Blick.

»Aber das … das …«, stammelte der Halbling, während er sich auszumalen versuchte, was geschehen war.

»Ich hatte ihr Nachtkraut gegeben«, meldete eines der anderen Freudenmädchen sich zu Wort, die sich im Eingang der Kammer drängten. »Ich dachte, es würde ihr dadurch leichterfallen. Aber ich wusste nicht, dass …«

»Dich trifft keine Schuld, Seana«, versicherte Jenya mit zornbebender Stimme, wobei sie Lorymar einen vernichtenden Blick sandte. »Die tragen andere.«

»Meinst du etwa mich?« Er deutete auf seine schmale Brust. »Wofür willst du mich denn noch verantwortlich machen?«

»Wärst du nicht hier aufgetaucht, gäbe es diesen Leichnam nicht«, entgegnete sie mit entwaffnender Logik. »Dies ist Lianus Conor, ein Kaufmann aus Rikstedt. Wenn der Stadtmarschall davon erfährt, wird er mein Haus schließen. Und wenn er die tatsächliche Täterin nicht findet, wird er uns alle dafür bezahlen lassen, das steht fest!«

»Das darf nicht geschehen!«, wandte Seana entsetzt ein. In den Mienen der Dienerinnen stand jähe Furcht zu lesen.

»Nein, allerdings nicht«, stimmte die Astara zu und dachte einen Augenblick lang nach. »Wickelt den Leichnam in Decken. Wenn der letzte Gast das Haus verlassen hat, tragt ihn nach unten in den Keller und versteckt ihn.«

»Und was wirst du tun?«, wollte Lorymar wissen.

Jenya spähte nach dem schmalen Fenster der Kammer, das weit offen stand. »Die Mörderin fassen«, erklärte sie grimmig.

»*Dana*«, wandte Seana ein. »Lianus Conor war kein Mann von Ehre, das weißt du.«

»Er war ein Schwein«, bestätigte die Astara ungerührt. »Aber dies ist mein Haus, und ich dulde nicht, dass jemand hier einen feigen Mord begeht und uns alle damit in Gefahr bringt, wer immer es auch sei.«

»Jenya«, wollte auch Lorymar einwenden – aber sie hörte nicht mehr zu. Schon war sie am Fenster, und mit einer Bewegung, die so weich war und fließend, wie nur Astari es vermögen, sprang sie in die Nacht.

Lorymar eilte zum Fenster und blickte hinaus. Schemenhaft sah er ihre schlanke Gestalt über die Dächer verschwinden, mit wehendem Haar und trotz des Kleides, das sie trug, mit katzenhafter Gewandtheit.

Und er merkte, wie sehr ihm dieser Anblick gefehlt hatte.

Die Nacht war kalt und finster.

Das Mondlicht kämpfte vergeblich gegen die Wolken an, die den Himmel verdunkelten. Nur einige Straßenlaternen und der Lichtschein, der aus den Häusern in die Gassen fiel, sorgten für spärliche Beleuchtung.

Leichtfüßig setzte Jenya über die Schieferdächer hinweg, die teils mit Moos bewachsen und entsprechend glitschig waren. Die Astara hatte lange keinen Gebrauch mehr von ihren Fähigkeiten gemacht, und ein Teil von ihr hatte schon zu zweifeln begonnen, ob sie sie überhaupt noch besaß. Doch während sie über die Dächer eilte, an brüchigen Kaminen vorbei, durch Wolken von Rauch und über schmale Firste, wurde ihr klar, dass sich bestürzend wenig verändert hatte.

Lorymar Thinkling war wieder in ihr Leben getreten – und schon griff das Chaos um sich! In all den Jahren war im Haus des *Doppelten Mondes* niemals Blut geflossen – kaum war der verdammte Halbling da, gab es einen Mord, und alles, was sie sich in den vergangenen Jahrzehnten aufgebaut hatte, war plötzlich bedroht. Wie sie diesen selbstsüchtigen kleinen Wichtigtuer hasste! Und doch schien ihr Leben mit dem seinen verbunden zu sein, auf eine Weise, die sie weder verstand noch wirklich verstehen wollte.

Aber es ließ sich wohl nicht leugnen.

Jenya folgte ihrem Instinkt.

Nach ihrer Bluttat musste Nyasha pan Tyras die Stadt verlassen – doch Jenya würde schneller sein.

Sinne nutzend, von denen sie seit sehr langer Zeit keinen Gebrauch mehr gemacht hatte, lauschte sie hinaus in die Nacht. Sie konnte es nicht mehr kontrollieren wie einst, entsprechend überwältigend waren die Eindrücke, die auf sie einstürzten: Liebe und Hass, Leidenschaft und Abscheu, Freude und Trauer, Glück und Verzweiflung, Leben und Tod – die Gegensätze einer ganz normalen Nacht in Skaradag.

Doch inmitten all dieser Empfindungen, dieses Labyrinths aus widersprüchlichsten Gefühlen, spürte die Astara auch Entsetzen und Schuld, gepaart mit grimmiger Genugtuung.

Plötzlich glaubte sie zu wissen, welchen Weg die flüchtige Mörderin genommen hatte. Mit einem weiten Satz sprang sie über eine Gasse hinweg, in der sich betrunkene Salzarbeiter drängten, schlitterte ein steiles Dach hinab und landete auf einem Vorsprung, von dem sie in die schmale Gasse blicken konnte, die unter ihr verlief.

Was sie sah, waren zwei Gestalten.

Die eine trug ein Kleid, die andere einen Umhang mit Kapuze. Das Gesicht darunter war nicht zu erkennen, aber beide rannten, als ob Osric Jarnhant persönlich hinter ihnen her wäre.

Jenya lächelte grimmig.

Dann setzte sie ohne Zögern hinab, überschlug sich in der Luft – und landete kauernd vor den beiden Frauen, deren Flucht dadurch ein jähes Ende fand.

Abrupt blieben sie stehen, und Jenya konnte das Gesicht unter der Kapuze erkennen.

Es war Nyasha.

Ihre Züge waren von Schreck gezeichnet. Das Rot des Blutes, mit dem ihr Gesicht besudelt war, wetteiferte mit dem ihrer Lippen.

»Wo willst du hin?«, fragte Jenya.

»Dana!«, entfuhr es der einstigen Prinzessin. »Ich wollte nicht ...«

»Was wolltest du nicht?«, fiel die Astara ihr ins Wort. »Einem wehrlosen Mann die Kehle durchschneiden?«

»Ihr habt kein Recht, so mit meiner Herrin zu sprechen!« Die andere Frau trat vor. Sie war nur wenig älter als Nyasha und schien wie sie aus Turanien zu stammen. Ihre schmalen Gesichtszüge wirkten aufs Äußerste entschlossen, und mit hektischer Bewegung zog sie plötzlich ein Messer hervor, dessen Klinge noch blutig war – das Blut Lianus Conors zweifellos.

»Nicht sie hat den Mann getötet, sondern ich, ihre ergebene Dienerin«, gestand sie prompt. »Er hatte es nicht besser verdient, denn er wollte seine schmutzige Hand an sie legen.«

»Deine Herrin ist keine Prinzessin mehr!«, zischte Jenya. »Je eher du das einsiehst, desto besser!«

»Gebt den Weg frei!«, verlangte die Dienerin.

»Oder was?« Die Astara deutete auf die Klinge in ihrer Hand. »Willst du mir auch die Kehle durchschneiden? Das wird diesmal nicht so einfach werden.«

Statt noch etwas zu erwidern, ging die Frau zum Angriff über. Jenya wusste, dass es im Altashar-Gebirge Gegenden gab, in denen schon kleine Mädchen im Umgang mit der Klinge unterrichtet wurden – die Dienerin stammte vermutlich aus einer dieser Regionen, denn sie bewegte sich blitzschnell und mit mörderischer Finesse. Einer Astara allerdings war sie dennoch nicht gewachsen.

Jenyas Hand schnellte vor, umfasste ihr Handgelenk und entrang ihr das Messer mit einem einzigen Griff. Ein Faustschlag, den sie hinterherschickte, traf die junge Frau an der Schläfe und schickte sie zu Boden.

»Das war töricht«, wandte sich die Astara an Nyasha, die wie versteinert dagestanden und zugesehen hatte. »Ich werde …«

Sie stutzte, als sie aus dem Augenwinkel eine Bewegung wahrnahm. Das blutige Messer noch in der Hand, fuhr sie herum, um den Angriff abzuwehren.

Es war zu spät.

Ein Schatten flog auf sie zu, der groß war und kräftig und ohne Erbarmen zuschlug. Die Astara fühlte sengenden Schmerz, als der Hieb des Angreifers sie am Kopf traf.

Das Letzte, was sie mitbekam, war warmes Blut, das an ihrer Schläfe herab rann.

Dann verlor sie das Bewusstsein.

4

Kerker der Eisernen Zitadelle
Bei Morgengrauen

Sie hatten Bray und die anderen abgeführt und in den Zellentrakt gebracht.

Nur Rayan war geblieben.

Jarnhants Folterknechte hatten ihm eiserne Schellen um die Handgelenke gelegt und ihn mittels eines Flaschenzugs zur Gewölbedecke hochgezogen. Dort hing er wie ein lebloses Stück Fleisch, die Beine hilflos über dem Boden baumelnd, während sein Körpergewicht an seinen Handgelenken zerrte und jedes einzelne Pfund ihm Höllenqualen verursachte.

»Das war … nicht nötig«, stieß er hervor. »Ich habe gesagt, dass ich reden werde.«

»Das hast du«, räumte Thorgon ein, als würde es nichts bedeuten. Der Großexekutor hatte die Kapuze seines Umhangs zurückgeschlagen. Die Gesichtszüge, die darunter zum Vorschein gekommen waren, waren bartlos und von kurz geschnittenem schwarzen Haar umrahmt. Ein Mann mit diesem Gesicht hätte alles sein können: Kaufmann, Bauer, Soldat oder Räuber. Was Thorgon dazu bewogen hatte, dem Orden beizutreten und ein Exekutor zu werden, wusste Rayan nicht zu sagen. Doch der Hingabe nach zu urteilen, mit der er sein Amt erfüllte, hatte er darin wohl seine Berufung gefunden.

Jarnhant hatte er weggeschickt, auch die Soldaten der Stadtwache waren abgezogen worden. Nur Thorgon selbst war geblieben – und die beiden Folterknechte, die die Esse mit der Glut umtanzten wie wilde Uroks einen Götzen.

»Unterhalten wir uns also«, schlug der Großexekutor vor, während er Rayan umkreiste wie ein Aasfresser seine wehrlose Beute. »Du hast mir ein Geständnis versprochen.«

»Was wollt Ihr also, dass ich gestehe? Dass ich einen von Euch Kuttenträgern getötet habe?« Rayan verzog das Gesicht. »Ich bin nicht stolz darauf, aber ich habe es getan, ja. Es war Notwehr, aber das werdet Ihr mir ohnehin nicht glauben. Also sage ich, dass er ein elender Mistkerl war und es nicht anders verdient hatte. Seid Ihr jetzt zufrieden?«

»Noch lange nicht, Sänger«, stellte Thorgon klar, wobei seine eisgrauen Augen ihn forschend taxierten. »Um eine Mordtat zu ahnden, bedarf ich keines Geständnisses – ich habe Männer aus weit geringeren Gründen lebend begraben lassen. Aber ich will wissen, was dieser Einbruch zu bedeuten hatte. Was hast du in der Schatzkammer gesucht?«

»Gold«, entgegnete Rayan. »Ich wollte Gold.«

»Siehst du.« Der Großexekutor nickte, als hätte er nichts anderes erwartet. »Und da liegt bereits das Problem. Hast du nicht gesagt, dass du mir alles gestehen willst?«

»Nichts anderes tue ich.«

Ein böses Lächeln spielte um Thorgons Züge. »Ich weiß, dass du nach etwas anderem gesucht hast, Sänger. Nach einem Stein, von dem in alten Liedern die Rede ist, dem sagenumwobenen Stein der Astari!«

Rayan gab sich Mühe, unbeeindruckt zu wirken – in Wahrheit erschreckte es ihn, dass Thorgon von dem Stein wusste.

»Wärst du nur irgendein Narr, der seinen Kopf in den Wolken hat und der ach so glorreichen Vergangenheit nachhängt, so wäre es mir einerlei«, behauptete Thorgon. »Doch du hast den Stein der Astari aus einem ganz bestimmten Grund gesucht. Weil du Visionen von einer dunklen Zukunft hast – und weil du Antworten willst!«

Obwohl es ihm Schmerzen bereitete, hob Rayan den Kopf, um dem anderen ins Gesicht zu sehen. Woher, in aller Welt, wusste Thorgon das alles? Er hatte zu niemandem darüber ein Wort verloren, außer …

Der Großexekutor lachte leise. »Falls du dich fragst, wie ich hiervon wissen kann, so will ich es dir verraten«, sagte er. »Darf ich dir meinen neuen Novizen vorstellen? Tritt ein, Bruder!«

Auf seinen Ruf hin trat eine schmächtige Gestalt in die Folterkammer, die wie der Großexekutor in tiefstes Schwarz gehüllt war. Rayan, dessen Blicke vor Schmerz verschwammen, hatte Mühe, im glutigen Halbdunkel etwas zu sehen. Aber dann wurde ihm klar, dass er das Gesicht kannte, das unter der schwarzen Kapuze zum Vorschein kam.

»Torgny«, stieß er entsetzt hervor. »Was …?«

Der junge Dieb antwortete nicht, doch der Blick, den er Rayan schickte, war voller Abneigung und Hass.

»Junge«, verlangte Thorgon genüsslich, »wiederhole, was du mir gesagt hast. Was hast du gehört?«

»Der Krähensänger sprach von einem Zauberstein«, entgegnete Torgny prompt – Bray hatte sich also nicht geirrt. Es war damals doch jemand an der Tür der Waffenkammer gewesen, hatte heimlich gelauscht und von Dingen erfahren, die geheim bleiben sollten … »Einem Zauberstein, der noch aus der Zeit der Legenden stammt«, fügte der Junge bekräftigend hinzu.

»Und was wollte er mit diesem Stein?«

»Genau weiß ich es nicht. Aber es hat etwas mit den Dingen zu tun, die er gesehen haben will … in seinem Kopf.« Torgny deutete auf seinen eigenen von flachsblondem Haar bewachsenen Schädel. »Er ist ein Lügner und Schwindler!«

»Gut.« Der Großexekutor nickte. »Du hast dein Bestes getan, mein Junge, du kannst gehen. Der Dank des Ordens ist dir gewiss.«

»Euer Gnaden.« Torgny verbeugte sich beflissen. Dann

verließ er die Folterkammer wieder, nicht ohne Rayan noch mit einem schadenfrohen Blick bedacht zu haben.

Dummer Junge, war alles, was Rayan denken konnte. Er war zu erschöpft und zu sehr von Schmerz gepeinigt, um Zorn zu empfinden.

»Das sind schwere Vergehen, derer du beschuldigt wirst, Sänger«, wandte sich Thorgon wieder an ihn. »Nicht nur, dass du Lügen über die Vergangenheit verbreitest, du wirst auch beschuldigt, dich mit Magie zu befassen. Gibst du auch das zu?«

»Warum fragt Ihr?«, fragte Rayan. »Ihr wisst es doch schon längst.«

»In der Tat«, bestätigte der Großexekutor. »Und deshalb will ich wissen, was du in deinen Visionen gesehen zu haben glaubst. Was wolltest du mit dem Stein der Astari?«

»Wozu wollt Ihr das erfahren?«, stieß Rayan hervor. »Ihr glaubt doch ohnehin nicht daran.«

»Es kommt nicht darauf an, was ich glaube, Sänger. Als Exekutor habe ich allen Hinweisen nachzugehen, denn ich kann nicht dulden, dass selbst ernannte Propheten durch die Lande ziehen und das Volk in Unruhe versetzen.«

»Darum geht es Euch?« Rayan keuchte spöttisch. »Seid unbesorgt, ich habe niemandem etwas davon erzählt.«

»Dennoch wünsche ich es zu erfahren«, sagte der Syn mit derartigem Nachdruck, dass Rayan ihm erneut prüfend ins Gesicht sah – und plötzlich wurde es ihm klar.

»Ihr wollt das *wirklich* wissen«, stellte er fest. »Doch nicht nur in Eurer Eigenschaft als Exekutor ... es interessiert Euch persönlich.«

»Mein persönliches Interesse ist nicht von Belang, du Narr«, beschied Thorgon ihm herablassend. »Als Exekutoren sorgen wir dafür, dass der Glaube an alles Übersinnliche verschwindet. Zurück bleibt am Ende nur die Wirklichkeit, die wir mit unseren Sinnen erfassen können, nicht mehr und nicht weniger. Alles andere wird vom Angesicht dieser Welt getilgt.«

»Warum?«, fragte Rayan. »Warum nur dieser unbändige Hass?«

»Das will ich dir sagen: Magie ist es gewesen, die unsere Welt ins Elend gestürzt hat! Sie trägt Schuld daran, dass Astray zerbrochen ist, gespalten in zwei Reiche, die einander nun unversöhnlich gegenüberstehen, am Rand eines Krieges!«

»Das allein ist es nicht.« Rayan schüttelte trotzig den Kopf. »Da ist noch etwas anderes ... Ihr wollt nicht nur den Glauben verbannen, sondern auch die Sache an sich – weil Ihr selbst daran glaubt ...«

»Unsinn.«

»Ihr glaubt selbst daran«, beharrte Rayan trotzig. »Deshalb habt Ihr die anderen weggeschickt, damit sie nicht davon erfahren sollen. Ein Großexekutor, der an die Kraft der Magie glaubt, das ist ungewöhnlich ...« Trotz seines elenden Zustands konnte Rayan nicht anders, als spöttisch aufzulachen, was ihm abermals höllische Schmerzen bereitete. Er hatte das Gefühl, dass sein Brustkorb bersten und seine Arme aus den Schultergelenken brechen würden. Aber das war es wert ... »Ich weiß nicht, was Euch zu Eurem Hass bewogen hat«, schickte er keuchend hinterher. »Aber Ihr irrt Euch. Kräfte, die außerhalb unseres Begreifens liegen, haben unsere Welt einst gerettet. Nicht die Wirklichkeit gibt den Menschen Hoffnung ... sondern das, was außerhalb von ihr existiert.«

»Da wird bald nichts mehr existieren«, prophezeite der Großexekutor lächelnd und mit furchtbarer Endgültigkeit. »Der Orden der Exekutoren stellt eine neue Ordnung her, und weder fauler Zauber noch deine jämmerliche Hingabe an alte Lügen kann daran etwas ändern.«

»Das sind ... keine Lügen«, beharrte Rayan unter Schmerzen.

»Nein?« Thorgon blieb stehen. Die grauen Augen des Großexekutors starrten ihn prüfend an. »Hast du denn den Zauberstein gefunden, dessentwegen du nach Skaradag gekommen bist? Natürlich nicht, du Narr, denn er existiert nicht!«

»Das … ist nicht wahr!«

»Von wegen! Alles ist vergeblich gewesen, Sänger! Du bist einer Lüge aufgesessen und einem Hirngespinst nachgejagt! Den Stein der Astari gibt es nicht – und vermutlich gab es ihn auch nie. Alles nur Märchen und Legenden.«

»Das ist nicht wahr!«, widersprach Rayan lauthals – aber es war weniger die Überzeugung, die aus ihm sprach, als vielmehr die Verzweiflung und der sengende Schmerz.

»So ist es mit übernatürlichen Dingen«, versetzte der andere genüsslich, »auf sie ist kein Verlass. Aber wenn du mir nicht glaubst, wirst du vielleicht jemand anderem Glauben schenken, der es wissen muss.«

Abermals rief er, und noch jemand betrat die Kammer, ein kleinwüchsiger, untersetzter Mann, der in einem bodenlangen Mantel aus golddurchwirktem Brokat steckte. Die Gesichtszüge des Mannes waren ebenso feist wie selbstgefällig. An einer Leine führte er ein Tier, das den dunkelsten Tiefen des Morwaldes entstammen musste – es war klein und stämmig wie ein Ferkel, dabei jedoch von schwärzlicher Schuppenhaut überzogen und mit einem langen Schwanz, der über den Boden peitschte. Aus dem Maul der Kreatur, über dem ein gelbes Augenpaar leuchtete, starrten Reihen spitz zugefeilter Zähne, die alle vergoldet waren.

»Und?«, erkundigte sich der Besucher neugierig. »Macht Ihr Fortschritte, Euer Gnaden?«

»Noch nicht, Exzellenz«, entgegnete Thorgon und bestätigte damit, was Rayan bereits vermutet hatte, nämlich dass der Kerl mit dem bizarren Schoßtier kein anderer als Keral Gulfullur war, der mächtige Magistrat von Skaradag. Ganz offenbar, dachte er bitter, waren die Saliger und der Orden ein enges Bündnis eingegangen.

»Wenn Ihr die Güte haben wollt, unserem reulosen Sünder zu bestätigen, dass sich in Eurem Besitz kein – wie auch immer gearteter – Zauberstein befindet«, forderte der Großexekutor das Stadtoberhaupt auf.

»Ein Zauberstein?« Gulfullur lachte, hell und scheckernd wie ein verwöhntes Kind. Dabei griff er in den kleinen Lederbeutel, den er an seinem Gürtel trug, holte ein Stück rohes Fleisch hervor und warf es der Schweinsechse zu, die sich geräuschvoll darüber hermachte. »Natürlich nicht! Wie kommt dieser Verrückte nur darauf?«

»Das will ich Euch sagen, Exzellenz – er hatte einen Traum, der ihn derart in Schrecken versetzt hat, dass er glaubte, ihm nur mit Magie beikommen zu können.«

»Und deshalb ist er hier?«, fragte der Magistrat, ohne Rayan dabei auch nur anzusehen – die Schweinerei, die sein Schoßtier auf dem Boden mit dem Fleisch veranstaltete, interessierte ihn ungleich mehr.

Der Gedanke, dass die Menschen in den Gassen von Darlik hungerten, streifte Rayan und schürte seine Wut und seine Verzweiflung nur noch mehr. Was, wenn die beiden recht hatten? Wenn es den Stein, auf den er so große Hoffnung gesetzt, von dem er sich Antworten auf seine Fragen versprochen hatte, tatsächlich nicht gab, es ihn den alten Liedern zum Trotz nie gegeben hatte? Wenn er die Bilder in seinem Kopf falsch gedeutet hatte und am Ende alles vergeblich gewesen war?

»Sieh an«, machte Thorgon mit einem wissenden Blick in seine Richtung. »Die Vernunft gewinnt allmählich Oberhand, nicht wahr? Nun, da dir alles genommen ist und du nicht mehr anders kannst, als der Wirklichkeit ins Auge zu sehen, gebrauchst du endlich deinen Verstand!« Der Großexekutor trat auf ihn zu und sah ihn auffordernd an. »Da wir dies nun geklärt haben, wird es dir sicher leichterfallen, meine Frage von vorhin zu beantworten: Was hast du in deiner Vision gesehen, Sänger?«

»Ihr glaubt daran«, knurrte Rayan mit grimmiger Genugtuung. »Ihr glaubt wirklich, dass ich diese Gabe besitze …«

»Was hast du gesehen?«, wiederholte der Exekutor, noch eindringlicher diesmal.

Rayan schüttelte nur krampfhaft den Kopf.

»Was ist es dann gewesen? Was ist so schrecklich, dass du all dies auf dich genommen hast?«

Auch Magistrat Gulfullur war näher herangetreten. Fragend sah er Rayan an und vernachlässigte darüber sogar sein Schoßtier. »Hast du etwa … den Untergang gesehen?«, fragte er vorsichtig und mit bebender Stimme. »Das Ende von Skaradag?«

Rayan begriff.

Skaradag mochte eine der wohlhabendsten Städte von ganz Astray sein. Die Reichen lebten im Überfluss, und ihr Besitz wurde mit jedem Tag noch größer – vor dem Ende jedoch hatten auch sie Angst, fürchteten sich davor ebenso wie der kleinste Bettler im letzten, dunkelsten Rattenloch.

Und noch etwas wurde Rayan in diesem Moment klar, dessen Folgen allerdings viel weitreichender waren: Was auch immer geschehen würde, er durfte seinen Peinigern nichts verraten. Wann immer er versucht hatte, zukünftige Geschehnisse zu beeinflussen, sie in seinem Sinn zu verändern, hatten sie ihn früher oder später wieder eingeholt. Damals in seinem Heimatdorf und auch später noch manches Mal … und zuletzt bei den Krähen. Was, wenn es doch etwas wie Schicksal gab und er in seinem Bemühen, es zu verändern, jene Katastrophe erst auslöste? Wenn er dadurch, dass er Thorgon von seiner Vision erzählte, die Ereignisse erst ins Rollen brachte? Jene Ereignisse, die schließlich dazu führen würden, dass sich die grässlichen Bilder bewahrheiten, die Bray und er gesehen hatten, jene schreckliche Vision von Tod und Untergang …

»Sprich!«, herrschte Gulfullur ihn mit angstgeweiteten Augen an. »Sag uns endlich, was du weißt!«

Rayan sagte nichts, kniff im Gegenteil noch demonstrativ die Lippen zusammen.

»Habt Ihr das gesehen?«, wandte sich der Magistrat tobend an Thorgon. »Er missachtet meinen direkten Befehl! Er will mir nicht gehorchen!«

»Wie unklug«, machte Thorgon in schlecht geheucheltem Bedauern, »das würde ich an deiner Stelle nicht tun, Sänger. Denk an deine jungen Freunde und an die dunkle Zukunft, die ihnen droht!«

»Nichts anderes … tue ich«, versicherte Rayan – während er Bray und die anderen gleichzeitig in Gedanken um Vergebung bat. Er hätte jederzeit sein Leben gegeben, um sie zu retten. Aber diese Grenze durfte er nicht überschreiten.

Der Großexekutor nickte nur. »Warum nur bin ich nicht überrascht?«, fragte er. »Ich habe damit gerechnet, dass du dein Wort brechen würdest, Sänger. Dein rebellisches Wesen machte das wohl unvermeidlich.«

Damit wandte er sich um und nickte den Folterknechten zu, die sich bislang im Hintergrund gehalten hatten. Unter dem schadenfrohen Gelächter Keral Gulfullurs rissen sie Rayan das Hemd herab, dann zogen sie ein glühendes Eisen aus der Esse und brachten es in seine Nähe. Rayan konnte die Hitze auf seiner nackten Haut spüren.

Sein Herzschlag begann zu rasen.

Übelkeit stieg in ihm hoch, er kämpfte gegen die Furcht, die ihn überkommen wollte. Er durfte ihr nicht nachgeben, musste Herr seiner selbst bleiben.

Um jeden Preis.

»Also, noch einmal von vorn«, fuhr Thorgon fort, als hätte

er alle Geduld und Zeit dieser Welt. »Was hast du gesehen, Sänger? Sag es uns!«

Rayan schüttelte trotzig den Kopf, worauf der Großexekutor den Knechten ein Zeichen gab.

Der Schmerz des glühenden Eisens, das sich zwischen seine Rippen bohrte, war so überwältigend, dass Rayan die Sinne zu schwinden drohten. Gleichzeitig stieg ihm der Geruch seines eigenen verbrannten Fleisches in die Nase und sorgte dafür, dass er sich übergeben musste. Sein Körper verkrampfte sich, schaukelte an den Ketten hin und her – doch Rayan schwieg weiter. Auch dann noch, als die Folterknechte erneut zu Werke gingen und das glühende Eisen in seine Schulter senkten.

Die Qual war entsetzlich.

Krampfhaft biss Rayan die Lippen aufeinander, bis sie bluteten, um sich selbst am Sprechen zu hindern.

Und er schwieg.

»Ganz wie du willst«, meinte Thorgon mit einem Lächeln, das nicht länger gleichmütig war und überlegen, sondern voll wachsender Bosheit. »Ganz wie du willst, Sänger …«

5

Haus des Doppelten Mondes, Skaradag
Am nächsten Morgen

»Na? Geht es wieder?«

Als Jenya die Augen aufschlug, sah sie ihre Umgebung zunächst nur verschwommen. Das Letzte, woran sie sich erinnerte, war der furchtbare Hieb, der sie getroffen hatte, schwer wie eine Pranke … Aber ganz offenbar befand sie sich nicht mehr in jener dunklen Gasse, wo sie versucht hatte, die flüchtige Nyasha zu stellen.

»Ist sie …?«, brachte sie so krächzend hervor, dass sie ihre eigene Stimme kaum erkannte.

»Über alle Berge«, sagte jemand unbarmherzig.

Diese Stimme erkannte sie dafür sofort.

Sie gehörte Lorymar Thinkling.

»Verdammt«, stöhnte sie.

Er kicherte auf seine unnachahmliche Art. »Du kannst von Glück sagen, dass ich dich gefunden und nach Hause gebracht habe. Und dass ihr Astaren diese Selbstheilungskräfte habt. Sonst hätte es womöglich übel für dich ausgesehen.«

Ihr Blick klärte sich allmählich. Sie konnte sehen, dass sie sich in ihrem Gemach befand. Ausgestreckt lag sie auf ihrem Bett. Der Halbling hatte sich über sie gebeugt, und sie ertappte sich dabei, dass es ihr stille Genugtuung bereitete, eine gewisse Besorgnis in seinen Zügen zu lesen. Auch wenn sein loses Mundwerk wie meist ganz andere Töne anschlug.

»Was ist eigentlich passiert?«, wollte er wissen.

»Nyasha«, berichtete Jenya, während sie sich langsam aufrichtete. Ihr Kopf schmerzte dabei dröhnend, und sie griff sich an die Schläfen, um die Heilung mit mentaler Kraft zu beschleunigen. Getrocknetes Blut klebte an ihrer Stirn, die Wunde darunter hatte sich bereits geschlossen. »Ich habe sie gefunden und sie gestellt.«

»Dann hast du aber nachgelassen, Tochter der Astari«, beschied Lorymar ihr wenig taktvoll. »Wenn eine Prinzessin dich jetzt schon so zurichten kann …«

»Das war nicht Nyasha«, widersprach Jenya stöhnend. »Und sie war auch nicht allein. Da war eine Frau bei ihr. Die ebenfalls aus Ostray stammte.«

»Nur wenig älter als sie selbst?«, fragte Lorymar nach.

Jenya nickte.

»Kira, ihre Dienerin.« Er schnitt eine Grimasse. »Wir hatten sie für tot gehalten.«

»Nun, das ist sie offenkundig nicht.«

»Und Kira hat dir das Ding verpasst.«

»Nein … da war noch jemand, ein Schatten, der mich angefallen hat.«

»Möglicherweise Kalid, ihr Leibwächter … Als wir Kira zuletzt sahen, war sie mit ihm zusammen. Wenn sie überlebt hat, dann wohl auch er.«

»Möglich – aber das ist noch nicht alles.« Die Astara schloss die Augen und versuchte sich zu erinnern. Nicht so sehr an das Wenige, das sie im Dunkel der Gasse gesehen hatte, sondern an das, was sie *gefühlt* hatte. »Etwas war seltsam.«

»Was meinst du?«

»Dieser Angreifer, wer immer er war, hatte etwas an sich, eine Roheit und Grausamkeit, wie ich sie nur einmal verspürt habe, und das ist lange her.«

»Wann?«, wollte Lorymar wissen.

»Im Morwald«, entgegnete sie.

Nicht nur auf der Stirn des Halblings erschienen daraufhin tiefe Sorgenfalten. Sein ganzes Gesicht schien sich zu zerknittern. »Wir … wir wurden im Wald von Morwölfen überfallen«, gestand er leise. »Kalids Bruder wurde verletzt, sodass wir ihn töten mussten … aber was, wenn es auch Kalid erwischt hat und wir es nur nicht bemerkt haben?«

»Er würde sich verändern«, bestätigte Jenya düster. »Nicht sofort, aber das Morgift wäre in seinen Adern und würde langsam seine Wirkung entfalten. Früher oder später würde er beginnen, sich in eine reißende Bestie zu verwandeln – und ich fürchte, dass es das ist, was ich gespürt habe.«

In Lorymars kleinen Augen blitzte es, und seine Kieferknochen mahlten, während er angestrengt überlegte. »Ich muss ihr hinterher«, gab er leise, fast widerwillig bekannt.

»Wozu? Um sie zu retten?« Jenya hob eine schmale Braue. »Was ist mit dir? Fühlst du dich nicht wohl?«

»Lass den Unfug. Ich meine es ernst – ich muss Nyasha finden und sie warnen.«

»Und wenn du schon dabei bist, kannst du sie auch gleich noch wegen Mordes verhaften«, fügte die Astara hinzu.

»Wegen Mordes an wem?«, fragte der Halbling. »Du hast selbst gesagt, dass der Kerl ein Schwein war. Und ein Gefühl sagt mir, dass sein Leichnam niemals gefunden wird. Ohne Leiche keine Anklage.«

»Was hast du getan?«

»Nichts weiter – nur die Überreste von diesem Mistkerl in die Kanalisation entsorgt. Und da es in der Bucht von Krabben und Salzkraken nur so wimmelt, ist vermutlich jetzt schon nichts mehr davon übrig.«

Ihre Augen verengten sich, sie sah ihn prüfend an. »Wenn man dich dabei erwischt hätte …«

»Vertrau mir. Ich bin kein Anfänger.«

»Trotzdem, die Frage bleibt: Warum?«

»Für dich«, eröffnete der Halbling kurzerhand. »Ich wollte nicht, dass du meinetwegen Ärger kriegst oder gar deinen Laden schließen musst.«

»Blödsinn.« Sie schüttelte so entschieden den Kopf, dass der Schmerz zurückkehrte. »Du hast es ihretwegen getan. Weil du nicht willst, dass sie dafür bestraft wird.«

»Unsinn, ich ...«

»Dir liegt etwas an ihr«, stellte Jenya fest.

»Unfug«, wehrte er ab. Seine Züge färbten sich rot, ob aus Entrüstung oder weil er sich ertappt fühlte, war nicht zweifelsfrei festzustellen. »Aber ich bin für sie verantwortlich, verstehst du das nicht? Ich war es, der sie hierhergebracht hat ...«

»... und an mich verkauft«, vervollständigte sie.

»Es war ein Handel«, verteidigte er sich. »Nichts Persönliches.«

»Aber jetzt ist es persönlich?«

Er schnaubte. »Jetzt ja.«

Kopfschüttelnd sah die Astara ihn an, wusste nicht, ob sie darüber lachen oder weinen sollte. »Du steckst voller Widersprüche, Lorymar Thinkling«, beschied sie ihm. »Das war schon immer so.«

»Damit hast du wahrscheinlich recht.« Er nickte nachdenklich und sandte ihr einen bedauernden Blick. »Es tut mir leid, Jenya.«

»Was?«

»Einfach alles.«

Sie lächelte schwach. »Weißt du, ich wusste, dass du das früher oder später sagen wü...«

In diesem Moment wurde die Tür zu ihrem Schlafzimmer aufgerissen. Seana stand auf der Schwelle, bei ihr war ein Mädchen, an die zehn Winter alt. Nacktes Grauen stand in den rußverschmierten Zügen des Kindes zu lesen. Auch seine Kleidung war geschwärzt und zerschlissen.

Und da war Blut ...

»Anara!«

Erschrocken sprang Jenya auf, worauf das Kind in ihre Arme rannte und hemmungslos zu weinen begann. Anara war eines der elternlosen Kinder, von denen es in Skaradag so viele gab; in der Obhut der Dienerinnen war sie im Haus des *Doppelten Mondes* aufgewachsen, ehe der alte Faginor sie in seine Reihen aufgenommen hatte. Seither arbeitete sie für ihn als Botin.

»Was ist passiert«, fragte Jenya das schluchzende Mädchen, während sie sanft über sein Haar strich.

»Alles brennt. Und sie sind tot, *Dana* … alle sind sie tot!«

»Wer?« Jenya ließ sich auf die Knie nieder, sodass sie dem Kind in die Augen sehen konnte. »Wer ist tot, Anara?«

»Alle«, lautete die erschütternde Antwort. »Lila und Skady und all die anderen … alle meine Freunde! Sogar Faginor haben sie mitgenommen!«

»Wer?«, fragte die Astara, die erst allmählich zu begreifen begann. »Wer hat das getan, mein Kind?«

»Sie hatten schwarze Umhänge«, kam es mit tränenerstickter Stimme zurück. Anara stockte, zitterte am ganzen Körpern. »Sind mit Schwertern gekommen und haben alle umgebracht … und dann ist der schwarze Mann gekommen und hat gesagt, dass sie alles anzünden sollen … alles brennt, *Dana!*«

»Welcher schwarze Mann?«, fragte Jenya gepresst, obwohl sie sich die Antwort bereits denken konnte.

»Er war groß und trug eine schwarze Rüstung und einen Umhang und hatte eine grässliche Axt …«

Die Astara konnte fühlen, wie sich etwas in ihr verkrampfte. »Der Großexekutor«, sagte sie leise. »Thorgon-Syn.«

»Ja, so nannten sie ihn«, bestätigte Anara. »Er war noch grausamer als die anderen … Er ließ Faginor mitnehmen und sagte, dass er ihm den Kopf abschlagen will!«

»Aus welchem Grund? Was hat Faginor getan?«

»Ich weiß es nicht.« Das Kind schluchzte. »Ich glaube, es ging um den Sänger …«

»Um welchen Sänger?«

»Den Krähensänger, der seit einer Weile bei uns lebt … du kennst ihn, er ist damals ins Haus des Doppelmonds gekommen … er hat eine Narbe, hier im Gesicht«, fügte das Mädchen hinzu, auf die betreffende Stelle in seiner eigenen tränenüberströmten Miene deutend.

Jenya nickte. Sie erinnerte sich an den Mann mit dem burgischen Akzent, den sie zunächst verdächtigt hatte, sich an einem kleinen Mädchen vergehen zu wollen. Etwas war seltsam an ihm gewesen, das war ihr gleich aufgefallen … »Und warum sucht der Großexekutor nach ihm?«

»Das weiß ich nicht. Aber ich glaube, es ging dabei um einen Stein, den der Sänger haben wollte …«

»Was für ein Stein?« Es war nicht Jenya, die das fragte, sondern Lorymar, der plötzlich hellhörig geworden war.

»Ein Zauberstein.« Das verängstigte Kind schüttelte weinend den Kopf. »Ich weiß es wirklich nicht!«

Die Astara und der Halbling wechselten einen Blick. »Schon gut«, beschwichtigte Jenya dann. »Wie bist du entkommen?«

»Durch den Luftschacht … aber da war überall Rauch, und ich musste husten … es war schrecklich … so schrecklich!«

Jenya zog Anara an sich und schloss sie in ihre Arme. »Ruhig«, sprach sie leise auf sie ein. »Es wird alles gut, hörst du? Es war richtig, dass du zu mir gekommen bist. Hier bist du in Sicherheit, hier kann dir niemand mehr etwas anhaben.«

»A-auch nicht der Exekutor?«

»Nein«, bestätigte Jenya, wobei sie mit Unbehagen an die Stunden zurückdachte, die sie beruflich mit Thorgon verbracht hatte. »Auch der nicht.«

Tatsächlich schien sich das Mädchen daraufhin ein wenig zu beruhigen. Jenya wartete, bis auch Anaras Atem ein wenig zur Ruhe gekommen war. Dann nickte sie Seana zu, die das Kind sanft bei der Hand nahm und aus der Kammer führte.

»Verdammt«, sagte Jenya, sobald sich die Tür hinter ihnen geschlossen hatte.

»Was hat das zu bedeuten?«, fragte Lorymar sichtlich aufgebracht. Seine Miene war gerötet, das Haar war wirr und stand ihm zu Berge. »Was geht hier vor?«

»Ich weiß es nicht«, gab die Astara zu und ließ sich wieder auf der Kante ihrer Schlafstatt nieder.

»Das ist nur Zufall, oder?«

»Sag du es mir.« Jenya lächelte freudlos. »Ich für meinen Teil kann sagen, dass ich noch nie an Zufälle geglaubt habe.«

»Es muss ein Zufall sein!«, rief der Halbling. »Wie könnte ein hergelaufener Sänger sonst von dem Stein erfahren haben?«

»Wie wohl – aus alten Liedern.«

»Und wieso vermutet er ihn ausgerechnet hier in Skaradag? Glaubst du, er weiß von dir? Und wer du wirklich bist?«

»Kaum – es sei denn, jemand hätte es ihm verraten.«

»Du meinst, einer von uns hat sein Schweigen gebrochen?«

»Nein.« Die Astara winkte ab. »Alle wissen, was auf dem Spiel steht – sogar du.«

»Na, vielen Dank auch.«

»Aber vielleicht ist dieser Sänger ja nicht ganz so einfältig, wie du denkst. Erinnerst du dich, wie ich sagte, dass etwas nicht stimmt? Dass ich etwas gefühlt habe in dieser Stadt? Eine Aura des Wissens?«

»Und?« Er sah sie fragend an.

»Vielleicht war es dieser Sänger«, entgegnete die Astara. »Wie ich schon sagte, ich glaube nicht an Zufälle. Dieser Mann führt etwas im Schilde, das konnte ich schon damals fühlen. Und er scheint mehr zu wissen, als uns recht sein kann.«

»Wenn du recht hast, dann stellen sich uns drei Fragen«, folgerte Lorymar. »Erstens: Wie viel weiß der Kerl? Zweitens: Für wen arbeitet er? Und drittens: Woher hat er sein Wissen?«

»Da ich nicht glaube, dass einer von uns sein Schweigen gebrochen hat, bleibt wohl nur eine Möglichkeit.«

Der Halbling blies spöttisch durch die Nase. »An so was glaube ich nicht.«

»Thorgon offenbar schon.«

»Unsinn, die Schwarzen leugnen alle Magie! Sie halten sie für reinen Aberglauben – oder sollte sich das in meiner Abwesenheit geändert haben?«

»Durchaus nicht – aber dieser Thorgon ist nicht wie andere Exekutoren. Um etwas so abgrundtief zu verabscheuen, wie er es tut, muss man davon überzeugt sein, dass es existiert. Deshalb ist er hinter dem Sänger her – und der Sänger wiederum scheint hinter dem Stein her zu sein.«

»Wenn es so ist, dann ist es aber nicht sehr weit her mit den Kenntnissen, die er hat«, ätzte Lorymar.

»Aber womöglich weiß er genug, um noch mehr herauszufinden – und dann werden früher oder später auch andere davon erfahren.«

»Was uns zur zweiten Frage bringt: In wessen Diensten steht der Kerl? Altashar ist es sicher nicht, davon wüsste ich – aber Archos womöglich?«

»Meine Leute haben mir den Verrat nie verziehen«, gab Jenya zu. »Aber ich denke nicht, dass sie den Krähensänger geschickt haben. Ich glaube eher, dass er eigene Ziele verfolgt.«

»Und welche?«

»Das weiß ich nicht – aber wenn die Schwarzen davon erfahren, spielt es ohnehin keine Rolle mehr«, war die Astara überzeugt. »Was immer er erfahren hat – er darf es nicht an Thorgon verraten. Die Gefahr wäre zu groß.«

Entschlossen erhob sie sich, langte hinter ihr Bett – und hielt plötzlich wieder ihr Schwert in den Händen.

»Immer griffbereit, was?«, spöttelte Lorymar.

»Ein Mädchen muss auf sich aufpassen.«

»Du bist schon lange kein Mädchen mehr.«

»Und du kein kleiner Junge«, konterte Jenya und sah ihn dabei auffordernd an. »Schluss mit den Entschuldigungen, Lorymar Thinkling. Jetzt kannst du zeigen, wie ernst es dir mit dem Schwur ist, den du geleistet hast. Der Krähensänger darf sein Wissen keinesfalls weitergeben. Sein Mund muss verschlossen werden, und zwar endgültig – und wir beide werden das erledigen.«

»Und Nyasha?«, fragte der Halbling.

»Wenn ihr Leibwächter tatsächlich von einem Morwolf gebissen wurde, so vollzieht sich die Verwandlung allmählich. Die Prinzessin hat noch Zeit – das hier nicht.«

»Und wenn ich nicht mitkommen will?«

Die Astara lachte auf. »Das ist keine Frage des Wollens mehr! Du hast eine weite Reise auf dich genommen, um mich zu fragen, was es mit deinen Träumen auf sich hat und ob es womöglich noch nicht vorbei ist …«

»Und?« Ein dicker Kloß wanderte den kurzen Hals des Halblings hinauf.

»Hier hast du die Antwort.«

6

Eiserne Zitadelle, Skaradag
Zur selben Zeit

Die gute Nachricht war, dass man die Krähen von ihren Ketten befreit und aus den Käfigen geholt hatte; die schlechte, dass Jarnhants Schergen sie dafür in ein dunkles feuchtes Loch gesteckt hatten, das den Namen Zelle kaum verdiente. Die Wände waren von Schimmel überzogen, Nässe troff von der Decke, die so niedrig war, dass man nicht aufrecht stehen konnte. Das Stroh auf dem Boden war faulig, und in den Ritzen, die im Mauerwerk klafften, leuchteten gelbe Augenpaare – Ratten, die nur darauf warteten, aus ihren Löchern zu kriechen und sich über die schlafenden Gefangenen herzumachen.

Um die Nacht einigermaßen unbeschadet zu überstehen, hatten Bray und ihre Freunde sich abgewechselt; jeweils zwei von ihnen hatten Wache gehalten und die Biester verscheucht, sobald sie sich gezeigt hatten. Die Angst zu vertreiben, die sie alle in den Klauen hielt, war schon sehr viel schwerer.

Sobald Bray die Augen schloss, sah sie den Kopf von Faginor vor sich am Boden liegen, abgehackt und blutig, einen Ausdruck des Entsetzens in den leblosen Zügen.

Was, so fragte sie sich immerzu, war dem Vater der Krähen als Letztes durch den Kopf gegangen?

Hatte er Bedauern verspürt? Reue? Zorn? Oder hatte er einfach nur Todesangst gehabt, als sein Henker vor ihn getreten war?

Wie lange sie auch darüber nachsann, sie würde keine Antworten bekommen – so wenig, wie sie das Bild aus ihrem Kopf bekam. Dann wieder musste Bray an ihre Freunde denken, die im Versteck zurückgeblieben und von Jarnhants Leuten abgeschlachtet worden waren. Skady, Torgny und all die anderen … Im Nachhinein tat es ihr leid, dass sie den Jungen weggeschickt hatte. Im Grunde hatte er sich nur nach Nähe gesehnt wie jeder andere auch. Sie hätte ihn nicht hochmütig zurückweisen sollen, sondern einfach annehmen, was das Leben ihr bot – jetzt war es zu spät dafür. Torgny war tot, genau wie alle anderen. Es musste ein schreckliches Blutbad gewesen sein, doch Bray empfand keine Erleichterung darüber, dass sie ihm entgangen war. Im Gegenteil wünschte sie sich beinahe, dort gewesen und gemeinsam mit ihren Freunden gestorben zu sein – und den anderen ging es ebenso.

Mit leeren, ausdruckslosen Mienen hockten sie in dem fauligen Stroh und starrten vor sich hin. Birk kauerte unmittelbar neben ihr. Seine Augen waren gerötet, er hatte die halbe Nacht geweint, bis er irgendwann vor Erschöpfung eingeschlafen war. Bray sandte ihm einen bedauernden Blick und legte tröstend den Arm um ihn. Der Junge lehnte sich bei ihr an, und erneut flossen Tränen.

»Bei den Armen des Kraken, muss das sein?«, zischte Kai.

»Er hat Angst«, erwiderte Bray.

»Er soll sich zusammenreißen! Das beschissene Geflenne raubt mir den letzten Nerv!«

»Warum?«, fragte Bray leise. »Weil es dich daran erinnert, dass du selber Angst hast?« Sie strich Birk tröstend durch das blonde Haar, worauf er sich ein wenig beruhigte.

»Spielst du jetzt die Krähenmutter?«, spottete Kai.

»Besser, als vor Angst herumzumaulen«, konterte sie.

»Ich habe keine …«, wollte Kai behaupten – aber er sah wohl selbst ein, dass das lächerlich war.

Sie waren überführte Diebe und saßen im Kerker der Eisernen Zitadelle. Jeder von ihnen wusste, wie und wo dies enden würde, nämlich im Salz und an den Zinnen der Mauer. Es sei denn, es gelang dem Sänger tatsächlich, einen Handel mit Thorgon zu schließen – doch das war im Augenblick mehr als fraglich. Die ganze Nacht hindurch hatten sie nichts von Rayan gehört – nicht mehr, seit seine geqälten Schreie verstummt waren. War er überhaupt noch am Leben?

Bray versuchte, nicht darüber nachzudenken. Das Schicksal des Sängers lag ihr weit mehr am Herzen, als sie sich eingestehen wollte – und das nicht nur, weil auch ihr eigenes Überleben davon abhing. Sondern auch wegen jener rätselhaften Verbindung, die ganz offenbar zwischen ihnen bestand, wegen jener geheimnisvollen Fähigkeit, die sie teilten …

Von der anderen Seite des Gewölbes blitzte Kai sie feindselig an. Dabei füllten sich jedoch auch seine Augen mit Tränen, und er wandte sich ab, weil er sich dafür schämte. Bray sah dazu keinen Grund, schließlich fürchteten sie sich alle. Sie alle kannten den Anblick der in Salz eingelegten, mumifizierten Körper, die von den Zinnen der Festung baumelten, und die Aussicht, schon bald selbst zu ihnen zu gehören, war so grässlich, dass es einem fast den Verstand raubte. Bray versuchte, sich mit anderen Gedanken abzulenken, aber es waren keine guten, tröstenden Gedanken, die ihr durch den Kopf gingen – sondern der Wunsch nach Rache.

An Osric Jarnhant.

An Thorgon-Syn.

Und an Keral Gulfullur.

Sie alle hatten Blut an ihren Händen, und auch wenn Bray klar war, dass es ihr nicht selbst vergönnt sein würde, diese drei Männer zu bestrafen, hoffte sie doch, dass sie alle eines Tages dafür bezahlen würden: der Stadtmarschall, der Magistrat und der Exekutor.

Auf dem Gang, der vor der rostigen Zellentür verlief, waren plötzlich Schritte zu hören. Die Silhouetten mehrerer Männer tauchten vor der Zelle auf, die sich gegen den Fackelstein abzeichneten. Einer von ihnen schloss die Tür auf, und eine abgerissene Gestalt wurde hereingestoßen.

Bray erschrak fast, als sie Rayan erkannte.

Die Folterknechte hatten dem Sänger übel mitgespielt.

Sein nackter Oberkörper war mit unzähligen Brandwunden übersät, von denen einige tief ins Fleisch reichten. Die Züge des Krähensängers waren kreidebleich und wirkten ausgezehrt, der Blick seiner dunklen Augen war fiebrig und, wie es schien, in weite Ferne gerichtet. Kraftlos taumelte er Bray entgegen, die die Arme ausbreitete und ihn auffing, als er strauchelte.

Sie bettete ihn nieder, so gut es ging, und kauerte sich neben ihn. Rayan sah hundeelend aus, mehr tot als lebendig. Seine blutigen Lippen formten lautlose Worte, die Bray erst verstand, als sie sich dicht über ihn beugte.

»*Vertreter ihrer Völker in … Reiches finst'rer Nacht* …«, begann er krächzend.

»Rayan«, Bray streichelte über seine Wange. »Was redest du da?«

» … *wolln diese Sieben trotzen Malfertas' böser Macht.*«

Er verliert den Verstand, dachte Bray bei sich.

»He!«, wandte sie sich an die Kerkerknechte, die sich bereits wieder abgewandt hatten. »Er braucht Wasser! Hört ihr nicht? Wasser!«

Zunächst schienen Jarnhants Schergen nicht gewillt, der Aufforderung nachzukommen. Dann hob einer von ihnen etwas vom Boden auf. Es war ein hölzernen Eimer.

»Sie bringen dir Wasser«, versicherte Bray hoffnungsvoll. »Gleich kannst du trinken …«

Doch wie sie feststellen musste, war diese Hoffnung nichtig. Denn der Kerkerknecht und seine Kumpane urinierten kurzerhand in den Eimer – und als sie damit fertig waren, schüttete einer von ihnen den Inhalt in einem weiten Schwall durch das geschlossene Gitter.

»Da«, rief er, »sauft das, wenn ihr Durst habt.« Er warf den Eimer von sich und schloss zu seinen Kumpanen auf, die darüber herzlich lachten. Hallend verlor sich ihr Gelächter in der Tiefe des Kerkers.

»Tut … tut mir leid«, versicherte Bray und benutzte den Ärmel ihres Hemdes, um Rayans Gesicht notdürftig zu reinigen – der Sänger hatte den größten Teil des Schwalls abbekommen.

»Nein.« Er schüttelte den Kopf und versuchte, sich ein wenig aufzurichten. Er musste den Kopf seitlich drehen, um sie ansehen zu können – sein linkes Auge war fast zugeschwollen, so heftig hatten sie ihn geschlagen. »Ich bin es … leidtut.«

»Du kannst nichts dafür«, versicherte sie und rang sich ein gequältes Lächeln ab. »Das gehört zum Berufsrisiko von uns Dieben. Irgendwann werden wir geschnappt.«

»Nein«, sagte er wieder. Seine Stimme war wie ein Schatten, ohne Kraft und Klang. Es war nicht vorstellbar, dass diese Stimme jemals wieder singen würde. »Meine ich nicht … bin Schuld, dass gefangen … Exekutor.«

»Du wusstest nicht, dass er hinter dir her war«, hielt Bray dagegen. »Und selbst wenn – du konntest nicht anders, als es zu wagen. Der Stein der Legenden ist es wert gewesen.«

Sie sah ihn an – und zu ihrer Bestürzung sah sie, wie sich die Augen in seinen ausgemergelten, leichenblassen Zügen mit Tränen füllten. »Kein … Stein«, stieß er hervor.

»Was?«

»Gibt keinen Stein«, wiederholte er. »Existiert nicht …«

»Das haben sie dir gesagt«, mutmaßte Bray. »Sie wollten dich brechen, wollten erreichen, dass du gestehst …«

»Nein, existiert … wirklich nicht … gespürt, als in der Schatzkammer … deshalb nirgendwo gefunden.«

Bray sah ihn an, während sie erst ganz langsam begriff, was das bedeutete. »Aber das heißt, dass … dass …«

»Keine Antworten«, keuchte Rayan. »Keine … Zukunft.«

»Aber wie ist das möglich? Du sagtest doch, du hättest die Bilder gedeutet und die alten Lieder!«

»*Vertreter ihrer Völker in Reiches finst'rer Nacht … wolln diese Sieben trotzen Malfertas' böser Macht*«, wiederholte der Sänger. Trotz seines elenden Zustands schien er sich an die Zeilen noch genau zu erinnern. Er hatte also nicht den Verstand verloren. Vielleicht, dachte Bray, waren gerade die Zeilen es gewesen, die ihn davor bewahrt hatten, den Verstand zu verlieren, trotz der furchtbaren Dinge, die man ihm angetan hatte …

»*Doch was können sie bewirken? Steh'n sie doch nur allein … gegen grausame Legionen – die Antwort ist ein Stein*«, brachte Rayan die Strophe mühsam zu Ende. »Aber der Stein existiert nicht … alles ein Irrtum.«

»Dann – lügen die alten Geschichten?«, fragte Bray. »Es sind doch nur Märchen und nichts weiter?«

»Es sieht … ganz so aus.«

Bray kämpfte mit den Tränen.

Ihr ganzes bisheriges Leben hatte sie nur von Sonnenaufgang bis Sonnenuntergang gedacht, hatte in den Tag hinein gelebt und sich mit dem begnügt, was das Hier und Jetzt ihr geboten hatte. Damit war sie stets gut zurechtgekommen – bis sie dem Sänger begegnet war. Durch Rayan hatte sie eine Welt kennengelernt, die größer war als ihre eigene. Zum ersten Mal hatte sie über den Rand ihres Daseins hinausgeblickt und an die Zukunft gedacht, hatte zu ahnen begonnen, dass es womöglich noch mehr gab als das, was man mit den Sinnen erfassen konnte, dass vielleicht etwas wie Schicksal existierte, ein großer Plan, dem alles folgte …

Und ausgerechnet jetzt, da ihr Weltbild auf den Kopf gestellt worden war, sollte sich alles als Irrtum herausstellen? Was war dann mit den Visionen, die sie gehabt, mit den Bildern, die sie gesehen hatte? Waren sie nur Lug und Trug gewesen, die Einbildung eines Mädchens, das sich danach sehnte, mehr zu sein, als es war?

Bray ballte die Fäuste.

In ihre Trauer, ihre Angst und ihren Durst nach Rache schlich sich ohnmächtiger Zorn. Nicht auf Rayan, der bereits schwer für seinen Irrtum gebüßt hatte, sondern vor allem auf sich selbst.

Wie hatte sie nur so dumm und naiv sein können? Wieso glaubte sie einem hergelaufenen Sänger, den sie noch nie in ihrem Leben gesehen hatte, mehr als den Menschen, die sie kannte und denen sie vertraute?

»Faginor hatte recht«, flüsterte sie und wischte sich die Augen. »Es sind alles nur Märchen … Hirngespinste. Auch Torgny hat das gesagt, und ich wollte ihm nicht glauben.«

»Torgny«, echote Rayan und sah auf.

»Er ist tot«, vervollständigte sie. »Genau wie alle anderen, die im Versteck geblieben sind.«

»Torgny … nicht.«

»Was?« Bray sah ihn verständnislos an.

»Nicht tot«, versicherte Rayan.

»Wirklich?« Sie schöpfte jähe Hoffnung. »Aber wie kann das sein? Ich dachte, dass alle, die zurückgeblieben sind …«

Rayan erwiderte etwas, das sie zunächst gar nicht wahrnahm, wohl weil sie es nicht hören wollte. Erst als der Sänger das schreckliche Wort wiederholte, drang es an ihr Bewusstsein.

»Verräter …«

»Was soll das heißen?« Bray schüttelte den Kopf. Torgny konnte so ziemlich alles sein – ein Maulheld, ein Aufschneider und manchmal auch ein Hohlkopf. Aber ganz sicher war er kein …

»Hattest recht mit … Vermutung«, gab Rayan zur Antwort. »Hat uns … an jenem Tag belauscht … und dann beim Exekutor verraten.«

»Nein.« Bray schüttelte den Kopf. Sie wollte das nicht hören. »Auf gar keinen Fall!«

Rayan rang sich ein Lächeln ab. »Hat es für dich getan … wollte dich … für sich allein.«

Bray hielt inne.

Das wiederum hörte sich durchaus nach Torgny an. Sie erinnerte sich an ihre letzte gemeinsame Nacht und an den Streit, den sie gehabt hatten. Was, wenn er in seinem Zorn tatsächlich so weit gegangen war, heimlich zur Eisernen Zitadelle zu marschieren und …?

»Dieser verdammte, elende …« Bray ballte die Fäuste. Sie konnte nicht glauben, dass sie eben noch um ihn getrauert hatte. Um einen Kerl, der sie in seiner Dummheit alle ans Messer geliefert hatte.

Plötzlich kam ihr ein erschreckender Gedanke.

»Aber wenn Torgny uns belauscht hat«, folgerte sie, »dann weiß er, dass ich dieselben Dinge gesehen habe wie du. Der Großexekutor wird kommen und mich ebenfalls foltern.«

»Nein.« Rayan schüttelte mühsam den Kopf. »Über dich hat Torgny nichts gesagt … will nur mich loswerden … ist rasend vor Eifersucht.«

»Dieser Schwachkopf«, knurrte Bray.

Langsam nickend stimmte der Sänger zu. »Aber er würde nie bewusst etwas tun … das dir schadet.«

»Ich sitze im Kerker«, brachte Bray in Erinnerung und lachte gequält auf. »Wie könnte er mir noch größeren Schaden zufügen? Wir alle werden gesalzen an der Mauer enden, wenn sich der Exekutor nicht an den Handel hält!«

Rayan widersprach nicht.

Stattdessen presste er die Lippen zusammen und schloss die Augen, so als wollte er ihr nicht ins Gesicht sehen.

»Es gibt keinen … Handel mehr«, erklärte er flüsternd.

»Aber … du hast doch gesagt, dass …«

»Durch Torgny wusste er … von den Visionen … wollte genau wissen … was ich gesehen habe.«

»Und? Warum hast du es ihm nicht gesagt? Es spielt doch keine Rolle mehr!«

Der Sänger schlug die Augen auf und sah sie unverwandt an. Sein Blick war nicht glasig und gebrochen wie zuvor, sondern fokussiert und klar. »Weil es dadurch womöglich erst geschieht«, hauchte er. »Vielleicht durch uns erst ... möglich, dass die Zukunft geschieht ...«

Bray sah ihn erschrocken an.

Sprach der Sänger im Fieber? Nur zu gerne hätte sie es geglaubt – doch sosehr es ihr widerstrebte, musste sie zugeben, dass der Gedanke nicht so abwegig war, wie er sich anhören mochte. Wenn es keinen Plan gab und der Zufall den Fortgang der Dinge bestimmte, konnte es auch geschehen, dass sie dadurch, dass sie den Untergang zu verhindern suchten, ihn erst heraufbeschworen.

»Dann ... müssen wir alle unser Leben geben, damit Thorgon und die anderen nichts von dieser Zukunft erfahren?«

»Tut mir leid«, versicherte Rayan. Schmerz und Erschöpfung schienen ihn zu übermannen, er konnte die Augen kaum noch offen halten. »Unendlich leid ...«

7

Festung Vanheim
Währenddessen

»Hauptmann!«

Als die Tür seines Arbeitszimmers aufflog und Sergeant Tymon auf der Schwelle stand, wusste Gunryk sofort, dass etwas nicht stimmte. Der Ausdruck in Tymons Augen verriet nackte Furcht.

»Was ist?«, fragte Gunryk, während er sich innerlich bereits wappnete. Seit zwei Wochen harrten sie nun auf dieser Festung aus – zwei Wochen, in denen sie der Lösung des Rätsels um das Verschwinden der Garnison kein Stück näher gekommen waren. Zwei Wochen aber auch, in denen das Gefühl einer ständigen Bedrohung an ihnen genagt hatte.

Die Nachricht ans Hauptquartier, in der Gunryk von der Einnahme von Vanheim und dem rätselhaften Verschwinden der Festungsbesatzung berichtete, hatte er schon am zweiten Tag ihres Aufenthalts abgeschickt. Eine Antwort war nicht gekommen, aber Gunryk rechnete damit, dass die Verstärkung, um die er gebeten hatte, bereits unterwegs war. Ein Zug von Grenzern, so hatte seine Begründung gelautet, reichte nicht aus, um eine Festung dieser Größe dauerhaft zu sichern; außerdem wurden die zusätzlichen Männer benötigt, um dem Rätsel nachzuspüren, das die alte Festung umgab.

Gunryks geheime Hoffnung war es gewesen, dass die Verstärkung eintreffen würde, bevor sich jene unheimliche Angst bewahrheitete, die sie alle verspürten – doch in diesem Moment ahnte er, dass diese Hoffnung vergeblich gewesen war.

»Mikol«, stieß Tymon hervor. »Er ist verschwunden!«

»Verschwunden?« Gunryk hob eine Braue.

»Er ist nicht zu seinem Wachdienst erschienen, also habe ich Gyol geschickt, um ihn aus seiner Unterkunft zu holen – aber Mikol war nicht da.«

»Habt ihr nach ihm gesucht?«

Tymon nickte. Sein Blick verriet jedoch deutlich, dass diese Suche nicht von Erfolg gekrönt gewesen war.

Gunryk kämpfte die Unruhe nieder, die ihn überkommen wollte. Als Anführer musste er Vorbild sein, einen kühlen Kopf bewahren. »Hast du die anderen gefragt?«

»Jeden«, versicherte Tymon. »Keiner konnte sich erinnern, Mikol heute Morgen gesehen zu haben.«

Gunryk schürzte die Lippen. Er selbst entsann sich, dem jungen Späher am späten Abend zuletzt begegnet zu sein. Er war von seiner Wache zurückgekehrt und hatte sich schlafen legen wollen – womöglich war er nie in seinem Schlafquartier angekommen.

»Kann er die Burg verlassen haben?«

»So wenig wie die Ostragi«, gab Tymon zur Antwort. »Das Fallgitter war geschlossen und die Brücke oben. Hätte er sie herabgelassen, hätten wir es mitbekommen.«

»Also sucht nochmals«, wies Gunryk seinen Stellvertreter an. »Seht in jeden Winkel dieses Burgfrieds, dreht jeden Stein um. Der Junge muss irgendwo zu finden sein.«

»Muss er das?« Tymon sandte ihm einen seltsamen Blick.

Gunryk seufzte. »Wir kennen uns zu lange, um einander etwas vorzumachen, mein Freund«, sagte er leise. »Was befürchtest du?«

»Das, was auch du befürchtest, Gunryk«, erwiderte der Sergeant. »Was jeder Einzelne unserer Männer befürchtet.«

»Und das wäre?« Gunryk sah ihn herausfordernd an, wohl weil er insgeheim hoffte, dass der andere nicht wagen würde, es offen auszusprechen.

»Ich glaube, das weißt du sehr gut«, erwiderte Tymon jedoch. »Wir alle fürchten uns davor, dass nun auch uns zustoßen wird, was unseren Feinden widerfahren ist …«

8

Südwestlich von Skaradag
Zwei Tage später

Nyasha fühlte sich frei.

Zum allerersten Mal in ihrem Leben gab es niemanden, der ihr sagte, was sie zu tun oder zu lassen hatte; keine Regeln, die ihr Leben bestimmten, keine Umgangsformen, nach denen sie sich zu richten hatte. Kurzum: niemanden, der über sie bestimmte. Da dies gleichzeitig auch bedeutete, dass sie heimatlos war und ohne Mittel; dass sie die Sicherheit gemauerter Wände eingetauscht hatte gegen ein Leben voller Unsicherheit und Entbehrung; dass sie ihr müdes Haupt statt auf weiche Kissen auf kargen Boden betten musste, hätte die Prinzessin Altashar darüber eigentlich bestürzt sein müssen.

Aber sie war es nicht.

In dem Augenblick, da Kira die Kehle des Kaufmanns durchschnitten hatte und sein Blut schreiend rot hervortrat, waren Nyasha zwei Dinge klar geworden.

Dass sie so frei war wie ein Vogel – und ihr Leben ebenso wenig wert.

Und dass es kein Zurück mehr gab.

Doch es machte Nyasha nichts aus. Ihre Abneigung gegen den Mann, der sie so schändlich erniedrigt hatte, war so groß, dass sie über seinen Tod noch immer kein Bedauern verspürte. Wenn sie die Augen schloss, sah sie ihn noch vor sich, hörte ihn all die hässlichen Dinge sagen. Dann kam Kiras Klinge und brachte ihn zum Schweigen.

In diesem Moment war etwas mit Nyasha geschehen. Ihr

war bewusst geworden, dass sie keine Prinzessin mehr war und niemandem mehr Gehorsam schuldete – und sie hatte sich so lebendig gefühlt wie noch nie zuvor in ihrem Leben. Und dieses Gefühl wog so stark, dass es alles andere und selbst die Entbehrung weit überwog …

»Wie soll ich dir nur danken?«, fragte Nyasha, während sie an dem kleinen Feuer saßen, das Kira entfacht hatte. Das Reitpferd, das sie sich teilten, graste in unmittelbarer Nähe, inmitten eines Hains von Bäumen, die riesig groß waren und knorrig, ganz anders als die in Altashar. Nyasha wusste inzwischen, dass diese Bäume Eichen genannt wurden, und die Bewohner von Cymria ihnen einst magische Bedeutung beigemessen hatten, in der Zeit vor dem Bruch und der Divergenz.

»Da ist nichts zu danken, Herrin«, erwiderte die Zofe und warf ihr über die Flammen hinweg ein Lächeln zu. »Niemand darf Euch so behandeln, wie dieser Mann es getan hat. Ich habe nur getan, was jede andere Dienerin getan hätte.«

»Das ist nicht wahr.« Nyasha, die ihr schwarzes Haar zu einem dicken Zopf geflochten hatte, sodass der beständige Nordwind es ihr nicht fortwährend ins Gesicht wehte, schüttelte den Kopf. »Niemals hatte jemand eine treuere Dienerin als dich. Aus freien Stücken bist du mir gefolgt und hast mir in der Not beigestanden – und das, obwohl ich dich feige zurückgelassen habe.«

»Ihr konntet nicht wissen, dass ich noch am Leben war«, schränkte Kira ein. »Außerdem bin ich nicht allein gewesen«, brachte sie in Erinnerung.

Nyasha nickte. »Es hatte auch niemals jemand einen treueren Leibwächter«, versicherte sie. »Als die Astara uns in der Gasse stellte, glaubte ich, unsere Flucht wäre gescheitert …«

»Ohne Kalid wäre das auch so gewesen«, entgegnete die Zofe lächelnd. »Er war stark wie ein Löwe und schnell wie eine Schlange. Ihr wart gut beraten, ihn mitzunehmen, Herrin.«

»Herrin«, echote Nyasha nachdenklich. »Du solltest aufhören, mich deine Herrin zu nennen.«

»Wie Ihr wünscht, Prinzessin.«

»Ich bin auch keine Prinzessin mehr«, widersprach Nyasha. »Oder hast du schon einmal eine Prinzessin gesehen, die sich in einem Freudenhaus verdingen musste?«

»Euch trifft keine Schuld an dieser Schande! Ihr seid dazu gezwungen worden!«

»Das ist wahr«, bestätigte Nyasha leise. Aber damit war es nun vorbei.

»Glaubt Ihr, dass er es geplant hat, Herrin?«

»Nyasha«, verbesserte sie.

Kira sah zu Boden, stocherte verlegen in den Flammen.

»Nyasha«, beharrte die einstige Prinzessin von Altashar. »Du bist nicht länger meine Dienerin, Kira, sondern meine Freundin – und zwar die beste, die sich denken lässt, denn du hast mir das Leben gerettet.«

Die ehemalige Zofe sah auf und lächelte verlegen. »Nyasha«, sagte sie dann mit hörbarer Scheu.

»So ist es gut.«

»Glaubt Ihr … glaubst du, dass der Zwerg es geplant hat?«, wiederholte Kira dann ihre Frage.

»Lorymar?« Nyasha zuckte mit den Schultern. Wann immer sie an den Halbling dachte, verspürte sie Abscheu. »Wer vermag zu sagen, was in seinem Kopf vor sich geht? Einst hat er seinesgleichen verraten, um nach Altashar zu kommen. Dann hat er meinen Onkel verraten, um wieder in seine Heimat zu gelangen. Danach hat er meinen Bruder verraten, und schließlich auch mich.«

»Das beantwortet noch nicht meine Frage.«

»Nein«, gab Nyasha zu. »Aber eine bessere Antwort kann ich dir nicht geben. Gut möglich, dass der Narr von Beginn an wusste, was er wollte, und dass er vorhatte, mich für seine Zwecke zu verkaufen – zuzutrauen wäre es ihm.«

»Hätte ich ihn in jener Nacht zu fassen bekommen, hätte ich auch ihm die Kehle durchschnitten«, versicherte Kira.

»Ich weiß – aber das wäre falsch gewesen. Denn trotz allem, was er getan hat, hat er mir doch den Weg in die Freiheit gewiesen. Und er hat mir das Leben gerettet in jener Nacht im Morwald, als die Bestien kamen …«

»… um Euch kurz darauf zu verkaufen«, konterte Kira, und es klang fast ein wenig eifersüchtig. »Was er getan hat, ist unverzeihlich. Sollte ich ihm jemals wiederbegegnen, werde ich tun, was meine Ehre mir gebietet, und niemand wird mich davon abhalten können.«

Nyasha nickte. Sie wusste, dass die Freundin recht hatte – zumindest aus der Sicht einer Ostragin. »Anfangs dachte ich genau wie du. Ich wollte ihn bestrafen, mich an ihm rächen – und wenn ich ehrlich bin, erfüllt mich der Gedanke, ihn tot zu sehen, noch immer mit Genugtuung …«

»Aber?«

»Aber ich denke nicht, dass er es wert ist, nach Skaradag zurückzukehren und dabei womöglich gefasst zu werden. Der Narr mag in Frieden leben.«

»Wenn du es wünschst.« Kira schien wenig überzeugt. »Doch sollte der Zwerg jemals wieder unseren Weg kreuzen …«

»Das wird er nicht«, war Nyasha überzeugt. »Denn wir werden nach Süden gehen, fort von Skaradag.«

»Und dann?«

»Willst du die Wahrheit wissen?« Nyasha zuckte mit den Schultern, während sie nachdenklich in die Flammen blickte. »Ich weiß es nicht – und das ist … wunderbar. Mein ganzes Leben lang wusste ich immer ganz genau, was ich als Nächstes zu tun hatte und was von mir erwartet wurde. Aber jetzt …«

Sie unterbrach sich, als gedämpfter Hufschlag erklang. Aus dem Halbdunkel jenseits des Feuerscheins tauchte ein Reiter auf. Mit einer eleganten Bewegung glitt er aus dem Sattel. Auf seinem Rücken hatte er Bogen und Köcher, in seiner rechten Hand hielt er zwei erlegte Hasen.

»Kalid«, meinte Nyasha anerkennend. »Wie ich sehe, war die Jagd erfolgreich.«

»Das war sie«, bestätigte der Leibwächter und legte die Beute beim Feuer ab. Kalid war schon früher kein Freund großer Worte gewesen – seit sein Bruder nicht mehr am Leben war, sprach er kaum noch ein Wort.

Er lud Bogen und Köcher ab, dann ging er zu seinem Pferd, um es zu versorgen. Es war dasselbe Tier, das er schon im Morwald geritten hatte, der Rappe aus Norya. Nyashas und Kiras Pferd hingegen hatten sie auf der Flucht entwendet.

»Was sollen wir uns darum kümmern, wohin die Reise geht?«, fragte Nyasha und griff nach einem der Hasen, um ihm das Fell abzuziehen, wie Kalid es ihnen beigebracht hatte. »Für heute haben wir alles, was wir brauchen.«

»Ja … Nyasha«, erwiderte Kira, und beide lachten.

Keine von ihnen ahnte etwas von dem Gift, das ihr männlicher Begleiter in sich trug und das sich in seinem Körper ausbreitete – und dass seine rechte Hand, die er unter einem ledernen Handschuh verbarg, bereits dabei war, sich in eine Klaue zu verwandeln …

9

Kerker der Eisernen Zitadelle, Skaradag
Am anderen Morgen

So gut es ihm in Anbetracht der Umgebung möglich war, hatte sich Rayan von der Folter erholt.

Zwar schmerzten die Wunden noch, die Thorgons Handlanger ihm zugefügt hatten, doch hatte man ihn seither in Ruhe gelassen. Und die Rationen, die man den Häftlingen zukommen ließ, waren immerhin so bemessen, dass man einigermaßen bei Kräften blieb. Zur Hoffnung gab dies freilich keinen Anlass. Dass Thorgon an der Gesundheit seiner Gefangenen gelegen war, hatte einen einfachen Grund: Der Großexekutor war noch nicht mit ihnen fertig. Er würde sie am Leben lassen, solange er sich noch Vorteile davon versprach; änderte sich dies, waren sie alle verloren.

Am Tag nach der schrecklichen Folternacht war Rayan von heftigem Fieber befallen worden, sodass er kaum noch eine konkrete Erinnerung an diesen Tag hatte; am zweiten Tag hatte sich sein Zustand ein wenig gebessert, was er vor allem Brays aufopfernder Pflege zu verdanken hatte. Die Diebin kümmerte sich um ihn, so gut es ihr angesichts ihrer Lage möglich war. Sie hatte ihn gefüttert, als er nicht fähig gewesen war, selbst zu essen, und hatte sein Fieber gesenkt, indem sie die Ärmel ihres Hemdes abriss und kalte Wickel daraus machte, die sie ihm anlegte.

Wann immer Schritte auf dem Gang zu hören waren, rechnete Rayan damit, dass Thorgons Schergen kamen und ihn erneut zum Verhör abholen würden, doch das war nicht der

Fall. Hatte der Großexekutor seine Meinung geändert? War er zu dem Schluss gekommen, dass er für die Diebe keine Verwendung mehr hatte, und sie Jarnhant überantwortet, der sie fraglos hinrichten und öffentlich zur Schau stellen würde?

Die Antwort erhielt Rayan erst am Morgen des dritten Tages, als ein Trupp Bewaffneter vor der Kerkerzelle auftauchte. Bei ihnen waren auch Schergen des Exekutor-Ordens in ihren schwarzen Rüstungen, Thorgons willige Diener.

»Aufstehen!«, verlangten sie und schlugen gegen die Gitterstäbe. Über die letzten Tage und Nächte waren die Krähen in Lethargie verfallen. Nun fuhren sie hoch, verängstigt und in der Gewissheit, dass ihr noch junges Leben zu Ende war.

»Ich will nicht sterben, Bray«, flüsterte Birk unter Tränen. »Bitte nicht …«

»Schhh«, machte Bray und strich ihm sanft durch das Haar, küsste ihn auf die Stirn, wie eine große Schwester es getan hätte. Kai schnaubte unwillig, einige der anderen spotteten – obwohl die Angst auch in ihren Mienen deutlich zu lesen war.

»Los, worauf wartet ihr! Bewegt euch, ihr Diebespack! Der Großexekutor hat nicht den ganzen Tag Zeit!«

»Der Großexekutor?«, fragte Rayan. Zwei der älteren Jungen halfen ihm auf die Beine und stützten ihn. »Der Großexekutor wünscht uns zu sehen?«

»Was geht dich das an, Abschaum?«, schnauzte einer der Kapuzenmänner ihn an. »Der Syn ist dir keine Rechenschaft schuldig!«

»Ich weiß, aber …«

»Alle aus der Zelle und auf dem Gang antreten! Sofort!« Sie schlossen die Tür auf, und zwei Kerkerkechte kamen herein. Beide waren mit Holzstöcken bewehrt, die sie gnadenlos einsetzten. Wie Vieh scheuchten sie die Gefangenen aus der Zelle hinaus auf den Gang, wo sie Aufstellung nehmen mussten. Nicht nur Rayan hatte Mühe, aufrecht zu stehen – die meisten der Gefangenen, die sich in der feuchtkalten Luft in der Kerkerzelle erkältet hatten, husteten und krümmten sich dabei.

»Hört auf mit dem Theater«, fuhr der Kerkerknecht sie an. »Zum Stehlen hat es auch gereicht, also kommt mir jetzt nicht mit Beschwerden angekrochen, oder ich werde es euch abgewöhnen!« Um zu verdeutlichen, was er meinte, nahm er sich einen Jungen vor, der auf den Namen Kjer hörte und von einem Hustenkrampf geschüttelt wurde. »Hörst du nicht?«, herrschte er ihn an. »Ich sagte, du sollst damit aufhören!«

Damit stieß er ihm kurzerhand das Ende des Stocks in den Rücken, sodass der Junge schmerzvoll aufschrie und sich in einem Reflex aufrichtete.

»Na also«, meinte der Kerkerknecht und grinste über sein bärtiges Gesicht. »Warum nicht gleich so?«

Rayan hätte ihn am liebsten dafür geschlagen, und er konnte sehen, dass es Bray ebenso erging. Ihre Augen hatten sich zu Schlitzen verengt, und ihre Brust hob und senkte sich unter wütenden Atemzügen – doch zu Rayans Erleichterung beherrschte sie sich. Widerstand wäre sinnlos gewesen, geradezu töricht.

Jemand schleppte Ketten mit Fußschellen heran, die man den Gefangenen anlegte. Dergestalt aneinandergefesselt wurden sie schließlich durch den von Fackeln beleuchteten Gang geführt, vorbei an den anderen Kerkerzellen, deren Insassen ihnen teils mitleidig, teils neidvoll nachblickten. Über eine Treppe, die steil nach oben führte, ging es zur Oberfläche und zurück ans Tageslicht, von dem Rayan nicht geglaubt hatte, dass er es noch einmal wiedersehen würde.

Nach Tagen düsterer Kerkerhaft schmerzte die fahle Helligkeit in den Augen. Halb blind und wie benommen wankten die Gefangenen ins Freie. Stallgeruch und das Schnauben von Pferden drangen an Rayans Bewusstsein. Als er endlich wieder etwas erkennen konnte, sah er, dass sie sich in einem der Innenhöfe der Festung befanden. Mehrere Gestalten in schwarzen Rüstungen saßen auf ebenso schwarzen Pferden und schienen auf den Befehl zum Abmarsch zu warten. In der Mitte des Hofs stand ein Wagen, der von einem Vierspänner gezogen wurde. Auf der Pritsche befand sich ein eiserner Käfig, in den die Gefangenen nacheinander bugsiert wurden. Die Ketten, mit denen sie aneinandergefesselt waren, zog man durch dafür vorgesehene Ösen, sodass sie mit dem Käfig fest verbunden waren. An ein Entkommen war nicht zu denken.

Eng aneinandergepfercht kauerten sie im Käfig, hustend, frierend und in zerschlissene Lumpen gehüllt. So, sagte sich Rayan, musste ein gefangenes Tier sich fühlen.

»Was haben die mit uns vor?«, fragte Birk ängstlich.

»Was wohl?«, knurrte Kai und fuhr sich mit dem Daumen der rechten Hand quer über den Hals, wobei er grässlich die Augen verdrehte. Einige der Jüngeren wimmerten.

»Da bin ich mir nicht sicher«, wandte Rayan ein.

»Ach nein?« Kai schickte ihm einen vernichtenden Blick. »Siehst du die Dinge mal wieder kommen? So wie in der Schatzkammer?«

Rayan wollte etwas erwidern, aber ein Holzstock stieß durch die Gitterstäbe und traf ihn hart am Kopf. »Maul halten jetzt!«, schrie jemand. »Der Großexekutor kommt!«

Tatsächlich konnten sie sehen, wie auf der anderen Seite des Innenhofs Thorgon aus dem Burgfried trat, Magistrat Gulfullur auf der einen, Marschall Jarnhant auf der anderen Seite. Soweit es sich auf die Ferne beurteilen ließ, schienen sich die drei bestens zu verstehen. Höflichkeiten wurden ausgetauscht und Hände geschüttelt.

»Sie verabschieden sich«, beobachtete Rayan.

Thorgon schlug die Kapuze hoch und kam die Treppe herab in den Innenhof. Ein Stalldiener führte sein Pferd heran, sodass der Großexekutor aufsitzen konnte, ohne seinen Fuß in den Schmutz setzen zu müssen, der den Innenhof übersäte.

Es war ein Rappe, ein herrliches Tier aus sarassischer Zucht, wie Rayan feststellte – viel zu schade, um einen Schurken vom Schlage Thorgon-Syns zu tragen.

Der Oberste Exekutor lenkte sein Tier an seinen wartenden Leuten vorbei. Weder den Gefängniswagen noch seine Insassen würdigte er dabei eines Blickes. Schweigend setzte er sich an die Spitze des Zuges und hob die Hand, um das Signal zum Abmarsch zu geben. Die Pferde trabten an, und auch der Wagen setzte sich klirrend und quietschend in Bewegung, durch das Tor in den Haupthof der Festung und von dort in die Stadt.

Die Fahrt über die Hauptstraße von Skaradag glich einem Spießrutenlauf. Allenthalben wurden die Diebe beschimpft, bespuckt und mit Unrat beworfen – und das bei Weitem nicht nur von den wohlhabenden Bürgern der Stadt, sondern auch von ihresgleichen. Denn in Skaradag gab es kein Mitgefühl, und auf Gefangene der Zitadelle konnte selbst der geringste Bettler aus den dunkelsten Gassen Darliks noch mit Verachtung heruntersehen. Verängstigt, gedemütigt und von Dreck überzogen erreichten die Gefangenen endlich das südliche Stadttor, und über die Zugbrücke rumpelte der Wagen in die Ebene von Bordland hinaus. Es war ein düsterer Tag; graue Wolken verfinsterten den Himmel, und kalter Wind blies von Norden herab, der den nahen Herbst verhieß.

»Weißt du, wohin sie uns bringen?«

Rayan drehte den Kopf. Bray kauerte neben ihm und sah ihn fragend an. Ihre Züge waren bleich und ausgezehrt. Es quälte Rayan, sie so zu sehen.

»Nach Südwesten«, erwiderte er, auf den Stand der Sonne deutend, deren fahle Scheibe jenseits der grauen Wolken mehr zu erahnen als wirklich zu sehen war.

»Und was ist dort?«

»Die Heimat des Großexekutors«, erwiderte Rayan düster. »Der Turm von Morwa.«

10

Haus des Doppelten Mondes, Skaradag
Zur selben Zeit

»Du hast nach uns gerufen, *Dana?*«

Die beiden Frauen, die auf der Schwelle von Jenyas Gemach standen, blickten zaghaft herein. Es war früher Vormittag, sodass noch keine Gäste im Haus verkehrten; die meisten der Dienerinnen schliefen noch, müde von der Nacht, die bis immer in die frühen Morgenstunden gedauert hatte. Entsprechend erschöpft sahen auch Seana und Yris aus. Sie trugen nur einfache Tuniken, und ihr Haar war noch wirr und ungeordnet.

»Ja.« Jenya, die an dem kleinen Tisch in ihrem Gemach saß, blickte von dem Schriftstück auf, an dem sie gearbeitet hatte. »Bitte kommt herein und schließt die Tür hinter euch.«

Die jungen Frauen kamen der Aufforderung nach. Dabei wechselten sie Blicke, offenkundig gespannt darauf, was die *Dana* des Hauses ihnen zu sagen haben würde, die für sie so viel mehr war als eine Dienstherrin.

Für viele von ihnen, die Jenya als junge Mädchen von der Straße aufgelesen hatte – dazu gehörten auch Seana und Yris –, war sie zunächst ein Muttterersatz gewesen, später dann eine große Schwester und vertraute Freudin. Denn obwohl sie sich äußerlich kaum von ihnen unterschied, war sie doch um viele Jahre und Erfahrungen älter und reifer.

»Bitte entschuldigt, dass ich euch so früh zu mir rufe, aber diese Sache duldet keinen Aufschub.« Sie rollte das Schriftstück zusammen, das sie aufgesetzt hatte und gab es ihnen. »Hier.«

»Was ist das?«, fragte Seana fast skeptisch.

»Lest«, verlangte Jenya nur, und die beiden entrollten das Papier und lasen es. Die meisten der jungen Frauen in Darlik konnten weder lesen noch schreiben, anders als die Dienerinnen des *Doppelten Mondes*, die Jenya persönlich in Schrift, Sprache, Musik und Literatur unterrichtete – und das nicht nur, damit sie auch die wohlhabenden Bürger aus Rikstedt angemessen zu unterhalten vermochten. Sondern weil es zu den tiefen Überzeugungen aller Astari gehörte, dass geistige Bildung der Schlüssel war zu einem höheren Sein – ganz unabhängig davon, was der Körper zu tun gezwungen war, um zu überleben.

Seana und Yris waren ihre besten Schülerinnen, aus diesem Grund hatte sie sie zu ihren Stellvertreterinnen ernannt; Seana hatte die Oberaufsicht über die Frauen inne, Yris war mit der Verwaltung des Hauses befasst. Soweit die Astara dies aufgrund ihrer Beobachtungen sagen konnte, erfüllten beide ihre Pflichten zuverlässig und voller Überzeugung – als sie das Schriftstück lasen, konnte Jenya jedoch bei beiden einen gewissen Widerwillen verspüren.

»Was … was ist das?« Unverständnis spiegelte sich in Seanas blassen Zügen.

»Wonach sieht es denn aus?«

»Es … es ist …« Yris strich ihr schwarzes Haar zurück, wollte nicht aussprechen, was sie soeben gelesen hatte.

»Mein letzter Wille und Testament, ja«, half Jenya aus. »Wenn mir etwas zustößt, so erhaltet ihr beide das Haus des *Doppelten Mondes* mit allem, was sich darin befindet. Die einzige Bedingung ist, dass Ihr es weiterführt und auch in Zukunft Euren Schwestern ein Obdach gewährt.«

Die beiden jungen Frauen sahen einander betroffen an.

»Warum?«, fragte Yris bestürzt. »Fühlst du dich nicht wohl?«

Jenya musste lächeln. »Nein, meine Kinder – ich fühle

mich ausgezeichnet. Aber es gibt etwas, das ich tun muss, und es ist leider nicht ungefährlich, sodass ich nicht weiß, ob …« Sie unterbrach sich, wusste nicht, wie sie den Satz zu Ende bringen sollte, ohne dass ihre Stimme dabei bebte. »Für den Fall, dass …«, begann sie einen zweiten Versuch, aber die beiden jungen Frauen ließen sie nicht weiterreden.

»Nein, *Dana*«, fiel Seana ihr ins Wort. »Wir wollen das Haus nicht. Wir wollen dich!«

»Ich weiß.« Jenya lächelte wieder, die Treue ihrer Mädchen rührte sie. »Aber ich muss diese Sache erledigen.«

»Was für eine Sache?«, fragte Yris. »Vielleicht können wir dir dabei helfen?«

»Nein, nicht dabei.« Sie schüttelte den Kopf. »Es hat mit meiner Vergangenheit zu tun. Mit dem, was ich einst war und was ich getan habe, ehe ich nach Skaradag kam und dieses Haus eröffnete.«

»Ehe du dieses Haus eröffnetest?« Seana hob erstaunt die Brauen. »Du hast noch nie über diese Zeit gesprochen.«

»Und dafür gibt es Gründe«, versicherte Jenya. »Ich will euch nicht in Gefahr bringen. Ihr seid meine Kinder, so wie ihr meine geliebten Schwestern seid und meine Freundinnen. Ich habe niemanden außer Euch. Ihr seid meine Familie – und sollte mir etwas zustoßen, möchte ich euch versorgt wissen und in Sicherheit.«

»Das ist sehr großzügig von dir.« Seana verneigte sich.

»Nein. Nur das, was jede Mutter, jede Schwester und jede gute Freundin tun würde. Ihr beide kennt das Haus und wisst, was zu tun ist. Ihr wisst um die Bedürfnisse eurer Schwestern und ihr wisst auch, was erforderlich ist, damit die Saliger diesem Haus auch in Zukunft gewogen sind.«

Wieder tauschten die beiden Blicke, und Yris nickte nachdenklich. »Das alles wissen wir«, räumte sie ein. »Aber trotzdem wäre es uns lieber, wenn du zurückkehren würdest, *Dana*. Denn du bist auch unsere Familie.«

Jenya lächelte.

»Das ist alles«, sagte sie dann. »Ihr könnt gehen.«

Damit wollte sie sich wieder ihrer Arbeit zuwenden – doch Seana und Yris ließen sie nicht. Stattdessen kamen die beiden auf sie zu und umarmten sie mit Tränen in den Augen.

Jenya zögerte zunächst, überwältigt von den Gefühlen, die die beiden ihr entgegenbrachten. Schließlich erwiderte sie die Umarmung und drückte die beiden an sich im Bewusstsein, dass es womöglich das letzte Mal war. Und obwohl sie es nicht wollte, fühlte sie, wie auch über ihre Wange Tränen rannen.

»Geht jetzt«, sagte sie noch einmal, und küsste die beiden zum Abschied auf die Stirn. Seana und Yris verbeugten sich tief und unter Tränen, dann wandten sie sich zum Gehen. Das Unverständnis über Jenyas Handlungsweise war ihnen noch immer anzusehen, aber ihr Respekt war zu groß, als dass sie genauer nachgefragt hätten; und die Astara wiederum wollte sie nicht mit Wissen belasten, das ihnen nicht nützte und sie womöglich nur in Gefahr brachte.

Kaum hatten die beiden Frauen das Gemach verlassen, trat eine kleinwüchsige Gestalt hinter dem Vorhang zur Schlafkammer hervor.

»Sieh an«, meinte Lorymar Thinkling mit einem Grinsen, das Staunen und Schadenfreude zugleich enthielt. »Wer hätte das gedacht? Die stolze Tochter der Astari vergießt Tränen.«

»Du kannst mich mal«, beschied sie ihm.

»Ob es dir gefällt oder nicht, Jenya – du bist zu einer Anführerin geworden, wieder einmal. Das ist nun einmal deine Natur, Tochter der Astari.«

»So wie es deine Natur ist, dämliche Reden zu schwingen, Sohn von Hobheim?«, drang es durch den geschlossenen Vorhang.

Lorymar lachte auf. »Weißt du, dass mir das gefehlt hat?«, fragte er. »Diese Verletztheit, dieser gekränkte Stolz ...«

»Mir hat es nicht gefehlt«, versicherte sie.

»Nein? Denkst du nie an damals? Was hätte werden können, wenn wir nicht …«

»Nein«, drang es durch den Vorhang – mit einer Endgültigkeit, die ihn kränkte.

»Es war eine schwierige Zeit«, fuhr er fort. »Wir alle mussten mit den Dingen zurechtkommen, die geschehen waren.«

»Was kommt jetzt? Schwelgst du in alten Geschichten?«

Er lachte wieder. »Du solltest mich gut genug kennen, um zu wissen, dass ich weit davon entfernt bin, die Vergangenheit zu verklären. Aber dich nach all der Zeit wiederzusehen, weckt Erinnerungen, die …«

Die Worte blieben in seiner Kehle stecken, als Jenya den Vorhang wieder aufzog und heraustrat.

Sie hatte sich umgezogen. Das Kleid, das sie getragen hatte, hatte sie gegen eng anliegende Hosen aus Hirschhaut getauscht, die seitlich geschnürt waren. Ihr graziler Oberkörper steckte in einem Harnisch aus Spaltleder, der leicht war und doch hinreichend Schutz bot. Darüber trug sie eine wollene Gugel, deren Kapuze sich hochschlagen ließ. Ihr rotes Haar hatte sie zusammengebunden, sodass nur noch einige widerspenstige Locken ihr Gesicht umrahmten. Um ihre schmalen Hüften hing der Waffengurt, die blitzende Klinge hielt sie in den Händen.

Lorymar starrte mit offenem Mund.

»Was?«, fragte sie unwirsch.

»Du … bist noch ebenso schön wie damals.«

»Und du ein sentimentaler Hund«, war alles, was sie darauf erwiderte. Sie rammte das Schwert in die Scheide, prüfte den Sitz der ledernen Schoner um ihre Unterarme. Schließlich nickte sie. »Ich bin so weit – du auch?«

»Findest du wirklich, dass wir das tun sollten?«, fragte er dagegen. »Wir haben gesehen, wozu es führt, wenn wir uns einmischen.«

»Wir haben keine Wahl, und das weißt du. Die Exekutoren dürfen nichts von dem Geheimnis erfahren, es ist unsere Aufgabe, alles zu tun, was nötig ist, um es zu wahren. So haben wir es geschworen.«

»Ich weiß.« Er rieb sich das bartlose Kinn und sah sie fragend an. »Glaubst du, das war der Grund?«

»Der Grund wofür?«

»Für meine Albträume – und damit auch für meine Reise nach Skaradag.«

»Ich dachte, du glaubst nicht an Schicksal?«

»Das tue ich auch nicht«, beteuerte er, wobei er die kurzen Arme empört in die Hüften stemmte. »Aber auch ich weiß, dass die Dinge zusammenhängen – und ich frage mich, ob diese Träume enden werden, wenn die Gefahr gebannt ist.«

»Vielleicht«, gestand sie zu. »Vielleicht auch nicht. Dennoch wirst du mir dabei helfen, unseren Schwur zu erfüllen. Danach kannst du tun, was dir beliebt.«

Lorymar Thinkling nickte. Was er dabei dachte, vermochte nicht einmal die Astana zu erraten.

»Nun gut«, meinte er nickend. »Was soll ich tun?«

Sie griff in ihren Rücken und zog zwei Klingen aus dem Gürtel, die sie Lorymar reichte. »Weißt du noch damit umzugehen?«

Der Halbling betrachtete die beiden Dolche aus Astar-Stahl, die sich ebenso gut zum Nahkampf wie zum Wurf eigneten. Einst hatte er selbst solche Klingen besessen.

»Ich denke ja«, bestätigte er.

»Gut. Alles Weitere werde ich dir unterwegs sagen.«

»Wir verlassen die Stadt?«

»Allerdings. Ich habe Kunde aus der Eisernen Zitadelle, dass der gefangene Sänger nach Morwa gebracht werden soll – das ist unsere Chance.«

Lorymar sah sie fragend an. »Woher weißt du, dass der Sänger nicht längst alles ausgeplaudert hat?«

»Ganz einfach«, erwiderte Jenya, »weil er dann schon nicht mehr am Leben wäre. Der Großexekutor nimmt den Gefangenen mit nach Morwa, um ihn dort zu befragen. Mit seinen ganz eigenen Methoden.«

»Doch dieses Ziel wird der Sänger nie erreichen, richtig?«

»Richtig«, bestätigte die Astara. »Denn auf dem Weg dorthin werden wir ihn töten.«

11

Festung Vanheim
Zur selben Zeit

Drei Tage waren seit dem Verschwinden des jungen Mikol vergangen.

Nicht nur, dass er nicht wiederaufgetaucht war – noch zwei weitere Männer waren seither verschwunden, beides altgediente und erfahrene Grenzer. Und auch von ihnen fehlte jede Spur …

Gunryk quälte sich mit Vorwürfen.

Als Hauptmann der Grenzpatrouille war er für seine Leute verantwortlich. Sie waren seinem Befehl unterstellt und bereit, jederzeit ihr Leben zu wagen, wenn er es von ihnen verlangte – und im Gegenzug wachte er über sie und hielt Schaden von ihnen fern. Dass er hierbei nicht immer erfolgreich sein konnte, verstand sich. Das Leben eines Grenzers war gefährlich, und natürlich gab es Verluste, die man hinnehmen musste. Doch noch nie zuvor in seiner Laufbahn hatte Gunryk Männer verloren, ohne auch nur den Hauch einer Ahnung zu haben, was mit ihnen geschehen war. Das nagte an ihm, viel mehr noch als die Furcht, die seine Leute und ihn ergriffen hatte und sie alle in eisernen Klauen hielt.

Da die Verstärkung, die Gunryk angefordert hatte, noch immer nicht eingetroffen war, war nicht auszuschließen, dass dem Boten etwas zugestoßen war. Der Hauptmann hatte daher einen zweiten Kurier ausgesandt – und damit nun bereits fünf Männer weniger als zuvor, ohne dass auch nur ein einziger Kampf stattgefunden hätte. Uunwillkürlich drängte sich ihm die Frage auf, ob genau das womöglich auch dem ostragischen Kommandanten passiert war. Vielleicht hatten sich seine zweihundert Mann ja auch nach und nach einfach aufgelöst …

Düstere Gedanken überkamen Gunryk, während er allein im Gemach des Festungskommandanten saß und an seinen Berichten arbeitete. Sein Pflichtgefühl drängte ihn dazu, peinlich genau festzuhalten, was geschah – auch wenn er andererseits nicht wusste, wofür es gut sein sollte. Denn seit sie hier waren, hatten seine Leute und er noch keine einzige Antwort gefunden.

Fragen dafür umso mehr …

Schritte näherten sich auf dem Gang vor der Tür. Gunryk legte die Feder beiseite und rieb sich die Schläfen. Er war erschöpft, aber nicht vom Marschieren oder Kämpfen, wie es bei einem Grenzer eigentlich hätte der Fall sein sollen. Eine eigenartige, bleierne Müdigkeit hatte von ihm Besitz ergriffen, weshalb er sich immer häufiger in sein Quartier zurückzog. Am liebsten hätte er die Tür verriegelt und sich verkrochen, aber das war nicht möglich. Noch war er ein Offizier des Grenzkorps, hatte er Männer, die ihm untergeben waren und um die er sich kümmern musste.

Die Tür wurde geöffnet, und Tymon trat ein.

Auch Gunryks Stellvertreter hatten die Verluste der letzten Tage nicht unberührt gelassen. Und auch in seinen wettergegerbten Gesichtszügen stand Furcht zu lesen.

»Was gibt es?«, wollte Gunryk wissen.

»Zwei unserer Leute sind auf etwas gestoßen«, gab Tymon gepresst zur Antwort. »Du solltest dir das ansehen.«

Gunryk stellte keine weiteren Fragen.

Der jahrelange Dienst in der Wildnis hatte die Grenzer gelehrt, einander bedingungslos zu vertrauen. Wenn sein Stellvertreter der Ansicht war, dass er sich etwas ansehen sollte, dann gab es keinen Grund, daran zu zweifeln.

Er stand auf, griff nach seinem Schwert, das am Gurt über der Stuhllehne hing, und schnallte es sich um. Dann folgte er dem Sergeanten hinaus auf den Gang und zu der Treppe, die sich lotrecht durch den Burgfried wand. Sie passierten die Stockwerke der Offiziersunterkünfte sowie den Speisesaal und die Küche; daran schloss sich die Eingangshalle an, die hinaus in den Innenhof der Festung führte. Doch Tymon folgte der Treppe noch weiter in die Tiefe – und Gunryk merkte, wie ihn eine unheilvolle Ahnung beschlich.

Sie gelangten in den Vorratskeller der Zitadelle, der, wie Gunryks Männer zu ihrer hellen Freude festgestellt hatten, üppig gefüllt war. Zu darben brauchten sie also nicht, solange sie sich in Vanheim aufhielten – andererseits war der viele Proviant natürlich ein weiteres Anzeichen dafür, dass die Besatzung die Burg nicht aus freien Stücken verlassen hatte.

Sie durchquerten das niedrige Gewölbe, in dem sich zu beiden Seiten Fässer und tönerne Gefäße stapelten. Am anderen Ende der Kammer gab es einen schmalen Durchgang. Zwei Scouts hielten davor Wache. Tymon ließ sich von ihnen Fackeln geben, von denen er eine an Gunryk reichte. Dann bedeutete er ihm abermals, ihm zu folgen.

Unter dem niedrigen Türsturz hindurch gelangten sie zu einer weiteren Treppe, die steil hinabführte und schließlich in einen Raum mündete, dessen Wände nicht mehr gemauert waren, sondern aus Naturstein bestanden – sie befanden sich nun also unter der Burg, inmitten ihres steinernen Fundaments.

In der Mitte des Raumes gab es eine kreisrunde, etwa eine Mannslänge durchmessende Öffnung im Boden, die von einer kniehohen Mauer umgeben war. Grausige Fratzen waren in den Stein gehauen – Wasserspeier, die der Schein der Fackel in gespenstisches Zwielicht tauchte.

»Ein Brunnen?«, fragte Gunryk.

Tymon nickte. »Es muss der alte Brunnen der Festung sein,

noch aus der Zeit der Altvorderen. Diese Steinmetzarbeiten sehen aus, als stammten sie von Dwargen.«

Gunryk nickte. Wie es hieß, war Vanheim ursprünglich eine Festung der Dwarge von Nifelberg gewesen, vor sehr langer Zeit … »Führt er noch Wasser?«, wollte Gunryk wissen.

»Nein, er scheint versiegt zu sein«, gab Tymon zur Antwort, »deshalb wurde an anderer Stelle ein neuer Brunnen gebaut, der das Wasser des Vanfalls in einer Zisterne sammelt. Anfangs schenkten wir diesem Brunnen deshalb keine Beachtung – bis wir das hier entdeckten.«

Er bückte sich und hielt die Fackel so, dass ihr Schein den oberen Teil des Brunnenschachts erhellte. Eiserne, in die Schachtwand geschlagene Tritte führten als behelfsmäßige Leiter in die Tiefe. Schon nach wenigen Fuß verloren sie sich jedoch in teeriger Schwärze, aus der Gunryk kalte Luft entgegenströmte, die feucht und modrig roch. Ein Gurgeln drang aus der Tiefe, das vermutlich vom nahen Wasserfall stammte. Ansonsten konnte der Hauptmann jedoch nichts Verdächtiges entdecken.

»Und?«, fragte er Tymon deshalb.

»Die Schachtwand«, entgegnete der Sergeant nur, und Gunryk nahm den Fels genauer in Augenschein.

Auf den ersten Blick konnte er nichts erkennen, aber als er die Fackel noch näher heranbrachte, sah er, dass das Gestein in ihrem Licht seltsam glänzte. Er streckte die Hand aus und berührte es – nur um festzustellen, dass es von einer seltsamen schwarzen Substanz überzogen war, die an seinen Fingern klebte und Fäden zog.

»Was in aller Welt …?«

Er führte seine Hand zur Nase und roch daran.

Der Gestank raubte ihm den Atem.

Fäulnis.

Verwesung.

Tod.

Gunryk schickte Tymon einen betroffenen Blick. »Ich weiß«, bestätigte dieser nur. »Das Zeug stinkt, dass es einen um den Verstand bringt. Und das ist noch nicht alles. Weiter unten gibt es noch mehr von diesen schwarzen Flecken – und an einem von ihnen klebte das hier.«

Der Sergeant hielt ihm etwas hin. Es war ein Stück Stoff, steingraue Wolle, ganz offenbar vom Rock eines Grenzers …

Gunryk holte tief Luft, als ihm klar wurde, was das bedeutete. Vom Brunnenrand aus blickte er in die schwarze Tiefe – und warf kurzerhand seine Fackel hinab. Mit einem Fauchen verschwand die Flamme im Brunnenschacht, auf dessen Wände sie flackerndes Schlaglicht warf, während sie lautlos hinabfiel.

Gunryk versuchte, die Distanz zu schätzen.

Zehn Mannslängen, dann zwanzig, dann dreißig …

Irgendwann, der lodernde Schein der Fackel war zu einem unscheinbaren Lichtpunkt verkommen, blieb sie liegen. Sie hatte den Grund des Brunnens erreicht, doch da sie weiterbrannte und heftig flackerte, musste es dort unten Luft geben, womöglich sogar einen Durchgang.

Einen langen Augenblick dachte Gunryk nach. Eine innere Stimme warnte ihn davor, diesen nächsten Schritt zu tun, aber er wusste, dass er keine andere Wahl hatte.

Er war ein Hauptmann der Grenzpatrouille.

Es war seine Pflicht.

»Stell einen Stoßtrupp zusammen«, wies er Tymon dann an. »Fünfzehn Mann, der Rest bleibt hier. Nur leichte Bewaffnung, Schwerter und Dolche, dazu soll jeder zwei Fackeln mitnehmen. Und wir brauchen Seile.«

»Verstanden«, bestätigte der Sergeant.

»Wir werden in diesen Schacht steigen und nachsehen, was dort unten ist«, knurrte Gunryk grimmig. »Vielleicht bekommen wir endlich ein paar Antworten.«

12

Bordland, Südwestlich von Skaradag
Am nächsten Tag

Sie hatten die Ausläufer von Klyftagor erreicht, jener wild zerklüfteten Landschaft, die sich westlich von Skaradag zwischen der Küste und den Ausläufern des Waldes erstreckte und wo der Exekutor-Orden seinen Turm errichtet hatte.

Rayan war niemals dort gewesen, kannte den Dunklen Turm nur aus der Ferne. Doch dieses Bauwerk war der Grund dafür gewesen, dass er nicht auf dem Landweg nach Skaradag gereist war, sondern zunächst nach Norden gegangen war, um sich dann in Bordland eine Möglichkeit zur Überfahrt zu suchen. Dass er dabei die Bekanntschaft von Piraten machen würde, hatte er sich freilich niemals träumen lassen – wie so manches, das ihm seither widerfahren war.

Vier Tage waren sie nun unterwegs und folgten der Straße nach Cymria; wenn der Nebel, der um diese Jahreszeit das karge Land überzog, sich einmal lichtete, so waren fern im Süden die Bäume des Morwaldes zu erkennen, der sich dort wie eine dunkle Mauer erhob; nicht mehr lange, und sie würden den Dunklen Turm erreichen. Was dann mit ihnen geschah, darüber wollte der Sänger gar nicht nachdenken.

Er hatte Angst, nicht so sehr um sich selbst, als vielmehr um seine Mitgefangenen, um Bray und ihre jungen Freunde; die Vorstellung, dass sie für seine Verblendung würden büßen müssen, brachte ihn fast um den Verstand. Sie alle würden ihr Leben verlieren, von den vielen Krähen, die bereits ihr Leben gelassen hatten, ganz zu schweigen. Und das alles nur wegen eines Hirngespinsts, dem er nachgejagt war.

Bray kauerte neben ihm. Ihre Züge waren ausgemergelt und leichenblass, wie die meisten war auch sie krank geworden vom kalten Wind, der beständig durch den Käfig pfiff. Sie hustete, und ihre glasigen Augen deuteten darauf hin, dass sie Fieber hatte, so wie Birk und einige andere, die sich Schutz suchend an sie drängten; auf der anderen Seite des Wagens hockten Kai und die älteren Jungen. Kräftig wie sie waren, waren die meisten bislang noch gesund, doch die Strapaze tagelangen Reisens in einem unentwegt rumpelnden, den Launen des Wetters ausgesetzten Gefährt hatte auch ihnen zugesetzt.

Nur einmal am Tag machte der Zug halt; dann durften die Gefangenen den Käfig verlassen und ihre Notdurft verrichten, aneinandergekettet, wie sie waren. Niemand sprach auch nur ein Wort mit ihnen – weder die Schergen mit ihren schwarzen Helmen und Umhängen noch Thorgon-Syn selbst, der vorn an der Spitze des Zuges ritt. Und wenn die Gefangenen versuchten, sich flüsternd untereinander zu verständigen, so wurden sie mit Peitschen- und Stockhieben bestraft. Dennoch raunten Rayan und Bray einander hin und wieder ein paar Worte zu.

»Wie lange noch?«, wollte sie von ihm wissen, während sie verstohlen in Richtung ihrer Bewacher sah. Doch der Ordensscherge, der auf ihrer Seite des Käfigs ritt, war gerade damit beschäftigt, aus seiner Feldflasche zu trinken.

»Weiß nicht genau – noch zwei, drei Tage vielleicht«, gab Rayan zurück.

»Schon mal dort gewesen?«

»Noch nie«, erwiderte er.

»Davon gehört«, sagte sie schaudernd. »Böser Ort …«

Rayans Antwort war nur ein Blick. Er wusste nicht, was er erwidern sollte, denn eines war nur zu klar – dass wohl keiner von ihnen den Dunklen Turm wieder lebend verlassen würde.

»Es tut mir leid«, sagte er nur. »So unendlich …«

»He du!« Ihr Bewacher hatte zu trinken aufgehört und bemerkt, dass sie sich unterhielten. »Halt gefälligst dein Maul, hörst du?«

Die Peitsche in der Hand des Behelmten schlug mit lautem Knall gegen das Gitter. Ihr geflochtenes Ende jedoch drang zwischen den Eisenstäben hindurch und brachte Rayan einen blutigen Striemen bei, der in seinem Gesicht wie Feuer brannte.

Der Sänger schloss die Augen – nicht nur des Blutes wegen, das an seiner Schläfe herabrann, sondern auch, um die Tränen zu verbergen.

Es war vorbei.

13

Kerker von Altashar
Währenddessen

Als sie Nawyd aus seinem Kerker holten, hatte er jedes Gefühl für Zeit verloren.

Er wusste nicht, wie lange er in seiner Zelle gewesen war. Anfangs hatte er noch versucht, die Rationen zu zählen, die man ihm zukommen ließ, doch irgendwann hatte er damit aufgehört. Was spielte es für eine Rolle, wie lange er in diesem Loch hockte, dessen Boden inzwischen von seinen eigenen Exkrementen bedeckt war? Der Gestank, die Kälte und die Einsamkeit – all das lastete schwer auf ihm und ließ ihn kaum noch atmen. Und da war die Angst, die dumpfe Furcht vor dem, was ihn erwartete … und das Fieber.

Nawyd wusste auch nicht mehr, wann er krank geworden war. Aber die feuchte Kälte hatte dafür gesorgt, dass er unter Husten und Anfällen von Schüttelfrost litt. Außerdem hatte er Durchfall wegen des verunreinigten Wassers; er fühlte sich schwach und elend, und wenn er sich erhob, konnte er sich kaum auf den Beinen halten. In den Kleidern, die er seit dem Tag seiner Gefangennahme trug und die feucht und verdreckt an ihm klebten, lag er auf dem Grund des Kerkerlochs und hoffte nur noch, dass das Fieber irgendwann so stark werden würde, dass er das Bewusstsein verlor. Von da an, sagte er sich, war es nur noch ein kleiner Schritt ins Jenseits.

Zweimal hatten sie ihn abgeholt, um ihn zu verhören, zweimal hatten sie ihn gefoltert – natürlich jeweils, ohne auch nur das Geringste über den Verbleib seiner Schwester zu erfahren. Irgendwann hatten seine Folterknechte wohl eingesehen, dass er tatsächlich nichts wusste, und ihn wieder zurück in sein Loch geworfen. Seither lag er dort – bis man ihn erneut herausholte.

Anders als beim letzten Mal hatte er nicht mehr die Kraft, über die Leiter nach oben zu klettern, die man zu ihm herunterließ. Zwei Kerkerknechte mussten herabsteigen und ihn unter heftigen Flüchen und Verwünschungen hinaufbugsierten, wo sie ihm zuerst die Hände auf den Rücken fesselten und ihm dann die Augen verbanden. Daraufhin schleppten sie ihn davon.

»Wohin …?«, wollte Nawyd fragen – mehr brachte er nicht hervor, ehe er in einen Hustanfall ausbrach.

Die Kerkerknechte antworteten nicht, und so fragte er auch nicht mehr, sondern ließ alles willenlos geschehen. Er bekam noch mit, dass sie ihn nach oben zerrten. Halb rechnete er damit, dass er in wenigen Augenblicken in Flammen stehen und bei lebendigem Leibe verbrennen würde – und auf eine erschreckende Weise war es ihm gleichgültig.

Irgendwann jedoch – er musste kurzzeitig das Bewusstsein verloren haben – atmete er frische Luft. Im Gestank des Kerkerlochs hatte er beinahe vergessen, wie sie um diese Jahreszeit roch, nach Jasmin und Oleander, mit einem Hauch von Zederndu ft, den der Wind aus dem nahen Gebirge heruntertrug. Wie aus weiter Ferne nahm Nawyd auch das Zirpen der Grillen wahr, und etwas sagte ihm, dass es Nacht sein müsse.

Warum, so fragte er sich, holte man ihn nicht am hellen Tage aus seinem Gefängnis? Ganz gleich, ob man ihn enthauptete oder vierteilen ließ oder ob Xusra seine zerstörerischen Fähigkeiten an ihm ausließ, man würde doch sicher nicht darauf verzichten, daraus ein Spektakel zu machen, zur Erbauung des Volkes und zur Warnung für alle Verräter?

Doch wohin man ihn auch gebracht hatte – der Richtplatz

war es nicht. Stattdessen warf man ihn, halb bewusstlos, wie er war, auf die Pritsche eines Karrens, der sich unter Peitschenknallen in Bewegung setzte und rumpelnd davonfuhr. Kurz darauf verlor Nawyd wieder das Bewusstsein.

Als er das nächste Mal zu sich kam, fand er sich noch immer auf dem Boden liegend wieder, aber das Rumpeln hatte ausgesetzt. Überhaupt schien er sich nicht mehr auf dem Karren zu befinden, sondern in einem geschlossenen Raum. Es roch nach Stall und Vieh, und hin und wieder hörte er das Schnauben eines Pferdes. Wohin, bei Isos' Säulen, hatten sie ihn geschleppt?

Schritte entfernten sich – jemand musste bei ihm gewesen sein und ihn beobachtet haben. Kurz darauf waren wieder Schritte zu hören, diesmal von mehr Leuten.

»Helft ihm auf und geht dann«, ordnete eine Stimme an, die ihm entfernt bekannt vorkam. Daraufhin packten ihn kräftige Hände und zogen ihn hoch. Vermutlich wäre er sofort wieder zu Boden gesunken, hätte es nicht einen Schemel gegeben, auf den sie ihn setzten. Dort kauerte er, während seine Häscher sich entfernten. Nur der Mann mit der Stimme blieb zurück – und nahm ihm die Augenbinde ab.

Gedämpftes Licht herrschte in dem Stall. Nur eine Laterne verbreitete schwachen Schein, sodass Nawyds Augen sich sofort daran gewöhnten. Vor ihm stand kein anderer als Gadates, der alte Wesir, der einst sein Lehrer gewesen war, so wie zuvor bei seinem Vater und seinem Onkel. Gadates' dunkle Augen blickten Nawyd durchdringend an, während er sich nachdenklich über den silbergrauen Bart strich.

»Nawyd«, sagte er nur.

»Wesir.« Nawyd versuchte ein Nicken, aber es gelang ihm kaum. Sein Nacken war steif, sein Rücken schmerzte. Ein Hustenkrampf schüttelte ihn. Der elende Anblick, den er bieten musste, schien Gadates jedoch nicht zu berühren.

»Von allen Schülern, die ich jemals hatte, warst du der Vielversprechendste«, sagte er leise. »Dein Vater Artaban besaß eine schnelle Auffassungsgabe; er war ein guter Stratege und klug genug, nicht jeden Kampf auszutragen, zu dem sein hitziges Temperament ihn drängte; dein Onkel Astyragis war ihm in jeder Hinsicht unterlegen, und das war ihm auch bewusst, deshalb versuchte er mit List und Ehrgeiz auszugleichen, was ihm an Begabung fehlte; du jedoch hattest von Beginn an die besten Anlagen, Nawyd. Das edle Wesen deines Vaters und den Pragmatismus deines Onkels. Meine Hoffnung war es immer, dass du ihn eines Tages beerben und als Nawyd der Erste den Thron von Altashar besteigen würdest. Eine Zeit des Wohlstands und des Friedens wäre im Ostreich angebrochen.«

»Glaubt Ihr das wirklich?«, presste Nawyd zwischen zwei Hustenanfällen hervor.

»In der Tat – doch diese Hoffnung hast du zerstört, indem du dich offen gegen deinen Onkel gewandt hast. Du hast Verrat geübt, Nawyd. Verrat an deinem König und an deiner Familie, das ist unverzeihlich.«

»Ich weiß«, versicherte Nawyd flüsternd. »Aber ich konnte nicht anders.«

»Dessen bin ich mir bewusst – so wie ich nicht anders konnte, als deiner Verurteilung zuzustimmen, auch wenn es mir fast das Herz aus der Brust riss. Du warst mehr als ein Schüler für mich, Nawyd. Fast wie ein Sohn.«

»Tut mir leid.«

Der alte Wesir nickte. Er schien noch etwas sagen zu wollen, jedoch nicht zu wissen, wie er es in Worte kleiden sollte, also schwieg er.

»Was wird nun werden?«, fragte Nawyd. »Wo bin ich hier? Wie werde ich sterben?«

»Ich habe dafür plädiert, dir deinem Vergehen zum Trotz ein ehrenhaftes Ende mit dem Schwert zu gewähren – doch der Hohepriester Xusra war dafür, dich öffentlich zu verbrennen, auf dass deine verräterische Seele vom Feuer gereinigt werde.«

»Lasst mich raten, wer sich durchgesetzt hat.« Nawyd, der sich kaum noch auf dem Schemel halten konnte, brachte ein schiefes Grinsen zustande.

»Nein.« Gadates schüttelte den Kopf. »Durchgesetzt hat sich am Ende Hilalayan mit der Forderung, dich Fürst Yaron zu übergeben und an Archos auszuliefern, als Wiedergutmachung für das, was du getan hast.«

Nawyd glaubte zu verstehen. »Bin ich deshalb hier?«

Gadates sah ihn weiter unverwandt an. »Nein«, sagte er dann. »Was immer du getan haben magst, du bist Nawyd pan Tyras, des großen Artabans leiblicher Sohn – und ich will verflucht sein, wenn ich tatenlos zusehe, wie du dem Feind übergeben wirst. Ich mag alt sein und gebrechlich, aber in meiner Brust schlägt das Herz eines stolzen Ostragiers. Wir haben die Herrschaft der Astari nicht unter solch großen Opfern abgeschüttelt, um nun wieder vor ihnen zu kriechen. Deshalb habe ich dich aus deinem Kerker holen lassen. Wenn Hilalayans Schergen dich morgen früh holen wollen, werden sie nichts weiter vorfinden als ein leeres Kerkerloch.«

»Das … ist keine gute Idee.« Nawyd hustete wieder. »Wenn das herauskommt, wird es Euch schlecht bekommen …«

»Ich bin alt«, wiederholte Gadates. »Was sollen sie mir noch nehmen? Mein Leben? Immer noch besser als meine Ehre.«

Nawyd sah ihn an. Sein Blick verschwamm, die Sinne drohten ihm abermals zu schwinden. »Danke.«

»Danke mir nicht zu früh. Die Gefahr, dass sie nach dir suchen und dich finden, ist groß. Deshalb werde ich dich einer Karawane mitgeben, die über den Feuerweg nach Hyraka zieht.«

»Hyraka«, echote Nawyd.

Er kannte die Wüstenfestung an der Grenze zu Drakistan

nur vom Hörensagen, selbst war er noch nie dort gewesen. Aber er wusste, dass es weit war. Beinahe tausend Meilen.

»Der Karawanenführer ist verschwiegen und ein alter Freund, er wird dich nicht verraten«, schärfte der Wesir ihm ein, »vor allen anderen jedoch musst du dich hüten. Du darfst niemandem vertrauen, hörst du?«

Nawyd nickte – was hätte er sonst auch tun sollen? Ihm war ohnehin alles gleichgültig geworden. Die Trockenheit der Wüste und eine Sonne, die gnadenlos vom Himmel brannte – wie sollte er das in seinem Zustand überstehen? Welche Aussichten hatte er, das Ziel dieser Reise lebend zu erreichen?

»Meine guten Wünsche begleiten dich«, sagte Gadates, »mehr kann ich dir nicht geben – und dies hier.«

Durch die Schleier der Benommenheit starrte Nawyd auf den Gegenstand, den der Alte ihm hinhielt. Es war eine kleine Phiole, deren Verschluss mit Wachs versiegelt war.

»Was ist das?«, stieß er hervor.

»Gift«, entgegnete der Wesir. »Dein Vater gab es mir, als die Schatten des Todes ihn bereits umfangen hielten. Er behauptete, dass dies das Gift sei, das ihn töten würde.«

Nawyd war wie vom Donner gerührt. Beinahe glaubte er, dass seine vom Fieber getrübten Sinne ihm einen Streich spielten. Ungläubig starrte er auf die Phiole in Gadates' Hand.

»Mein Vater … wurde vergiftet?«

»Die Heiler fanden keinen Beweis dafür, und obwohl ich alles daransetzte, der Wahrheit auf den Grund zu gehen, ist es auch mir nicht gelungen. Alles, was wir haben, sind die Worte deines Vaters, für die es außer mir keinen Zeugen gibt – und dieses Fläschchen.«

»Wa-warum habt Ihr nie …?«

»Weil dein Vater es mir verboten hat. In seiner Weisheit sah er voraus, dass du versuchen würdest, seinen Mörder zu finden und zur Rechenschaft zu ziehen, und dass darüber Streit ausbrechen und das Reich entzweien würde. Er wollte nicht, dass Ostray das Schicksal des Westens teilt und in Chaos und Zwist versinkt. Also gebot er mir zu schweigen, was ich all die Jahre getan habe – aber nun, da wir uns vielleicht zum letzten Mal gegenüberstehen, kann ich nicht anders, als es dir zu sagen.«

Gadates gab ihm das Fläschchen, das Nawyd mit bebenden Händen entgegennahm.

»Hüte es gut«, schärfte der Wesir ihm ein. »Vielleicht wird es dir eines Tages sein Geheimnis offenbaren.«

»Das … werde ich«, versprach Nawyd.

»Leb wohl, Nawyd pan Tyras, Sohn des Artaban.«

Der Blick, den sein alter Lehrer ihm zum Abschied sandte, und seine eigene Hand, die sich um die Phiole schloss – das waren die letzten Dinge, die Nawyd bewusst wahrnahm.

Er musste an seinen Vater denken und an seine Schwester. Der eine war, wie er nun erfuhr, womöglich von feiger Mörderhand gestorben, die andere in der Ferne verschollen … Über diesen düsteren Gedanken trübte sich Nawyds Bewusstsein wieder ein, und er fiel erneut in tiefe Ohnmacht.

14

Klyftagor, östliches Bordland
Am Abend desselben Tages

»Nur für den Fall, dass ich es noch nicht erwähnt haben sollte – das hier ist keine gute Idee.« Lorymar Thinkling konnte nicht anders, als seinen Bedenken Ausdruck zu verleihen, während er auf dem kargen Felsen hockte und dabei erbärmlich fror. Das Mäntelchen, das er trug, war nur unzureichend geeignet, den grimmigen Wind abzuhalten, der von Borea herabwehte und über die triste Landschaft strich.

»Du hast es durchaus schon erwähnt«, beschied Jenya ihm gelassen. »An die zwei Dutzend Mal, allein in der letzten Stunde.«

»Ich will eben sichergehen, dass ich meine Position klargemacht habe«, lamentierte der Halbling weiter. »Bevor sie uns erwischen und mit dem Kopf nach unten im Boden verbuddeln. Das machen sie nämlich.«

»Ich weiß«, versicherte die Astara, die sich dadurch jedoch nicht aus der Ruhe bringen ließ. Bäuchlings lag sie auf dem schwarzen Felsen, den sie bestiegen hatten und von dem aus sich ein guter Blick auf die Straße bot, die am Fuß des Felsens verlief. In ihrer Hand hielt sie ein Fernrohr, wie Seefahrer es benutzten und durch das sie immer wieder blickte.

»Und?«, fragte Lorymar ungeduldig, der hinter ihr kauerte, sodass er von unten nicht gesehen werden konnte. Ihre Pferde – ein schlanker Noryer für Jenya und ein Pony für Lorymar, hatten sie hinter dem Felsen an einem verkrüppelten Baum angebunden.

»Sie kommen«, gab die Astara bekannt.

»Verdammt«, knurrte der Halbling.

Über die Schulter sandte Jenya ihm einen fragenden Blick. »Warum tust du das?«, fragte sie.

»Warum tue ich was?«

»Dieses Lamentieren, deine andauernden Beschwerden! Warum kannst du die Dinge nicht ein einziges Mal hinnehmen, wie sie nun einmal sind?«

»Ich bin ein Halbling«, erwiderte er, als würde das alles erklären.

Die Astara verdrehte die Augen. »Ich dachte, du bist nach Skaradag gekommen, um dich deinen Träumen zu stellen?«

»Genauso ist es!«

»Dann kommt hier deine Chance«, meinte Jenya, in die Ferne deutend, wo sich die Kolonne näherte. »Denn möglicherweise ist dieser Sänger der Grund dafür, dass wir ... ich meine, dass du diese Träume hast.«

Lorymar sah sie unverwandt an. »Es stimmt also«, folgerte er aus ihrem Versprecher. »Du siehst diese Bilder auch.«

Sie zögerte mit der Antwort, hielt seinem Blick jedoch stand. »Seit einer ganzen Weile«, gestand sie dann. »Anfangs dachte ich genau wie du, dass es die Vergangenheit ist, die mich quält. Aber inzwischen glaube ich, dass es nicht die Vergangenheit ist, die wir sehen, sondern die Zukunft, so wie schon einmal ... Dieser Sänger hat irgendwie von Dingen erfahren, von denen niemand wissen darf, und damit die Ordnung gestört. Wenn er sein Wissen an den Orden weitergibt, könnte die Zerstörung weitergehen. Und du weißt, was das bedeutet.«

»Scheiße«, sagte Lorymar nur.

»Ich weiß, dass du nicht an Schicksal glaubst«, räumte Jenya ein, jetzt sanfter als zuvor. »Aber ich glaube sehr wohl daran, und ich denke, dass es einen Grund dafür gibt, dass du den weiten Weg von Altashar heraufgekommen bist – und dieser Grund ist dort draußen.« Sie spähte wieder durch das Fernrohr. »Es sind viele«, stellte sie fest. »Zwölf Reiter, Thorgon-Syn ganz vorn an der Spitze.«

»Großartig.« Lorymar schnitt eine Grimasse. »Und du bist wirklich sicher, dass du das schaffst?«

»Du bringst sie dazu, stehen zu bleiben, ich besorge den Rest.« Sie nickte. Ihr Bogen und der Köcher mit den Pfeilen lagen griffbereit neben ihr. Lorymar wusste, dass die Astara damit umzugehen verstand, sie hatte es oft genug bewiesen. Allerdings war das schon eine Weile her …

»Zweifelst du etwa an mir?«, deutete sie seinen Gesichtsausdruck richtig.

»Durchaus nicht.«

»Lügner.«

»Ich lüge nicht. Ich meine nur …« Sein Kopfschütteln ging in ein Nicken über. »Es ist viel Zeit vergangen seit damals. Und du hast nur einen Pfeil, Jenya.«

»Ich weiß.« Sie nickte. »Mehr brauche ich nicht.«

»Natürlich.« Er lachte freudlos auf. »Ich wünschte, ich hätte deine Zuversicht!«

»Hast du Angst?«

»Nein, ich …« Er unterbrach sich, als er ihren wissenden Blick bemerkte. »Was soll's«, meinte er. »Ja, ich habe Angst – Angst, dass dieses Abenteuer mich das Leben kosten und ich Nyasha nicht mehr zu Hilfe kommen könnte.«

Ihr prüfender Blick blieb bestehen. »Hättest du früher so etwas gesagt, hätte ich nur gelacht«, gab sie zu. »Inzwischen kann ich mir vorstellen, dass es dir ernst ist damit. Aber vielleicht tröstet es dich zu wissen, dass du dir um die Prinzessin keine Sorgen mehr zu machen brauchst, wenn wir scheitern – denn dann wird ganz Astray vom Untergang bedroht sein.«

»Danke«, knurrte er. »Da geht es mir doch gleich sehr viel besser.«

»Du bist nicht der Einzige, der sich fürchtet«, versicherte sie. »Auch ich trage Verantwortung.«

Er schürzte die Lippen. »Das Schicksal deiner Mädchen liegt dir wirklich sehr am Herzen, nicht wahr?«

Sie nickte. »Nachdem damals alles vorbei war, nach der Auflösung unserer Gemeinschaft, wusste ich nicht wohin. Ich war allein.«

»So wie wir alle«, bestätigte Lorymar.

»Der eine mehr, der andere weniger«, schränkte sie mit einem Seitenblick ein, ehe sie wieder durch das Fernrohr blickte. »Damals schwor ich mir, dass ich alles hinter mir lassen und mir etwas aufbauen wollte, und das habe ich getan. Diese Frauen sind meine Kinder, meine Familie. Ich würde alles für sie tun.«

»So wie sie für dich«, erwiderte er. »Wie ich schon sagte – du bist doch wieder eine Anführerin geworden, ob es dir gefällt oder nicht.«

Sie erwiderte nichts darauf. Inzwischen konnte man den Treck mit dem Gefängniswagen auch mit bloßem Auge erkennen. Jenya hatte lange überlegt, welches die geeignetste Stelle für einen Überfall wäre – am Ende hatte sie sich für diesen Felsenturm entschieden, und selbst Lorymar musste zugeben, dass er gut gewählt war. Unterhalb des Felsens verlief die Straße, jenseits davon brach der karge Boden jäh ab und eine der Schluchten öffnete sich, die der Fluss Morwa vor langer Zeit gegraben hatte und die sich durch diese Gegend zogen wie Sprünge durch geborstenes Glas. Ausweichen konnte der Zug also nicht, und Deckung gab es ebenfalls keine. Jenya hatte freies Schussfeld und würde ihr Ziel nicht verfehlen – vorausgesetzt, der Zug kam zu einem Halt.

Und dafür sollte Lorymar sorgen.

»Hast du dir schon überlegt, wie du es anstellen willst?«, fragte Jenya ihn.

»Wie wohl? Ich werde nach dem Weg fragen, das erscheint

mir in dieser Gegend am plausibelsten. Oder vielleicht werde ich ihnen auch von einem hübschen kleinen Freudenhaus in Skaradag erzählen, das ich besucht habe«, plapperte der Halbling weiter. »Ach nein, ich vergaß – der Großexekutor ist ja ein persönlicher Gast von dir.«

»Warum erwähnst du das ständig?«

»Weil es außergewöhnlich ist! Wer hätte gedacht, dass die Ordensherren solch fleischlichen Bedürfnissen frönen? Wie war er denn? Hat er gehalten, was sein langes Schwert versprach?«

Sie hatte sich zu ihm umgedreht und sah ihn an. »Du bist eifersüchtig«, stellte sie fest.

»Quatsch.«

»Wärst gern an seiner Stelle gewesen?«

»Quatsch«, schnaubte der Halbling noch einmal – allerdings fand er selbst, dass es nicht sehr überzeugend klang.

»Woran denkst du, wenn du mich hier liegen siehst?«, bohrte sie unbarmherzig weiter nach. »Du stellst dir doch nicht etwa vor, wie du und ich …«

»Nein«, beteuerte er schnell – aber er konnte nicht verhindern, dass sein Kopf dabei feuerrot wurde.

Sie grinste und warf wieder einen Blick durch das Fernrohr – um eine leise Verwünschung von sich zu geben.

»Was ist?«, fragte Lorymar.

»Es gibt ein Problem«, gab die Astara bekannt.

»Nämlich?«

Statt zu antworten, gab sie ihm das Fernrohr, und er sah selbst hindurch.

»Und wo ist das Problem?«, fragte er dann.

»Hast du es denn nicht gesehen? Der Sänger ist nicht allein in dem Käfig. Da sind noch andere Gefangene, darunter Kinder.«

»Und?« Er sah sie verständnislos an.

»Ich werde nicht riskieren, die Kinder zu treffen«, gab die

Astara entschlossen bekannt. »Und ich werde auch nicht zulassen, dass Thorgon sie mitnimmt in den Schattenturm.«

»Was willst du dann tun?«, fragte der Halbling verblüfft. »Sagtest du nicht gerade noch, dass wir diesen Sänger um jeden Preis zum Schweigen bringen müssen?«

Die Astara schien einen Moment nachzudenken.

»Das sagte ich«, bestätigte sie dann, »und das werden wir auch – aber wir ändern unseren Plan.«

15

Zur selben Zeit

Hätte man ihm früher gesagt, dass er einmal froh sein würde, die Felsen und Schluchten von Klyftagor zu sehen – Thorgon hätte es nicht geglaubt. Als er damals erfahren hatte, dass man ihn von Sontra ins ferne Bordland versetzen wollte, war für ihn eine Welt zusammengebrochen; all die ehrgeizigen Pläne, die er sich gemacht hatte, und die er beim Orden zu verwirklichen hoffte, hatten sich von einem Augenblick zum anderen in nichts aufgelöst, und er war davon überzeugt gewesen, dass dies sein Ende wäre.

Doch er hatte nicht aufgegeben.

Allen Widrigkeiten zum Trotz hatte er sich behauptet, hatte dafür gesorgt, dass der gesamte Norden vor der Macht des Großexekutors zitterte – und nun war es ihm gelungen, einen gesuchten Mörder zu fassen. Und nicht nur das, der Sänger schien noch mehr zu wissen, schien ein Geheimnis zu bewahren, dem Thorgon auf die Spur kommen wollte – und wäre es nur, um den Ordensrat davon zu überzeugen, dass er dort oben im Norden verschwendet war. Nicht als Bittsteller, sondern im Triumphzug würde er nach Sontra zurückkehren, und man würde nicht umhinkommen, ihm ein anderes, besseres Kommando zu geben, von dem aus sich eines Tages womöglich sogar die Spitze des Ordens erklimmen ließ. Doch all das, sagte er sich, wäre nicht möglich gewesen, wäre er nicht vor Jahren in diesen Landstrich versetzt worden, in diese öde, einsame und ungastliche Gegend, die ihn gezwungen hatte, sich entgegen aller Widerstände zu bewähren. Insofern kam es Thorgon wie eine Rückkehr in die Heimat vor, als der Zug mit den Gefangenen nach tagelangem Marsch endlich Klyftagor erreichte. Einer Heimat allerdings, die er schon bald wieder verlassen würde.

Fast wehmütig ließ er seinen Blick über die Landschaft schweifen, die Wind und Wasser geschaffen hatten. Verstreute Felsen aus schwarzem Schiefergestein wechselten sich ab mit tiefen Klüften, so weit das Auge reichte – und wäre es nicht um die grauen Wolken gewesen und den Dunst, so hätte man im Westen wohl bereits den Dunklen Turm erkennen können, der sich einsam und stolz aus der Ödnis erhob. Nur noch kurze Zeit, sagte sich Thorgon. Nur noch ein wenig Geduld, dann würde eine neue Zeitrechnung für ihn beg…

Ein gellender Schrei riss den Großexekutor aus seinen Gedanken.

Thorgons Pferd scheute, und er hatte Mühe, es am Durchgehen zu hindern. Als er es endlich wieder unter Kontrolle hatte und herumriss, sah er einen seiner Ordenssoldaten am Boden liegen, mit einem Pfeil in der Brust – und ein zweiter wurde in diesem Moment in den Hals getroffen und fiel ebenfalls vom Pferd.

Ein Überfall!

Jenya hatte nichts verlernt.

Zwar hatte die Astara tatsächlich seit Jahren keinen Bogen mehr in der Hand gehabt, aber dem Halbling gegenüber hätte sie das niemals zugegeben. Und wie sich nun herausstellte, bildeten der Bogen, ihr Arm und ihr Auge noch immer eine tödliche Einheit.

Völlig unerwartet war der gefiederte Tod über Thorgon-Syn und seine Schergen hereingebrochen. Die Augenblicke, die sie brauchten, um zu begreifen, was geschah, nutzte die Astara, um weitere drei von ihnen vom Pferd zu schießen.

Erst dann reagierte ihr Anführer. Thorgon-Syn erkannte, dass der Beschuss von den umliegenden Felsen kam, und gab den Befehl zum Durchbruch – genau wie die Astara gehofft hatte.

Ein Ruck ging durch das Vierergespann, als der Kutscher die Peitsche knallen ließ. Die Pferde – große, kräftige Tiere – trabten an, während die Soldaten nach vorn stoben, um den Großexekutor mit Leib und Leben zu schirmen.

Doch Thorgon-Syn interessierte Jenya nicht.

Zwar klebte so viel Blut an seinen Händen, dass er sich seinen Pfeil durchaus verdient gehabt hätte. Aber zum einen war der Tod eines Großexekutors ein Ereignis, das zu viel Aufmerksamkeit nach sich zog; zum anderen ertappte sich Jenya dabei, dass sie Mitleid für den Mann empfand, den sie auf eine Weise kannte wie wohl niemand sonst. Was hätte er wohl gesagt, hätte er gewusst, wer dort auf dem Felsen kauerte und seine Leute aus den Sätteln schoss?

Der nächste Pfeil galt keinem Soldaten, sondern dem Pferd, das das Gespann anführte. Jenya bedauerte, das stolze Tier töten zu müssen, aber wenn sie die Kinder retten wollte, hatte sie keine andere Wahl.

Das Geschoss traf den Braunen knapp hinter dem linken Vorderlauf in den Brustkorb und durchbohrte sein Herz. Ein Zucken durchlief ihn, dann sackte er im Geschirr zusammen – und das Gespann kam jäh aus dem Tritt.

Unter entsetztem Wiehern brachen die Tiere nach rechts aus, ihren leblosen Artgenossen mitschleppend. Vergeblich versuchte der Kutscher, die Kontrolle über das Gefährt zurückzuerlangen. Der Gefängniswagen geriet ins Schleudern, kippte von einer Seite auf die andere – und stürzte um. Dabei löste sich das Gespann vom Wagen, und es ging durch.

Jetzt, Halbling, dachte Jenya, während sie bereits den nächsten Pfeil auf die Sehne legte und zielte …

16

Der Aufprall war hart und schmerzhaft.

Dass sie in ihrem Käfig nicht wild durcheinandergewirbelt wurden, verdankten die Gefangenen den verhassten Ketten. Eng wie sie waren, verhinderten sie, dass alle übereinanderstürzten und sich dabei sämtliche Knochen brachen. Sanft war der Aufschlag dennoch nicht.

Rayan spürte stechenden Schmerz in seiner Schulter. Bray neben ihm heulte gequält auf, und auch die übrigen Insassen des Wagens schrien vor Angst und Entsetzen, als der Wagen kippte. Mit grässlichem Getöse rutschte er über den steinigen Boden, warf Staub und loses Geröll auf – ehe er endlich liegen blieb, auf der Seite, auf der auch Rayan und Bray waren.

Der Sänger brauchte einen Moment, um zu begreifen, dass er sich noch bewegen konnte und seine Glieder folglich wohl am Stück geblieben waren. Seine Rippen schmerzten, und er hatte den Geschmack von Blut auf den Lippen, doch ansonsten schien er unversehrt zu sein, ebenso wie die Leier, die er umhängen hatte … Erleichtert drehte er sich zu Bray um – nur um zu sehen, dass sie weniger Glück gehabt hatte. Das Mädchen hatte die Augen geschlossen und regte sich nicht. Blut rann über sein Gesicht.

»Bray! Bray!«, schrie Rayan über das Geschrei und das Weinen und Wimmern hinweg, das in dem Käfig herrschte. Die Krähen, die auf der anderen Seite des Käfigs gesessen hatten, die nun zur Decke geworden war, steckten mit ihren

Füßen noch immer in den Schellen, sodass sie nun kopfüber herabhingen und vor Panik und Schmerz schrien.

Bray kam zu sich.

Sie schlug die Augen auf, sah Rayan durch den sich lichtenden Staub an – und schien sofort zu wissen, wo sie sich befand und was geschehen war.

»Bist du in Ordnung?«, fragte Rayan nur.

Sie nickte, und versuchte, das Blut an ihrem Oberarm abzuwischen, was ihr nur teilweise gelang. »Was …?«

»Ein Überfall«, vermutete Rayan, nach draußen deutend. Mehrere von Thorgon-Syns Männern lagen dort von Pfeilen durchbohrt. Auch der Kutscher war tot – als der Wagen gekippt war, hatte er wohl versucht, sich durch einen Sprung in Sicherheit zu bringen, war dabei jedoch von dem Gefährt erfasst worden. Rayan konnte seine zerschmetterten Beine sehen, die hinter dem hervorragten, was einmal der Boden des Käfigs gewesen war.

Und noch etwas sah er dabei …

Der Käfig war beschädigt!

Durch den Sturz war die Gittertür aus einer Angel gebrochen. Mit ein wenig Zutun würden sie sich vielleicht ganz herausbrechen lassen …

Seinem Freiheitsdrang gehorchend, wollte Rayan sofort hin – doch die Ketten um seine Fußgelenke hielte ihn eisern zurück. In der Hitze des Augenblicks hatte er sie beinahe vergessen.

»Bray«, wandte er sich an die junge Diebin, »wir …«

»Schon dabei«, versicherte sie – und im nächsten Moment fielen die rostigen Schellen bereits von ihren Fußgelenken.

»Wie …?« Er starrte sie verblüfft an.

Die Diebin grinste und zeigte ihm einen dünnen Nagel, den sie in der Hand hatte – sie musste ihn irgendwo aufgelesen haben, oder vielleicht hatte sie ihn auch die ganze Zeit über bei sich getragen, wer wusste das bei ihr zu sagen?

»Warum hast du das nicht längst getan?«, wollte er wissen, während sie auch seine Fesseln löste.

»In einem Käfig, dem man ohnehin nicht entfliehen kann?«, fragte sie dagegen – und hatte natürlich recht damit. Diese Karte zu früh auszuspielen, wäre sinnlos gewesen. Jetzt hingegen war genau der richtige Zeitpunkt dafür …

Während Bray sich daranmachte, auch ihre übrigen Kameraden von den Fesseln zu befreien, kämpfte sich Rayan zum hinteren Ende des Käfigs. Dabei schmerzten seine Rippen noch deutlich heftiger als zuvor, vermutlich waren einige gebrochen.

Der Sänger biss die Zähne zusammen, packte die bereits zur Hälfte aus den Angeln gesprengte Gittertür und rüttelte daran, um sie vollends aufzubrechen.

Vergeblich.

Der eine Splint mochte gebrochen sein, der andere jedoch hielt, als wäre er aus Astarstahl geschmiedet. Rayan biss die Zähne zusammen, drückte das Gitter nach außen, so fest er es vermochte – doch das Eisen gab nicht nach.

»Warte, wir helfen dir!«

Kai kam dazu und noch ein weiterer Krähenjunge. Gemeinsam warfen sie sich mit aller Kraft gegen das Gitter. Tatsächlich gab es ein wenig nach, aber es genügte nicht.

»Wenn ich es schaffe, die Sicherungsbolzen zu lösen …«, meinte Kai und war bereits dabei, durch die Gitterstäbe nach außen zu greifen – aber seine Hand war zu groß, als dass er sie hätte drehen und an das Scharnier herankommen können. Fluchend wollte er wieder davon ablassen – als sich eine ganz kleine und schmale Hand zu seiner gesellte.

Sie gehörte Birk …

Auch er blutete aus einer Platzwunde am Kopf, aber er scherte sich nicht darum. Fieberhaft versuchte der blasse kleine Junge, den Verschluss des Scharniers zu lösen – und tatsächlich gelang es ihm, den Splint zu lockern.

»Gut gemacht, Kleiner!«, anerkannte Kai und fuhr ihm anerkennend durchs Haar.

»Also los!«, drängte Rayan. Noch mehr Ordensschergen waren inzwischen mit Pfeilen gespickt worden. Thorgon-Syns Leute waren außer sich vor Zorn, und das würden sie die Gefangenen spüren lassen … »Auf drei! Eins, zwei …«

Durch die Gitterstäbe konnte er sehen, wie ein kleinwüchsiger Mann auf den Käfig zurannte – ein Halbling offenbar. In seinen Händen hielt er zwei Messer, die Zähne hatte er gefletscht wie ein Raubtier. Und sein Ziel schien niemand anders als Rayan zu sein!

»Drei!«, brüllte der Sänger – und indem er und eine ganze Reihe seiner jungen Gefährten sich gegen die Tür warfen, brach sie tatsächlich aus den Angeln. Nur noch von der Kette gehalten, die es verschloss, klappte das Gitter auf – und krachte geradewegs auf den Halbling.

Der kleine Kerl kam noch dazu, die Augen entsetzt zu weiten, dann ging die Tür auch schon auf ihn nieder und schickte ihn bewusstlos zu Boden.

Rayan beachtete ihn kaum. Der Sänger war der Erste, der hinaussetzte, dann half er Kai und Bray, die wiederum ihren Kameraden halfen, während sich Rayan gehetzt umblickte. Nur wenige Schritte entfernt lag ein Ordenssoldat, in dessen Hals ein Pfeil steckte – wer immer die Dinger verschoss, tat es mit tödlicher Präzision.

In gebückter Haltung eilte Rayan zu ihm und nahm das Schwert des Toten an sich. Plötzlich nahm er aus dem Augenwinkel eine Bewegung wahr und hörte lauten Hufschlag. Er fuhr herum, gerade noch rechtzeitig, um dem Hieb auszuweichen, den der Reiter vortrug – die Schwertklinge verfehlte ihn nur um Haaresbreite.

Rayan sprang zurück, riss die eigene Waffe zur Abwehr empor. Zum Einsatz kam sie jedoch nicht, denn Kai und noch zwei weitere Jungen waren auf den Käfig geklettert und sprangen den Ordensschergen von dort aus an wie Raubtiere.

Der Mann gab einen Laut der Überraschung von sich – im nächsten Moment kippte er auch schon aus dem Sattel, gemeinsam mit den jungen Dieben. Als wirres Bündel aus Armen und Beinen und verkniffenen Mienen landeten sie auf dem Boden, und ein wildes Handgemenge setzte ein, bei dem die Jungen mit Fäusten und Steinen auf den Ordenswächter einschlugen.

Das Schwert noch in der Hand, fuhr Rayan herum, um sich nach dem nächsten Gegner umzusehen.

Und da sah er ihn.

Auf seinem schwarzen Pferd stürmte er heran, den Helm auf dem Kopf, der seine Züge verhüllte, von einem dunklen Umhang umweht und seine mörderische Axt zum Streich erhoben.

Thorgon-Syn.

17

Rayan begann zu laufen.

Nicht, weil er der Konfrontation mit dem Großexekutor entgehen wollte. Sondern weil es seine Absicht war, den Anführer der Ordensschergen von seinen jungen Schützlingen abzulenken. Gegen die Schergen des Syn mochten Bray und ihre Freunde eine kleine Chance haben – aber ganz sicher nicht gegen Thorgon selbst.

So schnell sein malträtierter Körper es zuließ, humpelte der Sänger auf die nahe Abbruchkante der Schlucht zu. Im offenen Kampf gegen den Großexekutor, der beritten war und volle Rüstung trug, hatte sicher auch er keine Chance – aber wenn es ihm gelang, ihn nahe an die Kante zu locken …

Thorgon hatte ihn bereits erblickt. Prompt lenkte er sein Pferd in Rayans Richtung. Auf donnernden Hufen jagte das Tier heran, während der Sänger weiter auf den Abgrund zuhielt. Gehetzt blickte er über die Schulter, sah den Rappen heranstürmen und die blitzende Axt in der Hand seines Reiters … und ließ sich im letzten Moment zu Boden fallen.

Das Blatt der Axt pflügte durch leere Luft, der Hengst schoss an ihm vorbei auf den Abgrund zu – wenn Rayan jedoch gehofft hatte, dass Thorgon nicht mehr in der Lage sein würde, sein Pferd zu zügeln, und mit ihm in den Abgrund zu stürzen, so hatte er sich geirrt. Der Großexekutor erkannte die Gefahr spät, aber noch rechtzeitig. Indem er sein Gewicht nach hinten verlagerte und sich schwer in den Sattel setzte, brachte er den Rappen dazu, sein Tempo zu verlangsamen, dann riss er ihn brutal herum. Das Tier wieherte panisch, gehorchte seinem finsteren Herrn jedoch – und im nächsten Moment griff Thorgon erneut an.

Rayan blieb, wo er war. Breitbeinig, das Schwert zur Abwehr erhoben, wartete er den Angriff des Exekutors ab – der ihn einen Herzschlag später mit voller Wucht traf. Zwar konnte der Sänger den Hieb parieren, doch die Wucht des Schlages war gewaltig. Noch einen Augenblick konnte sich Rayan auf den Beinen halten, dann brach er in die Knie. Wankend kam er wieder auf die Beine, gerade als Thorgon-Syn erneut angriff. Rayan konnte nicht anders als zurückzuweichen – bis zum Abgrund. Er konnte die Tiefe in seinem Rücken beinahe fühlen, den eisigen Atem, der aus ihr emporstieg und an ihm zerrte. Doch seine Aufmerksamkeit gehörte allein Thorgon-Syn, der vom Pferd gestiegen war und auf ihn zukam, die Axt erhoben. Da er noch immer seinen Helm trug, war sein Gesicht nicht zu sehen, aber jede Einzelne seiner Bewegungen verriet heillosen, tödlichen Zorn. Um die Pfeile brauchte er sich nicht zu scheren, bis hierher reichten sie nicht. Alles, was er zu wollen schien, war Rayans Kopf …

»Ich gratuliere dir, Sänger«, drang es von unter seinem Helm hervor. »Ich weiß nicht, wie es dir gelungen ist, aus dem Kerker heraus diesen Hinterhalt vorzubereiten, aber dein Plan ist aufgegangen.«

»Mein Plan …?«

Rayan begriff – Thorgon dachte, dass Rayan hinter dem Überfall steckte. Dabei hatte er keine Ahnung, wer die fremden Bogenschützen waren …

»Aber gib dich keinen falschen Hoffnungen hin, Sänger – du selbst wirst nicht mehr lange genug leben, um die Früchte deiner Hinterlist zu genießen. Hast du das auch kommen sehen?« Damit verfiel Thorgon in schweren Laufschritt, mit dem offenkundigen Ziel, Rayan über den Rand der Schlucht hinweg in die Tiefe zu fegen. Der Sänger, der seine Absicht erkannte, biss die Zähne zusammen, fasste das Schwert mit beiden Händen und rannte ihm unter heiserem Gebrüll entgegen.

Der Zusammenprall war furchtbar.

Stahl traf auf Stahl, dass Funken stoben. Um ein Haar verlor Rayan das Gleichgewicht, schaffte es jedoch, sich auf den Beinen zu halten. Sofort griff der Großexekutor erneut an, und indem er seine Axt schwang, trieb er Rayan zur Kante zurück und zum gähnenden Abgrund.

»Du wirst sterben«, tönte er dazu, »in wenigen Augenblicken. Hast du das auch vorausgesehen?«

»Warum hasst Ihr mich so sehr?«, fragte Rayan dagegen, die Hiebe mit Mühe parierend. Jeder Schlag, den er abwehrte, ging durch Mark und Bein und gab ihm das Gefühl, als wollte sein schmerzender Brustkorb bersten. »Was habe ich Euch getan?«

»Du? Gar nichts«, gab Thorgon zu. »Aber deinesgleichen.«

»Meinesgleichen? Ich bin allein, habe weder eine Heimat noch eine Familie …«

Wieder klirrte der Stahl. Es gelang Rayan, sich vom Abgrund wegzudrehen, sodass er nun zu ihrer Rechten klaffte, während sie sich mit blanken Waffen gegenüberstanden, der Sänger und der Ordensmann. Schneeflocken umtanzten sie, Thorgons Umhang bauschte sich im Wind, der aus der Tiefe aufstieg.

»Propheten«, wurde der Großexekutor deutlicher, »Wahrsager und Mystiker – die Welt braucht euch nicht!« Auch er hielt seine Waffe nun mit beiden Händen und schlug damit zu.

Rayan duckte sich und hinterlief den Angriff, doch seine Gegenattacke prallte an Thorgons Harnisch ab. Wieder standen die beiden Kontrahenten einander gegenüber …

»Das ist nicht wahr!«, widersprach Rayan. »Wenn die Menschen nichts mehr haben, woran sie glauben können, nichts mehr, das ihnen Hoffnung macht – was bleibt ihnen dann noch?«

»Nichts«, gab Thorgon ohne Zögern zu, »und so soll es auch sein. Denn wohin hat die Hoffnung die Menschen gebracht, Sänger? Was geschah, als sie sich gegen den Kaiser erhoben? Tausende mussten ihren Wahn mit dem Leben bezahlen!«

Wieder trafen die Klingen in rascher Folge aufeinander. Rayan merkte, wie seine Kräfte schwanden.

»Es war nicht ihr Wahn, sondern der des Kaisers«, widersprach er, obwohl ihm inzwischen klar war, dass dies zu Thorgons Taktik gehörte. Das Reden kostete gleichermaßen Kraft und Luft – und beides stand Rayan kaum noch zur Verfügung. »Was geschehen ist, war seine Schuld – und nicht die Schuld derer, die ihn bekämpften.«

»Ach nein?« Auch Thorgon schien die Luft knapp zu werden. Er packte seinen Helm und riss ihn sich vom Kopf, sodass Rayan in die wutverzerrten Züge des Großinquisitors blickte. »Du warst nicht dabei in Myracor! Als die Erde zu beben begann und die Häuser einstürzten! Als sich jener Abgrund öffnete, der die Welt bis zum heutigen Tag zerteilt!«

»Nein«, gab Rayan zu, »das war ich nicht. Aber die Wunden, die der Kaiser dem Volk in seinem Wahnsinn beibrachte, waren nicht weniger verheerend!«

»Das würdest du nicht sagen, wenn du mit angesehen hättest, wie deine Familie, deine Frau und deine Kinder in der Tiefe versanken, in den Abgrund gerissen von zerstörerischer Magie! Damals konnte ich nichts dagegen tun – aber ich habe mir geschworen, dafür zu sorgen, dass so etwas nie wieder geschehen wird! Und ich werde nicht damit aufhören, solange es in dieser Welt auch nur einen Funken Glauben gibt!«

Mit einem heiseren Schrei trug er einen Ausfall vor, der Rayan unerwartet traf. Statt frontal anzugreifen, wie er es bislang stets getan hatte, verlagerte Thorgon sein Gewicht im letzten Augenblick auf das rechte Bein und führte den Hieb von der Seite – zu schnell, als dass der Sänger noch hätte reagieren können.

Die Schneide der Axt traf seine Schwerthand und durchtrennte sie.

Rayan schrie auf. Er wankte zurück und kam dem Abgrund gefährlich nahe. Den blutigen Stumpf an sich pressend, stand er da, gebeugt und schwer atmend, das Gesicht von Schmerz verzerrt ...

... und von schierer Verzweiflung.

Er hatte den Kampf verloren.

Und er würde nie wieder eine Leier spielen.

Es war vobei ...

»Und jetzt, Sänger«, kündigte Thorgon an, während er sich ihm langsam näherte und dabei jeden Augenblick zu genießen schien, »wirst du sterben – und mit dir dein ganzer fauler Zauber.«

Die Axt halb erhoben, trat er auf ihn zu. Rayan drehte sich zur Seite, warf einen Blick in den Abgrund und auf den Fluss, der dort unten verlief. Nur ein Schritt ins Leere, sagte er sich, und die Tiefe würde ihn verschlingen – und den Großexekutor um das Vergnügen bringen, ihn zu enthaupten ...

In einem jähen Entschluss wollte er sich vollends umdrehen, um den Schritt ins Leere zu tun – als er unerwartet Hilfe erhielt. Ohne dass er oder der Exekutor es bemerkt hatten, waren Bray, Birk und die jüngsten Krähen herangeeilt und stellten sich zwischen den Sänger und seinen Henker.

»Was soll das?«, herrschte Thorgon sie an. »Verschwindet, oder ich erschlage euch einen nach dem anderen!«

»Nein!«, erklärte Bray mit entschlossener Miene. Zusammen mit ihren jungen Freunden baute sie sich schützend vor dem Krähensänger auf.

»Ihr lehnt Euch gegen den Großexekutor auf?« Zorn loderte in Thorgon-Syns Augen. »Ich werde Euch alle hinrichten lassen.«

»Durch wen?«, fragte Bray dagegen und deutete zu dem umgestürzten Wagen hinüber, wo Kai und die anderen Jungen dabei waren, dem letzten Ordenssoldaten den Rest zu geben. »Ihr seid jetzt allein!«

»Meine Waffe habe ich noch«, versicherte Thorgon und ließ sie durch die Luft pflügen – und der Ausdruck in seinen Augen ließ erkennen, dass er keine Skrupel hatte, sie einzusetzen. Auch nicht gegen unbewaffnete Kinder ... »Lasst es euch nicht euer junges Leben kosten.«

»Das ist unsere Sache«, versicherte die Diebin grimmig, während der Wind aus der Tiefe an ihnen zerrte.

»Bray, nicht«, mahnte Rayan – er wollte nicht, dass sie für ihn ihr Leben riskierten. Er hatte ohnehin schon zu viel von ihnen verlangt. Für nichts ...

»Ihr wollt sterben? Für diesen da?« Thorgons Axt deutete auf Rayan.

»Dieser da«, entgegnete Bray trotzig, »hat mehr für uns getan als irgendjemand sonst.«

»Er hat uns Lieder vorgesungen«, sagte eins der Mädchen.

»Und uns Geschichten erzählt«, fügte Birk hinzu.

»Geschichten? Was für Geschichten?« Thorgon lachte spöttisch auf. »Du meinst Lügen ... Lügen über Helden, die es niemals gab. Über glorreiche Taten, die niemals begangen wurden. Er hat falsche Hoffnung in eure Herzen gepflanzt.«

»Er hat uns etwas gegeben, woran wir glauben konnten«, widersprach Bray.

»Das mag sein«, bestätigte Thorgon, »und dafür muss er sterben.«

»Dafür?«, hakte Bray nach. »Oder wegen seiner Gabe? Dann tötet auch mich, denn ich verfüge über dieselbe Gabe wie er, Thorgon-Syn ...«

»Du?« Thorgon starrte sie an.

»... und wenn ich diese Fähigkeit besitze«, fuhr Bray fort, »kann es gut sein, dass auch noch viele andere sie haben, überall in Astray. Die Welt ist voller Wunder, Ordensmann – Euresgleichen wird nichts daran ändern!«

»Oh, das denke ich doch«, meinte Thorgon mit einem Grinsen, das an Irrsinn grenzte, und hob seine Axt, entschlossen, ihr Blatt in Blut zu tränken ...

»Thorgon!«, rief jemand in diesem Augenblick.

18

Der Großexekutor fuhr herum.

Jemand kam auf ihn zu, eine Gestalt in enger Lederkleidung. Ein weiter Umhang umwehte ihre schlanke Gestalt, ihr roter Haarschopf glänzte in der Sonne. In ihrer Rechten hielt sie ein blitzendes Schwert, deren Klinge leicht gekrümmt war.

Zuerst verzerrten sich seine Züge vor Spott – doch je näher die fremde Frau kam, desto deutlicher glaubte Rayan zu sehen, wie sich Thorgon-Syns Hochmut in Fassungslosigkeit verwandelte.

»Du? Was willst ausgerechnet du hier?«, schrie er der Frau entgegen, deren Alter unmöglich zu deuten war. Ihre Bewegungen waren geschmeidig wie die einer Katze, in ihren ebenso anmutigen wie beherrschten Zügen war keinerlei Furcht zu erkennen – und obwohl seine Wunde schmerzte, begriff Rayan, dass er dieser Frau schon einmal begegnet war.

Im Haus des *Doppelten Mondes*.

Das Schwert in beiden Händen, nahm sie Thorgon gegenüber Aufstellung, das Haupt herausfordernd erhoben. »Lass die Gefangenen gehen«, verlangte sie.

Der Großexekutor sah sie in maßlosem Erstaunen an. Rayan bezweifelte, dass er überhaupt gehört hatte, was sie sagte. »Wer bist du?«, verlangte er zu wissen.

»Du weißt, wer ich bin.«

Er schüttelte den Kopf. »Du bist keine Hure.«

»Warum glaubst du das? Weil ich mit einem Schwert in der Hand vor dir stehe? Weil ich deine Schergen mit Pfeilen gespickt und aus ihren Sätteln geschossen habe?«

»Du?« Er sah sie verständnislos an. »Du bist das gewesen?«

»Ich und niemand sonst«, versicherte sie ungerührt. »Überrascht dich das? Das sollte es nicht – denn wir wissen doch beide, dass jeder von uns geheime Seiten hat ...«

Rayan verstand nicht, warum Thorgons Reaktion so heftig ausfiel – doch der sonst so beherrschte Großexekutor verfiel plötzlich in wütendes Geschrei und griff die Frau an. Seine Axt in einer weiten Schleife schwingend, attackierte er sie, und es sah so aus, als hätte ihre filigrane Gestalt dem wütenden Angriff nichts entgegenzusetzen.

Doch dieser Eindruck täuschte.

Blitzschnell wich sie dem Hieb aus und führte ihre eigene Klinge nach oben, um Thorgons Stahl von sich abzulenken. Der Großexekutor, der damit nicht gerechnet hatte, stieß einen weiteren Wutschrei aus und schwang die Waffe erneut, wollte die Kriegerin vor sich hertreiben – doch sie wehrte den Hieb abermals ab und sprang leichtfüßig über die Axt hinweg, die er nach ihren Beinen schwang. Da die Attacke ins Leere ging, er aber sein ganzes Gewicht hineingelegt hatte, taumelte er nach vorn, was sie nutzte, um sich über seinen Rücken abzurollen – und plötzlich stand sie hinter ihm.

Ihre Klinge zuckte vor und zerschnitt seinen Umhang. Thorgon wirbelte abermals herum, sein Gesicht eine wutverzerrte Fratze. Die Axt in beiden Händen, stieß er zu, doch sie parierte den Angriff. Er schlug um sich im Bemühen, sie zu treffen, doch sie war bald hier und bald dort und wich den wütenden Hieben beinahe mühelos aus.

Dann ging sie zum Gegenangriff über.

Die Waffen klirrten aufeinander, als die Frau ihre Klinge auf den Gegner einprasseln ließ. Die ersten Hiebe konnte Thorgon noch parieren, dann hatte er es nur noch seinem

Harnisch und dem Kettenhemd zu verdanken, dass sie ihn nicht aufschlitzte. Als Bray und ihre Freunde sahen, dass die Frau in dem Kampf die Oberhand gewann, jubelten sie laut und feuerten sie an, was Thorgon nur noch wütender machte. Seine einstmals so beherrschten Züge waren ihm entglitten, von der arroganten Überheblichkeit war nichts geblieben. Im Gegenteil schien ihm zu dämmern, dass dieser Kampf womöglich sein letzter sein könnte.

Es war das erste Mal, dass Rayan in den Augen eines Exekutors etwas wie Zweifel oder gar Furcht erkannte – gewöhnlich waren es die anderen, die zitterten, während die Schergen des Ordens ihre Macht ausübten. Doch nun war die Reihe an Thorgon selbst.

Erschöpft von den Paraden, die er aufwenden musste, um die Angriffe seiner Gegnerin zumindest halbwegs abzuwehren, brachte er die Axt nur noch mit Mühe nach oben. Seine Gegnerin, die mit einem fremdartigen Stil kämpfte, wie Rayan ihn noch nie zuvor gesehen hatte, trieb ihn vor sich her, und Thorgon konnte nicht anders als zurückzuweichen – bis sich plötzlich der gähnende Abgrund hinter ihm auftat!

Die Erkenntnis, dass er einen Schritt zu weit gegangen war, kam zu spät. Vergeblich versuchte Thorgon, sich in der Luft festzuhalten, während er in, so kam es Rayan vor, unendlicher Langsamkeit nach hinten kippte.

Entsetzen zeigte sich auf seinen Zügen, gepaart mit grenzenlosem Unverständnis – und als wäre die Schlucht ein lebendes Wesen, verschlang sie ihn, und im nächsten Moment war der gefürchtete Großexekutor von Morwa mit einem gellenden Schrei in der Tiefe verschwunden.

Die Frau, die ihn dorthin getrieben hatte, trat an den Rand des Abbruchs und blickte hinab.

Und da sah Rayan es.

Sie war eine Astara!

Sie straffte sich und schien sich einen Moment zu besinnen. Dann wandte sie sich Rayan, Bray und den anderen zu, das Schwert noch in der Hand.

»*Dana* Jennara«, rief Bray, die die Frau ebenfalls zu kennen schien – natürlich, dachte Rayan, das Haus des *Doppelten Mondes* hatte den Krähen ja zur Kontaktaufnahme gedient … Allerdings schien die junge Diebin über das Auftauchen der Bordellbesitzerin nicht weniger erstaunt zu sein als Rayan selbst. »Ihr …?«

»Es ist vorbei«, erwiderte die Astara nur. »Ihr seid frei und könnt gehen.«

Das ließen sich die Krähen nicht zweimal sagen. Die Jüngeren huschten davon, erleichtert darüber, dem Käfig und der Gefangenschaft des Ordens so unverhofft entkommen zu sein. Bray nickte Jennara dankbar zu. Dann legte sie sich Rayans unverletzten Arm um die Schulter, um ihn beim Gehen zu stützen.

»Halt«, sagte die Astara in diesem Moment. »Der Sänger nicht.«

»Was soll das heißen?«, fragte Bray.

»Wo-woher wisst Ihr …?«, fügte Rayan stockend hinzu. Rasender Schmerz quälte ihn.

»Wer du bist?«, brachte die Astara den Satz zu Ende, wobei sie ihn abschätzig musterte. »Wir sind uns schon einmal begegnet, weißt du nicht mehr?«

»Doch – aber da habe ich mich Euch nicht vorgestellt.«

»Nein«, gab sie zu. »Dein Ruf hat sich auch so verbreitet, Krähensänger. Wie es heißt, kannst du in die Zukunft sehen und weißt von geheimen Dingen.«

»Ich bin nur ein einfacher Sänger«, versicherte Rayan. »Oder war es zumindest …«

»Natürlich – deshalb war der Großexekutor hinter dir her.« Sie lächelte dünn. »Nein, Sänger. Ich weiß nicht, woher du diese Gabe hast und warum – aber ich habe einen Eid geschworen, dafür zu sorgen, dass die Dinge, von denen du offenbar erfahren hast, im Verborgenen bleiben.«

Rayan blickte sie verwundert an – und als würde ein Schleier beiseitegezogen, der bislang seine Sicht getrübt hatte, sah er die Frau plötzlich mit anderen Augen. »Ihr seid es«, stieß er hervor. »Ich kenne Euch!«

»Ich weiß, Sänger. Du bist damals in mein Haus gekommen und hast nach Anara gefragt …«

»Das meine ich nicht.« Rayan schüttelte den Kopf. Sein Pulsschlag hämmerte, rasender Schmerz tobte in seinem Arm – aber es war ihm gleichgültig geworden. »Ich meine, dass ich weiß, wer Ihr wirklich seid …«

»Was?« Sie hob eine Braue, legte den Kopf schief.

»Ihr seid eine von ihnen«, fuhr Rayan unbeirrt fort und sprach aus, was ihm trotz seines Zustands und seiner Qualen – oder gerade deswegen? – plötzlich klar vor Augen stand. »Ihr seid eine der Sieben. Die Astara …«

»Du sprichst im Fieber.« Jennara schüttelte unwirsch den Kopf.

Der Gewohnheit folgend, wollte der Sänger nach seiner Leier greifen, doch der blutige Stumpf machte es ihm unmöglich, und infolge der Schmerzen vermochte er auch nicht zu singen. Stattdessen sprach er mit heiserer Stimme:

Als Letzte zu dem Bunde stößt, von uraltem Blut,
eine Tochter der Astari, das Herz so rein wie gut …

»Es ist wahr«, sagte Bray langsam. »Ihr seid … die Heldin aus den alten Liedern. Ihr wart es die ganze Zeit …«

»Unsinn«, erwiderte sie. »Du weißt, wer ich bin, Mädchen – und eine Heldin bin ich ganz sicher nicht.«

»Aber Ihr habt die Schwarzen Reiter besiegt und den Großexekutor getötet …«

»Ich bin manches«, räumte die Astara ein, »aber gewiss

keine Heldin. Und was immer der Sänger dir über die Vergangenheit und die Legenden erzählt hat – es sind nichts weiter als Geschichten, uralte Lügen ...«

»Es ist wahr, alles«, widersprach Rayan, dessen Sinne sich vor Schmerz und Erschöpfung zu trüben begannen. Sein Blick verschwamm, kalter Schweiß trat ihm auf die Stirn und sein Herz pochte mit Hammerschlägen – dennoch fühlte er, dass er unmittelbar vor einer Entdeckung stand, dass er kurz davorstand, die Zusammenhänge zu begreifen ... »Der Kampf gegen Kaiser Malfertas, der Weltenbruch und meine Visionen – all das steht in Verbindung, doch ich kann noch nicht ...«

Plötzlich verstummte er.

Ein Gedanke war ihm gekommen.

Eine Erkenntnis, die seinen Schmerz, seine Verwundung und sogar seine ganze Person unwichtig erscheinen und ihn alles andere vergessen ließ. »Ich verstehe«, flüsterte er heiser. »Der Stein ... der Stein von Skaradag ...«

»Was weißt du über den Stein?«, fragte Jennara und trat auf ihn zu.

»Der Stein aus den alten Liedern«, erwiderte Rayan, der seinen Blick nicht von der Astara wenden konnte, die wie ein rächender Geist vor ihm stand, mit ihrem leuchtend roten Haar und umweht von ihrem Umhang. »Alles musste genauso kommen, wie es geschehen ist ...«

»Was weißt du über den Stein?«, hakte Jennara nach. Sie stand jetzt unmittelbar vor ihm, hatte ihr Schwert halb erhoben.

»Der Stein existiert«, erwiderte Rayan, »ich habe mich geirrt, es gibt ihn wirklich ...«

Jennara atmete tief ein und aus. »Es tut mir leid, Sänger«, flüsterte sie, während sie ihre Klinge hob. »Ich werde dafür sorgen, dass es schnell geht ...«

»Nein!«, rief Bray und wollte eingreifen – doch das Schwert der Kriegerin hielt sie auf Distanz.

Rayan nahm kaum noch wahr, was um ihn herum vor sich ging, so überwältigend war der Schmerz – und so fokussiert war sein Geist. »Ich dachte, ich sollte nach Skaradag kommen, um einen Stein zu suchen, von magischer Kraft durchdrungen«, fuhr er fort, »und wo sonst könnte ein so wertvoller Stein verwahrt sein, wenn nicht in der Schatzkammer?«

Die Astara holte mit dem Schwert aus. Bray schrie entsetzt – doch Rayan lachte nur. »Dabei ging es in Wahrheit immer nur um Euch«, sagte er und sah Jennara unverwandt an.

»Was?« Sie hielt inne.

»Um den Stein, mit dem alles begann«, versicherte er und starrte sie weiter an, während eine Woge des Glücks ihn durchströmte – Glück, das aus wahrer Erkenntnis erwuchs. »Jetzt endlich verstehe ich …«

Auch wenn aufgewühlt das Wasser und sturmgepeitscht
das Meer,
zieht ein Stein doch Kreise, erst leis, dann immer mehr.
Und noch während Menschen denken und sinnen unentwegt,
hat der Stein im Wasser längst schon etwas bewegt.

»Ihr seid dieser Stein«, sagte Rayan und lächelte trotz der Schmerzen, die ihn peinigten. »Denn mit Euch hat damals alles angefangen.«

»Rayan?«, fragte Bray, die sich darauf keinen Reim machen konnte. Verunsichert flogen ihre Blicke zwischen dem Sänger und der Astara hin und her.

Für einen Augenblick schien die Zeit stillzustehen.

Dann ließ Jennara die Klinge sinken. »Sänger«, sagte sie leise, »diese Worte retten dir das Le…«

Sie hatte noch nicht zu Ende gesprochen, als Rayan spürte, wie ihn etwas von hinten traf, ein harter Schlag, ein Stich, gefolgt von einem Schmerz, der den in seinem Arm noch um ein Vielfaches übertraf. Er sah an sich herab – und sah mit Befremden die blutige Speerspitze, die aus seiner Brust ragte.

»Nein!«, schrie Bray aus Leibeskräften.

Dies hatte keiner von ihnen kommen sehen.

19

Festung Vanheim
Zur selben Zeit

Es war ein langer Weg hinab.

Vom Lichtschein der Fackeln umgeben, drangen Hauptmann Gunryk und seine Leute in die Tiefe des alten Brunnenschachts vor – ein Vorstoß in die Ungewissheit. Denn keiner von ihnen vermochte zu sagen, was sie dort in der Tiefe erwarten würde.

Was war das für eine grässlich stinkende Substanz gewesen, die Sergeant Tymon an der Schachtwand gefunden hatte?

Und was hatte sie mit dem Verschwinden nicht nur der drei Grenzer, sondern womöglich auch mit den zweihundert ostragischen Kriegern zu tun, die diese Festung noch bis vor Kurzem besetzt hatten?

Auch Gunryk wusste es nicht, aber während seine Leute und er immer weiter in das dunkle Ungewisse vordrangen, ertappte er sich dabei, dass er sich selbst Antworten gab – und keine davon gefiel ihm.

Der Grund, warum seine Männer ihn respektierten und ihm uneingeschränkt vertrauten, war der, dass Gunryk stets der Ansicht gewesen war, dass ein Anführer auch anführen sollte und nicht zurückstehen, wenn es gefährlich wurde. Diesem Grundsatz war er auch heute treu geblieben, und so war er der Erste, dessen Füße den Grund des Brunnenschachts betraten.

Instinktiv zog er sein Schwert.

Die Fackeln, die sie bereits vorab in den Schacht geworfen hatten, sorgten für flackerndes Licht, in dem Gunryk sich wachsam umblickte. Abgesehen davon, dass sich an Boden und Wänden noch mehr von der schwarzen, schimmernden Substanz befand, konnte er nichts Verdächtiges entdecken. Der Brunnen schien schon vor vielen Jahren versiegt zu sein, dennoch herrschte eine allgegenwärtige Feuchte, die von den nahen Wasserfällen rührte. Und genau wie Gunryk vermutet hatte, gab es in der Wand einen Riss, der etwa mannsbreit war und durch den kalte Luft in den Schacht strömte. Jenseits davon war nichts als Dunkelheit zu sehen, die den Lichtschein der Fackel zu verschlucken schien.

Inzwischen waren die nächsten Kletterer auf dem Grund des Schachts angelangt. Der alte Gyol nickte Gunryk grimmig zu, las eine der Fackeln vom Boden auf und zog dann ebenfalls seine Klinge. Da der Schacht zu eng war, als dass sie auf das Eintreffen des nächsten Dutzends Kämpfer hätten warten können, nahm Gunryk ebenfalls eine der Fackeln und drang durch den Felsspalt in die dahinterliegende Dunkelheit.

Ein Stollen schloss sich an, dessen glatte Wände darauf schließen ließen, dass fließendes Wasser ihn geformt hatte. Das Rauschen des Vanfalls, das Gunryk schon in der Brunnenkammer zu hören geglaubt hatte, war hier noch sehr viel deutlicher zu vernehmen.

Wie das Wasser, das ihn ausgehölt hatte, wand sich der Stollen in engen Windungen, die stetig bergauf führten. Gunryk folgte ihnen etwa zwanzig Schritte weit, dann verharrte er und wartete, bis sein Stoßtrupp vollzählig war. Da die Soldaten der Grenzpatrouillen geübte Kletterer waren, dauerte es nicht lange, bis sich auch der letzte an der Schachtwand herabgelassen hatte – es war Sergeant Tymon, den Gunryk zur Nachhut eingeteilt hatte.

Bis auf das ferne Rauschen war es still im Stollen, niemand sagte ein Wort. Ob die Männer Angst hatten, sich zu verraten, oder ob es dieser bedrückende Ort selbst war, der sie schweigen ließ, war nicht festzustellen. Aber auch Gunryk hatte instinktiv das Gefühl, dass es besser war zu schweigen. Mit Handzeichen gab er seinen Leuten zu verstehen, dass sie ihm folgen sollten und dabei auf der Hut sein – niemand wusste schließlich, was sie dort erwartete.

Der Stollen führte zunächst weiter bergauf.

Gunryk ging seinen Leuten abermals voraus, und mit jedem Schritt, den er tat, hatte er das Gefühl, dass der strenge Modergeruch sich steigerte, bis er ihnen schließlich fast den Atem nahm. Wohin, so fragte er sich, führte dieser Gang? Hinauf zu den Wasserfällen? Aber woher rührte dann jene klebrige schwarze Schmiere, die sie gefunden hatten und die so bestialisch stank?

Er hatte sich die Frage kaum gestellt, als er an der glatt gewaschenen Felswand erneut Spuren von dem Zeug fand. Er verzichtete darauf, es erneut zu berühren, anders als einige seiner Leute, die es mit den Fingern oder mit der Schwertspitze berührten und daran rochen.

»Verdammt«, stieß Gyol mit vor Abscheu verzerrter Miene hervor. »Was ist das?«

»Wissen wir nicht«, gab Gunryk ehrlich zu. »Aber es findet sich überall hier unten – und es war auch oben im Schacht.«

Trotz seines offenkundigen Entsetzens brachte der Veteran ein breites Grinsen zustande. »Scheiße ist es jedenfalls schon mal nicht, Hauptmann, das ist doch was.«

»Ja«, meinte Gunryk und rang sich ebenfalls ein Grinsen ab. Dann wandte er sich um und ging weiter. Der Stollen wurde bald breiter und bald schmäler – längst verlief er nicht mehr unter der Zitadelle, sondern führte tief hinein ins Herz des Berges. Gunryk fühlte Beklemmung, hatte das Gefühl, als würde sich eine unsichtbare Klaue um seinen Brustkorb legen und ihn quetschen. Dwarge und Uroks mochten in Stollen und Höhlen zu Hause sein – Menschen waren es nicht.

Dennoch zwang er sich, einen Fuß vor den anderen zu setzen und immer weiterzugehen. Solange er keine Schwäche zeigte, würden auch seine Leute keine zeigen. Er war der Anführer, musste Vorbild sein …

Noch eine Weile folgten sie dem Stollen bergan. Dann beschrieb er wieder eine Biegung – und plötzlich bekamen die Grenzer von Norya auf zumindest eine ihrer Fragen Antwort.

Als die drei leblosen Körper im Lichtschein der Fackel auftauchten, verspürte Gunryk einen bizarren Augenblick lang eine seltsame Erleichterung. Doch im nächsten Moment erfasste der Schein der Flamme die Leichen ganz – und Gunryk begriff, dass nichts, aber auch gar nichts an ihrem Tod natürlich gewesen war.

20

Klyftagor
Zur selben Zeit

Bray war wie erstarrt.

Mit vor Entsetzen geweiteten Augen sah sie zu, wie Rayan zusammenbrach. Aus seinem Rücken ragte der Schaft eines Speers, den man aus so kurzer Distanz geworfen hatte, dass er in der Brust wieder ausgetreten war.

Hinter ihm, nur wenige Schritte entfernt, stand der Mann, der die Waffe geworfen hatte. In seiner Brust steckte ein Pfeil, er konnte sich kaum auf den Beinen halten – doch als ein Windstoß in seinen Umhang fuhr und ihm die Kapuze vom Kopf riss, da konnte Bray erkennen, wer es war.

Ein blonder Haarschopf kam zum Vorschein.

Darunter ein blasses Gesicht.

»Torgny!«, schrie Bray außer sich. »Was hast du getan?«

»Er … er hat dich mir weggenommen«, stieß der verwundete Junge keuchend hervor, wobei dünne Blutfäden aus seinen Mundwinkeln rannen. »Er darf dich mir nicht wegnehmen, Bray … du gehörst zu … zu mir …«

Seine Stimme brach, und er wankte – im nächsten Moment ging er nieder und blieb reglos liegen. Bray wandte sich Rayan zu, der sich auf dem nackten Felsboden krümmte, den Speer, der ihn durchbohrt hatte, noch immer im Rücken. Tränen der Verzweiflung in den Augen ließ Bray sich auf die Knie fallen, packte den Schaft mit beiden Händen und zog ihn mit aller Kraft heraus.

Rayan schrie entsetzlich auf. Blut pulsierte aus den Wunden in Brust und Rücken, tränkte seine Kleider und breitete sich über den nackten Fels aus.

»Bray ...«, stieß er hervor und hob seine blutige Hand, als wollte er nach ihr greifen. Sie fiel bei ihm nieder, und versuchte, die Wunden mit ihren Händen zu verschließen, was ihr nicht gelang. »Lass, Bray«, forderte er sie schließlich auf – den Ausdruck, den sie in seinen Augen sah, hatte sie schon bei anderen gesehen. Und er machte ihr klar, dass das Lied des Krähensängers bald verklingen würde.

Sie gab ihr sinnloses Bemühen auf, bettete stattdessen seinen Kopf auf ihre Arme. »Bitte nicht«, schluchzte sie, während Tränen über ihre Wangen liefen. »Du darfst nicht gehen, hörst du? Du darfst mich nicht alleinlassen.«

Rayan keuchte. Mit jedem Atemzug schien Leben aus ihm zu entweichen. »Bist nicht ... allein«, keuchte er und brachte tatsächlich etwas wie ein Lächeln zustande, das wohl ermunternd wirken sollte, sie jedoch nur noch trauriger machte. »Alles wird gut, Bray ... Stein gefunden ... Legenden ...«

Bray nickte – auch wenn sie keine Ahnung hatte, was er ihr sagen wollte. Vermutlich trübte der nahe Tod bereits seine Gedanken ...

»Du musst ... bei ihr bleiben ... bei der Astara ...«

»Bei ihr?« Bray schüttelte verständnislos den Kopf. »Aber sie ... sie wollte dich töten!«

»Sie ist es«, versicherte Rayan mit einem Lächeln, dessen Ursprung bereits nicht mehr in dieser Welt zu liegen schien. »Sie ist die Astara ... sie ... sie ist ...«

Er unterbrach sich, und seine milchig gewordenen Augen schienen nach etwas zu suchen, während seine Hände kraftlos umhertasteten. Zuerst verstand Bray nicht, was er wollte, aber dann wurde ihr klar, dass es die Leier war, nach der es ihn verlangte. Sie half ihm dabei, das blutbesudelte Instrument in die Hände zu nehmen, und auch wenn er nicht mehr in der Lage war, darauf zu spielen, so versuchte er es dennoch, und ein letztes Mal erhob er seine Stimme, die nur noch ein schwacher Nachhall seiner einstigen Fertigkeit war, ein tonloses Flüstern, vom nahen Tod umfangen …

In Meer des Vergessens, in Nebeln und Stürmen,
liegt die Hoffnung in Banden auf steinernen Türmen.

»Was … was bedeutet das?«, wollte sie wissen.

»Das wirst … du herausfinden«, erwiderte er leise, dann schien eine Welle von fürchterlichem Schmerz seinen gepeinigten Körper zu durchlaufen. Ein heiserer Schrei entfuhr ihm, und er bäumte sich auf, und fast fürchtete sie schon, es wäre zu Ende.

»Bray?«

»Ja?« Sie hielt seine blutigen Hände.

»Du … du musst …«

Was er sagen wollte, verließ seine Lippen nie. Der Sänger nutzte die letzte ihm verbliebene Kraft dazu, die Leier zu nehmen und sie an Bray zu reichen.

Noch einmal sahen sie einander in die Augen, dann brach sein Blick, und indem er sich noch einmal aufbäumte, von irdischem Schmerz gepeinigt, verließ der Krähensänger diese Welt. Sein Kopf fiel zur Seite, sein Körper entkrampfte sich.

Es war vorbei.

Augenblicke lang war Bray unfähig, etwas zu sagen oder zu tun. Dann beugte sie sich vor und küsste ihn zum Abschied sanft auf die Stirn.

Dann schloss sie die Augen und presste die Leier fest an sich, während sie das Gefühl hatte, als wollte der Schmerz sie zerreißen.

21

Vanheim
Zur selben Zeit

Das also war mit ihnen geschehen.

Wie erstarrt vor Entsetzen standen Gunryk und seine Leute vor den drei leblosen Körpern, die einmal Menschen gewesen waren. Auch wenn kaum mehr etwas darauf hindeutete.

Wäre es nicht um ihre Kleidung gewesen und das lederne Rüstzeug – sie hätten die Männer, die ihre Kameraden, ihre Freunde gewesen waren, nicht mehr erkannt. Denn was immer ihnen widerfahren war, es hatte sie grässlich entstellt.

Gunryk wollte sich den Leichen nähern, um sie genauer in Augenschein zu nehmen und vielleicht herauszufinden, was sie so furchtbar zugerichtet hatte, aber Gyol hielt ihn zurück.

»Nicht, Hauptmann«, warnte er. »Wir wissen nicht, was dieses Zeug ist.«

Gunryk nickte, nahm die Warnung dankbar zur Kenntnis. Aber er brauchte auch Antworten, jetzt noch mehr als zuvor. Vorsichtig näherte er sich den Toten, die dort in grotesker Verrenkung lagen, so als hätten sie entsetzliche Qualen gelitten.

Alle drei waren, soweit Gunryk das feststellen konnte, im Kampf gestorben und wiesen klaffende Wunden auf – doch das war es nicht, was die hartgesottenen Grenzer so entsetzte. Denn tatsächlich war da nirgendwo Blut – sondern nur jene schwarze, schimmernde Substanz, auf die sie im Brunnen und auch im Stollen immer wieder gestoßen waren.

Anstelle von Blut schien sie aus den Wunden gekommen zu sein und sich über die Körper der Gefallenen ausgebreitet zu haben, sodass sie einen Teil ihres Rumpfs, ihrer Gliedmaßen und selbst ihres Gesichts bedeckte. Auch die noch milchbärtigen Züge des jungen Mikol waren zur Hälfte davon überzogen. Die andere Hälfte war noch frei davon, und das verbliebene Auge schien Gunryk in stillem Vorwurf anzustarren – und es war so schwarz wie die Nacht.

Der Gestank, der von den Toten ausging, war entsetzlich, und das nicht nur der Verwesung wegen, sondern vor allem wegen jener grässlichen Substanz, von der Gunryk noch immer keine Ahnung hatte, worum es sich handelte.

Vorsichtig trat er noch ein Stück näher, benutzte die Spitze seines Schwertes, um das Zeug zu berühren.

»Es klebt und stinkt«, stellte Tymon fest, der neben ihn getreten war. »Genau wie oben im Brunnen. Was, zum Henker, ist das?«

»Ich weiß es nicht.« Gunryk schüttelte den Kopf.

»Glaubst du, dass … es unsere Leute getötet hat?«

Der Hauptmann schüttelte den Kopf. »Diese Wunde dort stammt von einer Kriegsaxt«, stellte er fest, auf Mikols grässlich zugerichteten Brustkorb deutend. »Und ihm dort« – er zeigte auf einen der anderen Toten – »wurde der Schädel eingeschlagen, vermutlich mit einem Kriegshammer.«

»Aber das ergibt keinen Sinn!« Tymon sah ihn fragend an. »Gegen wen haben sie gekämpft? Und warum sind sie überhaupt hier unten gewesen?«

»Vielleicht waren sie das ja gar nicht«, gab Gunryk zu bedenken, wobei ihm selbst nicht gefiel, was er da sagte. »Vielleicht wurden sie erst hierhergeschleppt, als sie bereits tot waren.«

»Das könnte die Spuren an der Brunnenwand erklären«, stimmte Tymon zu. »Aber wer hat das getan? Und aus welchem Grund?«

Der Hauptmann und sein Sergeant wechselten einen langen Blick. Ihre Männer, die die Unterhaltung verfolgt hatten, tuschelten leise miteinander. Unruhe griff spürbar um sich, selbst unter den erfahrenen Grenzern.

Gyol sammelte geräuschvoll Speichel und spuckte aus. »Ich weiß nicht, Hauptmann«, knurrte er, »mir gefällt es hier ganz und gar nicht.«

»Mir auch nicht«, versicherte Gunryk. »Aber wir sollten versuchen, Antworten zu finden.«

»Nein«, widersprach der Veteran. »Wir sollten hier rasch verschwinden.«

Gunryk sandte ihm einen warnenden Blick – auch einem altgedienten Soldaten kam es nicht zu, die Entscheidung eines Offiziers infrage zu stellen. Andererseits konnte Gunryk nicht in Abrede stellen, dass Gyol recht hatte.

Einen Augenblick wog er die Argumente ab und traf dann eine Entscheidung. »Schön«, knurrte er. »Wir werden die Toten mitnehmen und sie uns oben genauer ansehen.«

»Du willst … sie nach oben bringen?«, fragte Tymon.

»Sollen sie hierbleiben? Sie sind unsere Kameraden, und ein Grenzer lässt keinen seiner Leute zurück!«

»So heißt es«, räumte der Sergeant ein. »Aber dieses schwarze Zeug … ich bin mir nicht sicher …«

»Ob was?«, hakte Gunryk nach.

»Ob das wirklich noch unsere Leute sind«, gab Tymon leise zur Antwort. Er blickte zu Boden und schämte sich für seine Worte – dennoch hatte auch er nicht unrecht. Was immer Mikol und den anderen widerfahren war, hatte sie verändert. Andererseits waren diese elenden Kreaturen, die dort leblos lagen, einmal ihre Kameraden gewesen, und alles in Gunryk sträubte sich dagegen, sie hier zurückzulassen.

»Wir nehmen sie mit«, entschied er.

»Warum?«, fragte Tymon mit bebender Stimme dagegen. Es kostete ihn sichtlich Überwindung, seinem Hauptmann zu widersprechen, dennoch tat er es. »Warum willst du sie unbedingt mitnehmen?«, fragte er. »Weil du ein schlechtes Gewissen hast? Weil du es nicht geschafft hast, sie am Leben zu halten?«

»Unfug ...«

»Sie waren Soldaten, Gunryk, genau wie du und ich. Sie wussten, worauf sie sich einlassen, als sie der Grenzpatrouille beitraten.«

»Nein.« Gunryk schüttelte den Kopf, auf die schwarze Substanz deutend. »So etwas konnte keiner von uns wissen.«

»Das ist wahr«, räumte Tymon ein. »Also auch du nicht, und deshalb trifft dich auch keine Schuld. Aber solange wir nicht wissen, was das ist und wie diese Männer gestorben sind, sollten wir nicht ...«

Mit einer Geste brachte Gunryk ihn zum Verstummen. Für einen Moment hatte er das Gefühl gehabt, aus der Tiefe des Stollens ein Geräusch zu hören.

Tatsächlich – ein unregelmäßiges, schleppendes Geräusch, so als ob etwas mit großer Mühe über den feuchten Steinboden gezogen würde. Auch die anderen hörten es.

»Was ist das?«, fragte einer – Tymon gebot ihm zu schweigen. Reglos standen sie und lauschten in die Dunkelheit, die sich jenseits der drei Toten erstreckte.

Das Geräusch dauerte an.

Und es wurde lauter und lauter.

»Da kommt etwas auf uns zu«, knurrte Gyol leise und zückte in Ergänzung zu seinem Schwert auch noch seinen Dolch. Die anderen Männer taten es ihm gleich. Ingrimm spiegelte sich in ihren vom Fackelschein beleuchteten Mienen. Wenn dies der Feind war, der ihre Kameraden getötet und sie so entsetzlich zugerichtet hatte, so wollten sie sich rächen.

»Er hat recht«, stellte Tymon fest, der mit Gunryk in der vordersten Linie stand. »Es kommt näher!«

Gunryk verengte die Augen, starrte suchend in die unergründliche Schwärze, ohne jedoch etwas zu erkennen. Dabei kamen die Geräusche immer dichter heran – und mit ihnen eine schreckliche, haltlose Furcht, die nach den Herzen der Grenzsoldaten griff.

»Sie müssten doch längst da sein«, stieß einer der Männer hervor. »Verdammter Mist, was ist das nur?«

»Maul halten«, befahl Gyol ihm.

Gunryk hob sein Schwert und nahm Verteidigungsposition ein – seine Männer taten es ihm gleich. Was immer dort aus dem dunklen Stollen kam, würde sie nicht unvorbereitet finden, ganz gleich, was es war.

»Haltet stand«, stieß er hervor, um sich und den Seinen Mut zu machen. »Wir werden ihnen zeigen, was es heißt, sich mit dem Grenzkorps anzulegen. Wir werden sie bezahlen lassen für das, was sie unseren Kameraden angetan haben!«

Grimmig starrte er in die Finsternis und glaubte plötzlich zu sehen, wie sich dort etwas regte – oder war es nur eine Täuschung? Nein, dort war etwas …

»*Čama gardaman!*«, gab er den Schlachtruf der Grenzer von Norya aus. »Immer wachsam!«

»Immer wachsam!«, echote es wie aus einer Kehle.

Schulter an Schulter standen sie, in eiserner Entschlossenheit. Doch auf das, was ihnen im nächsten Moment aus dem Dunkel des Stollens entgegentrat, waren auch die tapfersten Herzen nicht vorbereitet.

Einen Augenblick lang standen die Männer unbewegt, ihre Waffen in der Hand, die ihnen plötzlich nutzlos erschienen.

Dann begann der Erste zu schreien.

Und das Grauen stürzte sich auf sie.

22

Klyftagor
Später

Wie lange Bray dort am Boden kauerte und den Tod des Krähensängers beweinte, wusste sie später nicht mehr zu sagen.

Irgendwann trat Jennara zu ihr und sagte ihr, dass sie sich zurückziehen müssten, wenn sie nicht die Aufmerksamkeit der Turmbesatzung auf sich ziehen wollten. Und so hatte sich Bray schließlich wieder erhoben, tränenüberströmt und vom Blut des toten Freundes besudelt.

Verzweiflung herrschte in ihrem Inneren, nicht nur Rayans wegen, sondern auch, weil sie auch nicht wusste, wohin sie alle sollten. Faginor war tot und die Bande der Krähen zerschlagen worden, sodass sie und ihre Freunde auch kein Zuhause mehr hatten, keine Zuflucht und keinen Schutz. Mit Bitterkeit musste Bray an Rayans letzte Worte denken. Der Sänger schien davon überzeugt gewesen zu sein, dass alles gut werden würde – aber vielleicht, sagte sie sich, war es auch nur das Gestammel eines Mannes gewesen, der dem Tod näher war als dem Leben und dessen Geist sich bereits zu trüben begann.

Was also sollte sie davon glauben?

Wie sich herausgestellt hatte, war *Dana* Jennara Thorgon und seinen Schergen nicht allein gegenübergetreten. Bei ihr war auch der Halbling, der die Gittertür an den Kopf bekommen hatte, als die Gefangenen aus dem Käfig flohen. Entsprechend groß war die Beule an seiner Stirn, entsprechend verdrießlich seine Miene. Brays Mitleid hielt sich in Grenzen –

genau wie Jennara hatte auch der Halbling im Sinn gehabt, Rayan zu töten, damit er sein Wissen nicht weitergeben konnte. Zwar war der Sänger letztlich nicht von ihrer Hand gestorben, aber das machte es nicht besser. So dankbar Bray der Astara und ihrem Begleiter für die Befreiung war, so sehr hütete sie sich davor, den beiden zu erzählen, dass sie offenbar über eine ähnliche Gabe verfügte wie der Krähensänger – auch wenn sie weder wusste, was sie damit anfangen sollte, noch was sie in jenen fürchterlichen Visionen eigentlich sah. Sie hatte gehofft, dass Rayan ihr dabei helfen würde, das Geheimnis zu enträtseln. Doch daraus würde nun nichts werden. Was blieb, war Trauer – und tiefe Verunsicherung.

Mit vereinter Kraft hatten die Krähen den umgestürzten Gefängniswagen wieder aufgestellt, und unter der Anleitung des Halblings, dessen Sache es nicht unbedingt zu sein schien, sich selbst die Hände schmutzig zu machen, wurden die Leichen der getöteten Ordenssoldaten in den Käfig gepackt – abzüglich ihrer Pfeile, die Jennara aus den leblosen Körpern zog, um keine Spuren zu hinterlassen. Auch Torgny, der von den Krähen zum Orden übergelaufen war und sie alle verraten hatte, wurde auf den Wagen gelegt – und zuletzt auch Rayan.

»Müssen wir das wirklich tun?«, fragte Bray, die selbst dabei Hand anlegte – sie hatte das Gefühl, es dem Sänger schuldig zu sein. »Können wir ihn nicht einfach begraben?«

»Nein«, lehnte die Astara rundheraus ab. »Die Gefahr, dass er gefunden wird, ist zu groß. Ich werde kein Risiko eingehen.«

»Ohnehin haben wir schon zu viel Zeit vergeudet«, fügte der Halbling hinzu, der, wie Bray inzwischen wusste, auf den Namen Lorymar Thinkling hörte. Offenbar hatte er lange Zeit im Ausland gelebt, denn seine Sprache war seltsam gefärbt und seine Haut sehr viel dunkler, als sie es von den Kaufleuten aus dem Westland kannte, die ab und an in Skaradag verkehrten, um Salz zu kaufen – und die stets zu ihren bevorzugten Opfern gehört hatten, weil sie mit ihren kurzen Beinen nicht in der Lage waren, einem flüchtigen Dieb zu folgen. »Thorgon hat sicher einen Boten vorausgeschickt, um den Turm über sein Eintreffen zu informieren – wenn er bis zum Einbruch der Dunkelheit nicht dort eingetroffen ist, werden sie einen Trupp Soldaten schicken, um nachzusehen.«

»Anzunehmen«, sagte Jennara nur.

Bray wusste nicht, ob sie über die Eiseskälte, mit der diese Frau ein Dutzend Männer getötet hatte, unter ihnen Torgny und der Großexekutor selbst, entsetzt sein oder sie dafür bewundern sollte. Die Selbstsicherheit, mit der die Astara sich bewegte und die aus jeder ihrer Worte sprach, beeindruckte sie einerseits – und machte ihr gleichzeitig Angst. Ein letztes Mal trat Bray an Rayans sterbliche Hülle und nahm Abschied. Dann nickte sie Kai zu, und das Gitter wurde geschlossen.

»Alle mit anfassen, los!«, wies Lorymar die Krähen daraufhin an. Während er selbst oben auf dem Käfig stand, mussten Bray und ihre Freundin den Wagen an der Deichsel schieben.

Es kostete Kraft, den Wagen in Bewegung zu setzen. Einmal in Gang gebracht, nahm er jedoch rasch Fahrt auf und rollte auf den Abgrund zu. Schließlich wurde er so schnell, dass Lorymar Thinkling quiekend herabsprang. Klirrend und rumpelnd bewältigte das schwere Gefährt auch noch die letzte Distanz – und erreichte die Kante.

Das Quietschen der Räder verstummte jäh, als sie den Boden verließen und der Wagen ins Leere hinausschoss.

Bray und ihre Freunde sahen zu, wie das Gefährt, das ihr Gefängnis gewesen war, in die Tiefe stürzte. Zweimal schlug es an der Felswand an, sodass Pritsche und Räder zersplitterten – dann tauchte es in das graue Wasser der Morwa ein, deren Strömung die Trümmer sofort davontrug. Der eiserne Käfig hingegen versank an Ort und Stelle – und mit ihm auch seine Ladung.

»Leb wohl, Rayan«, sagte Bray leise.

Es war der Moment, in dem ihr bewusst wurde, dass der Sänger niemals zurückkehren, dass sie niemals wieder seine Stimme hören würde.

Und sie vermisste ihn bereits.

»Wisst ihr schon, wohin ihr gehen wollt?«, wandte sich die Astara an sie. Aus irgendeinem Grund schien sie in Bray die Anführerin der Krähen zu sehen, ungeachtet der Tatsache, dass Kai und die anderen Jungen sehr viel größer und stärker waren. »In euren alten Schlupfwinkel könnt ihr nicht zurück, er wurde zerstört. Außerdem kennt der Stadtmarschall ihn jetzt.«

»Wir werden sehen«, sagte Bray nur – in Wahrheit hatte sie keine Ahnung, wie es nun weitergehen sollte. Die Krähen waren zerschlagen, ihre Zunft gab es nicht mehr, und vermutlich hatten die anderen Banden ihr Revier bereits unter sich aufgeteilt. Kai und die anderen Jungen würden keine Probleme haben, sich einer der anderen Zünfte anzuschließen. Für die Jüngeren und vor allem für die Mädchen gab es jedoch nicht allzu viele Möglichkeiten, wollten sie im Winter nicht in den Gassen verhungern oder erfrieren. Und keine dieser Möglichkeiten war erstrebenswert …

»Wie heißt du eigentlich?«, wollte die Astara wissen. »Ich habe dich schon früher gesehen und weiß, dass du eins von Faginors Mädchen bist. Aber wir haben noch nie miteinander gesprochen.«

»Nein«, gab Bray zu.

»Also?«

»Mein Name ist Bray.«

»Und weiter?«

»Nur Bray.«

Jennara nickte. »Wenn ihr wollt«, schlug sie vor, »könnt ihr im Haus des *Doppelten Mondes* bleiben, Bray.«

»Wirklich?«

»Das Interesse des Ordens galt vor allem dem Sänger«,

führte die Astara weiter aus. »Ich denke nicht, dass jemand nach euch suchen wird.«

»Aber der Orden wird die Sache nicht auf sich beruhen lassen …«

»Sicher nicht. Man wird einen anderen Exekutor nach Skaradag schicken, der über Thorgons Verbleib Nachforschungen anstellen wird. Aber da Gulfullur und seine Saliger insgeheim erleichtert darüber sein werden, dass Thorgon-Syn nicht mehr unter den Lebenden weilt, werden sie nicht allzu gewillt sein, ihn zu unterstützen – und früher oder später wird ihm nichts anderes übrig bleiben, als unverrichteter Dinge wieder abzuziehen. Bis es so weit ist, gewähre ich euch Unterschlupf.«

»Ich … bin mir nicht sicher.« Bray zögerte – und die Astara erkannte sofort den Grund dafür.

»Natürlich müsstet ihr arbeiten und euren Teil zur Gemeinschaft beitragen«, fügte sie deshalb hinzu, »aber niemand von euch müsste den Gästen zu Diensten sein. Das verspreche ich dir.«

»Das würdet Ihr für uns tun?« Bray sah sie verständnislos an. »Warum?«

»Zum einen, weil ich den alten Faginor gut leiden konnte – er war stets ein gern gesehener Gast in meinem Haus«, erwiderte die Astara lächelnd. »Und zum anderen …« Sie unterbrach sich für einen Moment. »Vielleicht bin ich das dem Sänger schuldig«, sagte sie dann. »Es tut mir leid, wie es gekommen ist. Er schien ein guter Mensch zu sein.«

»Das war er.« Bray nickte.

»Du hattest ihn gern, nicht wahr?«

»Das geht Euch nichts an«, beschied Bray ihr barsch. Die Frage ärgerte sie. Nicht nur, weil sie sie unpassend fand, sondern auch, weil sie ja selbst nicht wusste, in welchem Verhältnis sie zu dem Sänger gestanden hatte. »Warum wolltet Ihr Rayan töten?«, verlangte sie stattdessen zu wissen.

»Weil ich dachte, dass er von Dingen wüsste, die kein Sterblicher je erfahren darf.«

»Ihr dachtet es?«

»Es war ein Irrtum«, gestand die Astara ein. »Wäre es nach mir gegangen, hätte der Sänger sein Leben nicht zu verlieren brauchen, aber das Schicksal hat es anders gewollt.«

Bray sah sie unverwandt an. »Es gibt nicht mehr viele, die an die Kraft des Schicksals glauben und es wagen, dies offen auszusprechen.«

»Das ist wahr – aber jeder sollte sagen dürfen, was er fühlt und denkt, oder nicht? Und den Mut haben, dafür einzustehen – so wie der Sänger es getan hat.«

Bray nickte. Vermutlich war dies Rayans Verdienst gewesen, sein größtes Geschenk an sie …

»Er hatte recht, nicht wahr?«, fragte sie dann.

»Womit?«

»Die alten Lieder sind wahr. Die Legenden von Astray, es gab sie wirklich – und Ihr habt einst zu ihnen gehört. Aber seid unbesorgt, von mir wird es niemand je erfahren.«

Jennara sah sie lange und durchdringend an. Ihre Augen funkelten dabei wie Smaragde.

»Wie steht es?«, fragte sie dann. »Werdet ihr mein Angebot annehmen?«

Bray hielt ihrem Blick stand. »Ja«, sagte sie dann mit fester Stimme. »Das würden wir gerne.«

»Dann seht zu, dass ihr die Pferde wieder einfangt – wir brechen in Kürze auf.«

»Verstanden«, bestätigte Bray und ging zu den anderen, um ihnen zu erzählen, was sich so unverhofft ergeben hatte. Auf dem Weg zu ihnen hallten die letzten Worte des Sängers in ihrem Bewusstsein nach:

In Meer des Vergessens, hinter Nebeln und Stürmen,
liegt die Hoffnung in Banden, in steinernen Türmen.

23

Lorymar Thinkling sah dem Mädchen hinterher.

Sein Schädel brummte noch immer. Die Tür des Käfigs hatte ihn ins Reich der Träume geschickt, aus dem er erst wieder erwacht war, als schon alles vorbei gewesen war. Nicht, dass Lorymar etwas dagegen gehabt hätte, dass er die blutigen Einzelheiten des Kampfes versäumt hatte, aber der Schädel tat ihm noch immer weh. In Ermangelung eines Verbands hatte er einen Streifen Stoff von seinem Umhang abgetrennt und ihn wie einen Turban um die schmerzende Stirn gewickelt, Übung genug hatte er ja darin …

»Diese Diebin ist hübsch«, meinte er anerkennend zu Jenya – seine Augen funktionierten schließlich noch einwandfrei. »Nach einem ordentlichen Bad und in ein hübsches Kleid gesteckt, wird sie eine Bereicherung für dein Haus sein.«

»Sie wird nicht bei mir arbeiten«, widersprach die Astara. »Jedenfalls nicht auf diese Weise.«

Der Halbling sah sie forschend an. »Wir mögen uns eine lange Zeit nicht gesehen haben«, meinte er, »aber ich kannte dich einst gut genug, um zu wissen, dass dieser Ausdruck in deinem Gesicht etwas zu bedeuten hat.«

»Was meinst du?«

»Dieses Mädchen …«

»Ihr Name ist Bray.«

»Genau das meine ich – du interessierst dich für sie, nicht wahr? Irgendetwas findest du an ihr …«

»Genau wie der Sänger«, bestätigte die Astara. »Etwas hat die beiden miteinander verbunden, und ich frage mich, was das gewesen ist.«

»Da fragst du noch?« Der Halbling lachte schmutzig auf.

»Nein.« Sie schüttelte den Kopf. »Glaub mir, damit kenne ich mich aus – und das war es nicht. Die Verbindung zwischen den beiden war eine andere. Ich habe es in dem Moment gespürt, als er starb. Es war, als würde ein Band durchschnitten.«

»Und das bedeutet?«

»Zunächst gar nichts. Die Zeit wird es weisen.«

»Werden die Albträume nun also aufhören, nachdem der Sänger nicht mehr unter uns ist? War er die Quelle der Störung, die du gefühlt hast?«

»Auch das wird die Zeit lehren«, gab die Astara zurück. »Am Ende glaubte der Sänger, dass er sich geirrt hätte und in Wahrheit ich der Stein sei, mit dem alles begonnen hätte, in einem übertragenen Sinn … Wie nah er der Wahrheit tatsächlich war, wird er nun nie mehr erfahren.«

»Aber wenn er bis kurz vor seinem Tod nicht wusste, wer du bist und was du einst warst – warum ist er dann nach Skaradag gekommen? Warum hat er den Stein in der Schatzkammer der Saliger vermutet? Das ergibt keinen Sinn.«

»Nein«, gab Jenya zu. »Aber ich bin sicher, dass es eine Antwort auf dieses Rätsel gibt. Und solange sie nicht gefunden ist, können wir noch nicht ganz sicher sein.«

Lorymar schnaubte. »Das sagst du doch nur, weil du verhindern willst, dass ich gehe«, behauptete er und verschränkte trotzig die Arme vor der Brust. »Aber damit beißt du bei mir auf Granit, Teuerste. Ich habe getan, was der Schwur von mir verlangte – nun muss ich meiner Wege gehen.«

»Ich weiß.« Sie nickte.

»Ich muss Nyasha finden«, gab sich Lorymar überzeugt – wobei er in genau diesem Augenblick selbst nicht genau sagen konnte, warum er so unbedingt zum Aufbruch drängte: Um die Prinzessin von Altashar vor ihrem Leibwächter zu retten, der dabei war, sich in eine reißende Bestie zu verwandeln – oder um möglichst rasch Distanz zwischen sich und die Astara zu bringen, ehe sie auf weitere Gedanken kam. Die Bedrohung war beseitigt, natürlich würden die Traumbilder verschwinden – so war es schließlich auch damals gewesen.

Zur Sicherheit nahm sich Lorymar allerdings vor, einen gut gefüllten Schlauch Ambrosiak mit auf die Reise zu nehmen, mit reichlich Nachtkraut-Extrakten versetzt.

»Wo willst du mit der Suche beginnen?«, fragte sie.

»Das weiß ich noch nicht, aber allzu viele Möglichkeiten gibt es nicht. Der Weg zurück in ihre Heimat ist ihr verwehrt, und nach Archos kann sie ebenfalls nicht.«

Jenya nickte. Lorymar hatte ihr erzählt, was vorgefallen war, und die Astara wusste aus eigener Erfahrung, dass ihr Volk nicht leicht verzieh.

»Womöglich versucht sie, nach Westland zu kommen und sich von dort nach Sarassa durchzuschlagen«, mutmaßte Lorymar weiter. »Jedenfalls werde ich nicht aufgeben, ehe ich sie nicht gefunden habe.«

»Auch wenn es bedeutet, nach Westland zurückzukehren?«, fragte sie.

Der Halbling spürte einen Stich in seinem Herzen.

»Wenn ich dich daran erinnern darf«, fuhr Jenya fort, »du hast deine Heimat nicht im Guten verlassen. Und es gibt dort immer noch einen Bruder, der dir nach dem Leben trachtet, selbst nach all den Jahren, die vergangen sind.«

»Ich weiß«, versicherte Lorymar grimmig. »Vielleicht ist es an der Zeit, mich diesen Dingen endlich zu stellen.«

Der Gedanke berührte ihn unangenehm, und er trat an den Rand der Schlucht, um einen skeptischen Blick in die Tiefe zu werfen. Von dem Wagen und seinem Inhalt war schon jetzt kaum noch etwas zu sehen. »Und du bist sicher, dass die Leichen auch dort unten bleiben werden?«, fragte er, einerseits aus Vorsicht und andererseits, um das Thema zu wechseln.

»Der Winter wird den Fluss noch mehr anschwellen lassen«, sagte Jenya voraus, »sodass alle Trümmer fortgespült werden. »Und was die Leichen betrifft, so kommen im Frühjahr die Salzlachse den Fluss herauf, und dann …«

Sie sprach nicht weiter, und Lorymar war ihr dankbar dafür. Er wollte sich nicht vorstellen, was mit den Leichen geschehen würde, dort unten in der Dunkelheit, im eisig kalten Bett des Flusses.

»Das Geheimnis wird gewahrt bleiben«, versicherte die Astara, »genau wie jenes andere Geheimnis, das wir alle hüten und von dem das Fortbestehen dieser Welt abhängt.«

Lorymar seufzte nur. Nach all den Jahren konnte er es einfach nicht mehr hören. Er sah zu Bray und ihren jungen Freunden hinüber – und begriff.

»Deshalb also«, sagte er mit listigem Grinsen.

»Wovon sprichst du?«

»Deshalb lässt du das Mädchen bei dir bleiben. Du willst sie im Auge behalten für den Fall, dass der Sänger ihr zu viel verraten hat – und dass sie eines Tages die Wahrheit über den Stein der Astari herausfinden könnte.«

Jenya verzog keine Miene. »Du kennst mich eben – genau wie du sagtest.«

Lorymar nickte. »Nur noch eines«, bat er. »Hattest du wirklich vor, den Sänger zu töten? Oder hattest du von Anfang an im Sinn, diese Kinder zu befreien und wolltest es mir nur nicht sagen, weil du wusstest, dass ich dann niemals mitgekommen wäre?«

Ein flüchtiges, unmöglich zu deutendes Lächeln huschte über die anmutigen Züge der Astara. »Wenn du mich wirklich kennst«, erwiderte sie leise, »dann kennst du auch diese Antwort, Lorry.«

Epilog

Tårannok, Meer des Vergessens
Zur selben Zeit

Das Bild musste vollendet werden.

Nichts anderes zählte.

Wieder und wieder tauchte er seine Finger in den Kadaver, dessen Blut ihm als Farbe diente, und versuchte, die Zeichnung an der Wand dem nachzuempfinden, was er in seinem Kopf gesehen hatte … auch wenn ihm klar war, dass seine Mittel niemals ausreichen würden, um die Kreatur treffend abzubilden. Und das nicht nur, weil er auf nackten Stein malen musste und dazu weder Pinsel noch richtige Farben hatte, sondern weil die Kunst hier an Grenzen stieß.

Wie malte man Dunkelheit?

Wie grenzenlosen Hass?

Wie namenlosen Schrecken?

Erneut tauchte er die Finger in die Blutlache, die sich um den Kadaver herum gebildet hatte, und strich den noch warmen Lebenssaft an das kalte Gestein. Der Geruch des rohen Blutes stieg ihm in die Nase und verursachte ihm Übelkeit, aber er malte weiter, getrieben von dem Bild, das ihm vor Augen stand, und besessen von dem Gedanken, es abzubilden, ehe es sich erneut verflüchtigte und er sich womöglich nicht mehr daran erinnern konnte.

Ein Künstler war er nie gewesen; sein Leben lang hatte er dem Schwert gegenüber der Feder den Vorzug gegeben, und es hatte eine Zeit gegeben, da hatte er mit Verachtung auf jene geblickt, die in der Kunst ihre Berufung sahen. In diesem

Augenblick jedoch konnte auch er nicht anders, als seine ganze verbliebene Kraft in die Entstehung dieses Bildes zu stecken, so als wäre es sein Testament, sein Vermächtnis an die Welt.

Und er musste verdammt schnell sein.

Denn sie kamen …

Wieder pochte es mit derartiger Gewalt an seine Zellentür, dass sie in ihren Angeln erzitterte.

»Kynrik!«, donnerte eine raue Stimme dazu. »Bei den Armen des Kraken, langsam habe ich genug von dir!«

Er nahm die Stimme nur gedämpft wahr, so als dringe sie aus weiter Ferne zu ihm. Dennoch hatte er das Gefühl, sie kennen zu müssen – auch wenn sie bei Weitem nicht so wichtig war wie dieses Bild. Er wollte zurücktreten und sich ansehen, was er geschaffen hatte, aber dazu blieb keine Zeit. Noch einmal tauchte er seine Finger in das Blut, nahm hier und dort noch einige Veränderungen vor …

»Kynrik!« Wieder hämmerte es gegen die Tür. »Habe ich dir nicht gesagt, dass du mit dem verdammten Geschrei aufhören sollst? Warte, dir werde ich es zeigen!«

Kynriks Herzschlag begann zu hämmern.

Gleich, jeden Augenblick …

Ein Klirren war zu hören, dann das Knacken des Schlosses, als der Schlüssel herumgedreht wurde. Dann schwang die Tür mit lautem Krächzen auf – und Kynrik erwachte.

Er war verblüfft darüber, sich auf der kargen Pritsche seiner Zelle wiederzufinden. Sein Bart war verwildert, das ergraute Haar reichte ihm bis über die Schultern, und seine Kleidung bestand aus wenig mehr als stinkenden Fetzen. Viel Zeit, sich darüber zu wundern, blieb ihm allerdings nicht. Der diensthabende Wachmann trat ein, begleitet von zwei weiteren Bewaffneten. Der Schein ihrer Fackeln blendete Kynrik so, dass er die Augen schirmen musste.

»Was soll das, du alter Penner?«, fuhr der Wärter ihn an.

»Habe ich dir nicht gesagt, dass du das Maul halten sollst? Die anderen Gefangenen werden bereits unruhig!«

Kynrik versuchte, sich auf der Pritsche aufzurichten, seinen schmerzenden Knochen zum Trotz. Er musste geträumt haben, anders konnte er es sich nicht erklären. Das Bild, das Blut, die tote Ratte – alles war nur ein Traum gewesen.

»Das war das letzte Mal, du Taugenichts!«, blaffte der Wärter. »Ich werde dich vor aller Augen auspeitschen lassen, damit du dich daran erinnerst, wer hier das Sagen hat!«

»Ihr, Herr«, beteuerte Kynrik reflexhaft.

»Wie war das?«

»Ihr, Herr«, wiederholte er. Jahrelange Erfahrung hatte ihn gelehrt, dass es besser war, nicht zu widersprechen.

»Verdammt richtig«, bestätigte der Wachmann, »und deshalb ...«

Plötzlich verstummte er.

Ein seltsamer Ausdruck schlich sich nicht nur in seine Miene, sondern auch in die Gesichter seiner Männer. Überraschung, Bestürzung, Spott, von allem war etwas dabei.

»Fauliges Fischgedärm«, knurrte der Wärter und spuckte aus. »Was hast du gemacht, du Irrer?«

Erst jetzt merkte Kynrik, dass der Blick der Wachen gar nicht ihm galt, sondern der Wand in seinem Rücken. Langsam drehte er sich danach um – und prallte zurück, als er das Bild entdeckte, das jemand auf den nackten Stein gemalt hatte.

Ein Bild aus Blut – und es sah genauso aus wie das in seinem Traum!

Instinktiv sah Kynrik zu Boden, aber da lag keine tote Ratte. Er wollte seine Finger betrachten, um zu prüfen, ob sie blutig waren – und nahm verblüfft war, dass er heftig blutete, aus einer Wunde in seinem linken Unterarm. Ihrer Form nach zu urteilen, hatte er sie sich selbst zugefügt, indem er in seinen Arm gebissen hatte.

»Beim Kraken, verlierst du jetzt völlig den Verstand?« Der Wärter schüttelte den Kopf. »Früher oder später musste das ja passieren. Wie lange sitzt du jetzt schon hier ein? Fünfzehn Jahre?«

»Achtzehn Winter, sechs Monde und sieben Tage«, erwiderte Kynrik tonlos, auf den Kalender deutend, den er an der anderen Zellenwand führte: Jeder Strich stand für einen Tag, jeder Querstrich für eine Woche, und jede Zeile für einen Mond. Und es waren viele davon. »Und davor in anderen Gefängnissen«, fügte er leise hinzu.

»Genau das meine ich.« Der Wärter nickte und tippte sich gegen die behelmte Stirn. »Trag es mit Fassung, Alter. Früher oder später wird jeder hier drin wahnsinnig.«

Kynrik nickte.

Er hatte geglaubt, zu schlafen und dabei zu träumen, dabei war er in Wirklichkeit wach gewesen und hatte sein Blut dazu benutzt, dieses Bild an die Wand seiner Zelle zu malen, und das noch dazu in völliger Dunkelheit – während er offenbar laut geschrien hatte. Und an nichts davon hatte Kynrik auch nur den Hauch einer Erinnerung …

»Etwas ist geschehen«, gab er tonlos bekannt.

»Allerdings«, knurrte der Wächter. »Dein Verstand ist durch die Latrine gerauscht, du Penner. Das ist geschehen.«

Der Mann hatte seine Kesselhaube in den Nacken geschoben und betrachtete mit in die Arme gestemmten Hüften das Bild an der Wand. Obwohl es nur flüchtig hingeschmiert war, konnte man deutlich erkennen, was es darstellte – dem Wächter war anzusehen, wie ihn das blanke Grauen packte.

»Scheiße noch mal«, fluchte er. »Manchmal könnt ihr Verrückten einem wirklich Angst machen, weißt du das? Wer, in aller Welt, soll das sein?«

»Das willst du nicht wissen«, war Kynrik überzeugt.

»Überlass das mir«, verlangte die andere. »Also mach gefälligst das Maul auf und sag mir, was das da bedeuten soll. Oder muss ich es erst aus dir rausprügeln?«

Kynrik schloss die Augen und atmete tief ein und aus.

»Das da«, erwiderte er leise, »ist das, was über uns alle kommen wird.«

Nachwort

Ein weißes Blatt Papier.

Was ist schöner für einen Autor – und was furchterregender?

Im vorliegenden Fall wusste ich glücklicherweise ziemlich genau, womit ich die weißen Seiten füllen wollte, denn die magische Welt von Astray mit all ihren Ländern und Regionen, ihren unterschiedlichen Kulturen und Bewohnern spukt mir bereits eine ganze Weile im Kopf herum. Es ist eine klassische Fantasy-Welt, in der der Leser noch mancher vertrauten Kreatur begegnen wird – und doch ist sie gebrochen, verwahrlost und entstellt, gespalten durch ein Ereignis, das in dunkler Vergangenheit liegt.

Eine neue Welt mit all ihren Eigenheiten zu entwickeln gehört wohl zum Großartigsten, was der Beruf des Fantasy-Autors zu bieten hat. Auf der anderen Seite sind da natürlich die Figuren - bereits seit geraumer Zeit beschäftigte mich die Frage, was mit den Helden eines Fantasy-Epos eigentlich passiert, wenn die Queste zu Ende geht, das Abenteuer überstanden ist und der Bösewicht schlussendlich besiegt wurde Geht auch eine magische Welt dann wieder in den Normalbetrieb? Oder sind da Narben, die bleiben? Und was machen Helden im Ruhestand? Sind sie gefeierte Stars, die sich im Licht ihrer Taten sonnen? Oder gescheiterte Existenzen, zerbrochen an dem, was sie gesehen und erlebt haben? Und tragen sie womöglich ein dunkles Geheimnis im Herzen?

Diese Gedanken waren es, die schließlich zu dem zusammenfanden, was Sie gerade in den Händen halten: Dem ersten Band der Chroniken von Astray und ihren sieben Helden, die erst ganz allmählich wieder zu sich selbst und zueinander finden müssen – denn aus den Tiefen der Vergangenheit erwächst jener Welt eine grässliche Bedrohung.

Um die Wahrheit zu sagen: Es hat großen Spaß gemacht, nach elf Bänden Erdwelt ein neues Universum aus dem Boden zu stampfen, und ich hoffe, dass Sie den Erlebnissen von Lorymar Thinkling, der Diebin Bray und der gefallenen Astara Jenya mit derselben Freude folgen werden, mit der Sie jenen von Balbok und Rammar gefolgt sind. Wer grobschlächtige, grünhäutige Kerle in diesem Band übrigens noch vermisst hat, dem habe ich eine freudige Mitteilung zu machen: Bereits im nächsten Band … aber das ist eine andere Geschichte.

Während ich diese Zeilen schreibe, sitze ich bereits an den Vorbereitungen des zweiten ASTRAY-Bandes. Ehe ich mich aber den weiteren Abenteuern unserer Helden widme, möchte ich mich unbedingt noch bei den Menschen bedanken, die das vorliegende Buch und damit den Beginn dieser neuen Saga ermöglicht haben: Meinem Agenten Peter Molden, der mich immer zu neuen Taten ermutigt; Carsten Polzin von Piper Fantasy für das ehrliche, stets so treffende Lektorat und seine Freundschaft; Dr. Helmut Pesch dafür, dass er seine Expertise in Sachen phantastischer Welten in den Dienst von Astray gestellt und die wunderbaren Karten gezeichnet hat; Markus Weber und seinen Guten Punkten für die Kreativität und Geduld in Sachen Cover. Und natürlich meiner wunderbaren Familie, ohne die so vieles nicht möglich wäre.

Auch Ihnen danke ich, der Sie dieses Buch gekauft und sich auf dieses Abenteuer eingelassen haben. Eine neue Reise hat begonnen.

Michael Peinkofer, Herbst 2016